U0674157

后浪电影学院200
POST WAVE FILM ACADEMY

故事感

STORY SENSE

[加]
保罗·卢西 著
Paul Lucey

王建设 译

四川人民出版社
SICHUAN PEOPLE'S PUBLISHING HOUSE

目　录
Contents

第二部分 写作剧本

前　言

本书将会讲述剧本写作的两个基本要素：怎样创造一个故事、怎样把故事写成一个戏剧化的剧本。同时，本书也会讲述怎样分析剧本以及从剧本开发出来的电影，这样读者就可以将之运用到实际创作中去了。因为行业里没有人会为业余的剧本支付商业报酬，所以本书讲述的是符合专业标准的剧本，也就意味着创作出可以拍摄成商业电影的剧本。总而言之，《故事感》为剧本创作的整个过程提供了一套完备的指南，从发现戏剧创意、把创意拓展成故事、把情节事件写作成剧本、修改剧本一直到卖出你的作品。本书提供的建议并不是死板、一成不变的。因此，如果某个方法不起作用，你可以尝试书中提供的其他办法。这样，你可以创作出任何你能想象出来的各种风格类型的电影剧本，不管是《雄霸天下》（*Becket*，1964）、《猪宝贝》（*Babe*，1995），还是《海滩救护队》（*Baywatch*，1989）。

《故事感》中的内容来自我在电影院校30年讲授剧作课的经验、我的剧本创作心得，以及美国编剧工会赞助召开的创作论坛上各个编剧、制片人以及电影公司高管的讨论发言。作为美国编剧工会学术联络委员会的主席，我从1969年起组织了很多次这样的讨论会议。我把会议中听到的深刻见解拿到我在加州大学洛杉矶分校、南加州大学及其他学校的剧作课堂中去检验。那些被证明是非常有用的写作方法，可以被立马拿来作为写作的策略或者实际的建议，来帮助写作剧本或者解决剧作难题。总体来说，本书旨在帮读者建立对故事、剧本和电影中的戏剧性的感知。它同样教会读者怎样去表达自己的内心感受和思想，怎样处理那些第一眼看去很普通的创意，把它开发成新颖、原创的创意。电影工业中称呼这项技巧的术语是“故事感”。

本书的结构

第 1 章讲述如何发现富有戏剧性的故事创意，以及如何把一个概念或者人物扩展成为一个情节的开端。

第 2 章和第 3 章继续讲述情节的构建。这项工作没有公式可套，不过我所教授的专业就是故事构建，所以当你在组织情节、解决其关键问题时，可以参考我给出的大量的对冲突、主题、框架、风格、情感倾向、戏剧矛盾等相关问题的指导意见。这些元素联结成故事的结构和主线，正如水面下的巨大冰山一样。关于剧作，有这么一个言简意赅的策略：将情节写得简单，将人物写得复杂。这个策略是构成故事感网络之中的一环，它看似简单，但假如你将这个建议颠倒过来去尝试写作，那么你的故事和剧本定会失败。本章的讨论内容会帮助你充分理解这句话的意义，并将其融入自己的故事感中。

第 4 章向你展示在撰写剧本的过程中如何运用戏剧的三个单位［片段（bits），场景（scenes），以及段落（sequences）］来构建故事、人物以及情节，并重点关注矛盾冲突对于场面与次要情节的引导、构造和戏剧化的过程。为展示专业人士评价电影内容的方式，本章还将选择一部商业电影，分析其中一个场景，以为示范。

第 5 章的内容是一门很基础的课程，即创作有深度、有背景、有动机的人物。要塑造出有血有肉的人物，既需要思考也需要想象，这样他们才能栩栩如生，引领故事的发展。为了获得这种程度的想象力，读者需要学习进入自己潜意识的技巧，因为有许多关于人物的构想就藏在潜意识中，等待被发掘。

第 6 章通过分析对白来学习人物创作。因为对白可以丰富叙事、揭示人物内心世界。此外，本章还讨论潜台词与“可表演的”对白（“actable” dialogue）——人物感受到但没有明说的内容。

第 7 章讲戏剧化。本章介绍一系列为故事与剧本增添激情与张力，以及戏剧元素的策略。

第 8 章探讨编剧如何使用影像而非对白来讲故事。本章与讲述情节开发、场景构建、戏剧化的几章一样，密切关注一些经常被忽略的话题。

第 9 章是关于场景提示的，由编剧所描绘的场景提示可直观展现电影画面。本章以一些有特色的剧本中的场景提示内容作为范例。

第 10 章介绍剧本格式以及电影业公认的标准格式剧本的写作方法。

第 11 章来源于另一句经久不衰的电影箴言：剧本不是写出来的，而是改出来的。因此，本章可看作一份检验清单，它囊括了之前章节讨论过的所有问题，供读者逐条对照，并修改自己的剧本。

第 12 章为编剧新人们提供一些职业生涯辅导，以及对找代理人、卖剧本、聊故事等编剧行业内部事宜给出建议。

即使上述章节已经囊括了非常丰富的剧本写作知识，有一些能力却仍然无法从书本获得。情绪、敏感度，以及选择兼具艺术性与商业性的好故事所需要的故事感，编剧只能求诸自身。此外，编剧务必要乐于自荐，不怕被拒，且有超强的抗压能力。能屈能伸，其实是一种固执。而这种固执或许是编剧最重要的法宝，能帮助他们在偶然中碰到好运，让剧本在合适的时机碰到伯乐，或者令事业得以起步。说到底，编剧要想成功，最保险的途径就是写出优秀的剧本——并持续不断地写，直到剧本卖掉。而在这件事上，与其患得患失，不如笔耕不辍。因为，对于一个新人编剧，最重要的就是要保持昂扬斗志。要坚信，好的剧本总会发光；因此，只要你能写出引人入胜的剧本，你就该相信，它总有一天会得到职业电影人的赏识，因为这些人时刻准备着捕获优秀剧本（关于优秀剧本的特征第 1 章将会介绍）。

《故事感》：纸上的剧作课

本书各章节详细介绍了从寻找电影创意到将其发展为情节、场景、剧本的过程。每一章都有小结与练习来巩固学习内容。书后附录包括重要词汇及解释，以及书中提到的所有影片，各制片厂的剧本评估表，一些商业信息、职业资讯等实用文件（关于与各章要点有关的媒体资料，详见附录 A）。

本书教授的课程清晰易懂，但由于课程众多，我建议读者每周用 10 小时学习一章的内容（包括练习）。每周学习一章，这样的强度使读者有充足的时间吸收所学知识。希望你能把从《故事感》中学到的知识运用到日常的看电影、读剧本上，更希望本书能对你的剧本写作有所启发。按照上述方法来学习本书，就相当于上了一学期完整的剧作课。你需要的正是这样一门好课；附加的课程只是为你提供不一样的视角，此外就是要针对过去无法学习的东西进行反复实践。

全书的案例来自许多知名电影（films）[①]。为了阐明一些主要概念，对以下四部不同类型的电影进行了详细分析，它们分别是：《大审判》[（*The Verdict*，1982），人物研究]，《终结者》[（*The Terminator*，1984），动作故事]，《证人》[（*Witness*，1985），动作与人物] 和《西雅图未眠夜》[（*Sleepless in Seattle*，1993），浪漫喜剧]。

我设计了许多方案将论述内容与以上四部案例电影进行有机结合，其中最有益的是简要描述文本中的片段在电影中是如何呈现的。本书引为案例的电影剧本上都标注了镜头号，以便读者查找与定位，若读者需要以上四部电影的拍摄剧本，请通过其他商业渠道获得。

致 谢

在我的编剧之路上曾有许多人为我指点迷津，在此我首先要感谢我的妻子萨莉。我原可能从事一些更艰辛的职业，比如拆弹，或像她一样成为一名中学教师——但无论我做何选择，四十年来，她都一直在我身边，予我以帮助和慰藉。祝福这位亲爱的女士。

在专业领域，我要感谢米高梅影业、华纳兄弟影业、共和国影业、华特迪士尼影业、派拉蒙影业、特纳广播公司、哥伦比亚影业、环球影业、联

① 书中出现的 films、movies、motion pictures 和 TV 这些术语可指故事长片、叙事性电视节目，以及电影短片，而在本书中（为了简洁）它们主要指代的是故事长片。

艺电影公司、赫姆达尔制片公司，以及扎纳克－布朗制片公司的合作与支持，感谢他们允许我在书中援引影视剧本片段。我更要向这些优秀剧本的作者致以敬意与感激，他们的作品鼓舞与启迪着全世界的编剧新人，为他们树立了榜样。本书的每一段引用文字后都会注明原作者的姓名。

我同样要感谢我在美国编剧工会的同事们：理查德·布鲁克斯、菲利普·邓恩、路易·佩尔蒂埃、E. 杰克·纽曼、戴维·多尔托特、雅龙·萨莫和纳尔逊·吉丁，以及诸多没有出现在上述名单中的同事。他们愿意与我分享得来不易的写作技巧，对此我甚是感激。

本书能够完成，也离不开我在南加州大学电影艺术学院的同事们的支持与配合。莫特·查尔科夫、伍迪·奥门斯、弗兰克·麦克亚当斯、约翰·莫里尔、鲍伯·恩德斯，与其他在此书写作期间给我反馈与鼓励的同事们，我要向他们道以诚挚的感谢。

为我提供帮助的还有上我剧本写作课的学生们。本书有大量内容源自他们在课上的发言、提问与讨论。感谢这些优秀的同学们。

我还要谢谢给过这本书反馈的其他学校的同事，他们是：加州大学洛杉矶分校的卢·亨特、新奥尔良洛约拉大学的安迪·霍顿和加州艺术学院的邦尼·恩达尔。来自出版商审稿人的意见对这本书同样重要，因此我要感谢瓦伦西亚社区学院的琳达·安东、北伊利诺伊大学的杰弗里·乔恩、圣罗莎初级学院的沃尔特·F. 麦卡勒姆、雪城大学的彼得·莫勒、天普大学的埃兰·普赖斯、瓦瑟学院的詹姆斯·B. 斯蒂尔曼、北得克萨斯大学的弗雷德·P. 瓦特金斯和印第安纳州立大学的保罗·扬豪斯。此外，本书的多次修订承蒙麦格劳－希尔出版社的编辑辛西娅·沃德、安妮特·博津和琳达·比米勒的指点。

最后，我要感谢给予本书原稿反馈的朋友与学生：保罗·科恩、埃里克·戴维、保罗·杜克、劳尔·费尔南德斯、苏珊·柯米沙鲁克、比阿特丽斯·帕利奇卡、格雷格·罗森、丹·沙利文、约翰·塔弗，尤其是南加州大学的马尔文·瓦尔德教授与兰德公司的马尔科姆·帕尔玛蒂耶。

保罗·卢西

第一部分

创作故事

《阿甘正传》（1994）

许多编剧会发现写一个三至四页的电影故事是件困难得不可思议的差事，就让我们咬牙面对它吧。尽管一些教师或知名编剧会反对这一观点，说写剧本很简单；你被那些会讲故事的人名利双收的事迹冲昏了头，认为编剧很简单；还有铺天盖地的剧作书，它们都在告诉你写剧本是件再简单不过的事。但是，让我们面对现实吧，写剧本这件事并不容易。开发可行的情节，也就是写作故事，是编剧必不可少的第一步——写作剧本是第二步，改写和卖剧本是第三步——本书将近一半的内容是关于电影和电视剧的故事写作的。

我很希望可以这样说：只要你掌握了本书的全部知识点，你就驯服了剧作这条巨龙，但情况并非如此。因为有多种多样的故事和剧作家，但并没有那么多方法能够让你写出令人耳目一新的剧本。这是老生常谈了，而现在的编剧需要掌握的是商业性故事策略。为此，我收集了许多业内人士对此的深刻见解，这些见解也反映了他们的故事价值。第一条你已经知道了——组织情节是件困难事。有一种观点将剧本写作看作是左脑与右脑相互配合的活动，其中写故事用的是逻辑思维的半边，而写剧本用的是想象力的半边。虽然这种分工意味着组织情节更多是一种逻辑思维过程，但是你仍然需要将想象融入其中。适当的想象力会令你的本能与直觉在刹那间捕捉到不同寻常的，充满创意与新鲜感的灵感。而进入想象力王国需要动用你的潜意识，因此本书的一项基本目标是引导读者进入自己的潜意识——编剧会调动潜意识中的想象力来创造出饱满而复杂的人物，为简单的故事增添真实感。

无论是进入潜意识还是剧本写作，都没有万能公式。你将在前四章学习对故事的领悟力、商业考量、创作难点，以及一系列的注意事项。这些内容信息量很大，所以不要走马观花式地阅读，但是也不要给自己的阅读与创作施加什么时间压力。关于故事写作，最重要的一课就是好事多磨。因为假如写故事很容易，大家就都来干这行了，那么电影艺术的状况一定比现在要好得多。

第 1 章

为电影故事选择一个创意

要想把剧本和电影卖出去，最可靠的做法是写出一个本身具备可行性的故事。因此，本章关注的问题是好的故事创意有何特征，以及如何发现它们。在本书中，贯穿始终的两个术语，故事（story）与情节（plot）始终是通用的，因为它们均指戏剧性事件发生的次序。不过它们各自的定义可以更加精确：故事包含了人物性格与行为动机等内涵。相比之下，情节侧重于戏剧事件的展现。举例来说，电影《大审判》的情节可以总结为：一位酗酒成瘾的律师借由一名令人意外的证人打败了波士顿最有势力的律师。而从故事的角度来总结，《大审判》讲的是一位酗酒成瘾的律师，他的敌人在若干年前毁了他的生活，为了却宿怨，在找到一位与自己有共同敌人的证人后，主人公律师击败了他的对手。

一部电影的情节或故事往往讲述了角色面对各种挑战——诸如赢得奖项、抗击反派人物、寻找爱情等——的经历。编剧要创作对故事中的各种价值与人物产生影响的剧情，从而将叙事复杂化。我们接下来将会讨论到故事要素，故事的三幕结构正是由这些要素发展而来。

在写作早期，在你脑海中可能会充斥着许多故事雏形。为了让你知道哪些故事具有可行性，我们将向你介绍 6 种故事原型，它们是大多数故事的早期模型。塑造故事情节以前，理解故事原型与电影情节的特殊性有助于丰富你的故事概念。为此，我们鼓励你创作一些临时人物，从人性的层面来丰富你的故事。

故事创意是从作者中意的一个人物、影像、场景、概念，或者其他使他们感兴趣的事物发展而来的。故事创意可能来自日常报刊，来自我们认识的人，来自个人经历，来自一切。它还可能是由潜意识中迸发出来的，编剧考利·扈利（Callie Khouri）便是如此:《末路狂花》（*Thelma and Louise*，1991）的创意就是她某晚下班后在停车时突然想到的。在正式动笔之前，扈利用了约一年的时间来构思这个故事。她用了半年时间完成了剧本，几周之内很快就以一百万美金的价格将它卖掉了，后来，这个剧本获得了 1991 年奥斯卡最佳原创剧本奖，尽管在此之前，扈利从未写过东西。在这里，请记住两点：第一，扈利认识到了自己创意的价值并将它扩展成了专业的剧本。第二，无论出自专业人士还是菜鸟之手，只要是好的故事，就能卖得出去。

编剧要设法向平凡的人物与场景中增添一些不平凡的元素，才能将创意变成电影。例如：身心俱疲的枪手努力想要逃离过去，这是一个很普通的故事概念，《原野奇侠》（*Shane*，1953）、《枪手》（*The Gunfighter*，1950）等许多西部片都是建立在这一概念之上。戴维·韦布·皮普尔斯（David Webb Peoples）在这样的故事中加入了对骇人的枪手生活的理解和同情，对身怀绝技的亡命之徒们的欣赏和肯定，最终完成《不可饶恕》（*Unforgiven*，1992）的剧本，并获得了奥斯卡最佳原创剧本提名。

再举一个例子：编剧威廉·凯利（William Kelly）、厄尔·W. 华莱士（Earl W. Wallace），及帕梅拉·华莱士（Pamela Wallace），选取了一个我们熟悉的情景——警察腐败，监守自盗，贩毒牟利——却将背景置于阿米什社区①，并让主人公在这里与一名年轻寡妇坠入爱河，使整个故事焕然一新。

① 阿米什人（Amish）是基督新教再洗礼派（Anabaptist）门诺会（Mennonite）下的一个信徒分支，以拒绝汽车、电力等现代设施，过着简单朴素的生活闻名。阿米什派起源于 16 世纪的瑞士，如今阿米什社区主要分布在美国俄亥俄州、宾夕法尼亚州、印第安那州和加拿大境内。——译者注

基于这个故事的电影《证人》赢得了 1985 年奥斯卡最佳原创剧本奖。

上述案例引出这样一个问题：什么样的故事能成为好剧本与好电影？首先，故事创意应当新颖，但不必到达闻所未闻的程度。其次，有趣的地点会给故事加分。人物应当是别具一格且难以捉摸的，这样观众才会对他们更有兴趣。故事情节不要落入俗套，应有一些惊人的反转。再有，故事应当是可信的，要言之有物，不要让观众觉得是在浪费时间。

为了使我的总结更准确，我曾问过一些制片厂与电视台的高层人员，他们寻找的是怎样的故事。然而他们基本都是一脸严肃地回答我："看到好故事的时候，我自然知道那是好故事。"编剧所面对的也是一样的情况。在无穷无尽的可能中，编剧感觉一个创意值得写，那么它就会被写出来；也就是说，寻找好的故事创意，编剧同样靠的是"眼缘"。

在大多数情况下，我们对故事的评价标准是基于个人价值观与对电影行业规律的理解。本书想要使读者加强一种个人能力：故事感。所以接下来，让我们更进一步地探讨一个好的故事创意应具备什么。

1.1 优秀故事创意的特征

1.1.1 简单

大多数电影制片厂高管会对具有以下特点的故事创意感兴趣：人物具有独特性，戏剧情境引人深思、与众不同，而最宝贵的一点是——从头到尾都很有趣。我一直在思考究竟什么是"有趣"，并且有了一些心得。一些故事概念有趣是因为编剧向故事概念中注入了其独创的个人风格，比如《抚养亚利桑那》（*Raising Arizona*，1987）、《低俗小说》（*Pulp Fiction*，1994）和《捉鬼敢死队》（*Ghostbusters*，1984）。还有一些是借助奇特的生物［《异形》（*Alien*，1979）］、陌生的场景建置或环境［《肖申克的救赎》（*The Shawshank Redemption*，1994）］、出人意料的角色［《最后的诱惑》（*The Last Seduction*，1994）］、不同寻常的场景［《倾城佳话》（*It Could Happen to You*，1994）］，或者独特的表现方法［魔幻现实主义的《巧克力情人》(*Like Water for Chocolate*，1992)，或闹剧如《阿呆与阿瓜》(*Dumb & Dumber*，1994)]。一般来说，初始创意要呈现简单的剧情和有趣的角色，这个角色需要经历一次严峻的考验，或者类似的困难。

《火线狙击》(*In the Line of Fire*，1993)就印证了上述几点。这部电影的故事创意是：一位从刺杀肯尼迪事件幸存的秘密特工，想要阻止刺杀现任总统的计划。主人公与反派人物为了获得胜利而不断进行斗争，使事件变得复杂。这就是影片的内容简介。电影故事都可以用一两句话总结出来，你会发现它们都很简单，这就是我们要学习的第一件事：电影故事通常很简单。本书提倡先用一句话写出故事创意，之后再为剧情增添细节。

新人编剧认识不到电影故事的简单，因为我们看电影时通常是紧张的，观众从真实时间进入了电影时间，他们的注意力会被银幕上故事的张力与节奏所吸引。电影通过紧张的情节和戏剧化的手法，在推动剧情的同时，令观众将注意力转移到角色身上。这一现象与本书要传达的一个要点紧密相关，那就是：写简单的故事，复杂的人物。

1.1.2 戏剧性反差

有趣的故事创意常常角色产生冲突，以此制造戏剧性反差。通常，两名个性强烈的角色因某事而起冲突，他们之间就会形成反差，比如《良相佐国》(*A Man for All Seasons*，1966)与《午夜牛郎》(*Midnight Cowboy*，1969)。编剧利用这种反差使故事更加戏剧化，让对抗的局面愈演愈烈，直到主人公面临绝境这种情况即主人公处处碰壁，到了无力回天的境地。这便是戏剧化——加码不利事件，让主人公陷入困境——我们将在第7章讨论这个话题。

编剧将角色推入泥潭之中，再以随之而来的抗争创造戏剧性情节，就像本书所使用的四部教学电影之一《西雅图未眠夜》那样。在这个故事中，需要解决的问题看起来挺简单——让分别位于东西两岸的萨姆和安妮在一起。但是当编剧将命运的红线绑到八岁小男孩和电台连线节目上时，矛盾就复杂起来。角色们逐渐被卷入矛盾，剧情不断推动，主角们面临人生的重大考验。许多美国电影都是以改变人物命运或威胁人物生命的矛盾作为故事基础的。

戏剧性反差源自社会地位、经济水平、职业发展机会、智力、权力或能力的悬殊。例如,《天生杀人狂》(*Natural Born Killers*, 1994)表现的是有着阴暗过去的人物与其所处环境产生的反差。不管是角色特殊［《剪刀手爱德华》(*Edward Scissorhands*, 1990)、《窈窕淑男》(*Tootsie*, 1982)］还是情境特殊［《生死时速》(*Speed*, 1994)、《烈血大风暴》(*Mississippi Burning*, 1988)］,戏剧性反差都能成就有趣的故事。反差的可能性是无限的:《阿甘正传》(*Forrest Gump*, 1994)讲述了一个有智力缺陷的年轻人赢得名誉和财富的故事;《天生杀人狂》中的米基和马洛里像是阿甘的阴暗面,两个天真的孩子一错再错,逐渐走上杀人狂的道路;而《阿呆与阿瓜》里的两个笨蛋则像是米基与马洛里的滑稽版本。这三部影片都展现了角色与其处境所产生的戏剧性反差。

戏剧性反差的一方面体现在:当主人公所挑战的任务或所处的情境极为困难或危险时,气氛将变得紧张起来。观众看到这样的情景,会预想灾难的发生,从而感到紧张,并与主人公感同身受。《终结者》里,机械人同它所进入的世界形成强烈对照,这引起了观众的紧张。《阿甘正传》里,观众担心智力有缺陷的阿甘能否在充满危险的世界中生存,因而会紧张。尽管阿甘经常陷入绝境,编剧的妙笔却总能让他渡过难关。

戏剧性反差的另一方面是以破坏现有的秩序平衡来制造紧张气氛。编剧创作一些突发事件来打破平衡,又在结尾创造一些事件将秩序修正。《大审判》中,在主人公决定与陷害过自己的腐败制度对抗时,秩序的平衡被打破。故事创意是给高尔文最后一次机会将比分扳平——假如他能打败强敌的话。戏剧性紧张气氛源自观众对主人公能否打赢官司的担忧,而到了结尾,当主人公打败了波士顿公司的顶级律师,秩序就重回平衡了。

戏剧性反差的精髓在于一个古老的叙事策略:让一个弱小的主人公去对付一个强大的敌人或麻烦。这是一条对编剧至关重要的戏剧策略。请注意我们的四部教学电影是怎么运用它的:《大审判》中的反差体现在一场力量悬殊的较量，嗜酒律师同波士顿最杰出的律师进行法庭对决。《终结者》让年轻的女侍者和来自未来的战士去对抗被派来杀死他们的机械人。《西雅图未眠夜》让一个住在西雅图的小男孩给自己的爸爸和一位住在巴尔的摩的女士牵红线。《证人》中，顽强的费城警察与脱俗的阿米什寡妇这两个相差甚远的人物走到了一起；这对鸳鸯必须要躲避恶警对他们的追杀。他们的困境具有更强的戏剧性：男主人公受伤了，并且没有帮手，因为帮助他逃避追捕的阿米什人是没有武装的和平主义者。在这些案例中，戏剧性反差体现在主人公与其所处环境的不平等上。

当面临危险环境、需要抗争时，普通人也能做出激进的行为，戏剧性就这样产生了。我们从《侏罗纪公园》（*Jurassic Park*，1993）、《辛德勒的名单》（*Schindler's List*，1993）和《桂河大桥》（*The Bridge on the River Kwai*，1957）中都看到了这种情况。一个好的故事创意，其特征之一便是要提供戏剧性情境，驱动人物，营造紧张气氛。通常，紧张气氛源自观众的恐惧，担心主人公会被反派打败，或无法战胜故事最终的考验。

日常生活中，新闻报道中，戏剧性的故事每天都在发生。不久前我在体育杂志上读到了这样一篇报道：一个明星运动员，他的父亲吸毒成瘾，孤身一人，每天在镇上闲逛。这个悲伤的境况带有强烈的戏剧冲突，因为运动员在向着明星之路前进，然而父亲命运的终点是死亡与耻辱——除非发生什么事使他改变。这戏剧性的“什么事”，就能构建出一个故事。写作难点在于，如何令故事通过转折而变得积极向上。此外，从这个故事创意中我们能看到必有一场生与死的较量，而这些都为这个故事提供了戏剧性与灵魂。

1.1.3 人文精神

上述“父亲 – 运动员”的例子告诉我们，戏剧性故事要给角色施加极端考验。在故事的结尾，主人公往往渡过难关，变成更好的人。这种（推动故事发展的）动力——为了充分发挥自己潜能所做的努力——在许多美国电影里都可以找到，资深制片人埃德加・谢里克［Edgar Scherick，代表作《孤注一掷》（*They Shoot Horses, Don't They?*，1969）］曾经这样说：

> 观众会被呼唤人文精神的故事所打动。一旦被打动，观众们就会迫不及待地离开影院跟别人分享自己的体会。无论是渴望、激动，还是治愈——所有一切——我们创作的故事激发了观众灵魂深处的各种情绪，使他们对自己的人性感到骄傲。我们拍出的电影要让观众知道：你是最特别的，比其他任何人都特别。电影能拨动观众的心弦。当我看到一个讲述人性的胜利的故事时，我的心会怦怦直跳——这样的人肯定不止我一个。[①]

好的剧本揭示了世事的真相。因为它有着重要的价值主题，即人文精神。因为人文精神，故事才与我们人类心灵的成长与挣扎联系起来；戏剧性反差则体现在主人公与反派人物对人性困境的处理方式的不同。在后面我们会讲到主人公如何战胜更强大的对手，但我们先来看看人文精神在《大审判》中是怎样体现的。当只是一个小人物的主人公决定挑战波士顿公司时，戏剧性反差形成了。而从人文精神的角度看，本故事讲的是主人公战胜困难，重新掌控了自己的人生，找回了对法律的信仰。要将这样的理念写成故事，需要进行大量思考，于是我们就要聊到优秀故事创意的下一个特征，那就是编剧对待材料的立场。

1.1.4 作者的观点

好的故事体现出编剧的道德观或社会价值观。在写作初期，它们可能不太明显，但编剧在写作过程中，必须深入思考，将其梳理出来。这就是好故事的第四个要素——作者的观点。经验告诉我们，好的故事创意不会自己找上门来，而是需要我们主动思考、探寻，然而更重要的是，我们要知道这些故事概念有没有意义，以及我们要借此表达什么东西。我们需要经过长久的、深入的思考，才能将我们的观点从故事的核心创意与戏剧性设定中提取出来。也正是通过这样的思考，编剧们才能将普通的观点或主旨转化为不

① 美国编剧工会研讨会，1994 年 2 月 4 日。

同凡响的电影创意。

为了帮助你更好地理解这一点，让我来举一个例子：电影《光荣战役》（*Glory*，1989）体现出的作者观点是，南北战争期间，光荣赴死的黑人士兵是勇士而非奴隶。编剧凯文·雅尔（Kevin Jarre）认识到这些勇士的牺牲对后世意义非凡，他将目光聚焦到这个久远的历史事件上，创作出了一个简单，却带有强烈戏剧性反差的故事，深深地触动了观众。

作者的观点可以很宏大，比如《阿拉伯的劳伦斯》（*Lawrence of Arabia*，1962）；也可以很平实，比如霍顿·富特（Horton Foote）关于自我救赎的电影《温柔的怜悯》（*Tender Mercies*，1983）。后者的内容是：一位落魄的乡村歌手［罗伯特·杜瓦尔（Robert Duvall）饰演的麦克·斯莱奇］受一位善良的女性的影响，改过自新，使她的儿子最终承认了他这位继父，电影以二人玩抛接球游戏结束。这一宝贵的转变体现出作者富特的观点，即上帝给予认真过活的人们以温柔的怜悯。这部电影拿到了1983年的奥斯卡最佳原创剧本奖，其立意是获奖的重要原因。

作者观点使故事得以丰满，言之有物。这样的故事既是日常生活的折射，又充满戏剧性，能够抓住电影观众们的心。要确定观点，编剧必须向故事创意与人物倾注一番心血。如果编剧不能打动自己，那么他绝无法打动观众。要记住，最好的故事创意与剧本来自编剧本人。一个简单的故事创意，只要有目标，有正反人物冲突，体现出戏剧性反差与人文精神，那么这个故事概念就已经具备了好故事的四个特征。但是编剧对于故事的思考还远没有结束；比如，我们还需要思考，一个故事的目标观众是什么样的人。

1.1.5 对目标观众群的考虑

你的故事主要吸引的是少儿、青少年，还是成年人？一旦决定了这一点，编剧就要针对目标观众群，为故事添加相应内容了。不同年龄层的观众所偏爱的故事类型有所不同，也有个别例外，像《侏罗纪公园》《捉鬼敢死队》和《窈窕奶爸》（*Mrs. Doubtfire*，1993）就受到全年龄观众的欢迎。编剧认为自己的故事最受哪个年龄层的观众欢迎，他就会以这个群体为目标去创作。一般来说，故事的主要角色都会与目标观众群年龄相仿、趣味相似。

少儿观众

为 12 岁以下少儿观众创作的故事情绪不能过于激烈，也不能有色情与暴力场面。这类故事的主角通常是儿童或动物［例如《狮子王》（*The Lion King*，1994）和《人鱼童话》（*Free Willy*，1993）］。在写少儿故事时，编剧要保持叙事思路的连贯性；若是跳到其他年龄层故事的创作思路上，童话便失去了魅力。《幻影英雄》（*Last Action Hero*，1993）就出现了这种情况，它拙劣地伪装成动作片，将目标观众群少年儿童们骗进影院。雷德利·斯科特（Ridley Scott）1985 年的电影《黑魔王》（*Legend*）也发生了相似的情况，独角兽和苦难少女的故事讲到后来，却演变成一个邪恶的含有性意味的故事，影片因此损失了大量的少儿观众。千万不要将为儿童创作的故事和关于少儿的故事搞混；后者一般都是为更高年龄层的观众创作的，比如《山丘之王》（*King of the Hill*，1993）、《征服者佩尔》（*Pelle the Conqueror*，1987）、《四百击》（*The 400 Blows*，1959），等等。

青少年观众

青少年的年龄范围是十二岁至二十四岁，他们喜欢的故事范围很广，有青春故事［《红粉佳人》（*Pretty in Pink*，1986）］，有恐怖惊悚故事［《月光光心慌慌》（*Halloween*，1978）、《警察学校》（*Police Academy*，1984）］，也有超级英雄故事。他们也喜欢偶像剧［《妙不可言》（*Some Kind of Wonderful*，1987）］、冒险故事［《亡命天涯》（*The Fugitive*，1993）］、动作片（《生死时速》）和喜剧（《阿呆和阿瓜》）。有一些不落窠臼的探讨青少年问题的优秀电影，比如《死亡诗社》（*Dead Poets Society*，1989）、《怪胎兄弟》（*Zebrahead*，1992）和《街区男孩》（*Boyz N the Hood*，1991）。遗憾的是，许多优秀的青少年电影并不吸引观众。

成人观众

十八岁及以上的观影者感兴趣的故事范围更广，从大片、史诗片［《与狼共舞》(*Dances with Wolves*，1990)] 到低成本恐怖片 (《最后的诱惑》)，以及人物传记片 [《生于七月四日》(*Born on the Fourth of July*，1989)、《阿波罗 13 号》(*Apollo 13*，1995)]。这些电影——包括外国电影——的场景、语言，以及性内容都较为成人化。

1.1.6 故事风格（虚构、现实，还是超现实？）

编剧必须决定将创意发展为虚构的、现实的，还是超现实的故事。故事风格的选择将影响故事创意的构思，以及故事的每一段节拍 (beat)[①] 的写法。以下是对三种风格的定义。

虚构故事

虚构故事为故事规定了一种角度，编剧需要将故事进行修饰和浪漫化，删去会影响商业性的不利因素。比如，《风月俏佳人》(*Pretty Woman*，1990) 最初是现实主义的，讲的是一个身份低微的妓女被一位富商雇用一周的故事。虽然乔纳森·劳顿 (Jonathan Lawton) 的原始剧本是可行的，迪士尼公司却认为如果能将这个故事美化一些，能赚更多钱，于是他们改写了这个剧本。他们的直觉是准确的，这部商业上很讨巧的电影最终为他们带去了几亿美金。购买剧本的高层会考量剧本的商业价值，从这一角度出发来美化剧本的想法一般都是由他们提出的；而编剧——特别是成功的编剧——也应该想到这一点。

现实故事

现实故事以现实主义的手法表现爱情、家庭、健康、毒品等与人类息息相关的主题。现实故事倾向于靠人物塑造与戏剧张力来感动观众，而不是

---

① 故事的一段节拍 (beat) 指的就是故事中发生的一件事。例如，《大审判》的开场节拍就是主人公在殡仪馆聊生意的事，时长一分钟左右。《证人》中的修补谷仓同样是一段故事节拍 (或说一个事件)，却有近八分钟长。为了区分它们的内容与长度，故事节拍可按长度分为片段 (bits)、场景 (scenes) 和段落 (sequences)。第 4 章将会详细解释这些术语，这里先给出简短定义：片段通常为一分钟左右，主要用于描述情节；场景通常为三至四分钟，主要用于描述人物；段落描述主要故事点，如介绍主要角色和故事主要矛盾，段落由片段与场景组成，一般长度为五到十五分钟。

靠做作、复杂、快节奏的虚构情节。写作这样的故事需要技巧，不能让观众对惨淡真相感到沮丧——这意味着，故事的结局需要积极或充满希望。《生于七月四日》和《花村》（*McCabe & Mrs. Miller*，1971）就是现实的，真诚的，且娱乐性强的故事。这一话题引出又一个热点问题：积极的结局。虽然这个问题我们会在第 3 章讨论，但我现在要给新人编剧一个建议——避免写主人公失败的结局。因为观众不喜欢。制片人[①]也了解这一点，因此他们很少买苦情的剧本。在极个别情况下，他们买了这类剧本［《布鲁克林黑街》（*Last Exit to Brooklyn*，1989）、《紫苑草》（*Ironweed*，1987）、《伴我情深》（*Mr. Jones*，1993）］，拍出来的电影往往不卖座。不过，这本书讲的所有原则都有特例。比如《愤怒的公牛》（*Raging Bull*，1980）。这部现实主义的电影讲的是 1950 年代一位职业拳击手在纽约街头打拳的经历。该片的世界观设定和角色都很生猛，而它略带乐观色彩的结局吸引了大量观众。一部电影的结局只要给出希望的信号，哪怕只有一点点，卖掉的可能性就更大一些。

超现实故事

超现实故事以扭曲的，有时甚至是恐怖的视角看待现实，例如《蓝丝绒》（*Blue Velvet*，1986）和《天外来客》（*The Man Who Fell to Earth*，1976）。这种风格往往有着不落俗套的幽默感，像《奇爱博士》（*Dr. Strangelove*，1964）和《土拨鼠之日》（*Groundhog Day*，1993）。超现实电影在主流电影中是一个有趣的分支，受到一些导演的钟爱，例如大卫·柯南伯格（David Cronenberg）的《录影带谋杀案》（*Videodrome*，1983）、罗曼·波兰斯基

---

① 制片人，在本书中指的是为电影制片厂或制片公司工作的人。在美国，有成百上千的制片公司，买入电影剧本，将之改编，并卖给七大制片厂。制片厂也买剧本，它们还拥有资金、制片，与发行（以换取利润分红）的资源。制片厂与优秀的独立制片公司会保持长久的从属关系。一些制片公司是演员与导演开设的——环球制片厂就为史蒂文·斯皮尔伯格（Steven Spielberg）的安培林娱乐（Amblin Entertainment）和罗伯特·雷德福（Robert Redford）的原始森林公司（Wildwood Enterprises）制作的影片提供投资与发行。电影广告通常都会列出制片公司与它们的从属制片厂。七大制片厂，有时也会被称为“七姐妹”，它们是：华纳兄弟、迪士尼、环球、派拉蒙、米高梅 / 联艺、哥伦比亚 / 三星和二十世纪福克斯。

（Roman Polanski）的《冷血惊魂》（*Repulsion*，1965），以及科恩兄弟（Coen brothers）的《巴顿·芬克》（*Barton Fink*，1991）。

1.1.7 情感基调

成功的电影情节会令观众感到悲伤、担忧，或让他们放声大笑。无法唤醒观众强烈情感共鸣的电影只会让他们感觉沉闷、说教，让他们生气。

一些故事创意是很幽默的：《阿呆和阿瓜》就是彻头彻尾的诙谐故事，《雾水总统》（*Dave*，1993）、《窈窕奶爸》、《新科学怪人》（*Young Frankenstein*，1974）的故事概念也都是很趣味盎然的。写这样的故事，要将场景设置、情节事件、角色和对话都写得滑稽可笑。电影的各个方面都是多姿多彩的，都有很多种类型和可能性，电影中的幽默也有许多不同的种类：怪诞型幽默、黑色幽默、冷幽默、另类幽默、闹剧型幽默、挖苦型幽默、家庭式幽默、奚落式幽默，等等。如果你很喜欢幽默的故事创意，那么你的思路就要倾向这个方向，确立方向可以避免漫无目的的思考。编剧在开发故事创意时需要有方向感和决断力。

编剧若想写出令观众惊心动魄的剧本，思考范围要广。惊悚故事［《活死人之夜》（*Night of the Living Dead*，1968）］和鬼故事［《不速之客》（*The Uninvited*，1944）］是其中一条路。另一条路是写正剧［《因父之名》（*In The Name Of The Father*，1993）］，正剧会让观众担心主人公遭到失败。还有介于上述两种风格之间的第三种类型，让观众盼着主人公凯旋［《克莱默夫妇》（*Kramer vs. Kramer*，1979）、《火线狙击》、《勇敢的心》（*Braveheart*，1995）］。观众之所以会与主人公站在一起，希望主人公打败反派人物，都是靠故事引导。在后面的章节，我会介绍唤醒观众这种心理所需要的写作技巧。

悲剧［《情深到来生》（*My Life*，1993）、《留住有情人》（*Dying Young*，1991）］最能感染观众，主人公遭受挫折的戏码和结局的情感升华都能令观众伤怀。一些悲剧有着悲壮但圆满的结局，会更令观众觉得可贵，比如《虎豹小霸王》（*Butch Cassidy and the Sundance Kid*，1969）、《萨巴达万岁》

（*Viva Zapata!*，1952），还有《末路狂花》。这些故事让观众振奋，因为故事的主人公是忠于理想，凛然赴死的。最终，他们的勇气使他们获得了永生——我们不正是因此才喜欢邦尼·帕克和克莱德·巴罗[①]的吗？

很多电影剧本融合了上述三种情感基调。幽默与恐惧能营造戏剧性氛围，如《奇爱博士》。有的电影让观众笑中带泪，如《金色年代》（*My Favorite Year*，1982）和《阿甘正传》。《象人》（*The Elephant Man*，1980）的故事融合了恐惧和对象人畸形外表、乐观灵魂的怜悯。《西雅图未眠夜》运用机智的对白，富有魅力的角色，必要的情境使观众开怀大笑。同时，这部电影也让观众对男女主人公能否在一起感到担忧。另外，观众也为鳏夫父亲与他的儿子感到悲伤。

将故事材料戏剧化的必要手段之一就是向其中加入强烈的情感基调。一个故事创意若是没有设计好情感基调，那么它很可能会失败。

在介绍完开发故事创意时需要注意的几大要点：简单、戏剧性反差、人文精神、作者观点、观众群体，以及情感基调之后，接下来我们要探讨的是，编剧可以从哪些资源中发掘故事创意。

1.2 改编

对于新手，我的建议是不要碰改编剧本这项工作。鉴于我们已经有太多作品经历过数度改编，我们迫切需要新的视点，新的能量，与新的激情。改编，尤其是小说改编，实际上是一项令许多经验丰富的编剧都感到头疼的工作。即便如此，仍有不少编剧在做这项工作。因此，在这里我向大家提供一些简单的指导，分别从小说改编、舞台剧改编、新闻事件改编这几个方面来谈。

---

① 二人为电影《雌雄大盗》（*Bonnie and Clyde*，1967）的男女主人公，原型为美国历史上著名的雌雄大盗。——译者注

1.2.1 小说改编

威廉·肯尼迪（William Kennedy）形容自己是“一个小说家，偶尔写剧本（剧本代表作《紫苑草》）”。他双管齐下，同样也做改编剧本的工作。他的观点同本话题密切相关：

> 电影……追求连贯性。小说亦然，不过小说允许次要事件与赘余内容的存在，而现在的电影一般不允许这样做。因为小说需要读者主动思考、认真推理，动用感性思维与推理能力，它只凭借语言就能让读者感受到其深度。然而，电影具有瞬时性，在电影中事件要像生活中那样一件接一件地连续发生，委婉曲折的表达就像跑题了，并且冲淡了故事性。写电影剧本要保持对主线故事的关注，而少去处理旁枝杂节，这是一种难能可贵的智慧。[①]

肯尼迪的看法点出了写文章与写电影剧本之间的一个基本区别：电影要求的是一条清晰有力的故事线（情节）。所以当你觉得一本书或一则故事很吸引你，让你想把它改编成电影时，要想想它是否符合这个要求。也要想想这个故事是否值得费工夫去改编。问问自己，故事里的角色有趣吗？这个故事是电影式的吗，还是它沉溺于描绘人物的内心世界？它的情节会是电影观众喜爱的吗？它的故事有趣吗，动作线是清晰有力的吗[②]？

编剧要明白自己手中要改编的材料为什么吸引人，再思考能否用这些吸引人的元素去创作出一个有新意的、更好的故事。不妨告诉大家一个真相：许多响当当的改编作品，它们的原作故事本身也是从其他故事改编而

---

① 《美国电影》，January 1988，p.25。

② 动作片是一种受制片公司欢迎的影片类型，因为外国观众也能很好地理解它的故事，喜剧则做不到这一点。低成本动作片制片人理查德·麦奇肯（Richard Munchkin）曾这样说：“我们去谈海外版权的时候，问那些买方，你们想要什么片？排名第一的答案永远是动作片。喜剧不容易（被不同文化背景的观众）理解，我们觉得好笑的，土耳其或马来西亚的观众不觉得。但是追车戏到了哪里都是追车戏。”目前美国电影与美剧有超过二分之一的收入来自海外市场，这就是制片人青睐动作片的原因所在。

来的。这不是剽窃；而是一种历史悠久的创作策略，莎士比亚的戏剧《罗密欧与朱丽叶》（*Romeo and Juliet*）就是由前人的故事“改编”而来。而电影《禁忌星球》（*Forbidden Planet*，1956）又是改编自莎士比亚的戏剧《暴风雨》（*The Tempest*）。沃尔特·皮金（Walter Pidgeon）扮演的主人公莫比乌斯博士就是科幻版的普洛斯彼罗[①]，机器人罗比的角色相当于精灵艾瑞尔，莫比乌斯博士的女儿［安妮·弗朗西斯（Anne Francis）饰］则相当于普洛斯彼罗的女儿米兰达，原作中粗野丑陋的奴隶卡利班化为莫比乌斯博士内心的恋母冲动，而搁浅的飞船上的船员就相当于原作中的船员。

编剧在改编我们熟悉的故事时会设计全新的角色与地点，为故事安排全新的行动与时间背景，加入不同于原著的情感基调与自己的解读。编剧史蒂夫·马丁（Steve Martin）在改编小说《大鼻子情圣》（*Cyrano de Bergerac*）时就运用了这样的思路，他将罗斯丹笔下的古代法国士兵，改写成了《爱上罗克珊》（*Roxanne*，1987）里的美国消防队长。［马丁的《淘气精灵》（*A Simple Twist of Fate*，1994）也是小说改编作品，原作为《织工马南》（*Silas Marner*）。］你还可能注意到了《体热》（*Body Heat*，1981）与小说《双重赔偿》（*Double Indemnity*）之间的相似之处，以及《苍白骑士》（*Pale Rider*，1985）对小说《原野奇侠》（*Shane*）情节的模仿。舞台剧《满城风雨》（*The Front Page*）则先后被改编为《女友礼拜五》（*His Girl Friday*，1940）、《头条大新闻》（*Switching Channels*，1988）等其他作品。

一些优美的文学作品过于风格化，故事往往是过去时的，靠人物的心理活动来推动，情节不够外化。这样的内容不能满足电影对于故事线清晰有力的要求。为了弥补这种不足，编剧在改编时，会为角色设置戏剧冲突，不断强化冲突直至高潮场景，再将冲突化解。一些电影在前期会淡化对戏剧冲突的处理，但这是一种先抑后扬的做法，这样观众才更容易为接下来发生的激烈戏剧冲突所震撼。

编剧虽然很尊重原著的文学性，但他们知道电影的目的是吸引人们

① 普洛斯彼罗，以及后文的艾瑞尔、米兰达，均为《暴风雨》中主要角色。——译者注

买票观看，娱乐观众。因此，编剧在改编文学作品时要下很大功夫。编剧迈克尔·克里斯托弗（Michael Cristofer）在改编约翰·厄普代克（John Updike）的小说《东镇女巫》（*Witches of Eastwick*）时就遇到了麻烦。虽然原作是一部极有灵气的小说，但它不具备能撑起一部电影故事片的清晰故事线。为了解决这个问题，克里斯托弗对原作进行了大量改动，仅用小说的故事作为引子，之后的情节发展几乎都是他自己写的，以至于最后的电影比起改编，更像是克里斯托弗的原创作品。

克里斯托弗的例子告诉我们：电影编剧的工作是写电影剧本，即便他们会尽可能忠于原作，但是归根结底，他们的义务是写出符合大众口味的剧本。关于这一点，我和许多编剧都讨论过，像将《人间大浩劫》（*The Andromeda Strain*）等小说改编成电影的优秀编剧纳尔逊·吉丁（Nelson Gidding）。他对此的感受是，改编者的义务就是利用原作去创作具有娱乐性质的电影剧本。与吉丁持同样观点的还有已故编剧菲利普·邓恩，他曾为达里尔·F. 扎纳克（Darryl F. Zanuck）改编过许多小说与历史剧。邓恩曾告诉我，他会尽量忠于原著，但并非每次都能成功。像吉丁一样，他对自己工作的认识也是将原作改编为故事线清晰、符合三幕故事结构的剧本。

邓恩创作《青山翠谷》（*How Green Was My Valley*，1941）剧本的故事能给人启发：这部电影也是由小说改编而来，讲述了世纪之交威尔士矿业小镇的故事。邓恩花了数月时间从理查德·卢埃林（Richard Llewellyn）的原著中提炼故事大纲，然而这部小说情节太散，难以提炼。就在邓恩准备放弃时，饰演主人公的年轻演员罗迪·麦克道尔（Roddy McDowall）从英国来到了洛杉矶。与麦克道尔会面后，邓恩一下子解决了原著的问题：他将小说中讲述成年休［原定由蒂龙·鲍尔（Tyrone Power）饰演］的部分剔除了，将剧本重心放在童年时代休的家庭生活上。运用类似的方法，邓恩还改编了约翰·奥哈拉（John O'Hara）的小说《费德列克北区十号》（*Ten North Frederick*）。提炼故事大纲时，他只选用了原著的部分内容。他指出，“在剧本改编过程中，原著内容很难全都用到，用那些能让你创作出最佳故事的部分就行了”。

尽管电影工作者们想要忠实于原著，但为了银幕效果，他们可能要对原著大动筋骨。电影《大审判》是根据巴里·里德（Barry Reed）的同名小说改编而成的，小说中有大量的对律师行业的介绍与律师间的辩论。这样的对白，即使写得再好，在电影中也很难有理想的效果。在改编时，编剧大卫·马梅（David Mamet）向一场常规法庭戏中添加了更多主人公的个人戏份，让他有了一段糟糕的过去——遭人背叛，事业陷入谷底。多了这一部分内容，主人公［由保罗·纽曼（Paul Newman）饰演的弗兰克·高尔文］的精神世界就会留下深深的阴影，加强了戏剧效果。

1.2.2 对他人著作的改编权

要获得文学作品的改编权，需要联系出版社，拿到作者经纪人的姓名与地址，商议授权事宜。接着，经纪人与作者议定独家改编权的时效，一般为六个月，或者为其他议定的时间。一般改编权的费用会从 100 美元到数千美元不等——依据市场价与编剧的心理价位而定。几年前，我的一个学生（无视我的建议）花 3000 美元买下了一部二流侦探小说为期 18 个月的改编权。不幸的是，他的投资并没有什么成果，而且当改编权到期以后，经纪人还要求他支付续约费用。其他的编剧就比较机灵，他们会签订只有在改编作品卖出后才付款给原作者的合同①。

1.2.3 公共版权作品改编

1978 年生效的《美国版权法》（The U.S. Copyright Act）规定作者在有生之年永久持有自己作品的版权，作品自发布之日起 50 年内版权亦归作者所有。版权包括再版、创作衍生物、发行的权利，还有演出、播映权利。对于匿名作品与“受雇创作的作品”（比如电影电视剧本），规定版权持有者拥有作品自发布之日起为期 75 年的版权。（一般来说，电影电视剧本的版权归

① 编剧有时会直接向作者要授权。有时编剧会付改编费用，有时则是约定改编作品卖出后再付费用——有时可能是 0 费用。

制片公司而非编剧所有。）1978 年前发布的作品，其版权保护期限为作品自发布之日起 28 年，版权所有者可以将这一期限额外增加 28 年或 47 年。更久远的，超出了上述年限的作品为公共版权作品，对其改编或援引无须支付费用，也不会面临其他法律障碍。

1.2.4 舞台剧改编

舞台剧本往往因为其情节、对白、角色或壮观的场面而受到电影工作者青睐。如今，电影工作者改编舞台剧的能力有所提升，他们能开发出更多视觉上的内容，避免影片对白过多。这样的改编作品需要包含有力的故事线、视觉元素，故事地点（一般）不会限定在视觉元素匮乏的室内场景。

我会在第 8 章详细介绍改编舞台剧会遇到的一些棘手的问题。比如如何通过一些手段使得故事整体更加视觉化，如何改编原本由对话主导的场景，使其中的戏剧性转折点通过画面和动作来实现。编剧彼得 · 谢弗（Peter Shaffer）在将自己的舞台剧《莫扎特传》（*Amadeus*）搬上大银幕的过程中就遇到了这个困难。谢弗不仅改写了两位主角之间的关系，更写了许多舞台剧中没有的、充满视觉内容的场景。编剧艾尔弗雷德 · 乌里（Alfred Uhry）曾将自己的舞台剧《为黛西小姐开车》（*Driving Miss Daisy*）改编为同名电影，同样展示出了他高超的电影剧作技巧。将两部作品各自的舞台剧本与电影剧本进行比较，可以学习到写作两种不同类型剧本的技巧。上述两部电影都获得了奥斯卡最佳改编剧本奖。

1.2.5 新闻与公众事件改编

有时候，有太多想法在我们脑海里嗡嗡作响，以至于无法决定到底开发哪一个。而有时，我们又觉得自己想象力枯竭了——永远枯竭了！要想避免后者这种痛苦的心情——作者的小小恐慌——你可以为自己留一两个后备项目。这样，当手头的项目结束后，你可以继续开发你的后备创意。一些编剧会通过收藏报纸或杂志上的新闻，建立自己的电影创意库，增加创意的储备。你可以将你收集的新闻放进文件夹，并分类贴上自己定的标签。我自己文件夹里的标签分类如下：生物（biology）、书评（book reviews）、人物（characters）、犯罪（crime）、毒品（drugs）、环境（environment）、伦理（ethics）、民族（ethnic）、历史（history）、流浪者（homeless）、移民（immigration）、爱情（love）、医学（medicine）、金钱（money）、自然（nature）、神秘学（occult）、职业（occupations）、海洋学（oceans）、心理学（psychology）、种族（race）、宗教信仰（religion）、科学（science）、性爱（sex）、太空（space）、体育（sports）、战争（war）、逸闻（weird）、西部（westerns）。

每天，你至少要从《洛杉矶时报》《纽约时报》或者类似报纸中找到至少一个故事创意。我推荐人情世故、体育故事、人物报道、历史文章、书评等栏目。编剧要主动搜寻，才可能找得到故事创意，即使有时候毫无收获（经常发生），但是搜寻的过程锻炼了你对故事的敏感度和辨识能力。最妙的是，你时常会发现，看似不相关的元素会出现在同一个故事创意中。

读新闻刊物时，你要重视那些备受公众关注的事件。通常，最有用的新闻材料包含了人物的特殊细节、人物背景、他们是如何引发公众关注的。如果你被一则新闻撩动了心弦，会为它感到愤怒或悲伤，那么这个材料就可能是有价值的。

电影剧本的故事可以由诉讼案件、政府听证会，以及报纸新闻等改编而来，比如《丝克伍事件》（*Silkwood*，1983）、《总统班底》（*All the President's Men*，1976）、《啦啦队长谋杀案》（*The Positively True Adventures of the Alleged Texas Cheerleader-Murdering Mom*，1993）等。不过，这类故事会涉及法律问题。比如，真实事件中，当事人的隐私权是不受保护的，但他们仍然拥有自己的形象权。因此，除非编剧取得了授权，否则当事方的真实名字是不能出现在剧本中的。

有关授权的法律事宜犹如汪洋大海，超出了本章范围，但我还是要多说一些：法院一直在平衡公众对于公共事件的知情权，与公民所享有的隐私权及形象权之间的对立关系。关于隐私权与出版权的法律，美国各州不尽相同，这样就有林林总总五十种法律。为了避免官司，编剧在改编公众事件时经常会请当事方签署授权书，当剧本被卖掉或者被拍成电影了，授权书才生效。编剧理应向对方支付一些形式上的费用（例如10美元）以作为授权的交换条件；即使授权方愿意免费授予他们的隐私权与公开权，编剧也应该支付这笔费用。用这点费用换取法律保护还是很合算的，如果当事人发现了他们在电影中的角色会由大牌明星如黛米·摩尔（Demi Moore）或杰克·尼科尔森（Jack Nicholson）来扮演，他们可能会变卦。比较明智的做法是交给律师处理，因为制片公司都不想惹官司。这也是对编剧的保护，辛辛苦苦写了好几个月的剧本，不应因为缠上官司而被搁置。

规避法律风险的第二种做法是，改写角色与故事背景，使剧本同原始素材的相似度降低到安全水平。采用这种方法，编剧虚构出与原型不同名也不同背景的人物，还可以改写故事的发生地、周围的环境、基本设定，以及故事的情境。这样写出来的剧本，基本上看不出原事件的影子。很多时候，编剧为了把真实事件改编为合格的电影剧本，自然而然就会这样做。有一些例子印证了上述方法。电影《猛鬼街》（*A Nightmare on Elm Street*，1984）的导演兼编剧韦斯·克雷文（Wes Craven）创作这部剧本的灵感，来源于他在《洛杉矶时报》上读到的一则关于亚洲年轻人在睡梦中神秘死去的新闻。这令克雷文大感兴趣，他开始思考，是什么原因令这些身体健康的年轻人这样死去。他有了一个想法：让一名杀手在梦中杀死这些年轻人。这个故事的基本概念——由弗雷迪·克鲁格（Freddy Kruger）这一阴魂不散的魔鬼形象所引发的噩梦——有发展成系列故事的潜力，这部电影拍了一系列续集。《猛鬼街》系列大骇青少年观众，使他们认为倒霉的孩子会被克鲁格折磨。这一系列电影完全没有提到作为创意来源的新闻事件，因为它只借用了在睡梦中死去这一个元素。

还有一个某种程度上更现实主义的例子。1992年10月2日，撰稿人理查德·普雷斯顿（Richard Preston）在《纽约客》发表文章，讲述了一次实验室生物危机事件。这篇文章引起了好莱坞的注意，不久后，有两家制片公司开始竞标文章改编权。这一则新闻有着电影般的魅力：致命病毒污染了马里兰州的一所实验室，附近地区受到瘟疫威胁；政府获知消息，派遣一支生化突击队来处理危机，阻止瘟疫蔓延。从本质上说，普雷斯顿的文章就像是电影《人间大浩劫》（*The Andromeda Strain*，1971）的现实版。这个故事可以被概括为最简单的三幕结构：疫情暴发、抗击病毒、最终胜利。这样的科幻惊悚片很受欢迎，因为它有新意、烧脑、有异域风情、有视觉效果，并且它的主题是无形却致命的威胁。

竞标失败的那家公司听从了其法律部门的意见，将这篇文章改编成另一个故事；据该公司的一位高层人士称，法律部门是这样说的："只要我们不使用普雷斯顿文章中出现的人物，我们就可以开发一个属于我们自己的虚构故事。"[①] 于是，该公司雇用了一批编剧来写剧本，将电影拍了出来。编剧在原故事基础上增加了许多细节，改变了故事的发生地点，而且还添设了一些虚构角色。最终完成的电影《极度恐慌》（*Outbreak*，1995）呈现出一幅末日图景，死亡病毒泄露蔓延，威胁整个地球。为了给这部情节剧增添一些生气，故事还加入了一位冷酷无情的军官、一场关于细菌战的阴谋、一段破裂的婚姻，甚至还有一条宠物狗。无论这样的改编是否显得套路化，这些元素的混搭使这部电影取得了不俗的票房成绩。制片公司没有向普雷斯顿和他文章中提到的人物或团体支付一分钱的费用。这是法律允许的，因为普雷斯顿文章所写的是真实发生的公众事件，它发生在公共场所，也并未威胁到国家安全。

竞标成功的那家公司却不太走运，对手只付了一本杂志的钱，而这家公司为普雷斯顿的文章支付了 40 万美元[②] 的版权费用。或许他们认为这笔费用买到的是独家版权；又或者他们认为它会吸引大牌影星的目光；再或者这笔费用标志着这家公司可以在宣传的时候以"真实故事"作为噱头。最后，因为编剧赶工，他们的两版剧本都出现了问题，公司不得不请"剧本医生"来修改剧本（顶级"剧本医生"的薪酬可达一周 10 万美金）。最终，其中一版剧本仍旧无法成型，导致明星［罗伯特·雷德福和朱迪·福斯特

---

① 《纽约时报》，1994 年 6 月 23 日

② 显然，普雷斯顿与制片公司签署的合同规定在电影制作完毕后才付全款。所以在这个项目搁浅后，普雷斯顿只得到了 10 万美金的前期款项。后来他的这篇文章被扩写成畅销书（best-seller 一般指书），为他带来了丰厚的收益。

（Jodie Foster）］纷纷退出。据报道，因为这一项目的失败，该制片公司损失了近 800 万美元，对于好莱坞来说，这个数目着实不小。

这个例子对我们有以下几点启示：第一，烂剧本很少能拍出好电影，哪怕参演的都是最棒的演员。第二，要想写出好的电影剧本，编剧必须保证有充足的时间做功课，即使故事创意本身已经非常出色。第三，报纸杂志的确是好的创意来源，但在选择故事时应该注意规避法律风险。

这个案例还告诉我们，一些故事版权价格不菲，然而我们可以通过修改角色、细节与地点的方式，来避免支付版权费用，《极度恐慌》就是一个很好的例子。重申一遍，这不是剽窃，因为版权法的目的之一，便是鼓励艺术家自由利用公共档案资源，创作出符合公众利益的作品。这种对艺术家的保护，意义不止于娱乐大众，例如上述关于病毒的故事，它所揭露的发生恐怖异变的实验室，周围居住着毫无防备的数百万人，而这样的信息是应该让大众知道的。还有一些故事向观众展示了企业高层［《糖衣陷阱》（*The Firm*，1993）］、政府官僚机构（《总统班底》），以及其他公众机构［《中国综合征》（*The China Syndrome*，1979）、《烈血大风暴》、《阿波罗 13 号》］。一般在电影剧本中，编剧都只用新闻材料的内容做开头，而且最终剧本都会比原故事材料更戏剧化，也更具想象力。要想达到这样的效果，故事一般都要经历反复的改写。

1.3 其他故事材料

1.3.1 写个人经历

我小学六年级时，老师贝里女士曾建议我们把个人经历作为故事素材。她还让我们注意见过的人，听过的故事，以及发生在朋友或熟人身上的事，因为这些也可能具有故事价值。这些金玉良言让我受益至今。有一次，我在健身俱乐部见到两名六十岁左右的男性，他们给人感觉像是前职业橄榄球运动员。我一边观察他们，一边猜测着他们是谁、从哪里来、他们是怎么成为朋友的，他们靠什么为生。沉思良久，一个故事创意突然浮现在我脑海里——假如这两个人是已经金盆洗手的劫匪呢？这个想法推动着故事的齿轮转动起来：如果他们是被迫收手的，心中窝火，准备报复，那么接下来会发生什么呢？如果其中一个人在俱乐部遇到了一见钟情的女人，威胁到了他和好哥们儿的友谊呢？如果这两位大佬用退休金买下了这间健身俱乐部，而他们的客户是一些生活讲究到只喝瓶装水的雅皮士呢？只要善于想象，平时的观察也有产生故事的可能。

路易斯·佩尔蒂埃［Louis Pelletier，电影《义犬情深》（*Big Red*，1962）编剧］有一次来听我的课，并在课上对我的学生们说："没有那么多新情节，我们很多人只是将新鲜有趣的角色放进了旧故事中。"佩尔蒂埃是个非常聪明的编剧，他喜欢向看似普通的故事里加入形象鲜明的人物，为故事增添新意。他还要求学生们多多留意形形色色的人，探索其故事潜力，建议大家对日常生活中遇见的人展开想象，给他们虚构一些可信的个人经历。一些编剧会将他们对角色的思考记在笔记本上，还有一些编剧会将电视节目录下来，把里面出现的人物类型分类归档。我建议学生们每个月向人物资料库里增加一个之前没有的人物，并简单描述其形象，就像弗兰克·纽金特（Frank Nugent）为《蓬门今始为君开》（*The Quiet Man*，1952）中由维克多·麦克拉格伦（Victor McLaglen）饰演的名义上的反派人物威尔·达纳赫所写的人物梗概一样：

> 达纳赫像一个小巨人，他留着短短的圆寸，肩膀宽大无比，手臂像猩猩的一样粗壮，一双大手尺码堪比棒球手套。据我们所知，他是个吝啬鬼，大农场的场主，而且是——遗传基因还真是奇怪——可爱的玛丽·凯特的哥哥。

1.3.2 写家族历史

你还可以观察家人，打听一下家族中谁身上有值得写的故事。最近，我有一个学生找不到灵感，我就让她去写她家的历史，从祖父母和外公外婆开始写起，一直写到现在。一周之后，全班同学在课上讨论她写好的八页家族史，在其中找出了三个绝妙的故事创意。这是因为在写家族史的过程中，你需要跟亲戚聊天，他们不只是讲话方式对你的叙述方式有启发作用，讲述的内容也可能有你从前不知道的事情。你需要去挖掘家人们讳莫如深的事情——因为他们总是愿意谈美好的往事，比如丹爷爷一手创办了饲料商店；而不愿意提起那些不堪的过去，比如明阿姨和飞刀师私奔，最后流落到阿拉斯加的沙丁鱼加工厂做工。你得让亲人们知道，那些所谓的丑事只是创作虚构故事的灵感来源，最终完成的内容几乎看不出真实事件和人物的痕迹。

调查家族历史只有一个问题，那就是有些家族往事过于沉痛。如果有些事给家人留下的阴影是难以磨灭的，那么为寻找故事创意而对这种事情刨根问底的做法就不可取了。同样，一些人的个人经历也会过于沉痛，无法承受被改编成剧本的压力。编剧可能会花费很长时间尝试将这样的经历改编成故事，但最终无法成功。平时也要留心邻居讲的，还有道听途说的故事，地方传说，以及一切你听到、看到的趣闻；这些都是你的故事材料，多多益善。故事、逸闻、笑话、古怪的人名，还有小道消息，都是编剧应该收集的材料。编剧要像乞丐，像侦探，像窃听者，像收废品的，将一切能找到的材料都塞进文件夹，记在本子上，以备日后写作之用。一本活页笔记本大有用处，你可以将观察到的人事物，以及一切触发你想象力的东西都记在上面。有人说创造力就是发现事物之间关系的能力——一个颇具规模的资料库，能为你提供更多的材料以建立联系。

1.3.3 故事类型

有一些编剧会先选择一个特定的故事类型，再去搜寻适合这一类型的故事创意。故事的分类方式有很多种，我将它们分为：复仇故事、科幻故事、西部故事、喜剧故事、奇幻故事、惊悚故事、爱情故事、侦探故事、奇情故事、警匪故事、青春成长故事、家庭故事、恐怖故事、怪兽故事、鬼故事、旅游故事、体育故事、战争故事、校园故事、动物故事、现代危机故事、动作 – 冒险故事、历险故事、探索故事[①]。

写类型故事，首先要了解它们的形式。假如编剧要写复仇故事，那么他应该用一周的时间来分析这个类型的特征。通过研究会发现，典型的复仇故事在第一幕要介绍一位主人公，他并没招惹谁，但接着反派人物骑着马或摩托车，或搭着飞船，或以其他方式出场，把主人公收拾一顿。主人公以某种方式逃脱，利用第二幕恢复元气，武装自己。等到一切准备就绪，在第三幕的决战时刻，主人公与反派人物正面对决，像奥德修斯一样击败反派。（决战通常都是主人公与反派之间的一对一决斗。）因此，复仇故事的三幕结构是受辱 – 恢复 – 复仇，例如《证人》。

复仇故事里的主人公一般都有着不为人知的力量或经历，使他们比外表看起来要强大得多，《稻草狗》（*Straw Dogs*，1971）、《不可饶恕》和《码头风云》（*On the Waterfront*，1954）里的主人公都是如此。复仇片出动作明星。克林特·伊斯特伍德就因在《不可饶恕》、《荒野大镖客》（*A Fistful of Dollars*，1964）、《西部执法者》（*The Outlaw Josey Wales*，1976）、《吊人索》（*Hang'em High*，1968）等复仇片中担任主角，从而脱颖而出，成为影星。

复仇故事经常与动作 – 冒险故事相结合［《虎胆龙威》（*Die Hard*，1988）、《潜龙轰天》（*Under Siege*，1992）］，后者为观众提供刺激感，较少挖掘人物内心世界，也不揭露社会问题。因为动作 – 冒险故事一般不像历险故事［《非洲女王号》（*The African Queen*，1951）、《浴血金沙》（*The Treasure of the Sierra Madre*，1948）］那样发人深省，充满道德反思。历险故事一般将背景设定在偏远的环境中，让主角面临复杂的社会或政治问题。虽然故事类型多种多样，但是通过深入研究，我们就能认识到它们的基本构成方式，以及它们是如何被剧情任务或冲突推动的。（结合附录 C

---

① 有关更多的电影类型，可参看托马斯·沙茨（Thomas Schatz），《好莱坞类型电影》（*Hollywood Genres*），纽约：兰登书屋（New York: Random House），1981 年。作者在书中列出了六种主要类型——黑帮片、冷硬派侦探片、怪诞喜剧片、歌舞片、家庭通俗剧、西部片——但这些类型还可以细化。例如，西部片还可进一步分为意大利式西部片、修正主义西部片、史诗西部片、伙伴西部片、西部喜剧片、哥特西部片——种类还在持续增加。

中对《大审判》的分析，以及本书中的各种讨论，你可以学到如何分析剧本和电影。）

有一种有趣的故事类型是将主人公置于陌生的环境。这种枯鱼涸辙般的奇情故事有潜力大受欢迎，比如《鳄鱼邓迪》（*Crocodile Dundee*，1986）和《外星人 E.T.》（*E.T.:The Extra-Terrestrial*，1982）。这种故事成功的因素之一，就在于主人公的特质与所处环境产生的戏剧性反差。这种故事类型在很多电影中都有所体现：《证人》中约翰·布克［哈里森·福特（Harrison Ford）饰］与阿米什社区格格不入；《终结者》中凯尔·里斯［迈克尔·比恩（Michael Biehn）饰］和机械人［阿诺·施瓦辛格（Arnold Schwarzenegger）饰］与萨拉所处的世界格格不入；还有《大审判》中的主人公与他所挑战的律师圈也是这样。而极端的枯鱼涸辙的故事是《美人鱼》（*Splash*，1984），讲的正是一条美人鱼来到了陆地上！

1.3.4 中意的演员

有的编剧在写故事时会想象自己笔下的角色由著名演员来扮演。比方说，如果你需要一位身材颀长的年轻牧牛人，那么就想象他由加里·库珀（Gary Cooper）或约翰·丘萨克（John Cusack）扮演。编剧对演员的想象并不直接体现在剧本中，但是在写剧本时，演员的形象与精神会给编剧提供灵感。这种想象非常有用，因为总有一些知名演员的形象与编剧笔下的角色相契合，而且所有能被想象到的性格类型几乎都能找到对应的演员形象。比方说，你完全可以把苏珊·萨兰登（Susan Sarandon）与杰克·莱蒙（Jack Lemmon）想象成一对而立之年的享乐主义者。你可以想象这些演员坐在排练室，读你的作品的样子。问问自己：你的剧本能否配得上他们的演技。演员不是只会背台词就可以；他们的目标是演绎出独一无二的角色，呈现人物经历，表现人物情绪的复杂性。梅里尔·斯特里普（Meryl Streep）谈到过这一点，她说自己“感兴趣的是角色的内心世界，在肉体承受的考验之外，他们的灵魂在与什么搏斗”[①]。斯特里普在这里指的是蕴藏在人物背景中的行为动机，行为动机引发情绪，演员通过情绪联系起自己的经历，从而将角色的情绪与自己联系起来，并体现在角色的心理活动与对白、动作、回应、场景提示，或者演员对剧本的理解中。

1.3.5 文学形象或历史人物

如果你对普通人不感兴趣，那就写一个以文学形象或历史人物为原型的角色吧。在尼古拉斯·迈耶（Nicholas Meyer）的《百分之七的溶液》（*The Seven-Per-Cent Solution*，1976）里，弗洛伊德帮助福尔摩斯戒掉了毒瘾。各种名人，不管是来自体育界[《酷伯传奇》（*Cobb*，1994）]、商界[《创业先锋》（*Tucker: The Man and His Dream*，1988）]、医学界[《万世流芳》（*The Story of Louis Pasteur*，1935）]，还是科学界[《胖子与男孩》（*Fat Man and Little Boy*，1989）]、艺术界（《莫扎特传》），都可以成为你创作人物传记故事的材料。

1.3.6 故事地点

从小到大，我们听过许多关于鬼屋与其他神秘地点的故事，这些故事令我们感到兴奋。现在，或许它可以为我们写剧本提供一些灵感。这样的地点往往给人留下深刻的记忆，你可以故地重游，没准能想到什么故事。阅读相关图文报道也有助于激发灵感，让你对故事或段落的创作有新的想法。

1.3.7 童话与神话

这类古老的故事具有经久不衰的吸引力。童话《杰克与豆藤》《灰姑娘》《小红帽》《美女与野兽》和《睡美人》的故事，在《星球大战》（*Star Wars*，1977）、《上班女郎》（*Working Girls*，1988）、《与敌共眠》（*Sleeping with the Enemy*，1991）、《码头风云》和《风月俏佳人》等电影中都有所体现。一些

---

① 《洛杉矶时报》，1994 年 9 月 25 日。

童话与神话也常作为典型隐喻，被用来形容人生历经的重大阶段[①]。

1.3.8 续集与前传

编剧可以为自己欣赏的电影构想续集故事或前传故事。比如，为伊斯特伍德主演的《肮脏的哈里》（*Dirty Harry*，1971）构思一部前传，讲述哈里 12 岁时的故事；这个故事可能会找到让他走向孤僻与杀戮的原因。通过对人物背景故事、性格成因的推测，可以获得创作故事的思路。电视剧版《少年印第安纳琼斯大冒险》（*The Young Indiana Jones Chronicles*）讲的就是主角少年时代的故事。《特工狂花》（*The Long Kiss Goodnight*，1996）讲的是一个曾经的杀手被她的精神问题所困扰，这听起来让人怀疑是《女囚尼基塔》（*La Femme Nikita*，1990）或者它的美国翻拍版《双面女蝎星》（*Point of No Return*，1993）的续集。

你可以为任何电影或文艺作品中的虚构角色来写前传或续集。为什么不能给《与狼共舞》构思一个续集呢？“站立舞拳”和约翰·邓巴逃出部队后怎么样了呢？这仿佛是个值得探讨的问题。有一段时间，我的一个朋友开玩笑说想写《绿野仙踪》（*The Wizard of Oz*，1939）里的多萝西人到中年的故事。然而在他之前，杰夫·赖曼（Geoff Ryman）的小说《曾经》（*Was*）就写过这个故事了。

1.3.9 历史事件

纵然历史是关于人类的宏大话题，但关注战争、社会变革，以及大型事件对于社会个体（比如一个家庭、一个街区，或者一个村子）的影响也很有必要。比如，电影《愤怒的葡萄》（*The Grapes of Wrath*，1940）讲的就是经济大萧条对乔德一家的影响；而《孟菲斯美女号》（*Memphis Belle*，1990）通过一个轰炸机战队的故事，描绘出二战期间欧洲的空战图景。

---

① 要了解更多关于童话和神话的知识，请参考 Bruno Bettelheim, *The Uses of Enchantment: The Meaning and Importance of Fairy Tales* (New York: Vintage Press, 1977); Joseph Campbell, *The Hero with a Thousand Faces* (Princeton, New Jeresy: Princeton University Press, 1949)。

1.3.10 影像

故事创意可以来自艺术作品、梦境、经验，或者潜意识中的影像。电影《米勒的十字路口》（*Miller's Crossing*，1990）的故事创意就来自于编剧伊桑·科恩（Ethan Coen）脑海中突然浮现的森林里一个被风吹起的帽子。你可以训练自己对某种影像进行思考，直至思考出特别的意义。你可以从一些摄影集中获取灵感。

1.3.11 广播与电视真人秀

在广播与电视真人秀里，有关于人物与情境的各种内容。一些编剧会把电视节目片段录下来，编入自己的资料库，因为他们感觉里面可能有故事。再次说明，为了规避隐私权与公开权相关法律的风险，这一类材料需要进行相当程度的改写加工。不过，它们至少能为你的角色素材库增加不少素材。

1.3.12 音乐和歌曲

写作的灵感可能来自音乐或歌曲，比如古典音乐、流行歌曲、民间音乐等。我曾受到一首爱尔兰民歌的启发，写出了一个叫作《弗吉尼亚人》的剧本。电影《赌棍》（*The Gambler*，1974）和《向比利·乔致敬》（*Ode to Billy Joe*，1976）的剧本灵感来自西部乡村歌曲。

1.3.13 推测

有时一个“假如”便能问出许多有趣的故事。假如一架飞船停在白宫门口的草坪上，会怎样呢？假如我们发明出与死者沟通的方式，会怎么样呢？假如我们能够进行时光旅行，会怎么样呢？假如我们能够进行大脑移植、使自己的智商加倍、重新培育出恐龙、看到天使，会怎么样呢？故事创意有时就从这些幻想中来。

1.4 利用六种原型故事开发创意

作家毛姆曾说，写小说只需遵守三条规则，可是没人知道这三条规则是什么。同理，电影从业者觉得写故事并不难，认为故事只有五种或九种，或者是三十七种类型——并且所有故事都有现成的模板。遗憾的是，尽管人们从类型、风格、社会背景等各个角度开展电影研究，然而在“电影的标准模板有哪些”这一问题上，人们并没有达成统一意见。虽然上述电影研究具有一定意义，但是我发现，新入行的编剧总是不愿学习复杂的叙事理论。他们需要培养的，是对故事走向的把控能力，尤其是在构思初期各种想法缠绕心头时。厘清故事的发展方向，会让接下来故事内容的安排变得更容易。几年前，我发现了梳理故事方向的一套方法，在此我要感谢戴维·多尔托特（David Dortort），他是一位编剧，也是加州大学洛杉矶分校进修学院写作项目的老师，还是《伯南扎的牛仔》（*Bonanza*）等电视剧的行政制片人，常年和编剧与剧本打交道。久而久之，多尔托特发现，他接触到的剧本故事往往都源自以下六种原型故事：英雄型故事、伙伴或友情型故事、不可能任务型故事、逃离束缚型故事、美狄亚型故事和浮士德型故事。下面我会分别解释它们的含义。有趣的是，这六种原型故事可以与任何故事创意组合。多尔托特提供的故事原型学习起来非常简单，编剧们可以快速培养把控故事走向的能力，根据故事的发展方向，组织和发展故事情节。

1.4.1 英雄型故事

在欧洲文化里，希腊神话中忒休斯（Theseus）走出克里特岛迷宫，杀死米诺陶洛斯（Minotaur）[①]的传说是英雄故事的原型。忒休斯式英雄具备敢于挑战危险任务的勇士之心。观众都会希望银幕上不屈不挠、富有人格魅

① 忒休斯是传说中的雅典国王。米诺陶洛斯是克里特岛国王米诺斯与牛所生的儿子，是牛首人身的怪物，它住在父亲为他修建的迷宫之中。米诺斯与雅典为敌，雅典为了求和，答应每九年向米诺斯进贡七对童男童女，米诺斯将童男童女关进克里特岛的迷宫之中，让米诺陶洛斯将他们杀死。年轻的忒休斯在第三次进贡时跟随童男童女一起进入迷宫，斩杀了米诺陶洛斯，并利用线团走出了迷宫。——译者注

力的英雄就是他们自己，从而为英雄加油。英雄受人喜爱的另一个原因是，他（或他的团队）站在道德高地，呼唤人性中的美好与正直。英雄必须是道德的；否则英雄故事便无法成立。（讽刺的是，有一部名为“英雄”的电影[①]遭遇失败，原因是主人公道德立场暧昧不明。）

在成功的英雄型故事里，主人公要有趣且道德，但不能完美。与之相反的是超级英雄，他们永远正确，立于不败之地，反而会失去观众的关心与担忧。为了避免这种情况，编剧需要将英雄写成有瑕疵、有血有肉的普通人。

处在英雄与非英雄之间的是反英雄，一种只坚持自己的价值观而无视社会标准的人。鲍嘉、加菲尔德[②]、伊斯特伍德就塑造过这类以冷酷的自我标准行事的独行侠形象。西戈尼·韦弗（Sigourney Weaver）在《异形 2》（*Aliens*，1986）中扮演的意志坚强的主人公，也是一种严格贯彻自己信条的反英雄。伍迪·艾伦（Woody Allen）常常扮演被迫卷入争端的犹疑不决的反英雄。总之，在六种原型故事中，英雄型故事最常被用在电影中。

1.4.2 伙伴或友情型故事

这类故事脱胎于达蒙与皮西厄斯（Damon and Pythias）[③]的传说，内容通常是一对友人对抗世界［《午夜牛郎》与《人鼠之间》（*Of Mice and Men*，1939）］。故事中伙伴的关系可以有所改动，可以是“我能比你做得更好”的竞争关系［《单身公寓》（*The Odd Couple*，1968）］或者同仇敌忾的关系［《绿宝石》（*Romancing the Stone*，1984）］。在合作的同时，他们可以爱恨

---

① 指电影《无名英雄》（*Hero*，1992）。——译者注

② 指约翰·加菲尔德（John Garfield，1913—1952）。——译者注

③ 达蒙与皮西厄斯的故事出自希腊和罗马民间传说。公元前 4 世纪，在意大利叙拉古有一对好友名叫达蒙与皮西厄斯。皮西厄斯因触犯国王被判死刑，他想在临终前回家见见父母，于是请求国王放他回家一趟，保证按时回来伏法。但国王认为皮西厄斯只是想借机逃走。这时达蒙挺身而出，愿代皮厄西斯在狱中受刑。国王钦佩达蒙的勇气，便同意了他们的请求。转眼间刑期已到，皮西厄斯却没有回来。达蒙相信朋友没有逃跑，定是路上受阻，并做好了为朋友赴死的准备。就在他被押赴刑场之时，皮西厄斯及时赶到，原来是暴风雨与船只失事使他耽搁了。达蒙与皮厄西斯之间的相互信赖与真挚友情感动了国王，于是国王将二人释放。在英语中，“Damon and Pythias”被人们用来表示“生死之交”。——译者注

交加［《悍妞万里追》（*Outrageous Fortune*，1987）］，也可以渐渐变得相互依赖［《黑白游龙》（*White Men Can't Jump*，1992）］。

两个伙伴可以是势均力敌的［《致命武器》（*Lethal Weapon*，1987）］，也可以是判若云泥的［《龙兄鼠弟》（*Twins*，1988）］；可以是男女组合［《鹈塘暗杀令》（*The Pelican Brief*，1993）］，也可以是长幼组合［《舐犊情深》（*The Champ*，1979）］。伙伴型故事还可以是许多角色聚在一起，共同挑战重大而艰巨的任务［《通天神偷》（*Sneakers*，1992）］。

当伙伴之中的一人与第三方发生了浪漫关系［《冰上奇缘》（*The Cutting Edge*，1992）］，伙伴关系就发展为三角关系。一些编剧为了缓和三角关系中的竞争，会向故事中加入音乐或其他风格化元素，让气氛不那么紧张，比如《虎豹小霸王》。伙伴型故事的基本目标同英雄型故事一样，是打败敌人或赢得荣誉。无论性别异同，伙伴关系中的人物都可以培养出独当一面的能力，让他们或者其中一人在自己的路上变得更加强大［《战书》（*The Gauntlet*，1977）］。这种彼此独立有时可以进一步推动二人的关系［《花街杀人王》（*Klute*，1971）］。

1.4.3 不可能任务型故事

这种类型故事中主角的目标不是打倒反派，而是进行宏大的冒险、搜寻，或者旅行。这一类故事发源于伊卡洛斯（Icarus）和代达罗斯（Daedalus）[①]的传说，可以融合幽默、天真、悲痛与欢乐等各种情绪［《太空先锋》（*The Right Stuff*，1983）、《潇洒有情天》（*Boys on the Side*，1995）、《王者之旅》（*Searching for Bobby Fischer*，1993）］。不可能任务型故事通常先设立一个任务（帮助 E.T. 逃跑、治愈某种疾病、找到宝藏），再展现主角如何完成这一任务，或遭遇失败。无论成功与否，这种类型故事的主角都要体现出人性的

① 代达罗斯与伊卡洛斯出自希腊神话。代达罗斯是著名的工匠，为克里特岛的国王米诺斯修建了给米诺陶诺斯居住的迷宫。为了逃出克里特岛，代达罗斯用羽毛与蜡为自己和儿子伊卡洛斯造了两对翅膀，试图飞出迷宫。伊卡洛斯在空中飞得过高，致使太阳融化了他翅膀中的蜡，他最终坠入海洋丧生。——译者注

高尚与顽强。

所有的原型故事中都有英雄型故事的成分，主人公必须道德高尚；不可能任务型故事的主人公也不例外，否则他的任务也崇高不起来。当这种类型故事——比如说寻宝故事——的主角是一个英雄，那么他的寻宝动机就不能够出于贪婪，必须也是英雄式的动机才行。《绿宝石》的男主角就跳出了对宝物的贪婪，比起人人都在寻找的珠宝，他更关心的是女主角。在《浴血金沙》中，鲍嘉饰演的主人公抵挡不住黄金的诱惑，放弃了崇高的道德追求，最后迎来了失败结局。《雷霆壮志》(*Days of Thunder*，1990)的主人公同样因渴望成为冠军车手而抛弃了体育精神，变得利欲熏心，丧失了道德。而观众需要一个英雄来崇拜与支持，所以他们将关注点转移到由罗伯特·杜瓦尔所扮演的坚守道德底线的机械师身上。这种转移让故事失去了重点，令电影效果大打折扣，因为观众应该关注的是主人公，而不是主人公的哥们儿。

1.4.4 逃离束缚型故事

逃离束缚型故事，也被称为“国王必须死”。这种类型的故事通常聚焦于父母与孩子之间的冲突，或者新秩序替代旧秩序。这种原型可以发展出很多故事，比如父母对孩子的控制［《女继承人》(*The Heiress*，1949)］，也可以是父母发生冲突，需要孩子表明立场［《父母双全的孤女》(*Irreconcilable Differences*，1984)］。电影《告别昨日》(*Breaking Away*，1979)就是一个明显的逃离束缚型故事，蓝领家庭出身的男孩最后考上了大学。《高才生》(*Class*，1983)则是两代人之间感情纠葛的故事。逃离束缚型故事中可能含有感伤的回忆［《邦蒂富尔之行》(*The Trip to Bountiful*，1985)］、俄狄浦斯式的冲突［《惊魂记》(*Psycho*，1960)］、手足之间的对抗［《一曲相思情未了》(*The Fabulous Baker Boys*，1989)］，以及被抛弃的恐惧［《纸月亮》(*Paper Moon*，1973)］。

逃离束缚型故事与人生两大重要时刻紧密相连——一是父母与子女分离，二是子女走向独立，这是我们实现自我的必经之路。隔阂与独立算得上是对人类成长的最大推动力；如果一个人在成长过程中遇到阻碍，那么他可能会患精神疾病，变得孤僻、愤怒、虚弱，会吸毒、变成街头混混，或者出现其他问题。在现实生活中，成长为真正的自己常常要花费数年的时间，所以关于成长挫折的优秀剧本有很多［《五支歌》（*Five Easy Pieces*，1970）、《与爱何干》（*What's Love Got to Do with It*，1993）、《来自边缘的明信片》（*Postcards from the Edge*，1990）］。如果你无法确定自己的构思是否属于逃离束缚型故事，不妨问问自己，主角是否有冲破束缚、成长为真实自己的需要。如果答案是肯定的，那你就可以确定故事的走向了，这有助于提升你的思考效率，更好地开发故事。

1.4.5 美狄亚型故事

前面介绍的四种原型故事都来自古希腊传说。在古希腊传说中，人类与神相处得并不融洽，因为神对人类的骄傲自大非常警觉。美狄亚的故事则要晚一点出现，女性的力量是它的基础。美狄亚的传说是这样的：她帮助伊阿宋得到了金羊毛，成为他的妻子，并生下两个儿子。当伊阿宋与别的女人相好而抛弃她后，美狄亚利用法术杀死了情敌，并且残忍杀害了自己的两个儿子，作为对伊阿宋的惩罚。在美狄亚的故事里，独立的女性在以男性为主导的社会中获得解放，这与之前那些父权主义色彩浓厚的故事有很大区别。《小狐狸》（*The Little Foxes*，1941）中的女主角就是美狄亚型的，《最后的诱惑》、《桃色机密》（*Disclosure*，1994）、《致命诱惑》（*Fatal Attraction*，1987）、《非洲女王号》、《喜福会》（*The Joy Luck Club*，1993）等电影中的强势女性角色身上也都有美狄亚的影子。

1.4.6 浮士德型故事

浮士德是十六世纪德国传说中的人物，他将自己的灵魂交给恶魔，换取魔法、美貌，与青春。浮士德型故事通常展示出为达目的不择手段的极端心态[①]。这种类型的故事有邪恶的一面，因为主角得到的一切财富、知识，以及力量都是从腐败糜烂的土壤中滋生出来的。由于这一特点，浮士德型故事中往往有道德观方面的冲突。

腐败糜烂的源泉可以是一家公司、一支部队、官僚机构、教堂、学校……任何无视道德、要求服从的组织或个人。《糖衣陷阱》、《燃眉追击》（*Clear and Present Danger*，1994）和《好人寥寥》（*A Few Good Men*，1992）都描绘了这样的图景。《侏罗纪公园》和《变蝇人》（*The Fly*，1986）（在这两部电影里，扮演恶魔角色的是劳民伤财的科学技术）也是浮士德式的故事。《不可饶恕》里，主角因为需要金钱挽救农场而背叛了自己死去的妻子，因此这也算是一个浮士德型故事。有时，浮士德型故事中会出现师徒或主仆的角色关系［《仆人》（*The Servant*，1963）、《华尔街》（*Wall Street*，1987）］，在这样的故事中，处于被支配地位的角色必须最终逃脱支配者的魔掌。

在这里要澄清一点，我们开发一个故事，是因为喜欢它的创意，而不是因为它符合某种故事原型。原型故事不过是确定故事发展方向的工具。故事方向决定了，编剧的创作思路就能变得更集中。例如，关于前文提到的两位健身房的老匪徒，不同的原型故事会给出不同的发展方向。如果要开发不可能任务型故事，就要为二人设立一个既有挑战性又能推动情节的目标［《再上梁山》（*Tough Guys*，1986）］。要开发伙伴型故事，那么应该将它写成像《单身公寓》或《稻草人》（*The Scarecrow*，1973）一样探讨人物关系的故事。两个老匪徒的构思还能被开发为逃离束缚型故事——假设他们想要逃离黑帮。开发浮士德型故事，编剧要设计二人与黑帮之间的冲突，让这二人无论如何都要脱离黑帮，改邪归正，存好养老金，保持尊严，等等。如果要开发美狄亚型故事，那么编剧就要加入一个女性角色，使角色之间形成三角关系。美狄亚型故事可以发展为喜剧［《斗气老顽童》（*Grumpy Old Men*，1993）］、

① 有的作家以救赎的观点看待浮士德的故事，认为他代表了人类对智慧与权力的追求。歌德（Goethe）的史诗作品《浮士德》（*Faust*）采用的就是这个观点，这一作品对后世歌剧、戏剧以及文学作品产生了深远影响。

正剧［《普里兹家族的荣誉》（*Prizzi's Honor*，1985）］，悲剧［《江湖浪子》（*The Hustler*，1961）］；编剧也可以采用其他合适的情感基调。

再举一例：假如你手里有一个故事创意，主角是一位爱马的年轻人，你不知道这个故事该如何发展。在学习六种原型故事后，你应该很快能为这个创意设计六种发展方向。它可以发展为不可能任务型故事［《玉女神驹》（*National Velvet*，1944）］、伙伴型故事［《黑神驹》（*The Black Stallion*，1979）］、英雄型故事［《冰雪河来客》（*The Man from Snowy River*，1982）］、浮士德型故事（《舐犊情深》），或者逃离束缚型故事［《蹄声艳影》（*My Friend Flicka*，1943）］。当然，我不是说让大家去抄袭；原型故事仅仅提供一种可能的方向与风格。确定故事方向之后，编剧就可以集中开发具体情节了。找到故事方向并不能让编剧从此高枕无忧；但对一头雾水的编剧来说，能找到故事方向已算是抓住救命稻草。

最后要说的一点是，一个故事可以融合多种不同的原型故事。例如，彼得·谢弗就将男孩与马的创意写成了由浮士德型故事与不可能任务型故事相结合的电影故事《恋马狂》（*Equus*，1977）。《糖衣陷阱》则是英雄型故事与浮士德型故事的组合。《西雅图未眠夜》同时包含伙伴型故事与不可能任务型故事的元素。《普里兹家族的荣誉》则是融合了美狄亚与浮士德框架的跨类型故事。无论怎样混搭，原型故事提供的清晰框架都有利于故事创意的开发。从原型故事的角度来看故事创意，可以很快提炼出故事梗概，找到故事的发展方向。

1.5 用“临时”角色充实故事

1.5.1 创作“临时”角色

在结束关于故事创意与原型故事的讨论之前，我建议读者，为自己尚处在胚胎阶段的故事概念创作一些临时角色。临时角色能充实你的故事，使你在构思时思路更清晰。以退休匪徒的故事概念为例，这个故事一眼看去就包含了三个主要角色——两位匪徒与他们的头目。而在故事成型前，你不必将这些角色刻画得特别细腻，只需要将他们设计成传统的主角或反派形象就行。

在设计临时角色时可以考虑以下几点：主角是男是女？多大年纪？是风情万种还是朴实无华？是可爱还是古怪，还是什么别的特点？反派人物同样可以这样设计。设计几个临时角色的形象会花费你一个多小时的时间。

为了给临时角色找到合适的容貌外形，有的编剧会将其塑造成中意的明星的样子。在剧本的写作过程中，临时角色会逐渐变得丰满起来。

1.5.2 利用固定角色

临时角色的形象可以来自许多电影中出现过的具有特定功能的角色。比如，主角与反派一般都有副手（信赖的伙伴）可以倾吐心事。比如《大审判》里杰克・沃登（Jack Warden）饰演的米基就是主角的搭档。搭档一般也承担活跃气氛的任务（《西雅图未眠夜》中罗西・欧唐奈（Rosie O'Donnell）饰演的贝姬就是这样的角色）。一些搭档会给主角提供意见，并作为主角的坚强后盾。死党也可以是一个丑角，在为主角提供恋爱意见时变得颇为犀利。这种情况一般发生在丑角对主角产生爱意之后。比如，《红粉佳人》里的乔恩・克赖尔（Jon Cryer）和《爱上罗克珊》里的谢利・杜瓦尔（Shelley Duvall），扮演的都是心碎的“好朋友”角色。丑角形象对于本质阴郁的故事很重要。伍迪・艾伦经常在故事中加入小丑型角色［《汉娜姐妹》（*Hannah and Her Sisters*，1986）、《罪与错》（*Crimes and Misdemeanors*，1989）］。喜剧［《粉红豹》（*The Pink Panther*，1963）］则让小丑型角色在故事中扮演主要地位。当小丑型角色成为主角时，故事会发展成喜剧。史蒂夫・马丁自编自演了很多忧郁小丑角色，出现在喜剧《淘气精灵》《爱上罗克珊》和《爱就是这么奇妙》（*L.A. Story*，1991）中。

在电视情景喜剧中，有许多配角都属于具有喜感的搭档型角色。编剧在写作时要创造机会，让这类角色充分发挥搞笑功能。可参考《欢乐一家亲》（*Frasier*）、《墨菲・布朗》（*Murphy Brown*）、《罗丝安妮家庭生活》（*Roseanne*）等喜剧。

观众买票进影院为的是欣赏电影中的冒险故事、悬疑气氛，以及浪漫爱情，这就引出了另一种固定角色——爱情对象。《码头风云》中的伊娃·玛丽·森特（Eva Marie Saint）、《末路狂花》中的布拉德·皮特（Brad Pitt）与迈克尔·马德森（Michael Madsen），他们扮演的都是爱情对象的角色。爱情对象可以用来构建三角恋爱关系［《卡萨布兰卡》（*Casablanca*，1942）］，有时也会被卷入主角与反派的争斗之中（《致命诱惑》）。主角可以对爱情对象剖白心迹，抒发关于故事主题的感慨。反派人物也可以拥有爱情对象，虽然这个爱情对象一般在反派被打败后会落得悲惨的下场［《证人》、《热天午后》（*Dog Day Afternoon*，1975）］。

还有一种推动情节发展的固定角色是贤明的智者。本·金斯利（Ben Kingsley）常常扮演这类人物［《辛德勒的名单》、《豪情四海》（*Bugsy*，1991）、《雾水总统》］。《大审判》中的乔·塞内卡（Joe Seneca）饰演的汤普森医生也是这类角色。

一些故事中会有家长式的角色，或是给主角提好建议或坏建议的角色。与家长式角色相对立的是街头智慧的化身或天赋异禀的少年，他们能给家长或比自己年长的人提供建议。这种角色的代表是《西雅图未眠夜》里罗斯·马林格（Ross Malinger）饰演的乔纳与《纸月亮》里塔特姆·奥尼尔（Tatum O'Neal）饰演的艾迪。

骗子也是一种固定角色，会欺骗那些相信他们的人。比如杰克·基欧（Jack Kehoe）在《午夜狂奔》（*Midnight Run*，1988）里的角色，还有索尔·鲁比奈克（Saul Rubinek）在《不可饶恕》里的角色。

电影里常常出现代表着“普通人”的角色，比如《大审判》中的多尼吉夫妇。还有一种角色是恶魔的信徒，指的是那些一肚子坏水的人［《码头风云》里的罗德·斯泰格尔（Rod Steiger）］。一些故事中会出现有权有势的人；这样的人可能也是反派人物，比如在《糖衣陷阱》与《花街杀人王》中就出现了这种情况。

除了上述所提到的之外，固定角色还有很多种，比如爱吹牛皮的、欺软怕硬的、吹毛求疵的、卖弄风情的、庄严殉道的、爱打小报告的、自寻烦恼的、懒惰邋遢的、懦弱无能的，等等。编剧通过对他们富有戏剧性的概括，让观众能迅速知道这些角色的行为模式。比如，当主角在沙龙喝啤酒时，突然进来一个文身光头大汉，观众就会明白他粗野的外形意味着他可能会闹事。尽管临时角色并不成熟，但它可以帮助编剧形成思路，发展情节。之后，编剧需要下功夫扩充临时角色的身份背景与精神世界，将他们变成立体的角色。

1.6 充实故事创意：一个例子

前文所介绍的步骤并不是学术理论，而是能将故事创意发展为情节的实用方法。为了进一步说明，我们将用这些方法来开发下面一则新闻。开发故事是一个复杂的、因人而异的过程，我会简单快速地讲一下，并举例来说明如何赋予一个平淡的故事最基本的亮点。下面这则充满人情味的文章来自加利福尼亚州的某小报：

妻子感觉自己是个“运动寡妇”

文/珍妮·特鲁

亲爱的珍妮：

我需要你给我一些建议，因为我丈夫沉迷于各种运动，我感觉我已经没他这个丈夫了。他要么去打猎，要么去钓鱼，不然就在家看橄榄球、篮球、棒球、网球等各种比赛。另外，他还是公司垒球队的一垒手。我真不想说，对于这一点我甚至很感激，因为全家去看他打垒球是两个孩子为数不多的能与父亲见上一面的机会。我告诉他我感觉被抛弃了，他却让我雇个保姆照顾孩子，还让我回去上班。他的原话是“你要为你自己而活”。珍妮，我今年25岁，我很喜欢在家带孩子——我想让丈夫陪在身边，难道有错吗？婚姻不就是两个人相互陪伴吗？像这样被忽略，我很难受，婚姻也出现了危机。我长得并不难看，也想过快乐的日子，但是现在我心里怨气越积越多，不知道该怎么办了。我真想把电视砸了，然后告诉我丈夫，他要是再不好好陪着我们就滚蛋——尽管我压根没想过，他要是真抛弃我们了该如何是好！你说我该怎么办呢？

一个运动员的孤独妻子

我开始被这篇文章吸引，是因为它展现了一场又心酸又好笑的家庭危机。如果我们仔细思考，平凡家常的素材也是很好的灵感来源。这则短短的家庭故事，因为其中包含的人性因素，可以被发展成许多种故事创意。在读文章的过程中，我首先思考的是，这位女士的丈夫和哥们儿出去是做什么。他们是真的去运动，还是去干别的事情？假如他有自己的秘密生活，那会是什么样的呢？这则文章还可以发展为温顺的妻子反抗霸道丈夫的故事，像《与爱何干》那样。还有一种可能，是丈夫想要与从前的兄弟们决裂，与妻儿过安定的生活，像《餐馆》（*Diner*，1982）那样。如果丈夫有犯罪前科，或者他是经历过战争的老兵，那么我们可以酝酿出像《暗夜心声》（*Straight Time*，1978）或《折叠刀》（*Jacknife*，1989）那样更黑暗的故事。如果孩子们年纪再大一些，故事就可以是关于他们对家长的反抗，或者他们鼓励父亲为荣誉拼搏。故事还可以与健身热潮、恐惧变老，或渴望被肯定等元素有关。我们可以参照《穆丽尔的婚礼》（*Muriel's Wedding*，1994）和《朋友圈》（*Circle of Friends*，1995）的做法，为角色设计有趣的怪癖和特征，来创造戏剧性反差。例如，我们可以假设运动寡妇那篇文章里的妻子——叫她妈妈吧——体型丰满、特别强壮。假设妈妈天生如此，假如她在童年时期总是拼命去遮掩她的神力，因为这不够“女人”，会怎么样呢？在《神奇女侠》（*Wonder Woman*）的故事里，神奇女侠的能力与她平日伪装成的疲惫、花哨、没用的形象形成了戏剧性反差。当然，妈妈的形象不一定设计成这样，一切由编剧决定。我们做出的决定有些会成功，有些则失败——失败的话，我们就要从头开始，或者选择开发其他故事创意。在这一阶段没有人能跟你保证什么，编剧也只能自己埋头写作。最关键的是倾听自己内心的声音，跟着感觉去创作。如果我们想帮女主角卸下重担或摆脱痛苦，则可以利用人文精神来丰富这个故事，我们可以让妈妈学着接受自己，走向独立。女主角终其一生终于获得了内心的宁静与力量，这是一个会被观众喜欢的人性主题。

作者还可以往这个故事概念中加入自己的观点，比如女人应当把握机会，发掘自己的潜能。罗莎琳德·拉塞尔（Rosalind Russell）、凯瑟琳·赫本（Katharine Hepburn）等女演员都塑造过独立自主的当代女性形象，所以这并非什么全新思想，且它在今天仍然适用。另一种观点是探讨成为体育明星对人的诱惑力。让妈妈从家庭妇女一跃成为运动明星或健身明星，必须在事业和家庭之间做出抉择。无论做何选择，结局都应是积极向上的，她最终既实现了自我价值，又挽救了家庭。这是贯穿整个故事的主线，是妈妈从家庭苦力进化为有完整人格的女性的完整过程。她维持家庭稳定的新方式是打破从前家庭的父权专制，使家人之间有更多协作互动。这一剧变的过程是对家庭核心的考验，戏剧冲突就从这里诞生。

这个故事的风格与目标观众群很容易确定：它会很适合成年女性与她们的家人，尤其当这个故事是笑中带泪的风格时。这样的故事很容易被做成电视上播放的“每周电影”或是《妈妈的天空》（*A Home of Our Own*, 1993）和《不一样的天空》（*What's Eating Gilbert Grape?*，1993）这样的家庭电影。这个故事创意最好被开发成虚构故事，温馨圆融，情感基调柔和。在这一阶段，所有的属性都还有修改的余地；只是，在初期摸索方向的时候先做出一些决定，会让接下来的工作变得容易一些。这个故事可以设计成如下的三幕结构：

（1）妈妈决定改善自己的现状。

（2）妈妈在这一过程中碰到麻烦，竟将自己推入更危险的困境。

（3）妈妈逃脱了名利的陷阱，挽救了自己和家庭，她与家人变成了互相协作的伙伴。

要决定是否继续开发这个构思，首先要看这个故事的内容能否撑够两小时；换句话说，这个故事创意有“腿”吗？为此我们就要判断这个故事的核心创意——拯救有两个小孩的家庭，让一家四口的生活快乐起来——有没有实质性内容。这个故事探讨了美国中产阶级的生活：体育狂、中年危机、渴望获得关注的孩子，以及夫妻二人对生活意义的探寻等问题。再加上体育元素的可看性，这个故事基本具备了对观众的吸引力。这个创意还提供了一些临时角色——妈妈、爸爸、孩子们和一些朋友。

讨论进行到这里，可以看出一切都朝着人物故事的方向发展；假如要开发动作故事，那就意味着重点要放到妈妈的运动事业上。无论如何，重要的是，学会为简单的创意增加信息量，一步步开发出故事价值。在正式确定故事与人物的轮廓之前，我们通常要花费数周去进行这项梳理、思考的工作。我们要仔细分析手中的素材，列出这个故事的一切可能性，探索问题、细节、事件、地点，特别是对角色的深入挖掘，这可能会影响故事情节。

小 结

选择故事创意在写作中至关重要，因为它直接关系到剧本的内容，也决定着电影是否卖座。好的故事创意应该简单，但要包含戏剧性反差、感动观众的人文精神，以及作者从故事中提取出的价值观与深刻含义。虽然本章主要研究的是人物故事，但动作故事也同样重要。对任何风格与类型来说，要写出好故事与好剧本，靠的都并非故事概念的独一无二，而是作者的深思熟虑。

在剧本写作的早期，编剧会判断哪些创意是好笑的，哪些是悲伤的，哪些会令人担忧与恐惧。这些属性意味着故事会沿着一定的情感基调发展为喜剧（将观众逗笑）、正剧（使观众担忧），或情节剧（令观众难过）等。有些电影（《金色年代》《莫扎特传》《低俗小说》）的故事则混合了不止一种情绪。在写作早期，你应该花一天左右的时间，迅速为故事确定至少一种情感基调。情感基调会影响故事和人物的发展方向，以及剧本的写作风格。一般来说，我建议大家不要改编其他作家的小说或短篇故事；我们需要新的故事与新的角色。新闻报道与其他文献资料可以用于电影与电视剧创作，但是一定要将原材料进行大量改写。

故事创意应该包含复杂的人物与可信的情境。故事主题可以是社会不公或者复仇，可以来自亲戚朋友，也可以依据传说与历史。故事创意的来源可以是音乐、歌曲、诗歌、喜爱的演员或角色、广播电视新闻，或者童话与神话；照片或者插图也能为你提供灵感，让你对人物或者情境设定有新的想法。一个好的故事可以是某部作品的前传或续集，或者源于编剧的“假如”联想。

发展故事概念时，我们可以利用原型故事来决定方向。原型故事——英雄型、伙伴型、不可能任务型、逃离束缚型、美狄亚型，还有浮士德型——是编剧在写作早期可以用到的为数不多的工具；只需要短短几分钟就可学会使用它们。

另一个用于开发故事创意的策略是构建临时角色，他们可以为故事创意增添人性维度。在写作早期使用固定角色也会很有帮助。

练 习

（1）收集日报上的新闻文章，并将它们分类放入文件夹。按照你的想法，为它们取标题。主流报纸、《纽约客》《国家地理》杂志都对开发故事创意很有帮助。

（2）列出五部你最喜欢的电影，并分别列出这五部电影的故事创意是如何构建的。[练习（3）至练习（7）都与你选择的这五部电影有关]

（3）这些电影的创意是如何体现戏剧性反差、人文精神以及作者立意的?

（4）选择其中两部电影，写出地点在故事中起到的作用。

（5）这五部电影的观众群分别是什么样的?

（6）这五部电影的故事风格是现实的、虚构的，还是非现实的? 请解释说明。

（7）从五部电影中选择两名角色，并对他们做简短描述。为什么这些角色是有趣的?

第 2 章

构建故事结构

在第 1 章，我们讨论了优秀故事创意的特征，如何寻找创意，以及如何开发出故事的雏形。在接下来这两章，我们要研究如何构建故事结构，将故事创意扩展为具有三幕结构的故事情节。尽管对于开发故事，可以采取的方法有很多，但大部分工作都需要围绕几个重要戏剧要素，仔细斟酌展开。这些要素排名不分先后，分别是：框架、事件、故事概念、矛盾、冲突、戏剧危机、主题。编剧往往需要花费数周时间，钻研这七种要素；本书出于教学必要，将按照一定的顺序进行介绍，当你掌握以后，可以按照你喜欢的顺序来创作。我们将要介绍的第一种要素是故事框架。

2.1 故事框架

故事的框架为故事提供基本建置，设定了故事的背景与发生地点，表明情节发生的国家、地区、城市、街道、房间。框架还包括故事的情感基调、风格与总体的视觉效果。在这里，“框架”一词的定义较为广泛，包含了编剧对整部电影的想象。确定了各个场景的地点后，我们就要开始创作其他的元素，主题、冲突、危机等元素也将在脑海中浮现，为故事增色。无论故事框架设定为阴暗险恶的 [《唐人街》(*Chinatown*, 1974)]、贴近现实的 (《愤怒的公牛》) 或者朴素的 [《鲁比的天堂岁月》(*Ruby in Paradise*, 1993)], 故事的发生地和整个剧本的风格都要随之变化, 编剧要对故事素材进行相应的处理。背景设定、情感基调、剧本的基本风格——这些共同构成了框架, 也可以说是故事的世界。

当我们要为"绝望的年轻妈妈感到被体育迷丈夫所抛弃"这一创意构建框架时, 应该设定故事发生的具体年份、季节、地点。因此, 故事框架的世界就像是空白画布, 编剧可以把任何能想到的东西画上去——比如沙尘暴、血汗工厂, 任何看上去具有戏剧性的恰当的元素都行。如果背景设定看上去不够出彩, 编剧必须重新设定有利于写作的故事地点, 让故事更戏剧化。要做到这一点, 要想象有趣和戏剧性的设定; 不要考虑预算或者如何拍摄的问题。编剧写下的一切都能被搬上银幕; 只有想象力是无价的[①]。

开发故事框架所需的时间视设定的复杂程度而定。一个平常的地点——比如,《月色撩人》(*Moonstruck*, 1987) 里的中产社区——会比《侏罗纪公园》那种故事的建置要好写。后者需要设置独特的岛屿地形、公园的布局与防御工事、实验室、车辆、工作人员, 甚至天气都要特别考虑。《侏罗纪公园》之所以有别于《拦截人魔岛》(*The Island of Dr. Moreau*, 1977)、《毁灭女人之岛》(*Island of Doomed Men*, 1940) 和《亡魂岛》(*Island of Lost Souls*, 1932) 等专为捞钱的疯狂科学片, 原因之一正是其考究的故事框架。实际上《侏罗纪公园》也是一部捞钱片, 但其成本高达 5700 万美元, 大量预算都花在构建景观上。所以, 电影第一幕主要内容是故事的框架建置。接下来, 观众就被岛屿的建置、岛上绝妙的防御工事与生物牢牢吸引, 大事不好, 这框架崩塌了, 整个公园土崩瓦解。之后的故事主要讲述了人们逃亡的过程。

---

① 此处唯一需要注意的是, 要充分利用大型场地, 这样才对得起它们庞大的预算。比如, 许多制服军官聚集在舞会大厅里, 这样的场面是相当昂贵的, 因此, 它应当对电影有所贡献。如果人物只是在这样的集会上出现个几秒, 或进行几句过渡性谈话, 那就太浪费了。这样的大型场景应当提供三到五分钟的剧情。

故事框架不仅仅指有形的地点。在成熟缜密的故事世界里，一个小镇绝不是无名的美国某镇；地点应该有自己的名字，有一段历史，有高楼林立的市中心，有富人区也有穷人区。人们的社会背景通过职业、穿着、房子、车子等体现出来。一些编剧会为他们笔下的小镇设定经济基础（工业镇或农业镇）和地理位置。当一个地区的气候、温度和故事的时间跨度都设定好，它就会变成真实可信的地方。总而言之，框架是我们能想到的故事世界的任何方面——甚至包括气味这样的细节。宾夕法尼亚的好时镇空气中弥漫着巧克力的味道，而北卡罗来纳州的达勒姆则充满烟草香。如果故事需要，你可以将有特殊气味的地点写进去——皮革厂、炼油厂、香水厂或者泡菜厂，等等。这些看上去无足轻重的细节，能为故事带来趣味性和戏剧性：例如在《亡命天涯》里，当主人公从公共电话亭打电话报警时，警察在电话里听到了火车的声音，便判断出了主人公的所在地点。

戏剧性框架还体现了地域历史与传统对角色的影响。例如在《证人》的故事世界中，地域的范围从布克与清新脱俗的阿米什女主角［由凯莉·麦吉利斯（Kelly McGillis）饰演的瑞秋·拉普］相遇的费城穷街陋巷，到阿米什田园，布克在那里不得不入乡随俗。这些框架建置引导出这样的场景：布克不仅穿着打扮像阿米什人，更依照阿米什人的方式生活。类似的例子还有《我心深处》（*Places in the Heart*，1984）中 1930 年代得克萨斯棉花小镇的设定对故事的影响。《银翼杀手》（*Blade Runner*，1982）、《异形 2》、《钢琴课》（*The Piano*，1993）、《码头风云》和《走出非洲》（*Out of Africa*，1985）等都是一些用精心构建的故事框架来吸引观众的电影。

设定就如同角色一样多种多样。当你对比《蔓生蔷薇》（*Rambling Rose*，1991）、《炎热的夜晚》（*In the Heat of the Night*，1967）和《烈血大风暴》的故事世界时就会发现这一点。这三部电影的设定各不相同，故事发生在不同时期，地点位于美国南部不同地区，包含不同的事件与困难。《蔓生蔷薇》的故事世界温和善良；其他两部电影的故事框架是种族主义的、险恶的。每一个故事的设定都推动着故事中的角色相互影响，展现各自的人生。

编剧是最先进行框架构建的人。《当哈利遇到萨莉》(*When Harry Met Sally...*, 1989)中的假高潮场景最初的设定是发生在汽车前座，只有两名角色。然而，最终这个场景被安排到嘈杂的饭馆，让其他的客人们都能对萨莉的怪异行为做出反应，变得更具戏剧性。

当你在完善框架时，可以尽情想象与故事有关的城市、社区、街道、房屋、房间，等等。你可以想象家具的布局、窗外的风景，以及住在隔壁的人（他们是谁？他们是做什么的？）。虽然这些设定最终很少呈现在剧本中，但它们可以对你产生启发。

2.1.1 框架调查

调查框架有助于找到更多与场景、地点、行动有关的信息与点子。调查丰富了想象力，有助于开发故事事件。调查帮助我们认清主人公与反派人物产生冲突的原因，认清故事的总目标。在框架调查期间，我们可能会担心故事创意是否可行——甚至怀疑任何故事都没有价值！这种情况长久地困扰着编剧们。我倒没有这种不安。几年前，我参观一家博物馆，见到了一座埃及作家的墓，上面用象形文字写着“所有的故事都被讲完了，再没有什么可写了！”。这种丧气话——对一位作家来说是遗憾的墓志铭——在那时是错的，到现在仍是错的，因为故事的核心是人，而人类的内心驱动力、需求、复杂性与所面对的问题是永无止境的。生生不息的人性洪流中，编剧可以找出许多适合被写成故事的人生历程，多到几辈子也写不完。

当你进入一个地区调查时，就会明白我的意思了。在城中漫步时，记得仔细观察街区，了解当地风貌。你可以观察当地人；倾听他们谈话的方式与内容。如果需要，你还可以采访或约谈当地居民。你不见得要为受访者支付费用，请他们吃顿午餐也是一种表达感谢的方式。对于他们为你提供的意见，你要记得向受访者表示感谢，并让他们获悉你工作的进展。告诉他们你的电话号码，也许之后会收到新消息。在适当的时候可以携带照相机、摄影机或录音设备，但要提前与受访者打好招呼，不要令他们感到抗拒与厌恶。有时我会用摄影机记录一些户外场景，但在与人约谈时我一般不会使用这些设备。一般来说，一个小笔记本就够了。永远不要偷拍盗摄。还有一点，如果你所前往的地区或者会面的地点具有危险性，记得做好防范措施。

如果没有时间去做面对面的访谈，那么就约一个电话访谈吧。遇到相关的人名就记下来，你可以利用它们当作电话访谈的敲门砖："我目前在写一个电影剧本，某某公司的某某建议我打电话咨询您——请问您有时间吗？"在电话访谈前，要去图书馆做功课，好好准备你的问题，让受访者感觉到他们是在与专业人士对话，而非浪费时间。

调查的问题要有重点。你可以调查地区历史与事件背景、产品的成本、人们是如何加入工会的、农作物的培育和商品的生产过程等。要收集对方为你提供的任何资料，包括杂志文章；确定这一地区是否曾经出现在电影中。要注意哪些工作已经被做过了，对当地工人与居民有没有影响。记下一些有趣的行话和细节，可以将它们加入你的故事。掌握了相关知识，你就可以在写作中加入一些精准的信息，这会为故事增加可信度。要注意聆听弦外之音，关注那些被压抑的情感与被隐藏的信息。你可能是唯一一个为这个地区及其故事发声的人，所以一定要确保细节正确、故事真实。通常来说，真实事件已经包含足够的戏剧性，但要开发出好故事，难点在于挖掘事件真相并进行解读。要写出忠于事实的剧作，需要经过深入的调查；敷衍的调查结果会直接体现在剧本中，对整个故事产生负面影响。

根据调查的主题、速度、所需信息量的不同，调查所耗费的时间也不同。一些编剧会花费数月时间调查研究，这同样也是写作的一部分。材料收集充分后，编剧就会结束调查和酝酿，开始编写剧情。有时，编剧为了逃避写作，会拖延调查时间。我不妨总结一下：一般电影故事片的故事调查需要一个月左右，而电视节目则需要一周左右。如果你无法去罗马和巴黎做调查（只有少数人可以），那就利用图书馆与本书所提到的其他资源吧。

2.1.2 将框架调查融入故事

你的部分调查结果会写进剧本中，但这些内容不应直接甩给观众看，它应该同角色背景、故事地点一样，以一种被称为"融入"的方式进入故事之中。这一术语是指，通过对白与画面，将角色与情节的信息间接地呈现出来。

如果融入得当，观众将在不知不觉中接收到信息。例如这句承载着信息的台词："你说你会用我的钱修好这个破烂，结果它现在变得比我去越南的时候还要糟糕！"这句台词虽然很短，却展现了关于说话者与剧情的背景信息，并且没有拖慢故事节奏。利用这种技巧，编剧将各种信息渗透进故事中，呈献给观众。将信息融入对白的做法被大多数电影采用，在《证人》的第 80 镜中，约翰·布克精神错乱、低声谩骂的样子显示出他饱受折磨的精神状态。（关于融入的技巧，还将在第 4 章以《大审判》为例进行讨论，也会在第 6 章"对白与人物"进行讨论。）

我们可以通过《大审判》的开场，学习如何用影像传递情节和角色信息。这一场景中，主人公在玩弹球游戏，这引发了观众的好奇：为何一个穿着考究的中年人在这样虚度时间？（这一画面暗示了角色精神状况不佳。）接着，高尔文朝嘴里喷了口气清新剂，这暴露出他有酗酒的问题。优秀电影包含大量含义丰富值得深挖的瞬间，这既完善了剧情，也丰富了角色。

2.2 定义故事与事件

在开发具体情节之前，我们先来为故事下一个简单的定义：

> 故事是对一个事件的戏剧化总结。

定义中的关键词是事件，它代表着故事的最终结果，也就是，所有的事都发生之后，到底发生了什么。事件一词在这里有些像亚里士多德所说的行动，即对戏剧发展过程中发生的一切的概括。事件或行动可以被浓缩成一句话，来说明故事内容。《奥德赛》的事件总结起来就是，尤利西斯与家人团聚，重建家园。在《大审判》中，当主人公打赢官司后，事件和行动才得以完整。《终结者》的事件是机械人的毁灭。我们必须在构思故事之初就知悉其大致发展方向，当我们组织故事创意时，必须射出一支箭，让这支箭的方向指引情节的发展。因此，请务必记住：确定一个事件即是提问“故事结束的时候，都发生了什么呢?”。知道主人公最终会拯救他人、逮捕反派、赢得爱情、寻到真相，有助于我们将笔墨集中于主角的目标与故事的意图。由于事件为故事提供原始素材，并深刻影响着剧本的每一方面，因此，对于这一部分要审慎思考。

掌握故事发展的大方向，可以让你避开各种创作中的陷阱。比如探索型写作陷阱，它会使你在写作中放任情节发展，而不是按照既定的情节大纲写作。尽管探索型写作可能适用于创作短片电影，但多数编剧还是尽量避免这种做法，因为它会令剧本偏离主题，失去戏剧焦点。探索型写作方法看似省去了构思情节的麻烦，因为它会使编剧习惯“假如”写作模式：“假如她找到了一张藏宝图呢?”“假如一个懦夫变成了体育明星呢?”“假如……”，这种模式也被称为“意面”写作模式，编剧将所有创意都扔出来，像丢出一些湿漉漉的意面，它们之中总有一些能粘在一块儿。这不是在开发剧情；这种写作方法犹如给小丑贴鼻子的游戏，将剧本写作降为猜谜和赌博，指望有用的东西能够凭空出现。而本书倡导大家运用智慧与激情来创作故事和剧本，并给出了可行的方法。比如，故事的定义要求你确认，所有的事都发生之后，究竟发生了什么。这个问题的答案是确定的而非开放的，也就意味着，你要靠汗水写作，而非靠灵感。当然，这绝不表示编剧们要回避创意火花的迸发，但你要记得，我们之所以被称为编剧，不只是因为我们有想象力，更重要的是我们对故事精雕细琢、反复打磨。这是所有编剧面临的道路，所以，脚踏实地工作，任务终会完成。

某些故事创意从一开始就指明了事件方向。例如，《证人》中的犯罪行为性质恶劣，需要约翰·布克惩恶扬善。《终结者》中，由于机械人和人类是你死我活的关系，所以故事就按照这个逻辑，以反派的死作为结束；机械人灭亡，人类获救。

《不可饶恕》的事件则不太明显。故事讲述了一位老去的前杀手（克林特·伊斯特伍德饰演的比尔·曼尼）为了得到赏金拯救他的农场，接下了捉拿通缉犯的任务。最终，电影的事件——所有的事发生之后所发生的——是曼尼得到了赏金，但他的朋友被警察杀死了。于是，曼尼不得不放下与妻子的约定，回归血腥杀手本色，与一群警察激烈枪战。想想看，编剧在构思之初就选择让故事如此发展——这真是太有眼光了！再想象一下，在编剧戴维·韦布·皮普尔斯写这个故事时，一开始的创意只是一个农夫得知赏金可以拯救自己的农场，那他可以从这个创意发展出许多事件，写出许多不同的故事。事件可以是帮助"斯科菲尔德小子"远离残暴天性，也可以是关于种族偏见的，因为其中一个杀手是非裔美国人。事件可以是拯救被困在荒凉农场中的妓女，可以是帮助警长抗击杀手，比如理查德·哈里斯（Richard Harris）饰演的"英国人鲍勃"。事件还可以是寻找帮曼尼照顾孩子的人。可能性还有很多种，每一种都能构建出完全不同的事件与故事。而编剧看出了主角身上独有的戏剧潜力，他所选择的事件完全靠主角内心的矛盾与纠葛所引导。在编剧的想象中，曼尼先生不是一个普通农夫，而是一条沉睡的恶龙，他终将醒来，发出最后的嘶吼。

知悉事件的作用，就好比为你沿途树起旗帜，指明了剧情发展的方向。这个方向让你能够沿一条已经选好的路径来创作情节事件。例如，《侏罗纪公园》讲述了利用克隆技术使恐龙复活的故事。这些恐龙可不是《小恐龙历险记》（*Baby: Secret of the Lost Legend*，1985）中那种可爱的小怪兽，而是饥肠辘辘地想要吞噬人类的可怕生物！这一故事创意的能量，暗示着故事的事件是从恐龙嘴下逃生。最终大部分角色都活下来了，这就是所有事发生之后的结局。《亡命天涯》的事件是主人公证明了自己的清白。《西雅图未眠夜》的事件则是男女主人公终成眷属。

有些电影的事件不太容易理解。比如《低俗小说》，它纠结的三条情节线、混乱不连贯的叙述，以及将主要角色都消灭的做法，让人很难指出其事件。是塞缪尔·杰克逊（Samuel L. Jackson）决定改变自己的生活，像剧集《少林小子闯美国》（*Kung Fu*）里的僧人那样游荡吗？可能是吧，但我认为在这部电影中，杰克逊的故事不如约翰·特拉沃尔塔（John Travolta）的故事完整。

《低俗小说》是一部有趣的作品，它没有采用主流电影经典三幕、主角－反派、圆满结局的叙事方法。然而，即便许多新人编剧能从这样的电影中获得灵感，想要创造出能吸引观众的新模式却并非易事。因此，大部分电影仍坚持传统的三幕叙事结构，众多职业编剧仍在潜心创作这种剧本。并不是说所有人都遵循一种固定模式，毕竟传统叙事方法中也有可变通之处，可供编剧拓宽思路。但一些编剧还是觉得被市场压力与叙事传统束缚了。虽然一些传统叙事策略过于较真，还不易理解，但它们非常有效，而且是制片公司在买剧本时希望看到的。非主流的剧本会让买方感到不安（这是真的，即便所有人都知道艺术应该是令人不安的）。2500 年前的戏剧传统还不能被抛弃，因为编剧们为了保护自己，倾向于选择被证明有效的老方法，以免自己发明的新叙事手法行不通。

有些手法看似创新，其实只是花哨的把戏，华而不实。例如某些摄影与剪辑手段、打乱叙事顺序、玩时间游戏、主客视角转化，以及数字技术。虽然这些技巧都很有趣，但编剧们仍然是靠文字来呈现故事，传达人性的。或许有一天，这些处在故事叙述技巧边缘的事物，会促成全新的讲故事的方法，然而直到那天之前，电影依靠的仍是吸引观众的故事。为了创作出这样的故事，编剧还是要好好利用传统叙事策略，兼顾戏剧性与商业性。

2.2.1 选择事件

想象一下，一个十二岁的男孩在河边钓鱼时，被一艘异世界驶来的船带走了。这不是一个故事，而是一个概念，一个情境，一件有很多种发展方向的事。它可以有关外星人、机密任务、军事陷阱、走失儿童、政府特工，等等。基于不同的事件，能开发出不同的故事。这个概念可以开发为《外星追缉令》（*Fire in the Sky*，1993）那样的文献片，这部电影的事件是，被外星人绑架的伐木工最终安全返还。事件也可以像《最后的星空战士》（*The Last Starfighter*，1984）那样，将主人公男孩培养成星际战士；还可以像《领航员》（*Flight of the Navigator*，1986）中那样，让历经冒险的男孩回到自己的家；或者送男孩回到未来［《回到未来》（*Back to the Future*，

1985)]；让他去传达警报，如《地球停转之日》(*The Day the Earth Stood Still*，1951)。事件还可以是与外星人建立联系，如《第三类接触》(*Close Encounters of the Third Kind*，1977)，也可以是让男孩与外星人战斗，如《第五惑星》(*Enemy Mine*，1985)。针对这一故事创意，可供选择的事件还有很多，每一个事件都提供了一种发展可能。

通常，事件都会依故事创意本身的逻辑发展；以上述男孩被带走的例子来说，事件发展的最终结果就应该是男孩重返自己的家乡。确定了这个方向，我们就可以为故事寻找观众喜欢的情感基调，以及确定故事风格了。假如目标观众群是少儿观众，那么我们可能会将情感基调设定得不那么恐怖，并且将故事定位为虚构风格。加入以上元素后，我们可以思考男孩被绑架的原因，还有他与外星人相处的时长。我们也可以对男孩能够重返家乡的原因、他的父母及地方政府对于他的失踪与重返的反应，以及其他问题做出推测。这些大致情况还称不上是情节，但确定这些故事时刻，也是向情节构成迈进的一小步。

另外，你可以花三十分钟，快速写下尽可能多的事件，来构建事件列表。在这段时间内，你要将划过脑海的想法全部记下来。在接下来的两到三天，重复这项三十分钟练习，之后划掉不可取的事件，看看留下了什么。这种速写练习能够激发符合故事创意的事件，虽然最终可取的数量有限。将可取的事件记下来，并将它们具体化，以便于你最终选择其中一个你感觉对的事件。我发现，对新人编剧来说，这种方法效果不错，好于坐在那里苦等潜意识中的灵感迸发。要整理你一开始写出的所有事件可能要花费一天的时间，不过当你适应了这种节奏，你会发现在速写事件的过程中，你可以加入临时人物、故事框架等其他丰富的元素来帮助你开发剧情。

2.2.2 事件与故事结局

事件不仅能指出故事创意的唯一发展方向，还能暗示一些其他有趣的发展过程，包括故事将如何结尾。举例来说：如果 UFO 故事的事件是让被绑架的男孩重返家园，那么重返的过程便是高潮场景。《大审判》的事件是高尔文打赢官司，这告诉我们故事的高潮场景便是——他打赢官司。这种预见同样在《终结者》中得到体现，它的事件是毁灭机械人，那么高潮场景是什么呢？就是莎拉［琳达·汉密尔顿（Linda Hamilton）饰］在炼钢厂中用机器将机械人压成了废铁。

当我的学生们学到这一概念后，他们都很怀疑，觉得听起来太容易了。对于编剧工作来说，没有什么是容易的，但是我们可以借助一些工具；比如事件就可以帮助我们掌握第三幕的发展。在男孩与 UFO 的这一故事中，事件让我们知道男孩回家需要一些条件。不过这一条件究竟是什么，我们可以日后再思考[①]。选定的事件就像罗盘的指针，为我们指明了两点，其一是故事的发展方向，其二是高潮场景的内容。（我强调事件的概念是因为新人编剧对此很难理解和掌握。尽管如此，我依然认为，从事件的角度入手是构建情节最有用的方法；我建议大家学习这种方法，运用到自己的写作中去。）

事件这一概念的用法到此还未结束，它还与故事的矛盾相关，这一点我们稍后讨论。

2.3 在戏剧矛盾的基础上发展故事结构

假设我们已经拥有了一个故事创意，并且确定了其事件，加入了各种我们已经学到的元素。现在，我们将要迈出开发剧情的一大步：赋予故事创意以戏剧矛盾。也就是说，我们要为情节创建一个结构。

2.3.1 故事结构

在进入正题之前，我们先了解一下故事结构的背景知识：结构一词本是一个含义丰富的流行词汇。1985 年，美国编剧工会（WGA）召开了一次研讨会来讨论这一术语的意义。与会编剧们先是很快就提出了一些常见的

---

① 在这里我只能先这样带过，希望读者理解。后面关于情节构建的章节会讲到，故事中的任何矛盾，只要能作为问题被提出来，都可以得到解答。提出问题是困难的；解答却是容易的——而且更有乐趣。

定义：一些人觉得结构就是在第一幕将主人公置于树顶，在第二幕朝他扔石头，第三幕再让他从树上下来。另一些人觉得结构包含设定、冲突、解决。有人提出，结构应该是一种“某人想得到某物，而他为何得不到”的模式。虽然所有人都同意这些陈词滥调，但大家还是希望能得出更确切的结论，于是又经过了一小时左右的争论，结构一词的定义终于被确定如下：

结构，是对戏剧矛盾从开始到解决这一整个流程的展示。

不过这一定义用于课堂教学似乎略显单薄，我便向几位资深编剧寻求意见。其中一位便是编剧兼导演的理查德·布鲁克斯［Richard Brooks，代表作《冷血》(*In Cold Blood*, 1967)、《职业大贼》(*The Professionals*, 1966)］。布鲁克斯肯定了该定义，但他认为“不应该抛开人物和主题谈结构。结构的逻辑、可信度、人物的行为动机都是需要编剧狠下功夫的地方，所以它们也应被写进定义中”。

角色不是任由编剧摆布的空洞躯壳，这一点布鲁克斯表示赞同。角色是有血有肉的人，有生活经验，有自身需求。他们的这些特质是结构的生命力所在，是决定一个剧本成败的关键。“剧本就是结构、结构、结构。”布鲁克斯还这样重复道。尽管没有明说，但大部分编剧都会同意，只有在结构上下功夫，故事才能成为一个整体。假如结构散了，故事可能就毁了。

E. 杰克·纽曼［E. Jack Neuman，代表作《第三帝国内幕》(*Inside the Third Reich*, 1982)］也有类似的见解，他还将结构与戏剧矛盾联系起来，对结构的定义给出了自己的意见。有一次我请他到我的剧作课上演讲，他指出，编剧是靠创造矛盾与解决矛盾吃饭的。有着多年电视编剧与创作经验的纽曼观察到“电影编剧的矛盾就是创造矛盾与解决矛盾”。通常，解决矛盾是主人公们必须完成的任务。《终结者》的矛盾是如何消灭机械人；《西雅图未眠夜》的矛盾是如何让一对相爱的人在一起。在大部分电影故事中，困难看起来是不可战胜的——然而主人公们最终还是胜利了。从布鲁克斯与纽曼的观点可以看出，戏剧矛盾为情节事件的安排提供了一条脊椎骨，或者说，整个故事的贯穿线。拿《大审判》举例，这部电影的矛盾是弗兰克·高尔文如何在一起医疗诉讼中打败他的对手。第一幕有将近八分钟的对该矛盾的说明（第 8 场）：高尔文得知他的案子快到期了。他表面上在为案件做准备，实则不希望案子闹到法庭，想拿了保险赔偿了事。然而，在第一幕尾声时发生了一些事，令他决定对这一案件追查到底，从而引出了第二幕。在第二幕中，高尔文与波士顿最强大的律师［由詹姆斯·梅森（James Mason）饰演的康坎农］爆发了冲突。高尔文出师不利，更在第二幕结尾冒失出错后前景渺茫。而在第三幕，高尔文找到了一个目击证人，最终赢得了官司。这样，故事矛盾就将三幕结构与情节串了起来。

这种故事范式适用于大多数电影：

（1）主人公在第一幕遭遇困境。

（2）主人公在第二幕结尾似乎被击败了。

（3）主人公在第三幕解决了矛盾。

简而言之，三幕结构要求编剧先创造矛盾，激化矛盾，将主人公逼至绝境。接着在高潮场景，主人公将找到一种方法解决矛盾，成长为更好的自己。我们将在下一章深入讨论这一范式。不得不承认，这一故事策略看起来没有新意，已经被用过无数次了。但是，它依然有效，并激励着编剧们不断设计新方法，用来巧妙掩饰剧作痕迹。当编剧们创作出有趣的角色与新颖的戏剧性事件时，这种古老的策略仍然能散发出新鲜的气息。

2.3.2 解决故事矛盾

深入分析这种剧作策略，我们会发现，矛盾通常是事件的重述。换句话说，你只需要在事件中加入“如何”二字，就能得出戏剧矛盾。例如：《大审判》的事件是高尔文打赢官司，矛盾是他如何打赢官司；《终结者》的事件是消灭机械人，矛盾是莎拉和里斯如何消灭机械人；《证人》的事件是将腐败警察缉拿归案，矛盾是受伤的主人公如何做到这件事。

现在你明白如何组织你的故事了吗？记住以下步骤：

- 事件将故事创意引导至唯一的发展方向，并大概暗示故事内容。
- 矛盾预示着高潮场景的内容，并在高潮场景获得解决。
- 在事件中加入“如何”二字，可以得到矛盾。

通过以上三步，可以确定大多数故事的矛盾、事件，与高潮场景。三个步骤组合起来，便形成了一种工具，可以用来检验故事的可能性。在写作早期，围绕在故事概念周围的元素都比较模糊笼统，而这一策略工具能为你提供瞭望塔般的视角，让你认清手中的材料往何处发展。这种概览式方法得到了许多编剧的认同，比如约翰·休斯顿（John Huston）。他曾在一次电视访谈中说：“你必须清楚整部电影的构造，否则就会迷失方向，故事会七零八落，你就只能听天由命了。这（编剧工作）可不是让你听天由命的地方。”要想看清休斯顿所说的“构造”，就要运用故事与结构的工具，找到故事的大致方向、矛盾，以及第三幕高潮场景发生的内容。接下来，我将会告诉大家如何通过这种角度扩充故事创意，创造出包含故事与剧本的遗传密码的故事概念。

2.4 故事概念

故事概念是概括故事大致内容的总结性句子。它由故事创意与戏剧矛盾组成。故事概念给人的感觉类似电视节目的导览标语：简洁明了，概述了大致剧情。编剧在推销自己的剧本时，一定要重视对故事概念的陈述，因为它是故事是否具有原创性的指标，足以让买方迅速判断感兴趣与否。如果买方认为这个故事概念有意思，有“激情”，这个项目可能就有希望；相反，如果故事概念无法引起买方的兴趣，他们就不会再浪费时间。无论你用什么手段来发展故事创意——靠灵感、靠勤奋、靠催眠、靠集体写作，或者其他什么方法——最终都要落脚到故事概念上，这样才能体现出故事的商业价值。因此，编剧在考虑故事概念时要格外、格外、格外细致，将它反复打磨，不断讲给自己的好友和合作伙伴，直至所有人都认为它已达完美。

我们仍以《大审判》为例，看看故事概念如何写。这部电影的故事创意是：通过一场官司，弗兰克·高尔文完成了复仇，挽回了之前被毁掉的生活。这一目标带来一个矛盾，即为了自证清白，高尔文必须打败本市最强大的律师。将故事创意与矛盾组合起来，便得到了故事概念如下：

> 弗兰克·高尔文是波士顿的一名嗜酒律师，他接到了一则简单的医疗事故案子。然而，由于这是他对抗曾背叛自己的公司、证明自身清白的最后机会，他决定背水一战，与该公司聘请的顶尖律师打官司。

像之前我们探讨其他元素时那样，仔细审视故事概念的含义，就能发现它指引着故事目标和情节事件。以《大审判》的故事概念为例，它要求编剧用一起诉讼案将主人公与反派联系起来，把主人公设定为一名酒鬼，并将故事背景设置在波士顿，从而确立电影风格。根据故事概念，编剧还需创造一位强有力的敌手来阻挠主人公，并让主人公有合理的动机去对抗敌人。最后，故事概念还要求编剧设计一场大辩论，让对立双方一决雌雄。就这样，故事概念带领编剧找到了故事情节，扩充了剧情。

在提名了 1993 年奥斯卡最佳剧本的电影《火线狙击》中，由克林特·伊斯特伍德饰演的弗兰克·霍里根是一名秘密特工。他年过半百，粗犷英俊，但一直因自己未能阻止肯尼迪遇刺事件而自责，“被磨平了棱角”。故事给予了霍里根一个自我救赎的机会，即他得知了一项刺杀现任总统的阴谋。故事的事件是主人公在高潮场景打败杀手。主人公的矛盾是如何打败杀手。将故事创意与矛盾结合起来，得到故事概念如下：

> 一位秘密特工，自责于未能阻止肯尼迪总统遇刺，而他如今要与死亡杀手对决。这场对决的结果将决定现任总统的生死，以及这位特工是否能摆脱过去的阴影。

从故事概念中可得知，故事的紧张感源自：霍里根能否阻止杀手？这是故事矛盾的线索，牵动着观众的神经。为了写好这条线索，我们需要从故事概念中挖掘信息：我们知道，霍里根是处理总统事务的老手，他年长而资深，警惕性高，很有能力。我们之所以知道这些，原因是霍里根在 1963 年肯尼迪总统遇刺时便已经是特工；按逻辑推断，卷入这起事件会使得他变得容易紧张和忧虑。我们知道霍里根有能力，因为这是特工必须具备的特质。当然，我们可以将霍里根写成一个不专业不靠谱的形象，但这不符合影片情感基调、风格，与观众的期待。为什么我们决定让霍里根与杀手对决呢？因为我们的故事感告诉我们这种安排是富有戏剧性的。至于对决的地点（框架），可以设在华盛顿，政府办公大楼，或其他合适的地方，反正这个故事对地点的限制不算严格。就这样，我们运用故事概念梳理出了人物和故事点。《火线狙击》的故事类型，决定了主人公与反派之间有一场你死我活的对决。这个矛盾为剧情发展提供了一条主线，让情节围绕着主线发展。在电影的开头，弗兰克·霍里根一登场就显示出了其能力非凡——他击败了制造假币的犯罪分子。在见识过他的英勇表现后，观众意识到只有非比寻常的厉害角色，一个实力超越霍里根的人，才有资格做他的对手。那么这位反派会是谁呢？显然，他一定也有着特殊背景——秘密特工、FBI（美国联邦调查局）人员，或者是超级警察。于是，编剧杰夫·马圭尔（Jeff Maguire）创造了查克·利里这个角色［约翰·马尔科维奇（John Malkovich）饰］。他是前 CIA（美国中央情报局）职业杀手，之前由于工作失误被开除，一腔怨气。这样的身份背景，才让他能够对霍里根和总统构成威胁。那么，如何让观众意识到利里是大反派呢？这就需要为他安排一场暗杀戏份，展示出他作为 CIA 杀手的素质，还需要让观众看到他暗杀总统的计划。另外，编剧还加入了一些爱情戏，以及固执的霍里根与上级发生的冲突。就这样，沿着主线，情节与段落慢慢成形，它们都建立在事件——阻止杀手——的基础上。

请注意，这一阶段进行的思考工作，要比之前开发故事创意时的“假如”游戏和胡乱猜测要审慎得多。我发现我对于编剧开发故事过程的介绍太简单化了。这一思考过程像这样被写成文字，组成段落——其中还常夹杂了“假如”的头脑风暴——看起来非常整洁规矩，但在实际情况中，并不是这样的；即便如此，这些文字里有许多职业编剧的工作心得，它们还是很实用的。如果你认为本书提倡的工作方法太烦琐，不妨按照自己的方式加以改造。不过，我认为我的模式还是很好用的，而且学起来不是特别难。

2.5 利用矛盾创造戏剧危机

还有一种好用的工具，叫作戏剧危机。它随着矛盾的发展而出现，能够充实和丰富故事创意。我是在采访已故编剧菲利普·邓恩（代表作《青山翠谷》）时学到这一剧作策略的。邓恩的职业生涯始于 20 世纪 30 年代早期的福克斯公司。那时，他从一位资深编剧那里学到了一句很实用的定义，我在这里也把这句话告诉读者们，因为它至今仍有用：

> 戏剧就是角色对危机的反应。

邓恩很喜欢这句关于戏剧的定义，因为它引发出下列问题：是谁或什么引发了危机？角色将如何应对？主人公与反派是如何被卷入危机的？被波及的还有谁？为什么？什么东西面临着危险？如果危机没有解除会怎样？这些问题推动了剧情发展，因为主人公的任务与危机紧密相连。正如之前提到过的，当我们在创作电影故事片的矛盾时，要写出足以塑造主要人物的人格，或威胁其生命的危机。只有重大矛盾才能够产生有分量的危机，因此，利用这一线索，我们要创造主人公能遭遇的最坏的情况。对于《火线狙击》中的弗兰克·霍里根来说，最可怕的是总统遇刺的噩梦再次上演。为了防止这件事发生，他必须阻止刺杀总统的杀手。

在《大审判》中，危机出现的标志是主人公决定与波士顿最强大的律师打官司。没过多久，高尔文就中了计，他的职业尊严岌岌可危，所剩无几的朋友们纷纷离他而去，律师费也可能要不回来；而对于他那可怜的当事人来说，高尔文的失败意味着毁灭性的打击。在以上两部电影中，主人公遭遇的主要危机都是在解决矛盾过程中遇到的难题。《火线狙击》中的是生命威胁危机，而《大审判》中的是人格塑造危机。好的戏剧矛盾会将主人公逐渐逼至绝境，让他看不到成功的希望——有时甚至仅仅是活下来的希望。如果故事中的矛盾与其所孕育出的危机达不到这种程度，故事便缺乏戏剧性。

编剧、小说家、剧作家，以及所有与戏剧素材打交道的人都知道，一个好故事的生命力源自引发巨大危机的戏剧矛盾。主人公承受煎熬的时候，正是编剧发掘他们内心深处的秘密与恐惧、搅动他们灵魂的时机。而这恰恰是剧情与矛盾的目的：展现人物心灵深处的秘密与情感。小说家约翰·加德纳（John Gardner）认为，“危机能够让人物去探索真实的自我。它逼迫他做出选择，产生行动，将他从一个静态的形象变成一个真实的人，一个会选择、能承担的人”[①]。

加德纳的观点表明，人物在经历塑造人格或威胁生命的体验时，会做出转变，因为残酷的考验会迫使主人公发掘自身勇气来解决矛盾。请注意：成功故事的戏剧性来源于主人公经受的残酷考验。作者必须为人物创作出艰难的生命考验。

在电影《证人》中，编剧威廉·凯利、厄尔·华莱士与帕梅拉·华莱士便使用了这一手段。本片的危机始于一个阿米什男孩［由卢卡斯·哈斯（Lukas Haas）饰演的塞缪尔］目击了一起谋杀案，不久后认出凶手竟然是一名警察。男孩揭露了真相，导致主人公布克遭人追杀。他飞往阿米什地区，并与男孩的母亲展开了一段浪漫关系。尽管两人最后没能走到一起，这个故事依然十分精彩，因为它的危机既有人格塑造（两性关系）又有生命威胁（警察的阴谋）。在危机中同时包含外部威胁与内部冲突，往往是好故事的特征。接下来我们还会讨论这个问题。

以上就是用戏剧危机这种工具来开发剧情的原理。它要求编剧创造出一起事件或场景，来塑造主人公的人格，或对主人公造成生命威胁。编剧必须认真思考如何设置这样的危机，如何考验主人公，从而发展剧情。

---

① John Gardner, *On Becoming a Novelist* (New York：Happer & Row, 1983), p.46.

2.6 利用危机打破故事秩序

秩序指的是故事开始时的局面与人物关系。我们可以从这一角度来开发剧情。编剧只需制造一些能打破现有平衡的事件，从而激发危机。通常，秩序会因为某人物的出现或离开而被打破。在《大审判》（第 8 镜[①]）中，当米基出现在高尔文的办公室，告诉他案子将要上法庭时，秩序就被打破了。之后，当高尔文决定打官司时，危机就出现了。

作为约翰·福特（John Ford）最欣赏的编剧之一（也是他的女婿），弗兰克·纽金特经常用打破秩序的手法来引出故事：

> 编剧的首要工作是看故事眼光长远一些，思考这个故事能否依据被打破的秩序来进行删减。现状是怎样的？出现了什么新的因素？它造成了什么影响，结果是什么？这样，故事开场的方式就有了两种选择：一种是介绍现有的秩序，一种是直接介绍新出现的元素。《叛舰凯恩号》（*The Caine Mutiny*，1954）、《君子好逑》（*Marty*，1955）和《码头风云》属于前者；《野餐》（*Picnic*，1955）、《黑板丛林》（*Blackboard Jungle*，1955）和《与我同行》（*Going My Way*，1944）属于后者。《蓬门今始为君开》的开场是一辆火车进站，一位身材颀长的美国人下车，询问去往的路——一个再简单不过的请求，却明显激起了行李员、站长、售票员、卖鱼妇女的好奇心，当然也就成功吸引了观众的注意。不久我们知道了这是一位生在爱尔兰的美国人，此番重返故乡是为了回归宁静的生活。那么接下来发生了什么呢？说得委婉一点，他打破了故乡的平静。这就是故事，这就是技巧。[②]

---

① 本书中，第 × 镜指的是拍摄时的镜次，而非成片中的经过剪辑的镜头，一镜可以是一场戏或一个片段，因此，第 × 镜在某处程度上也相当于第 × 场。——编者注

② Frank Nugent,"The Opening Scenes," in Lola Yoakem (ed.), *TV and Screenwriting* (Berkeley: University of California Press,1958), p.21.

一些电影的秩序在一开始就已经被打破。比如在《证人》中，开场便是新寡的瑞秋去巴尔的摩看望姐姐。秩序不停地被打破：塞缪尔目击谋杀案、布克受伤又恢复健康、他与瑞秋坠入爱河。《西雅图未眠夜》也是相似的情况。开场是主人公萨姆在妻子墓前沉思，久久不愿离去。不久后（第 8 场），萨姆搬到了西雅图，但是，当他儿子乔纳在圣诞夜打电话给电台感情节目时，秩序又被打破了。后来，安妮［梅格·瑞安（Meg Ryan）饰］开始寻找萨姆，让这种不平衡的状态愈加严重。大多数情况下，故事可以看作主人公重建生活秩序的过程。

我们可以将这种方法运用到前文的“运动寡妇”故事中，让妈妈遭遇一场尴尬，来打破秩序的平衡。比如她丈夫的球队爆出丑闻，或者是妈妈发现她的丈夫有了外遇、染上毒瘾或酒瘾、胡乱花钱、赌博、丧失理智或被炒鱿鱼，等等。这里的写作任务是创造打破秩序的事件，激发出戏剧危机，让妈妈为捍卫家庭而战。

很多时候，打破秩序能够刺激故事“起飞”，给人以帷幕拉开的感受。有经验的编剧都知道，电影应该紧凑而不适合拖沓，因此要让故事能够尽早“起飞”。《终结者》从开始到“起飞”只用了 31 秒，当机械人从天而降时，秩序就被打破了。迅速的“起飞”对于电视剧和短片电影尤为重要，一般在剧本的第一页结尾就要发生。

2.6.1 危机、矛盾与事件

注意事件与危机是如何同故事矛盾联系起来的。在《火线狙击》中，矛盾是阻止杀手刺杀总统，而这威胁到了主人公的生命。电影的事件——一切发生之后的结局——是主人公成功保护总统，消灭了杀手。矛盾引发的危机令主人公陷入痛苦的回忆，与死亡擦肩而过。

《西雅图未眠夜》的事件是萨姆和安妮有情人终成眷属；矛盾是如何让分别位于东西海岸的有情人做到这一点。这一任务引发了一次人格塑造危机，令安妮与她的未婚夫［由比尔·普尔曼（Bill Pullman）饰演的沃尔特］取消婚约，令小男孩（乔纳）飞越整个国家去寻找自己未来的继母。像这样，通过运用事件、矛盾与危机的工具，在写作初期就充实了故事的情节和意义。

2.7 故事中的内心困境与外部矛盾

至此，本章探讨了许多故事要素，比如框架、事件、矛盾、结构、故事概念与打破故事秩序的戏剧危机。从现在开始情况将变得更加复杂，因为大多数电影都有两条故事线同时进行。它们被称为 A 故事线和 B 故事线。到现在为止我们讨论的都是 A 故事线，它主要涉及外部矛盾——赢得官司、消灭怪兽，或者其他外在的行动。而 B 故事线描绘的是主人公的内心困境，通常与心理状态和精神世界有关。

打个比方，A 故事线就像小偷在入室盗窃时丢给看门狗的肉。换句话说，在观众感受角色的内心挣扎和情感变化时，A 故事线是用以吸引观众注意的外部事件。在《大审判》中，诉讼案是串起 A 故事线的外部矛盾。在它吸引着观众的注意时，案件又唤起了高尔文的内心困境，使得剧情变得更复杂。我们了解到，高尔文的内心困境源于几年前的一起法律丑闻。在利利布里奇案中，高尔文被（他的岳父）指控干扰陪审团，虽然这项指控是莫须有的，但它还是毁掉了高尔文的事业和婚姻，让他沦为了邋遢的酒鬼，即我们在影片开头看到的那样。利利布里奇案重创了高尔文的精神，也成为他后来与公司对簿公堂的动力。当高尔文完成目标，在法庭战胜对手后，A 与 B 两条故事线得以殊途同归。可见，《大审判》的 A 故事线是主人公赢得官司，B 故事线是他获得重生。如果没有内心困境，这个故事就会跟电视上播的诉讼案件一样，观众看到的不过是聪明的律师智取对手。同样，《证人》中最重要的是瑞秋与布克的关系，而不是谢弗及其团伙的恶行。

设置 B 故事线，需要深入人物的内心世界。生活经历、回忆，或者故事开始时已经发生了的某些事情，都会影响人物的内心状态，推动 B 故事线的发展。在以人物为中心的故事如《月色撩人》和《克莱默夫妇》中，B 故事线通常讲的是主人公的精神或情感需求，以及他要面对的种种难题，比如学习如何去爱、获得自尊、变得独立，治愈精神创伤或克服某种不足。在大多数故事中，B 故事线的内心困境会随 A 故事线外部矛盾的升级而逐步恶化，引发几乎令主人公崩溃的危机。

动作电影有着不同的构造。以《终结者》为例，它的故事是围绕动作发展的，角色的内心戏不多。《生死时速》《虎胆龙威》等动作电影也是这样。然而，动作电影也有变化。《绝岭雄风》（*Cliffhanger*，1993）也是一部动作片，它的开头是在一起登山事故中，一名年轻的女子丧命。虽然她的死让主人公感到悲伤，但这对动作线和人物都没有产生影响。这种做法符合动作片的诉求：用动作场面与特效让观众眼花缭乱。比起人物，《绝岭雄风》更关注的是景观[①]，这使得本片的质感很像动画片，主人公忙着钻火圈，无暇展现内心世界。

但也并非所有的动作片都忽视人物塑造。《火线狙击》就表现了主人公所承受的精神压力与杀手扭曲的内心世界。这对敌人之间的奇妙关系，以及 B 故事线中的困境，都为整个故事增添了精神维度。许多动作片会给角色们几分钟的时间来谈论人生计划、家庭生活、过往经历，等等。《终结者》中就有这样的场景（第 182 场），在萨拉和里斯从警察局屠杀中逃脱后，他们平静地谈起自己的人生与未来。在许多故事中，这几分钟就已足够丰富人物，将无脑的故事化为颇令人满意的作品了。

2.8 戏剧冲突的形态

前文说到，故事的戏剧矛盾使主人公面临一个对抗力量。随着双方的斗争，冲突将故事推向高潮，决出主人公与反派的输赢。从这一角度来说，戏剧冲突是主人公与他人、与体制、与自然，或者与内心精神力量的抗争。

冲突使电影有张力。如果角色们都和和气气，电影也就没了看头。短暂的和谐只应该出现在暴风雨来临前，或者故事的结尾处。大多数时候，电

① 景观，指的是电影中宏大、壮丽的元素——演员阵容、场景与服装的考究、千军万马的场面，以及其他壮观的视觉内容。

影中的角色都在争执、欺骗、同流合污、抱怨、辩护、斗争，都在某种程度上参与着冲突。了解戏剧冲突的种类，能够帮助你创造和发展冲突。下面我将列出几种你可以用得上的戏剧冲突。

2.8.1 主人公与反派人物的冲突

这种冲突是主人公与反派人物因一个目标或矛盾而产生的。《终结者》表现的就是基本的主人公与反派的冲突，双方阵营要拼个你死我活。《军官与绅士》（*An Officer and a Gentleman*，1982）所表现的主人公与反派人物的冲突显得更文明。两位好人，理查·基尔（Richard Gere，饰演该片主人公）与路易斯·戈赛特（Louis Gossett，饰演反派人物）为培训海军飞行员的方法争论不休，双方都认为自己才是对的。虽然没有传统意义上的正邪之分，但是他们具备冲突的动机、氛围、性格。《大审判》《亡命天涯》《证人》和《火线狙击》的故事也都是基于主人公与反派的冲突。编剧可以先迅速确定故事创意是否符合这种类型，或属于下面几种类型，并以这种角度思考故事创意将要如何发展。

2.8.2 主人公与自然的冲突

《狼人就在你身边》（*Wolfen*，1981）、《侏罗纪公园》，还有许多科幻电影都是主人公与自然冲突的例子。这些故事中通常有一些需要主人公消灭、忍耐或送走的事物——疾病、野兽、外星生命、暴风雨、自然界的某种力量，等等。在构思主人公与自然的冲突时，敌对力量的设定是至关重要的。它可能来自大自然，也可能产生于技术进步，对主人公产生了威胁。当自然力量无法产生戏剧性时，我们可以将冲突放在人的身上。以《大白鲨》（*Jaws*，1975）为例，电影创作者知道观众很难对鲨鱼产生真正的厌恶——毕竟捕食是鲨鱼的天性——因此，他们让贪婪的商人无视主人公的警告，成功将观众的厌恶感引导过来。利用这种手段，创作者使观众在鲨鱼吃掉船和船员之前就有了厌恶的对象。

创作这一类故事时还有一种策略，即向观众展示大自然的可怕力量，比如在《极度恐慌》和《人间大浩劫》中，病毒毁灭了整个城市。灾难片也属于这一类，比如《波塞冬历险》(*The Poseidon Adventure*，1972)。

2.8.3 主人公与体制的冲突

主人公与体制的冲突，是指主人公与面目模糊的官僚机构的斗争。阻碍主人公的体制可以是军事、政治、犯罪、商业、宗教等任何类型的组织。

有一种比较典型的情境，那就是主人公（有意或无意地）成为某组织的成员，比如《秃鹰七十二小时》(*Three Days of the Condor*，1975）中从中情局屠杀中幸存的主人公。冲突可以发生在主人公与官僚机构（《总统班底》)、制度 [《罗伦佐的油》(*Lorenzo's Oil*，1992)]、企业（《丝克伍事件》)、阶级体系（《大审判》)、犯罪团伙（《糖衣陷阱》）等任何组织之间。

2.8.4 主人公与自身的冲突

这种冲突的特征是，主人公会就价值观、信仰或道德问题进行自我斗争。虽然一般故事中都或多或少有主人公自身冲突的元素，但在一些电影中，这一冲突占据了主导地位 [《冰雪河来客》、《失去的周末》(*The Lost Weekend*，1945)]。

编剧设计好角色们的价值观，再用戏剧矛盾来考验它，比如在《大智若愚》(*Nobody's Fool*，1994）中，主人公一直在与童年阴影做斗争。《莫扎特传》与《不朽真情》(*Immortal Beloved*，1994）的主人公都被关于残暴父亲的回忆所折磨。主人公与自身的冲突这种故事不太好写，新人编剧对此应三思而后行。

2.8.5 其他冲突类型

角色也可能被社会恶势力或遗传病所折磨 [《典当商》(*The Pawnbroker*，1964)、《唐人街》]。

冲突还可以建立在改革者这样的角色身上，他的价值取向使他挺身而出打击罪恶。在这类故事中，主人公身处某种极为不公正的环境，他决定要反抗［《基辅怨》（*The Fixer*，1968）、《桂河大桥》］。

角色由于地域、人种或阶级等其他原因遭受的偏见也会导致冲突［《北方》（*El Norte*，1983）、《街区男孩》、《呼啸山庄》（*Wuthering Heights*，1939）］。

当角色迷失在异国他乡，或被驱逐出自己的家园时，冲突也会形成。在这一类型的故事中，角色们接下来的任务是开拓新家园，或返回故乡［《征服者佩尔》、《美国，美国》（*America, America*，1963）、《蓬门今始为君开》］。

还有一种冲突是，人们赖以生存的地区或精神家园被痛苦的回忆或不幸的过往所笼罩。如果能将内心冲突写得丰富动人，这类故事会很好看［《五支歌》、《苏菲的抉择》（*Sophie's Choice*，1982）］。

最后，还有一种冲突是聚焦于当代焦虑的，这一类型故事中的主人公都在寻求意义与安定［《无惧的爱》（*Fearless*，1993）、《灾难被提》（*The Rapture*，1991）、《死亡诗社》］。

各种冲突类型之间不是泾渭分明的。通常，故事中的冲突会融合以上多种类型。在《终结者》中，来自未来的机械人既是一种自然的力量，也是一个组织的代表。在《西雅图未眠夜》中，冲突来自男女主人公各自对理想爱情的期待（自身），以及二人地理位置的遥远（自然）。《证人》表现的是主人公与反派人物、与体制的冲突，还有价值观上的冲突。

一张冲突类型的清单能够帮助你打开视角，看清你的故事适合的冲突形态，明确主人公的对手，以及冲突发展的方向。

2.8.6 修正疲软的冲突

冲突之所以疲软主要是因为反派人物不够强大。因此，修正冲突要从强化反派人物做起。《彗星美人》（*All About Eve*，1950）中的贝蒂·戴维斯（Bette Davis）、《沉默的羔羊》（*The Silence of the Lambs*，1991）中的安东尼·霍普金斯（Anthony Hopkins）、《码头风云》中的李·科布（Lee J. Cobb），还有《最后的诱惑》中的琳达·菲奥伦蒂诺（Linda Fiorentino）都是强硬反派人物的例子。你要给你的角色以驱动力和欲望，将他们变得危险起来。尤其是要使你的反派人物很难对付，足以威胁到主人公。

成功的剧本中，每一场戏都暗含冲突，哪怕是看起来是“欢乐”的情节也不例外。在《西雅图未眠夜》第 18 场中，安妮带沃尔特见家长；即使是这样融洽的场景，其潜台词也包含着暴躁与冲突。接在这场戏之后的也是一场理应欢乐的戏，安妮和母亲在阁楼试婚纱（第 21 场），在这场戏里，安妮透露出她与沃尔特的生活并没有那么美满。这个情节点展示了安妮内心的冲突——是和沃尔特度过平淡的一生，还是去追求自己理想中的婚姻？当安妮从广播中听到那位西雅图独身男子的事情后，为了化解自己内心的冲突，她开始一边调查该男子，一边敷衍沃尔特。

导致冲突不够有力的另一个原因是建立冲突之后的跳步。这可能是因为编剧不想面对冲突建立之后的激烈情感，所以放弃了接下来应有的戏剧性场景，让剧本形成了一段空白。由冲突点燃的真情流露的时刻是电影最重要的内容，角色们正是在这时敞开心扉，释放能量。如果你的故事蕴含着戏剧冲突，那就将它呈现出来。如果戏剧冲突还没有出现，那就改到它出现为止。

2.9 反派人物如何制造冲突

优秀的故事往往都有一位强大而活跃的反派人物。之前说过，假如反派太弱，威胁不到主角，剧本就是失败的。因此，要想改善疲软的故事，最可靠的做法就是强化反派，让反派人物或反派力量更偏执、更迷人、更机智、更强大、更邪恶，更具有威胁性。编剧可以为反派人物添加更强的攻击性，让他们自我膨胀，拥有作恶的动力。这不是说要把反派人物写成疯子，而是说要让他们威胁到主人公。《普里兹家族的荣誉》中由安杰莉卡·休斯顿（Angelica Huston）饰演的梅洛斯就是一个很好的例子：她聪明、执拗、反复无常、有仇必报，一直为恶毒的家人所控制，是一个报复心极强的女儿。

2.9.1 为反派人物添加动力

强大的反派人物通常都有着一个计划，他们想实现某个目标，或者阻止某件事发生。《大审判》中的埃德·康坎农是一位杰出律师，他手中不仅有行业人脉与财富，还有政治权力资源。他做事滴水不漏，在与主人公发生冲突时神态自若。《证人》中的大反派谢弗也是这样的形象，只不过他每次试图消灭约翰·布克及其证人时，都会怒火中烧。

强大的反派人物总能给主人公带来巨大考验，却注定终将被打败，部分原因在于他们无法变通。自私使他们失去了道德高地，而那正是主人公所占据的地方。通常，主人公能胜利是因为他遵从了自己的内心，选择了道德的路。神话学者约瑟夫·坎贝尔（Joseph Campbell）认为，正是这种内心深处的指南针给了主人公力量，也帮助人类从最初走到今天。不论这力量被称为神、良知、不朽、道德、智慧，还是什么别的，总之主人公拥有它，而反派人物没有。

这种直白的说法似乎把道德的力量过于简单化了，但在电影中确实如此。例如，《大审判》中的埃德·康坎农看上去貌似是公正的代表，实际上却是反派人物，因为他背弃道德雇用了卧底［由夏洛特·兰普林（Charlotte Rampling）饰演的劳拉］。高尔文的处境越发不妙，直到他开始向道德高地进发，获得了道德的力量。他听从良知的召唤，拒绝了主教的提议（第 26 场）。在拒绝放弃此案（第 71 场）后，道德的力量越来越强大。伴随着这种坚定不移的信念，他找到了证人，击败了康坎农。无论是第 75 场中高尔文意识到病历的重要，还是第 80 场中他通过邮件联系到了证人，都体现出了这种无形的力量。就这样，电影（或许有些天真地）表达了正义可以战胜强权，正直的人能够击败龌龊的人这一中心思想。在美国主流电影中，外部矛盾与内部矛盾都是以这种积极的美学解决的。不论它是否符合事实，大多数电影与电视剧都遵守着它；一份违背这种美学的剧本是很难卖掉的。

2.9.2 冲突与动机

戏剧角色的行为都是有原因的。比如，有一位孤单的极客想要结识姑娘，却用错了方法。为什么？不知何故，这位伙计施展的手段总是引起别人的拒绝。似乎有一种看不见的力量令他一直失败，一直孤单。当观众意识到这种冥冥之中的力量时，他们会觉得冲突更加有趣。在《大审判》中，主人公与反派人物在法庭激烈论战。在这场审讯中，观众看到的康坎农并非下班后无事可做、只能虐待自己的狗的变态，而是一位努力为自己的当事人辩论的出色律师。

反派人物的动机多种多样：《终结者》中的机械人要杀萨拉·康纳，因为这就是它被设置的程序。《西雅图未眠夜》里的沃尔特是个自鸣得意的家伙，对他的人生感到很满意。《亡命天涯》中汤米·李·琼斯（Tommy Lee Jones）饰演的角色出于一种猎犬的本能在追捕主人公。角色也可以在故事的发展中逐渐找到动机，比如《倾城佳话》中的罗西·佩雷斯（Rosie Perez）饰演的角色，在体验过上流社会的乐趣后整个人变得飘飘然，这导致了她与丈夫离婚，并打官司索要彩票奖金。

有动机的角色往往有着背景故事、精神需求、性格怪癖，等等。如果没有精神层面，角色就只是机械地执行剧情任务的空洞模型罢了。如果一个故事的角色很苍白，它通常会靠景观与动作（打架、追逐、大胆的行为）来弥补。这种做法很有可能失败，因为如果观众看不到角色的背景故事和动机，他们或许就根本不在乎这个角色会发生什么事。为了避免这种情况，编剧要创造出富有层次的、让观众真正关心的角色。

2.10 戏剧主题的层次

接下来要讲的故事策略是从主题的角度来丰富剧情，也就是让立意为故事赋予意义（我们曾在第 1 章讨论过）。在许多情况下，主题是整部电影的“核心信息”，是这部电影真正要讲的东西。比利·怀尔德（Billy Wilder）对于主题内容的观点非常有启发性：

> 你的剧本要有主题。我不认为我写东西是为了改变世界……但如果你让观众看完电影之后能讨论个15分钟，那就是件很了不起的事了。假如观众在办公室里或者饭桌上还津津乐道你的电影，那么它已经成功了。[①]

编剧有自己坚信的理念，他们关心的主题——公平、自由、法律、机遇、战争、暴力、家庭价值观——通常都能为故事提供丰富的内容。可惜的是，如果一个剧本执着于上述主题中的一种，它很可能被退回，因为制片厂会担心观众不接受。制片厂认为观众不会买票来看一场关于道德、政治、改变世界或素食主义的演讲。从主题的层面上讲，这大大束缚了编剧，因为这些有争议的主题都是戏剧性很强的。

尽管制片厂有着这样那样的顾虑，仍然有许多关注重要议题的优秀电影被拍了出来。成功的关键在于，编剧要将关于主题的暗示天衣无缝地融入剧本中，不要过于突出明显。这样写剧本的话，主题就和电影浑然一体、水乳交融了。这里提供一个方法：尽量向剧本中加入你观察到的现象，而不是加入批判与教条的内容，或者是明显在点题的内容。电影的艺术激情与我们的艺术领悟力足以使我们了解影片主题，无论它在剧本中藏得多深。许多时候，当编剧以激情和悟性进行创作时，他都不会意识到自己是如何完成主题内容的。编剧还应庆幸自己有一批好伙伴：导演、演员、剪辑师，还有摄影师，他们在自己的工作过程中会吸收主题内容并将它发展下去。

编剧常会专注于打磨故事情节、角色与分镜头剧本，以至于忽略了主题，使得故事似乎有些不知所云。然而，一个故事中至少会存在一种主题的萌芽。为了了解你的故事主题可以有哪些，你可以与老师、顾问、家人和朋友聊聊你的故事，问问他们觉得主题是什么。你还可以查阅一些展现出深刻观察的参考书；一定有一些能符合你的创作风格（附录 B 为你提供了一个参考书清单，也许可以帮到你）。编剧的目标是让观众在电影结束后能有所

---

① Billy Wilder,"Conversation with Charles Champlin,"in *Century Cable TV Interview*, Santa Monica, California, February 1991.

思考，让电影对观众产生影响。

故事因主题而获得分量与灵魂，无论主题源自哪里。编剧卡尔·福尔曼［Carl Foreman，代表作《正午》（*High Noon*，1952）、《纳瓦隆大炮》（*The Guns of Navarone*，1961）］十分擅长向剧本中融入复杂的社会主题，虽然他说的也并不一定完全符合实际：

> 我以前从没觉得一个故事必须是有某种意义的。我认为一个好故事只需要好情节、好角色和许多动作。之后到了好莱坞，我也相信这一点。直到后来我才意识到，情节和角色那些东西确实很重要，但故事必须要有主题……而且有时这种意义不会从开始就出现……很多大学生对于他们所写的主题感到迷茫……那些是英语写的文章，在我看来就只是……普通的文章。但是很显然……故事必须要有意义，这种意义不一定非要是动作，而是你的信仰，你想要表达的思想。①

2.11 前景、背景和主题

许多美国商业电影都把焦点放在明星身上，他们活跃在故事的前景，可以吸引投资，增加票房，获得公众的关注。可明星自身的光辉，常常将观众的注意力从故事设定与背景上吸走。协调故事的前景与背景的关系十分重要，因为背景设定是故事主题内容得以存在的基础。《绝岭雄风》这部电影中，大好河山的存在仿佛仅仅是为了衬托演员矫健的身姿。这部电影仿佛一部空洞的风光片，很快就被遗忘了。相比之下，《大审判》中处在前景的角色就没有那么强烈的“演员感”②，他们和波士顿的破旧大厦融为了一体。影

---

① Terry Sanders and Freida Lee Mock (eds.), *Word into Image: Writers on Screenwriting: Transcripts of the Award-Winning Film Series* (Santa Monica: American Film Foundation, 1981), p.33.

② 最佳表演是“无形”的，意思是演员完全沉浸在自己的角色中，成了角色本人，让观众忘记他是在表演。当代演员，特别是采用体验派表演方式演员，他们的表演都能达到“非演员感”。如果一名演员“表演”痕迹明显，则意味着该演员并未“进入”角色，观众意识到了他的表演痕迹，这削弱了演员表演的感染力。

片对于故事背景的描绘——公共大楼、法律图书馆、律师办公室、医院，以及法庭场景——都暗示着新英格兰阶级分化的社会秩序，及其对法律系统的侵害。影片用前景与背景暗示出布罗菲主教［爱德华·宾斯（Edward Binns）饰］、康坎农、斯威尼法官［米洛·奥西（Milo O'Shea）饰］、医生、保险公司以及医院狼狈为奸的关系。他们勾结起来，在庭审期间把对高尔文最有利的证人送去了加勒比。影片还通过康坎农和布罗菲主教富丽堂皇的办公室，以及利益集团对庭审日程的操纵，隐喻司法系统的腐败。这些从影片背景设定中透露出来的讯息丰富了《大审判》的主题，因为影片的主题是当我们恪守公平与正义时，就可以战胜制度腐败。

不过，不是所有的电影都像《大审判》一样，通过背景与对白凸显主题。大多数美国主流电影还是倾向于在前景加入明星、景观，以及感情戏，以此吸引观众，让观众对银幕上经历困境的主人公产生共情。与这种商业片美学不同，独立电影和一些海外电影一般会探讨更多政治与社会议题。其中一个原因是独立电影的预算较低，不足以请国际巨星出演或出昂贵的外景。低预算意味着这些另类电影的团队很小，故事的背景设定也不能太庞大。影片背景通常是在日常生活的基础上进行一些调整，以符合故事主题的需求。比如，中国电影《秋菊打官司》（1992）记录了一位农村妇人来到大城市，为受辱的家人争取法律赔偿的过程。故事的背景表明当代公民有能力与官僚机构抗争，这就是电影要表达的主旨。

尽管将商业电影与独立电影做比较是比较冒险的做法，但我们还是可以对比以下三部电影，发现其中的差异。《莫莉马贵》（*The Molly Maguires*，1970）是一部制片厂主流电影，讲述了 19 世纪 70 年代，一位线人深入宾夕法尼亚秘密矿工组织的故事。法国电影《萌芽》（*Germinal*，1993）也是关于十九世纪末矿工生活的故事。两部电影的结局都很惨烈，并拥有相似的主题——极度恶劣的环境，使得早期矿工为成立自己的组织、获得公平合理的待遇而付出了昂贵代价。尽管这两个故事有相似之处，但它们在呈现前景角色与背景社会环境方面是不尽相同的。

电影《莫莉马贵》的开头部分，一位神秘的外地人［理查德·哈里斯

（Richard Harris）饰］到一座煤炭小镇上找工作。要想被接纳，他必须得到由肖恩·康纳里（Sean Connery）饰演的当地组织“莫莉马贵”（秘密的爱尔兰组织，主要任务是反对矿主对矿工的不平等待遇）首领的批准。全片聚焦于康纳里与哈里斯的关系，对矿工成立工会的困难，矿工们的生活、道德冲突与其他历史问题都轻描淡写。结果，《莫莉马贵》变成了当时（1970年）一部空洞的好莱坞景观电影，除了展现前景的两位电影明星之外再无看点。

与之相反，《萌芽》以大量的背景设定来表现社会环境，揭露了煤矿行业的不公：矿主生活优渥，而工人食不果腹。影片以如画般的全景镜头，通过矿工的游行、宏伟的庄园、乡村田园场景、富人和穷人各自的生活画面等来讲述故事。《萌芽》从始至终保持冷静与疏离的气质，使得观众的情绪不会过分被主人公吸引，能够仔细品味丰富的背景细节，从中领会影片主题。

第三部讲述矿工的电影是约翰·塞尔斯（John Sayles）的低成本独立电影《怒火战线》（*Matewan*，1987），它提供了另一种结合前景与背景以突出主题的角度。《怒火战线》的故事发生在1920年的西弗吉尼亚州，彼时的矿工同样在为自身权益与矿主进行斗争。电影的开头同样是一位神秘的外地人［克里斯·库珀（Chris Cooper）饰］来到煤矿小镇找工作。电影似乎预示了在煤矿公司与矿工之间必然有一场暴力冲突，然而库珀的角色竟是反对暴力的和平主义者，这打破了该种类型电影的惯有设定。主人公平和的举动与《莫莉马贵》中的暴力行径截然相反，库珀的角色也没有像哈里斯与康纳里那样主导了整部电影。正是由于这样，《怒火战线》让观众得以探究罢工的背景，了解骚乱的原因。

这两部电影的制作风格也有所不同。《莫莉马贵》是英雄主义的、西部片式的拍法。《怒火战线》则取景于西弗吉尼亚州的矿业小镇，以纪录片的风格拍摄矿工们悲凉的生活。它没有落入情节剧的俗套，而是让观众去思考矿工的痛苦，思考影片提出的关于社会公平的问题。这使得塞尔斯的故事具有了社会意义与主题内容。

我们之所以讨论这个问题，是为了引出编剧们在处理故事主题时有哪些选择。思想警察虽然不存在，但你们应该知道，制片厂对可能引发社会争议的故事非常敏感。投资方即便非常赞成你剧本中的政治观点，他们的钱也还是只投给能娱乐观众、能赚钱的剧本。制片厂参与决策的高管在艺术之上讨论的是商业。精明的编剧在表达艺术理念时会考虑其商业价值。艺术与商业的较量是永无休止的，希望这能催生出更多成功的电影。

在今天，尽管自由主义政治蓬勃发展，推动了许多公司管理层观念的进步，但好莱坞主流电影在政治方面依然谨小慎微。这一现象已经持续数十年，部分是因为 20 世纪 40 年代的“红色恐慌”。它引发的打击行动对电影行业造成了冲击。核威胁与冷战令好莱坞噤若寒蝉，以至于在长达十五年的越南问题期间，好莱坞只产出过一部描写越战的电影［由约翰・韦恩（John Wayne）执导的《绿色贝雷帽》（*The Green Berets*，1968）］。

好莱坞电影对社会热点问题的回避同样体现在 20 世纪 90 年代。一个例子就是电影表现美国街头流浪汉与边缘人的方式。不知为何，一些电影居然将这样的悲剧扭曲为喜剧呈献给观众！看看《乞丐皇帝》（*Down and Out in Beverly Hills*，1986）、《天涯沦落两心知》（*The Fisher King*，1991）、《丑态百出》（*Life Stinks*，1991）、《华盛顿城堡的圣徒》（*The Saint of Fort Washington*，1993）、《乞丐博士》（*With Honors*，1994）还有其他类似的片子吧，观众也许会觉得无家可归是通往智慧与启迪的捷径。这些电影不去如实地表现流浪者的生活，反而将这种社会现象扭曲化以娱乐大众。它们不是社会悲剧的真实写照，而是让身价百万的电影明星穿上设计师设计的破布、用大牌化装品把脸涂脏所表演出来的节目。明星的存在感过强，致使背景设定被无视。影评人彼得・雷纳（Peter Rainer）在《洛杉矶时报》上说，我们无家可归的穷人被描绘成了“富有牺牲精神的梦想家、圣人，或者奴隶”：

> 通过这些电影，你无法了解一个人变成流浪汉的原因，或者是他们的生活条件。但是你能发现事情早已被掩盖，被粉饰成精美的商品呈给观众……这些电影对于流浪汉的理想化描绘，与好莱坞一贯的美化少数

> 派的做法如出一辙。这里面有一种对观众的曲意迎合，好像如果电影角色做不到比普罗大众更智慧更纯洁，观众便不会买账。这种做法否认了该群体的愤怒与暴躁——而是将他们美化。这还使大家对流浪汉群体产生了一种慈悲，好像现实主义的描绘对于他们来说太残忍且没有必要——而这种观点只能对他们再次造成伤害。[①]

雷纳指出了主题的实质，即对人类的道德、生活质量、家庭与人类共性的关切。电影可以通过讲述一个动人的故事，传递出一个主题，帮助我们更好地了解世界与我们自己。我们需要不断探索未知，加深对自我、对国家、对整个世界的认识。很多人认为，如果电影讲述的是真实事件，那么这种效果会更好，比如《机智问答》(*Quiz Show*，1994)，这部电影讲述的是 20 世纪 50 年代一起真实的智力问答节目舞弊事件。本片引发大家思考美国的一系列丑闻事件是如何形成的——将智力问答节目作弊逐渐升级，我们可以联想到水门事件、伊朗门事件、暗杀、储蓄与贷款丑闻案，以及其他公共丑闻。无论如何，在真实事件发生 35 年后，《机智问答》所表现的广播丑闻这一主题在某种程度上刺痛了观众。虽然《机智问答》很难称得上是一部革命性的电影，但它利用这起震撼美国与世界的事件狠狠地打响了大型机构一耳光——因为它们在道德方面的表现深深影响着大众。电影里有这样一幕，当一位涉事的节目制作人被问到行为是否构成违法时，他回答："你不妨这样看：制作人赚了，投资方赚了，民众也觉得有趣，我们伤害到谁了吗?"

对于这句台词，《机智问答》的导演罗伯特·雷德福是这样回应的(他的回应也诠释了影片的主题)：他认为这位制作人的话"从商业的角度看是很有道理的。但是有一件事叫作道德，还有一件事叫作羞耻。不过它们再也不存在了，因为在今天，腐败成了一种生活方式"。

有着深厚主题的电影，能让我们看到现状和理想之间的差距，使我们

---

① Peter Rainer,"In the Movies Everyone Has a Home,"in *The Los Angeles Times*, May 22, 1994.

思考要如何变得更好。而表达主题并不需要打断故事，在大多数情况下，可以通过几句对白或视觉瞬间将主题融入故事之中。《愤怒的葡萄》中有大量与主题相关的场面，展示了经济大萧条时期被迫离开土地的农民的情况。《阿甘正传》开头与结尾的羽毛画面点出了主题——每一个人都是特别的，受到上帝眷顾的，我们必须以手中有限的力量做到最好，活得有尊严，并善良地对待每一个人。

主题内容是编剧（或导演）向素材中加入的自己对社会的观察。有的主题思想是司空见惯的，编剧不用花费什么心思。比如，多行不义必自毙、每一个人都需要实现自我价值、付出会有回报，这些不足为奇的主题不会引起舆论争议。它们对于社会问题都只是隔靴搔痒。当你的故事探讨种族主义、宗教伪善、社会不公、贫富差距、政治操纵等话题，以空虚绝望、家庭矛盾等为主题时，审查机构可能会认为这样的故事“不具备娱乐性”。

为了保护自己的观点，编剧们将主题隐藏在文本的深处，不到影片结束，不把它揭示出来。如果观众们发掘出了电影的主题，可能就会在离开电影院以后继续讨论。编剧应该让观众通过思考理解电影，并从中归纳主题，而不是将自己的剧本当成演讲舞台或用于宣传的大喇叭。

2.12 用故事模板草拟三幕结构

至今为止我们已经讨论过的——框架、事件、故事概念、矛盾、冲突、戏剧危机、主题——都是编剧用以丰富故事创意、创作角色和情节事件的。编剧将情节大致划分为三幕结构，从而得出故事的雏形。当你知道故事的哪一幕该发生哪些事时，写作就不再困难了。之前我们提到过，在大部分故事中，主人公在第一幕遇到矛盾，在第二幕结尾陷入绝境。在第三幕，大多数主人公都能解决矛盾。这种范式——可以称之为故事模板——在写作初期剧情尚未明朗时，对我们极有帮助。

我们可以分析一下故事模板在《火线狙击》中的应用。在第一幕，主人公得知反派计划暗杀总统，于是前去阻止。为了使主人公的处境更加险恶，我们要让他面临被开除的威胁，并让他与上司们进行抗争。这是一种被我们熟知的戏剧策略，目的是将主人公与其他特工分开，打造一种孤胆英雄的形象。为了塑造这一形象，编剧有多种选择：霍里根可以疏远他的上司，他可以为了荣誉以身殉职，他可以变得暴躁古怪，也可能有敌人在暗中算计他。任何一项或所有的这些可能性加起来，就能赋予霍里根以人物背景与性格特点。

编剧利用三幕结构、类型原则，并结合他们的故事感，使故事新颖有趣。同时，还有一些更实际的问题值得重视，比如目标观众是谁，电影的情感基调和风格该是什么样的。我猜编剧马圭尔很早就知道《火线狙击》应该是一个现实主义的故事，因为暗杀类故事都比较卖座，这种政治惊悚剧能将观众牢牢地按在座位上。这个故事的复杂与刺激度适合年轻观众与成人观众。花一小时确定电影的目标观众群，就能避免写作早期可能产生的一些疑虑。

在许多故事中，第二幕结尾是全片至暗时刻，主人公貌似完全被困难击垮了。我们可以稍后再思考这一低潮点的具体写法。在《火线狙击》中，至暗时刻便是主人公中了杀手的诡计，杀手已经瞄准了总统——这正是故事最扣人心弦的时刻。为了使这种紧张感最大化，编剧需要知道如何将杀手变得最具威胁性，他刺杀总统的计划是什么，以及他如何将主人公逼入绝境。让我们复习一遍此前的结论：只要编剧认真研究矛盾中的每一个具体问题，就能得出有创造性的答案。

最后，根据故事模板，主人公应当在第三幕解决矛盾。大部分暗杀故事的高潮场景都是主人公在最后一刻粉碎了反派的阴谋。虽然并不是所有故事都要遵循这种设定，但是主人公与反派最后的对决是观众期待看到的一幕，如果它没有出现，那编剧就要呈现出更好的东西才行。

像这样对《火线狙击》进行分解后，我们就会发现它的剧情并不那么复杂。不过，它足够扎实，能容纳得下有趣的角色、紧张的情境、大都市的框架，以及秘密特工活动的情节。剧本中还包含了爱情戏、特工私下的生活情境、弗兰克·霍里根与查克·利里一些气氛阴暗的对手戏，以及能够证明他们高超能力的动作戏。所有这一切都被包含在这部激动人心的电影中。

分析已经完成的电影是容易的，不如再让我们将这种分析运用到“运动寡妇”的故事创意上吧。这则新闻的内容是，因丈夫痴迷体育运动，一位女性的家庭生活受到了严重影响（见第 41 页）。由此可以产生的事件是这位妈妈挽回了她的家庭。这个选项的逻辑是挽救家庭，看起来很合理。故事的矛盾是妈妈如何挽回她的家庭。这个任务比较困难，因为她貌似并没有什么特殊的技能，除非她在生活中有一个一直隐藏的秘密：她力大无比。在故事的发展过程中，她的这一能力将由一种负担逐渐变成优势，帮她找回状态，让她的生活充满希望。我们不需要把妈妈变成体育明星，但要让她最终能够表达真实的自己，不再像过去那样假装柔弱。为了达到这一目标，我们可以让妈妈每天去健身房锻炼，磨炼自己的体能。

我们还可以选择让妈妈变成工作狂，或者也变成一个疯狂的体育爱好者，逐渐忽视了自己的家庭［像《家庭主夫》（*Mr. Mom*，1983）那样］。或者，我们可以将故事事件设计为妈妈决定离开爸爸，带着她的孩子们开始新生活［《曾经沧海难为水》（*Alice Doesn't Live Here Anymore*，1974）］，这样做的话，故事矛盾即是妈妈如何开展她的新生活。她可以去上电视健身节目，也可以去参加铁娘子比赛。我们也可以选择完全放弃“大力妈妈”的创意，把她写成一个普通妇女，面临生活重大难题完全束手无策。在这种情况下，她的力量便来自她内心深处守护家庭的信念。

以上几种事件走向都可以成为故事的基础，如何选择则取决于我们想要给观众看幽默的、悲伤的还是可怕的故事。我们的目标观众群体决定着我们的选择。这样的故事对于孩子来说好像太可怕，对于男人来说又似乎太“绵软”。如果我们不打算将这个创意发展成怪诞风格的故事，那么它最适合的定位也许就是周末播放的电视电影，它的目标观众就是掌握着家中电视遥控器的女士们。因此，这个创意应该被开发为面向成年女性的故事。

如果爸爸是中心角色，那么故事要表现的就应该是家庭与工作的压力如何将一个普通的男人压垮。故事主线可以是爸爸与他的哥们儿通过运动感到自己依然年轻强壮，或者是通过运动实现他们的人生目标。

故事的主角还可以是成了“运动孤儿”的孩子们，他们的目标是挽救家庭。《西雅图未眠夜》中的乔纳和他的朋友杰西卡就扮演了这样的角色。

运用本章介绍的创作故事大纲的方法，我们可以列出多项不同的故事发展方向，如果一条路不通，就尝试其他的。在这个过程中需要认真谨慎。编剧斟酌七大故事要素就如同作曲家斟酌音符：乐曲是由音符组成的，故事则是由框架、事件、故事概念、矛盾、冲突、戏剧危机与主题组成的。一般故事的长度在两到三页纸，但是假如故事有漏洞，那么由它发展而成的剧本也会存在问题。

2.13 故事写作所需要花费的时间

你也许已经从标题看出来，我临时想对剧本创作的时间安排提供一些建议。剧本创作所需时间因人而异、因故事而异，所以在这里我只能给出一个大致的时间范围。你可以参考我的建议调整创作的节奏，避免过快或过慢。这份日程是为初次开始剧作训练的人提供的。理想状态下，每一天的写作时间应为三至四小时，最好是在经过一夜充足睡眠之后的早上。如果早上不行，那就挑你方便的时间吧，哪怕一天只有一小时。不论是什么样的作息，都贵在坚持。然而必须要指出的是，编剧是一项艰难的工作，如同舞蹈、双簧管吹奏，以及其他所有的艺术实践一样，剧作要求严格的时间与精力的投入，决不允许偷懒或放弃，因为你的付出决定了作品的质量。

写作剧本需要我们在脑海里生成画面。为此，我们必须学习集中想象力。这很累，许多职业编剧一天也只能集中三四个小时。运用想象力释放能量是编剧工作的本质，它将为角色与故事注入生命力。这种意义上的写作可不像写期末论文或答考卷那么容易——它很像在培育一场极易破碎的梦。你可能需要花费一年的时间来训练这种想象力。若没有它，你的写作就称不上是创作，而不过是打字罢了。因此，我建议学生们在习得想象力之前，不要对自己的剧作能力妄下评论。当有一天，你想象中的人物与设定变得活灵活现，好像它们就在你眼前，你才算真正学会了运用想象力。如果你还无法做到这一点，这可能是由于你的想象力不能有效集中，那么你应该继续花时间来训练自己的这种能力。

另外，你应该理解开发故事情节不是一件容易的事情，要沉住气，不要急躁。当你感觉大脑疲劳，思绪无法集中，这正说明你在创作故事。因此，不要怀疑：写作电影故事片故事花费个把月的苦工是常有的事。这份工作就是这样的，打起精神来面对吧。

小 结

框架、事件、故事概念、矛盾、冲突、戏剧危机和主题，这七项要素是我们将故事创意初步扩充为情节时所使用的工具。编剧可以按照自己喜欢的顺序去构思这七项要素。将手中的材料组织出情节是两大剧作任务之一，其二则是将情节组织为剧本。

框架传递出故事的风格与设定。框架是背景，与之相对的，是前景的人物在这一背景下活动。戏剧事件展示了矛盾的由来、挑战，或者重要的时刻，它告诉我们故事的最后会发生什么，暗示着主人公是处理故事主要矛盾的人。事件引导着剧情朝着既定方向发展，并使故事风格符合目标观众群的期待。

在描述事件的语句中插入如何二字，一般即可得到故事的矛盾。大多数故事的结构都以矛盾为基础，制造主人公与反派人物的斗争，带来戏剧冲突。如果事件得以确定，通常高潮场景的内容也可大致确定，矛盾将在高潮场景中得到解决。

故事概念——故事创意加上戏剧矛盾——说明了故事的内容。这一工具运用起来方便快捷，因此编剧可以尝试多种故事创意与戏剧矛盾的组合，写出许多故事概念并从中挑选。由于故事概念影响着最终故事与剧本的方方面面，所以在确定之后，接下来的工作要谨慎完成。在剧本提案过程中，许多时候主管故事的高层都是通过故事概念来判断故事是否有价值的，也就是说，他们会评价故事概念是否新鲜有趣。如果不能符合他们的要求，他们就不会选择这个故事。

矛盾的作用是打破故事的秩序。在故事的结尾，矛盾得以解决，一种全新的秩序建立起来。

故事需要一位有趣的主人公和一位强有力的反派人物，还有内心困境和外部矛盾。如果一个故事概念能包含以上四种要素，它会很有卖点。

外部冲突展现的是角色与矛盾的碰撞——赢得诉讼、解决恋爱问题、获得政治地位，等等。内部冲突则是主人公与精神创伤搏斗的过程，主人公必须要走出阴影。戏剧冲突可被分为如下几类：主人公与反派、主人公与自身、主人公与体制、主人公与自然、基于不同价值观的冲突。熟知冲突的类型，有助于你把握故事的发展方向。即使它的作用有限，也能让模糊笼统的故事变得清晰一些。戏剧是角色对危机的反应，这意味着戏剧要创造威胁生命或塑造人格的矛盾。如果一个故事的冲突达不到这种水平，那么它就缺乏戏剧性。

故事的主题是编剧或其他电影创作者从素材中提炼出的，或是向素材中加入的观点。美国电影工作者创作剧本时往往将主题藏得很深，使主题在电影结束之时才浮出水面，形成意味深长的效果。电影剧本应避免说教与政治宣传。一般来说，剧本体现了编剧对于某个话题的热忱。接下来，导演将决定这些内容中哪些可以着重表现，而哪些应该略过。在大多数情况下，故事应该是有某种意义的，而不仅仅是视觉爆米花。

绝大多数电影都遵从故事模板的流程：第一幕，主人公遭遇矛盾；第二幕，主人公貌似被逼入绝境；第三幕，主人公在高潮场景解决矛盾。这三句话总结了三幕结构故事的大致流程。但故事与剧本的写作没有这么简单，往往需要数周甚至数月的辛勤工作才能完成。

练　习

（1）你需要选择一部短片电影、一集电视剧或者一部电影故事片，用以回答下列问题。首先，描述该电影的框架。影片框架是如何帮助故事叙事的？

（2）总结该电影的故事概念与事件。

（3）描述故事主要矛盾。矛盾从无到有经过了多长时间？矛盾的基础是什么？

（4）主人公是谁，其目标是什么？主人公与反派人物的动机是什么？为什么两方会发生冲突？

（5）故事的冲突是什么？它与故事的戏剧矛盾是如何联系起来的？

（6）是什么打破了电影中原有的秩序？用了多久？在矛盾解决后有新的秩序产生吗？怎样产生的？描述一下新秩序，对比它与旧秩序的不同。

（7）描述主人公的外部矛盾与内心困境。这二者是如何相互作用，以及如何影响故事冲突的？

（8）描述影片中的冲突。高潮场景是如何解决主要矛盾的？为什么它能做到这一点？

（9）描述电影的主题。

第 3 章
写情节

在前面的章节中我们讨论了如何利用框架、事件、危机、故事概念、矛盾、冲突和主题将故事创意扩充为有着三幕结构的初步情节。在本章我们将利用次要情节、第一幕建置、连续性、逻辑，以及其他要素，继续丰富故事创意，创作情节。

如果你觉得自己被这些像雨点般突然砸过来的策略淹没了，别紧张，它们只是编剧用来组织情节的工具，用不了多久你就会对它们熟悉起来。

情节的事件［被称为节拍（beats）］推动故事发展，表现人物，创造人物关系，或揭露主题。稍后我们将会讨论到，在传统故事节拍中加入以上元素，就好像在给剧情填空。接着，你会学习如何利用人物、对白与场景提示将节拍具体化。要完成这些工作，第一步是要将情节的事件全部列出来，这一步也叫概述（blocking）。

对于“block”一词，虽然词典中列出了三十项解释，对于编剧来说，我们只用到它“概括性指出，概述，对行动的设计作大致说明”这一条含义。更确切地说，我们将概述定义为“列出情节片段和场景的大体概要，表明发生了什么事”。通过概述，戏剧事件的顺序与联结关系得以展示，这为情节创作提供了叙事方向。通过概述，得以列出节拍大纲，这给予了故事人物成长的空间，使他们能够选择以自己的方式对故事产生作用，而不是被编剧硬生生安插进剧本中。

概述策略适用于大多数三幕结构的电影故事片与电视剧。有趣的是，它们同样适用于大多数另类电影，甚至包括那些挑战传统叙事标准的电影。这些小众电影［《周末》（*Weekend*，1967）、《克鲁伯》（*Crumb*，1994）、《广岛之恋》（*Hiroshima mon amour*，1959）和《低俗小说》］让好莱坞主流商业电影显得陈腐刻板——从某种程度上说，确实是的。尽管如此，买方寻找的依然是优秀的传统故事。对于那些执着于重塑传统叙事策略的编剧，我只能提供传统的建议：在打破规则前，先学习规则。学会创作商业戏剧故事之后，再创作自己中意的新形式故事会变得容易一些。同时，你也可以从商业电影故事模式中挖掘巨大的创新潜力。

我会为你提供写作故事大纲的计划，囊括从故事开始、发展到结局的全部过程。故事大纲（outline），也被称为节拍表或分步大纲（step outline），是对故事内容的简单概括（1—2 页），比如：约翰得知玛丽生病了，约翰为拿药抢劫了商店，约翰被逮捕了……这样叙述直到故事结尾。编剧要么选择故事大纲作为工具，这样有助于他们按照自己的需要适度调整剧情；要么选择将剧情写成散文的形式，称为提案阐述（treatment）。提案阐述的文体像是短篇故事，它能传递故事的风格与激情，表现故事的人物与行动。提案阐述的长度从几页到几十页不等，取决于编剧的喜好与制片人的要求。一份电影故事片的提案阐述的合理长度为五至十页，双倍行距。如果你认为长一些的提案阐述能将故事感表达得更坚实，那么就写得长一些。不久前，我曾与一位电视剧作家讨论他那 25 页长，然而用词极为精准的提案阐述，这已经能拍成一小时的剧了。弗兰克·皮尔逊（Frank Pierson）为《热天午后》撰写的提案阐述长达 60 页，包括对白、不完整的剧本分场、人物描写、行动事件，以及背景设定。相比之下《领航员》的提案阐述就短得多了，编剧迈克尔·伯顿（Michael Burton）与马特·麦克马纳斯（Matt MacManus）仅用 3 页纸便讲完了他们的故事。

3.1 创作故事大纲

情节创作的工作是永无止境的。有一些编剧让他们的故事围绕着某位卓越的人物转，比如《阿甘正传》。另一些则让他们的主角在不同的背景设定下面临不同的困境与危机。比如在《终结者》与《侏罗纪公园》中，主角所面对的巨大的充满戏剧性的矛盾，决定了两部电影各自的故事发展方向。还有一种方法，是基于真实故事与社会现象进行创作，比如《丝克伍事件》与《总统班底》。

还有一些情节创作的手法，如隐喻，其主角与背景设定均影射社会现实问题。《剪刀手爱德华》的故事是关于生而不同的孤独与亲密关系的重要；《萨勒姆的女巫》（*The Crucible*，1967）与《正午》是关于"红色恐慌"的隐喻。故事还可以表达哲学观点或是一种假设，比如乔·埃斯泰尔哈齐（Joe Eszterhas）的《血网边缘》（*Jagged Edge*，1985），这个故事就提出了"我们是否真正了解我们的爱人"这样一个问题。

情节还可根据现有电影改编而来。这种做法的难度在于要用新人物、新背景、新事件使其原先的故事概念焕然一新。如同我在第 1 章提到过的，利用老电影的材料对于编剧来说不算新鲜事。这并不意味着写续集；而是将情节全部重新创作，让人完全看不出原来的故事。许多电影都使用了这一策略，有一些是很明显的改编，比如改编自《原野奇侠》的《苍白骑士》；有一些则由于时间跨度与改动幅度过大而令人难以辨认（或回忆）出其与被改编作品的相似之处，比如改编自《漩涡之外》（*Out of the Past*，1947）的《危情》（*Against All Odds*，1984）；改编自《十字交锋》（*Criss Cross*，1949）的《危险狂爱》（*Underneath*，1995）则让人完全看不出二者之间的联系。

即使故事被看出有借鉴成分，不同的改编还是可以将它化为成功的新作品，比如《满洲候选人》（*The Manchurian Candidate*，1962）、《豺狼之日》（*The Day of the Jackal*，1973）、《惊天大暗杀》（*The Package*，1989），与《火线狙击》。虽然这些暗杀故事都有明显相似之处，但它们每一部都被全新的设定、全新的任务，与最接近其所处时代的情境包装了，因此，尽管它们的情节相似，每一部却都与众不同，全部受到观众的喜爱。这四部电影的情节还有一个共同特性：都表现一个有趣人物的一段重要人生经历。它们的成功意味着电影观众对这种剧情的接受度很高。这种心态由来已久，上可追溯至古希腊时期，当时的观众欣赏悲剧与历史剧的心态也是一样的，即使他们早就知道接下来将要发生的事，知道谁会杀死俄狄浦斯的父亲，他们还是会好奇，想知道俄狄浦斯面对自己无法逃避的命运将会做出何种反应。

以上策略会在整本书中不时出现。不过让我们暂且先将注意力集中到把故事创意扩充为情节的基本计划上。接下来我们将要用到的是在本章开头介绍过的一串传统叙事要素，它们在大多数故事中都有所体现。

3.2 三幕故事结构

我曾经在第 2 章提到，故事模板能展示出电影与电视剧的故事情节是如何遵从三幕结构的顺序进行排列的。这种模板不是为了束缚编剧；它是符合观众期望的一种范式，许多电影遵从它是由于它能提供足够的情节，以满足观众的需要。此外，三幕结构的故事不会复杂到让观众难以理解。

在大部分电影与电视剧里，主角与反派人物会在第一幕被卷入矛盾。在电影故事片中，这一过程几乎占据整个第一幕，时长约半小时。当故事的发展被突然出现的某事物扭转至未知的方向时，第一幕结束。这种情况被认为是一个情节点，一个转折点，一次扭转，或者一次复杂化。例如：《大审判》的第一幕结束于电影的第 28 分钟（第 26 场），主角拒绝了布罗菲主教的调解[①]。高尔文的决定使剧情发生扭转，将他推向与波士顿最强律师进行法庭辩论的困境。

第二幕通常长达一小时，在此期间，主角在困境中越陷越深。第二幕结束时，通常大事不妙，主角陷入孤立无援的绝望处境。例如：在《大审判》第二幕的结尾，主角在法庭上犯下的严重错误几乎宣告了他的失败，令

① 关于《大审判》的演员表与段落分解，参看附录 C。

接下来的剧情变得更加扑朔迷离。

第三幕时长通常为半小时，主要围绕高潮场景，展现主角与反派人物为解决矛盾冲突进行最终对决。

电影的每一幕时长视具体情况而有所不同，以上标出的时长仅代表平均值。《洛奇》（*Rocky*，1976）和《西雅图未眠夜》的第一幕超过五十分钟，它们的故事也依然没有失败。尽管如此，对于新人编剧而言，第一、第二、第三幕，还是应当按 30–60–30 的（时间）范式进行创作。

总之，传统三幕结构在电影中的应用，通常表现为以下步骤：

主角在第一幕遭遇矛盾冲突。

主角在第二幕结尾几乎失败。

主角在第三幕成功解决矛盾。

3.3 传统情节事件大纲

图 3–1 展示的是故事模板与一系列电影故事片的传统情节表。它归纳出每一幕的情节内容，能令许多新人编剧受益。故事模板与传统节拍[①]表所描绘的情节发展模式，在许多电影故事片故事中都有所体现。

根据图 3–1 可知，第一幕通常包括四段主要节拍，虽然它们的发生未必依照图 3–1 中给出的顺序。此外，第二幕与第三幕都含有传统故事节点。这也是一种概述工具，可以概括大多数故事的主要情节。图 3–1 中的节拍你不一定全都用得上，不过其中一些线索可能对你的故事有所帮助，值得花几分钟研究一下。另外，图 3–1 中的一些节拍是段落，一种由情节与场景组成的单位。段落节拍的时长可能有 5 至 15 分钟甚至更久，因此，下图节拍表中的段落时长加起来至少可达一小时。

① “beat”一词含有许多含义。在这里它指的是由片段、场景或段落制造的故事节拍。这些故事节拍的列表被称作节拍表。这一术语的第二种意思是场景中人物行动的停顿，在这种用法的情况下，“beat”一词可以与“pause”相互替代使用，用括号括起来，插入台词中，表现人物在思考，或沉默的状态。

第一幕：主角遭遇矛盾冲突

情境构建或序幕
主角亮相
反派人物亮相
矛盾显现
混乱状况

第二幕：主角在结尾几乎失败

混乱状况持续发酵
背景故事或情境设定
主角被挑战或发起挑战
B故事线（B-storyline）的发展
主故事线的发展
爱情插曲
刻画反派人物
主角似乎失败，故事走向扑朔迷离

第三幕：主角成功解决矛盾

高潮场景铺垫
次要情节圆满收尾
高潮场景
尾声（可选）

图 3-1　传统情节事件大纲

这份传统情节事件大纲不含任何对故事具体内容的指示，其顺序亦可由作者依据故事自行调整。然而它提供了写作思路，这对入行之初尚觉困惑的编剧大有裨益。你可以根据大纲来创作每一幕的情节事件，也能通过大纲了解情节如何发挥作用，以及应当如何安排它们。将一个故事按照这一流程进行概述，在来回推敲各部分内容的过程中，编剧能运用许多策略将整个故事融会贯通。假如一种策略不奏效，就换另一种，直到最终将一系列戏剧事件组成符合开头—中段—结尾模式的剧情。

我们还应从故事模板中学会的做法是，令故事保持在十余个段落节拍的长度，大部分故事片都是如此。这使得编剧能够避免越写越长。基于上述内容与传统情节大纲之上的便是段落大纲，它像黑暗中的明灯，为编剧点亮情节开发之路。

新人编剧往往难以体会到故事模板与大纲对故事的帮助有多大。这是因为他们还未学习剧情与情节的构建方法。观众被剪辑、对白、煽情段落、景观以及动作场面吸引了注意，忽略了电影剧情发展的真实速度。假如你为电影中的节拍计时，你会发现一个有趣的真相：电影用数量有限的情节就能推动故事发展、揭示人物。这使得电影能讲述关于复杂人物的简单故事。大多数情况下，事件与情节的目的是让观众去探索与感受主角的想法，而非沉浸在情节本身。有经验的编剧都知道，观众非常容易被复杂的剧情搞糊涂，但他们对电影中人物的行为很包容。基于这一原因，本书与许多其他剧作书籍[①]都倡导剧本以人物为本，而不是以动作与画面为本。故事的展开与人物的塑造，是本书教授的故事感中两项关键的元素。写简单的故事和复杂的人物，说来简单，却是编剧学习过程中最艰难的一课。不止如此，若这一课没能掌握，概述故事这项工作也会变得琐碎而不达标。为使读者理解“简单”的剧情如何发挥作用，接下来我要对它们做简单描述。

3.4 第一幕的传统时刻

从图 3–1 来看，第一幕往往有三至四段节拍，主角、反派人物，矛盾冲突依次出现。前文提到，图 3–1 中节拍的顺序是可以调整的。比如《总统班底》先是展示矛盾冲突，《终结者》中先是反派人物亮相，《大审判》则先是主角亮相。无论哪种情况，最先出现的情节都应承担第一幕的一项基本任

---

① 这些书中最有趣的一本是 Andrew Horton, *Writing the Character-Centered Screenplay* (Los Angeles: University of California Press, 1994)。

务：将观众引入故事之中。这一任务从故事的第一场戏开始，它可以是一场动作戏，可以是营造情绪与时代环境的戏，也可以是介绍故事发生地点的戏。

3.4.1 动作性开场

动作性开场靠着充满视觉震撼的动作场景吸引观众的眼球。007 系列电影就是以这种方式开场的，用惊人的动作场景令观众迅速进入 007 的神奇世界。动作开场可以是主角或反派人物亮相的一组剧情段落，或者是交代矛盾、秘密，营造情绪，展示故事环境——它的选择范围很宽。

《秃鹰七十二小时》的开场包含以上所有动作性开场的元素。电影从潮湿阴暗的纽约市淡入，在一幢办公大楼附近，一位男子正在核对所有出入大楼人员的身份，这使我们感到好奇。镜头切换至大楼内部，一些头脑灵光的工作人员登场（他们正在为某情报局分析书籍），主角是其中一员。当主角从大楼后门溜出去吃午餐时，一群杀手进入办公大楼，杀死了所有人。这段长达 19 分钟的惊人段落由数个片段与场景组成，完成动作场面、介绍主要人物、树立影片风格、交代故事情境，成功引起观众的注意。

另一个动作性开场的例子是《爱上罗克珊》，它介绍了主角，交代了故事情境与影片风格。电影的开场字幕背景是某小镇上一间屋外，房屋的主人、救火队长（史蒂夫·马丁饰）正给朋友打电话告知自己要去归还网球拍。挂下电话后，马丁便离开家溜达到镇上。突然，马丁嘴里哼着的曲子音调变了，因为他碰到两个麻烦的家伙。在这部电影里马丁称他们为“两个毒鬼”。这两个人迅速做出典型的反面小人物的行为：嘲笑主角那过于突出的鼻子。于是马丁就把手上的网球拍当作宝剑，以富有喜感的方式教训了这两个家伙，故事便由此开始。这是一段典型的动作性开场，时长仅 5 分钟（我承认我非常喜爱这部迷人的小电影，而且这不仅因为马丁是上过我剧作课的学生）。

3.4.2 交代性开场

交代性开场以画面与音乐作为故事的开始，透露出电影的设定、年代、情绪、风格与类型。《我心深处》开头将观众带到 1934 年左右的一个周日早上，展示了得克萨斯州一出产棉花的小镇的日常。交代性开场通常不需要对白，而是依靠图像、音效、音乐来吸引观众的注意。大多数交代性开场的时长为 2 至 4 分钟。

通常来讲，电影的开场节拍可以体现出电影类型与风格，显示出电影是动作片、犯罪片，还是低调的乡村片。一旦电影给出了这种信息，观众就会接受并认定之，因此，切换风格是很冒险的做法，换句话说，电影要继续向观众传递开场营造的氛围。如果开场是恐怖的，那就继续恐怖下去。如果开场是好笑的，那就继续好笑下去。这是一种节奏的暗示，而不是故事的剧透。我们可以感受《阿甘正传》的开场，一片羽毛落下，落到主角的鞋上，这一数字技术视觉特效带观众走入电影的故事之中。

《幸运女士》（*Lucky Lady*，1975）就走的是另外一条路。影片的开场让人感觉这是一个发生在 20 世纪 20 年代的关于轻浮女孩与酒贩子的欢快故事。直到故事过半，一场谋杀案突如其来地发生。在此之后，影片的情绪一下由轻快变为沉重。《比佛利山超级警探 3》（*Beverly Hills Cop III*，1994）与《魅影奇侠》（*The Shadow*，1994）也有类似的问题。这种在喜剧中突然切换风格的做法会令观众对影片失去兴趣，因为看到银幕上有人被杀不太容易笑得出来。这似乎是一个很简单的道理，这些问题电影的创作者不应该不知道，不过有一句话说得好：在好莱坞，什么都知道的人是没有的。

3.4.3 介绍主角

描写人物出场可以浓墨重彩，也可以轻描淡写，一切视情况而定。而且，出场只是人物的一个亮相，不应过分深入。《小迷糊的情泪》（*Swing Shift*，1984）中戈尔迪·霍恩（Goldie Hawn）的亮相非常节制，只有 90 秒，这个时间长度足以让我们了解她扮演的是一位本分的家庭主妇。至于她如何去处理家庭以外的问题，以及这些经历如何使她成长，则是接下来将要展开讲的内容。在《不可饶恕》中，对主角的介绍要稍长一些，第一幕大部分的时间都用于介绍克林特·伊斯特伍德这位既不能骑马，也不会用枪，且滴酒不沾的农民，却没有透露为何他会背负恶名。不久之后，我们才开始了解人物的真相。

一些电影为主角的登场设置了宏大的铺垫。这种戏剧化的做法在某种程度上会使观众对他的出场产生期待。这种策略通常表现为让某人谈论或寻找某角色，来引起观众的好奇。《原野铁汉》（*Hud*，1963）的开场大张旗鼓地迎接它的同名主角：一位少年开车来到某小镇寻找他的叔叔胡德（保罗·纽曼饰），五分钟后，开场字幕结束，少年找到了胡德的敞篷车。它停在一位已婚女士家门口，而这时是早晨。胡德正从屋子里醉醺醺地走出来，不料女士的丈夫突然回家。胡德将与女人饮酒作乐的事情推到自己侄子身上，由此化解了一场危机。通过这种方式，电影的开场节拍展示了得克萨斯小镇的背景与一位令人印象深刻的流氓，他将是这部长达两小时的电影的主角。

大多数电影都用电影开场前五分钟来介绍主角。《大审判》中的弗兰克·高尔文在开场第一个镜头就亮相了，《西雅图未眠夜》的男主角萨姆也是如此。然而，任何事都有例外：《证人》直到第 30 镜，也就是第一幕的第 14 分钟才介绍主角约翰·布克。编剧引入角色的方式与程度取决于他想怎样展开故事，而让主角闪亮登场可以是一种有效的开场策略。

3.4.4 介绍反派人物

如同介绍主角一样，介绍反派人物的方式也有很多种。《终结者》在一开始就让机械人从天而降。像这样在影片开始就出场的反派还有《家有恶夫》（*Ruthless People*，1986）里的丹尼·德维托（Danny DeVito），他正向他的情妇［安妮塔·莫里斯（Anita Morris）饰］讲述谋杀妻子的计划。这个愚蠢的计划提醒我们，影片接下来还会接二连三地出现呆头呆脑的人物。《大审判》则采用完全相反的策略，由詹姆斯·梅森扮演的反派人物埃德·康坎农直到第二幕才出现在电影第 38 镜，在此之前的半小时里，我们仅仅知道他很有名望。

少数电影会为反派人物安排盛大的登场。比如《东镇女巫》（*The Witches of Eastwick*，1987）便花了 20 分钟来描绘由杰克·尼科尔森扮演的邪恶角色的初次亮相。《大白鲨》《人间大浩劫》与《铁血战士》（*Predator*，1987）也都花费大量时间来介绍灾难的发生。《秃鹰七十二小时》中反派人物的登场则漫长而充满悬疑气氛，直到电影后半部分我们才见到这位策划了故事开头血案的神秘人物。

3.4.5 引入冲突

也可以借助动作性开场迅速揭露故事冲突，如《总统班底》中警卫人员发现水门入侵者。冲突也可以渐渐浮出水面，比如在《异形 2》《终结者》与《洛奇》中。引入冲突可以是需要好几个戏剧段落来完成的过程，也可以是像《大审判》那样，花一个小时的时间来解释与冲突相关的策略、人物、法律，一直持续到第二幕。这种慎重的发展节奏符合本片冲突的复杂性；也给观众时间让他们去理解主角到底面临的是什么问题。

3.4.6 将节拍编织起来

以上所讲的介绍性节拍并不是彼此独立的。它们相辅相成，传递故事情节与人物信息。我们可以看到在《大审判》（第 8 镜）中，米基告诉高尔文他们的案子要到期了，主角这才去拜访他那已经脑死亡的当事人，与她的亲戚们会面，联系愿意为她出庭作证的证人。这些节拍如同锁链般环环相扣。《证人》的情况也是如此。阿米什人因一场葬礼聚集起来，死者的遗孀（凯莉·麦吉利斯饰演的瑞秋·拉普）去找住在巴尔的摩的姐姐寻求安慰。在费城等车时，瑞秋的儿子目击了一起谋杀案，这使她与约翰·布克产生联系。就这样一环扣一环地，情节与人物逐渐建立起来，并相互融合。而推动这种发展，形成故事结构的，是戏剧矛盾。

第 2 章曾经提到，打破秩序可以作为故事的开端。的确如此，例如某人到来或离去，案件快要到期，灾难来袭，或人物被驱使而做出了某种行动。

这些时刻当然不是随意发生的，而且这些事件的联结都需要相当的技巧，这就带来了我们将要完成的第一项戏剧化任务：创作第一幕建置。

3.5 第一幕建置

大部分电影故事片第二幕时长都接近一小时，许多故事就在这一漫长的跨度中耗尽了能量。这种疲软现象的出现通常是因为第一幕建置得不够扎实。扎实的第一幕应该将主角与更强大的对手通过某种方式联系起来，以保证未来的冲突与戏剧性。第一幕的设置可以确定一个亟待解决的矛盾，要么是行为矛盾，要么是人物矛盾。《生死时速》《终结者》《侏罗纪公园》等动作片故事都是让人物去挑战动作方面的任务。《月色撩人》《大审判》和《去日留痕》（*The Remains of the Day*，1993）则是人物主导型故事，它们呈现的都是人物自身的矛盾。少数电影（《桂河大桥》《证人》《阿甘正传》）的主角既要挑战行为矛盾又要挑战非行为矛盾。《洛奇》也是这些少数中的一部，很适合作为样本，让我们去观察强大的第一幕建置怎样发挥其功能。

编剧西尔维斯特·史泰龙（Sylvester Stallone）在影片的开始便通过展示主角的雄心壮志、他的艰难处境及他对阿德里安娜的爱，而牢牢抓住观众的心。当观众们开始关心起这位可爱的小人物时，洛奇被选为与拳击巨星［由卡尔·韦瑟斯（Carl Weathers）饰演的阿波罗·克里德］对战的替补选手，被选中的原因是拳击巨星对洛奇的绰号“意大利种马”很感兴趣。第一幕至此结束，观众们开始担心这场万众瞩目的比赛会毁掉洛奇的尊严，他不但得不到他想要的，而且还会失去他所拥有的。《洛奇》的第一幕指出了有效设置的关键点：将可爱的主角摆到一个比他更强大的对手面前。

作为本书主要教学电影的四部电影无一不是用这种方式来进行戏剧设定。在《证人》中，勇敢负伤的男主角是唯一帮助阿米什男孩抵抗杀手警察的人。在《终结者》中，年轻女性和从未来世界穿越而来的军人一起抵抗无敌的机械人。在《大审判》中，嗜酒的律师为了当事人赌上自己的人生，与曾经背叛过自己的公司为战。在《西雅图未眠夜》中，男孩向电台节目打去的一个电话，使他的父亲与远在国家另一端的陌生女子相见。

这些例子都展示了优秀的设置是如何将可爱的主角与强大的反派人物置于争端之中的。在第一幕中，这些节拍汇聚到一起，主角遭遇矛盾。在这里我们先不必考虑矛盾将如何得到解决（总会找到方法），而是要花费精力去设置矛盾。接下来沿着设定让主角在第二幕陷入困境，制造戏剧反差，让主角遭受不公待遇，令观众为他感到担忧，当然在第三幕，主角一定能解决矛盾。大多数故事都是这样发展的。我建议你在创作你自己的故事时参考这种发展动向。

如果你的主角遇到的矛盾简直无法解决，你应该感到庆幸。因为这样观众也难以推测出解决矛盾的办法。编剧还要知道，我们真正的任务不是解决矛盾，而是设置矛盾，让它在第二幕与第三幕迸发出强烈的戏剧冲突，引发主角与反派人物的最终决战。组织情节的基本任务是在强大的故事概念基础之上，安排扎实的第一幕建置。

3.5.1 第一幕的混乱

第一幕建置一般会包含一次转折（twist），或称情节点（plot point）、转折点（turning point）、混乱状况（complication）（这些术语可以相互替代），把主角同矛盾与反派人物联系起来。混乱或转折发生在第一幕结尾，将主角与反派人物置入由故事矛盾引发的碰撞过程之中。

第一幕的混乱由于某传统节拍的发生而发生，如图 3–1 所示。《证人》中的混乱（第 73 镜 B 机位）是布克因枪伤而昏倒，开车撞上了拉普家的禽舍。在此之前的段落里，不知内情的布克因向主谋者透露有人目击到警察是凶手的信息而几乎被杀。受伤后的布克将瑞秋与她的儿子带回农场安全地带，并告诉他们恶警不会遭到逮捕或审判。几分钟后，他昏了过去，不得不留在阿米什社区。混乱状况的发生使得故事离开对恶警事件的叙述，转向布克与瑞秋的爱情，而这将成为第二幕的重头戏。

制造情节转折还有很多种做法。可以让主角（或反派人物）有意承担矛盾（如《火线狙击》《不可饶恕》）；也可以让主角无意中被卷入矛盾（如

《洛奇》)；主角遭遇矛盾可以是为环境(《终结者》第 128 镜)或为其他人物(《月色撩人》)所迫。另外，B 故事线相关的人物精神危机也可以是主角遭遇矛盾的原因。《大审判》(第 26 镜)就是这样的例子。在第一幕的结尾，主角拒绝了布罗菲主教的庭外和解，造成混乱，故事开始走向他与精英埃德·康坎农之间的对决。酒鬼弗兰克·高尔文竟决心要与强敌对抗，这种不协调对于《大审判》的故事设置来说至关重要。它制造出一种富有戏剧性的以弱胜强的故事形态。高尔文看似不可能打败康坎农——然而他做到了。

也许你会觉得以弱胜强的策略太简单，但是这种策略的起源可以追溯到《圣经》创作的时代。冲突双方实力的不平等会使观众对主角能否成功感到担忧。这并不意味着编剧可以放弃尝试新策略，可近百年来，戏剧第一幕建置都运用了以弱胜强的策略，证明它的确有效。许多故事都采用这种形式，哪怕其中有些看起来简直老掉牙，也不要小看创作三幕结构与故事设置的难度。许多编剧都致力于创作新颖而富有戏剧性的第一幕建置，这项工作看起来是那么不起眼而且套路化，却让很多编剧头痛，无论新人还是老手。它难在要设计出一种套路，还要真实、自然、有效。第一幕建置十分重要，因此我建议你，在构建出戏剧潜力充足的第一幕前，不要开始第二幕的创作。

3.6 第二幕的传统时刻

从故事模板中可以看到，第二幕同样由一系列传统节拍构成。我们可以从中获得一些启示。传统节拍表列出了电影的第二幕通常都发生什么。你的第二幕不必包括上面列出的全部节拍，也有可能包括上面没有的新节拍。这份列表的目的并非让读者依样画葫芦，而是试图触发读者的想象力，为尚处在空白状态的第二幕增添节拍。对编剧来说，这是一个挑战。与第一幕相似的是，下文介绍的节拍也可按任意顺序排列。它们之中有些是片段，有些是场景，还有一小部分是段落。

3.6.1 混乱发酵

电影在第二幕开始时常有短暂的起到间歇作用的过场戏，让人物讨论第一幕所发生的事情，比如在《证人》中（第 77 镜），瑞秋请求阿米什人收留布克。《大审判》的发酵节拍（第 28 镜）是米基责怪高尔文不该拒绝布罗菲主教的调解。

在混乱发酵的过程中，人物的行为动机可以得到说明，事件的意义可以得到讨论，下一步的计划可以得到安排。混乱发酵倾向于情绪化与私人化，因而常常被用来挖掘人物或故事主题。这种场景在电影故事片中的长度为 2 到 4 分钟，而在电视剧中则为 1 到 2 分钟。

3.6.2 主角与反派人物的冲突

在大多数电影的第二幕中，主角与反派人物会发生一到两次大型冲突。《大审判》中是法庭上的言语冲突（第 38、65、92 镜），《终结者》中则是袭击警察局的肢体冲突（第 160 镜）。主角与反派人物之间的突发事件通常是主要节拍，时长 5 分钟以上，由引发冲突的几个片段组成；而紧随其后的节拍则是对于冲突事件的评价。

在概述故事的时候，没有必要将交锋细节都写出来。一般只需要写出大概剧情，比如“吉尔决定结束与杰克的关系”或“鲍伯与杰克起了冲突”。等故事大纲完成后，再去补充具体细节也不迟。许多编剧在一开始都只写大致剧情，他们知道细节可以随着工作的进程慢慢补充。大纲中如果有太多细节反而会使编剧感到迷茫，成为一种缺陷。因此，保持大纲的简练是明智的选择，而且简洁的节拍表也便于修改。

试想一下，开发故事与剧本的工作过程很像用一台显微镜配着不同倍数的镜头进行工作。大纲镜头为我们提供的是剧情的概览，概览内容只需要一页就能容纳。接下来我们会用到更高倍数的镜头，来检查三幕结构与每一个戏剧段落。最后，我们用最高分辨率的镜头来查看人物内心世界。

有时，编剧工作进行到太过深入与细致的层面会令我们失去对全局的把控。在这种情况下，一个概括性大纲能让我们看清故事的全貌。之所以提到这点，是由于观察的疏忽会致使故事失败，故事的失败则是剧本被拒绝的根本原因。

3.6.3 背景故事时刻

人物会在背景故事时刻讲出自己的问题，解释自己的行为动机，以一组交代过往故事的戏剧段落展示其对当前事件产生的影响。背景故事时刻通过改变故事节奏来表现人物，点明主题。在《大审判》中，背景故事的场景是米基向劳拉讲述高尔文在利利布里奇案中被别人暗算一事（第 47 镜）。这一场戏中含有三个切出镜头，内容分别为高尔文失去关键证人、被斯威尼法官拒绝诉讼延期，以及被保险公司拒绝。在《终结者》中，背景故事时刻是里斯告诉萨拉有关约翰·康纳与未来的事情（第 182 镜）。

第二幕可以包括一至两个这样的时刻，让人物讨论他们的价值观、童年、生活经历，或自己为何与如何被卷入这个故事之中。在《大审判》中（第 33 镜），高尔文告诉劳拉关于自己的法律信仰与他“想要做正确的事”的追求。

3.6.4 包含故事设定的时刻

包含故事设定的时刻可以从各个角度出发来完善故事的架构，比如生活方式、历史、地形、危机、天气、野外生活，等等。例如：《证人》中修谷仓的段落，《王者之旅》的象棋比赛，《激情之鱼》（*Passion Fish*，1992）中的法裔节日与海湾之旅。这些时刻的长度大概为 1 分钟。为了保持故事的动力，这些事件应该与人物或故事矛盾联系起来，它们不是故事的幕间休息。故事中的每一起事件都应推动剧情发展或表现人物，否则故事将失去紧张感，变得局促。

3.6.5 爱情插曲

戏剧的压力常常令爱情的双方彼此分离或相聚。爱情插曲的场景可以包括一次推心置腹的交谈、做爱、不同的求婚方式，或者一场冒险。例如：

在《终结者》中，萨拉和里斯在第三幕与机械人对决之前做爱；在《证人》第 128 镜中，布克和瑞秋拥抱在一起。在《西雅图未眠夜》中，这样的场景更多（第 60、102、115 镜），但是比起浪漫，它们透露的更多是男女主角的关系没有未来。爱情插曲应服务于情节与人物关系；否则它只是一种消遣，还会分散故事的重点，削弱紧凑性。

3.6.6 刻画主角或反派人物的时刻

刻画人物时刻展现主要人物的生活状态，比如动机、家庭生活、困境、野心。在《西雅图未眠夜》第 134 镜中，安妮看着萨姆和乔纳在沙滩上打球，她被父子二人的感情所打动。《大审判》（第 24 镜）刻画主角高尔文的时刻是他在家边喝酒边与当事人打电话，这段节拍反映出他内心道德感的首次萌芽。

3.6.7 第二幕的混乱

第二幕的混乱发生在第二幕结尾，通过一件事令主角看上去已经失败。让主角做什么错什么，创造出故事的“至暗时刻”。第二幕的混乱如同第一幕的混乱一样，让故事在接下来发生重大转折。它常常表现为一个情节段落，其结尾令观众认为主角怕是要失败了。

在许多情况下，这一次转折是基于第一幕混乱之上的混乱。例如：在《证人》中，第一幕的混乱是布克昏厥与撞车，这使得阿米什社区收留了他。不久，谢弗获悉布克的藏身之处，带着两个人去杀害布克与拉普一家；因此，可以说第一幕的混乱引发了第二幕及下一次更加致命的混乱。

《大审判》也为第二幕混乱提供了优秀的示范：在第 68 镜中，高尔文向被告提问［由韦斯利·阿迪（Wesley Addy）饰演的陶勒医生］，后者提到导致主角当事人脑死亡所需要的时间。高尔文认为陶勒弄错了，便要求对方解释。陶勒抓住高尔文的当事人患有贫血这一点，而断定她脑死亡不超过几分钟：“这些都写在她的病历上！”电影接着切换至在场人员的反应，这意味着高尔文的这一失误可能导致败诉。这一段用时 13 分钟的混乱段落是整个故事至暗时刻——高尔文无话可说。而这一时刻的发生全是由于高尔文在第一幕结尾拒绝了主教提出的庭外和解建议。第一幕的混乱引发了第二幕的混乱，二者之间的因果关系是优秀剧情的标志。

在一些故事中，第二幕结尾的至暗时刻会因为主角的恋爱对象或挚友的受伤、死亡、疏远而变得更加令人绝望。这样的事件进一步为故事增添戏剧性，主角变成孤军奋战，他必须采取更加激进的措施，以超乎寻常的最后一搏赢得胜利。《大审判》就是这样，编剧让劳拉与高尔文发生了口角。这种时刻通常是故事的主要事件，需要 2 到 3 个节拍来铺垫。

3.7 第三幕的传统时刻

电影的第三幕大多为 25 至 30 分钟，包含一段主要节拍：高潮场景或高潮段落。不过在最终摊牌前，必须要用下列一组至多组节拍来进行准备。

3.7.1 高潮场景铺垫

最后一幕见证着主角与反派人物的决战。高潮场景铺垫的节拍可能会是相当个人化的遭遇，比如主角对于道德问题、过往或价值观的思考，这从某种程度上能够使人物变得强大。在《大审判》中，高尔文对劳拉背叛自己一事耿耿于怀，他拒绝接她的电话，并决定继续战斗（第 90 与 91 镜）。

3.7.2 高潮场景

从传统上说，这是整部电影中戏剧冲突最强的节拍，是“巅峰”。在这段节拍中，矛盾得到解决，主角获得胜利（通常情况）。在大多数电影中，主角表现得无比英勇，孤军奋战，因为这才符合人们对主角的期待。动作片常常会让主角与反派人物来次一对一的武力决斗。而人物主导型电影则选择进行言语上的争斗。

矛盾一般会以主角所希望的方式解决，在某些电影中，主角虽败犹荣，这种情况下，他获得的是象征意义上的胜利。例如，《洛奇》的主角并未赢得冠军之战，但是他战胜了自己。《职业大贼》、《日落黄沙》（*The Wild Bunch*，1969）和《午夜牛郎》的主角也没有胜利，但他们都因在高潮场景展现出的勇气而获得尊严。当主角为他们所爱的人或事物牺牲自我，他们便赢得了自己的荣耀，给予了故事积极向上的结尾。

在电影中，犯罪与惩罚都是以牙还牙，以眼还眼的。主角所承受的耻辱会导致反派人物得到更严重的耻辱。假如主角的伙伴受到伤害，那么反派人物的爪牙会受到加倍的伤害。但是主角不应以报复的心态去对待反派人物。在大卫·马梅的《赌场》（*House of Games*，1987）中，主角给反派人物的惩罚要比反派人物犯下的罪行还严重。在这部电影中林赛·克劳斯（Lindsay Crouse）饰演一位精神分析师，被一个花言巧语的家伙［乔·曼特纳（Joe Mantegna）饰］所骗。克劳斯没有大度地对待欺骗她的人，还在高潮场景中将他杀死。在这个例子中，反派人物受到的惩罚似乎过分了。即使本片受到了出于礼貌的好评，并以其冰冷的现实主义感获得赞誉，可事实上观众从中找不到可以支持的对象，因此这部片子并未大受欢迎。

一些故事在结束时让主角对反派人物施以怜悯，而后者趁此机会对主角进行反击。电影的高潮场景使用这种策略，让观众坚信坏人一定会受到惩罚，好人一定会赢。

在有了充分观影经验之后，观众便能够预料到电影中的那些传统时刻，包括高潮部分。这是全片之中决定主角输赢的地方。观众会随着主角一起经历他的起伏，不过，观众是期待主角能在高潮场景恢复与胜利的。如果一个故事不能达到观众对圆满结局的期许，观众会觉得被骗了。《法国贩毒网》（*The French Connection*，1971）就出现了这样的情况，因为最后的枪战没有定论，反派人物逃跑了，而且高潮场景不如此前的追车戏精彩。另一部电影《伴我情深》讲述一位精神分析师与躁郁症患者的爱情故事，结局同样暧昧不明，因为琼斯先生的精神问题并未得到解决，在电影的结尾，男女主角接下来要共同面对的生活仍是未知数。这种沮丧的结局不是很符合观众的喜好。

3.7.3 延续高潮场景

高潮场景是观众一直苦苦等待的，因此要我们延伸这一巅峰过程。《终结者》就是这样的佳作。它的高潮段落从第 214 镜开始，机械人到了里斯与萨拉所在的汽车公寓。一场追逐戏开始上演，直到发生车祸，终结者被一辆大车碾压，这起惊人的事故本应解决了终结者，谁知它依然坚挺！当它驾车继续追逐萨拉时，里斯向车中丢入炸弹，终结者消失在烟雾中。这看起来就是高潮，因为我们看到了机械人的燃烧。但我们又错了，这仍然不是高潮。动作戏码重新展开，在第 250 镜的特效画面中，詹姆斯·卡梅隆解释了机械人为何能从火中重生："（它）那出色的构造……十分复杂。他不再像人，而是机器，它看上去完全是一台钢铁死亡机器。"

影片高潮部分，骸骨般的机械人继续追逐男女主角到一个工厂，在一系列追逐与打斗之后，里斯将炸弹塞入终结者的胸腔，将它炸得只剩金属残骸。这下它可算完蛋了吧？还没有！里斯死了，而少了一条腿的机械人继续向萨拉爬去，直到将她逼至工厂的一角。紧接着，就在它那金属做的手指碰到她的喉咙时，萨拉爆发，用工厂的机器将机械人压扁。这便是观众期待已久的高潮时刻。高潮段落长达 15 分钟，占据了第三幕的大部分时间。这部电影中的——以及大多数电影中的——高潮场景描述了故事主要矛盾（事件）的化解：不可能毁灭的机械人被毁灭了。对于如何把控这一高潮场景，导演卡梅隆是这样说的：

> 我觉得在《终结者》和《异形2》中，我都会在真正的高潮到来之前设置几个假的，但我很尊重我的观众，我会对自己说，他们能明白这不是真正的结束；他们知道事情还没完。任何注意看电影的人都会知道问题还没完全解决。而当故事真正结束时，他们会知道一切都结束了，问题解决了。①

---

① Karl Schanzer and Thomas Lee Wright, *American Screenwriters* (New York: Avon Books, 1993), p.65.

延伸高潮意味着用一些突发事件、戏剧桥段和动作来保持悬疑感。《终结者》用了各种车辆和武器、外景，以及特效（与詹姆斯·卡梅隆生动的想象力）来开发机械人与外景地的戏剧潜力。你可以为你的故事增添一些视觉内容，比如制造一些突发事件，利用道具、机器、外景地，只要它们能够让故事高潮戏剧化。写出你所能想到的最宏大、最有戏剧性、最刺激的高潮。相信摄影与特效方面的专家一定可以拍出你想象的画面。

就算你的故事中不包含动作戏和景观，你也能发掘出高潮场景的潜力。看看《大审判》的巅峰时刻是如何延伸的：康坎农似乎成功反驳了高尔文的那位出人意料的证人（第 93—96 镜），还有，看看布罗菲主教与阿利托是如何在一起讨论这件案子，以及陪审团是如何宣布他们的决定的。这些情节都谈不上壮观，却延伸了高潮场景，为最终谁会获得胜利增添了悬疑感。

3.7.4 解决情节中的遗留问题

除了极少数结局模糊不清的影片，大部分电影都会给观众一个明确的结尾。解决剧情中的遗留问题，让人物说再见，提及未来的计划，归于平静。《大审判》就是这样的例子：在第 93 镜中，布罗菲主教与约瑟夫·阿利托的次要情节结束；陪审团宣布判决（第 96 镜）；然后在最后的镜头中（并未写在剧本上），高尔文挂掉了劳拉的电话。每一件事都是一条次要情节的结尾。

侦探片通常以侦探总结案情、梳理线索、指出凶手的一场重头戏来结尾。观众们看完电影后能明白故事发生了什么。大多数电影都知道知道结尾的重要性，很少有电影的结尾是不清不楚的。电影结局是一个敏感的话题，我们接下来会讨论。

3.8 主题与大团圆结局

电影故事的结局方式无外乎以下三种：开放式、悲观式、乐观式。编剧需要选择其中一种，不过主流电影倾向于乐观式结局，因为乐观结局的电影比较好卖。在写剧本，特别是写耗时又费力的电影故事片的过程中，为故事选择一个令人满意的结局是编剧要重点考虑的问题。

开放式结局使得故事没有结尾，比如《本能》(*Basic Instinct*，1992)花了两小时让观众猜测到底大美女是不是凶手。然而，影片的结局却没有回答这个问题。即便在一些电影中，开放式结局取得了不错的效果，但绝大部分美国电影都不会走这条路。

大部分美国电影也不倾向悲观的故事，这些故事有着令人沮丧的结局，主角被毁灭、事业爱情两失意、世界毁灭。主流电影往往会避免这一类结局，因为观众不喜欢。沮丧的故事通常票房不高，《紫苑草》、《布鲁克林黑街》、《似是故人来》(*Sommersby*，1993)都能证明。而像《去日留痕》这样的情况是极偶然的。

观众喜欢主角最后能获得胜利或认识自我的故事。这种审美——乐观的、故事性强的电影——正是美国电影的写照。这并不代表美国电影都是“开心”的，因为电影的结局是有一定范围的。一种结局是圆满结局，就像灰姑娘赢得了水晶鞋(《上班女郎》)；另一种结局是让人看到一点曙光(《愤怒的公牛》)。即使是伤感结局的主流电影，也能满足观众的需要，或给他们以希望。《情深到来生》、《无语问苍天》(*Awakenings*，1990)、《黑暗中的承诺》(*Promises in the Dark*，1979)以及《留住有情人》都是关于年轻人患上绝症的故事，但是这些电影却体现出人性的光辉，留有积极向上的余韵。

《心中的地图》(*Map of the Human Heart*，1992)和《里欧洛》(*Léolo*，1992)是两部更加消极的电影。在前者中，爱斯基摩[①]主角最终被内心困境所击溃，变成了酒鬼。在后者中，我们一心牵挂的男孩最终陷入疯狂之中，伤害了自己的家人。这两部电影都没能吸引观众，尽管评论界对它们表示了欣赏。这两部片子不受欢迎的根本原因还有待讨论，但是经验告诉我们，观众不喜欢悲情结尾的故事，所以他们不会买票去看。

本节反复强调结尾要积极向上的原因是，编剧们需要说服自己：傻乎乎的创意才有商业价值。一些新人编剧倾向于愤怒的表达，青睐诸神黄昏式

① 今通译为“因纽特”。——编者注

的结局，想让所有角色都失败。在如此创作之前，先问问你自己，你上一次看到结局颓丧的电影是什么时候？你喜欢它吗？这种电影很少能走出艺术影院，因为大部分观众都不喜欢悲观的故事。如果你是想用悲伤的结尾来突出主题和提升电影的艺术水平，那你可要记住，投资电影的人是把电影当作一项生意，要靠卖票赚钱的。这一点都不奇怪，投资方把好几百万给一部电影，这些人想要的是娱乐观众的电影，在影片的结尾主角应该至少获得一定程度上的胜利，或明白一些道理。

我在这里并不是夸大圆满结局的作用，因为积极向上的故事也不意味着让主角跳着踢踏舞迈入天堂。我只是想说，要让观众在离开电影院的时候比他们进来时要高兴一些。我们的四部主要教学电影的结尾是积极的，尽管人物未来的人生走向还很难说。在《证人》中，约翰·布克离开瑞秋，回到费城，很可能继续从前打打杀杀的生活。在《大审判》的结局，弗兰克·高尔文喝着咖啡，很显然戒掉了他长久以来的酒瘾。尽管如此，作为一个即将迈入花甲之年，却没有任何精神寄托的人，他很可能再次染上酒瘾，没准再也赢不了任何官司了。在《终结者》中，萨拉·康纳必须面对世界的毁灭。在《西雅图未眠夜》中，萨姆和安妮到故事结尾才见第一次面，他们很可能从帝国大厦下来的时候就对彼此感到厌倦了。这些电影的结局虽然不那么完美，但是它们的主角都从困境中获得了新生，得到了精神上的成长，这使得故事的结尾看上去是积极的。

这四部电影是成功的[①]，因为它们共同印证了这样一条让故事作者们受用良久的忠告：让观众渴望某种东西，让它可望而不可即，再将它送给观众。这种心理指引着大多数——包括编剧——拍电影和投资电影的人。剧本不能违背这一目标，这要求编剧创作戏剧困境，让主角历经艰辛。只有这样，主角的胜利才会让观众感到结局是积极的，因为它符合人们的渴望。

对于编剧来说，创作积极向上的结局很可能是令他们沮丧的，他们

---

① 这些电影在美国本土票房的大概情况：《大审判》5400 万美元、《证人》6600 万美元、《终结者》3700 万美元、《西雅图夜未眠》1.26 亿美元。海外放映、播映以及影碟买卖和租赁的收入使这些影片的总收入在本土票房收入的基础之上再翻二到三倍。

要为了商业性而放弃自己的艺术追求。为了帮你跨越这道心理障碍，让我们来想一想那些结局只有一丝微弱希望的优秀电影吧。比如《水舞》（*The Waterdance*，1992）和《生于7月4日》，这两部电影的结尾，并没有奇迹出现来挽救主角残破的身心，但它们都让主角重拾活下去的希望。《末路狂花》的结局是两位主角驱车驶入大峡谷的定格镜头。这意味着她们做好了并肩赴死的准备，因此获得了一种高贵感。类似的“有着圆满结局的悲剧”还有《苏菲的抉择》《雌雄大盗》和《虎豹小霸王》。这些有着苦乐参半或讽刺性结局的电影，没有逃避的意味或者反道德的倾向，它们与那些结局非常绝望的悲观电影完全不同。

3.9 救命稻草，及如何用它解决故事矛盾

救命稻草是一项技能、一种工具、一件武器、一位伙伴，是主角用来解决戏剧矛盾的事物。救命稻草是主角的（也是编剧的）最后底牌。主角正是凭借它在高潮场景的关键时刻击败反派人物，并解决矛盾的。《证人》中的救命稻草是塞缪尔拜访邻居时按下的门铃（第152镜），《我的表兄维尼》（*My Cousin Vinny*，1992）中的救命稻草是女主角掌握的汽车知识，《西雅图未眠夜》中则是儿子的书包与老电影。其他电影中的救命稻草有：《异形》与《异形2》中的太空服与装载机，《大白鲨》中给鲨鱼充气的气瓶，《铁血战士》中主角涂在身上来欺骗外星人的泥土，《火线狙击》中主角的对讲机。我们的四部主要教学电影中都有救命稻草，但并不意味着所有电影都有。在《码头风云》中，白兰度饰演的特里·马洛伊与李·科布扮演的约翰尼在气氛友好的七分钟里一决雌雄。在《正午》中，加里·库珀扮演的执法官威尔·凯恩无法获得救命稻草——或任何形式的帮助——去抵抗前来杀他的歹徒。在影片结尾，他选择以一种老套的方式来解决这一切：单枪匹马杀死了对方。

《大审判》是精心安排救命稻草策略的例子。高尔文首次接触救命稻草是在第75镜，他意识到住院护士（林赛·克劳斯饰演的凯特琳·科斯特洛）的

重要。接着，高尔文耍了个花招，从朱丽・博瓦索饰演的鲁尼护士口中套出凯特琳住在纽约（第 76 镜）的信息。这还没有解决矛盾，因为高尔文没办法找到她。在第 80 镜，高尔文收到电话账单，这给了他启发，只要去偷鲁尼护士的电话账单，就能通过电话账单搞到他心心念念的凯特琳护士的地址。在第 86 镜，高尔文拜访凯特琳，请她出庭作证。于是她最后出现在高潮场景（第 92 镜），帮助高尔文赢得诉讼。电影共计用了七段节拍来制造救命稻草。

很显然，为故事设置救命稻草需要进行极为仔细的情节设置工作，不过就效果而言，这是值得的。在你解决矛盾时，你可能会觉得主角根本已经无路可走。每当这时，你就要想一想，什么是可行的。主角可以利用什么出其不意，却又在逻辑上能说得通的设备、武器、信息、策略、力量、弱点、伙伴，或者小玩意儿，让自己在千钧一发之际制胜？总会有这样的东西。编剧可以将他想到的任何的东西加入故事之中。任何东西！当詹姆斯・卡梅隆想解决《终结者》中的机械人时，他没有让主角跑到内衣商店去，而是跑进了工厂（第 251 镜），这只需要在之前进行一些铺垫。就在女主角快要被杀死时，卡梅隆让机械人爬到一台液压机下面，而它的开关按钮恰好就在萨拉的手边（第 256 镜）。尽管我们会说，这救命稻草来得也太巧了，可它毕竟起作用了。由此我们得到的经验是：当你想不出如何解决你剧本中的矛盾时，记住，写这个故事的人是你。你可以向你的故事世界里添加任何东西，只要它确实可行，能对故事产生帮助。

救命稻草应该是可信并且符合逻辑的。它应该在故事的早期就被植入，让观众意识到它的存在。但不要设计得过于明显，以至于让观众猜出了它的用途。同样，不要让救命稻草在需要时突然出现，要不就有点天外救星的感觉了。"天外救星"（Deus ex machine，字面意思是"机器中的神"）是古希腊与古罗马戏剧中用以解决戏剧矛盾的一种策略，让一架金色战车或其他精妙的装置从天而降，仿佛神突然降临到舞台之上，解决了故事矛盾。这个策略对剧作家来说是比较方便，但是观众面对这种做作的结局，会感觉自己被欺骗了，因为主角根本没能自己解决矛盾。救命稻草突然出现的电影，只有极少数几部［《蝇王》（*Lord of the Flies*，1963）、《坏种》（*The Bad Seed*，

1956）］能避免“天外救星”的感觉。而在一些侦探片里，聪明的侦探在高潮场景突然出现在舞台中央，梳理线索，指出凶手，这样的场景多少透着那么一点“天外救星”的意味。

3.10 尾声

尾声是对故事起到收束作用的节拍。在电影中，尾声的长度为2至5分钟。虽然不是所有的电影都有尾声，不过它有着处理遗留问题与评价戏剧行为的作用。在《证人》的尾声部分，我们看到谢弗离开了警局（第158镜）；下一刻，布克向塞缪尔、瑞秋、伊莱道别（第161、162镜）。瑞秋的未来在第163镜已给出暗示，此时布克正驾车离开农场，他经过一架正向农场驶去的马车，车上的阿米什男子正是去拜访瑞秋的。这一幕的结束让我们可以推测出瑞秋接下来会发生的事。在《终结者》的尾声部分（第259镜），萨拉停车加油，被拍进一张宝丽来快照中，这张快照日后将成为里斯宝贵的财产。电影以萨拉驱车驶向密布的阴云之中这一不祥的镜头作为结束。作为对比，《西雅图未眠夜》则没有尾声；电影就在安妮与萨姆相见时结束。

3.11 情节的连续性

我们之前所说的内容，能为你提供一些可能的故事情节，帮助你撰写故事大纲。不过故事不是将一件件怪事罗列起来就能完成的，每一个节拍都要为接下来发生的事做铺垫，才能让故事一步一步走向高潮。情节发展过程的这一特性被称作连续性（continuity）。关于连续性，我从菲利普·邓恩那儿听到一种很聪明的说法，他将写剧本比作造房子，因为二者都需要精心的设计，以及将高质量材料进行有机结合。对于剧作而言，连续性就是木工活——将自己打造出的精致场景小心翼翼地组合成情节。情节事件的发生必须是有逻辑原因的，即使有时候人物的行动看上去只是意外，比如《低俗小说》里约翰·特拉沃尔塔开枪杀死了一个年轻人。

《证人》第 119 镜的内容就证明了连续性的价值，在这一时刻，布克得知自己的搭档（卡特）已经被杀害了；故事的逻辑令布克（还有观众）知道这是谢弗干的。于是怒火中烧的布克打电话警告谢弗，说他一定会为杀死卡特付出代价。挂掉电话，布克还是十分痛苦。不久后，他遭遇了三个无赖，他们是之前去找阿米什人麻烦的（第 122 镜 C 机位）。布克被这些人错认为阿米什人，遭到他们的嘲笑，于是他将怒火发泄在这群无赖身上，将他们暴打一顿。有好事的人将这一情况反映给了当地治安人员。治安人员马上打给谢弗，告诉他可能发现了费城警方一直在搜寻的人。谢弗一听到这个消息就驱车驶向拉普的农场。就像这样，事件连续性之中有着逻辑的流动，直至恶警被打败。

《证人》制造连续性的任务并不难，但并非所有电影都是如此。比如，《西雅图未眠夜》中巴尔的摩的安妮与西雅图的萨姆之间的来往。二人之间的联系少得可怜，编剧只能通过安妮的电脑（第 86 镜）、贝姬寄给萨姆的信（第 89 镜）、电台广播节目（第 24、39、67、102 镜）、乔纳与旅行社的联络，以及那场横跨大陆的飞行（第 162 镜）将两人联系起来。情节的连续性就靠这些时刻来支持，编剧以此将故事串联在一起。

《终结者》中连续性的制造也是困难重重，比如在某些地方（第 81、117、204 镜），机械人把主角跟丢了，故事线索极有可能就此断掉。詹姆斯・卡梅隆让机械人通过电话、警方广播、对讲机，还有地址簿继续它的追捕行动，把主要人物们再次联系到一起。

《终结者》还展示了连续性能够以草蛇灰线的方式来处理，让观众自行填补影片中缺失的信息。这一点我们可以从（第 204 镜）萨拉与母亲通话的一场戏看出来。看起来她是在和母亲通话，而实际上，电话的另一头是机械人在模仿母亲的声音。在这一刻，观众一定能回想起机械人有着模仿能力，这种能力在第一幕就出现过：机械人模仿警察局长的声音从而取得了警车（第 117 镜）。观众们一定也记得，机械人之前拿到了萨拉的地址簿（第 83 镜），上面（理应）有她母亲的地址。这种连续性一直到萨拉与母亲通话的时刻才显示出来。在这一刻，场景从萨拉处切换到母亲家（第 205 镜），在那里，镜头呈现出机械人正在模仿萨拉母亲声音的画面。

剧情要求观众回忆故事之前发生的内容，观众从某种意义上变成了剧情的合作者，利用记忆中的内容将情节的逻辑空白补充完整。考虑到故事的场景、动作、对白，有一些内容可以略去不讲，这是一种上等的讲故事的技巧。我们可以通过钻研电影来学习这种技巧。编剧要相信观众能够记得故事之前发生的内容，并思考在一部电影中，什么事情是可以略去或者只需提供暗示的。如果一个剧本把所有事情都解释得很清楚，这种做法就是将观众排斥在外，认为他们是消极的旁观者，而非戏剧故事的参与者。

支撑连续性的内容可以悄悄出现在剧本的某行文字、某句对白中，或在镜头中一闪而过。连续性信息不应引起注意，不过剧本应将它的发生写清楚。让我們来看看《西雅图未眠夜》是怎么做的：乔纳告诉父亲他将他们的电话告诉了广播台（第 57 镜），这一连续性信息解释了为何安妮能够找到萨姆的地址（第 86 镜）。

在剧情简单的情况下，连续性的问题就比较容易解决。比较困难的是判断情节何时能够跳步。要判断这一点，编剧需先考虑剧本是否能对跳步给出解释，跳步是否必要，对某些过程的省略是否能增加故事的流畅度。跳步的好处在于它改变了故事的节奏与速度，避免了叙事的乏味与俗套；而运用跳步的冒险之处在于它可能会将故事线打乱。我推荐初学者创作时以稳固向前的连续性推动叙事，一步步走向高潮，解决矛盾的故事。虽然这听上去很简单，可许多剧本连这一点都做不到。好的故事要避免过于曲折的叙事，因为那会令情节走入歧途，失去重点，走向死胡同，或者过于啰唆。

当角色们分散在不同地点时，电话（特别是公共电话）就成了一种为他们提供联系的连续性助手。电话的连续性作用在四部主要教学电影中都有所体现。电话通话内容大都因为包含冲突与情绪而充满戏剧性，比如在《大审判》的第 24、50、51、85 镜，分别是高尔文与当事人、保险公司、汤普森医生还有劳拉通电话，这些镜头只展示了高尔文这一侧。《证人》中也有打电话的场景（第 82 镜），镜头在谢弗与阿米什社区的治安官之间交替切换。电话通话还可以分割画面的形式同时呈现通话双方，比如在《当哈利遇到萨莉》中。关于这个话题，我们会在第 6 章讲到画外音、图像、其他对白与连续性策略时做更详细的讨论。

3.12 故事逻辑

如果一个故事是关于隐形人、有 50 只脚的女人，或者彩虹尽头的宝石城市的，这种过于跳跃的想象会产生逻辑问题，使影片变得非常奇怪。即使确实有一些电影的剧情是很不可思议的，可不管故事的前提与框架多么怪异，故事的内容必须有逻辑上的一致性。编剧是制定故事世界规则的人，如果编剧假定已经灭绝的恐龙回到了现代，观众便会接受这种假设，并在此基础之上来评判故事。如果一个故事假设它的人物会变成狼，或者身体的各部分可以自己组合起来，观众也会接受这种设定，并继续欣赏接下来发生的事。只要讲故事的人提供基本的假设，哪怕故事内容再夸张，观众通常也能接受。无论是奇怪的言语、神奇的音乐、神秘的机器，还是外星药物和巫师，观众都能接受。然而，一旦设定完成，观众的任务就算完成，电影不该再要求观众去接受更多额外的奇怪设定了。此外，故事应按照已经建立的文本来有逻辑地展开。比如观众接受了电影《长大》（*Big*，1988）中游乐园设施能将小孩子变成拥有成年人躯体的汤姆・汉克斯（Tom Hanks）这一设定。不过，在影片接下来的发展中，人物的行为都是有逻辑的，因为故事为人物提供了符合他们身份的动机。

在一些电影中，故事世界的规则过于复杂，以至于有关内容要贯穿全片，这也是可以的。以《禁忌星球》为例，这部电影表现了关于消失的文明的神秘传说。故事规则贯穿全片的做法常见于科幻电影，因为这一电影类型青睐令人惊奇的事物，喜欢揭露事实、扭转剧情。《异形》系列、《铁血战士》还有其他类似的电影中都有着神奇的生物，随着电影的发展，它们的复杂性逐渐被揭示出来。

在现实主义电影中，如果发生了令观众无法相信的事情，那么电影的逻辑就动摇了。例如，在《大地雄心》（*Far and Away*，1992）中主角靠打拳维持生计，有贪婪的政客打主角心上人的主意，他便因此分心，输掉了比赛。这种情节虽然可能，但还是给人一种设计的感觉，降低了故事的可信度。在《乞力马扎罗的雪》（*The Snows of Kilimanjaro*，1952）中，阿娃·加德纳（Ava Gardner）被困在战场的流动医院，祈祷爱人可以找到她。在遇到无数走投无路的人后，终于，她日思夜想的格雷戈里·派克（Gregory Peck）出现在她的眼前。这件事虽然是可能的，却太过凑巧，以至于让我觉得是剧作上的缺憾，削弱了电影的逻辑与可信度。同样的，这种情况还出现在《大地的女儿》（*Nell*，1994）中，主角内尔被救命恩人带到大城市，当她进入一家台球馆时，正好遇到了之前曾在野外监视她的家伙。不可信的内容还有，内尔的野外小屋其实就位于一个大湖旁边，（在现实生活中）她是完全可以接触到船夫的，然而电影创作者却告诉我们她是与世隔绝的。这种有问题的细节常常不可避免，但是编剧应该尽可能地考虑逻辑与真实度；否则，故事便会充满漏洞。

要修复故事的逻辑问题，一种方法是检查其中的戏剧时刻是否可信。它真实吗？这种情况下真正发生的会是什么？在大部分情况下，如果你用这些问题检查过故事事件，它们就不会让观众怀疑了。与此同时，再检查一下你的人物对待挑衅的反应是否过火或不足。检查重要的事件是否缺少后续。检查人物是否有行为动机。例如，我们都能接受《不可饶恕》中的比尔·曼尼会参与悬赏活动，虽然这种工作不像是老比尔这个年纪的人能干的，但他的决定是可信的，因为我们能感受到他为了孩子们，为了农场，还有妻子留下的遗物，不得不做出这样的选择。编剧们反复念叨逻辑与可信度的问题，就像为自己设置一道屏障，要将愚蠢的不符合逻辑的情节都挡在外面。然而有时我们也会着了魔似的听任自己的一些愚蠢想法，因此，如果某些内容令你产生逻辑上的困惑，一定要去检查故事结构的基础：事件是什么？矛盾是什么？主角想得到什么？为什么得不到？你想通过这个故事表达什么？你的故事是否有动机，有逻辑，是否可信？一旦这些问题得到解决，就需要思考故事人物以及他们在次要情节中的表现问题了。

3.13 次要情节

电影的次要情节反映的是主角与反派同其他次要人物的关系。在《大审判》中，米基和高尔文是朋友，他们之间的互动是电影的一组次要情节。在《西雅图未眠夜》中，梅格·瑞安饰演的安妮与罗西·欧唐奈饰演的贝姬之间也发生了次要情节。大部分故事片都有 2 到 4 位配角人物与主角和反派人物有关联，编剧通过发生在他们之间的次要情节来增强故事的冲突性，挖掘主角的内在精神危机，深化主题。哪些角色是次要情节的组成部分，是一个很模糊的问题，因为所有角色都有其次要情节。为了弄清这一问题，你可以看某一角色是否起到将剧情推向高潮的作用，如果有，那么该角色很可能出现在次要情节中，对主角或反派人物有着情感上、精神上的影响。

我们可以在《大审判》中找到这样的次要情节。比如米基·莫里西（杰克·沃登饰）找到昏倒在办公室的高尔文后告诫他要负责任的情节。因为两个人是老友，他们之间的互动关系会随着案情紧张程度的加深而有相应的变化。另一边，劳拉与高尔文的次要情节所构建的一段愉悦的关系最终结局却支离破碎。在这段浪漫关系的建立过程中，劳拉使高尔文重新找回了对于法律的信仰。而且，劳拉为故事增添了情感内容，并影响到影片主题思想的表达。

3.13.1 情感类与非情感类次要情节

电影虽然尽量在模仿现实生活，但它们毕竟是人为创作的戏剧。许多电影的次要角色都很单薄，不能在次要情节中发挥潜力。比如《大审判》中出现的柜台后的男人（第 40 镜）与《证人》中谢弗的妻子，他们都可以发展出一段次要情节，只是没有这个必要。编剧必须选择赋予哪些人物以次要情节，同时保证叙事不会被过多的次要情节打乱。经验会帮你认清应该赋予哪些角色以情感类次要情节。

经验还会告诉你，有时你试图让某些人物进入故事，可他们对故事发展起不到任何作用。编剧常常会被这种能提供优秀的次要情节，却对故事毫无推动作用的角色吸引，但是这种角色会使故事走入歧途，失去紧凑感。次要情节一般要留给能与主角或反派人物建立起情感联系的次要人物。

我们还能注意到另一种非情感类的角色，他们的作用主要是为情节发展提供必要信息。虽然这种角色十分有用，但如果他们出现得太频繁，也会毁掉整个故事，因为他们只不过承担提供信息的任务，并未与其他角色建立情感联系。《大审判》中由肯特·布罗德赫斯特（Kent Broadhurst）饰演的保险代理人就是一个提供信息的功能性人物，他只是偶尔向布罗菲主教和康坎农汇报高尔文在做什么。这就是这种角色的作用，他在整个故事中公事公办，闭口不谈感情。失败的剧本往往充斥着此种没有情感特点的角色。编剧应把握故事中哪些次要角色应被赋予情感，而哪些只是提供信息的传话员。许多时候，问题不是出在怎样发展次要情节，而是出在如何控制次要情节的数量。从这一点上来说，弄清哪些你的角色具有情感价值，哪些具有信息价值，可以帮助你减轻困扰。

3.13.2 次要情节与第二幕

我想你会很乐于了解这一点：次要情节可以缓解第二幕的压力。在《大审判》第二幕中，高尔文与劳拉的次要情节占了 13 分钟。而多尼吉夫妇、鲁尼护士、陶勒医生与汤普森医生的情节时长合计为 15 分钟。剩下的 22 分钟才是审判前的准备会议与庭审内容。通过概述，我们可以了解到，一段时长为 55 分钟的第二幕，能有多少时间分给那些能为戏剧发展提供另一种视角的次要情节。

次要情节能为戏剧发展提供另一种视角，你的故事感中也应该有这种角度，不过这样讲可能有些苍白，你也许不容易理解。为了学习这种故事感，你应该仔细研究剧本和电影，看它们如何在第一幕中引入次要情节，如何用它来填充第二幕，以及它是如何在第三幕继续发展与结束的。在你能够看出次要情节的发展动势，了解它们是如何表现人物与主题后，创作第二幕的任务难度就会降低很多。在此之前，你的人物可能会缺少次要情节，需要在情感上进行丰富。如果没有情感充实的人物，故事情节就会变得臃肿，充斥着了无生机的行为与空洞的景致。（记住，这种情况最好的解决办法是在第一幕建置中增添人物情感。）

3.13.3 次要情节的种类

次要情节是有目的的。例如，爱情插曲不仅能让主角表达自己对爱人的柔情，还可以用来讨论故事主题、讨论主角的童年、家庭、梦想、价值观，等等。《大审判》中的劳拉看起来是传统电影中会出现的恋爱对象，然而她不可告人的秘密刷新了我们对她的印象。劳拉也是高尔文关于职业与人生的思考（点明主题）的出口。关于劳拉的次要情节中包含着悲伤的部分，就如同《证人》中的那段浪漫爱情同样有着笑中带泪的结局一样：布克与瑞秋分道扬镳，或许以后再也不会相见。在《证人》、《毕业生》（*The Graduate*，1967）、《普里兹家族的荣誉》与其他一些电影中，动人的浪漫情节比故事主线更令人记忆深刻。许多故事因浪漫情节而得到升华，即使这种浪漫只是精神上的，比如《烈血大风暴》中吉恩・哈克曼（Gene Hackman）与弗兰西斯・麦克多蒙德（Frances McDormand）的次要情节。

丰富的次要情节使得故事与人物都能展现出多样的情感色彩与能量。《火线狙击》中蕾妮・罗素（Rene Russo）为故事添加了爱情趣味，使原本救命如救火般紧张的故事多了一种好玩的感觉。这种情况非常普遍，每一种次要情节的出现都令主角展现出其人性中的另一面，让观众在下一次冲突到来之前得到暂时的休息。

另一个例子是《大智若愚》中保罗・纽曼与杰西卡・坦迪（Jessica Tandy）的次要情节。它概述了主角的过往，道出了学生时代他在坦迪课堂上的一些所作所为。而女主角通过教师的眼光观察这一切，又是另一种视角。同样，《西雅图未眠夜》中安妮与贝姬的次要情节让观众开始担心女主角能不能在结婚前与男主角相遇。

最后的一点忠告：许多次要情节是用来构建 B 故事线的，目的是转移观众对 A 故事线的注意。这很可能会导致观众对主要线索的忽视。因此，我认为当你放下 A 故事线，去处理 B 故事线材料的时候要十分小心。要确定故事的叙述主线没有被破坏，因为B故事线中会有太多的次要情节。你的故事感会帮助你做出判断的。

3.14 概述故事

到目前为止，我们一直在进行将故事创意扩充成情节的工作，本书已经就框架、人物、内部与外部冲突、主题，以及其他相关话题提供了一些建议。这些要素对于编剧构建事件、矛盾、故事概念、戏剧危机很有帮助。在这一过程中，我们草拟一些临时人物，思考有关故事构造与类型的问题。我们要考虑故事是现实的、虚构的，还是超现实的；故事由情节驱动还是由人物驱动；故事的目标观众是谁。我们还要决定故事的情感基调——它是幽默的，悲伤的，还是恐怖的？这些思考过程也是剧本写作的一部分，它们能让编剧花费数周至数月的时间，与此同时，编剧做着丰富故事与组织情节的工作。概述情节意味着将戏剧事件排列为一个完整的，包含从故事开始到结束全过程的序列。概述是一项持续的工作，常常需要打不少遍草稿，每一稿的完成，都会使编剧离自己想要的最富有戏剧性的情节更近一些。

3.14.1 情节事件

情节事件是靠叙事逻辑与故事的整体方向决定的，故事中某些事情之所以会发生的原因，是它们应该发生。例如，“运动寡妇”的故事概念中可能会包含一条情节是“妈妈决定要把握自己的人生”。因为故事事件就是以妈妈挽救家庭为基础，所以这样（或类似）的节拍是很基本的。不仅如此，这个节拍十分重要，完全可能被写成一段5分钟以上长度的戏剧段落。因此，这样不可避免的节拍赋予了故事发展的最初形态。

这一特殊的节拍——妈妈决定掌握自己的人生——前面可能先要有一个体育训练段落。如果我们不知道如何下手，可以试试让妈妈打个电话到体育俱乐部或者当地学校的女子体育部。我们可以看看《冰上奇缘》、《个人最佳》（*Personal Best*，1982），以及其他含有体育训练段落的电影是怎么做的。妈妈的体育训练段落应该包括一些能展现她的情感，有着丰富的视觉元素，并且很有娱乐性的情节。这些特征暗示着妈妈可能要去健身房、参加电视运动节目，或者有一位运动专家对她进行指导。在这里，妈妈的超能力会展现出来。即使这些事件看上去很单薄，我们却能在许多早期的情节大纲中找到像这样的事件。利用有趣的任务和反应来将它们变得具体，为你的故事增添戏剧效果吧。情节大纲头几稿的任务是使事件序列中包含对妈妈的两次考验的转折，让她最终解决故事矛盾。不需要将转折与戏剧段落写得非常精彩，只需要能体现出三幕结构的感觉就可以了。

在这个工作过程中，一定要记得：写简单的故事与复杂的人物。简单的故事能够成功，是因为编剧所创造的人物能引发有趣的细节、转折，体现出深度，将简单的故事节拍发展为主要戏剧时刻。《证人》中布克、瑞秋、塞缪尔享受热狗午餐的节拍就是一个很好的例子——此时瑞秋告诉布克他的姐姐伊莱恩是怎么看他的。电影里在快餐店发生的这一幕（剧本将场景设定为野餐或公园长凳）中，角色人性的展现——布克愁眉苦脸地忍受着毫不知情的瑞秋与打着饱嗝的塞缪尔——将一次简单的相遇升华为令人记忆深刻的电影场景。

情节都是由最简单的没有任何细节的事件，经过反复重写，最终发展而成的。情节的初稿通常都非常粗糙，有很多空白。它（大多只有一页）就像画家的炭笔素描，只是打一个底稿：作者可以反复修改底稿直到满意。在构建情节的过程中，同样要经历探索与犹疑的过程，寻找合适的主线。在剧本写作的初期阶段，可行的情节能赋予人物发展空间，也方便编剧进行不同的写作尝试。如果情节发展过于紧密，角色会失去活力。莉莲·赫尔曼（Lillian Hellman）曾说，作者决定情节，人物决定故事。如果情节事件组织不当，说明这些情节不适合人物。

创作情节事件不算难，难的是如何组织这些事件，将人物引向冲突。这件事让许多编剧感到很头疼，因此他们选择逃避这个过程，说服自己故事已经成型，能写成剧本了，然而并没有。一定要提防这种心态。在你对情节大纲完全满意之前，不要动笔写剧本。糟糕的情节一定会导致失败，因为由此所建立的剧本充满各种毛病。编剧遇到这种情况，必须从情节开始调整，修正故事基础问题。但即使剧本可以修改，叙述上的做作与瑕疵会使原始故事概念丧失应有的光彩。在创作情节大纲时，编剧必须要以大局眼光，清楚明了地表达故事的发展过程，决定每一项情节事件。许多编剧都认为这一两页的工作量能占到编剧总工作量的十之七八。因为情节的开发实在太具有挑战性，许多编剧都选择从创作故事枢纽（story armature）来入手这项工作。

3.14.2 创作故事枢纽

这项工作大约需要花费一天时间，编剧的任务是决定第一幕与第二幕结尾转折部分的内容。一旦完成了对混乱状况的构想，每一幕的大致内容与故事的发展方向就能决定，接下来创作情节事件与组织节拍的工作也能变得简单。因为故事枢纽（以及故事模板与其他故事要素）指出了故事的主要内容。

要想确定两次转折的内容，你必须尝试所有可能的事件，看看其中哪一条会使故事朝着一个新方向发展。一般来说，转折发生在故事进行到半小时左右处，作为第一幕的结尾，以一起突发事件或人物的决定将主角与矛盾联系到一起。之前提到过，《大审判》中第一幕的混乱状况是高尔文拒绝主教的庭外和解请求（第 26 镜）。这个决定令主角迎来了故事的主要矛盾，即在法庭打败埃德·康坎农。

在“运动寡妇”的情境中，第一次转折可以发生在妈妈经过一件屈辱或恐惧的事后，开始意识到她的家庭已经岌岌可危，想要采取行动。接下来发生的一件事对她的情感产生极大打击，激发她采取行动。这一事件可以非常戏剧化，其中可以包括孩子的事，令观众受到惊吓。但如果事件过于浮夸，可能反而起不到令人吃惊的效果。

这一事件要全面引爆妈妈的生活危机，让妈妈必须选择是逃避还是面对。这时，妈妈决定为挽救自己的婚姻采取行动。这条导火索有很多选择：可以让妈妈发现爸爸对家庭失去热情，或者发现他想去阿拉斯加过原始生活，或者她的孩子以她为耻，也可以让这些都发生。无论导火索事件是什么，它都应该让妈妈遭遇故事矛盾。

如果从第 2 章提到的打破故事秩序的策略角度出发，导火索事件中还可以出现爸爸的大学同学及其女性友人。这个家伙现在是纽约喷气机队的接球手，年收入 300 万，一副人生赢家的模样。对昔日伙伴的嫉妒之情令爸爸陷入阴暗的情绪之中，驱动他的行动。如果这个设想不够有力度，那么就接着构思，直到找到一条合适的。

创作第二幕转折的方式同第一幕是一样的。故事模板告诉我们，在第二幕的结尾，主角似乎被困难击败；因此，在妈妈的故事中，这一至暗时刻有可能就是妈妈的家庭似乎已经破裂了。想象你的人物所能面临的最糟糕的处境吧。在妈妈的故事中，第二幕转折可能是爸爸抛弃妻子和别的女人跑了；或者是妈妈为了证明自己而去参加了某项比赛，彻底抛弃了她的家庭生活，这样一来，至暗时刻便是爸爸与孩子因为妈妈的冷漠而离开了她。在创作故事转折时，我们可以将上述这些以及其他的可能性都列出来。通常来讲，故事两次转折的精彩与否决定着故事的出色程度，并且它们应该符合我们关于“这里应该（或居然）发生了什么”的期待。这些可能性的数量是有限的，从你列出来的清单中选择可用的一两条吧。

创作故事转折是概述故事的第一项主要任务，接下来的任务在图 3-1 中也写得很清楚，即在第三幕的高潮场景解决矛盾。我建议把高潮场景的问题先放一放，先把前两幕概述完毕，写出大纲。

本书从始至终都鼓励你以概览的角度看待故事，这样能让你更好把握从矛盾的设置，到引发的麻烦，再到主角最终解决矛盾的全过程。故事转折就为你提供了这样的一种视角，你可以利用它来进行下一步概述工作，扩充戏剧转折，写出含有戏剧性事件的初步情节大纲。

3.14.3 建立在行动与反应基础之上的情节事件

一条屡试不爽的概述技巧便是刺激人物，令他们做出情感上的反应，也就是以行动引发反应。我们从《证人》的第 60 镜可以看到这样的例子，主角被警察开枪击中，才意识到他陷入了恶警的阴谋之中。因此，他的反应便是开车带瑞秋与儿子回到阿米什社区的安全地带。而当恶警们知道布克与证人的藏身之处后，他们的反应便是前去消灭他们。

在《大审判》的第 88 镜中，高尔文得知劳拉是对手派来的卧底。这引发了二人在酒吧的会面（第 89 镜）。在这里，同样是行动引发反应。虽然并不是所有的行动 – 反应都是像上述例子一样立即触发（二者之间可能插入其他事件，或者反应被延后），但是故事一定是以这种多米诺骨牌式的动势展开的。如果行动与反应都不够戏剧化，那么就让事态更紧张，将筹码再增加，建立冲突，不要客气。如果你的故事创意本身就很平淡，那么它就无法给行动与反应提供足够的激情。你的目标是建立冲突、戏剧，以及情绪。所以，反复调整故事创意、故事地点、时间、天气、风格，特别是人物，问自己："在这个情境中会发生什么呢？"如果得不出有趣的答案，就再问一遍——大点声！

许多时候，行动 – 反应策略会生成足够多、超出你使用范围的事件。许多有用的节拍可以被整合，无用的节拍会被剔除，最终形成十个左右的戏剧段落，这时，情节大纲差不多完成，你就可以准备写剧本了。创作故事节拍时应该认真仔细，不要追求速度，潦草完成。

3.14.4"头脑风暴"写作训练

还有一项创作故事事件的技巧是在一定的时间内将能想到的内容全部写出来（作为一项日常训练，每天半小时）。时间限制会迫使编剧利用直觉与潜意识思考，这也许会催生许多不错的创意。许多新颖的具有故事潜力的创意都是以这种方式发掘出来的。每学期我会让学生们做一到两次这种训练，给他们一张印有四至五则小新闻（类似"运动寡妇"那种）的纸。让学生们两人一组，在十分钟内写出以这些新闻为基础的故事。每个班有 20 多个学生，每次交上来的创意中都会有那么两三个非常精彩的，而且都与原本的新闻差别很大。

在头脑风暴开始之前，先在精神上做好准备。在开始之前复习一遍故事事件、故事模板，还有传统场景大纲，在脑海中留有一些三幕结构与故事发展方向的印象。在头脑风暴的过程中，不要压抑自己的想法。重复这样的练习两到三天。假如你发现自己只能写出梗概之中的梗概，不要怕，因为现在你主要研究的便是 A 故事线的节拍。关于人物场景，B 故事线的次要情节通常要到你研究人物动机与故事逻辑的时候才开始创作。在目前阶段，你只需要写出有头有尾的简单情节。

到目前为止，我们讨论过的故事概述策略应回答的问题包括：

- 谁是主要人物，他们想要什么？
- 为什么他们得不到想要的东西？
- 矛盾是什么？
- 是谁在阻止主角解决矛盾，为什么？
- 在故事的早期情节或背景故事中有什么事情的发生引发故事的“起飞”吗？
- 故事的秩序因为谁的到来或离开被打破了吗？或者故事因为什么自然或社会灾难而被调动起来了吗？

当你在处理以上问题时，尽情地发挥想象吧。记录下你的创意，无论它们多奇怪、多么不着调。因为不久你就会发现它们之中有能够派上用场的。

3.14.5 其他概述策略

对于编剧而言，概述故事的策略是无穷无尽的。一位著名的编剧喜欢在工作时假装自己正身处电影院，等待自己的电影首映开始。在他想象中的影院里，观众席的灯光逐渐变暗，银幕上出现了他的电影片头，于是他想象着电影开始时的音乐——恐惧的、饱满的、具有现代感的、流行的、轻柔的，或者其他风格的。他知道谁是作曲者，也知道这音乐该如何安排，演奏。当画面渐入，他开始想象一切故事设定的细节，想象他的人物。最重要的一点是，他会问自己，这部我想象中的电影能不能令放映厅里的这些观众满意。这位编剧给新手编剧提供的建议是注重电影开头五分钟的设计，要使其吸引观众。假如你头脑中的电影很无趣，那么就重新想象，直到它变得娱乐性十足。你的想象一般都会落实到剧本。而在好莱坞，有一种古老的观点，认为银幕上呈现的内容80%来自剧本。由此可知想象对于电影的重要性，想象是电影的基础。

另一种帮你调动丰富情感的游戏是选角。在这个游戏中你可以让你喜欢的演员来出演你的故事。这非常有意思，首先你在每张卡片上写下一位演员的名字，再将卡片在桌上摊开，将你的一份故事大纲拷贝一次放到这些卡片前，想象卡片上写着名字的演员正在阅读故事大纲。而你则依次假装他们。在想象自己是某演员的情况下，向作者提问：故事中的事件为何发生，这个故事如何让观众喜欢，故事讲的是什么，故事中的人物都是谁，他们彼此之间怎样产生联系。这项训练的目的是假装以不同演员的身份来测试你的剧情是否可行。作为作者，你必须能回答出他们的问题，证明剧情的合理性，并说服你心目中的演员接受他们在故事中所扮演的角色。这个游戏也可以与你的写作搭档或朋友来玩，你们各自扮演不同的角色。

我建议你随身携带一个小笔记本或一张纸，用以记下你的情节点子或一些突然的想法。这是为了向你灌输“无论什么样的点子都有可能对大纲产生帮助”的潜意识，培养你的潜意识思考能力。

听音乐也能帮助你激发潜意识的想象力。一些编剧会特意在睡前想故事，来激发入睡后梦境的力量，在梦中得到新点子或解决写作上遇到的困难。一些编剧会将笔和纸放在床边，记录深夜获得的灵感。长此以往，写作中遇到的问题会逐渐进入潜意识，让我们在不经意间想出一些令人喜出望外的点子。

3.15 将故事节拍组织成段落

前述策略能够帮助我们创造出有着进一步发展空间的故事时刻与故事事件。接下来，我们要将它们组织为十余个戏剧段落，使情节的“开头、发展、结局”形式得到完善。在这一阶段，要将故事概念与故事事件的草稿放在手边，随时提醒自己故事内容。如同之前说过的，如果你觉得情节过于潦草，不要感到慌张，因为随着人物的丰富与次要情节的完善，情节自然会充实起来。故事应当通过对人物的纵向挖掘而逐渐丰满，而不是靠横向地罗列意外事件。

“运动寡妇”故事的开头段落可能是框架构建型的，俄亥俄州的阿森斯、马萨诸塞州的纽顿或其他地方。可以参考《猎鹿人》（*The Deer Hunter*, 1978）、《我心深处》、《大智若愚》这些电影的开头，学习介绍小镇故事的框架。

第二个段落可以展示一场垒球比赛，让观众见识作为中年体育爱好者的爸爸的世界。可通过一个场景展示在爸爸心中，妈妈与家庭的地位是次于运动的。第三个段落可以通过家庭生活引出故事矛盾。第一幕的结尾节拍令妈妈决定挽救家庭，开始解决矛盾。每一戏剧段落都包含若干片段与场景。比如，假设要将第二段落——介绍中年体育爱好者的世界——拆解为片段与场景，内容可能如下：

- 妈妈带孩子们去看比赛。这一事件显示出运动对爸爸的重要性超过了家庭。通过 1 分钟左右的对话表现。
- 垒球比赛展现出爸爸与朋友对比赛的热情。爸爸可能受了严重的伤需要缠绷带。而妈妈还没到场。此处可以有 2 分钟左右的动作场景。
- 妈妈带着孩子到场。她因迟到而被批评，暗示不愉快的家庭气氛。剧情开始复杂起来。此处为 1 分钟左右的动作与对话场景。
- 乔·杰特与女伴到场，引发轰动。这一意外事件用 1 分钟左右来表现就足够。
- 更多赛场动作戏，比赛结束后妈妈回家，爸爸来到酒吧喝酒，庆祝胜利。此处动作与对话大约需要 1 分钟。

这一段落长达 6 至 8 分钟，可以开启一条或多条次要情节，比如介绍次要人物。即便如此，在这一阶段，戏剧段落仍处于骨架的状态，不透露细节与趣味，仅仅展现故事内容与事件发生顺序。我们要相信，随着写作过程中对人物与细节的补充，节拍会逐渐变得生动起来。

第三段落处理家庭生活，这在无数电影中都找得到范例；这种节拍通常很受欢迎，因为观众喜欢看有七情六欲、有思想灵魂的人物。而当我们认识到我们的写作目标是使妈妈遭遇矛盾后，写作工作就会变得容易起来。这种第一幕建置需要爸爸与其他人物不断刺激妈妈，让她达到爆发点。如果故事走向这样决定，那么我们需要的就是一起戏剧性突发事件来引发危机。矛盾的起因可以是爸爸在比赛中发挥失误，于是将怨气发泄在妻子身上，不停地责怪她的迟到。夫妻间的不快一直持续到回家以后，最终使妈妈决定要采取行动挽救自己的家庭。当然，要完成第一幕建置还需要做更多工作，在此不做赘述，因为目前讨论的是概述故事的工作步骤。

我们还没有讨论到如何使人物复杂化，如何展开妈妈与爸爸的背景故事，以及背景故事对于他们的影响这些问题。目前，我们所知道的仅仅是一个不愉快的家庭，妈妈异于常人地强壮，爸爸是体育狂热爱好者，而两个孩子还未描述。即便是如此少的信息，也足以展开故事情节，在日后，我们将以想象和戏剧化策略将节拍变得越来越具体。例如，通过妈妈将球拍袋扔进面包车的动作戏剧性地展示妈妈的神力。附近一位女性——乔·杰特的女伴——看到了这一幕，一袋八磅重的东西被妈妈轻而易举地扔出去，这使她感到震惊。这位女性（叫她薇拉好了）接下来的反应便是邀请妈妈参加健身俱乐部。薇拉这么做的动机可能是想要嫁给乔·杰特，她希望通过妈妈与爸爸来达到这个目的。而这意味着乔与薇拉的关系可以发展为贯穿故事的次要情节。

3.16 概述短片故事，并将其扩充至长片长度

如果写一个两小时的电影故事对你来说太吓人，那么你或许可以试着将创意写成半小时或一小时长度的故事。一些编剧发现通过写短片的方法能够更好地掌握故事全局。当短片故事完成后，可以通过添加次要情节的方法将其扩充为长片的长度。短片电影的矛盾到来得非常快，通常在剧本的第一

页就要揭示矛盾；短片紧扣戏剧矛盾，将次要情节与细枝末节压缩至最少。这使得短片电影的故事用双倍行距，一张纸即可讲完。至今我们所讨论过的组织情节与故事概述的策略，大部分既适用于长片也适用于短片。（附录 A 中提到的一些短片电影是用写短片的方法开发故事情节的样本）

当你熟悉了这种结构后，你会发现，情节是有范式与共通之处的。你还会认识到，许多情节被不同电影反复使用过，而这些情节大多都是简单的。当简单的情节碰到有趣的人物与不寻常的地点，剧本才会变得复杂起来。一些编剧抓不住电影故事的这种特点，不断扩充他们的情节，结果使它变得过于庞杂。因此，简单是组织情节的关键。

关于组织情节，另一种观点是从原始故事概念与价值观出发。之所以要指出这一点，是由于许多编剧认为如果故事里不塞满动作与景观就很没意思。作为老师与故事编辑，我看过成千上万的故事，我要说，至少三分之一来自新人编剧的创意在我看来是具有商业潜力的——这是新人与职业编剧水平相当的一个方面。许多学生的创意是关于家庭与亲密关系的故事，关于家长和孩子开始新生活，关于成长，关于寻找爱情，关于追求自我，关于人与人之间的缘分等其他当代话题。这些创意我们在《山丘之王》《阿甘正传》《四百击》等电影中都可以看到。重点是，要相信自己的创意，保持其简洁，将重点放在人物与处理矛盾的过程上。

3.17 从一场戏开始写一个长片故事

最后一个关于概述电影故事片的策略，是从现在未完成的情节中挑出情感最丰富的一段，将其扩写为符合电影故事片长度的 3 至 5 分钟的戏剧场景。例如，“运动寡妇”扔球拍袋的时候可能是心烦意乱的，所以如果薇拉能在这个时刻上前安抚她，我们就能得到一个情感浓烈的场景。挑选你最喜欢的演员来演出这一场景，将地点定在你所希望的任何位置，给自己无限的预算。写作时，思路从理性思考转换到感性的想象空间之中，这也许能为故事带来特殊的细节与戏剧性事件，因为潜意识会唤醒角色意想不到的力量，推动故事发展。剧作要求作者思考人物动机、对冲突的反应、行动事件，以及对白。因此，采用这种方法写作时，思考你现在写的场景是由什么原因导致的，接下来会引起人物哪些反应，它是如何同故事事件产生联系的。你需要三天至一周的时间完成这一场景写作。

短片与场景的写作练习作为故事写作的一部分，是一种高强度的，需要花费数周来完成的工作，因此（再次提醒）你要给自己留出充足的时间。另外，你应该了解，剧本写作是一项全职工作（每周 15—20 小时的工作量），在这种工作状态下，将一个故事创意变为故事片剧本需要六个月甚至更多的时间。加利福尼亚大学洛杉矶分校研究生写作项目的联合主席，我的两位德高望重的同事理查德·沃尔特（Richard Walter）与卢·亨特（Lew Hunter）认为，一个新人编剧至少要有五部电影故事片剧本的写作经验才足够领悟剧作的基本技巧。我同意这种观点。

3.18 多线叙事

一种不太常见，但效果出色的电影类型是多线叙事的电影。这种电影故事也被称为合奏故事或团体故事。《大寒》（*The Big Chill*，1983）、《汉娜姐妹》、《低俗小说》、《晚宴》（*Dinner at Eight*，1989）、《太空先锋》、《纳什维尔》（*Nashville*，1975）、《愚人船》（*Ship of Fools*，1965）、《温馨家族》（*Parenthood*，1989）、《加州套房》（*California Suite*，1978），还有《上帝也疯狂》（*The Gods Must Be Crazy*，1981）等电影故事都采用多线叙事。电视剧采取多线叙事的情况比较多，《洛城法网》（*L.A. Law*）、《笑警巴麦》（*Barney Miller*）、《中国海滩》（*China Beach*）、《纽约重案组》（*NYPD Blue*），以及《双峰》（*Twin Peaks*）都因为这种多线叙事的情节模式而大获成功。灾难电影有时会使用多线叙事，让一群绝望的人物持续忍受灾难的煎熬，比如《波塞冬历险》、《火烧摩天楼》（*The Towering Inferno*，1974）、《泰坦尼克号》（*Titanic*，1997）等。

我曾经使用由戴维·米尔奇（David Milch）导演、多次获得艾美奖的电视剧《山街蓝调》（*Hill Street Blues*）中的“愤怒的审查”（“Trial by Fury”）一集来分析多线叙事的故事是如何写就的。这一集讲述了发生在虚构的山街警察局的故事。其中一条故事线是关于一个青年骗子与巡警主角中的一位如何成为朋友；第二条故事线关于两位巡警解决一场家庭纠纷；第三条，一位女性的丈夫，一位店主，在抢劫案中丧生；第四条，一名警察面临税务局的审查。这四条故事线全部融入了一条主要故事线，即一场谋杀修女的案件。五条故事线全部成功地在 48 分钟的时间里展开，相互交织，并交会直至结束。

与《山街蓝调》不同，传统电视剧［《女作家与谋杀案》（*Murder, She wrote*）、《欢乐一家亲》、《X 档案》（*The X-Files*）、《女医生》（*Dr. Quinn, Medicine Woman*）等］主要聚焦一条故事线，用整部剧的时间来处理这一条故事线上的问题。大部分情况下，每一集中，围绕在主角与反派人物周围的次要人物辅助主角解决问题。

多线叙事的电视剧能够在有限的时间内使情节变得简明扼要。这意味着每一条故事线中的人物不会像单线叙事模式中的人物那样，有着充分的成长空间。多线叙事的优点是能够展现更多的人物，让他们单独处理各自的矛盾，单线叙事则是以主角为中心，解决一项主要戏剧矛盾。多线叙事还意味着戏剧矛盾可以变得简单，因为观众已被众多故事线的不同发展节奏分散了注意力。

多线叙事电视剧的有趣之处在于其各条故事线交叉、重叠，以及或者相互影响的方式，这些正是故事充满活力的地方。刚刚提到的《山街蓝调》中的这集，修女谋杀案使众警官从各自的案件抽出身来，共同调查杀死修女的凶手。

而多线叙事的不便之处在于它的情节似乎太难组织了，那么多的人物的行动，那么多需要被激活与被解决的矛盾。然而，常写这种故事的编剧会觉得这种故事更好写，因为每一条故事线都很简单。写作多线叙事情节的秘诀在于学习如何处理不同的情节线，如何让它们彼此产生联系，还有，如何利用重要的转换点将一条情节线转接到另一条上。学习这些技巧的第一步，是将每一条故事线用简单的几句话写出来，列成一个大纲。

《汉娜姐妹》是一个很好的学习如何组织多线叙事故事的例子。这部电影表现了汉娜［米亚·法罗（Mia Farrow）饰］与妹妹［芭芭拉·赫尔希（Barbara Hershey）饰］喜欢上了同一个男人［迈克尔·凯恩（Michael Caine）饰］这种传统的三角恋问题。当我们剔除伍迪·艾伦的滑稽故事线后，主要矛盾便显现出来——如何修复亲人之间由于两性危机而破碎的关系。在影片的结尾，所有事都凑到了一起：主角夫妻重归于好；芭芭拉·赫尔希的角色，也就是第三者，最终嫁给了一名教授；艾伦从脑肿瘤的幻想中走了出来，与汉娜的另一个妹妹［黛安·韦斯特（Dianne Wiest）饰］结婚——这条线使松散的结尾收紧起来。

3.18.1 多线叙事的不同类型

通过列出大纲，我们可以将多线叙事分为三种不同的类别。第一种是交叉叙事，不同情节线偶尔产生交集，增强了剧情的活力，《低俗小说》和《上帝也疯狂》都是这样的故事。《低俗小说》有三条故事线：关于杀手组合约翰·特拉沃尔塔与塞缪尔·L.杰克逊，关于拳击手布鲁斯·威利斯（Bruce Willis），以及一个抢劫犯与他的妻子。这些故事线被一个架子支撑起来：与杀手组合待在同一餐厅的阿曼达·普卢默（Amanda Plummer）与蒂姆·罗思（Tim Roth）这对抢匪。每当其中两条故事线交汇，都产生强烈的戏剧效果，比如特拉沃尔塔的角色在威利斯回家取传家宝的时候被枪杀了。

多线叙事类型的第二种是会聚叙事，比如《晚宴》《加州套房》和《东方快车谋杀案》（*Murder on the Orient Express*，1974）和《纳什维尔》。这些电影通常以人物为相聚而做准备为开始。随后，每个人会展示各自私下有着怎样的问题。接着，在相聚时，大家对外当然戴着各自的面具，通常会隐隐透出一点真实面貌。然而观众十分清楚面具之后的他们都是什么嘴脸，并期待矛盾能够在这公开的场合暴露出来。

第三种是分散叙事，让不同的人物对同一起不同寻常的遭遇做出反应，上演各自的故事。比如《波塞冬历险》、《陆军野战医院》（*M.A.S.H.*）、《大寒》、

《太空先锋》，还有一些电视短剧如《战争风云》（*The Winds of War*）。

一些看上去是多线叙事的故事，实际上只是膨胀的单线叙事故事，其中次要人物做出的努力是为完成主角的目标，只不过这一目标通常也是其他所有人物的目标。与之相对的，在多线叙事的故事中，每一条情节线都有各自的主角与他们各有的矛盾。关于多线叙事与单线叙事的差别，我们可以从《大逃亡》（*The Great Escape*，1963）（一部多线叙事电影）与《战俘列车》（*Von Ryan's Express*，1965）中找到答案。这两部电影都是以二战期间的战俘营为题材，后者是一部单线叙事电影，主角弗兰克·辛纳屈（Frank Sinatra）是越狱计划的领导者。《大逃亡》给了许多人物各自不同的故事线，这些故事线都服务于逃狱的总目标；而在《战俘列车》中，次要人物服务于主角，并衬托出主角的重要地位，换言之，次要人物的情节线并没有足够的发展。

3.18.2 多线叙事中的故事线转换

理解多线叙事情节的另一种角度是欣赏从一条故事线转换到另一条的方法。要学习如何完成这样的转换，可学习一些电影中故事线转换时的剪辑点。重复一遍，《汉娜姐妹》是用来学习多线叙事中的故事线转换方法的实用案例。

《山街蓝调》这部 1980 年代的十分具有创意的电视剧，通过摄影机移动，使镜头焦点从一组人物转移到另一组人物身上，从而达到转换故事线的目的。比如当某一集开始时，在镜头画面中，警察局走廊上两名警官正在争吵，当时间差不多该换到另一组人物的故事时，镜头轻轻移动，另一组人物出现在画面中，开启了一条新的故事线。一旦有新人物进入画面，他们便成为我们关注的焦点，直到像这样的转换再次发生。通过这样的转换方式，《山街蓝调》成功地将每一集中骚动的主题与紧张的情绪交织起来。

《汉娜姐妹》使用了另一种转换策略，即通过言语提到不在场的人物。《汉娜姐妹》的开头是感恩节家庭聚会，期间有人问汉娜，她的前夫是否仍然对健康问题杞人忧天。这句台词帮助故事线进行转换，于是我们看到伍迪·艾伦的角色正在面临他最近一次的健康危机。

“钟表”也能够作为故事线转换的道具，比如出现在人们急着赶去参加晚上八点的聚会时。这是一项最好用的策略，因为观众都知道这些不同故事线中的人物将要有一件共同参与的事——去某地、在同一组织，同样遭遇困扰或陷入危险之中，等等。

转换也可以利用地理位置[《大饭店》(*Grand Hotel*，1932)]、物品[《傻瓜与富翁》(*Fools and Riches*，又名 *Twenty Dollars*，1923)]，或者交通工具[《黄色香车》(*The Yellow Rolls-Royce*，1964)]来促成。我们从《上帝也疯狂》中可以看到这种策略：原始人的故事线与另一组人物的爱情故事线通过一辆被吊到树上的路虎交织起来。转换还可以通过音效、音乐、天气、用餐、工作、假日等其他事物来达成。

3.18.3 其他叙事技巧

即使多线叙事我们不算陌生，可是它有一些变体是我们不太熟悉的，尽管这些变体具有鲜明的叙事趣味。在叙事潜力方面，我心目中第一名的作品是《歌唱神探》(*The Singing Detective*)，这是一部由丹尼斯·波特(Dennis Potter)编剧，于1986年在PBS电视台播出的迷你剧，采用多线叙事手法。它有着迷人的闪回段落与丰富多彩的幻想情节，是一个平行叙事的虚构故事。故事的主角是一位侦探小说家，主线情节是他在医院疗养，主角在疗养过程中进行着他的侦探小说创作，小说中的情节与现实生活发展出许多条故事线，在结局汇聚到一起，使主角明白了自己不愉快的根源，了解了他的生活的意义。对于有兴趣尝试创新型电影叙事技巧的读者，我推荐你们要看《歌唱神探》。

无论在电影学校、电影评论界，还是新浪潮运动中，发明新的叙事方法都是一个永恒的话题。许多电影创作者也承认创新的重要性，可他们还是继续使用着一百年前从戏剧中借来的三幕结构。他们坚持传统结构的原因是，那些进行新尝试的叙事方法无一能撼动传统结构的成功地位。长久以来，多少人曾尝试重新定义叙事方式，然而除了多线叙事，观众对其他的方式都不接受，而完全不像进行叙事创新的人所想象的“观众一定会赞赏新技术！”。尽管这使人气馁，但是各种叙事实验依旧进行着。《湖上艳尸》（*Lady in the Lake*，1947）便是对创新叙事的一次尝试，这部电影讲述了一个侦探故事，全部由侦探的主观镜头组成。然而，现在我们回头再看这部电影，只会觉得它很怪异，该片所尝试的方法也再没第二部片子使用过。

由史蒂夫·马丁编剧的《大侦探对大明星》（*Dead Men Don't Wear Plaid*，1982）应用了主角与老电影片段产生互动的创意手段。虽然这种方法不能算成功，不过一些特定的电视剧［《做梦》（*Dream On*）］时而会用到这种方法。伍迪·艾伦的一些电影中有着极具创意的部分［《呆头鹅》（*Play It Again, Sam*，1972）、《西力传》（*Zelig*，1983）、《开罗紫玫瑰》（*The Purple Rose of Cairo*，1985）］，不过总的结构还是传统三幕式。

还有一些电影是“真实时间”电影，意思是电影中的情节发展所花费的时间与这部电影时长一致。《正午》就是这样的电影。影片中（片长共 85 分钟）人物行动开始于上午 10：30，结束于午后，对于执法官威尔·凯恩（加里·库珀饰）而言正好经历了 85 分钟。有时电视剧会使用这种手段，可是这种“真实时间”的策略其实是浪费了电影可以穿越时空的能力。不过，一些故事利用真实时间策略来压缩时间进程，使叙事更加戏剧化，为故事提升紧张感。

还有一个著名的实验是阿尔弗雷德·希区柯克（Alfred Hitchcock）的《夺魂索》（*Rope*，1948），片中每一个镜头都长达十余分钟。希区柯克希望创作一个发生在幽闭室内的故事，让镜头伪装一镜到底。虽然这部电影取得了相当不错的成绩，但是这种一镜到底的手法在后来并未有太多效仿者。

如同许多编剧与教师一样，我也对探索电影叙事新方式很感兴趣。然而，近年来在叙事方面有所创新的电影数量十分有限，其中最受欢迎的是如下几部：《罗生门》（1950）、《小英雄托托》（*Toto le héros*，1991）、《乱步迷案》（*Rampo*，1994）、《日以继夜》（*Day for Night*，1973）、《冷血惊魂》、《低俗小说》，还有《歌唱神探》。这些电影的共同思路是以主观视角叙述故事，并在故事的现实性与时间问题上进行巧妙的变动。

我希望我的上述言论不会浇熄那些想要革新叙事手法的编剧们心中的热情。但是很显然，创新不是容易的事；否则为什么直到现在我们还在学习传统叙事手法呢？当电影人们还在苦苦等待戈多到来的时候，我们一面看着实验电影与新浪潮电影，一面思考着，科技变革与数字技术是否能为我们带来讲故事的新方法。直到新方法出现之前，我们还将继续使用传统的故事结构。

小 结

概述意味着列出一张能组成情节的事件清单。概述的前置工作应当有：基本故事创意、框架、概念、主题、冲突、背景故事、矛盾、情感基调、目标观众。职业编剧在写故事时一般要花费数百小时的时间来进行这些前置工作。由于在长期的思考过程中很容易偏离故事思路，许多编剧会准备一份故事内容的概述，用以提醒自己。这份概述需要将故事事件、故事概念和故事矛盾写清楚。你可以将这份概述写在卡片上，放在手边，当作备忘录使用。另外，我建议你用几天的时间创作故事转折，在第一幕与第二幕结尾制造转折点。

一些编剧在概述故事时会用到故事模板与图 3–1 所示的传统情节大纲。一般来讲，故事模板说明每一幕发生的事件与两次转折的内容。传统情节大纲为故事提供半数的节拍。当然，节拍的细节部分要在将来合适的时机补充。

故事节拍可以被写成文章形式或写成大纲形式（节拍表）。无论用哪一种方法，完整的情节事件清单都应符合开头—发展—结局的三幕形式，并将每一幕的内容表述清晰。大纲中的一些节拍可以组成段落情节，每段时长 5 至 15 分钟不等。大多数电影故事片的剧情都包含十余个段落。段落大纲如同路线图，可以防止你迷失在事件细节中。

充分的第一幕建置需要三至四个段落。如果第一幕建置没有戏剧潜力，那么故事在接下来漫长的第二幕很有可能走不下去。

如果你注重次要情节与次要人物的开发，并坚持简单的故事发展过程，那么第二幕大约一小时的长度对你来说便不会显得过于漫长。不要因为觉得情节过于简单就添加动作戏与景观。要相信你的人物能够完善次要情节，解决情节松散的问题（接下来的章节会指导你如何进行这一工作）。

次要情节将主要人物与次要人物联系起来，作为主要故事线的分支，也能揭示主题思想。次要情节与主要情节的角度不同，它呈现人物的精神世界，探索人物内心深处的想法与矛盾，为故事带来情感与戏剧性变化。爱情故事作为次要情节，可以有效地为揭示主题提供出口。次要情节的结构随着故事的发展会产生戏剧性张力。在故事的结尾，次要情节也会结束，不会悬而未决。

大多数电影的第三幕只有一个主要节拍或段落，即高潮场景，描述故事矛盾是如何得到解决的。大多数情况下，描述高潮场景发生的事件的语言与描述故事事件的语言是一致的。

情节事件应当合逻辑，有动机，并且相互关联。这种联系的特征被称为连续性。故事的连续性构建起贯穿全片的线索，营造戏剧张力与发展动势，推动故事进入高潮。

创作情节的第一个策略是使用“行动—反应”方法，让人物对语言或行动产生反应。第二个策略是用头脑风暴法。第三个策略是假装为你的故事选角，并说服他们接受所要扮演的角色。一些编剧喜欢将长片故事当作短片故事来写，或先从一场戏开始写起。前一种做法有助于把握故事全局；后一种做法则可以激发潜意识思维，释放人物的能量，调动起故事的戏剧性。这些工作都不是一蹴而就的，需要沉下心来进行。如果你的故事有缺陷，那么这缺陷一定会呈现在你最终的剧本里。

练 习

选择一部电影故事片用以回答下列问题。

（1）逐条列出该电影的节拍梗概。分析“行动—反应”机制如何推动故事情节的发展。

（2）该电影是如何处理次要情节与故事连续性的？分析次要情节如何在第二幕的发展中进行。

（3）每一场戏都运用怎样的时间、逻辑、剪辑、音效、音乐、对白，与行动等方面的策略来表现故事发展？在每一场戏之间，故事时间经过了多久？如何制造故事的发展动力？

（4）写出该电影中的故事转折点。

（5）对该电影的第一幕建置进行总结。设定是如何为故事发展提供戏剧潜力的？

第 4 章

场景结构与基本戏剧单位

到目前为止，为了将故事创意拓展出故事概念与情节，我们讨论了故事、三幕结构，还有戏剧要素。本章将要研究的是，在剧本中，关于行动与人物的事件（称作节拍）怎样构建三种基本戏剧单位，它们分别是片段、场景、段落。

在三种单位中，片段是最短的，长度约为 1 分钟左右。比片段稍长一些的是场景，通常为 3 至 4 分钟。最后，片段与场景结合起来，形成段落，也是三种戏剧单位中最长的；时长为 5 至 15 分钟不等。故事的每一幕一般由 2 至 4 个段落构成。表 4–1 列出了不同戏剧单元的标准时长[①]。图 4–1 用蛋形图描绘出不同类型戏剧单位之间的包含关系，表现片段与场景是如何组成段落，段落与段落再组成剧本的三幕。在我们研究三种戏剧单位是如何组织并完成不同的戏剧人物之前，让我们首先来研究片段，这三种基本戏剧单位中最小的一个。

---

① 有趣的是，根据《洛杉矶时报》（1995 年 2 月 19 日刊）“每周娱乐”版的调查，电影的时长在逐渐增长。“每周娱乐”的调查显示，1932 年，电影故事片的平均时长为 90 分钟；到 1952 年延长至 109 分钟；1972 年的标准时长为 113 分钟；到了 1992 年，这一数字增长至 121 分钟。

4.1 作为戏剧单位的片段

片段能够表现人物、连接主题、建立关系、推动情节。由于片段仅有1分钟左右，因此它们更多用于推动剧情而非表现人物，因为后者需要更长时间。较短的长度意味着片段不需要表现太多内心戏份，可以避免拖沓。

表4-1 故事片各个戏剧单元的时长

三幕结构电影故事片	90—120分钟及以上
第一幕	20—30分钟及以上
第二幕	50—60分钟及以上
第三幕	20—30分钟及以上
段落	5—15分钟及以上
场景	3—4分钟及以上
片段	1分钟及以上

片段适用于任何戏剧情境，它们能够在短时间内尽可能呈现故事内容。这一点我们可以从《大审判》（第37镜）中看到，高尔文在挑选可能的陪审团成员。这一节拍完全可以被写成一个场景，但其实这一场戏只要让我们知道高尔文已经不再是合格的律师，也没有伙伴能帮助他对付埃德·康坎农就行了。于是，它在剧本中被缩写为一个片段，我们在电影中看到它只有短短的35秒，这已足够表现出其用意，并且没有拖慢叙事节奏。

4.2 作为戏剧单位的段落

关于戏剧段落，首先我们要知道，每一个段落都有着各自的作用，体现剧情、人物关系、主题和人物的重点。正如第3章提到的，段落可以介绍矛盾、介绍主人公或者反派人物，还可以表达故事的其他内容。而且，段落之中的每一个片段或场景都有其各自的故事点。我们可以通过《大审判》的开场段落认识三种基本戏剧单位的“双重功能性”。《大审判》的开场段落由七个片段组成，时长 7 分钟。每一个片段都有着其各自的故事点，片段的故事点都服务于这一段落的总故事点：介绍主人公弗兰克·高尔文。另外，段落中的七个片段还构建起贯穿整部电影的阴郁调性，如下：

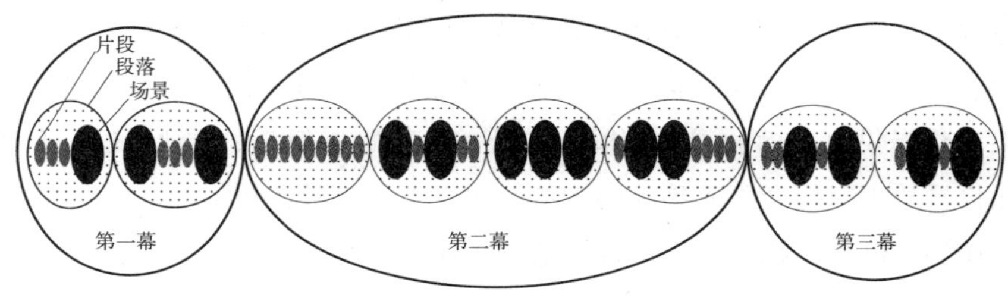

图 4-1 将三幕结构剧本分解为片段、场景、段落

（1） 第一片段（接在开场字幕后）表现高尔文玩弹子球。这里的故事点是让人们产生疑问：为何这样一位商务打扮的人把时间浪费在不重要的小游戏上面。（1：22）

（2） 第二片段表现高尔文在一场葬礼上骚扰死者的遗孀。这里说明故事以波士顿为框架，并展示了高尔文寻找业务的方式。（1：09）

（3） 第三片段表现高尔文在早上吃甜甜圈、喝威士忌时，圈出报纸上的讣告消息。这一节拍对剧情起到推动作用，并展示高尔文那有点令人不舒服的法律实践行为。（0：40）

（4） 第四片段，高尔文冒充某死者的朋友去参加葬礼，被赶了出来。（1：35）

（5） 第五片段发生在酒吧，被赶走之后，高尔文借酒浇愁。（0：37）

（6） 第六片段，高尔文把他的办公室搞得一团糟。这一节拍展示出嗜酒的高尔文内心饱受折磨。（0：45）

（7） 最后一个片段的时间到了次日上午，米基来到高尔文的办公室发现高尔文躺在地上。于是他将高尔文拖到隔壁房间的沙发上。米基让高尔文振作，此时音乐停止，本片段结束。接下来马上开始的第二个段落将要介绍故事矛盾。（1：10）

如同大多数戏剧段落一样，以上《大审判》的开场段落中的高潮戏码在段落将近结束的时候，即高尔文由于内心的痛苦而将办公室弄得一团乱。通过以上的分析我们可以看出，大多数片段都按段落内部的次序进行排列，偶尔会有一个“独行侠”孤立于这种次序之外。将剧本内容分解为节拍表，可以为你提供更全面的看待片段、场景、段落的视角。如果缺失这一角度，那么你看故事时便会陷入琐碎的故事叙述之中，或者在阅览的过程中忽略了以上谈到的剧作结构的特点。将一部电影或一份剧本分解为节拍表需要花费 3 到 4 小时，不过其中一般只有十余段情节值得分析。我推荐读者使用这种方法来分析剧本，这样可以更好地了解剧本的结构。（如果条件允许，可以在看电影时拿着剧本进行对照）

为了帮助你理解片段是如何构成段落的，让我们再看一个例子：《证人》（始于第 73 镜）的一组 8 分钟段落，讲述了布克被阿米什社区收留与瑞秋对他的照顾。其中的 12 个片段都被标注了时长，这也是编剧们分析电影故事的做法。节拍表可以快速并简单地完成，为了让你更好地认识这一点，下面展示我在分析电影与剧本时记下的节拍表：

（1）伊莱驾着马车来到布克的汽车旁。（0：15）

（2）布克被运上马车。（0：36）

（3）布克受到阿米什医者的照料。这一段落展示出阿米什社区的公社式特色，建立了人物关系，推动剧情发展。（1：37）

（4）医者离开时告诉伊莱，长老们要商议是否收留布克。这一片段为第二次探望布克做铺垫，并进一步展示出阿米什社区的公社特色。（0：20）

（5）瑞秋与伊莱将布克的汽车推到谷仓中，以躲避谢弗的追查。这一

片段服务于剧情，是拉普一家决定帮助布克的标志。（0：20）

（6）—（9）四个片段表现瑞秋照顾布克。这些片段表现出瑞秋关心他人的性格与布克的心理困境，同时也推动二人关系发展，点出主题。（2：15）

（10）谢弗与当地警官通电话，因为阿米什社区没人用电话，所以他无法找到布克的位置。这一片段的作用是阐述剧情。（1：00）

（11）阿米什长老拜访布克。这一片段表现人物、主题、人物关系，推动情节发展，并且成为这一段落的高潮，布克住进瑞秋家。（1：25）

（12）长老们在离开后有一些嘀咕。这一片段的故事点是：他们对于布克藏身于他们之中感到不安。（0：25）

从整体来看，《证人》的故事长达 112 分钟，由九个段落、七十个片段与场景组成。在分析的过程中你有时会不确定某一戏剧单位究竟是片段还是场景（即使你能根据它的时长来考虑），不确定某一片段或场景究竟服务于哪一段落，或者不确定某段落的起始点与完结点在哪。如果发生这些情况，不要焦急，因为我们的目的主要是为了解每段节拍在故事中的作用，它们的结构，以及它们是怎样共同为段落总故事点而服务。不必纠结于细枝末节。

4.3 作为戏剧单位的场景

场景比片段的时间长，大约为 3 至 4 分钟（甚至更久）。场景也有着自身的内在结构，它们更适用于表现情绪。同片段一样，场景是组成段落的一部分。让我们以《大审判》中关于高尔文决定拒绝主教的庭外和解的第三段落作为例子。这一 8 分钟的段落由 2 个片段（第 24 与 25 镜）与 1 个 4 分钟的场景（第 26 镜）[①] 组成。在这一段落中，开始的两个片段为后面的场景做出铺垫：第一个片段，高尔文与当事人萨莉 · 多尼吉打电话；

① 该场景的结构是清晰的三幕结构，附录 C（段落 3）有对该场景成分的简单分析。

第二个片段，他去医院探望他的当事人并用宝丽来为她拍照，在这里，高尔文打算拒绝布罗菲主教。在接下来的场景中，高尔文便拒绝了主教提出的庭外和解。高尔文的拒绝行为成就了这一段落的高潮，体现了他内心深处良知的觉醒。

我们还能够从本段落看出电影对于剧情信息的透露应该多么审慎。电影中的信息应一点一点地呈现给观众，从而让他们保持对叙事的兴趣。电影是吝啬的，不会轻易透露接下来将要发生的事，编剧应了解这一点，这对写作简单的情节和复杂的人物至关重要。否则，编剧将会在人物塑造上花费大量不必要的时间。

稍后，本章将分析一个场景，但首先我们要讨论一下情节大纲或者说剧本阐述。它列出了要叙述的事，每件事都代表一个写作任务，要求编剧决定一个节拍应该被写成一个场景、一个片段还是一个段落。通常，决定因素是这件事是否会影响角色的情感。如果答案是“是”，那么这件事通常会被写成一个场景或者一个段落；如果这件事似乎主要涉及说明性内容时，它通常被写成一个片段，因为这样的信息不具有情感意义和戏剧性。也正因为如此，片段往往要写得尽可能简短，这样就可以将更多时间留给富有情感的场景。

写作片段和场景是编剧的乐趣之一。它允许我们暂时不为整体故事伤脑筋，可以尽情想象角色和背景设定。编剧们陷入虚构的幻梦中，可能花费一小时、一天、一周或更长的时间来创作节拍。这个过程是没有固定标准的，你可以按照自己的节奏来，不规定时间。有的编剧在写作场景时将自己完全交给浓烈的情感波动，另一些人则冷眼观察着组织和驱动场景的内部张力。无论采取哪种方法，重点是要让场景之中有实在的事情发生，产生戏剧性。

4.4 场景的动力：内容、结构和冲突

我们都知道，场景是由冲突和角色驱动的，场景应该是戏剧性的，应

该有形式和内容。但谈到如何实现这些目标时，往往不需要过多解释，而是以一句“要有创造性！”告终。因为写作场景需要的不仅仅是勇气，更需要具体的策略——发展冲突和情感的策略，创造情绪、风格和结构的策略。这些策略就像机械师工具箱里的各种扳手：除了个别的显得有些奇怪，它们看起来都很低调，但将它们组合起来使用，你就可以创造出有结构和戏剧性的场景。

请注意，你将面对的这些策略看起来可能令人生畏，但它们并非如此。几乎所有的策略都可以帮你在几分钟内解决问题，除了决定场景点的策略——它需要你多花些时间特别留心。不要着急，这些工具没有特定的使用顺序。在实际写作中，编剧们经常会伸出手去寻找任何有助于解决手头任务的工具，来回答两个始终困扰着他们的问题：我想要通过这个场景表达什么？我是否选择了最好的表达方法？

因为场景的问题复杂多样，优秀的场景奠定剧本的成功，我们需要对此进行更广泛的讨论。场景的作用还包括帮助塑造人物，让人物通过场景说出合适的话，制造戏剧性。场景的学习可以从三方面入手：场景内容、场景结构、场景冲突。接下来我们会通过分析《大审判》中的一个场景来学习这些内容。

4.4.1 场景内容

场景内容要求我们从四个角度来认识：场景的戏剧点、潜台词、情感冲击，状况与细节（“盒子”）。

场景的戏剧点

之前我曾说过，组成故事的每一段节拍都有其各自的戏剧点。因此，如果一个故事的第一段节拍是为了介绍卡斯特将军，那么它的写作任务就是：用一种戏剧化的方式介绍卡斯特。显而易见，但值得强调，因为将戏剧点表达得含混不清的场景是失败的，是剧本糟糕的一项基本原因。如果一个场景的戏剧点不能清楚地表达，那么整个故事的思路就会残缺不全。你可以通过对照剧本看电影的方式来学习什么是清楚的表达。当你看到电影中的人说出了一句非常“明显”的对白，那就是它了。当编剧在场景中加入了足够的戏剧性与冲突，制造出高潮点，让场景“明显”起来，那么它就成功了。只要将戏剧与情感都写在剧本中，演员与其他电影创作者一定能好好将它们表达出来。

一旦故事的走向与人物的特点发生改变，编剧便不能确定场景的目的，剧本也将走向不归路。如果编剧在创作某一场景时，没能让其中的人物表达出应有的特点，那么接下来的场景就会离情节主线越来越远，编剧会越来越弄不清场景的目的与人物的行动。电影故事对紧凑性有极高的要求，因此编剧要极力避免上述情况的发生。剧本中的每一个场景，从始至终都要保持戏剧性。

当你的剧本出现问题了，你一定要对情节进行检查与调整，保证每一个场景都像节拍表上写的那样，有清晰的故事点。故事大纲是编剧的路线图，保证故事能够正确进行。因此，除非大纲中的情节与故事点的安排已完全令你满意，否则，绝对不要正式动笔。当突然冒出一个极为诱人的新点子时，一定要斟酌再三，看故事是否真的需要它。如果这个点子很值得一试，那么你需要重新思考并调整整个大纲，因为大纲的改动，牵一发而动全身。

潜台词

潜台词表示场景的言外之意。相比台词的直截了当，潜台词的表达更像间接、委婉的暗示。剧本的每一处都要有潜台词，它可以通过一个眼神、一种手势、一段沉默，或一次发声，通过任何蕴含某种情绪的内容来表达。场景学习与潜台词学习相得益彰（在探讨台词与人物的第 6 章中有更多关于潜台词的内容）。

情感冲击

人物在场景中遭遇强烈的情感冲击会极大丰富场景内容。这种“情感冲击”发生在电影中最具戏剧性的时刻。经典电影可以有 1 到 2 次这种情绪点，也可以完全没有。情感冲击的发生需要人物在思考或对话或行动的过程中突然触碰到痛苦的回忆。《大审判》中一次强烈的情感冲击（第 61 镜）发生在高尔文向劳拉抱怨自己官司要输时，劳拉气愤地对他说自己无法再把精力投入在失败者身上。这使高尔文情绪失控，他不得不躲到卫生间避难，大口呼吸，这一切暗示着他曾受到强烈的精神创伤。这个例子告诉我们，情感冲击因戏剧困境而生；在缺乏戏剧困境的条件下制造情感冲击，只会产生矫揉造作的效果，反而会削弱故事的戏剧性。

我在之前曾说过一件事，现在重申一遍：有时人物选择隐而不发，这种情况下我们就不要将情感冲击表现出来。这种表现方法令观众能够在情感上分担人物所承受的伤痛。举个例子，《大审判》中保险公司在电话中拒绝了高尔文的庭外和解请求（第 51 镜）的场景。在这之后，我们的主人公对事态的发展感到心烦意乱，再次无法呼吸。编剧马梅在此处让高尔文表现出复杂的人性，而不仅仅把他当作完成剧作任务的机器人。真正有些有肉的人物会拥有自己的精神世界与回忆。他们会感到紧张，会变得情绪化，是因为他们曾经历过人生的重大危机。这样的人物能够迸发出情感的火花。

场景“盒子”

关于场景内容，最后要谈到的一点是编剧对内容的取舍。如果其设定索然无味，那么编剧的任务便是修改它；如果其内部结构欠缺戏剧性，那么编剧应当重新构思；如果其人物不够活跃，那么编剧应该刺激他们。我从前不觉得这个问题值得拿来讨论，直到 1976 年在一次编剧会议上，博・戈德曼（Bo Goldman）将它提出。彼时他谈到创作《飞越疯人院》（*One Flew Over the Cuckoo's Nest*，1975）剧本时遇到的麻烦：那是拉契特护士召开小组会议的关键场景，地点在休息室，这个地点之前出现过好几次；而戈德曼在这一场景再次使用休息室，目的是将麦克墨菲（杰克・尼科尔森饰）送去电击治疗。在制作者们讨论这个场景时，导演米洛斯・福曼（Miloš Forman）回忆起他在布拉格火车站目睹的一起事件：一根香烟不慎掉进一位旅行者的裤子卷边中，烫伤了那位男士的脚踝。于是导演在疯人院的场景中设计了相似的事件，让克里斯托弗・洛伊德（Christopher Lloyd）饰演的角色的尖叫声响彻整个休息室。洛伊德的这一爆发引起了其他病人的一串连锁反应，麦克墨菲揍了保安。这一攻击行为导致他被送去电击治疗，使他脑袋变得昏昏沉沉。

戈德曼通过这件事向与会编剧们传达了这样一个建议：把场景看成一个“盒子”，将一切你认为有用的东西放进去——只要它是真实可信的。想想看，你的场景设定是否有益于戏剧性。时间是白天还是黑夜会否对场景产生影响？天气能够成为有用的机制吗？让人物处于某种特定的情感状态是否可以制造戏剧效果？还能向“盒子”中放入什么东西以增加场景的戏剧性？这种“东西”可能是家具、服装、灯光、风景、小道具、机器、动物、器械……任何能够提升戏剧性的事物。

戈德曼的“盒子”概念旨在令编剧创造一切简单可行的道具或情境来激发戏剧效果，打开写作的可能性。让我们不妨以《证人》中的热狗场景（第52镜B机位）作为例子来进一步理解这个概念。在该场景中，布克一入座便开始狼吞虎咽起食物来。而当他意识到一旁瑞秋与塞缪尔正在虔诚地进行饭前祷告时，他不得不尴尬地停下，嘴里依然塞满食物。场景“盒子”中的快餐与餐前礼仪产生冲突，制造出戏剧性。《终结者》中也有这样的例子（第232镜），碾过机械人的车本可以是一辆运面包的货车；然而它却是一辆巨大的油罐车，这就为故事增添了戏剧性。以上两个例子证明了戈德曼的建议的实用性：当人物、设定、道具，或什么事物不够有活力、或不能有效服务于场景时，要不就删掉，要不就改变。场景就是编剧的盒子，而编剧的任务是确保其中装着的东西都能增添戏剧性。

4.4.2 场景结构

有关场景结构知识包括场景中各部分的配合方式与它们各自的长度。此外它还涉及大多数场景中特定时刻的安排方法。当然，理论只适用于大多数：以下内容未必适用于所有情况。在我们学会传统剧作方法后，就可以打破规则，创造我们自己的新方法。不过，以下内容已经在过去近百年的时间里证实了它们的有效性，它们依然可以利用。

组织

大多数场景可以被分为三个部分，类似于故事的开头、发展、结尾三部分。场景的戏剧点一般在结尾的第三部分得到阐释。

场景的每部分都会引发一次叙事冲突，让能量通过某句对白或某一行动释放出来，尽管可能是以不起眼的方式。例如，在《当哈利遇到萨莉》中，发生在书店的一个场景，当卡丽·费希尔（Carrie Fisher）告诉梅格·瑞安（萨莉）有一个男人在看她。瑞安认出这个男人［由比利·克里斯特尔（Billy Crystal）饰演的哈利］是她的大学同学，不过她不确定他是否还认得自己。在她的疑惑还没说出口时，克里斯特尔便出现在画面中，说："萨莉·奥尔布赖特！"他是记得她的，这一惊喜的相认为场景注入了活力，并为故事带来全新的发展方向。这是该场景的第一个转折时刻。该场景的第二部分发生在餐厅，在那里哈利与萨莉回顾起各自的生活，这一部分结束的标志是萨莉回忆起自己曾经同朋友的孩子玩"我看到什么"的游戏，当孩子观察到一对远足的青年夫妻时，他说："我看到了一个家庭。"不知为何，这句话深深地刺痛了萨莉，她意识到自己的婚姻只是一副空洞的躯壳。于是不久之后她就离婚了。披露这件往事的时刻，为场景的第三部分，即哈利与萨莉恋情的开始做出了铺垫。

上述包含两个地点（书店与餐厅）的场景向我们证明，一个场景可以经历多个地点。《致命诱惑》中迈克尔·道格拉斯（Michael Douglas）与格伦·克洛斯（Glenn Close）走到一起的场景就经历了三个不同的地点：（1）二人相遇的商业会议上；（2）办公大楼外被雨淋湿的人行道上；（3）二人恋情开始的餐厅。

当一个场景与其他场景或片段进行交叉剪辑时，场景结构就复杂起来。这种做法可以制造悬念与视觉刺激，并且或者以平行叙事来传递冲突、讽刺、幽默，或其他效果。例如，在《大审判》（第 47 镜）中，当米基向劳拉讲述利利布里奇案时，故事先切到高尔文与法官议事的片段，不久，又切到高尔文致电保险公司的片段。

重点时刻

重点时刻就是在一个场景中，传递该场景戏剧点的时刻。在《大审判》第 26 镜中，高尔文拒绝了布罗菲主教的庭外和解，这便是整场戏的戏剧点。

重点时刻应该清楚犀利，就像之前说过的，场景必须传递出故事大纲中已经定好的戏剧点。如果做不到这一点，故事便会模糊不清，丧失戏剧性。在大多数情况下，重点时刻如发生在场景的结尾处，可最大程度发挥其戏剧强度与动力；此外，还能为这场戏的结束做出标示，并展开下一场。违背这种结构是造成剧本失败的主要原因。

场景的长度

场景应该“晚进早出”。在大多数电影故事片中，场景的长度为 3 至 4 分钟，尽管有时会出现二倍于此长度的情况。我在上课时使用的教学场景之一是《不设限通缉》(*Running on Empty*，1988）中父女重聚，长度为 7 分钟，是两个人在餐厅对话的场景。

之前说过，场景比片段要长，是因为它们要表现人物的情感。是以场景需要足够的时间来为人物表达情感做铺垫。所以，“晚进早出”的关键是令情感“热身”的过程最小化。让我们来看看电影是怎么做的，在《大审判》(第 60 镜）中，米基正在盘问汤普森医生（高尔文的专家证人）。当该场景开始时，米基犀利的提问已在进行中了。对电视剧来说，场景的长度一般为 2 分钟左右，不过麻雀虽小，五脏俱全，它们的结构与动态同电影场景一致。

场景的“按钮”

一些场景由几句闲聊或某些举动（喂猫、兑饮料）开始。这样的引入方式能够令观众快速进入场景。引入之后便到了被称为“按钮”的时刻，场景主要内容在此时拉开帷幕。一般来说，“按钮”在场景的前几秒就发生了。拿《大审判》(第 30 镜）中康坎农会见他的法律团队的场景来说，该场景的引入部分是康坎农“捡了芝麻丢了西瓜”的台词，在这样几句玩笑话之后，康坎农告诉大家，他们的案子将于 1 月 12 日开庭。这一宣布行动便是该场景的按钮，预示着康坎农将以强大的力量来对付高尔文。按钮同样可以提示编剧场景开始的位置。

有时，在场景的结尾也有如同“按钮”一般，能够增添戏剧性刺激的亮点。这种亮点可以是一句对白，或者动作，比如折断铅笔或猛地把门撞上。在《西雅图未眠夜》(第 70 镜）的一个场景中，安妮闯入哥哥的办公室，宣泄自己因萨姆而产生的困惑情绪。在倾听安妮的一通言论之后，丹尼斯［出演过《欢乐一家亲》的戴维·海德·皮尔斯（David Hyde Pierce）］最后惜字如金的一句台词（“有问题随时找我”）为该场景画上了略显喜感的句点。在《终结者》中（第 158 镜）也有这种可爱的（也是惊人的）按钮，当机械人用小刀割掉自己毁坏的眼球后，他居然还整理了一下头发。

4.4.3 场景冲突

冲突对场景的构造与戏剧性起着决定作用。而产生冲突的是人物与情境。由动机不足、情感麻木的人物所引发的冲突也必将是疲软无力的。关于如何创作具有活力的人物我们将在下一章集中讨论，在此处我只想提醒读者，要想激活你的人物，就要强化他们的内心世界与行为动机，将他们变成喜感的、性感的、自负的、不悦的、具有攻击性的、古怪的……具有鲜明个性的人。如果你的人物缺少激情与趣味，那就用一个更戏剧化、更有活力的人物把他（她）替换掉。下列策略与建议的实用性，是建立在场景中的人物与情境都具有活力的基础之上的。

追赶—逃跑、追赶—追到的动态

一些场景会表现一个人物强迫另一个人物去做某件他不想做的事。比如，离开家乡、放弃爱情，或者卖掉农场。如果被强迫者拒绝，那么整个场景就会呈现出一种追赶—逃跑的动态，因为被强迫的人不令强迫他的人如意，想要“逃走”。反之，如果他接受了，则场景就会呈现出追赶—追到的动态。在我们刚刚提到的《致命诱惑》的场景中，克洛斯就追到了道格拉斯，与他共度夜晚。假如他拒绝了她的要求自己回家去了的话，那么该场景就会变成追赶—逃跑的动态。对于场景建构而言，从动态角度入手似乎显得不那么重要，然而只要花费几分钟来完成场景的动态，能够更好地帮助你建立信心。

场景走势的两极

还有一种帮助你确定场景发展的方法是决定它的发展走势是由积极到消极还是消极到积极。确定场景的两极能够帮助你设计情感发展走向。关于从积极到消极的例子，让我们来看《终结者》（第 204 镜）中当我们发现萨拉并不是在跟妈妈打电话的场景。事实上，在这里，与她通话的是模仿已经死去的妈妈的声音的机械人。该场景的走势是由积极到消极的，因为开始时还比较温馨，到结尾时我们知道妈妈已经死了，于是气氛变得糟糕。

关于由消极到积极的例子我们可以看《西雅图未眠夜》（第 27 镜）中萨姆第一次与电台心理医生通话的场景。在车上听着这个节目的安妮最初的态度是嘲讽（消极）的，随着聆听萨姆的自白，她逐渐被这个男人感动，并对他产生了兴趣（积极）。

很显然，这里的积极与消极是相对而言的，比如刚才的《西雅图未眠夜》的场景，它的结尾并没有特别的昂扬向上，只不过相较于场景开始，它的气氛是积极的。因此，该场景呈现出一种从消极到积极的动态。

两极的转化可以是由情感上的友好变为爱恋、冷淡变为接受、不悦变为无感、紧张变为愤怒——这种两极的概念是相对的。在大多数场景中，冲突会成为两极转化的导火索，因为在冲突的过程中激情、态度、情感会发生改变。如果你对于场景势头的两极转化方向有所把握，那么强化戏剧冲突与确立情感走向的工作也会变得容易起来。

4.5 对《大审判》中一场戏的分析

上述那些分析场景内容的理论工具不是纯粹的理论作业；它们是帮助你更好地设计场景戏剧性的实用策略。要记住，场景分析能够以许多不同的思路展开。制片人会从故事、预算、观众喜好来分析。摄影师会从影像叙事的角度来分析。导演会从节拍的戏剧性与故事整体效果等其他方面来分析。而演员会从人物在场景之中的目的与同其他人物的联系来分析。

由于编剧需要设计电影的全部，因此以上所谈到的所有思路我们都要考虑到。为了整合思路，我们需要进行适当的复习，以便能更好地评价与理解我们与其他编剧的作品。接下来将要呈现的《大审判》中高尔文 – 斯威尼 – 康坎农会谈的场景（第 38 镜）是很好的一道习题，在分析它时我们会动用到两极的知识、结构的知识、“盒子”的知识，以及我们在本章学习到的其他内容。该场景发生在高尔文拒绝布罗菲主教后不久。本案法官（斯威尼法官）同反方律师（埃德・康坎农）试图通过这次会谈说服高尔文放弃将案子摆上法庭。

在这个场景发生之前，有一个起到铺垫作用的片段。根据剧本的描述，第 37 镜，高尔文坐在附近的酒吧里凝望法院，故意拖延会见康坎农与法官的时间。在拍摄阶段，为了制造戏剧效果，让高尔文不像胸有成竹的精明律师，而像一个粗枝大叶的傻瓜，该片段的内容被修改为高尔文在酒吧玩弹子球，不知不觉忘记了时间。他像剧本中写的那样喝着威士忌酒，而这并不是会见康坎农之前应该做的事。当他意识到自己要迟到了，他匆忙离开了酒吧。经过此番改写，这一片段为接下来高尔文与二人的交锋制造了一种希望渺茫的开端。

电影在弹子球片段之后还有一个片段，没有写在剧本上。在这个片段中高尔文登上法院的阶梯，来到法官的会议室。吸了口气清新剂，高尔文推开房门走了进去。弹子球片段与这个片段在法官的办公室场景之前上演了将近一分钟，这足够完成场景设置，并让观众对高尔文接下来糟糕的表现做好了准备：

38. 内景　斯威尼法官的会议室　日

斯威尼法官，一位年届花甲、红光满面的男子，正在吃烤盘里的培根和鸡蛋；他正和坐在桌子对面喝着咖啡的埃德・康坎农密谋些什么。这两个人显然是老朋友了。开门声。二人向着门的方向转过头去。

视角　主观镜头

高尔文站在门边。

法官（画外音）
你迟到了，高尔文先生。

他走进房间。镜头跟随他坐到康坎农旁边的座位上。

高尔文
是的。我很抱歉。

法官
怎么回事?

高尔文
路上堵车。

康坎农笑着伸出手。

康坎农
埃德·康坎农。

高尔文
弗兰克·高尔文。我们见过。

法官开始说话，而高尔文一直在用余光打量康坎农。

法官
我们开始谈正事吧。

视角　高尔文主观镜头

康坎农，聪明谨慎，打扮贵气，褐色皮肤，大金表，定制西装。

法官（画外音）
据我所知，此案双方就具体如何和解，还

没有达成一致。

康坎农感受到高尔文的目光。

镜头对准　法官、康坎农、高尔文

法官

告诉我，你们真的不想私下解决问题吗？要知道，这样可以为联邦节省时间，避免许多麻烦。

高尔文

这是宗很复杂的案子，法官大人……

法官

我当然知道，高尔文，我这么说吧，如果连我们都觉得它复杂，那你说陪审团怎么能理解它呢？

（冲高尔文一笑）

你懂我的意思吗？我们来聊聊吧，弗兰克，不如你和你的当事人从这扇门走出去，然后这宗案子一笔勾销，如何？

高尔文

我的当事人不能走路，法官大人。

点评：这场会晤的开始是消极的，因为斯威尼和康坎农对高尔文的迟到感到不悦。斯威尼法官是场景中的主导人物，因为他必须要解决这个案子；他还是整个场景中情绪最浓烈的。在电影中，斯威尼在场景开始时还有一句即兴台词（“我那天晚上在俱乐部遇到他了”）；这句台词暗示着斯威尼与康坎农密友的关系，他们在等高尔文到来的过程中一直在闲聊。这句台词还起到增强故事连续性的作用，也显得迟到的高尔文是斯威尼和康坎农阴谋的局外人。

在这个场景中起着启动作用的“按钮”是法官说的那句“我们开始谈

正事吧”。于是整个场景马上显示出追赶—逃跑的动态效果，因为法官与康坎农都在向高尔文施压，让他同意庭外和解。

该场景第一部分的逻辑是这样的：高尔文的律师名声劣迹斑斑，而他那句愚蠢的关于当事人不会走路的话印证了他水准确实不高。在这句话之后有一段 5 秒的沉默，而这便是开启场景第二部分的转折时刻。

法官

我完全清楚她不能走路。我就是那个看见迷途羔羊即将误入歧途给予指引的牧师。你明白我的意思吗？我现在在帮你。

康坎农

法官大人，布罗菲主教及大主教管区要付原告二十一万。

法官

哈！

康坎农

我的医生们不想庭外和解。他们想上法庭证明自己的无罪。我赞成他们的意见。不过到今天，到公开庭审开始之前，那些钱还算数。

（停顿）

只要我踏出这扇门，协议就告吹。

（转向高尔文）

你明白这点就好。

（停顿）

看来事情还是要这样解决。

高尔文

我们法庭上见吧。

停顿。

高尔文笨拙地去摸烟。三个人陷入沉默。

点评：高尔文最后的台词（“我们法庭上见吧”）是向康坎农与斯威尼的宣战，这再次引发长达五秒的沉默。在让高尔文做出决定后，马梅特别用场景提示标出了这一时刻（停顿），它表示着场景的第二次转折。为了阻止形势朝着不利方向发展，斯威尼开始下一步行动：

法官（难以置信地）

就这样吗……？

（停顿）

别这样，伙计们……人生苦短……

（停顿）

法官

告诉我你是开玩笑还是认真的。

（停顿，转向高尔文）

弗兰克，我并不想对你说教，有人给你开价二十万……这笔钱可不少……我说句难听的，你之前的信誉可不怎么样。

高尔文

……现在事情变了。

法官

……是啊，有些事会改变，而有些不会。我记得你好像被取消了律师资格证……

高尔文

并没有，他们在最后放弃了对我的指……

法官

可是在我看来，要是有个家伙试着重整旗鼓，那么他就该接受庭外和解，获得一项良好记录。

（停顿）

如果是我的话，我就会拿上钱溜之大吉。

高尔文

我知道你肯定会的。

法官简直不相信高尔文会这样批判他、羞辱他。他试着控制住自己。

法官

呃。

（停顿：查阅文件）

开庭日期定了？下周四。很好。

（微笑）

庭上见，朋友们。

《大审判》，编剧：大卫·马梅，1982

时长：4：16

点评：高尔文的台词："我知道你肯定会（拿上钱溜之大吉）的"，是该场景的点睛之笔。这句话代表着高尔文最后一次拒绝庭外和解。这句话讽刺斯威尼见钱眼开，为场景增添了冲突。从这一刻起，高尔文将要面对的是本市最厉害的律师以及一位充满敌意的法官。观众都能看得明白。场景的最后一个镜头定格在独坐在椅子上的高尔文身上。

4.6 对“高尔文 – 斯威尼 – 康坎农”场景的点评

在该场景中，高尔文面临“要么这样，要么那样”的选择问题。这一问题的标志便是康坎农警告高尔文要么在他走出房门前接受庭外和解，要么上法庭。编剧总是用这种戏剧性写作手法将人物逼入两难处境，可如果这一过程不能像“高尔文 – 斯威尼 – 康坎农”场景中表现得那样具有戏剧张力，读者或观众就不会被打动。在未来的第 7 章，我们将更进一步探讨戏剧张力的问题。通常，一个故事最重要的戏剧问题——比如萨拉和里斯能不能摧毁机械人，高尔文能不能打赢官司——都是从戏剧张力中诞生的。在剧本的每个场景中，冲突的发生都会伴随着戏剧张力，以刺激其中的人物关系与戏剧情境。

《大审判》的戏剧张力来自背景故事，来自高尔文昔日的利利布里奇案丑闻。正是这一痛苦经历使他拒绝了布罗菲主教的和解提议，并展开与埃德·康坎农的斗争。高尔文的拒绝行为恰到好处地把故事的内部与外部矛盾结合到一起，引发观众的担忧。在该场景中，戏剧的张力还来自高尔文与两位对手的态度。高尔文是铁了心做出这一决定。法官与康坎农一开始并没有感到威胁，因为高尔文作为律师的名声很坏，更何况还有丑闻背景。因此，他们完全没料到高尔文会拒绝庭外和解。二人的计划是尽量避免公开审判，如果高尔文坚持，那他们便会让他输得一无所有。高尔文虽然需要钱，但是他还是遵循内心深处的良知，决定帮助自己的当事人，并坚信自己可以打败康坎农，挽回曾经失去的东西。康坎农和斯威尼由于不知道高尔文的这种考虑，所以对他不妥协的态度感到惊讶。

高尔文的迟到令法官与康坎农感到厌恶，两个大人物对于等待一个酒鬼律师是没什么耐心的。这种人物冲突更加剧了戏剧张力，使观众感到弗兰克·高尔文真是太傻，竟然想和大主教管区、保险公司、法官还有埃德·康坎农作对。正反双方实力悬殊，这与我之前给出的创作第一幕建置的建议相符：让主人公的对手强大到似乎无法撼动。

该场景从始至终的气氛都把控得很微妙——正符合人们对精英律师们

的谈话场景的想象。即使没有大吵大闹，也没有言辞激烈，流畅的对话之下却暗潮汹涌。为了探究对白文本，让我们来试想大卫·马梅是如何创作该场景的，也许在写作过程中他回想起自己目睹过某企业家用花言巧语哄骗他人，于是他决定将这种感觉赋予正在写作的场景之中。然而，当我们进一步研究与想象，我们会发现，这段对白文本利用两方的不同心理，成功地突出了人物特点，制造戏剧效果。这才是这段文本发挥效果，值得我们学习的重点。斯威尼提到高尔文差点被取消律师资格的苦涩往事，从这一刻开始，整个场景进入冲突的气氛之中。也许是为了反击，高尔文回应道自己并没有被取消律师资格。这是整部电影中高尔文唯一一次直接提到利利布里奇案。他用简短的反驳，戏剧性地有意淡化这件往事对他造成的打击。站在高尔文的角度，他永远不会提到自己在利利布里奇案的失败，因为这么做会显得他像个怨妇。所以，关于高尔文与利利布里奇案的事就要由其他人物来评论。这是一种值得记住的写作技巧。

该场景不只传达出其戏剧点，从故事发展的角度看，它还造成了法官与高尔文的疏远，令高尔文今后的任务变得更加艰难。高尔文讽刺斯威尼见钱眼开的对白明显是伤人的，所以编剧在之后为了强化这句对白的效果，让斯威尼离开时微笑的场景提示其实没有必要。话虽如此，这句提示还是告诉读者，斯威尼将来在庭上见到高尔文一定会让他有得好受。（这句场景提示展示了言简意赅的场景提示该是什么样子，它保证让读者不错过作者的任何意图。）

4.6.1 这场戏的人物分析

该场景将情节与人物有机结合起来，法官表现出自己是内部知情人士的模样，“黑暗王子”（康坎农）对争执保持观望的姿态，而高尔文的表现更加反映出他窘迫的地位。斯威尼与康坎农是旧秩序网络中的权力人物。他们的那种怡然自得与高高在上使高尔文厌恶，并被他当作抵抗的对象，因为利利布里奇案让他吃尽了这种腐败秩序的苦头。积累多年的怨气在他的潜意识中爆发，在场景中呈现出来的则是愤怒。

为了走出利利布里奇案的阴影，高尔文的行为方针不是出于需要，而是出于意愿。从这个角度来理解，高尔文所需要的是重新获得作为律师的信誉，找回对自己的信心。他的意愿是报复曾经坑害了自己的体制与当权人士。高尔文选择以意愿作为动机，就代表着他遵循了直觉而非理性。这种行为方针在许多电影中都（多少有些不可思议地）奏效了。直到故事的第三幕，高尔文看起来已经失败了，他才将理智与热情统一起来，充分认识到自己作为律师的潜力。于是他拒绝放弃，找到了关键的护士，并且极有技巧地引导她陈述了证词，获得胜利。在故事的发展过程中，主人公历经苦痛，孤军奋战，在解决内心困境与外部矛盾之后，终于尝到了胜利的果实。因此，故事其实是在通过高尔文挽回尊严的过程讲述一个人如何重生。从这个角度来说，《大审判》展现的是人类自我救赎的过程。而不是又一部《梅森探案集》[①]。

4.6.2 场景内容：释放人物

即使该场景的内容也包括阐述故事信息与背景故事，它最主要部分还是情感与冲突，比如法官对高尔文说“……我说句难听的，你之前的信誉可不怎么样”。即便这句话很难听，高尔文还是控制住了自己的情绪。另一次情感的爆发是高尔文告诉法官“我知道你肯定会（拿上钱溜之大吉）的”。为了确认读者能够明白此时的气氛，马梅加上了场景提示：“法官简直不相信高尔文会这样批判他、羞辱他。他试着控制住自己。”在以上两个例子中人物都极力控制着自己的情绪，但其实场景中的情感可以更浓烈，比如《终结者》第 159 镜中，当里斯被警方精神咨询师询问时，他表现得非常狂躁。

上述例子中的人物都“释放”情绪，表达自己内心感受。一旦人物有着痛苦的人生经历，他们就会时刻准备着做出某种情感反应。在《天生杀人狂》中，朱丽叶·刘易斯（Juliette Lewis）的角色被设定为她勾引男人与自己调情，接着攻击他们。她的这种扭曲的病态心理源自她童年遭受侵犯的回

---

① 《梅森探案集》（*Perry Mason*）是 1957 年首播的法庭题材电视剧，主人公帕里·梅森是一名律师，专门为那些看上去毫无胜算的被告辩护。——译者注

忆，这使得刘易斯的角色身上拥有可信的戏剧性与冲突潜力。

电影的场景就如同真实生活中的场景一样，人可以因为随便一句话、一段沉默、一个手势，或者一个行为而变得非常情绪化。最近在一次剧本会上就发生了这样的事。我问一个编剧她的 SIDS（婴儿猝死综合征）调查进行得如何了，这是她故事的主题。这个问题戳中了她内心深处痛苦的回忆，她哭着说，她的弟弟就是死于这种综合征。虽然她的这一爆发使我感到尴尬，不过这位编剧可以为此感到欣慰，因为根据罗伯特·弗罗斯特（Robert Frost）的观察："编剧不流泪，观众就不会流泪。编剧不吃惊，观众就不会吃惊。"

为了让场景内容富有戏剧性，编剧通常会将自己代入故事，与故事人物共度情感困境。这种移情的做法能够使场景变得更充实，并找到一条情感线索，释放人物。一旦我们将自己投入故事之中，那么我们就可以按我们所希望的样子去探索、去表现、去构建。有趣的是，即使我们的探索揭露了人物的真相，我们也不会大书特书有关这一真相的背景故事，因为那会拖慢故事节奏。

另一个很精彩的关于编剧如何投入自己情感的例子是《证人》（第 93 镜 K 机位）中伊莱·拉普教主人公挤牛奶的场景。当教学进展得很不顺利时，伊莱生气地问布克难道他从来没有"把手放到过奶头上吗"。布克（一本正经地）回答："没放到这么大的上过。"这句回答让伊莱哈哈大笑，两个人都放松下来，而我们也能从中一瞥二人的性格。像这样细小的、充满人情味的时刻能够使观众对人物产生积极或消极的看法。

场景内容不只包括情感与冲突，还有思想性。如在《大审判》第 65 镜的法庭场景中，康坎农以险恶的方式羞辱了善良的老汤普森医生。这样的残酷是康坎农反派人物的标志，也是马梅在写作这一场景时想要表现的。

如果有戏剧性上下文，场景内容会更为充实更有戏剧性。比如在《大审判》的开头，米基发现高尔文倒在地板上。这幅醉汉的光景就引发了下文米基对高尔文的谴责。在《玉米田的天空》（*My Family*，1995）中，一个光着身子的小孩突然出现在一个白人新教徒家庭面前，而这个家庭正要将女儿嫁到一个西班牙移民家庭。正当两家要相聚时，小孩的父亲（刚刚出狱）又想联系自己的儿子。这一时刻变得非常喜感而充满戏剧性。在这种原本可能变成俗套场景的情况下，这种丰富的双重上下文为场景带来了戏剧性。

除了情感、冲突、思想性，还有上下文之外，编剧还能用阐述来丰富场景。这一手段在刚刚分析的《大审判》场景中体现得尤为明显。当斯威尼法官刺激高尔文说："我记得你好像被取消了律师资格证……"高尔文相当生气，因为这触到了他的痛处。

虽然大部分故事都有阐述性场景，不过不要执着于这一点，因为花太多时间在构建情节上，会让故事脱离人物，变得太复杂。复杂的故事需要用许多时间来搭建与证明，人物会失去重点，缺少情感。故事感很重要的一点就是要知道如何将那种情节冗余、充满阐述内容、过于复杂、缺乏可信度的剧本变得简单。《全面回忆》（*Total Recall*，1990）、《糖衣陷阱》、《回火》（*Backdraft*，1991）、《红潮风暴》（*Crimson Tide*，1995）、《破茧威龙》（*Lock Up*，1989）和《大地雄心》就做到了。当然，这只是我的个人意见，有些剧情会得到一个人的赏识，而在另一个人眼中，它可能就显得杂乱无章。

为了使你更加清楚地认识到这一点，建议你为以下这些有着复杂剧情的优秀电影写一页长的剧情总结并认真学习它们：《光荣之路》（*Paths of Glory*，1957）、《肖申克的救赎》、《纳瓦隆大炮》、《警网铁金刚》（*Bullitt*，1968）、《职业大贼》、《纸月亮》、《月色撩人》、《寡妇岭》（*Widows' Peak*，1994）、《非洲女王号》、《骗中骗》（*The Sting*，1973），还有《豺狼之日》。这些电影都有着出色的情节，值得深入思考。我再强调以下之前的建议：主要事件与人物之间存在行动—反应的关系。这样的关系在《证人》中（第 34 场）有所体现，当布克告诉谢弗有一个阿米什小男孩在火车站目击了杀手时，他的这一行动导致他此后过上逃离警察队伍的生活。虽然接下来的剧情发展已经非常直观了，但让故事朝着险恶的方向发展下去，其中会产生怎样的戏剧性与紧张感，仍然是未知的。

场景还可以用行动与动作来增添内容。不管是两个人野餐，还是坦克毁坏村庄都可以。《西雅图未眠夜》（第 18 镜）加入的动作内容是沃尔特（比尔・普尔曼饰）的过敏反应；《不可饶恕》中有一个动作场景是吉恩・哈克曼扮演的治安官向索尔·鲁比奈克饰演的记者挑战射击；在《终结者》第91镜中，机械人毁坏了一家舞厅，那是一幕令我记忆犹新的血腥场景。上述例子使用不同程度的动作为场景增添戏剧内容。

最后应该指出的一点是，场景内容的建立不应利用虚假的感情或情绪。优秀的剧作应当从人物中汲取情感。通过建置合乎逻辑却又出乎意料的戏剧时刻，令人物产生应有的情感。让人物经历精神困境，使他们陷入冲突，揭露他们的秘密，或用其他方式，都可以让人物产生情感。在《大审判》（第40镜）中，凯文·多尼吉在法院遇到高尔文的场景中，多尼吉非常生气，因为高尔文在拒绝和解前并未找他商量。他的气愤是出于他长久以来被大人物与政客欺骗。

这些扩充场景内容的策略都是受到编剧兼制片人的威廉·布林［William Blinn，代表作《布里安之歌》（*Brian's Song*，1971）、《根》（*Roots*，1977）］在我的课上给学生的建议的启发。布林说，当剧本交到他手中时，他有时会在上面标上“MTBH”。布林的MTBH代表着剧本与故事“仍可挖掘”（“more to be had”）。MTBH的目的是要求编剧利用冲突、幽默、动作、思想性、事务、情感等元素重新写作，为节拍增添戏剧性。编剧需要以故事感，配合上述策略来创作场景。直到场景变得完美至极，MTBH也就消失了。

4.6.3 冲突

在我们现在分析的这一场景中，冲突的开始是高尔文的迟到，这使得斯威尼与康坎农感到不悦。他们想当然地以为高尔文是想以这种无耻的招数提高调解金。他们并不知道他更深层的心理。在该场景中，斯威尼与康坎农的潜台词是，处理像高尔文这样差劲的律师，简直是不能再简单了。高尔文感受到了他们的这种态度，他的愤怒令他做出了一些冲动的回答，包括更正说他的当事人不会走路，还有讽刺法官的人格。

冲突令该场景形成由积极到消极的走势，最终三个人没能达成庭外和解；另外，还伴随着追赶—逃跑的动势，康坎农与斯威尼没能令高尔文接受庭外和解。

4.6.4 导演的影响

该场景的成功得益于优秀的剧本与有才的演员，更重要的是导演西德尼·吕美特高深的导演功力。摄影机的运动流畅自然，恰到好处地记录着人物情感的变化。在场景的结尾处，吕美特增加了一段剧本中没有的沉默片段：斯威尼在离开前穿上他的法官长袍。除此之外，他基本都是按照马梅的剧本进行拍摄的。

剧本上并没有说康坎农是如何离开的，但这个问题很好解决，吕美特让康坎农站在门口，回望高尔文，似乎在说“像你这样的无名小卒，居然没有接受我们的条件”。许多演员和导演都认识到，场景结尾的亮点可以在拍摄过程中即兴开发，因为剧本所提供的戏剧性足够强，编剧不用额外去写关于如何结尾的场景提示。

最终，吕美特将“高尔文 – 斯威尼 – 康坎农”场景（还有电影中的其他场景）完成得十分干净明了。电影的节拍要点清晰，彼此交织，富有深意。这部电影讲述了一个复杂的关于法律与自我救赎的故事，我曾将它作为故事复杂、情节简练、情感真实的主流电影的模板。

4.7 Blocking 的另一层含义

到目前为止，我们提到 blocking 一词时，使用的是其“剧情概述”的含义。而 blocking 一词的第二个意义，是指场景中的演员的活动与其他动作内容。在这一语境下，它指的是导演如何令演员与摄影机的运动更好地帮助影片叙事，即“调度”。灯光师会在拍摄场景的地上贴一些胶带，这些胶带的位置便是演员们在特定时刻需要站到的点位。在这个位置已经提前布置好了摄影机、灯光，以及收音设备，当演员“走到定点”时，他们的表演才能被这一切记录下来。然而，演员在故事中每一个场景的活动，他们所处的空间位置、与其他演员的互动，这些问题都是编剧在写剧本时就要考虑到的。你的人物不能走进一间屋子然后就一动不动，因此，我们在写作场景时要在脑海中有调度的概念。让场景拥有画面感，这样的剧本才能启发演员和其他电影创作者。

刚刚我们所讨论的《大审判》的场景便展示了调度是如何与摄影［由安德泽·巴特科维卡（Andrzej Bartkowiak）担任摄影指导］相结合的。该场景以一个全景定场镜头开始，向观众展示斯威尼办公室的布局与两人物的位置。几秒之后，高尔文出现，斯威尼责怪他迟到了。接着，康坎农站起来与他握手，而高尔文此时正在脱大衣、放公文包。高尔文的尴尬仍在继续，因为斯威尼直接谈到和解问题，既没有让高尔文放东西，也没给他端咖啡。于是，高尔文只好将大衣叠放在自己膝盖上。主人公对于这样的怠慢感觉不是很好，这导致他接下来说错话的关键时刻的发生。除了一个短暂的表现高尔文不适的特写镜头以外，该场景的第一部分几乎全部使用全景镜头。

第一次明显的镜头运动是当高尔文回应他的当事人不会走路时，画面迅速切换至斯威尼与康坎农的特写镜头，表现出他们对于高尔文这一回答的消极态度。

该场景的第二部分由高尔文与康坎农的中景镜头组成。请注意，高尔文的镜头都是轻微的俯拍角度，这使他在气势上矮人一等，并让观众感受到他的弱势。影片对高尔文采取俯角拍摄的情况在该场景之前也有过（第5、6、24镜等），这种镜头以上帝的角度俯视高尔文，并评判他的所作所为。电影创作者就是这样通过精妙的摄影机运动来吸引观众的。

第二部分结尾的转折发生在高尔文表示他不接受和解时。特写镜头与死一般的沉默是这一时刻的标志。接着影片切换到全景镜头画面拍摄三位人物，其中斯威尼站起来走到书桌前。这次镜头运动与调度意味着场景的气场发生了改变，斯威尼开始尝试另一种战术——装熟，高尔文突然变成了他的“伙计们”中的一员。斯威尼笑着问高尔文是开玩笑还是认真的，而高尔文倔强的态度让气氛再次陷入尴尬。在这时，咖啡的作用体现出来了：斯威尼走到高尔文身边，给他倒了一杯咖啡，几乎是朝他神秘地眨眨眼，说要是有人给他这么丰厚的一笔和解金，他一定“拿上钱溜之大吉”，高尔文的回答（“我知道你肯定会的”）是该场景的戏剧点，即拒绝康坎农最后一次的庭外和解建议。请注意，在该场景中，景别最紧的一个镜头便是高尔文说那句“我知道你肯定会的”时给他的正面头部特写镜头；高尔文的眼部特写体现出这句台词的意味深长。

在结束最后的特写镜头后，场景再次回到最初的全景镜头，展现法官与康坎农先后离开，留高尔文独自一人在房间。最后的画面是由全景镜头呈现，以俯角拍摄正在喃喃自语“蠢！蠢！蠢！”的高尔文。这是场景结尾的爆发点，预示着高尔文这一决定的后果的严重性。

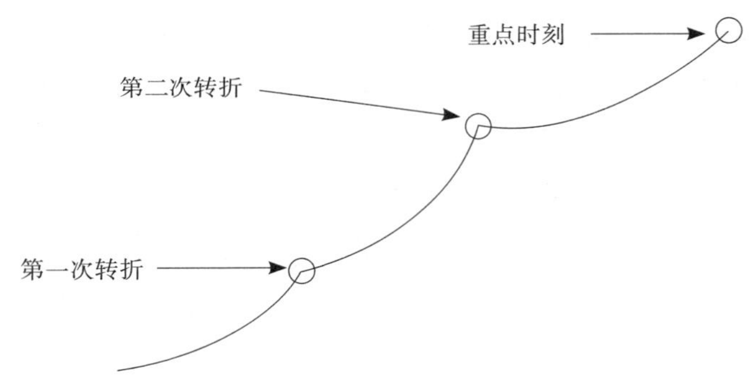

图 4-2　典型的场景结构

4.7.1 场景结构

以上讨论的《大审判》中的 4 分钟场景有着非常标准的结构，呈现出两次转折，并在最后到达重点时刻，如图 4–2 所示。如之前所说，大部分故事的场景都符合这样的三部分结构。图 4–2 所展示的结构安排要求你拟定各部分的戏剧点与场景最终要表达的故事点。你可以使用之前讲过的创作第一幕和第二幕故事转折的办法，来创作场景的各部分转折点，无论你的场景有多少部分。这项工作通常可以用 5 至 10 分钟快速完成。在写作的过程中，你会随时做出修改与调整，甚至将最初的场景全部打乱重写。即使在这种情况下，图 4–2 依然值得你参考。这种构建场景的方法也许看起来过于复杂，但它使场景结构展现得一目了然，并为场景写作提供了一种范式。

另外，如前所述，并非所有的场景都遵循这种范式——一些场景可能只有两部分，另一些也许有四部分甚至更多。无论场景被分成多少部分，你都可以使用图 4–2 或其他策略来为它注入表现力，阐明重点。

4.7.2 将场景结构安排应用到“运动寡妇”故事中

为了展示如何运用上述策略，让我们来将它们应用到“运动寡妇”故事中的一项情节事件上。就让我们先选择“妈妈决定去参观健身俱乐部”这一事件作为我们的写作对象吧。在这种情况下，我们的第一项任务可能是决定到底将这一节拍作为场景还是作为段落来写。因为妈妈的这一决定十分重要——这是她试着开始解决自己人生难题的时刻——这一事件包含重大情感时刻，也许我们更应该将它作为场景来写。凭什么这样讲？凭经验、凭直觉，凭我的故事感。不同的编剧会将这一节拍以不同的方式进行处理，有的人可能选择跳过这一事件而开发其他事件。不过在这里，我做出了这样的决定，接下来就要利用场景结构图来帮助我去实现它。直觉使我做出这一决定，因为她的个人经历，还有她岌岌可危的家庭现状，这些决定了她需要处理情感上的问题，也决定了这一节拍应作为场景来写。

假设我们将场景的大致内容设定为妈妈与薇拉，也就是那个邀请她去参加健身俱乐部的女人进行一番谈话。如果我们想让事件发展的势头由消极到积极，那么我们可以让这两个女人在场景开始时出于争论状态（消极）。而由于妈妈最终将决定参加健身俱乐部，我们就要引导该场景朝着积极的方向发展。这表示我们需要用一些幽默元素令二人之间的冲突明朗化。反之，如果我们想让节拍由积极到消极发展，那么我们就要让薇拉在场景的开始时对妈妈的力量既奉承又畏惧，接着，让她帮妈妈出主意，告诉她，为了挽救婚姻，目前最要紧的就是去健身塑形。

从这样简单的部分开始入手，接下来我们要试着将场景分块。比如，薇拉让妈妈摘下她“快乐”的面具，老实告诉她自己的生活到底是什么样的，这可以作为场景的第一次转折。而第二次转折可以是薇拉问妈妈她是不是愿意做点什么来拯救她的生活。这个问题可以引起妈妈的恐惧和语无伦次，并最终让妈妈坦白她目前确实很害怕。该场景的重点时刻可以是当薇拉告诉妈妈，要么行动，要么闭嘴：要么去健身房，试着去享受生活；要么继续过现在的日子，承受生活。在这里我们不必让妈妈宣布她要去参加健身俱乐部——这一结果可以是由另一场她与丈夫的戏引起的。在现在这段节拍中，重点是让妈妈表现出她面对生活困境时的态度，让她做出选择，是“逃跑”，还是被“捕获”，这取决于她是同意薇拉的建议还是拒绝。

瞧，之前所讨论过的帮助建立场景结构的要素，在这里都用上了。一旦你设计好场景结构，你会更加清楚后续节拍的戏剧化与人物的发展应该怎样进行，它们可以朝着你希望的方向发展，只要能够清楚地表达场景的戏剧点。此外，图 4–3 仅仅是为帮你设计几个标志性事件，它们都很容易达到，如果要修改或者弃用也不是麻烦事。这个图表有没有参考价值，要试了才知道；如果它让你觉得故事变得不自然，或让你走入了死胡同，那么就试试别的策略。只需要几分钟的时间来使用一些场景策略，你就可以随心所欲地去写作场景。

4.8 蒙太奇

在最后我们要谈到一种戏剧性节拍，即蒙太奇，即便并非所有电影中都有它的存在，不过它作为一种很实用的工具，可以压缩故事时间、信息阐述量，以及背景故事，因此，编剧是需要它的。一组蒙太奇通常包括重叠的影像、音乐与音效，展现出一段时间或经历。例如，用一组重叠影像来展示一个男孩离开农场、乘坐火车、来到城市、通过奋斗获得成功的全过程。在老电影中，一些蒙太奇使用含有特定意义的元素，比如翻飞的日历页片（时间的流逝）、大量的钞票被点算或浪掷（经济繁荣或萧条）、火车头活塞的推进（旅行），等等。蒙太奇通常不含对白，有一些会用到画外音叙事。编剧对于蒙太奇中包括什么应给出指示。当你表达清楚了你的意思后，要相信其他电影创作者们可以很好地将你的视觉想象呈现出来。

大部分蒙太奇的时长都只有 1 分钟左右，不过也有例外。其中很有名的一个例子便是《我们每日的面包》（*Our Daily Bread*）片尾的灌溉段落。该电影摄于1934年，那是蒙太奇大行其道的年代。在该片中，一群失去产业、无依无靠的人合力建造一项灌溉工程。影片的高潮部分是一段长达20分钟的，展示流水冲刷干涸田野的蒙太奇。《天生好手》(*The Natural*，1984)、《王者之旅》，还有《走出非洲》等电影也都使用了蒙太奇段落。

今天的电影对蒙太奇的使用方式与过去不同，今天电影通常是用美好的影像与音乐来传递一种感觉，比如人物恋爱了，比如大自然的壮丽，比如爱国热情。一般来说，编剧会大致描述蒙太奇的内容，再由其他电影创作者去捕捉那样的时刻。关于蒙太奇如何写作，我们可以在第10章找到相关案例，或通过下面展示的《走出非洲》选段来学习。这段蒙太奇时长3分钟，表现梅里尔·斯特里普扮演的人物第一次乘飞机飞翔的情景。伴随着约翰·巴里(John Barry)所作的音乐，这段蒙太奇(在电影中)中出现了粉红的火烈鸟群、波光粼粼的湖水，展现出非洲郁郁葱葱的美。剧本中的蒙太奇选段如下：

飞机在草地上逐渐加速，驶向天空。

飞机飞行的镜头

从空中俯瞰非洲。眼前的景色有无数种可能，但可以包括象群穿过丛林、四周环绕着火烈鸟的碱湖、火山，以及非洲原野上的各种动物。凯伦为眼前的景象深深陶醉。而邓尼斯作为一个并不专业的驾驶人则表现得大胆自信。他们在不经意间交换了一个眼神，随即放声大笑，而邓尼斯的脸越来越近。

心情是愉悦的，所有担忧都抛在脑后。到了结尾，凯伦会变得安静。在家中，她会坐在自己的椅子上，长发披肩，她望向邓尼斯，她那无忧无虑的战士，她回想起他，却再也触碰不到他。她会活到77岁，而这些画面将是她一生中最精彩的时刻。

《走出非洲》，编剧：科特·路德特克(Kurt Luedtke)，1985

编剧讲故事所用到的基本戏剧单位，就像是交响乐中的一段，传递着多样的心情，缤纷的情感与表现力。我们想象中的节拍应伴随着声音与影像，以及能感染观众的情绪。我们创造语言，刺激人物，并让纸张上的戏剧性场景呈现出生命力。当每一个场景都足够优秀，每一位电影创作者都完成了各自的任务，那么电影一定能赢得观众们的心。这项任务非常艰巨。电影需要真实可信的戏剧性场景来吸引观众，比如《儿子离家时》（*Sounder*，1972）中保罗·温菲尔德（Paul Winfield）出狱回家的场景；《桂河大桥》中亚历克·吉尼斯（Alec Guinness）意识到他无意间透露了秘密突袭的计划；或者《光荣之路》中法国军人发现了他们与为他们唱歌的德国女人之间的关系。这些场景都以真挚的情感触动了观众。本书希望指导你创作出这样的场景。但最终，不管是什么样的指导都只能提供辅助性的帮助，创作的核心依然是编剧自身。恐惧、幻梦、故事、人物，这些都在编剧的脑海中。丰满有力的场景是构成故事骨架的各个关节，编剧通过创作场景将自己头脑中混乱的创想梳理得井井有条。场景是对真实世界的还原或重塑。

到此为止，我们讨论了许多技巧与观察，当它们逐渐叠加起来，却造成了我们选择上的困扰：到底选择哪一种技巧、哪些观众、哪种戏剧单位，还有许多许多需要做出的选择。我们也许会觉得这些选择妨碍了想象，可这也是剧作的一部分。在写作过程中，我们想要讲的故事和我们想要塑造的人物，也就是故事感，是指导我们写作的唯一理念。这本书所提供的建议虽然范围很宽，而且也援引了许多其他材料，但毕竟是我个人角度的看法。《故事感》一书的课程学起来是比较吃力的，需要投入大量时间。我不相信只读一遍书——读其他书也一样——就能掌握其中的内容。所有的课程都必须经过思考、与自己的风格相结合，最后才能真正掌握。假如你一时间感到迷茫，那么就向书中寻求解答，或打给你的朋友。这两种方法是我们遇到写作上的困难时最有效的解决方法。当你遇到困难，要记得，编剧是靠创造戏剧矛盾与解决戏剧矛盾来吃这碗饭的，而这项工作，没有谁能完全掌握要领，也没有谁能说这是件容易的事。

小 结

构成剧本的两个单位是片段与场景。它们通过戏剧化的对白、行动、音乐与音效推动情节发展，表现人物，建立关系，以及传达主题思想。

将片段与场景结合起来，可以形成更大的戏剧单位，段落。段落的时长为 5 分钟到 15 分钟，甚至更长，能够传达重大故事点，比如介绍矛盾与主要人物、表现高潮部分。我建议大家用 10 余个节拍段落，而不是数量庞大的片段与场景来概述电影故事。

电影倾向于用片段处理情节与阐述性内容，而不是表现人物情感。片段通常只有 1 分钟左右的长度，因此很适用于传达阐述性文本、展示那些细微却很重要的行为。由于片段的这种偏阐述性的特征，它通常比较简短。

分析场景可以通过内容、结构、冲突三方面来进行。场景内容包括表现故事点的时刻与人物经历情感冲击的时刻。为了激发这样的时刻，编剧需要丰富场景建置与戏剧情境的细节。这样看来，场景就如同一个盒子，编剧应向盒子中放入任何对场景有帮助的内容。场景一般用于表现人物的情感经历，通过心理活动与对白来传达其戏剧点。

潜台词指的是人物所思所感却没有说出来的内容。当人物带着某种情绪说出对白，或话中有话时，潜台词便体现出来。

从结构上说，大部分（不是全部）场景都分为三部分。电影故事片的场景通常为 3 至 4 分钟；电视剧的场景通常为 1 至 3 分钟。场景开始于某特定时刻（按钮），随着戏剧点的表达完毕而结束。重点时刻往往发生在场景的结尾。导致场景失败的原因通常是其戏剧点的表达过于刻意。

场景冲突一般符合追赶—逃跑或追赶—追到的动势。场景的情感会呈现由积极到消极，或由消极到积极的发展势头。

最后我们谈到的一种特殊的戏剧节拍是蒙太奇，它可以压缩时间，概括人物、人物关系、戏剧情节发展的过程。蒙太奇通常不含对白，却经常使用音乐与画外音。蒙太奇的时长一般为 1 分钟左右。

练 习

选择一个电影场景来回答下列问题。你应该先获取到该场景的影像资料与剧本。

（1）该场景所要表达的故事点是什么？找出该场景的重点时刻。故事或人物通过该场景发生了怎样的变化？

（2）该场景的情感氛围是怎样的？这种氛围如何表现？场景建置、摄影机运动，以及音乐，在创造情感氛围的过程中分别起到怎样的作用？

（3）该场景中主要人物们的意愿是什么？他们所需要的又是什么？是什么阻碍他们获得自己所需要的？他们所需要的与场景冲突有什么关联？

（4）找出该场景的“按钮”，即标志着该场景戏剧性展开的时刻。该场景的结尾有亮点吗？

（5）找出该场景中体现背景故事的内容。并说明在该场景中，背景故事的信息是怎样通过对白与影像呈现的？

（6）该场景的潜台词是什么？它是如何通过对白、行动、影像或情感氛围体现的？人物究竟想要说什么？或者，隐藏在对白之下的真实情感是什么？

（7）总结人物关系。通过该场景，人物情感有没有产生变化？变化是由什么引起的？它怎样增强场景的戏剧性与冲突？

（8）在该场景中，人物有没有释放（情感上的爆发）的时刻？描述这一情感爆发的动机。

（9）该场景如何运用沉默时刻，如何让人物对行动产生反应？

（10）该场景的故事逻辑与人物逻辑是什么？

（11）该场景的动势是追赶—追到还是追赶—逃跑？请详细说明。

（12）描述场景发展过程中情感走势。是什么造成了情感走势的转变？

（13）指出将场景分割为三部分的转折点。造成转折的原因是什么？转折是如何改变场景的表现力与发展方向的？

（14）编剧与其他电影创作者向场景盒子中加入了哪些增强戏剧性，并帮助我们更好地理解故事与人物的成分？

（15）研究该场景的影像资料，并分析其调度。指出摄影机的位置，分析在拍摄过程中摄影机与人物调度是如何结合起来的。调度与场景内容之间有何联系？该场景的影像风格符合某种范式吗？摄影机在何时、为何使用特写镜头？场景在何时、为何回到较为宽松的景别？最后，比较该场景的剧本与影像有何差异。

第二部分
写作剧本

从现在开始，我们讨论的话题将由写作故事变为写作剧本。我们将从练习眼睛的运用开始。写作剧本这项工程的第一步，便是学习如何使用我们的第三只眼，也就是运用想象力，不仅要看到人物的行动，也要看到他们心中的想法。

当你学着去打开第三只眼，你就能够使场景与人物在你的想象中具像化。这时，我们将进行第二步，学着去“看到”你想象中的人物，让他们能够按照你为他们设定的思想与情感去行动。为了达到这一目的，你必须要变成你的人物，以真情实感去构建人物，这样他们才能真正获得纸上生命。

第三步，是让读者在阅读你的剧本时，他们脑海中浮现的电影，与你在创作时脑海中浮现的电影一致。而且，当导演、演员及其他电影创作者阅读你的剧本时，他们能够完全明白你想要呈现的画面。

最后，由你的剧本拍摄而成的电影应当控制观众的眼睛，令他们看到的故事，是编剧、导演、摄影师等其他电影创作者想让他们看到的故事。从这个角度而言，《故事感》接下来的章节将要探讨的是对眼睛的控制，让你想象中的情节事件与故事能够活灵活现，跃然纸上。接下来你会学习到许多有关这方面的策略技巧与传统做法。

第5章 创造情感层次丰富的人物

在之前的章节，我们学习的是创作故事情节，让故事的主要矛盾在高潮场景得到解决。我们还学习了情感基调、框架、事件、冲突、故事概念、戏剧矛盾、结构等故事要素。合理地运用这些元素有助于将故事创意扩充为情节。我们还学习了以常规的方式构建节拍的方法。然而，一旦情节捋顺了，他们就会跳出常规的思路，转以更具想象力的方式进行剧本创作的下一阶段工作——将故事变成剧本。

写剧本需要编剧从日常的想象中提炼出活灵活现的人物与情境。如果写在大纲中的事件是“妈妈决定参加铁娘子比赛”，那么在写剧本的阶段，我们就要向事件中添加具体的细节，比如音乐与情绪、故事设定、服装、人物、对白、天气、器具、行为、历史，等等。一旦我们在脑海中构思好了戏剧时刻，我们就可以将它们写入剧本。有一个计算机术语可以用来形容这种创造性的过程：WYSIWYG，发音为“whizywig”，意思是所见即所得（What You See is What You Get）。WYSIWYG意味着你想象之眼的所见将决定剧本质量，因为一般你写出来的都是你想象到的。

因此，接下来关于剧本写作的探讨将建立在WYSIWYG这一概念上，在动笔前，我们要在脑海中想象那些有趣的人物。剧作的第二阶段任务便是拥有这种程度的想象力（第一阶段任务是完成一个可行的故事）。写作人物非常重要，接下来就让我们来探究这种想象工程如何开展。

5.1 想象

关于想象力如何发挥作用的理论层出不穷，而一些心理学家认为，想象活动主要发生在潜意识的梦境之中。潜意识是我们储存人生经历、秘密、希望与恐惧的地方，在每个人思想的这一神秘领域中，存在着无数的奇人异事，足够我们写一百部电影。想象力是我们用以探究潜意识空间的一盏明灯，它指引我们找寻创作人物、对白与场景所需要的素材。

或许是因为编剧在想象这件事上付出的时间更多，以至于有些人已经成了这方面的专家。编剧吉恩·福勒（Gene Fowler）认为，想象其实是一项简单的工程："你所要做的就是盯着一张白纸，直到大脑充血。"编剧雷德·史密斯（Red Smith）也表达了类似的观点："写作这事没什么可说的，就是坐在打字机前，打开你的思路。"在这些俏皮话中蕴含着剧作的智慧：在编剧集中精力开始动笔之际，他们往往都是靠潜意识在写作，直到某一时刻，突然从潜意识中迸发出某个有趣的灵感。如果你对目前脑海中所想的东西感到不满意，那么就试着转移注意力去想想别的东西。小说家约翰·加德纳对此发表过一番有趣的看法：

> 任何类型的写作工作都需要作者到达一种出神的状态。作者的工作是从虚空中召唤出人物与场景，并且让想象中的事物达到如同他眼前的打字机、乱糟糟的书桌和墙上的旧挂历一样清晰可见的程度。然而有些时候——对于我们大多数人来说，很偶然地——会发生一些意想不到的事，恶魔与梦魇溜入你的脑海，那些想象中的情境竟突然变得栩栩如生起来……当我到达这样的出神状态时……我仿佛被缪斯眷顾。在清醒的时候回想那种状态，我只能说那好像是突然间，我可以控制梦的发展了。就像我手中突然握有了神奇钥匙，一时间解开了所有机关，面前的一扇

大门缓缓地开启。[①]

加德纳在这里所指的是作家一种基本的创造力：赋予想象中的场景与人物以生命力。有时候当我们从普通的思考方式进入更加虚幻的梦境之中，我们的想象就能够到达这种程度。一旦我们无法集中注意力，那么这种能量也会衰减，想象中的图景也会渐渐消失，我们将变得大脑空空，直到再一次集中注意力，使想象中的景象重回我们眼前。只有当我们想象中的人物脱离了我们的控制，开始自己掌控故事的发展，场景才能够活起来。这样的想象过程不失为剧本创作过程中的一件乐事。

然而，潜意识的大门不是那么容易推开的，对于新人编剧来说，至少要通过一年甚至更长时间的努力才有可能抵达这一想象之域。在最初，你想象中的场景可能只是一团模糊的光亮或黑暗，不会有影像或声音。这是很正常的，也不表示你缺乏“天分”，因为想象力就像肌肉，需要通过运动来增强。老话说得好：没有付出，就没有收获。因此，只有当你的想象力锻炼得足够强大，你的想象之眼才能看到更连续的影像（至于付出，便是那些你进行失败的想象练习所花费的时间）。我们的目标是打开想象力之灯，使脑海中的影像拥有连续性。想象同时意味着将无用的影像或场景从脑海中剔除，并代之以全新的东西。这样的想象是很累人的，大多数编剧一天最多也只能进行三四个小时。

如果想象进行得顺利，我们就要将想象中的人物都说了什么、做了什么快速记下来。有时，我们大脑一片空白，什么事都没发生。这种情况每天都会发生很多次，所以不要烦躁，因为你的人物始终待在你的潜意识中，等待你再次激活他们，去上演他们的故事。

---

① John Gardner, *On Becoming a Novelist* (New York: Harper & Row, 1983), pp.57-61.

5.2 想象故事设定

为了帮助你更好地展开想象，我为你提供了以下计划：从想象场景设定开始。能想象出故事地点，便更容易激发出对人物的想象。假如，比方说，妈妈决定去参加健身俱乐部，这件事必须发生在某一个地点，比如面包车后座、体育场一角、一家饭馆，或是任何你觉得可以的地方。在正式决定前，我们可以尝试 10 到 20 个不同的可行的地点。一些编剧认为，像这样设置好基本的地点，再去进一步构想其中的门与窗，是比较易行的办法。

这个时候，通常就要展开调查工作了。如同我们在第 2 章探讨过的，编剧应对这些地点进行实地考察，或通过图文资料获得更具体的认识。汤姆·里克曼（Tom Rickman）就提到，在他的剧本《矿工的女儿》（*Coal Miner's Daughter*，1980）中，有一个很关键的场景，内容是让茜茜·斯派塞克（Sissy Spacek）扮演的洛蕾塔·林恩告诉父亲她恋爱了。在里克曼选择场景地点的时候，他想起在参观林恩的家乡时曾见到过的一些小洞穴，叫作“煤仓”（coal house）。这些小洞穴开在山腰上，位于矿工们的住处后，用以储存日常用煤。这些煤仓会随着时间的流逝逐渐扩大，最后变成一间间小屋。里克曼被煤仓的真实感所吸引，于是他决定将他的关键场景的地点设定在一间家用煤仓中。[①]

你必须将故事设定的细节设想得尽可能丰富，并从中找出潜在的戏剧性。哪怕在剧本上，故事设定的描述都很简短，尤其在地点不是那么特殊的情况下。比如，莉莉的公寓低调华丽，就像它的主人。这样的描述足以为拍摄团队提供关于房屋外观与摆设的风格情况了。（为什么故事设定在剧本上只有寥寥数语，我们却要将它的细节构想得特别丰富呢？因为你可以利用这些细节来设计人物与周围环境，或是其他人物的互动。这些互动需要写进剧本。）

当然，有时编剧希望读者能更加清楚地了解地点的情况，因此他们会

① Cristina Venegas and Roger S. Christiansen,"Video Interview with Tom Rickman,"The Sundance Institute, July 1989.

写出更多细节，比如下面这个例子：

> **36. 内景　布克的车（行驶在）费城　夜**
>
> 布克驾车经过第 13 街，这条破旧的小道两侧有亮着霓虹灯的餐馆、酒吧、成人音像店，也有一些黑黢黢的店面。卡特坐在副驾驶座，瑞秋与儿子坐在后排，望着窗外熙来攘往的各色人群。他们有的聚集在店铺门口，有的则失魂落魄地游荡在街头。车上电台，警方广播，每隔几分钟通报一次关于警察杀人事件的新发现。
>
> 《证人》，编剧：帕梅拉·华莱士、厄尔·W. 华莱士、威廉·凯利，1984

场景设定的想象过程有点类似一种心理治疗的过程，首先，医生要求患者想象一幅图景，比如一片森林，或者一汪静谧的湖水，作为精神之旅的起点。在场景设定的想象完成后，患者能够更容易地走进潜意识中。这段旅程需要心理医生从旁指引，他会向患者介绍精神世界里的一些象征性元素，比如牧场，这可能代表着患者内心平和的部分；比如一头鹿，这一有灵气的符号可以指引患者走入更深层次的潜意识中。有趣的是，心理学家认为，人的意识可以借由影像走进潜意识。这听起来就像加德纳所说，在想象中构建影像的过程是获得打开潜意识之门的“神奇钥匙”的过程。尽管关于创作的理论有很多，但现在，让我们将想象故事设定作为第一步，慢慢地过渡到想象人物与场景的阶段。

5.3 想象人物

想象人物的工作既要靠努力，也要看灵感。靠努力，表示我们需要为主要人物设定背景故事（人物小传），关于这个问题我们接下来会做简单探讨。看灵感，则代表着在我们想象人物时，要对于他们说什么、做什么，感知到什么都非常敏感——许多作家都是这样做的，比如爱丽丝·沃克

（Alice Walker），据她所说，从她的脑海深处曾传出过这样的声音："我们不想在纽约被写出来，我们想诞生在更美丽的地方。"

就是这句话令沃克搬到了门多西诺的小屋生活，她在此期间创作出小说《紫色》（*The Color Purple*），在她看来，小说中的人物并不是她"写"出来的，只是借她之笔呈现在《紫色》中：

> 在我不读诗和不做演讲的时候，书中人很乐意来找我。如果你能长久保持沉默，那么人物自然会出现在你的脑海之中。你所能做的便是倾听。我就在那里等待着，聆听他们的声音离我越来越近，接着我开始以书中人的方式思考，而一旦我没有用他的方式思考，我会立刻察觉出来。①

为了更好地理解这种概念，让我们来假设现在要创作一个人物——比如主角的挚友。当编剧着手创作这个角色时，他可能什么想法也没有；也可能脑海中一下蹦出好多人物，在这种情况下，编剧必须从中挑选出有希望的几位，再从中选择最适合的那一个。一百个编剧有一百种创作人物的方法，以下是我提供的一种方法，不妨一试：找一个安静的地方坐定。完全放松，展开想象，直到你创作出场景设定并将影像具象化。然后，试着去聆听那想象中的地点周遭的环境音——交通嘈杂、机器轰鸣、风声，鸟啼……不知不觉间，那鬼魅般的人物便开始逼近你的想象世界。假如你耐心等待，那魅影便会踏入你的想象之中，到了那时，你就能仔细研究这个人物，决定他（她）是否属于你的故事。把握好时间；故事中的每一个角色都有很多位候选人，你可以将选择的过程理解为人物试镜。如果某个人物不适合你的故事，就替换掉他，换其他人物，直到遇见满意的为止。

如果上述方法不管用，还有一种方法是将人物设想为你认识的人，比如你的亲戚或邻居。或者用著名演员，已故的或在世的都无所谓，第 28 页

① 《洛杉矶时报》，1983 年 6 月 8 日。

与第 128 页介绍过这种方法。随着剧本的不断改进、完善，最后没人会认出你的人物原型到底是谁。有时，哪怕是生活中曾经遇到的陌生人也能成为你的人物原型。你可以自由地以任何方法，设想任何人，只要能符合故事的要求。

在你熟悉人物后，接下来就要考虑人物的长相、身材、走路姿势等具体细节问题了。多探索你的人物；鼓励他们多尝试几种不同的口音或声线，以便更加符合他们所扮演的角色。在你为人物注入能量的过程中，他们的形象会一天一天地充实，具体起来。在想象的过程中也别忘关照他们所遇到的矛盾与他们的性格，过不了多久，关于故事人物的信息你就可以汇总完毕了。有时我们能够控制他们的发展；然而有时（如果幸运的话）他们会挣脱我们的控制，兀自成长。如果事情发展到这一步，那么我们只能对着满纸妄言败下阵来。不过我们不能放弃对人物的想象，接下来，我们要开始考虑人物精神上的成长。

5.4 创作拥有精神层次的人物

本书第 38—41 页所描述过的临时人物通常是缺乏精神世界与经历的。相对而言，写入剧本中的人物因为想象的关系而显得真实得多，以丰富的人生经历与行为动机（被称作背景故事）作为情感包袱，增添了趣味性；演员会利用人物的精神维度来充实他们的表演。演员对角色的诠释基于他们对于人性的理解，以及将他们的个人经验融入角色的一言一行中，融入人物对故事做出的反应之中。

演员的故事感能够使他们判断出编剧笔下的人物有没有灵魂。演员喜欢的角色要有身世背景，有情感内核，有处世原则；不要完美，不要死板；拥有喜怒无常、风趣幽默等奇怪的特质。这样的角色才能让演员有所发挥，演绎出思想、情感、人性，深入人心。

琼·普莱怀特（Joan Plowright）谈到她为何选择在《寡妇岭》中扮演反派人物的一段话印证了上述观点：

> 我常常推掉电影邀约，尤其是那些男性角色有名有姓还有身世背景，而女性角色只有一个名字的电影。你马上就明白那名女性是没有身世没有个性的。她究竟是谁？我拒绝出演这样的角色，因为我根本不了解她。制片人就会对我说“我们觉得你能挖掘出这个人物的内心世界”，或者“这个角色有四场跟大牌男星的对手戏”。所以对我来说，能接到一个有着完整姓名的角色真的是一件很棒的事。我并不是什么激进的女性主义者，我只是更欣赏那些让女性真正参与生活，主宰生活的剧本。[①]

在这部疯癫喜剧中，普莱怀特扮演一袭黑衣，开劳斯莱斯，并拥有一座爱尔兰庄园的公爵遗孀。这些都是人物的外在；而普莱怀特通过对人物的行为动机、历史背景、内心世界的演绎，为这个情节巧妙的故事增添了活力。

编剧只有在对人性有所洞察后，才能写出像上文提到的寡妇那样富有趣味的角色。有关洞察人心的心理学的著作很多，不过我们大部分人都是通过日常生活经验与一些通俗读物来接触心理学知识。仅凭心理学常识可能不足以创作并激活人物。因此，老师会让学生阅读专业的心理学著作，系统学习心理学课程，使学生们能创作出复杂的、动机充分的人物。

我们将话题暂时转移到心理学上，因为剧作与心理学息息相关。要知道，在现实生活中，矛盾不会像在电影中一样，通过工整的三幕结构得到解决。编剧在创作电影剧本时，会给人物抛出一个似乎不可能解决的矛盾，到结局再丢给他们一项解决方案——或者让他们看到有解决的可能。进一步地说，许多电影故事中的矛盾都与人类四项基本需求有关：一、对生存与繁衍的需求；二、对归属感、对爱与分享，以及对合作的需求；三、对力量的需求（这通常与对归属感的需求相冲突，特别是在婚姻关系中）；四、对自由的需求，对选择的渴望，尤其是渴望快乐。这四项需求可以被用来分析故事矛盾与其对人物产生的影响。例如，在《大审判》中，高尔文因利利布里

① 《洛杉矶时报》，1994 年 5 月 1 日。

奇案所产生的精神问题，成了他拒绝布罗菲主教提出的庭外和解要求，决定打官司的内部原因。因为高尔文想要同那些差点毁了他的生活的家伙再战斗一次。从刚才我们说过的四项基本需求角度来看，高尔文的行为动机源于他对于力量的需求，他想成为受人尊敬的律师。《证人》与《终结者》中的主角是为了求生。《西雅图未眠夜》则是寻找归属感。编剧可以通过快速确定人物基本需求，解决人物的动机问题，并让他们对故事事件做出相应反应。

在现实生活中，每个人在解决四项基本需求问题时，会面临错综复杂的状况，受到先天与后天的各种条件的影响，包括性格、智力和天分。要想明白先天与后天条件如何塑造人物性格，这就不仅需要掌握真正的心理学知识，还要掌握电影人物的心理学知识。

5.4.1 基因影响（先天）

基因决定人的生理特征，而至于它究竟是怎样影响人的性格与智力，科学界目前尚无定论。谈到基因的影响，假如某人由于基因遗传而生得高大威猛，运动能力极佳，而另一个人则天生没有运动细胞，身材也不强健，那么这两个人的人生一定会大不相同。当然，基因也可能使一个体弱多病的人拥有一颗坚强的心，去克服自己生理上的不足，最终获得胜利。另一件广为人知的事情是，基因遗传会影响人的性格发展，使人变得外向或内向，主动或被动。由基因所造成的生理、智力与态度等方面的特征深刻地影响着人的性格。

尽管剧作与遗传学听上去风马牛不相及，编剧却通过认识两者间的关系，为人物塑造性别、年龄、外貌以及其他方面的特征。《象人》、《变相怪杰》（*The Mask*，1994）、《雨人》（*Rain Man*，1988）和《追梦赤子心》（*Rudy*，1993）表现的就是一些在先天生理条件上异于常人的角色，这些电影都展示了先天条件是如何对故事产生影响。《阿甘正传》的一连串故事正是由主角的先天缺陷（智力低下）而组织起来的。《肖申克的救赎》的故事也是因为蒂姆·罗宾斯（Tim Robbins）的角色的高智商才得以成立。类似的电影比如《莫扎特传》，其故事是建立在莫扎特的音乐天才的基础之上。本书的“运动寡妇”故事创意，也将主角妈妈设定为拥有天生神力，让我们利用这个特征与伴随而来的精神负担来开发故事。

5.4.2 环境影响（后天）

人物还受到社会、经济、家庭环境的影响。社会危害可以包括毒品、酒精、战争、自然灾害，这些因素会影响某个区域、某个家庭以及人的精神成长，尤其是当它们发生在人生最初的五至十年，在我们最容易被积极或消极的情绪影响的时候。比如《亚瑟》（*Arthur*，1981）的主角，一名富家子弟，从小在溺爱中成长，变成了一个无情的、自我厌恶的可怜酒鬼。故事的主要矛盾便是让亚瑟能够欣赏自己。《证人》中的约翰·布克则是被多年的警察生活变成了一个孤独的战士。用"枝曲树必弯"这句格言来形容环境对人造成的长期或短期影响再贴切不过了。编剧在写作时需要确认让哪一条"树枝"变"弯"，还有这到底是一棵什么"树"，利用这一简单的道理，去开发人物的行为习惯与动机、兴趣，以及情感。而这些则是我们接下来所要讨论的。

5.5 精神需求

编剧利用人物受到的先天与后天影响为人物创造精神上的动力、需要或恐惧——这种建立在背景故事与基因影响基础之上的精神需求，使得人物的行为表现出某种倾向性。例如，《亡命天涯》的主角，其精神需求便是找到谋杀他妻子的凶手。《生于 7 月 4 日》中，汤姆·克鲁斯（Tom Cruise）饰演的罗恩·科维奇有着不止一种精神需求。其中一种便是科维奇从小接受的保守派价值观教育，这使他从军参加越战。而在战争中瘫痪后，科维奇的精神需求发生了改变，他感到战争是造成不幸的罪魁祸首。电影反映出科维奇的成长，从满怀爱国热忱的高中男孩，到负伤的残疾人，最终以余生致力于反战活动。为了表现精神层面上的深度，电影捕捉到人物在精神上"释放"的那一幕。

《大审判》有很多表现人物精神状态的时刻。其中一次发生在第 2 镜中，高尔文举着威士忌的手在空中停顿了几秒，于是我们看到了一个正在走着下坡路的男人。在《证人》中也有这样的时刻，当布克撞见瑞秋在洗澡（第 114 镜）时。演员寻找这种时刻，并通过这种时刻来表现人物的复杂性。说到这种时刻，很少有其他演员比梅里尔·斯特里普更懂得把握：

> 每个人都会花很多时间在剧本上面——电影剧本——在剧本中的某些时刻，潜伏着的那些不可捉摸的东西——那才是剧本真正想要表达的。你为它而活，在生命的最后一刻回想起它来依然感到意犹未尽。你会从中发现没有人曾发现过的，但其实一直存在的东西。哦，那太有诱惑力了。[①]

正如前文所说，背景故事往往是特殊时刻生存的土壤。有趣的是，《终结者》为我们提供了一个研究背景故事设计的有用例子。因为在机械人的背景故事里，他是被人工智能天网研发的人形机械杀手。天网将杀掉女主角的任务编入机械人的程序中。人，当然可以被社群、家庭压力、天生性格以及生活经历设定成某种“程序”。我们看到在《证人》（第 100 镜 A 机位）中，当族长［简·鲁贝斯（Jan Rubes）饰演的伊莱·拉普］发现布克和瑞秋在仓库跳舞时，他十分恼怒，并批评瑞秋违背了阿米什传统、把布克带回家中：“你给这座房子带来了恐惧。对那些即将到来的带着枪的英国人的恐惧。你还带来了伤亡，以及更多伤亡的预兆。现在则是英国音乐……而且你居然在随着音乐跳舞！”

伊莱的爆发导致了瑞秋对他的驳斥。这反映出他们二人各自的精神需求。伊莱坚决遵守阿米什人的规则，瑞秋则享受生活的自由与快乐。他们的冲突也指出了横亘在布克的世界与阿米什社区之间的那条鸿沟。

精神需求是编剧基于人物的生活经历而创作出来的。《证人》的编剧让布克因为长期的警察生活而变得麻木，又让他在短暂逗留阿米什社区期间变得脆弱。《火线狙击》中，刺杀肯尼迪事件给主角带来的阴影也成了

---

① *Vanice Magazine*, September 1994, p.30.

他的行为动机。

5.5.1 短期创伤

战争或事故带给人的严重伤害，或者是被背叛、羞辱、欺骗的经历，会给一个人带来持续的精神上的创伤。编剧会利用这种创伤去左右人物的行为动机。在《大审判》中，利利布里奇案给高尔文造成的短期创伤是剧情得以发展的重要基础，因为如果没有这场背叛，那么高尔文可能就会接受布罗菲主教的庭外和解提议了。在《证人》与《西雅图未眠夜》中，丧偶是瑞秋与萨姆的短期创伤。《火线狙击》与《蓝》（*Blue*，1993）的主角都是因亲近之人的突然死亡而受到打击。突发事件对人物造成的难以磨灭的伤害会影响他们的行为动机。

5.5.2 长期环境

饱受欺凌的童年，无家可归的生活，慢性病，贫穷，暴力的家庭以及消沉的周遭环境，它们能对一个人的精神造成潜移默化的影响。编剧利用这些条件创作人物在B故事线中面临的精神困境。因此，假如人物受到某种长期影响而形成了胆怯、害羞、不自信的性格（比如《女继承人》或《阿甘正传》)，那么编剧就以戏剧来帮助人物克服或缓解这种症状。

卡丽·费希尔的剧本《来自边缘的明信片》便展示了这一过程，梅里尔·斯特里普的角色（苏珊娜）便受到某种长期环境的影响。苏珊娜的矛盾并不是直接表现出来的。费希尔让观众在一开始被苏珊娜的毒瘾吸引。接着，随着故事的逐渐深入，观众们才发现原来苏珊娜有一个压抑的、扭曲的母权制家庭。而矛盾的根源则要追溯到她那嚣张跋扈的外祖母［玛丽·威克斯（Mary Wickes）饰］。原来，外祖母在母亲［雪莉·麦克雷恩（Shirley MacLaine）饰演的多丽丝］的成长之路上一直扮演着控制者的角色。当女儿–母亲–外祖母的情感关系浮出水面，观众便了解苏珊娜的精神需求，故事便是以此为基础建立起来的。

苏珊娜的问题是一种很典型的、很好用的策略。让主角脱离控制欲极强的亲友或者组织，获得独立，这种故事模式被许多电影应用。比如《与爱何干》《毕业生》《月色撩人》和《告别昨日》等。这种电影往往有着积极的，让观众感到宽慰的结局。这点非常重要，因为如果主角没有朝着积极的方向转变，那么观众会觉得电影没有重点。即使是非常轻微的转变，也能形成积极向上的结局；比起那种消极的结局，观众显然是更喜欢前者的。《午夜牛郎》和《雌雄大盗》的故事结局是积极的；而《完美的世界》（*A Perfect World*，1993）就因其消极的结局而票房表现不佳，尽管该片有克林特·伊斯特伍德和凯文·科斯特纳（Kevin Costner）两大影星的加盟。

最后，短期创伤与长期环境在故事中应作为隐形线索，埋得深一些；太过直白的表达会让观众觉得不自然。幸好，在电影中，人物的精神需求总能以情绪波动作为掩饰，再隐晦地同背景故事联系起来。千万别去解释主角的行为，打破这种神秘感。

5.6 背景故事与人物心理

背景故事讲的是人物从前的经历，这就要求编剧根据人物的性格特点，来创造可能的先天与后天影响条件。虽然不用把它们都写出来，编剧心中应该是有数的，这样才能将它们融入剧本中，让观众能凭直觉明白人物的心理。例如，《大审判》几乎没有提过米基的背景故事，然而通过电影对米基的人物塑造，我们可以知道他也是一位身经百战的律师，与他塑造方式极为相似的人物是斯威尼法官。

即使是不完整的背景故事，也能使人物充实。例如，对于《终结者》中的里斯，观众们只知道他的身份是来自机器人统治的未来世界的人。关于未来世界的闪回片段暗示着里斯有着冰冷的童年，也正是因此，他才会轻易地被萨拉的亲切温柔所感动。《火线狙击》中，肯尼迪事件长久以来都是霍里根心中的阴影。

故事的价值观也与背景故事息息相关。如《大审判》中，高尔文因为背景故事而坚定了他的信念与对法律的信仰。而康坎农作为法律系统内部人员，他的价值观是要操纵法律，而不是服从法律。二者的差别引出整部电影所要探讨的主题。高尔文的价值观引领他一步步走向胜利，因为道德的力量站在他这一边。另一方面，康坎农的思想令他做出了雇用卧底劳拉这种阴险行径，最终使他走向失败。

5.6.1 创作背景故事

之前关于背景故事的探讨还停留在一般性建议的层面上，对于那些不做预先设定，而是想让人物在写作的过程中逐渐丰满的编剧来说，这样的建议可能并不适用。不论尝试任何塑造人物的方法，如果你的人物还是显得浅薄无趣，那么你就应该试着用一种简单的问答策略来为你的主要人物增加深度。

如果你在日常生活中对某人感到好奇，那么对你笔下的人物也应该产生这种好奇心。在“运动寡妇”的案例中，对于妈妈这一人物，我们可能会有以下这些问题：她多大年龄？她的父母是做什么的？她是从什么时候意识到自己身负神力的？她的家人与学校的朋友对她的力量做何反应？妈妈是不是向其他人隐瞒自己的特异体质？她在结婚前有没有过恋爱经历？她和丈夫是如何相遇的？她平时有什么爱好？在对每一个主要人物都提出足够多的问题后，他们的背景故事也就有眉目了。提问题不需要按什么顺序，想到什么就问什么。在问答的过程中，你可以将人物朝着任意方向塑造。问答的目的是为人物创造出既富戏剧性又真实的人生经历。

5.6.2 怪异感

现实生活中有一些人行为古怪离奇，特立独行。一些电影人物也是如此。人物的怪异感可以来自对白与行动，比如在《阿甘正传》中，加里·西尼斯（Gary Sinise）扮演的失去双腿的老兵表现得暴躁无常，但也确实符合人物的处境。还有一些人物怪异行径的事例：《与狼共舞》中的凯文·科斯特纳在黑夜中的篝火旁起舞，《来自边缘的明信片》中的雪莉·麦克雷恩为自己做了一顿混合着伏特加与健康食物的早餐，《五支歌》中的杰克·尼科尔森在大卡车后面弹钢琴。

怪异的特质可以使人物变得活跃，营造紧张感与戏剧张力。行为怪异的人物之所以不完美和不可预测，是由于他们的人生具有戏剧性。例如，《蓬门今始为君开》中的萨拉·蒂兰［米尔德丽德·纳特威克（Mildred Natwick）饰］，一位很有主见的寡妇，她的坚强就能够从背景故事中找到原因。在弗兰克·纽金特的剧本中，她被描写为四十多岁、端庄美丽的女性："一位有教养的女性，具有辛辣的幽默感，务实，态度严厉。"尽管萨拉·蒂兰不像女主角那样漂亮，剧本上说她"是一个性欲极强的女人，四年的寡居生活早已使她坐立难安"。这句话表示出角色的心理现状，激发出她的活力，让她成为故事中的活跃因子，而非老套的贵妇。

比起那些若有所思，郁郁寡欢，随时等待谁来拯救他们的人物而言，蒂兰这样主动的人物更适合故事表现，偶尔的闷闷不乐是可以有的。要刻画性格腼腆的人物，也没有必要让他们消极被动。尽管《洛奇》的主角巴尔博厄先生是一个低声下气、不善言辞的人，但是他追求阿德里安娜，带她滑冰；教训街头混混；为自己设计了一套训练方案；过着简朴的生活。这样的洛奇是活跃的，他创造自己的生活，也试着与外界交流。无论在西尔维斯特·史泰龙的剧本里，还是在大银幕上，他都很有生命力。

编剧不要随意将人物的怪异特质写进场景提示，否则演员和其他电影创作者便会将它们看作人物刻意为之的伎俩。选取怎样的特质写进场景提示是一件有技巧的事。《西雅图未眠夜》就做得很好，编剧将维多利亚［芭芭拉·加里克（Barbara Garrick）饰］的刺耳笑声写进了场景提示："维多利亚笑得过于热情了"（第 92 镜），"维多利亚差点没笑死"（第 99 镜）。电影对白还透露出她有一个让人不舒服的习惯是总甩头发（第 125 镜）。这些简单却古怪的特质令维多利亚成了一个怪异的、使人印象深刻的人物。

5.7 背景故事与“纸上生命”

有这样一个关于剧作的关键问题：为什么有一些人物被评价为“有生命”，而另一些却像纸片一样单薄？为了回答这个问题，我们必须首先将剧本与银幕分开，银幕最终呈现什么，这同预算、导演与演员的关系、演员之间的化学反应等许多编剧不可控制的因素有关。而且，人物在剧本中所体现出的“生命力”并非出自对他们华丽的描述。例如，《终结者》的主角介绍非常简单：“凯尔·里斯，26 岁，面庞坚毅，眼神冷峻。”在电影中里斯也有脱下衣服露出伤疤的场面，这也很像是标准好莱坞铁血男儿的行为，那么是什么让里斯这个人拥有“生命”，而且有趣呢？答案是编剧詹姆斯·卡梅隆为他设计了丰富的心理活动与必须保护萨拉的任务。我们关心里斯，因为我们能感受到他生活的艰辛，这也使得他对萨拉的似水柔情更加戳中我们的心窝。这些特点通过他的行为表现出来，比如当他从空中落下不久后被警察追捕（第 12 镜）。以及后来，在警察嘲笑他关于机械人的警告（第 154 镜）时，我们能感受到他情绪的紧张。凯尔·里斯的“生命力”令观众相信他愿意为任务献身。

《证人》中约翰·布克的人物介绍同样写得非常简洁：“他 40 岁左右，身材瘦长，健壮。”然而布克这一人物通过剧本中的描写与演员哈里森·福特精彩的演出成功吸引了观众的注意。他在车站向塞缪尔提问时展现出对待孩子的温柔一面（第 30 镜），而在沙龙中认出疑犯时又展现出迅猛的行动力（第 36 镜 C 机位）。在热狗店的那一场戏中，瑞秋告诉布克他姐姐对他的看法，令他感到茫然（第 52 镜 B 机位）。这些时刻拼凑出了一个真实的男人，他从事警察工作多年，在日常生活中则是一个很关心外甥的舅舅。剧本中没有提到布克的感情状况、家庭住址、兴趣爱好，以及他除了工作伙伴外的其他朋友，他似乎是个独行侠。瑞秋在照顾受伤的布克时，曾听到神志不清的他在说胡话，这是他在全片当中唯一一次暴露出自己的脆弱（第 80 镜）。

里斯与布克（还有其他许多电影中的男性主角）都需要展现出脆弱的

一面，让观众知道这些男人需要爱情的抚慰。但是，这种戏剧范式观众见得多了，所以编剧在创作这样的事件时必须要有创新意识，否则便无法打动观众。最保险的策略就是为你的人物量身打造一件具有特殊性，又真实可信的事。看看有什么事情能在你的故事中合理（或者不合理）地发生。创作务求踏实，因为慢工才能出细活。

人物特点可以随着故事发展一点点地显露出来，就像我们在现实生活中碰到一个人，也要慢慢地了解他一样。优秀的电影人物很少是自私的、做作的、善恶不分的。他们通常也会有这样那样的毛病，让观众感到真实——比如《大审判》中的高尔文酗酒成瘾，再比如《月色撩人》中的洛蕾塔［雪儿（Cher）饰］那有些扫兴的实用主义作风。这些有趣的人物之所以有着这样那样的小毛病，不只是为了显得更真实生动，还能对故事的发展产生刺激。主角与反派人物都是如此，后者也可以拥有迷人、勇敢、激情，与智慧这些特质；然而，他们的悲剧性在于这些优秀的特质都无法弥补他们骨子里的反派特质。《狂野之河》（*The River Wild*，1994）中凯文·培根（Kevin Bacon）饰演的恶人，还有《最后的诱惑》中琳达·菲奥伦蒂诺的角色都是如此。从上述例子与其他无穷无尽的人物中我们可以了解到，纸上的人物之所以有生命力，是因为他们的情感富有层次。他们有着自己的价值观、需求、智慧、情绪，这些能迸发出引发戏剧冲突的情感火花。

总结一下，戏剧人物是不完美的，却也是生动的，他们就像是我们会在现实生活中遇到的有趣的人。他们有着自我意识，尽管可能是消极或扭曲的；他们不会回避问题；他们可能有很多毛病，可能很危险，或者很古怪。对于大部分人物而言，这样那样的行为习惯、态度、性格特点，都来自他们的背景故事。

5.7.1 将背景故事融入剧本

背景故事与说明性文字应当巧妙地融于故事，而不减缓戏剧发展的势头。将背景故事信息融入对白，便是一条非常基本的策略。《大审判》（第 47 镜）就做到了这一点，在这场戏中，米基告诉劳拉当年的利利布里奇案究竟发生了什么。在这一过程中，他提到高尔文是那种以为“有钱人都是圣人”的人。像这样戏谑地指出高尔文曾经的天真，既不失对话的趣味性，又不会使故事拖沓，将背景故事很好地融入对白中。类似的情况还有《西雅图未眠夜》（第150镜），贝姬对安妮说“我们太过重视男人的语言能力，这就是自寻烦恼”，背景故事与说明性文字不失幽默地融入了这句对白之中。

优秀剧本不仅通过一个人的言行，还会通过他人的言行来传递背景故事。例如，《大审判》中的酒鬼主角便通过他的一些行为揭示出他的背景：在葬礼上找业务（第1镜）；发起酒疯来，将办公室搞得一团糟（第7镜）；从鲁尼护士的邮箱里偷走她的电话单（第81镜）。剧本通过这些瞬间体现出高尔文从痞子律师发展为有原则的杰出律师的全过程。随着人物变得越来越积极向上，观众也会越来越担心他能否取得胜利。（更多关于将背景故事融入对白的内容，详见第6章）

人物的背景还可以通过他的穿着、生活状态、工作与日常行为体现出来。《码头风云》中由白兰度饰演的粗犷的码头工人，与《情挑六月花》（*White Palace*，1990）中詹姆斯·斯佩德（James Spader）饰演的雅痞男主角，二者形象截然不同。斯佩德的角色从外形、气质、言谈举止，都透露出雅痞气息；甚至于他开沃尔沃轿车这一点，都非常符合人物形象。电影还通过这样一处细小的地方来表现人物的爱讲究：斯佩德停下手中的事，去将自己的波斯地毯边缘弄平整。不久，斯佩德在汉堡店遇到了比他年长的女服务员（苏珊·萨兰登）。两个人的身份背景有着天壤之别，他们也没有什么共同点，然而电影却颠覆了我们的想法，让他们二人发生了一段浪漫关系。

背景故事与剧情信息还可以由故事中的某人以画外音的方式传达，比如《肖申克的救赎》；也可以由故事以外的人物来讲述，比如《巴里·林登》（*Barry Lyndon*，1975）。画外音叙述可以让故事中的某人以回顾往事的语气来进行，比如《伴我同行》（*Stand By Me*，1986）和电视剧《纯真年代》（*The Wonder Years*）。还有一种方法是让故事人物直视镜头，念诵背景故事的对白，《第二春》（*Shirley Valentine*，1989）与《安妮·霍尔》（*Annie Hall*，1977）

都采用了这种方法。

背景故事还能通过图表（《终结者》）、家庭合影（《五支歌》），或来自过去的声音［《晴空血战史》（*Twelve O'Clock High*，1949）］来表现。其他传达背景故事的方法有：电脑上的信息（《西雅图未眠夜》）、家庭自制影片［《外星恋》（*Starman*，1984）］、工作总结、旧日书信、纪念物或衣物，以及故地重游等。《现代启示录》（*Apocalypse Now*，1979）以剪报和马丁·希恩（Martin Sheen）的画外音来刻画白兰度的人物形象。

5.7.2 背景故事多少才够？

现在，你已经掌握了一些关于人物背景故事与心理状态的知识，你还应该知道的是，在剧本中，这些内容所占的比重非常小，因为观众更关心角色做了什么，而不是他们为什么这么做。再有，人物心理状态的复杂性不适宜电影的表现形式，在电影中会显得相当沉闷，这也是为什么编剧要尽量避免在剧本中加入太多背景故事的原因。以上建议，希望那些倾向于着重描写人物心理活动的编剧认真参考，因为，正如前文曾经说过的，优秀的剧作是将背景故事精妙地融于戏剧发展之中，令观众几乎察觉不到。对于新人编剧来说，这似乎难以做到；但是，坚持依此思路进行创作，你的剧本才能从干巴巴的演讲稿变成真正的电影故事。这两者之间的差别，借用马克·吐温的话说，简直是雷电（lightning）与萤火虫（lightning bug）的天差地别。

只言片语的背景故事就能反映出人物的内心深处，让观众做好关于他们的行为的心理准备。人物的行为动机用他的某一次经历，加以简单的分析，就能解释，我们之前举过《西雅图未眠夜》男主角的例子。大部分情况下，对白可以用几分钟的时间就将人物背景交代完毕。

一般来说，人物的背景与经历不到必要的时候无须交代，而且应该以低调的方式——除了那些爱好吹嘘自己的、恃强凌弱的、与他人格格不入的角色。让人物默默地承受痛苦，比让他们大声说出来更富有戏剧性。观众们更欣赏那种隐忍，特别是当他们能感受到人物的脆弱时。这与现实生活是一致的，我们大多数人在碰到一个陌生人突然大谈特谈自己的往事时，我们的本能反应就是避开这个人，尤其是当这个陌生人的往事听上去让人不那么舒服。在生活中，人们对他人信息的获取遵循这样一种社交规则：问题引出答案，而答案延伸出更多问题，像这样逐渐去了解对方大概是一个怎样的人。

电影真的遵循这种模式吗？大部分，但不全是，人物偶尔的关于往事的情绪爆发是很受欢迎的桥段。以《大白鲨》为例，罗伯特・肖（Robert Shaw）在其中饰演的角色（昆特）就有一段讲述他的船在二战时期沉没的长台词。在海上漂泊的那些日子里，昆特眼睁睁地看着他的船员同伴被鲨鱼吞噬。这一经历很好地解释了昆特为何那么执着地要杀死鲨鱼。昆特的精神需求对整个故事造成了非常深刻的影响，因此，他的这段背景故事非常重要。

5.7.3 作为背景故事的闪回

闪回是电影中展现人物人生经历的片段、场景，或蒙太奇，但其实它还可以有更加丰富的形式。比如《水之乡》(*Waterland*，1992）中的闪回。在这部电影中我们可以看到或传统或新颖的闪回形式，其中最突出的便是让主角穿越到过去，成为他的祖辈所经历的事件中的旁观者。像所有电影中的闪回段落一样，《水之乡》中的闪回段落都具有很强的主观性，因为它们都是人物的回忆。闪回段落可以由一些声音或影像引发，比如在《终结者》(第 46 镜）中，当里斯看到施工用车时，曾经与杀人机器作战的回忆立刻浮现。在《西雅图未眠夜》中，萨姆有两次回忆亡妻时都引发了闪回片段。《午夜牛郎》的开头有一系列闪回段落，都是关于主角不幸的过往。引发闪回段落的方法还包括来自过去的灵异声音、纪念物、手工制品，或造访某地。闪回段落很少由次要人物发起，除非是出于表现主要人物的目的。

向闪回过渡的方式有许多种，最常见的一种是让摄影机逐渐向人物推近，变为特写镜头，接着叠化或硬切至该人物的闪回片段，《终结者》(第 45 镜，特效 183）就使用这种手法。其他过渡方法包括闪光、叠化、淡出、硬切、慢速叠化。编剧在写作剧本时一般会略过具体的过渡技巧，用简练的场景提示进行指示，如："以下是约翰关于巴黎美好一夜的（记忆）闪回段落。"

尽管闪回段落可以为影片增加趣味，但它们其实就像乐曲——令人享受，但当音乐结束，故事又要重新开始。闪回段落，尤其是带有对白的闪回段落很可能影响故事的连贯性。电影不是现实；它甚至可以说是超现实的，因为它需要观众情绪始终保持高涨，所以，任何会分散观众注意力的环节，比如介绍人物背景与闪回段落，都不宜太长。

还是那句话，虽然以上关于闪回的建议适用于大多数情况，但是总有例外。那些非常有趣或非常关键的电影瞬间值得好好表现。电影《烈血焚城》（*Breaker Morant*，1980）讲述的发生在布尔战争期间的一次军事训练的故事，为了向观众解释故事的特殊背景，该片含有大量的背景介绍信息，而这些都是通过闪回段落呈现的。法庭戏也出于相同的原因，用闪回段落作为介绍剧情信息的手段。总的来说，判断闪回是否必要，这也是故事感的一种。通常越少越好。

5.8 人物立意

人性，一直是人们最感兴趣，也是讨论最多的话题。当然，它非常复杂，是什么特性将我们与其他动物区分开来，这个问题众说纷纭。沃尔多·索尔特（Waldo Salt）对这一问题，从编剧的角度给出了有趣的意见，他认为，他笔下的人都是渴望被治愈的，从无法正确认识到自己的问题，到最终通过某种方法治愈了内心的疲惫，这中间是一段艰苦的旅程。到最后关头，索尔特往往会让他笔下的人物做出最坏的选择。在索尔特的作品《午夜牛郎》中，由乔恩·沃伊特（Jon Voight）所饰演的乔·巴克就是这样的类型，一个孤独的、被忽视的年轻人，迫切地需要与人建立亲密关系。然而比起追求自己所需要的（被爱），乔·巴克却选择去追逐自己想要的（在纽约当一个有钱的男妓），对金钱的渴望超过了对亲密关系的渴望，于是他逐渐走上错误的道路，直到他与拉茨·里佐（达斯汀·霍夫曼饰）成为朋友后，他才真正获得了他内心深处所追求的那种信任感。索尔特的这个欲望对比需求的策略是一种非常有效的创作人物内心困境的方法。

与索尔特不同，罗伯特·汤（Robert Towne）就这一问题提出了另一种观点：

> 我认为，对于人物而言的一个最重要的问题是，他们究竟怕什么？他们究竟怕的是什么呢？对我来说，这个问题大概是最好的走进人物的路径，并且它最终会成为故事的基底……其中的人物是真实的。《唐人街》中的杰克·吉特斯最怕的是被人愚弄……他会激动地说："我不会让任何人骗倒我。"他是会这样情绪过激的，这将成为他的一种自证预言，也确实如此。他就这样陷入他最想逃离的处境之中。他过于害怕被骗，而正是这种心态让他受人摆布。①

在这里，汤所说的是杰克·吉特斯的精神需求为他带去了人格上的缺陷。电影中没有说杰克这种心态是怎么形成的。也许他天生如此；也许他从小被家长严格要求，不能容忍失败。

尽管吉特斯的弱点是汤创作出来的，但汤对此并未给出任何解释，因为如果把人物解释得太清楚，就会破坏他们的神秘感。汤就以这种方式，让观众被这位出于某种原因而难以预测的棘手人物深深吸引。观众在银幕上看到的是吉特斯刚愎自用的行为；却看不到隐藏在这之下的，汤用以拨动其行为动机的那根弦。这就好比看皮影戏：观众只能看到人偶的影子，但看不到人偶本身——吉特斯的精神需求（害怕失去主导权），而这是诞生于人物背景故事里的。于是，到最后，吉特斯聪明反被聪明误，无意地害死了自己的爱人。

---

① Terry Sanders and Freida Lee Mock (eds.),"Robert Towne,"in *Word into Image: Writers on Screenwriting: Transcripts of the Award-Winning Film Series* (Santa Monica,California: American Film Fondation 1981), p.3.

杰克·吉特斯与乔·巴克都是与自身最大利益背道而驰的人物，因为他们完全没意识到自己真正需要的是什么。进一步地说，杰克和乔看不清造成自己现状的真正原因，而这一点在大多数虚构人物与现实生活中的人身上都有所体现：有的小孩很孤独，他们试着去交朋友，可结果没有人愿意理他；有些人为了显摆，花钱如流水，最终令自己债务缠身。在这些案例与其他很多案例中，人们都非常努力地试着打破不幸的现状，去发掘自身潜力。为此，我们真正需要做的是，将我们所追求的"想要的东西"改为"需要的东西"，一些纯粹的、健康的东西。高明的编剧会为人物赋予这两种需求，并解决二者之间的转化。从"想要"到"需要"的转变，体现出人物精神层面上的成长，正是这种成长使人物变得更丰富，故事变得更精彩。

5.8.1 盲点

我推荐大家学习索尔特与汤是如何为人物设置盲点的——正是由于盲点的存在，主角看不清他们脚下的道路是错的。在现实生活中，我们每个人都有着至少一处盲点，而要想克服盲点，正确认识自己，需要长期心理治疗或自我调整。

古希腊戏剧中的英雄常常由于盲点而认识不到自己的错误。直到现在，盲点策略依然广泛应用于电影中，从传记电影（《与爱何干》）、史诗电影（《桂河大桥》）到动作电影（《侏罗纪公园》）都使用这种策略。在最后一种电影中，人物必须摆脱自己的盲点，才能认识到周遭的危险。

《影子大地》（*Shadowlands*，1993）也使用这一策略。影片记录了男主角 C. S. 路易斯（安东尼·霍普金斯饰）历经磨难，终于摆脱了自身的盲点（狭隘的世界观与对生活缺乏激情）。路易斯的问题源于他童年丧母的经历。经历这一精神创伤后，路易斯便发奋学习，在学术中寻求慰藉，当美国作家乔伊·格雷沙姆［德博拉·温格（Debra Winger）饰］遇到他时，他还是一个虚度光阴的、羞涩的独身男子。在二人坠入爱河后，路易斯才意识到自己原来是一个书呆子，于是，他选择离开象牙塔，拥抱生活。

5.8.2 其他心理学模型

心理学家通过研究心理学模型来更好地理解患者。我的妻子是一位心理治疗师，她研究家庭系统理论，该理论认为，家庭心理问题是代际传递的。也就是说，假如一个人在儿童时期受到虐待，那么他在长大后成为施虐者的概率会高于平均值。心理模型有很多种类，在这里，我仅选择一些适用于剧本写作的类型加以介绍。

第一种模型，是由加利福尼亚大学洛杉矶分校（UCLA）的心理学家杰克·卡茨（Jack Katz）提出的：惯犯。卡茨研究了许多含有惯犯角色的故事，他发现，一些罪犯致力于为自己打造出硬汉形象，牢狱之灾对他们来说不算威胁。此外，许多惯犯出身于被社会偏见认为会滋生犯罪的社会阶级。这也很好地解释了为什么惯犯总是挥霍他们得来的不义之财：这是为了向公众表示，他们并不是为了钱财而偷窃，而是对出于对社会规则的蔑视。这从本质上来说，是一种吹嘘行为。卡茨曾在自己的著作中引用过一段某惯犯的话：

> 正经人不懂我们。我的意思是，他们认为我们想当花花公子。但事情并非如此。在现实中，没有人想要无家可归，干这些事儿。我们是演员。我们因为干这些事儿而光彩夺目。我们开着最好的车，带着最好的妞，在舞台上表演。我们知道周围的人会谈论我们。只要我们一踏入酒吧，整个酒吧就会安静下来。[①]

犯罪生活会给这些从小缺乏教养和遭受家庭暴力的人一丝自我认同感。关于这一点，《黑帮大时代》（*American Me*，1992）这部讲述墨西哥黑帮故事的电影就有所体现。犯罪行为会使罪犯们走向死亡与牢狱之灾。而在监狱里，他们连名字都会被剥夺，只有一串冰冷的数字证明他们的身份，这却正是他们最害怕的——没人认可，失去地位。这些罪犯的精神需求——也

---

① Jack Katz, *Seductions of Crime:Moral and Sensual Attractions in Doing Evil* (New York: Basic Books,1988), p.315.

就是通过反抗社会来获得身份认同感——令他们忽视了他们真正所需要的（获得健全的人格），而一心一意地通过犯罪来逃避那种不被重视的感觉。

遵纪守法的人也会有同惯犯心理类似的心理状况。南加利福尼亚大学心理学家杰伊·马丁（Jay Martin）曾研究过虚构人格[①]。他指出有些人会有意识或无意识地去模仿自己喜欢的虚构人物的特征。比如，一个男人可能会无意识地模仿约翰·韦恩（John Wayne）的步伐或者是休·格兰特（Hugh Grant）的闷骚；一个女人可能会效仿摇滚明星的那种放荡不羁，或者学习凯瑟琳·赫本（Katharine Hepburn）那种独立的感觉。在公众面前展示出或多或少虚构人物的特征是很多心理健康的人都会做的事，但如果过火，便会发展为一种病态的虚构人格症。伟大的作家威廉·福克纳（William Faulkner）就是这样的人，他认为自己是一战时期的英国贵族飞行员，曾经从一次空难中死里逃生，多年以来都一瘸一拐地走路。福克纳的确在加拿大接受过飞行员培训，然而根据他的传记作者回忆，他并没有经历过空难。尽管如此，福克纳坚持这一虚构人格，因为他觉得这一虚构人格很有魅力。

编剧会利用心理学知识来为他们的人物创造动机。例如，虚构人格可以影响人物的生活方式、穿衣打扮、社交习惯、职业与他们对事物的反应。《西雅图未眠夜》中的安妮就是这样一种角色，她深受老电影影响，喜欢会讲话的男人，相信真爱和命运这种概念。《月色撩人》中尼古拉斯·凯奇的角色会模仿他喜欢的歌剧人物。假如我们想让"运动寡妇"故事中的妈妈变成她最害怕的那种古希腊女战士般的人物，那么这一决定会影响整个故事的发展。

5.9 "空椅子"练习

编剧往往要用很长的时间去了解人物，发展故事。有一个叫作"空椅子"的练习可以帮助你达到这一目的：编剧想象他故事中的一个主要人物坐在旁边的空椅子上，接下来，向这个人物提一些私人问题，无论什么都可

---

① Jay Martin, *Who Am I This Time: Uncovering the Fictive Personality* (New York: W. W. Norton, 1988).

以。比如，让妈妈坐到空椅子上，问她关于那个隐瞒了多年的秘密。这一练习通过提问来激发你人物的各种情绪。在实践时，可以将你的问题录下来，便于日后复习。

“空椅子”练习还可以有一些变化形式，比如，你可以扮演你的人物，这样一来，比起提出问题，你更需要回答问题。或者找两个人，让他们就某一关键的话题做问答练习；其中一个人坐在空椅子上，另一个人负责提问，五分钟后角色互换。问题可以是犀利的，也可以是温和的；可以关于金钱、爱好、苦难、性、职场，还有为什么这个人是好人，等等。

“空椅子”练习加上速记等其他之前提到过的练习的配合，会是一项复杂而消耗精力的实践。它们能撬开编剧的潜意识，获得关于人物与故事的有用讯息。标准的“空椅子”练习，完整流程可以接近一小时。

尽管“空椅子”练习是开放、自由的，但因为它需要强烈的情感投入，所以我一般不将它作为课堂练习，因为有些学生不习惯在公开场合表达强烈的情感。如果我真的要让学生们做，我会先将教室的灯关掉，让学生们看一些放松的视频。在他们的心情得到放松后，我会让他们围成一个圈坐好，在视频结束时，用一支小的聚光灯照向圆圈的中心，假设灯光的区域就是那把空椅子。接着，大家开始提问。这种剧场的气氛有助于激发出大家潜意识中的好点子。

5.10 写作有趣的次要人物

许多电影（《家有恶夫》《午夜狂奔》《月色撩人》）都会允许次要人物展现他们的需求与个性。出彩的次要人物会令剧本更上一层楼。在不耽误故事主线发展的前提下，适量的配角戏份可以使故事变得更丰富有趣。编剧可以使用一些手段，快速有效地表现次要人物，而不影响故事的发展。

我们可以通过对比《终结者》系列电影中的两个场景来学习写作次要人物的方法。在《终结者》第 160 镜中出现的警察，只有一句台词，接着就被机械人杀死了。而在《终结者 2：审判日》（*Terminator 2: Judgment Day*，1991）中的车手酒吧老板就展现出了一些人物性格：他用枪指着机械人，让它离摩托车远点儿。而在续集中被设定得不再那么残酷的机械人抢走了他的枪，并拿掉了他装在衣服口袋里的太阳镜，骑着摩托车走了。这一事件仅仅有 10 秒钟，却将一个黑道酒吧老板［皮特·施伦（Pete Schrum）饰］的人物性格表现了出来。从结果上看，这一次要人物的表现提升了整场戏的可信度。

如果编剧能够意识到优秀演员在几秒钟之内能够发挥得多么出色，那么写作次要人物的任务会变得简单一些。举个例子，《大审判》第 3 镜中，在葬礼上出现的死者的儿子只有两句台词，但十分有力地揭穿了高尔文冒充死者友人的谎言。令人印象深刻的配角还有：《月落妇人心》（*Shoot the Moon*，1982）中由乔治·默多克（George Murdock）饰演的濒死的父亲、《大审判》中由朱丽·博瓦索（Julie Bovasso）饰演的忠诚的鲁尼护士、《油炸绿番茄》（*Fried Green Tomatoes*，1991）中由西塞莉·泰森（Cicely Tyson）饰演的危险而沉默的助手，等等。配角演员们通过很少的戏份展现出他们的才华，为电影增添光彩。优秀的电视剧作品［例如《干杯酒吧》（*Cheers*）、《欢乐一家亲》、《中国海滩》、《纽约重案组》、《罗丝安妮家庭生活》］中也不乏杰出的配角演员。唯一需要注意的是，不要让次要人物的锋芒盖过主要人物，否则故事会失去重点。为了防止这种情况发生，电影往往对主要人物的戏份多少有严格的要求；另外，如果导演认为在次要人物在某一场景或者在整个故事中过于抢戏，那么该人物的戏份会被删减，这也意味着编剧之前为该人物所做的工作都付诸东流。一旦这种情况发生，那么配角演员的演技便没有用武之地，他们只需要执行传递信息的任务就可以了。

小 结

人们生来便有着各自的天分与生理特征，在成长过程中，人们的性格发展会受到家庭、社会与其他因素的影响。编剧便运用这些先天与后天影响来创造情感层次丰富的人物。阅读与观察能够帮助编剧更好地探索人物的内心世界，明白他们的行为动机、他们的目标与困难。

大部分人物的心理是由他们的背景故事决定的——在故事发生前都发

生过什么事。背景故事包括人物的生活经历、戏剧情境的历史背景与催生戏剧性的机制。当你对地点与人物进行了充分的思考后，才有可能将它们活灵活现地呈现在纸上。要记住，WYSIWYG（所见即所得）。

为了将人物刻画得更生动，你需要去了解他们的精神世界与他们所扮演的社会角色。演员、导演、制片人以及其他阅读剧本的人都可以从文字中读出人物的戏剧化的人生——他们的“纸上生命”。

编剧创作人物背景故事，主要是为他们增添精神需求，这基于人物所受到的短期创伤与长期影响。精神需求可以制造人物心理压力，为人物增添能量，使人物和故事变得更加有趣。如果故事死气沉沉，没有意思，那么你也许应该为人物增添背景经历与怪癖，来激发他们的活力。通过观察日常生活中的人，编剧可以获得许多人物特征的素材。“空椅子”练习是一项帮助你表现人物与其动机的练习项目。

最后，我想提醒读者：本章的重点是帮助你熟悉人物写作的要点，你可以在你阅读的剧本、观看的电影与你自己的创作中体会它们。但是，为了吸收这些知识，你必须进行实践练习；否则它们只是一席空话。

练习

从主要教学电影中选择一位男性角色与一位女性角色，研究他们的精神需求。你的分析应当包括以下问题的答案。

（1）二人的精神需求源自何处？他们所受到的短期创伤与长期影响有何特征？

（2）人物是如何表现出他们的精神需求的？

（3）列出二人可能受到的社会影响与他们的人生经历。

（4）二人最怕的分别是什么？精神需求如何为人物创造需求？

（5）二人追求的是他们想要的还是他们需要的？试分析。

第 6 章

对白与人物

6.1 对白写作

对白分为有话直说（也称“正中鼻子”）的对白与话里有话的对白。本章将要研究如何在不拖慢故事节奏的前提下，让这两种对白能够既表现人物，又传递情节信息。此外，本章还讨论了如何写出具有情感潜台词的“可表演的”对白，以及带有戏剧性沉默和停顿的对白。通过使用一些策略来完善对白，你的人物与故事可以变得更加生动。

让我用亲身经历的一堂很有价值的台词课来开启这一话题吧：多年前，我的经纪人［梅尔·布鲁姆（Mel Broom）］把我的一份剧本退给我，让我自己翻一翻。梅尔问我在翻看的过程中有没有觉得哪里不对，我告诉他，每一页都有黑乎乎的，一坨一坨的对白。于是梅尔给了我一份奥斯卡获奖剧本，我发现那份剧本非常干净整洁，因为它的台词通常只有一两行。通过这次翻剧本，我学到了本章将要讲的最重要的一件事：对白越短越好，因为观众花钱是为了看电影，而不是听配图广播、看两个人说话。

对于整天独自一人待在家里和人物说话、让人物说话的编剧来说，这件事可不简单。画外音、内心独白、字幕、广播、会说话的动物或机器、来自另一个时空的声音，这些都是我们可能会遇到的写作任务。有些人会对着电脑或宠物喃喃自语，或干脆对着镜子表演台词！虽然我们的大脑成天在嘀咕着这样那样的台词，但我们都明白，台词过长必须删改。首先要将人物的大段台词进行删减，再将剩下的部分进行适当精简，让对白最终变得简洁有力。

新人编剧还要知道，买方在读剧本时往往略过场景提示，仅凭对白了解故事内容。所以，你应该学会的第二件事：将要表达的内容放入对白，而不是场景提示中。因为你的场景提示写得再长，买方也不会看。

WYSIWYG 的策略同样适用于本章话题，因为当你的人物已经在你脑海中形成后，他们所说的话就应该推动故事发展，展现他们的内心世界。看一个编剧写的对白，你能知道这个编剧的耳力如何，他写的对白是空洞的，还是充实的？这是编剧朱利叶斯·爱泼斯坦（Julius Epstein，代表作《卡萨布兰卡》）在接受 WGA 采访时所提出的一种观点[①]。爱泼斯坦说，编剧能否写出有力量的对白，取决于他有没有“能分辨对白好坏的耳朵”。我便问他耳朵指的是哪一种——是我们用来听别人说话的生理上的耳朵，还是用来听笔下人物说话的想象中的耳朵——爱泼斯坦回答说，两种都需要。

爱泼斯坦关于编剧如何感知对白的言论是本章内容的依据，因为身为编剧，我们不仅要听到虚构人物所说的话，还要去听日常生活中人们所说的话——与他们说话的方式。对于人们的口音、感情、情绪、节奏，特别是没有说出口的潜台词，都要特别敏感。这也意味着编剧必须非常努力地倾听别人讲话，同时看着对方的眼睛，了解他是不是心口不一。同时，我们还要注意身体语言、手势、面部表情、嗓音的质量与其中有无颤音，以及对于用词的选择，这些都是对白与讲话的组成部分。

也许编剧并不是唯一需要以这种方式去倾听别人谈话的职业群体，不过我们可能是为数不多的要将日常对话搬上银幕的一群人，因此我们的目的是判断说话者是否口是心非。接下来我们就要用这种技巧来创作人物对白，

---

① Writers Guild of America (WGA) interview, May 1994.

以表现他们的内心世界。我倾向于从人物创作的角度来谈对白创作，因此如果某人物在某情境下的发言不够有趣，我就会让他再说一遍——更有趣一些！

通过创作对白，我们能够对于笔下人物感同身受。我们的目标是成为他们，与他们血肉相连，将我们的潜能赋予他们，或者甚至让他们来操控我们。我们创作出我们自己，去体验人物所体验。让我们成为他们的媒介，成为他们通往世界的桥梁——我们总要保留一部分清醒的、作为作家的意识，坐在角落去写下故事的全部过程，但如果不跟人物进行亲密交流，我们便不可能写出富有激情的对白。编剧帕迪·查耶夫斯基（Paddy Chayefsky）关于创作性精神错乱的说法听上去很像约翰·加德纳所说的那种幻觉（我们在之前的章节提到过）：

> 因为我知道我想让他们说什么，所以我才写得出那些对白。场景仿佛就在我眼前；我能想象到他们就在我眼前的银幕里；我试着去设想他们会说什么，怎么说，我将我的想法灌输给他们，于是对白就这样写出来了。我觉得世上所有作家都有过这种体会。接着我将对白重写，再删减，再精简，直到我得到我所认为的最准确的场景。①

通过幻觉来写作幻觉，需要我们用意志力，不断地要求人物重复我们的话，直到这些话变成他们的真心话，而不是我们的。为此，我们需要回到前一个步骤，通过想象使人物生动具体。

编剧写对白的方式有很多种。一些人是按大纲的顺序小心翼翼地逐条填充；一些人则是超负荷工作，用一周时间完成第一稿。要想一气呵成，编剧必须精力充沛。而这一稿是否技巧娴熟，则要取决于编剧工作时的狂热程度。通常，编剧一气呵成地完成第一稿，是为了确定他所酝酿的故事写出来是否能成型。一般来说，故事成型没有问题，可是会有许多有待修改的地

① John Brady, *The Craft of the Screenwriter* (New York:Simon & Schuster, 1981), p.61.

方：场景碎片化，人物干瘪，对白空洞，并充斥着大量无意义的场景与多余的行动。不过在这一阶段，编剧只关心一个最关键的问题，那就是故事是否有激情。比起这个，其他的问题都可以留待日后解决。我们希望在初稿中，人物所经历的困境与他们内心的煎熬真实地体现在对白中，我们能确定我们在进行一个有前途的项目。如果人物够真实生动，那么编剧会记得每一个时刻的大致内容，并在接下来以之打磨对白与场景。

6.2 拗口的对白与真实的讲话

电影中的对白都很自然流畅，听上去很简单，好像谁都能写出来——或者演出来。这便是优秀电影对白的假象之一。因为编剧知道剧本中的每一个字都是为了制造冲突与戏剧，构建情绪，传达场景的戏剧点，所以，电影对白的内容就要低调一些，避免华丽辞藻、至理名言、文字游戏、双关语、比喻句等一切存在感强烈，让观众出戏的内容。此外，重复性内容、陈词滥调、过时的流行语，以及废话连篇也是应该避免的。比如“我从来没见过谁的红发像你的这样如同火焰般绚丽”。这句台词完全可以改成“你的头发真好看”，或者直接让演员以一种揉头发的手势代替。

脏话是否应该保留取决于编剧本人脾气好不好。一些编剧认为脏话能增加剧本的真实感，确实是这样的。但是，我建议你尽可能地删掉脏话，因为它们对故事的帮助很小，太多反而会让故事显得粗俗不堪。拿《大审判》电视版来说，它将原版中的脏话都剪掉了，整部剧并没有失败[①]。即便是《伤心岭》（*Heartbreak Ridge*，1986），它的原版被某些书称为“含有最多污言秽语的电影”，电视版也尽可能地删掉了脏话，并且完全无损影片的男子气概。你还应该看看《码头风云》，这部描述穷凶极恶的歹徒的电影中也没

① 有些电影是在制作过程中再由演员来配音，这样电影在电视上播出时，可以把脏话部分替换掉。如果不这样做，电视台可能会把有脏话的片段直接剪掉；如果剪得不好，可能会破坏电影。为了防止这种情况发生，一些编剧会把脏话放在一段对话的开头或结尾，这样脏话会更容易被剪辑，删减会不那么明显，从而保护他们的作品。

出现过脏话。编剧巴德·舒尔伯格（Budd Schulberg）在创作这部电影时使用了一些暗语（其中之一是以“老鼠”来指代警方线人），这样比较曲折的骂人方式能让人物、对白，以及整部电影的气势有所提升。

电影对白与日常对话的口吻是相似的，只不过电影对白会尽量吐字清晰。所以，在电影对白中，“他们去我就不去”要比“如果他们去那么我就不会去”的正式说法使用得更多。对白应该保证语法正确，这是基本要求，除非错误的语法对表现人物有所帮助。

编剧在写作电影对白时，偶尔使用下划线或者大写字体来对某些部分进行强调；这是编剧给出的表演指导。一般来说在对白中除了使用感叹号或问号（进行强调或情绪爆发）外不应在字体上做太多文章。大部分编剧都遵守这一规矩，因为有着重大意义的对白不用额外标注，它们自身就足够引起读者重视。有时，这种重要的对白自身会有特别的结构或抑扬顿挫的音调，来表现其蕴含的能量与风格，提示表演者应采用什么样的表演方法。

商业电影明快紧凑的节奏意味着人物绝不会说废话。他们的用词都是经过编剧精心筛选的。当他们表达出每场戏的戏剧点后，就不再有多余的话。电影对白不会像真实的对话那样经常出现唠唠叨叨或含混不清的情况（除非故事有所需要）。

一些人物说话是有口音的。不过编剧在写对白的时候不需要将口音或方言写出来。例如，《证人》中的阿米什人说的是德语，以及带有德国口音的英语，不过剧本是由英文写就的；剧本上并没有写德国口音是怎样的。电影中，葬礼上的悼词（第 9 镜）是用德语念诵的，但是在剧本上，这段悼词是用英语写的。场景提示指出“牧师讲标准的德语。配英文字幕”。然而最后电影并没加字幕，仅表现出葬礼的庄严感就足够了。

我曾写过一部电视电影，关于生活在北加州山区的人们，他们讲方言，因此我在场景提示中写了这样一句：“山区方言雄浑有力，鼻音较重，又带着一种伊丽莎白一世时期的那种恭谨感。”无论什么样的语言，都可以用场景提示来描述，比如：小张十年前就从中国移民过来，到现在英语说得仍然不好。这样读者一看便知该人物讲话带口音，编剧不需要用蹩脚的英语来写他的对白。如果口音或方言在某些时刻能作为影响剧情的手段，那么就用场景提示注明，比如：努力地试着表达她的意思，磕磕巴巴地拼凑出一句话，或者说着别人听不懂的语言。

电影对白与广播剧台词不同，后者必须描绘出听众看不到的画面。在广播剧中，人物可能会说出这样的台词："你为何要从抽屉里拿出手枪指向我？"而由于电影观众能够看到银幕上的画面，因此，人物所说的是画面上没有的内容。

电影对白常常通过操纵观众的期待来达到目的。例如，在一个极富戏剧性的场景中——比如，家长得知孩子在一起事故中受伤后的一场戏——观众期待在这场戏中看到人物情感的爆发。这一场景便可以先从这对夫妻在家中花园摆弄什么东西写起，让二人进行一些不咸不淡的对话，极力控制着自己的情绪，接着，让其中一人发现孩子玩过的球，于是，二人再也抑制不住悲伤的爆发。类似的时刻在《大审判》（第 6 镜）中也有所呈现，从葬礼上被赶出来后，高尔文和朋友开起了玩笑，表现出对这件丢人的事好像无所谓的态度。直到后来，他独自在办公室饮酒，才展现出自己难过的情绪。

电影对白的进程是由一方的话引出另一方的话，并要维持谈话内容的连续性。这一点与日常对话闲散跳跃的性质有所不同。电影对白所用的语言简洁易懂，以保证演员在表演时能够吐字清晰，表现出抑扬顿挫。电影对白尽量避免使用口头语，比如"呃""你知道""好吧"和"嗯"。编剧写出直白明了的对白，让演员根据故事需要做出不同的演绎。总而言之，电影对白与日常对话的关系，就如同导盲犬与家养犬一样。导盲犬肩负任务，训练有素。电影对白亦是如此，精悍、准确，才能发挥作用。

6.3 如何组织对白

与日常对话不同，电影对白需要组织与构建。通常，在一场戏中，会有三到四次的对白高潮。例如，在《大审判》第 65 镜中，在康坎农为难高尔文的专家证人汤普森医生的过程中，二人的对白总共经历了四次戏剧性递进，刺激人物情绪，激发冲突。第一次递进，是康坎农称汤普森是拿了高尔文的钱才替他说话。第二次是康坎农质疑汤普森的医生资质。第三次是康坎农几乎要指责汤普森滥用法律系统来打压其他医生。第四次，康坎农暗示汤普森的行为是出于种族厌恶。

在这一场景中，对白像这样层层递进，直到表达出最关键的一点——对话最后出现的金句。下文所引用的对白片段便是出自这一场景，在这场对话中，汤普森医生努力想要证明自己的资质，却总是被康坎农打断：

康坎农

是的，你刚刚说过了。
医生，你现在在做出对其他内科医师不利的证词，是这样吗？只要有人付你钱，你就站到法庭上作证，对吗？

汤普森医生

先生，有人付我钱不假。只要当一件事情是错的，就像这件案子一样，那么我就会来证明它是错的。我今年 74 岁，没有资格证。但我从事医疗工作 46 年，我知道什么是不正义的。

康坎农

你真的知道？我想是吧。很好，很好。我就不浪费时间了。让我们承认这位医生“专家证人”的资质吧。很好。

《大审判》，编剧：大卫·马梅，1982

在这场对话中，康坎农的语气是非常优雅有风度的，但是，在这段对话的结尾，康坎农的语气显然是在说，汤普森医生是“收了钱来作证的”。最后一句，便是这一段台词的“金句”。

汤普森的发言也经过了戏剧化的组织：他首先声明，高尔文的当事人受到了不公平的待遇。接着，他承认他是一个没什么作为的老医生，但是他知道“什么是不正义”。这便是他的金句。而康坎农就着“不正义”这一点，回答说“我想是吧（你真的知道什么是不正义）”，暗示这位年长的非裔美国人是由于种族仇视才做出对其他白人医师不利的证词。而接下来，编剧用双引号括出“专家证人”，是为了提示演员用一种轻蔑的语气来讲这句台词，作为对汤普森的一种侮辱。

康坎农在否定汤普森的资质后再声称对他没有异议，这段台词显然使高尔文的专家证人变得形同虚设。主角只能独自面对他的敌人：法官与康坎农。于是，观众开始担心他能否解决故事的主要矛盾（赢得官司）。

6.4 说明与对白

说明性质的对白能够披露剧情信息与人物信息。在《大审判》中，案子要进入公审、高尔文是个酒鬼、当事人需要法律帮助，还有一些其他细节，都是通过说明性质的对白来表达的。说明性质的对白可以用来解释故事经过，例如，在《证人》（第 34 镜）中，布克向谢弗透露警察在火车站被杀的原因。虽然编剧急于通过说明性台词来解释故事经过，但是一定要记得这句忠告：少即是多。太多的信息会拖慢故事节奏，冲淡戏剧性。

对白中的说明性内容应占比多少，是一个值得考虑的问题，要根据电影本身的特点与编剧的兴趣来决定。像《侏罗纪公园》和《燃眉追击》这样的故事需要大量的说明性内容，而像《月色撩人》与《鲁比的天堂岁月》这样表现日常生活情境的故事就不需要。通过对剧本与电影进行学习可以懂得如何避免向观众长篇大论地陈述信息。冗长的讲话会使故事变得拖沓，缺乏画面感，让观众感到厌烦。电影的宗旨是让观看者体验到某种情感状态，而不是让他们去接受大量的名字、日期、事实经过。因此，我建议（在大多数情况下）使用尽可能简短的对白，将内容重点放在人物情感的波动上，而不是关于剧情信息与背景故事的说明性内容上。

假如删掉说明性对白不会对故事造成影响，那么那些信息就是不必要的。当需要说明的信息非常重要时，思考能否将这些信息安插在剧本的其他地方。此外，还要思考如何让剧情与人物信息尽可能与影像结合起来，而不是通过对白表达。例如，在《终结者》中，当萨拉和里斯在讨论机械人所遭到的打击，他们也许能借此打败它时，电影并没有展示一张图表来呈现他们所说的内容，而是用三分钟拍摄了机械人安静地自我修复的过程（第 152、158 镜）。在《大审判》中，并没有关于高尔文酗酒问题的对话，但我们看到了影片开头段落他将办公室弄得一团糟的行为。这些例子都印证了另一项基本的（也是严苛的）对白策略：事实胜于雄辩。

6.5　将说明性内容融入对白

对话承载信息，这没有什么神秘之处；我们每天都是这样做的："爸爸，我今晚能借用你的车吗？我要带妹妹去参加比赛，不会回来太晚的。"这句话传递的信息有：借车的请求、说话者要送妹妹参加比赛、他们会在合理的时间回家。此外，表达请求的语气（傲慢、试探、紧张）也可以传递出潜台词，从而影响故事的戏剧性发展。因此，在对白中融入说明性内容，意味着将人物、关系、剧情、主题、背景故事的信息融入对白之中。

第 5 章曾经提到，如果必须向故事中加入说明性文字，那么要尽可能隐蔽地去做——这里加一点，那里添一句，用些许的揣测、暗示、态度来表现。这样故事才能流畅地进行，观众也不会被信息量巨大的对白搞得头昏脑涨。比如，在《证人》（第 93 镜 C 机位）中，当瑞秋告诉布克有粗鲁的游客嘲笑阿米什人的着装时，她的话中既包含了关于她和她的宗教信仰的信息，也包含剧情信息。同时，这番话的台词是对人物关系的一次加深，因为瑞秋说话时看着布克，她在试探他，他的反应将决定他究竟是一个值得她信赖的人，还是另一个粗鲁的游客。

说明性内容还可以通过冲突融入对白之中，夹杂在喷涌而出的情绪与愤怒的话语之中，比如在下面展示的《蓬门今始为君开》剧本选段中，这段对白发生在影片开始后不久，肖恩·桑顿（约翰·韦恩饰）回到爱尔兰赎回自己家的祖屋，而祖屋目前的所有者是心坚如铁的蒂兰夫人：

蒂兰夫人

我的家族自诺曼人入侵时便居住在爱尔兰……但是我们看不出任何修建纪念碑或纪念堂的必要……

肖恩

您瞧，我不是在谈纪念碑或纪念堂的问题！只是，我是在矿渣堆旁边的棚屋长大的，我母亲常提起茵梦湖和“白色晨屋”。在我心中，茵梦湖是天堂一般的所在……因此，当我辞去……（他磕巴了一下）我辞职后，立刻就来了这里——我就这一个想法。

《蓬门今始为君开》，编剧：弗兰克·纽金特，1951

此番对话告诉我们关于寡妇蒂兰的家族背景与肖恩成长的环境。不止如此，对话还体现出肖恩与母亲的关系十分亲近，那远在爱尔兰的祖屋“白色晨屋”便是这贫苦一家的精神慰藉。此外，肖恩几乎说出了自己职业拳击手的身份，但他选择隐瞒。

蒂兰夫人指责年轻的外来者“修建纪念碑”的行为。虽然这是一个很小的口角，不过它还是引发了该场景的冲突。同时这段节拍也忠于故事与人物的逻辑。

说明性对白还可以添加至极端动作场景，比如《终结者》（第 116 镜）一场刺激的追车戏的过程中，里斯向萨拉讲述关于机械人的信息——纯粹的说明性内容。类似地，人物可以在任何极端的情绪下脱口而出一句关键信息，例如在《大审判》（第 61 镜）中，劳拉愤怒地告诉高尔文，她不会再把人生投资在失败者身上。如果要利用争执来揭示信息，那么要确定冲突是必要的，有动机的；否则，这样的情节就会显得突兀做作。

剧情关键信息还能以真相大白于众的形式展现，让观众一下子了解到之前不知道的内容。我们从《大审判》的高潮场景（第 92 镜）中看到了这一点，当凯特琳公开指出是陶勒医生强迫自己改写病历时，她的证词帮助高尔文赢得了官司。

说明性内容与背景故事同对白的结合，还可以起到转移话题的作用。我们将在第 7 章讲到，转移话题意味着要让故事通过娱乐性强的情节，来引出接下来的发展。而这就需要说明性内容与背景故事的帮助。例如，在《西雅图未眠夜》的订婚派对场景（第 18 镜）中就发生了一次话题转移，沃特的过敏反应与安妮傻呵呵的亲戚们让观众忍俊不禁，与此同时，人物对白又透露出二人的婚讯，为剧情的发展做出铺垫。

6.5.1 通过影像传递信息

电影应尽可能通过影像来传递剧情信息。《大审判》的开头便是很好的例子，主角在进入葬礼现场之前，先喷了口气清新剂来掩盖嘴里的酒味。观众对这一动作的意义也许还不了解；不过在稍后的节拍中，他们会看到高尔文吃早饭时在喝威士忌，从而明白高尔文是个酒鬼。

一般来说，对白不承担营造场景氛围的工作。我们可以看到，《大白鲨》开始于海滩派对：夜晚、音乐、年轻人、篝火，一番美好时光；在 4 分钟的场景建置过程中，只有几句即兴对白①。另一个例子是《西雅图未眠夜》（第 81—84 镜）中，安妮与萨姆在大陆的两端，思考着自己不够完满的人生。这段情景没有任何对白，却通过音乐、面部表情、手势、肢体语言，传递出了二人的忧郁。

---

① 即兴台词似乎是临时起意或不重要的，尽管事实可能并非如此。这种对白不那么直接，好像它们是未经周密考虑的，或者是不需要引起太多注意的东西。如果即兴台词中讲了一个笑话，可能就会显得可有可无。

6.6 “正中鼻子”的对白

所谓“正中鼻子”的对白，指的是未经修饰、直接传递信息的对白。比如“他们朝那边走了！”，就清楚直接地传递出信息。“正中鼻子”的对白，信息一目了然，没有台词与其他隐藏的信息。一般来讲，青少年电影的对白都是“正中鼻子”的，这些故事不会过于深入地挖掘人物，因此，使用“正中鼻子”的对白能够迅速地揭示背景故事与剧情信息，让青少年观众专注于故事的发展。

动作电影与人物主导型电影也会使用“正中鼻子”的对白。《大审判》（第 8、14、21、26、53、57、65、92 镜）使用“正中鼻子”的对白向观众解释一些法律常识与医学常识。编剧应该把握“正中鼻子”型对白的用量，就像他们应该把握对白中说明性内容的用量。过多的说明性内容与“正中鼻子”的对白会让故事变得臃肿，过少则会让故事不知所云。

说明性对白也能以讽刺的［《豪门孽债》（*Reversal of Fortune*，1990）］、幽默的（《潜龙轰天》），或者恐吓的［《危情十日》（*Misery*，1990）］口吻，让观众更乐于接受。对白的口吻是由人物性格决定的。一些编剧会模仿著名演员的口吻创作对白。比如，为乔治·桑德斯（George Saunders）或弗洛拉·罗布森（Flora Robson）创作的对白可能会使用做作的口吻与精致的用词；而暴躁的语气与粗鄙的词句，就可能出自玛丽·威克斯或尤金·佩里特（Eugene Pallette）之口。你也可以为你的人物配上相应的知名演员的面具，用这些知名演员的特色来创作拥有不同风格与情绪的对白。

6.7 对白与潜台词

与“正中鼻子”的对白相反的是话里有话的对白。我的一个学生曾将它形容为“怀孕的对话”。这一形容道出了它的重点：话里有话。举个例子，在《大审判》的第 38 镜中，法官说，假如有人给他一大笔和解费用，那么他就会拿上钱溜之大吉。高尔文的回应（“我知道你肯定会的”）便包含着极为不友好的潜台词，这同他在利利布里奇案的经历有很大关系。

当人们在日常对话中融入说明性内容时，他们同样也会融入隐晦的态度。“他干得可不怎么样——他这种人就是这样嘛。”“杰克居然是个‘慷慨大方’的家伙！”“我听说她现在稍微好一点儿了，但她毕竟还是她嘛！”同样地，电影对白也会使用潜台词来隐晦地表达人物的感受、情绪、能量。在《西雅图未眠夜》（第 21 镜）中，我们发现安妮与沃特并不是神仙眷侣。这一点表达得极为隐晦，安妮兴奋地同妈妈讲沃特是非常棒的男人，而且他们的性生活“水乳交融”——而这意味着一种平淡、缺乏激情的状态。

编剧工作不等同于咬文嚼字和玩文字游戏，而是要将故事写成一个一个场景，并且要让它们充满戏剧性，比如，在《倾城佳话》中，当主角走进一家杂货店，他并不知道有人正在洗劫这家店。虽然店里的所有人都试着表现得若无其事，然而，抢劫还是令店里人的对白中暗藏着紧张感。

对白的语境可能是基于人与人之间的情感关系，比如爱情或友情的吸引力［《月色撩人》中的雪儿与尼古拉斯·凯奇、《阿甘正传》里的汤姆·汉克斯与麦凯尔泰·威廉森（Mykelti Williamson）］；也可以是一些负面的情感［《上班女郎》里的梅拉妮·格里菲斯（Melanie Griffith）与西戈尼·韦弗］。这一策略要求编剧在人物对话时为他们增添态度——强势、虚伪、谄媚、调戏、下流，等等。例如：《终结者》中（第 153 镜），自以为是的警方精神咨询师对里斯所言的一番嘲笑，加强了故事的戏剧性。

场景本身的氛围也可以传达某种潜台词。例如，在《西雅图未眠夜》（第 196 镜）中，萨姆与儿子在帝国大厦的顶端团聚。早期电影经常使用这种策略。最简单的做法便是创作一间鬼屋或者“禁地”，而这些地方是人物必须前往的。这样的设定与情境本身就带有某种情感色彩，对人物对白造成影响。《肖申克的救赎》也运用了这种策略，一位年轻的犯人被引到某个神秘的地方，结果在那里，他被射杀了，因为典狱长获悉他愿意为主角出庭作证。《火线狙击》开始时的动作场景同样发生在一种紧张的情境中，犯人让主角去处决一个无助的人，只为让主角证明自己不是警察。

时间与情况的紧急程度也可以影响人物的潜台词，比如，一些必须在特定时间内完成的任务。像《火线狙击》的主角就必须解决掉杀手。这一任务的紧急与危险的潜台词体现在故事的情节与人物对白之中。《速度与激情》则在巴士上放置了遥控炸弹，加强了影片对白的紧张情绪。

音乐可以强烈地影响人物对白的情绪，尤其是在观众知道某些音乐具有标志性意义时。《大白鲨》与《花街杀人王》就使用标志着危险来临的音乐，为对白增添了紧急的意味。在大多数情况下，标志性的主题音乐都伴随着特定的人物与情境出现。有时，编剧会为冒险场景提前酝酿紧张情绪；而音乐是很好的酝酿紧张情绪、提升刺激感的辅助工具。通常，剧本上不会有关于音乐的提示，但是编剧在写对白时，音乐会在他们的脑海中播放。如果无法自己想象音乐，那么我建议你在写作的同时播放适宜的音乐。众所周知，音乐可以强化电影的情绪，所以，你也可以通过听音乐来让自己达到理想的情绪状态。

在对白中加入音效也能够营造出适当的环境，只要观众能理解音效的意义。《白衣男子》（*The Man in the White Suit*，1951）使用汩汩的流水音效暗示主角的科技成果，为影片中的对白增添了气氛。有时，音效能够取代对白，比如在《终结者》（第 46 镜）中，里斯的首次记忆闪回片段中只有打斗的音效与音乐，没有对白。

情绪也能为对白制造氛围，比如，在《月色撩人》中，满月的魔力为对白增添了台词。在《巧克力情人》中，女主角烹饪时的心情会影响食客的情绪，在这里，食物便为人物对白与行动创造出一种氛围。对白的氛围可以是幽默的，例如在《西雅图未眠夜》（第 139 镜 B 机位）中，当安妮排练着自己见到萨姆时应该对他说什么，她的焦虑中混杂着一丝喜感。

6.8 潜台词与“可表演的”对白

当一个演员站在摄影机前时，演技是他的武器，剧本是他的铠甲。他们将这两样东西同妆发、服装、布景、光影结合起来，去俘获全世界电影观众的心。为此，演员十分重视剧本的戏剧性，他们能看出哪些剧本是空洞无聊的，他们在剧本中寻找表现人物身份背景与性格特点的时刻，因为人物只有通过这些时刻才能展示出他们的性格与灵魂。例如，克林特·伊斯特伍德在《不可饶恕》和《火线狙击》中所饰演的角色的性格都是被特定的往事造就的，这些往事也决定了人物面对故事中的突发事件所做出的反应。观众能看到他们的精神世界——梦魇、偏执、脆弱——这些与他们的背景故事相连。演员通过剧本中的这些内容更好地了解人物的精神状态，并为人物注入活力，推动故事发展。

演员对角色的分析从通读剧本，找到角色在故事中的位置开始。他们需要分析人物想要什么，剧本的情感色彩是怎样的，而该人物又在其中扮演着怎样的角色。对于演员来说，剧本就像藏宝图，对白、场景提示、剧情，甚至标点符号都能指引他们找到人物的行为动机，与其他人物之间的关系。通过这样的分析，演员能够找到在故事的每一个时刻所需要的表演方法。

"可表演的"对白给了演员一个在对白之外，通过动作与演技去传递更深层次的思想感情的机会。这种具有思想性、情绪化的内容通常不通过语言传达，比如《西雅图未眠夜》（第 200 镜）中，安妮退回沃特的戒指，取消他们的婚约的时刻。在这场对手戏中，无言的坚决、哀愁、拒绝、对自我的追寻，这些复杂的情绪都通过演员的面部表情传达出来，而这些感情，编剧已经写在了剧本里。

6.8.1 沉默与对话中的演技

对话过程中的沉默，最能体现演员的演技。人物对于某些话或某些行为的反应是陷入沉默，许多电影都发生过这一幕。一般特写镜头会用于拍摄人物沉默无言的状态，人物的情感无法通过语言或行动来表达，而只能通过面部表情传递。表情、肢体语言、讲话时的音调变化，这些都能传递出人物的情感，然而最能表现人物内心的是他们的眼睛。有天赋的演员能用眼神表达出他们的内心，感染观众。即使只有十几秒的沉默，观众也能通过演员的表演体会到人物难以言喻的情感和有口难言的苦衷，感受到故事的戏剧性。而这也是电影的目标之一。

尽管沉默的重要性是如此明显，却依然有不少编剧都忽略了这一点，他们怕故事会由于沉默而变得沉闷，因为沉默看上去没有内容。所以，比起相信影像与戏剧情境的力量，他们选择为剧本添加尽可能多的“内容”，人物一直在说话做事，仿佛这样才不无聊。你应该克服这种担忧，学习如何令沉默的段落变得流畅，让它们变成对故事有重要作用的部分（你可以试着让别人读你的剧本，感受剧本中的沉默的意义）。你应该了解，这里提到的沉默，并不是指一个人走很远去接电话这种意义上的沉默；沉默不是暂停，而是意味着某种情绪的来临，因此，沉默的片段能够为故事的重要时刻进行情绪上的铺垫。有许多戏剧化的沉默时刻的例子，比如《大审判》（第 38 镜）中，高尔文拒绝康坎农与斯威尼法官提出的庭外和解的场景；你可以回顾一下电影的这一段落，感受一下这一场景中出现的极具戏剧性的沉默。

6.8.2 对白中的情感层次

在现实生活中，人们说话时也伴随着不同的情绪等级，而且通过表情与动作，我们能表现出丰富的情感层次。现实中，一个来参加派对的人也许对自己的穿着很不自信，或者害怕接触陌生人，却依然能做到笑意盈盈。与此同时，这个人可能在派对上对谁一见钟情，接着却因发现对方有伴侣同行而感到羞愧。在这些态度的背后，也许还藏着他来派对的最初目的：与某人进行事务上的会面。《西雅图未眠夜》中就有许多情感层次丰富的对话场景：例如第 33 镜，萨姆在与电台心理医生通电话。即使萨姆已经尽量将情绪控制得很平淡，但他的话还是透露出了好几种情感层次：

萨姆

你看，现在是圣诞节——

（父子二人坐到长凳上）

玛姬——我的妻子……以往总是要热烈
庆祝一番，她热爱……她喜欢把一切布
置得很漂亮……所以今年的圣诞节，真

的挺难熬。

（一只手搂住乔纳）

每一个孩子都需要妈妈。

《西雅图未眠夜》，编剧：诺拉·埃夫龙（Nora Ephron）、戴维·瓦尔德（David Ward）、杰夫·阿奇（Jeff Arch），1993

汤姆·汉克斯的一番话体现出他虽然在外表现得很坚强，但其实内心依然沉浸在哀伤之中。在权衡这两种情绪的过程中，他必须表现得无所畏惧，在他的儿子乔纳面前拿出父亲的样子。在电台主持人的诱导下，他话里的这两种情绪更加深了他的孤独。最后，这一段话触及了整个故事的戏剧矛盾，即如何为萨姆找到一个妻子，为乔纳找到一个母亲。以上选段是典型的优秀对白：它带有好几种不同的情感色彩，情感非常浓烈，并且表现了人物。演员读了，很快就能知道如何去表现对白中隐含的情感。

有些潜台词不是明确的话语，而是某种情感的影子，暗示人物的神秘性。这样的对白让情绪一丝一丝地渗透出来，让编剧能够选择接下来是要让人物释放，还是让人物继续隐忍。这两种方法都行得通，不过相比之下，还是应该尽量让人物克制自己的情绪，一旦爆发，能量就消散了。当情绪的力量还徘徊在人物的内心，而没有通过眼泪或宣泄性对白①爆发出来时，观众才能够分享人物的喜忧。

理查德·布鲁克斯在一场关于《冷血》的高潮场景的讨论中提到了这一话题。影片中罗伯特·布莱克（Robert Blake）的角色将被处以绞刑，但首先，他抒发了一番对自己虚度光阴的感慨。布鲁克斯让人物入夜后站在窗边，望着雨水打湿绞刑架，以此引发观众对人物的关注。布鲁克斯通过这一场景，向观众展示了一位即将走到生命尽头的男人，他人生最后的时刻在懊悔与痛苦中度过，他的心情无人可说，只能带入坟墓。一些电影创作者想让

① 宣泄性对白抒发出了角色的情感和痛苦，这种对白往往响亮而充满激情。参考《大审判》中凯特琳指责陶勒医生强迫她改变表格上的数字的部分（第 92 镜）。

演员在这一时刻哭出来，然而布鲁克斯却担心眼泪会影响故事的真实性。当他们讨论这个问题时，摄影师康拉德·霍尔（Conrad L. Hall）发现，透过窗户来拍布莱克的脸，窗户上雨水的阴影映在他的脸上，如同眼泪。于是，制作者们使用了特别的灯光效果来表现出这位年轻的杀人犯，以及死在他手下的人们被毁掉的人生。雨水的阴影为这一悲伤的时刻增添了意味深长的效果，人物内心的痛苦绵延不绝[①]。

6.9 对白的更深层次

我们大部分人讲话时都是有意识的，比如我们走进洗衣房询问衣服是否洗好时。基于意识层面的对白基本上属于“正中鼻子”的对白，处理的是普通日常事务。由潜意识引发的话语则难以预料，在这种情况下，人物可能并不清楚他们的话所代表的含义。例如，在《大审判》（第 58 镜）中，当高尔文第一次拜访鲁尼护士时，她的话暗示出她潜意识中想要保护凯特琳，并认为高尔文是那些逼走凯特琳的无耻医生们的喉舌，对他感到厌恶。不久后，高尔文发现了鲁尼的这种潜意识，并利用这一点打探出凯特琳（住院护士）的所在地，最终赢得胜利。

一些痛苦的经历会给人们带来精神创伤，这也会通过对话表现出来。例如，在《大审判》中，由于高尔文曾经被自己的岳父背叛，他的痛苦刺激他去打一场几乎不可能胜利的仗。《终结者》（第 211 镜）也使用了这一策略，里斯受到的教育让他只能将女性视为军人，而非恋人。他必须克服这种潜意识，才能够表达自己对萨拉的爱。

6.9.1 对白中的情感与思想性

有时编剧需要做出选择：某一段对话应当表现情感，还是应当揭示某种哲学或道德理念。再次声明，这是我个人的看法，因为许多电影中的对白从

① 在《光影的魅力》中，康拉德·霍尔谈到了这一镜头是如何设计的。《光影的魅力》回顾了摄影艺术的历史，其中理查德·布鲁克斯的演讲是 1969 年 11 月在美国编剧工会录制的。

两方面阐释都说得通。即便如此，有一些电影仍以思想性著称，比如《桂河大桥》《总统班底》《大审判》《去日留痕》。电影的思想性往往基于伦理道德方面，电影用强有力的情感内容将它们包装起来。因此，电影中的某些场景或某段对白能让人看出电影的主题思想，尽管它们的论点也许很简单。

在我们的四部重点教学影片中，《大审判》算得上是思想性最深刻的一部，其中高尔文与劳拉的一段对话表达了他对正义与陪审团的看法（第 33 镜）。此外，高尔文在法庭上的总结陈词（第 94 镜）也表达出他对于法律与陪审团的社会意义的看法。具有思想性的场景或对白要么揭示故事的本质，要么沦为浮夸的感情戏。例如，《终结者》的一场爱情戏（第 211 镜）既有激情，又引人深思，还对这个高度紧张的动作故事起到调剂作用（有趣的是，卡梅隆剧本中有许多具有思想性的对白最终并未呈现在影片中，也许是他担心这会使故事变得拖沓）。其他来自经典电影中的思想性时刻有：《愤怒的葡萄》中主角（亨利・方达饰演的汤姆・乔德）向母亲［简・达威尔（Jane Darwell）饰］道别时所说的话，《走出非洲》中男主角对女主角说的为何他无法带给她想要的那种亲密感的一席话。

如同本书所探讨的许多话题一样，关于对白重思想性还是重情感的问题，其实没有定论。因为在电影拍摄过程中，一切都取决于演员与导演在拍摄现场所做的决定。另外，有一些对白可以将二者兼顾，例如《码头风云》中的"我本可能是一个竞争者"的场景，白兰度与斯泰格尔在出租车后座的那场对手戏。还有《证人》（第 93 镜）中伊莱对他的孙子发表的一番远离现代社会与其中暴力行为的议论，以及《西雅图未眠夜》（第 33 镜）中萨姆与电台心理医生的对话。

让对白表现思想性，还是激发情感，还是二者兼顾，编剧需要做出自己的选择。基于你的人生经历与电影工作经历的故事感，能够引导你做出恰当的选择。

6.9.2 对白的层次如何表现人物

电影与日常生活一样，都是通过人们的一言一行、来自其他人的评价，以及人们的外表来表现人物。特定的说话方式——吹牛、争辩、抱怨、忸怩，等等——都能直接表现不同的性格，不过，电影在揭示人物行为动机之前让观众看到的人物言行必须能够成为这种动机的佐证。这意味着编剧必须了解人物的背景故事，并通过背景故事来设计人物的行动。我们可以看到，《证人》中的约翰·布克，他在与瑞秋和塞缪尔吃热狗时，得知了姐姐对自己的评价（第 52 镜 B 机位）。《终结者》中，里斯的记忆闪回所代表的人物背景故事，融入了他的言语之中。《西雅图未眠夜》中，萨姆妻子的逝世，让观众也替他感到悲痛；这一事件深刻影响了萨姆此后的言行，借此，他的人物性格也得以表现。演员、表演、导演、摄影，以及剧本中的人物形象，这些因素糅合到一起，最终形成了电影中我们看到的萨姆·鲍德温，一位聪明、体面，自得其乐的男人。

一些人物被塑造得更加戏剧化，这种戏剧性也体现在他们的对白中，加强了表现力。《伤心岭》中的克林特·伊斯特伍德和《大街小瘪三》（*The Pope of Greenwich Village*，1984）中的杰拉尔丁·佩奇（Geraldine Page）都有很多粗俗的对白，很好地表现了这些角色的形象。《小妇人》（*Little Women*，1994）中威诺娜·赖德（Winona Ryder）与埃里克·斯托尔茨（Eric Stoltz）讲话用词考究，让观众明白故事发生在更早的世纪。而人物更深层次的特点则能够通过由戏剧性经历而引发的人物情感高潮来呈现。在《勇敢的心》中，主角［梅尔·吉布森（Mel Gibson）饰］被折磨致死，暴徒听到他临死前呼喊出生命中最后一个词——自由，这是人物与整部电影的灵魂。还有一些例子（第 5 章也有这样的例子）证明，表现人物特点，还能通过他们的说话内容与说话方式，通过由言行体现出的生活经历，以及人物面临挑战时暴露出的价值观。所有这些元素可以集合到一场戏中，例如，在《西雅图未眠夜》（第 125 镜）中，萨姆告诉儿子乔纳，他只是在和维多利亚约会，并没有想要和她结婚。这不但表现出萨姆对维多利亚与乔纳的尊重，还显示出他的良好教养。

最后，编剧还应该注意的是人物外貌与他们的装扮，这同样也能影响对白。拿《上班女郎》的女主角（梅拉妮·格里菲斯饰）来说，庸俗的她同常春藤名校出身的老板（西戈尼・韦弗饰）形成了强烈的对比，这首先就体现在二人的穿着上。格里菲斯有着尖利的嗓音与不那么优雅的体态，她对花里胡哨的假珠宝、廉价衣服和夸张发型的青睐，勾勒出她艳俗的品位。与她相反，韦弗打扮优雅得体。二人初次见面时，外形的强烈对比令她们自己也认识到这简直是乌鸦与凤凰的差别，而这也影响了她们的谈话与接下来的故事。其他关于外貌与穿着打扮对人物和对白造成影响的例子有：《终结者》中的里斯（迈克尔・比恩饰）看上去像个流浪汉，因为他的衣服就是从流浪汉那里得到的；《闺女怀春》（*My Man Godfrey*，1936）中的戈弗雷［威廉・鲍威尔（William Powell）饰］是个受过高等教育的男人，然而他看起来也像一个流浪汉，这种属性让人物的言谈中带着相符的辛辣与火气；《不可饶恕》中，伊斯特伍德饰演的比尔・曼尼一副老农民的打扮，让人完全忘记了这个男人有着血腥的过去。

6.9.3 反映人生阶段的对白

还有一种类型的对白能够反映出说话者当前所处的人生阶段。他们认识到自己的潜能了吗？他们如何将自己与朋友和同事做比较？这些关于人生的问题，都可以由对白提出，《布拉格之恋》（*The Unbearable Lightness of Being*，1988）、《情深到来生》和《生活多美好》（*It's A Wonderful Life*，1946）等电影中都有这样的对白。

而在《西雅图未眠夜》（第 79 镜）中，乔纳从噩梦中惊醒，接下来他的对白反映出，他正在忘记妈妈：

乔纳

我好想她。

（停顿）

你觉得人死后会怎么样？

萨姆

我不知道。

乔纳

你相信有天堂吗？

萨姆

从没信过，我也不信有来生。但现在我没有那么确定了。我做了很多这样的梦……都是关于你妈妈……在梦里我们聊了很多……很多关于你的事情，你现在过得怎么样，她大概都了解，不过我还是跟她说了。你不觉得这就是一种来生吗？

乔纳

我开始忘记她了。

萨姆

她可以削完一整个苹果不断皮。

父子俩依偎在一起，《再见，黑鸟》的音乐起。

《西雅图未眠夜》，编剧：诺拉·埃夫龙、戴维·瓦尔德、杰夫·阿奇，1993

这段对白表现出萨姆与儿子的亲密关系，还表现出乔纳思念他的妈妈，尽管她的身影愈发地模糊了。这段对话还告诉我们，萨姆怀念他的亡妻，并希望乔纳不要忘记她。这就是为什么萨姆会提醒乔纳，妈妈削苹果能够不断皮——从孩子的角度出发，这是一个值得重视的细节。从更深的层次来看，这段对话暗示出萨姆仍然沉浸在悲伤中，在他的潜意识里，自己和乔纳是孤独的。最终，站在生活的角度上，萨姆明白，生活应该继续，由玛姬逝世所带来的伤痛是时候痊愈了，尤其是为了乔纳。

以上所选取的对白很难（如果可能的话）只靠本书提供的策略与技巧就写出来；不过策略与技巧本就只能作为写作途中的路标，防止编剧误入歧途，将编剧引向通往人物内心的正道上。只有当我们与我们的人物心灵相通了——他们在想象中变得栩栩如生——我们才能创作出情感层次丰富，流畅自然的对白，因为到那时，对白是真正从他们的口中说出来的，而不是我们的。

优秀的对白只基于这样几条技巧：了解你的人物与他们的背景，努力让人物与人物、人物与故事矛盾之间建立起联系。优秀的对白还意味着你需要知道如何将能量分配到场景与人物的头上，让场景的戏剧性效果与故事点能够得到完美的呈现。当上述条件完成后，编剧就开始想象人物会如何说话、说什么话，并将对白记录下来，再经过不断地修改与打磨，最终达到完美的效果。

6.10 对白与叙事驱动力

剧本中第一条需要被删的东西就是重复的对白，尤其是那种描述故事经过的对白。当编剧对专业的对白标准有一定程度的认识（这同样可以通过研究剧本与电影作品来学习）后，才能知道如何修改重复性对白。接下来，让我们看看要修改重复性对白需要哪几项技巧：

布朗队长

汤姆？这种工作能交给他吗？他是个懦夫。我可不同意，我太了解他了。

这句话有 27 个字，只为指出汤姆无法胜任这份工作，要是还有其他的意义，也许它还值得保留，可惜并没有。观众也不会喜欢这句话，因为它关于汤姆这个人说得太多，却只停留在肤浅的层面，并没能描绘出汤姆的轮廓。再者，它还耽误了故事的进度。其实，只要把这句对白改成简单两个字，也能表达原来的含义：

布朗队长

（轻蔑地）

汤姆！

简单的两个字，可以让观众自己去思考为什么布朗对汤姆是这样的态度。即便观众可能不知道二人的关系，也可以通过这两个字进行揣测。专业的电影对白就是知道什么是不需要讲的，以及什么信息是可以通过眼神或沉默来暗示的。极简的对白能够通过沉默与言外之意将信息传达给观众。电影正是通过细节来俘获观众的心[①]。

6.10.1 惜字如金的对白

编剧经常故意克扣对白中的信息，目的是让观众对故事的发展感到好奇。例如，在《终结者》中，机械人与里斯为何从天而降，关于这一点，直到第114镜，也就是影片第30分钟才给出答案，到此时，里斯才向萨拉（与观众）交代了他与机械人的任务。这个例子证明，假如故事足够吸引人，那么观众可以接受一时的迷惑不解，并期待谜底的揭晓。

甚至在大部分情况下，观众是乐于接受影片中出现谜团的，因为这会让他们对故事更感兴趣。《西雅图未眠夜》便以神秘的方式来揭露乔纳的秘密纽约之旅（第173镜）：保姆到家之后，萨姆与乔纳道别，然而没有人回应。接着，萨姆把家里找了个遍，就是不见儿子。这个场景也使观众对乔纳的去向感到好奇。于是，接下来的场景是杰西卡家、纽约之旅，最后是帝国大厦楼顶的大团圆结局。从这个例子中我们可以学到的是，戏剧性来自让观众感到好奇的对白。为了写作这样的对白，你要正确认识到你的故事需要怎样的紧张感，以及如何用这样的对白使观众对故事产生期待。

6.10.2 啰唆冗长的对白

与惜字如金的对白相对的，是一种“讲解员莫里斯”式的啰唆冗长对白。莫里斯是我的一位在南加州大学教剧作课的同事创作出来的人物，他用这个人物来指代新人编剧经常写出的那种重视说明、报道、解释，让人看得

---

① 即便是基本按照剧本来拍的电影（如《末路狂花》《肖申克的救赎》《大审判》），还是会有约10%的内容在制作过程中被剪辑掉。比较电影和剧本内容可以发现，本书中的四部主要案例电影都有这种情况。

昏昏欲睡的对白，比如下面这一段：

弗兰克

你买了辆新车。我看看。不错嘛！直排八缸，全自动，还有空调——真棒。

多娜

燃油喷雾，双安全气囊。我原本想要皮座的，不过现在这样也行。你看这轮罩怎么样？

弗兰克

汽车杂志对你这辆车评价可高了，年度最棒的车型之一！和它一比，我那堆破烂可真没法看了。

多娜

也没那么糟糕啦！毕竟你都开了多少年了。要是你去把车身的凹痕弄一弄，重新喷漆，再换个保险杠，那就好多了！

这就是标准的“讲解员莫里斯”式对白，用各种无关紧要的信息使故事节奏变慢。这样的对白，一两句还可以忍受，如果太多，会对故事造成严重的影响。因为“莫里斯”不仅解释过度，而且讲话没有重点，一件事情要说好久才能说明白：

杰克

我们得赶紧走，不然赶不上船了。

比尔

现在已经快五点了！

威尔玛

我的表才四点半，一定是慢了！

比尔

我的天哪，你说得没错！我们赶快走吧，不然下一班船要再等三小时！

这段拖沓的对白并没对故事起到推动作用，它只是讲了一些琐碎的事情，既没为故事带来冲突，也没有潜台词，更没有剧情信息与人物情感。这种描述剧情的对白很快会令人感到厌烦。这四段对白完全可以用一句“几个人跑到码头，刚好听到汽笛声响起”的场景提示来代替。这才能引发接下来人物的口角，表现人物个性，影响故事发展。

6.11　电话里的对白

之前在讨论故事的连续性（第 3 章）时，我们曾提到电话，特别是公共电话对人物与故事的作用。编剧可以将电话作为构建故事连续性的道具，因此，电话对于对白的影响也值得注意。

首先，电话是以侵入的方式，通过突然响起的铃声介入生活——或者是电影——给人们带去好消息或者坏消息。我们都知道，在电影中响起的电话铃声一定是重要消息的标志，因此，电话对白可以为场景注入能量，释放人物。于是，这引出了我对于电话对白给出的第一条建议：打值得打的电话。

当电影只展现通话双方的其中一方时，观众势必无法听到另一半的讲话内容；如果这种策略使用得当，将会为影片增添悬疑感，引发观众的好奇。我们的四部主要教学电影都使用了这种策略。在《大审判》中，高尔文曾给他的当事人打电话汇报案情的进展（第 24 镜）；在第 50 镜中，高尔文致电保险公司请求庭外和解；在第 51 镜中他打给汤普森医生；在第 77、78、83 镜中，他打给纽约的证人以确定她所在的位置；在第 85 镜中，他打电话告诉劳拉他准备飞去纽约。这些电话通话场景里，有一部分，我们能听到通话双方的对白；而另一部分，我们只能听到一方的对白。

当有第三方介入时，打电话这一行为的戏剧性会更加强烈。法国电影《爱过之后》（*Après l'amour*，1992）提供了这样一个绝佳的打电话场景的示范：伊莎贝尔·于佩尔（Isabelle Huppert）饰演的角色在与一号情人吃饭，当他们刚要开动时，二号情人打来电话。于佩尔便在电话绳长度允许的情况下，把电话拿得远远的去接电话，但一号情人还是听到了她讲电话的内容。在这一场景中，最精彩的一个镜头便是用颤抖的电话线，将三个爱人缠在了一起。

在整场于佩尔打电话的场景中，摄影机始终对准她一个人。然而打电话场景中，摄影机也可以在通话双方之间切换，比如在《证人》中布克打给谢弗，发誓要为被他们杀死的卡特警官报仇的片段；还有一些电影（《当哈利遇到萨莉》）表现打电话场景时使用分屏，让打电话的双方都呈现在银幕上。

一些人在打电话时有特殊的习惯，这些都可以写进剧本中。例如，一些人在讲电话时会展现出与平时不同的性格，或者是在讲电话时声音比平时要低沉，语气比平时要正式，等等。有时，人们在电话里所说的内容可能与他真实所处的环境形成鲜明的对比。有人讲电话的同时可能会在镜子前打扮自己，或者做出其他奇怪的举动，比如绕电话线、收拾桌子、吃东西、做鬼脸，等等。

当一个人在讲电话时他可能会试着控制自己的情绪，哪怕他正激动、紧张或恐惧。比如《末路狂花》中当 FBI 蜂拥至达里尔家时他接电话的状态。《燃眉追击》与《火线狙击》中同样有精彩的打电话段落。惊悚片经常有反派通过电话嘲讽警方或传递信息的桥段。一些电影可能会使用高科技手段来追踪电话位置，比如《亡命天涯》。

尽管打电话是一种很实用的策略，不过它也有一个重大缺陷，那就是缺乏视觉动感。不管场景设计得如何巧妙，打电话的人必定是一个独自在说话，而不能做到让两方面对面地对话。所以，明智的做法是只在必需的情况下安排打电话，并让打电话的时间尽可能短。当然，情况也有例外，

《生活多美好》中的打电话场景可以说无出其右，它发生在唐娜·里德（Donna Reed）与詹姆斯·斯图尔特（James Stewart）共同接听一个来自斯图尔特的大嘴巴同学的电话时。共用听筒的二人，距离也越来越近，最终，他们拥吻在一起。

小 结

关于对白，最重要的是能省则省。电影对白推动剧情发展，创造人物关系，表现人物形象，揭示故事主题，披露背景故事与其他信息。优秀的对白，一段便能达到上述所有目的。对白可以由潜台词丰富起来，也可以是“正中鼻子”（没有潜台词）的。“正中鼻子”的对白有利于直接迅速地传达信息。尽管话里有话的对白与“正中鼻子”的对白都有适用的情况，但是如果剧本使用过多“正中鼻子”的对白，就无法深入人物内心。

电影对白应尽可能避免日常生活中会出现的重复啰唆、咬文嚼字，或者寒暄闲聊。电影对白要有效率，音效、摄影、演员都能够为对白增添情感与气氛。电影对白应懂得适可而止，一个眼神、一个手势、一段沉默或一幅画都可以表达出故事重点。通过分析电影与写作剧本可以逐渐习得对白的写作技巧，不过，学习的第一步始于对你所写的每一句对白进行检查，看是否可以删去。如果你认为可以，就果断删掉。

为了防止太多说明性内容使剧本变得累赘，编剧只将最基本的信息融入对白之中。通过分析剧本与电影，还有认真倾听日常生活中人们的谈话，可以逐渐习得将说明性信息融入对白的技巧。

潜台词透露出人物的内心世界与身份背景。观众可以通过潜台词体会到人物没有说出来的话。这是对白的基本目的之一：让观众走进人物的内心，这样观众才能分享他们的喜忧。

“可表演的”对白能够让演员表现出难以言喻的丰富情感与思想。

电话对白可以充满戏剧性，并且作为一种策略，能符合多种剧情需要。然而，打电话的场景视觉效果较差，因此要慎用。

练　习

因为对白非常重要，因此在这里提供三项练习来帮助你更好地理解这一主题。每一项练习都需要几小时才能完成，它们能够帮助你巩固本章重要的知识点。

（1）观看四部主要教学电影其中一部的第一幕来学习其人物对白。注意对白是如何反映背景故事、主题、人物、人物关系，并同时推动剧情发展的。判断哪些对白是“正中鼻子”的，哪些含有潜台词。潜台词有怎样的特点？是基于人物的身份背景、情境、人物关系、主题，还是情节？注意影片中的对白是如何通过音调变化、手势、面部表情、潜台词，以及其他肢体语言来加强的。观察演员是如何表现潜台词的。

（2）选择你最喜欢的一个场景，将对白手抄下来，感受作者所用的语言，体会人物的精神状态。（可参考 *Film Scenes for Actors*, edited by Joshua Karton, Bantam Books, New York, 1983。这本书介绍了七十个不同美国电影中的场景）

在抄写完该场景后，默读并仔细学习对白。设想演员将如何表现它，想象出对应的场景与演员；想象这样的对白在电影院里听到会是什么效果。

接下来，开始声情并茂地读对白（能背下来更好）。按照你的理解来为对白增添情绪与停顿。如果能表演就更好了。你可以与你的朋友一起演出，也可以一人分饰多角。录下你的表演并观看。最后，再看一遍原始电影场景，对照手中抄录的剧本。重做练习（1），进一步分析该场景。

（3）根据以下情境，写一段 2 至 3 分钟的对白：某人厌倦了等待恋人的求婚，在你所写的场景中，这个人将要向恋人发出最后通牒：“娶我，否则我就要嫁给我在得克萨斯州的朋友了。”对方显然感到震惊，但拒绝被强迫。在你写完这一场景后，像练习（2）所说的那样演一遍。最后，将你写作的场景同附录 D 中给出的专业版进行比较。

第 7 章
戏剧化

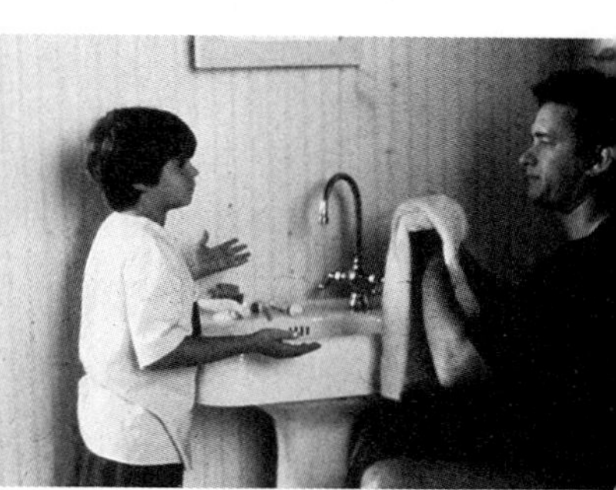

戏剧性：生动的、情绪化的、冲突性的，或惊人的元素。

词典释义已经对本章主题进行了总结，不过我还想再加上一个词：激化——恶化，强化，使其更危险、更浪漫、更渴望、更绝望，更、更、更！在本章内容正式开始前，我们先回顾一下本书第 14 页提到的戏剧化同情感基调的联系，在开始写故事时，首先要决定的便是故事的情感基调。在写作的过程中，编剧要试图将情绪放到最大。《西雅图未眠夜》的故事让观众又笑，又哭，又担忧。电影使用戏剧化手段，让观众产生情绪共鸣。《终结者》作为一部动作片，使观众感到害怕，其中运用的戏剧化策略加剧了这种恐惧，让观众在观影过程中始终担心主角会被几乎无懈可击的机械人打败。

戏剧化意味着创造一些让观众高度紧张、感同身受的戏剧情境与戏剧时刻。通常，戏剧化是由戏剧冲突引发的。《证人》中一个从肢体冲突中诞生的戏剧时刻，发生在第 122 镜 C 机位，布克痛打三个流氓。口角冲突造成戏剧化的例子，可以参看《大审判》（第 66 镜），高尔文在第一次庭审结束后告诉斯威尼法官，他要请求审判无效，因为斯威尼使用了卑鄙的手段操纵整个案件。口角冲突与肢体冲突结合造成戏剧化的例子，可参看《火线狙击》中的谋杀场景，杀手为了试他的新枪而杀死两名猎人。

戏剧化策略要求为主角增加更多挑战，让问题积少成多。它还意味着要将故事环境变得复杂与扭曲，从而提升故事的戏剧性。举个例子，《终结者》让来自未来的机械人毁了洛杉矶警察局。《大审判》是一部相对现实的电影，在影片的故事情境中，康坎农给他的公司与他的当事人天主教会都带来了名誉上的损失。这是因为他雇用劳拉作为卧底，对高尔文这样一个低级律师使美人计。很显然，向故事中加入劳拉这一人物，并不是出于法律的考虑，而是出于戏剧性的考虑，因此她所扮演的是背叛了主人公的爱情对象，引起我们对主人公的同情。这就是戏剧化的效果——让故事情境更绝望、更危险，更让人大跌眼镜。电影用这种手段来取悦观众。即使是对于那些基于真实事件的电影，比如《丝克伍事件》《总统班底》和《机智问答》，这种手段同样适用。

编剧创造困难，他们高超的写作技巧使观众能够接受银幕上发生的一切。如果主角遭遇危机，他的小屋被一头熊入侵了，那么，假如这是一头体形巨大，性情凶猛的熊，这一事件会更加具有戏剧性。我们可以安排它在出场时身上中枪流血，并让它将一辆大众牌露营车撕成碎片——它的力量大得难以置信！接着，这头巨怪在电闪雷鸣中嗅到了烟味，将他那双充满杀意的眼睛望向味道的来源，也就是主角的小屋。

总的来说，戏剧化意味着为故事事件增添刺激。如果主角的任务很困难，那么就要将任务的困难程度戏剧化到难如登天。高超的戏剧化技巧与影像的魔力可以让观众相信一切皆有可能——无论是恐龙重回这个世界，还是一个智商如同花栗鼠的人物能够成为全美橄榄球巨星与坐拥百万身价的战争英雄。戏剧化意味着在最糟糕的时间、最糟糕的地点以最糟糕的方式打造人物。它意味着提升故事所需要的一切不正义、激情、苦难、危险等元素的激烈程度。而当我们通过努力创作出戏剧化的情境与时刻后，故事中的戏剧化强度可以降低。

7.1 可信度

电影必须让我们相信超人可以飞；魅影奇侠、蝙蝠侠、变形黑侠，以及其他漫画超级英雄就生活在我们之中，可以随时出动惩罚作恶者。前文曾经提到，观众可以接受几乎任何假想与设定，然而从接受设定的那一刻起，之后的故事必须在这设定好的范围内进行，不能再增添新规则了。《新科学怪人》便遵守了这条规则，它说服观众有一个由人体器官拼成的巨人。狼人与吸血鬼的电影看起来过于真实，数十年来不时出没于我们的梦境中。不过，要做到如此程度可不简单，可信度对电影工作者来说事关重大。菲利普·邓恩在 1983 年的某次采访中举了一个例子，约翰·福特在读完邓恩《青山翠谷》的剧本后大为欣喜。这位大导演在剧组人员面前赞美编剧的同时，也指出了团队接下来要面对的任务："好吧菲尔，也许我能让这块破板在海上漂两个小时。"要让电影故事支撑 2 小时——哪怕 5 分钟——可不是一件容易的事。

情节开发的工作有很大一部分是让观众接受银幕上发生的故事，无论它们多么荒唐。《终结者》《侏罗纪公园》和《阿甘正传》都证明了这一点。哪怕故事发生在现实世界（《大审判》《勇敢的心》《码头风云》），情节事件与人物也必须认真设计，情节发展要合乎逻辑，从头至尾都要真实可信，如若不然，观众定能看出破绽。毫不夸张地说，除非观众相信（至少是暂时地相信）银幕上发生的事，否则他们是不会被故事吸引的。下文将要提到的所有策略都遵循这一铁则，如若不然，一旦应用到电影中，观众会认为它们不可信。

要想让故事变得可信，我们需要对情节进行复杂的"策划"，也就是说要将情节事件审慎地安排到合适的位置。例如，《西雅图未眠夜》用大量篇幅证明萨姆可以与安妮通过电台节目产生联系的合理性。我们还需要让观众理解他们职业生活的空白，以及他们对浪漫与亲密的需求。另外，编剧还需为萨姆与安妮了解彼此的过程设计可信的情节；他们的解决方法是利用私家侦探、计算机搜索，以及跨越两岸的旅程。故事就这样一片一片地加入各种情节元素，直到将每个人每件事都凑到一起。

对于狼人、带计算机大脑的信使，或其他不符合常理的故事概念来说，追求可信度似乎是不可能的。编剧为了说服观众，就需要让观众愿意接受这些不可能的故事。这就需要他们搭建能容纳这些异想故事概念的故事宇宙，这样一来奇谈异事就可以在编剧设定的范围内上演。

现实、虚构或超现实题材故事，由于其类别不同，故事逻辑的严密程度与可能性也有所不同。现实题材故事要比《长大》或《回到未来》这种异想天开的故事在逻辑上更严谨一些。因此，你应该再检查一次你的故事到底是现实、虚构还是超现实的，不同的方向会影响你塑造故事可信度的方式。

关于可信度产生效果的例子，可以参看《侏罗纪公园》，该片花费大量篇幅使我们相信恐龙岛上发生的一切。《终结者》则利用里斯模糊的一句关于机械人和核死亡的对白（第126镜）将故事的不合理性圆了过去："（它们）是一种可能的未来，我不懂那些技术的东西。"这句聪明的对白回避了穿梭时空的疯狂之处，也解释了为什么有一小部分人造疯子能在各种场合大搞破坏，并且这一切都是可信的。

故事冲突也应该看起来可信，这也是很难做到的，因为许多故事都寄生在荒唐或难以置信的土壤上。尽管如此，作为作者，我们也必须让观众相信我们的故事。千百年来，为了完成这项任务，人们创造出许多戏剧化策略。这些策略将在下文中列出，其中有一些是我们很熟悉的，将它们分类是为了帮助你记忆，方便你将它们应用在自己的故事里。如本书讨论的许多话题一样，我们仅对这些策略进行简短讨论。要想吸收这些知识，你需要对每一个项目进行思考，在你自己的写作中练习运用。下面要介绍的第一种戏剧化工具——也是最有力的——是戏剧引擎。

7.2 戏剧引擎

大部分电影都是：（1）视觉化的；（2）基于简单情节的；（3）结构紧凑重点明确的；（4）靠一些驱动故事、提升紧张感与推动力的东西增强故事能量的。大部分电影就是靠着这些"东西"将故事引导至高潮时刻，它们通常与组织情节的戏剧矛盾有关联。故事矛盾可依次拆分为对故事有引导作用的人物、力量、目标、自然之力、任务或情境。这些元素都可以被称为戏剧引擎，它们将故事变得更加戏剧化，为故事制造了紧张感与推动力，下文将有所讨论。这一戏剧策略可以被识别出来并加以强化，增强故事能量。戏剧引擎是最强力的戏剧化策略，因为它可以激发人物的积极性，决定其行动，提升故事紧张感与推动力，加强戏剧焦点。

7.2.1　矛盾作为引擎

大多数故事都由戏剧矛盾驱动，为冲突双方注入力量，让故事围绕矛盾如何解决而展开。《大审判》就体现出这种动势，其中的矛盾是赢得玩忽职守案的判决。其他由矛盾组织的故事还包括《纳瓦隆大炮》《人间大浩劫》《亡命天涯》《告别昨日》《码头风云》等。第 2 章曾经讲过，许多电影故事片的故事都围绕一种生命威胁或性格塑造的矛盾进行展开。大多数情况下，人物会因矛盾卷入戏剧冲突，生活掀起波澜。在《证人》中，警察和阿米什人卷入了组织故事发展的矛盾之中，这个矛盾便是主角要将谢弗及其党羽逮捕归案。

许多电影单靠一个强大的戏剧矛盾就足以引导故事发展，但并不总是如此。有时矛盾是分散的，如《阿甘正传》《阿拉伯的劳伦斯》《公民凯恩》和《愤怒的葡萄》。这些电影使用其他策略支撑矛盾，推动故事。下文便要介绍这些策略，不过你需要知道，这些策略时常相互重叠，因此，一个强有力的故事可能会同时使用三至四项戏剧化策略。

7.2.2　反派人物作为引擎

一个强有力的能制造险峻冲突的对手，可以成为十分有效的戏剧引擎。《悲惨世界》中顽固的警察沙威便是一个经典的对手形象，他驱动着故事的发展。沙威一直苦苦追寻前罪犯冉·阿让，后者只因偷了一块面包便在监狱待了 19 年。维克多·雨果这部经典巨著曾被制作成电影、话剧和音乐剧，这些作品都花费大量篇幅去证实冉·阿让犯下的微不足道的罪行，由此所受的过于严酷的惩罚，以及此后沙威对他的穷追不舍的合理性。原著故事的戏剧性矛盾——冉·阿让负罪的过去——被沙威偏执得近乎疯狂的追击替代，这引发了驱动故事的情节事件。

《悲惨世界》曾被改编为电视剧《亡命天涯》。在1994年，这部电视剧又被改编为电影，汤米·李·琼斯在其中饰演的萨姆·杰拉德便是沙威的又一个化身，这个虚构的追捕者形象跨越了几个世纪，不断地在各种形式的媒介中重现。无论他是以沙威，还是以杰拉德的样子出现，他都是通过追击主角来驱动故事发展。为这样的人物挖掘动机对于构建故事可信度而言是必需的，沙威的动机建立在他的精神需求之上，英国版舞台剧《悲惨世界》的导演特雷弗·纳恩（Trevor Nunn）曾对此进行总结：

> 沙威的人生信条是，如果你生来就有罪，那这是上帝的决定。你无法被拯救，你天性中任何的部分都救不了你。而如果你性格中的某种特质看起来可以使你得到救赎，那这必然是在演戏，是一种伪善。沙威一直在对冉·阿让说，我认识你。我知道你是谁。整个故事处理的这样一个令人困扰的主题，源自一个男人对世界过于简单化的理解：那些无法被救赎的人必须被猎杀与根除。沙威的执念将他引向了数十年如一日地搜捕一个男人的生活，因为这代表着他人生的全部使命，也代表着当时的社会意识。从沙威的角度看，他的所作所为却是一个正义的，得到上帝指引的男人应有的行为……他并不是出于邪恶的目的去做这些事，他每天早上醒来问自己的话不会是“我该如何荼毒这个世界？”，反而是“我该如何让这个世界变得更好？”。[①]

在《终结者》中，机械人是驱动故事发展的引擎，因为它被设定了杀害莎拉·康纳的程序；任何阻碍它执行程序、完成任务的东西都要被毁灭。机械人从头到尾都在为主角制造威胁。这是戏剧引擎的典型特征——它是

① 《纽约时报》，1987年3月8日。

煽动者，是作乱者，是一种刺激故事与打破秩序的人或力量。这种邪恶性质的引擎必须设置得足够凶险，足够聪明，才能制造出戏剧反差，如：尤利西斯与独眼巨人，大卫和歌利亚，酷手卢克与铁窗，巨鲨与警察。

对抗环节必须仔细设计，从一件具有可信度的小事过渡到下一件。洛奇·巴尔博厄与阿波罗·克里德的对决看起来是不可能的，然而《洛奇》的设定却让观众相信了这场比赛的发生。如同在第 3 章讨论过的，让一个相对弱势的主角去对抗一个强势的反派人物是最有价值的戏剧化策略之一。通过观摩《大审判》与《亡命天涯》这样的电影我们可以认识到这一点。

其他反派人物驱动故事的例子：《孽欲杀人夜》（*Manhunter*，1986）的引擎是一名被称为“牙仙”［汤姆·努南（Tom Noonan）贡献了精彩表演］的连环杀手。《正午》的引擎是三名想要闯入小镇杀害执法者的法外之徒。反派人物也可以是某种驱动故事的生物或力量，这样的例子有《惊情四百年》（*Dracula*，1992）、《异形》、《新科学怪人》、《侏罗纪公园》，以及那些疯狂科学家或怪物电影里出现的疯狂角色。更常见的强大反派驱动故事的例子包括《致命诱惑》中格伦·克洛斯饰演的情人，《华尔街》中迈克尔·道格拉斯饰演的为富不仁者，还有《最后的诱惑》中的琳达·菲奥伦蒂诺。

7.2.3 主角作为引擎

主角可以成为驱动故事的引擎，见《非洲女王号》、《罗伦佐的油》、《国王迷》（*The Man Who Would Be King*，1975）、《鳄鱼邓迪》和《天才也疯狂》（*What About Bob*，1991）。这些电影里的主角都有一种需求、一个任务或一个情境，激发他们采取行动。需求与任务经常与故事的主要矛盾有所关联。在《肖申克的救赎》中，蒂姆·罗宾斯饰演的主角安迪·迪弗雷纳的行为便因越狱而驱动。

电视剧的情节通常是由主角驱动的。蒂姆·艾伦驱动着《男人不易做》（*Home Improvement*），罗丝安妮·巴尔驱动着《罗丝安妮家庭生活》，泰德·丹森饰演的酒保一角驱动着《干杯酒吧》。《绿巨人》（*The Incredible Hulk*）、《超人的冒险》（*Adventures of Superman*）、《太空仙女恋》（*I Dream of

Jeannie）、《默克与明蒂》（*Mork and Mindy*）这一类电视剧的引擎则是拥有某种神奇力量的主角。

7.2.4 系统作为引擎

引擎可以是一个组织或是一支服务于某公司或某制度议程的队伍。在《秃鹰七十二小时》中，引擎是一个变节的高智商组织。《花村》的故事是被煤矿公司派遣来的杀手推动的。在《视差》（*The Parallax View*，1974）中，引擎是一个从事暗杀活动并安排替罪羊的黑暗组织。像《机智问答》、《糖衣陷阱》、《委托人》（*The Client*，1994）一样，"系统"故事常常贴合浮士德原型故事，主角（被选中或是意外地）进入犯罪组织设下的圈套。故事矛盾则聚焦于主角如何脱困、揭发真相或打倒邪恶的系统。

7.2.5 自然之力作为引擎

灾难片或科幻片的故事经常被超乎寻常的大自然的力量驱动。在《X放射线》（*Them*，1954）中，引擎是巨蚁。在《人间大浩劫》中，引擎是病毒。在《波塞冬历险》中，引擎是一艘倾覆的远洋客轮。《大白鲨》中的巨鲨是驱动故事的自然之力。而这部电影的效仿对象《白鲸记》（*Moby Dick*，1956）却是被执着的船长艾海伯这一人物驱动的。

7.2.6 任务或探寻作为引擎

电影可以被主角为达成困难目标，或完成艰难任务所遭遇的挑战所驱动。在《法国贩毒网》中，主角（吉恩·哈克曼饰演）所面对的挑战便是打倒毒品走私犯。在一些故事里，任务则是解决或阻止一件大型犯罪活动［《火车大劫案》（*The Great Train Robbery*，1903）、《警匪大决战》（*Rififi*，1955）、《杀手》（*The Killing*，1956）、《土京盗宝记》（*Topkapi*，1964）］。在战争故事中驱动故事的任务常常是攻克或毁坏某事物［《纳瓦隆大炮》、《遥远的桥》（*A Bridge Too Far*，1977）］，又或者是证明部队是值得尊敬的（《光荣战役》）。在大多数情况下，这一类引擎也和戏剧矛盾密切相关；认识这一点可以使戏剧化的工作变得容易，因为它鼓励编剧将矛盾激化，从而达到驱动故事的效果。在“运动寡妇”的故事中，例如我们已经决定将“让妈妈变为有实力的运动员”作为矛盾，我们就必须设定一个目标，并将目标难度设定得越高越好。

许多探寻型任务都有一个目标，目标常是神秘的或神圣的，主角或主角团队必须要完成目标。探寻型故事常将故事背景地设定在异域，这让故事更易于以史诗的规模展开，这样的例子有《勇敢的心》、《阿拉伯的劳伦斯》、《所罗门王的宝藏》（*King Solomon's Mines*，1985），等等。冒险电影、大盗电影以及犯罪电影通常是被充斥着阴谋、危险与机关的情境所驱动［《绿宝石》、《职业大贼》、《逃出亚卡拉》（*Escape from Alcatraz*，1979）、《恐惧的代价》（*The Wages of Fear*，1953）］。

7.2.7 故事惯例与故事环境作为引擎

特定的故事类型自身会附带引擎。例如，法庭片往往以庭审案件作为引擎驱动故事。在爱情喜剧中，引擎常会解决纷乱的情感纠葛，让有情人终成眷属。犯罪片被追查“谁干的”的需求所驱动。科幻片与怪兽片的驱动力则是消灭或控制住某生物或某具有威胁性的力量。驱动大多数传记片的则是主角需要克服的关于自身或职业层面的困境，例如《旭日东升》（*Sunrise at Campobello*，1960）、《扬基的骄傲》（*The Pride of the Yankees*，1942）、《甘地传》（*Gandhi*，1982）、《莫扎特传》等。

重申一遍，引擎的作用是为故事倾注能量，引发情节事件，添加戏剧紧张感。因此，如果你的故事看起来很疲软，没什么戏剧性，缺乏事件，你可能需要为它开发一个能提升风险，刺激行动，将一切变得紧张起来的引擎。引擎的开发最好在剧本写作初期进行，便于之后围绕引擎制造的故事情境组织情节，《证人》、《铁窗喋血》（*Cool Hand Luke*，1967），以及《西雅图未眠夜》等都是如此。如果引擎在剧本写作过程中没有出现，最起码要在修改剧本时将它加入。编剧（或制片人）在修改如同一潭死水般的剧本时会试图利用引擎来修改。这种做法就像在最后一分钟对病人进行换心肝肺的急救手术，是一种激进的治疗方法，后果也难以预测，但这可能是患者唯一的希望。

7.3 创造性

戏剧引擎与接下来要提到的策略，它们的效果取决于编剧创作情节转折、行动事件、对白、人物、设定的技巧高低，也可以归为一个词：创造性。有创造力的故事充满戏剧潜力，因为人物有个性，行动有方向。创造性的故事是不可预测的；它们用出人意料的情节与人物给我们带来惊喜，例如《低俗小说》中，两名角色把他们的斗争丢到一边，因为他们发现了两个恶人修建的恐怖地牢。尽管对于如何将故事变得有创造力这件事很难给出建议（除了说要有创意），你还是应该知道，这是编剧必需的业务能力，因为当剧本需要创意、转折，以及一些“调整”的时候，我们是那个执行者。

如同本书第 26 页提到的，创造力在剧本创作层面上的定义是发现事物之间关系的能力。这意味着要写一加一大于二的故事。每一个“一”都是分散的，等待着勤奋的作者去认识它们，将它们运用到故事中。例如，《侏罗纪公园》的创造性建立在编剧迈克尔·克赖顿的生物起源学与化石动物学知识基础上。克赖顿的许多故事——《昏迷》（*Coma*，1978）、《人间大浩劫》、《终端人》（*The Terminal Man*，1974）——也都是基于公众可查阅的专业论文而创作的。编剧不需要哈佛大学医学文凭（虽然克赖顿拥有）就可以看懂《自然》《国家地理》以及《科学美国人》等期刊上的科技类通俗文章。从这些材料中都可以找到故事创意，这也是许多编剧读它们的原因。

编剧可以利用研究报告与任何收集到的有用信息来解决故事问题。在这段时间，编剧的秘密武器就是耐心。在找到解决方案前，我们必须积极热情地工作。举个例子，几年前当我在创作电视剧《亡命天涯》的剧本时，我想不出如何将金布尔从我为他设计的地下陷阱中救出来。此时他的宿敌探员杰拉德正在地面上等着他。这段令人筋疲力尽的创作经历给我上了一课，也是我现在要告诉你的：任何棘手的问题都能解决——只要你肯下功夫。

解决问题固然需要才智、研究、思考，但只要想做，一定可以做到。我的《亡命天涯》剧本问题的突破点发生在我前往一家建筑公司调查它们的起重机时。我发现起重机有一个蚌壳形状的挖掘器配件，是用来疏浚港口与挖掘地基的。这是一件我需要的隐藏道具，让我有地方把金布尔藏起来——藏在那蚌壳状挖掘器里面。我设计了三个脏兮兮的男人坐在起重机顶部，起重机挖了一个垂直的深井以后升上地面，这三个人便下了起重机走向不同的方向，杰拉德的人去追他们。没有人意识到在起重机升上来的时候，它的蚌壳状挖掘器（金布尔就在里面）落在了一堆废墟后面，那里有一辆卡车正等着呢。金布尔把车开走，又成功逃跑了一周。逃亡过程由许多事件构成，但蚌壳状挖掘器是关键。在看见那锈迹斑斑的大铲斗以前，我完全处于绝望的状态，觉得自己想了十天都想不出怎样把金布尔从那讨厌的洞里救出来，这下是被故事彻底打败了。它并没打败我，没有故事可以打败人。你也应该学到这一课。

这个例子指出，创造性有时是硬憋出来的。在很长的时间里，可能什么都出不来，但是渐渐地（或者，有时是突然地）你会找到解决问题的方法。解决问题可能需要一定的工程，这指的是一种编剧放入故事中以证明情节正当性的元素。电影《生死时速》便提供了一个关于工程与创造性的坚实例证，主角遇到了一个难题——一辆宽大的被设计为一旦时速低于 50 英里就会爆炸的巴士车。除了将一切挡路的东西撞开以外，这辆车还要跨越一段未完工的高速公路间的空隙，与此同时主角正紧紧贴在车底。巴士车成了一辆载满人质的移动监狱，与残忍的始作俑者炸弹客的信息来源。这样的元素展现出编剧如何处理事件，设计机关，让故事行得通。记住：这是你的“盒子”，按你的想法来填充它。

创造细节可以从优化戏剧情境开始：戏剧情境是由行动还是人物引导的？经过这个简单的决定，下一步便是如何提升风险，让故事矛盾难度上升。例如，在《生死时速》中，如果巴士车上的乘客可以下车，那电影就会少了很多悬念，但这已经被设计规避了，因为司机的座位上藏了一个摄像头，可供疯狂的炸弹客监视车上的情况。

《生死时速》是一部典型的惊悚片，要求编剧将矛盾设计得危险且看上去无法被主角解决。这个故事曾被用过，只是在另一部作品中，故事矛盾是飞机上有炸弹，一旦飞机下降至5000英尺以下，炸弹便会爆炸。还有一部电影，其中的威胁来自大西洋上一艘被装了炸弹的远洋客轮。编剧让主角在这些情境下走到绝境，再为他们发明一个解决方案。在《生死时速》的例子中，编剧［格雷厄姆·约斯特（Graham Yost）］提供的新鲜创意为这部电影挣得几亿美元的票房收入。

7.4 其他戏剧化策略

戏剧引擎是我们第一个介绍的戏剧化策略。它的作用是戏剧化，活跃故事，解决矛盾，方便观众猜测故事进展。接下来我还会介绍其他戏剧化策略。尽管这些手法有重叠的地方，它们却都是好用的，可以在数不清的电影与电视剧中找到它们的踪迹。它们都是能帮你的故事变得更加戏剧化的工具。

7.4.1 障碍

障碍是一种最简单也最持久的手法，当故事人物试图得到某物，便会被故事环境或其他人物制造的障碍所阻挠或打击。当障碍将情节引向新方向，为主角制造更大难题时，故事的趣味性也会得到提升。在大多数情况下，主角或反派人物尝试跨越障碍的方法是制造另一个障碍，或寻找其他方式来解决矛盾。例如，在《大审判》中，高尔文遇到的障碍是他的重要证人（格鲁伯医生）放弃出庭（第44镜）。面对他的推脱，主角的反应是寻找新的专家证人（汤普森医生）。当汤普森表现得不尽如人意时，主角的反应是更换新策略，寻找医院护士。后者帮助主角赢得了审判，但主角必须先跨越一个锁定她方位的障碍。《好人寥寥》中，汤姆·克鲁斯反复遇到障碍（拒绝合作的海军陆战队成员，想让案子尽早结束的领导等），但最终他成功跨越了这些障碍。

在许多情况下，电影的大部分情节与戏剧困境都聚焦于表现障碍与克服障碍，这些障碍都是为了阻止主角打倒反派人物或解决矛盾的。有时电影会将主角置于极其险恶的境地以加倍戏剧化效果，让主角必须在不可能的条件下面对棘手的反派人物。《肖申克的救赎》《终结者》和《虎胆龙威》都是这样做的。

7.4.2 有力工具

有力工具是一个人物、装置或情境，它能够为故事注入能量，并成为观众瞩目的亮点。与为整个故事施加压力的引擎不同，有力工具通常只在电影中出现一到两次就退场。《追讨者》（*Repo Man*，1984）中的有力工具是装着放射性外星人的轿车。《星球大战》中“原力”是一个有力工具。《黑暗时代》（*Excalibur*，1981）中的魔法剑是有力道具。《夺宝奇兵 3》（*Indiana Jones and the Last Crusade*，1989）中的有力工具是主角的父亲编纂的笔记本。《绿野仙踪》中的有力工具是多萝西的红宝石鞋，《长大》中则是游乐园设施。

在电视连续剧中，有力工具往往是主角的特殊技能、魔力或才能。《少林小子闯美国》的主角会功夫，《太空仙女恋》和《家有仙妻》（*Bewitched*）的女主角都有魔力，《绿巨人》则是关于一个普通人变成绿色巨人的故事。

7.4.3 不应遭受的苦难

不应遭受的苦难是一种策略，令观众关心那些受到不公正虐待的人物或团体。本书的四部主要教学电影都使用了这一策略令观众对主角更加倾心。我们同情《大审判》的主角，因为他在利利布里奇案所受的陷害毁了他的人生。我们同情《肖申克的救赎》的主角，因为他无罪却被判终身监禁。在《终结者》中，里斯艰难的人生与不可能的任务让他始终受着不应遭受的折磨。在《西雅图未眠夜》中，乔纳和萨姆因为玛姬的死而痛苦。《证人》中的布克与瑞秋都有着强烈的情感需求，这引发了一种不应遭受的痛苦情绪。

这一策略同样适用于《不可饶恕》、《城市乡巴佬》（*City Slickers*，1991）与《钢琴课》中的各色人物。刺头人物会因他们有过不应遭受的苦难经历变得更有人性，观众也可以借此一窥人物的脆弱与需求。《倾城佳话》中罗西·佩雷斯的角色，《一曲相思情未了》与《城市风云》（*American Heart*，1992）中杰夫·布里吉斯（Jeff Bridges）的角色都属于这种类型。在《雌雄大盗》、《歼匪喋血战》（*White Heat*，1949）与《天生杀人狂》这类聚焦法外之徒的故事中的杀手也是一样。

不应遭受的苦难这一策略，如使用得法，会效果显著，然而一旦使用不当则会使人感到矫情做作，令人反感。过分表现自己苦难的电影人物，就如同那种现实生活中试图靠讲述自己的苦难遭遇引发听众同情的人，这样的人不会使我们产生同情，而是产生反感。

当不应遭受的苦难发生在一个没有抵抗能力的人身上时，他所受的折磨会更加刺痛人心。在电影《吾兄吾弟》（*Dominick and Eugene*，1988）中，汤姆·赫尔斯（Tom Hulce）的角色小时候由于被虐打造成了脑损伤。但他的弟弟［雷·廖塔（Ray Liotta）饰演］直到两个人成年后才知道哥哥脑损伤的真实原因。这个秘密是在多米尼克阻止一起虐待儿童事件时回忆起来的。通过这种方式，不应遭受的苦难融入了情节之中，并在高潮时刻发生作用，证明了多米尼克可以照顾他自己。

当不应遭受的苦难往事由旁人而非当事人揭露时，通常会效果更好（也更苦涩）。如果主角自己讲述他丢掉农场是因为他老婆死了，他的牛掉到悬崖底下了，接着——这样那样——可怜的我！——他就失去了主角应有的特质。《上班女郎》的女主角没有说过自己生活艰难，但我们从她试图晋升的样子能够感觉出来。运用不应遭受的苦难并获得良好效果的电影数不胜数，这里仅列出几部：《愤怒的葡萄》、《鲁比的天堂岁月》、《情深到来生》、《征服者佩尔》、《义犬报恩》（*A Dog of Flanders*，1999）、《水舞》、《蔓生蔷薇》、《男儿本色》（*The Men*，1950），以及《生于7月4日》。

7.4.4 “拧紧”时刻

“拧紧”时刻指的是利用情境、人物的特定时刻或对比性元素吸引观众，起到娱乐效果。它会使观众的注意力集中在顶着主角下颌的枪上，或是一个穿着大猩猩外套的准备求婚的人身上，他们感到畏惧或开心，沉浸在如此气氛中的同时，会不知不觉地吸收一些说明性信息与背景故事，而这些信息如果用其他的方式来表达，可能会使场景变得非常单调且啰唆。

《终结者》中里斯与警方心理咨询师的那场戏（第 153 镜）便是一个“拧紧”时刻的场景，观众在观看这场戏的时候会获得机械人正在附近并且马上要找到萨拉的消息。“拧紧”时刻的气氛因心理咨询师对里斯警告的不屑一顾而变得更加紧张。观众沉浸在这种紧张气氛中，不会意识到里斯在对自己的任务进行说明。

编剧创作“拧紧”时刻的场景时会将人物置于不便行动的情境，如醉酒、吃奇怪食物、第一次骑马、穿奇怪衣服、接受医疗检查，等等。在《绿卡》中有一个“拧紧”时刻的例子，热拉尔·德帕迪约（Gérard Depardieu）在一个豪华盛大的晚宴上表演，他狂野地弹奏钢琴。这位不羁的作曲家和古板的听众产生对比，呈现出一种幽默的气氛，场景达到了“拧紧”时刻的效果。

当某一场景中人物受到的威胁只有观众能看到时，场景也达到了“拧紧”时刻的效果。《小魔星》（*Arachnophobia*，1990）就表现了这样的时刻：当一个女人坐在沙发上时，她丝毫没有察觉到一只致命的蜘蛛正爬上她裸露的臂膀。一个人物可以非常怪异以至于场景单靠他或她的外表就足够达到“拧紧”时刻的效果。《骗徒糗事多》（*Dirty Rotten Scoundrels*，1988）中史蒂夫·马丁扮演的奇怪兄弟就是一个例子。男扮女装［《热情似火》（*Some Like it Hot*，1959）］或奇装异服［《阿呆与阿瓜》、《油腔滑调》（*Stir Crazy*，1980）］也是一种“拧紧”的策略。

在结束“拧紧”时刻这一话题前，我还有一点重要的提示，即这是一种强有力的戏剧化策略；要慎重使用，如果使用不当，会破坏剧本的平衡。

7.4.5 逆转

逆转发生在当好消息变成坏消息，或坏消息变成好消息时。最有效的逆转常发生在第一幕与第二幕结尾处的复杂化场景。参见《证人》第一幕结尾处（第 72 镜）的逆转：首先，布克将瑞秋送回农场（好消息），但在离开时，布克因枪伤而昏倒（坏消息），被迫留在了阿米什社区。这一逆转使得故事发展方向由警匪转向布克与阿米什寡妇之间的爱情。《大审判》中有这样一处戏剧性逆转（第 54 镜）发生在高尔文等候他的专家证人到来（好消息）时。当出现在眼前的汤普森医生是一个帮不上忙的不起眼的老头时，好消息变成坏消息。

逆转是戏剧性的。它带给观众惊喜，将故事引向全新的意外的方向。当一个场景中接连发生逆转时，戏剧效果会特别强烈。《大审判》中有一个亮眼的高潮场景连续发生逆转的例子（第 92 镜），是高尔文传唤他的意外证人的场景。第一次逆转发生在凯特琳（林赛·克劳斯饰）作证医生命令她修改病历单时。第二次逆转发生在不久后，当慌张的康坎农问她为什么在多年以后仍然记得这一细节时，凯特琳回答她拷贝了一份原文件。第三次逆转发生在康坎农掉以轻心地问她为什么要留着这份拷贝时，这个问题令凯特琳开始她的咏叹调式对白，她说自己留着拷贝是为了自保，因为医生们威胁她，若是泄露他们令她篡改病历单的消息，她就再也做不成护士了。这三重逆转是高潮时刻，决定了主角的胜利。

7.4.6 巧合

巧合的发生是指某些意想不到的事突然出现，令故事走入新的方向。例如：《大审判》第 80 镜中，就在主角准备放弃寻找失踪的证人时，他看到了夹在信件中的电话账单。这一发现促使他去翻找鲁尼护士的信箱，里面有她的月度电话账单，以及上面来自纽约市的失踪证人的电话号码。《西雅图未眠夜》（第 125 镜）中，奇迹般的巧合（同时）出现在萨姆得知安妮在机场时。《上班女郎》中的巧合是当梅拉妮·格里菲斯与哈里森·福特的角色展开恋爱关系时，却不知道他也和她的老板有一腿。

7.4.7 发现、惊吓、意外

这三种策略有一定相似之处，可以并列。第一种，发现，是指当电影中的人物意识到或突然找到某物（一件武器、一本日记、一条线索等），由此推动故事发展，表现人物。《大审判》中的一次发现（第 85 镜）是杰克·沃登在劳拉的包里找烟却看到一个来自康坎农法律公司的信封。《证人》中的一次发现（第 57 镜）是塞缪尔从一张新闻照片中认出火车站的凶手。《紫色》（*The Color Purple*，1985）中的一次发现是女主角人在非洲的姐姐写给她的信被从地板下找了出来。

滥用发现会令观众觉得故事累赘，缺乏吸引力，不够真实。《爱人别出声》（*Shattered*，1991）、《妖魔大闹唐人街》（*Big Trouble in Little China*，1986）、《无罪的罪人》（*Presumed Innocent*，1990）都出现了这样的情况。这种对简单策略使用不当的情况，反过来也提醒我们，学习优秀作品是如何将戏剧策略自然地融入故事，而不会突兀地阻碍叙事，是很重要的。

惊吓指的是电影中突然发生的恐怖的事：一扇门打开，从里面掉落一具尸体；一个人突然遇袭；一件吓人的事发生。《大白鲨》中当理查德·德赖弗斯（Richard Dreyfus）搜寻沉船时，突然漂来的人头就造成了惊吓效果。《惊魂记》中一个最惊吓的时刻是当那个我们以为是诺曼·贝茨（Norman Bates）母亲的人转过来却是一个木乃伊时。悬疑电影中常出现惊吓效果，观众已做好接受可怕场面的准备。

意外是一次意想不到的发现，或一次情节转折。例如：在《终结者》（第 204 镜）中，观众们意外地发现与女主角通话的并不是她的母亲，而是模仿母亲声音的机械人。在《玩具总动员 2》（*Toy Story 2*，1999）中，我们发现由琼·丘萨克（Joan Cusack）配音的角色是一个机器人。同样在《异形》中，我们得知伊安·霍姆（Ian Holm）饰演的角色原来是一个机器人。在《大审判》中（第 72 镜），意外发生在当我们得知劳拉是康坎农派来的卧底时。

意外、惊吓与发现有相似之处，但它们造成的影响等级是不同的。

7.4.8 催化剂

催化剂是催动情节与人物关系发展加速的一件事、一个戏剧人物，或者一种情绪状态。我们看到当一个人喝醉、吸毒、生理或心理受创，或体验到某种状态时，他的言行会激化。在《证人》中（第 80 镜），瑞秋从主角突然的胡言乱语中察觉到他的精神饱受折磨。在《不可饶恕》中，酒精是使威廉·曼尼变成杀手的催化剂。催化剂让杰基尔博士变成海德先生[①]，也让《狼人生死恋》（*Wolf*，1994）中的杰克·尼科尔森变成狼人。在《相约在今生》（*Sirens*，1994）中，艺术家群体的纵情享乐是让年轻夫妇放下拘束的催化剂。爱情或友情，如在《四个婚礼和一个葬礼》（*Four Weddings and a Funeral*，1994）与《秘密花园》（*The Secret Garden*，1993）中那样，可以作为一种催化剂制造戏剧性转变与冲突。一个礼物、一只动物、一笔横财、一件新衣，或任何能打破束缚并制造情绪反应，加速情节发展的东西，都可以作为催化剂。被误解的身份也可以是一种催化剂。我们看到当一个势利小人将清扫落叶的庄园主人误认为园丁时，他会露出自己恶劣的本来面目。

7.4.9 反差

人物和其身份背景之间的反差能够制造戏剧效果，比如当一个衣衫褴褛的乞丐因偷了一袋烂苹果而被带到富有的地主面前挨鞭子时。在《大审判》中，这种戏剧性反差表现在寒酸的主角出现在布罗菲主教豪华的办公室时（第 26 镜）。在《码头风云》中，码头工人马龙·白兰度与修女伊娃·玛丽·森特这不寻常的一对体现出强烈的反差。《肖申克的救赎》中文静有涵养的蒂姆·罗宾斯与他的狱警狱友形成了反差。《不可饶恕》用主角令人闻风丧胆的名声与其笨手笨脚的举止制造了戏剧性反差。《虎胆龙威》中身手矫健的主角与老谋深算的反派人物之间的反差很有戏剧性。《洛奇》中的强大冠军（卡尔·韦瑟斯饰演）与西尔维斯特·史泰龙饰演的落魄角色之间有着戏剧性反差。在《上班女郎》中，梅拉妮·格里菲斯的工薪阶层秘书形象与西戈尼·韦弗的优雅老板形象形成反差。这些例子表明，因状态、情绪、智慧、力量、勇气或其他方面的不平等所造成的反差可以使故事变得戏剧化。

---

① 指小说《化身博士》（*Strange Case of Dr. Jekyll and Mr. Hyde*），讲述绅士亨利·杰基尔博士喝了自己配制的药剂分裂出邪恶的海德先生人格的故事，被多次改编为舞台剧与影视作品。——译者注

7.4.10 重复

声音、对白、动作、地点或自然现象的重复可以是戏剧性的。《西雅图未眠夜》中重复出现的美国地图指出萨姆与安妮之间相隔着一整块美国大陆的距离。在《第三类接触》中，每当观众看到奇怪的云，就会知道外星人有了新动向。《花街杀人王》中重复出现的录音机与令人毛骨悚然的主题音乐标志着杀手的现身。《家有恶夫》中重复出现的是被丹尼·德维托一次次挂掉的索要赎金的电话。在《西部执法者》中许多坏人都对主角抢先开枪，只是为了能逃跑。恐怖电影常常使用标志性音效、音乐、镜头语言来宣布威胁的出现。一段贯穿整部电影的主题音乐可以呼应主题，如在《大白鲨》中，每当阴森的音乐响起，大白鲨就会出现。

7.4.11 麦高芬

麦高芬是让故事进行下去的一种策略。尽管麦高芬可能是观众不怎么注意的事物，但它有着令故事中的人物不顾一切寻找的价值，驱使人物的情感与勇气走向极限。麦高芬可以是一颗人人都想要的巨大钻石。《马耳他之鹰》（*The Maltese Falcon*，1941）中的标题同名艺术品是驱动故事的麦高芬。《火之战》（*Quest for Fire*，1981）中的火，《绿宝石》中的宝石，还有《浴血金沙》中的黄金同样是麦高芬。麦高芬往往是影片中主角与对手都在寻找的事物，会引发致命冲突。007 系列电影中的许多部故事都是围绕这种死亡光线或超级武器式的麦高芬展开。

麦高芬是阿尔弗雷德·希区柯克的最爱。希区柯克是在 20 世纪 20 年代从一个朋友，也是在伦敦从事电影工作的同事安格斯·麦克菲尔（Angus MacPhail）那里听到的这个说法。麦克菲尔给他讲了一个故事，说有两个人坐火车去爱丁堡，其中一个人发现他们头顶的行李架上有个小包裹，就问那是什么。“哦，”他的朋友说，“这是用来在苏格兰高地捕狮子的麦高芬。”问话的人思考了一阵后说，可是苏格兰并没有狮子。“那好吧，”他的朋友说，“我想那就不是麦高芬了。”

尽管麦克菲尔的这则轶事经过岁月的流逝已经显得不那么有趣，麦高芬的说法却已沿用超过半个世纪（有不同的拼法）。从本质上说，麦高芬是为故事服务的一种设定物。不论它是秘密病毒、炸弹、宝藏、原子代码，还是别的东西，都可以为故事提供另一种克制的叙事角度。因此，《极度恐慌》《红潮风暴》与《奇爱博士》都使用了某种形式的麦高芬；了解你故事中的麦高芬可以帮助你认识故事中的神秘感与威胁，将它们变得更加戏剧化。

7.4.12 秘密计划

秘密计划是一种古老的策略，它的出现形式是让一个人把另一个人拉到一边说“我知道怎么解决这个！”，接着这个人就会悄声说出一个计划，观众听不到，但他们知道答案接下来就会揭晓。秘密计划常常为主角或反派人物设下陷阱，或让他们难堪。计划可能会成功，也可能会导致事态逆转，引发一些意料之外的结果。《虎胆龙威》中的秘密计划是反派人物诱导 FBI 切断大楼电力系统，从而开启金库的策略。在《生活多美好》中，两个捣蛋鬼有一个秘密计划，我们会看到这个秘密计划是他们打开体育馆的地板，让所有人都跳到了下面的游泳池中。

7.4.13 误会

误会指的是人物错误解读或无法理解他们所面对的问题。它常被应用在喜剧中，例如在《家有恶夫》中，笨蛋反派将自己录下的色情约会场面误解为谋杀场面。在《天才也疯狂》中，比尔·默里（Bill Murray）相信他的心理医生（理查德·德赖弗斯饰）在他身上绑炸药是惊吓治疗的一部分。他不知道德赖弗斯计划引爆炸弹，彻底摆脱这个烦人的患者。

7.4.14 好奇心

好奇心是一种简单的策略，为故事增添戏剧感。它经常融入意外或发现，例如在《大审判》（第 72 镜）中，康坎农的一番独白是对着镜头外的某人说的。几分钟后，他开始写支票，调酒，最后坐在那人的对面……是劳拉！此刻我们发现了劳拉是康坎农手下的卧底，我们的好奇心得到了满足。好奇心在《终结者》中也发挥了作用，就在我们猜测机械人为何能抵抗霰弹枪时。在《西雅图未眠夜》中，我们好奇萨姆与安妮将如何跨越二人间一整个大陆的距离。《亡命天涯》则利用了观众的好奇心，让主角偶然见到和妻子的死亡必有关系的药物测试数据，并持续延长主角的后续行动，直到最后将数据与反派人物联系起来。

7.4.15 预兆

预兆暗示着在接下来的故事里很快会出现死亡或重大时刻。《人鼠之间》从头到尾都有预兆：雷尼必须摆脱他饲养不慎致死的老鼠，以及乔治告诉雷尼如果他惹了麻烦该躲到哪去。最关键的一起预兆事件（科利的老狗被枪杀）预示着电影结尾乔治必须对雷尼所做的事。《我的女孩》（*My Girl*，1991）利用预示发出麦考利·卡尔金（Macaulay Culkin）的角色的死亡警告。在《雌雄大盗》的野餐场景中，邦尼的母亲对女儿说再见，人人都知道这是最后一次再见，这预示着邦尼与克莱德这对情侣的死亡。

《大审判》（第 21 镜）运用的预示是让格鲁伯医生告诉主角他将会出庭作证对抗他的同事："要做正义的事，这不就是你干这个的原因吗？"这一标志性话语预示着主角为这件案子奋斗的决心，因为高尔文同样感到这是一件正义的事。预兆是一种为故事快速有效增添戏剧质感的手段。然而我们必须仔细安排，避免造成剧透。

7.4.16 优越地位

优越地位指观众或一些故事人物知道一些主角与或反派人物不知道的信息。这一信息往往为戏剧中的一方提供便利。例如在《雾水总统》中，观众知道主角是被奸诈的高层所控制。不久，当戴夫也知道这一情况后，他开始一系列补救行为。在《终结者》（第 153 镜）中，警察不相信主角那番关于未来怪物的疯话，观众处在比警察优越的地位，我们知道这是真的。在《大审判》（第 15 镜）中，观众因听到阿利托（保险公司代理人）对布罗菲主教提供的高尔文不良记录信息而获得优越地位。不久，在第 47 镜中，米基站在高尔文的角度描述了利利布里奇案，让观众对之前相信阿利托的说辞而感到惭愧。

7.4.17 错误警报

错误警报是一种适度并有效的策略，它让某一主要人物看似陷入困境，最后却发现是虚惊一场。在《亡命天涯》电影版中有一次错误警报，发生在特警部队进攻金布尔所在的公寓时。主角被困住，肯定要被捕了，但到最后一刻我们才知道，原来特警部队在搜捕的是女房东的毒贩儿子。《证人》（第 69 镜）的一次错误警报发生在卡特刚从警察局文件里拿走瑞秋的档案便撞上两个警察时，此时观众尚未确定这两个警察是否参与阴谋活动，因此害怕卡特［由布伦特·詹宁斯（Brent Jennings）进行精彩演绎］会被杀掉。

7.4.18 秘密经历

秘密经历是指一件难忘的，有一定戏剧性的私人、私密事件。在《第三类接触》、《鬼驱人》（*Poltergeist*，1982）和《外星人 E.T.》中，小孩子都与奇怪的生物有着秘密的单独接触。在《情系我心》（*The Power of One*，1992）中，部落巫医为年轻的主角提供了一段秘密经历。一部影片通常只能允许有一或两段秘密经历，且必须与主故事线有所关联。秘密经历可以是对人物造成生理或心理影响的意外事件揭晓的时刻。《肖申克的救赎》中主角越狱，以及摩根·弗里曼（Morgan Freeman）找到主角留给它的钱，都是他们的秘密经历。

7.4.19 障眼法

障眼法指的是主角或反派人物试图解决矛盾时走的错误方向。障眼法可以是一条线索、一个可疑人物、一件事，或者一种看起来有希望的情境。犯罪片与爱情喜剧中常有使用障眼法的习惯。柯特·拉塞尔（Kurt Russell），也就是《回火》的主角，在片中就成为真正纵火犯的障眼法，遭到警方追捕。错误引导可以表现得像是障眼法，比如在《沉默的羔羊》中，FBI 突袭了他们所认为的杀手，却把真正的杀手留给了女主角独自面对。在使用障眼法策略时要小心，因为观众并不喜欢被误导，除非走进死胡同后有值得的收获。出于这个原因，障眼法常被用作发掘更重大情报的线索。《大审判》（第 58 镜）中有一个此类例子，是在高尔文被鲁尼护士冷淡回绝不久后，他回忆起她的话，利用话中的信息找到了最后帮助他赢得官司胜利的住院护士（凯特琳）。

7.4.20 揭露

揭露指的是观众获知关于人物或情节的重要信息时。揭露策略常用来处理主要情节或人物信息，比如当天行者卢克知道达斯维达是自己的父亲时。揭露的戏剧性力量体现在《火线狙击》中，便是当主角了解到 CIA 隐瞒将要刺杀总统的刺客信息，原因竟是这名杀手曾经为 CIA 工作。

在一个故事里可以发生许多次信息的揭露，每一次都会引发戏剧时刻与意外，这在《生死时速》《光荣之路》，以及其他剧作优秀的电影中都有所体现。在《甘泉玛侬》（*Manon of the Spring*，1986）中，有一项重大信息的揭露，发生在伊夫·蒙唐（Yves Montand）的角色获悉那个被他逼死的人的身份时。这一时刻也包含着一种苦涩的戏剧性讽刺——原来蒙唐的角色关心他的土地与家族胜过生命本身。在影片结尾，他的贪婪导致家族所有人的死亡，临死时，他得知家族香火将随他的死亡而断。同时，那片他千辛万苦得来的土地被拍卖充作税款。为了欣赏《甘泉玛侬》，你应该先看《恋恋山城》（*Jean de Florette*，1986），因为它们是同一个故事的上下两部分。

揭露、发现、意外之间当然会经常产生重叠。拿《异形》来说，其中有三个这样的时刻：当异形从约翰·赫特（John Hurt）的胸膛爆出来时；当我们发现队伍中的一员是机器人时；当西戈尼·韦弗发现异形藏在她的逃生舱时。一个人觉得这些时刻是意外，而另一些觉得是揭露或发现，这并不重要。比标签更重要的是创造这样的事件并用它们达成戏剧化的效果。

7.4.21 “否则”型选择时刻

这一时刻让人物面临某种选择。在许多电影中，主角（有时是反派人物）必须做出关键性决定——是否继续在危险道路上前进，是否要继续打官司，是否要接受一项不可能任务，诸如此类。这些决定常会附加一项“否则”的特性：人物必须做些什么，否则怪物会逃跑，爱情会逝去，尊严会毁灭，等等。

“否则”时刻如果紧贴主要人物的精神需求，则可以成为故事的重大转折点。《大审判》（第 26 镜）中的一个“否则”时刻发生在高尔文告诉布罗菲主教他无法接受和解金，（否则）“我会成为一个眼里只有钱的人”。

一些选择时刻让主角在各个选项间痛苦地徘徊。在另一些情况下，人物做出选择不是基于深思熟虑，而是基于直觉或心灵的智慧。无论选择是怎样做出的，选择时刻都会推动主角站在道德高地，以一种符合主角身份的姿态向困难发起挑战。

7.4.22 自然之力、神迹或偶发事件

一些诸如龙卷风、疾病、火灾、干旱、瘟疫、海啸、暴雪、洪水或偶然与意外的事件可以使故事变得更加戏剧化。《大河》（*The River*，1951）用洪水提升了故事的戏剧性。在《奔向光荣》（*Bound for Glory*，1976）中自然现象包括干旱与沙暴。在《原野铁汉》中，疾病葬送了牛群。《无惧的爱》的故事由一场空难开始，空难可能是自然之力造成的。任何能增添戏剧性的元素只要原因合理，就都可以成立。这些事件常常需要引发一连串主要情节，所以要为观众做好前情铺垫与后果设置。（关于这一话题还可参见第 2 章“主人公与自然的冲突”相关讨论）

7.4.23 植入与收获

植入与收获指故事介绍的某人物、地点、动物等，在接下来的故事中会引发一定后果。一条线索，一把武器，一个秘密，一件工具，任何东西，都应该被植入得明显而不抢眼。《大审判》（第 72 镜）就使用了一次植入策

略，即康坎农将一只装着酬劳的信封悄悄塞入劳拉的包里。这一植入的收获出现在第 85 镜，米基在劳拉包里找烟时发现了这暗示着她与康坎农有勾结的信封。这一事件逻辑清晰，具有可信度，因为劳拉正在忙着给高尔文打电话，前一晚在办公室过夜的她昏昏沉沉，并没有留意米基在做什么。

另一个植入显形的例子是观众通过《火线狙击》中杀手练习盲装塑料枪的行为判断出他的身份，因为这是他刺杀总统计划的一部分。在《终结者》的高潮场景，里斯按下了工厂机器的按钮（第 256 镜）。里斯这样做的逻辑事实上已经植入过了，就在他那句关于机器如何干扰机械人的对白中。在机器运转不久后，萨拉便按下一个按钮，碾碎了机械人的头骨。在一些故事里，植入与收获可以被用来制造救命稻草。

7.4.24 救命稻草

如同本书第 112 页所探讨的，救命稻草出现在高潮场景中主角几乎快被打倒时。接着，当一切似乎无可挽回之际，主角利用、捕捉或者发现一个行为、一件工具、一种装置或一条信息，解决了矛盾。在《证人》（第 152 镜）中，救命稻草是塞缪尔按下并唤来邻居的铃。《我的表兄维尼》中的救命稻草是女主角掌握的汽车知识。《燃眉追击》中的救命稻草是狙击反派人物的特种部队狙击兵。

7.4.25 戏剧性讽刺

戏剧性讽刺是一种强有力的手法，发生在主角或反派人物被一种恼人的或意料之外的方式所阻挠时。在《私欲》（*All My Sons*，1948）中，父亲迫切想要赚钱养家而将有问题的飞机零件卖给空军。不久，他的儿子在乘坐一架零件有问题的飞机时死亡。这其中的戏剧性讽刺在于，父亲为了帮衬家里不惜犯罪，最后却只得到家庭毁灭的报应。

战争故事中的戏剧性讽刺效果尤其好，例如在《西线无战事》（*All Quiet on the Western Front*，1930）的结尾，主角［卢·艾尔斯（Lew Ayres）饰］在抓蝴蝶的时候被狙击手击中。战争即将结束，无辜的主角做出和平的手势，却被突如其来的子弹结束了生命，这创造出一个尖锐的戏剧性讽刺时刻。在《桂河大桥》中，亚历克·吉尼斯饰演的尼科尔森上校出于强烈的责任感，险些阻止了企图炸毁大桥的盟军，这呈现出一种戏剧性讽刺效果。

7.4.26 平行叙事

平行叙事是将两条相似的行动线进行交叉剪辑，从而制造一个故事点。在《紫色》中，女主角［乌比·戈德堡（Whoopie Goldberg）饰演的塞利］准备割破她那暴虐的丈夫［丹尼·格洛弗（Danny Glover）饰］的喉咙。正在塞利磨刀片时，画面却切到了非洲，她的妹妹正在见证一场祭祀典礼。这一场景由于女主角的朋友跑来阻止塞利杀丈夫而变得紧张。这一组平行行动的戏剧故事点在于非洲的儿童行将成年，塞利也是如此，而她的成年礼则是反抗自己暴虐的丈夫。

《教父》（*The Godfather*，1972）使用了一种生死对照的平行叙事，将科里昂家族新生儿的受洗仪式与教父的杀手谋杀敌对帮派的画面交切在一起。制造了反差效果。在《现代启示录》中有一处惊人的平行隐喻，当马丁·希恩的角色将马龙·白兰度饰演的柯茨上尉砍死的同时，丛林部落里的人将一头水牛的头割下。

7.4.27 混合型戏剧时刻

上文曾经提到，故事时刻可以由上述戏剧惯用手法中的几个混合而成。混合时刻常常用于将故事绞动（扭转）到一个崭新的意外的方向上。例如，《侏罗纪公园》中的计算机专家［韦恩·奈特（Wayne Knight）饰］被恐龙杀害，他的死亡是由巧合与自然现象（暴风雨）共同造成的。与此同时，公园主人的孙辈被困在吉普车里，电子栅栏断电，恐龙被放了出来。这些事件混合在一起，作为第一幕建置的结尾，与第二幕的戏剧潜力紧密结合起来。

《总统班底》使用了一个阴暗中的告密者角色，让他在调查每陷入僵局时便现身传递情报。在《刺杀肯尼迪》（*JFK*，1991）中，唐纳德·萨瑟兰（Donald Sutherland）饰演的神秘人物也是同样的角色。在这两个例子中，两位“传声筒”角色都作为有力工具，通过揭露信息，对剧情起到戏剧化的效果。他们同样也都作为催化剂，加速故事发展，制造意外与发现。我们可以制造许多戏剧化惯用手法的混合体。例如，一个人在醉醺醺的时候与陌生人相恋，而后者竟是前者老板的情人。这一催化剂与巧合的混合体出现在《上班女郎》中。由反差、不应遭受的苦难、讽刺、优越地位、预兆混合而成的戏剧性时刻出现在《辛德勒名单》中。通过对电影的学习，我们可以发现，在许多故事中，当同一场景中两个或以上的上述戏剧化策略汇聚到一起，便可以造就强有力的戏剧时刻。

7.5 煽情与移情

7.5.1 煽情

此前我们所讨论的戏剧化策略可以为故事赋予能量、情感、激情。你还应该知道，这些策略一旦运用不当，便会制造虚假的情感，令故事显得浅薄与做作。这些煽情的故事包含太多并非来自戏剧的情感。尽管添加适量这样的情感，故事也可以成立，但这决不能以故事的逻辑与可信度作为代价。字典对于“煽情”一词的解释是“不自然的与过分的情感”。而字典给出的“煽情”的同义词也道出剧作需要避免的东西：造作、情感脆弱、过度伤感、感伤、感怀、多愁善感。

当故事缺少实质内容与戏剧性，却充斥着不应有的情感时，就意味着编剧已陷入煽情的陷阱。如果你无视合理性与可信度，刻意地去虐待你的人物，这就会滋生煽情感。在大银幕上，这样的桥段常配有腻歪的音乐与毫无道理的情境，旨在从观众身上榨取本不应有的情感。例如，在《昨日今日永远》（*For the Boys*，1991）中，贝特·米德勒（Bette Midler）与詹姆斯·肯恩（James Caan）饰演一对战地娱乐表演者。当他们在战壕进行表演时，他们的儿子恰好坐在观众席里，此时敌军恰好来袭，他们的儿子不幸丧命，恰好死在他们眼前。这样的悲剧有可能发生吗？或许可能。这一事件能使米德勒和凯恩表演出人物遭受重大情感打击的样子吗？能，但是如果我们回味这一系列情况的发生，会感到它是不自然的，像是故意要引发我们对这两个毫不可爱的人物的同情。在制造痛苦情感的事件中，只有当悲伤、软弱、同情这些相关情绪都是由主要人物所遭受的苦难所引发时，它们才会是动人的。在处理这个问题时，我们的故事感要么会背叛我们，要么会带领我们走向辉煌。《昨日今日永远》则提供了一个电影创作者在这个问题上判断失误的例子。

煽情问题似乎很容易修正，不过，除非你的故事是写给儿童这一天真烂漫易情绪敏感的受众的，那么你在修改故事中的煽情内容时决不能大而化之。这对编剧来说是一个严格的挑战，因为编剧很容易将自己写的枯燥至极的胡话认作是发自肺腑的箴言。为了抵抗这种思维惯性，我们要做的是不断问自己，事件是否有真实感？是否有逻辑？有动机？它有可能发生在一个合乎情理的故事宇宙吗？事件是否与构成故事的戏剧性主体事件相关并与人物建立联系？事件与主角和反派人物的冲突相关吗，还是它仅仅是悬浮在故事之上的一件可有可无的情感调剂品？还有别的制造真情实感的故事点的方法吗？这些思考所带来的回报是让你的故事变得足以移情。

7.5.2 移情

观众对一个故事产生共鸣，便会将自身代入故事人物与过程之中。当观众理解了人物动机，他们便能接受这些虚拟角色的人性，并与其共同面对故事中的挑战。移情的意思是理解并与他人共享对方的处境、情感、动机。当故事的戏剧感足够真实完整，观众便会被吸引，并与大银幕上的人物分享真实的情感，达到移情的境界。

移情的效果促使观众对影片与片中人物敞开心扉；只有最杰出的电影作品才能达到这种效果。达到这种写作水平意味着我们要区分煽情与移情，要想区分二者是困难的。《西雅图未眠夜》、《天堂》（*Paradise*，1982）、《月中人》（*The Man in the Moon*，1991）、《我的女孩》，还有《克莱默夫妇》这样的电影在一些人看来是煽情的噱头片；另一些人却觉得它们的故事真诚感人，令他们感同身受。当我们开发一些看上去在煽情边缘游走的故事创意时，至少我们要做到如履薄冰，也就是说，让故事进行下去。有一个出自《肖申克的救赎》的例子：主角给了他的朋友（摩根·弗里曼饰演的瑞德）一支口琴。瑞德很感激，但直到他独自一人待在自己的牢房时，他才取出来，简单又悄声地吹了一下。这一事件及时地收尾，并未渲染口琴音乐是怎样飘荡在这间忏悔的牢笼里，避免了跑题；另一方面，想要达到令观众移情，用主角用监狱广播系统播放歌剧的时刻比用口琴时刻效果更好。如果将口琴事件放大，观众可能会短暂地被感动，接着就会觉得这一感伤时刻在有意地骗取他们的感情。一旦发生这种情况，观众将会对接下来发生的故事感到抗拒。每一个编剧在选择这种戏剧时刻的安排与写法时，都会考虑如何撩动观众心弦，每个人的考虑不同，做出的判断也就不同。在多数情况下，编剧会选择让这种时刻发生在人物经历过一次戏剧性困境而变得更强大时。

由于这一话题是戏剧化手段中很重要的一部分，我在这里将再介绍一个案例。《无语问苍天》的故事讲的是一个男人［罗伯特·德尼罗（Robert De Niro）饰］因感染病毒而变成植物人。他的母亲［露丝·纳尔逊（Ruth Nelson）饰］长年来探望他，直到有一天，一种奇迹般的药物令德尼罗恢复了意识。当他在几十年后再度拥抱自己的母亲时，观众被深深地触动。当药物失效，德尼罗的病症复发时，观众再次流下眼泪。接着，在其他行将就木的患者的注视下，他与来医院探望自己的年轻女子缓缓跳起舞来。尽管《无语问苍天》在十分用力地戳观众泪点，但就影片本身而言这种做法有效，因为人物所遭受的苦难太残酷不公了，他们的成功虽然短暂，但值得书写。编剧史蒂文·泽里安（Steven Zaillian）将这个真实却残酷的故事进行戏剧化加工，引发观众的同情心，让他们与故事人物感同身受。

移情也可以延伸到反派人物与负面人物身上，使观众理解他们的行为动机与性格。例如：《东镇女巫》中的杰克·尼科尔森，《金钱太保》（*Other People's Money*，1991）中的丹尼·德维托，《致命诱惑》中的格伦·克洛斯，还有《城市英雄》（*Falling Down*，1993）中的迈克尔·道格拉斯。在这里的策略是体会驱动对手行动的精神需求，运用它来开发人物的内心世界。因此，与其简单为人物设计一个邪恶的动机，不如仔细思考人物为何要如此行动，给出一个人物思考逻辑。《桃色机密》中黛米·摩尔的角色便是这样的。尽管我们不理解她为何如此具有攻击性，我们却感觉得到她被某种令她生活变艰难的东西强烈地驱使着。

7.6 利用推动力进行戏剧化

促成戏剧感的最重要的因素便是故事的推动力。这一要素为故事的叙事提供动力，带来一种事情即将发生的感觉，推动人物与事件到达高潮时刻。在多数情况下，电影的故事推动力在最初几分钟就会出现，在大部分电视剧中出现得更早。它的开端往往带有故事即将展开，某事即将发生，叙事正式开始的意味。在《终结者》中，这样的例子是两个赤裸的人从天而降，迅速开始执行任务。虽然我们还不清楚他们的意图，但这两股势力显然各有计划，为电影提供了故事即将开始的信号。

大多数情况下，故事推动力背后的力量即故事矛盾与主要人物的意图。随着故事临近高潮，事件的发展会制造一种戏剧上的紧迫感，引发观众对于冲突的担忧:《王者之旅》中的小男孩能在象棋大赛中获胜吗?《亡命天涯》中的金布尔能逃脱杰拉德的追捕，证明自己的清白吗?推动力是人物、事件、逻辑的汇合点，如在《火线狙击》中，当杀手试图刺杀总统时，推动力就产生了。推动力受到人物与逻辑的控制，并最终要求一个意外的、无可避免却又令人满意的高潮，去解决故事的外部与内部矛盾。

今天的观众不用费什么力气就可以跟上电影快速的节奏，这要感谢电视与当代电影，是它们让观众熟悉了电影语言与电影故事的讲法。举个例子，在 20 世纪 60 年代以前，如果电影中的某人物要去国外的城市旅行，那么电影会展示她旅行前的准备、登机或登船、到港等一系列流程。当代电影则倾向于从第一次提到旅行直接切到国外的城市，这种做法削去了旅行的连续性，增添了故事的推动力。显而易见的是，如果旅行是故事点，那么描述旅行的段落会增加，如若不然，它便会被略去，以免观众思路被打乱。

电影的故事推动力不是一成不变的，因为故事有“快”的，有慢节奏的，也有介乎两者之间的。《生死时速》是一个“快”故事，生产狂暴汹涌的能量，与其相反，《去日留痕》的推动力则是从容而庄重的。第 9 章（“写作场景提示”）中会给出说明，编剧不但可以在剧本中暗示故事风格与情绪，同样也可以暗示故事节奏。尽管导演可以将节奏加快或减慢，当大多数电影进入制作阶段时，它们会被制作组规定时长与节奏。电影中每一片段的时长都可能被改变——有些会被加速，有些则直接结束——但总的来说，通常银幕上呈现的故事节奏都与剧本一致。

7.6.1 故事推动力与“时钟”

一些冒险故事可以通过添加时间因素——一个“滴答作响的时钟”——实现戏剧化。例如在《正午》中，当载满法外之徒的火车在某个时刻到站时。在《奇爱博士》中，时间因素与阻止轰炸机有关，因为它会引发核爆。《生死时速》中帮助影片戏剧化的时钟是一辆如果行驶速度低于一定值便会爆炸的巴士。

利用时间框架进行戏剧化，首先要求编剧精准计算故事从开始到结局所需要的时间。这会为故事设定一个总的“时钟”。大部分电影都有这样的时钟，它们在影片中要么被明示，要么被暗示。比如，时长为一小时的电视剧，其故事时间跨度通常在一周之内。电视情景喜剧的故事往往发生在一天之内。

大多数电影故事片的故事时间跨度从几周到几个月不等。《大审判》中的时钟有一点模糊，不过它看起来跨度在两周左右，从米基告诉高尔文审判还有十天开始（第 8 镜）。时钟开始运作是从康坎农通知他的手下，他们将要在 2 月 19 日与高尔文法庭对决（第 30 镜），到此后斯威尼法官告诉康坎农和高尔文，开庭时间是“下周四”（第 38 镜）。将开庭日期设定为周四是服务于故事逻辑与连续性的，因为这样高尔文才有足够时间在周末飞往纽约，并在那里找到他那神秘的证人。这样的时间安排让凯特琳得以在下周一开庭时出现在法庭。

时间的压力从头至尾推动着主角行动，为故事增添戏剧性。我们可以看到，高尔文意识到他需要更多时间来做准备，但没有时间（第 39 镜）。不久，高尔文询问法官是否能给他更多时间寻找证人而遭到拒绝（第 49 镜）。又过了不久，高尔文必须要找到那位失踪证人，但似乎时间不多了。（第 77 镜）。

在《证人》中，时间的跨度是一个月左右（这一点是根据布克伤口恢复所需要的时间猜测出的）。而《终结者》尽管没有提到时间，但事件的紧急程度以及白天到黑夜的过渡次数暗示出故事的时间跨度为二到三天。《西雅图未眠夜》不算影片开头那长达 18 个月的悼念，故事的时间跨度是从圣诞节到情人节。一般来讲，我建议在故事的开头简短点明时钟，让它距高潮场景的时间尽可能短。

一些特定的类型片——惊悚片、犯罪与体育片、科幻片、“谁干的”式悬疑片——倾向于把“时钟”加到故事推动力上。许多法庭戏有着严格的时间限制，因为它们需要诉讼双方出庭陈述证词。在这种苛刻的设定下，当时间、程序与对白都非常精确，那么庭审的仪式感就会为故事制造推动力。

一些以任务［《雷公弹》（*Juggernaut*，1974）］、最后期限［《子弹横飞百老汇》（*Bullets Over Broadway*，1994）］、竞赛［《篮坛怪杰》（*Hoosiers*，1986）］等为主题的电影常常使用时间来增加戏剧的刺激感。如果有必要让观众知道距离炸弹爆炸还剩多少时间，通常的做法是显示数字倒计时。《战争游戏》（*War Games*，1983）、《奇爱博士》，以及《人间大浩劫》都利用了时间，把阻止灾难发生的迫切性处理得更为戏剧化。

时间跨度更长的故事［《黑潮》（*Malcolm X*，1992）、《为黛西小姐开车》、《肖申克的救赎》、《与爱何干》］会使用不同的时间策略。如果不给观众时间流逝的提示，他们会迷失在漫长的故事中。在许多提示时间的方法中，为主要人物设定年龄是一种很受欢迎的策略。其他提示时间的方法还包括在对话中加入时间信息，从电视新闻上看到时间信息，通过画外叙述者告知时间信息，等等。《红粉联盟》（*A League of Their Own*，1992）用一个与吉娜·戴维斯（Geena Davis）样貌相似的人来展示戴维斯的角色多年以后可能的样貌。而循环播放戴维斯的声音以替代那位年长女士的声音，则使得这一幻象更加逼真。

7.6.2 电影如何暗示时间

时间的暗示可以短促且隐晦：一段音乐、广播或电视节目，向报纸头条的匆匆一瞥，或者某些具有时代特色的商品。《黄金年代》的开场便采用了好几种这样的惯用手法：报纸头条登出参议员约瑟夫·麦卡锡失势；莱斯·保罗与玛丽·福特表演他们的一首大热曲目；还有当年的汽车与时尚潮流（1954 年）。

时间可以从影像的变化中体现出来：一株树苗长成大树，一个孩子长大成人，一项工程宣告完工，时光如此流逝。在《追梦赤子心》的故事发生的四年中，定期的信件与采访给了观众时间流逝的提示。时间流逝的戏剧化效果是令观众担心主角能否在毕业前得到进入圣母大学橄榄球队比赛的机会。整部电影都围绕这一目标展开，所以让观众了解故事的时间进程尤为重要。最终，电影的结尾，在圣母大学队决定最后一场比赛的阵容时，教练让主角鲁迪入队了；如此，他便实现了自己的目标，解决了故事的戏剧矛盾。

7.6.3 打乱时间地点顺序

电影会用闪回手段调整时间进程，令故事短暂中止，例如在《终结者》中，我们可以看到里斯关于未来世界的噩梦（第 46 镜与特效第 183）。如果你有意令故事中止［《迷幻演出》（*Performance*，1970）、《芳菲何处》（*Petulia*，1968）、《特技替身》（*The Stunt Man*，1980）］，那么要在剧本的场景提示中说明原委；否则读者会丢失线索。

当你要在剧本中提到特定年代或事件、歌曲、电影等其他具有时代特点的元素时，三思而后行。人们能够看到几十年前的电影，然而有时，电影中的某些引用材料如果是观众记不起来，或者无法理解其标志性意义的，就会令他们出戏。例如，我猜 2009 年的观众不会记得鲍比特夫妇[①]（Mr. and Mrs. Bobbitt）、坦雅·哈丁[②]（Tonya Harding）、艾米·费希尔[③]（Amy Fisher），以及其他 20 世纪 90 年代的小报头条人物；海外观众则更不会知道他们。

事情总有例外，特别是在一些无法避免特殊时代信息的故事中。例如，《爱在烽火云起时》（*1942: A Love Story*，1993）、《布拉格之恋》以及《胖子与男孩》便是紧贴特殊历史事件的电影。除却这样的例子外，向故事中添加时间信息时一定要慎重。你可能会加入与你的故事宇宙中时间地点不符的物品、装置或其他素材。《魅影奇侠》中就有几处与时代不符的地方，这个故事似乎发生在 20 世纪 30 年代，影片的开场画面是一辆 1935 年的别克车驶过看似 20 或 30 年代的一处高原地区。七年之后，与开场同时代的汽车却出现在纽约。电影中，炸弹的倒计时显示屏是 LED 屏幕，但 LED 技术在几十年后才会诞生。电影还使用了许多不符合 30 年代的表达方式。这些错误虽然很小，却折损了电影的连续性与可信度。

7.6.4 暗示时间与连续性的电影惯用手法

电影使用的三种基本时间策略是硬切、叠化、淡入淡出。下文将对这些概念作简略说明，供读者使用它们进行画面过渡。

硬切指的是两帧画格接合在一起，没有重叠部分。在一个片段中，硬切镜头暗示连续动作。第 4 章所讨论的“高尔文 – 斯威尼 – 康坎农”场景（第 38 镜）中就有相关画面。

当两幅不在同一地点的画面被剪切到一起，暗示着动作可能不是连续的，两幅画面之间可能相隔数秒或数天的时间。在《大审判》（第 71 与 72

① 1993 年，劳瑞娜·鲍比特因不堪忍受丈夫长期的家庭暴力，趁其睡着时割断其阴茎，这一消息震惊世界，二人亦登上新闻头条。——译者注

② 前美国女子花样滑冰金牌运动员，1994 年其前夫涉嫌攻击另一位美国滑冰选手，哈丁后因包庇罪犯而被判处刑罚，取消 1994 年美国花样滑冰锦标赛女子单人花样滑冰金牌，以及终身禁赛。——译者注

③ 1992 年，17 岁的费希尔因开枪重伤其非法情人的妻子而被媒体称为“长岛洛丽塔”。——译者注

镜）中，动作由高尔文在他的办公室与米基讨论案情切到康坎农的办公室，我们发现劳拉是卧底。两个事件之间可能相隔一秒、一小时或者一天。

硬切是剪辑手段中使用最广泛的，尤其是在当代电影中，硬切往往替代了叠化与淡入淡出手法。当你犹豫如何从一段节拍转到另一段时，想象它切到下一段，你就可以继续写下一段节拍了。

叠化指两个或两个以上发生在不同地点的画面重叠。叠化过渡意味着两段节拍之间时间有所流逝。叠化通常由剪辑指导决定，他会指示后期工作室重叠部分的长度是多少。工作室便会将 A 节拍的结尾画面与 B 节拍的开头画面重叠。大多数叠化会持续几秒的时间。

当人物特写镜头加入叠化，可标志着故事正从客观视角进入主观视角。这种叠化用法暗示着动作进入闪回或幻想场景。（这种过渡手法的例子可参看《终结者》第 45 镜。）叠化还可用于蒙太奇中，这一点第 4 章有所讨论。

淡入淡出指电影画面逐渐变黑（或变白）几秒钟，然后下一段节拍的第一个画面逐渐出现。这种电影策略等同于书中的章节分隔，通常暗示故事的一段主要篇章、序列或人物的成长告一段落，新的段落即将开启。

7.7 紧张感

紧张感与推动力是一对双生子，是上文提及的戏剧化策略的另一目标。紧张感体现在两方面：对主角是否能解决故事主要矛盾的强烈担忧，以及每一片段与场景所蕴含的紧张感。《大审判》总体的故事令观众担心高尔文的能力能否打赢官司。此外，许多场景都含有紧张感，如斯威尼法官和康坎农向高尔文施压，让他接受和解（第 38 镜）；康坎农在接受汤普森医生专家证人的身份时对他进行羞辱；劳拉在开庭前怒斥高尔文想要放弃的行为（第 61 镜）。这些场景都引发冲突，使主角遭到挑战，制造了紧张感。

紧张感还可以来自人物对场景情境所做出的反应，以及他们在场景中的态度。例如，在《证人》（第 100 镜 A 机位）中，当布克与瑞秋在谷仓里听着汽车音响中的音乐跳舞时，伊莱找了过来。这段节拍很有性爱紧张感，因为布克与瑞秋之间相互吸引。另一种紧张感来自伊莱，他十分愤慨，因为他发现自己的儿媳妇在听"英文"乐曲跳舞，而这不是一个阿米什人做的事。最终，紧张感来自瑞秋是该服从布克还是伊莱。这些线索让人物之间形成一种紧张的戏剧性关系，与更大的故事情境，即是否会被谢弗与其同党找到的紧张感相关联。

总的来说，当一个好人再努力却还是受某种威胁缠身时，故事就会产生紧张感。这种戏剧性紧张感在主角面对必须解决的困难或矛盾时变得更强，例如在《终结者》中，主角与人类的存亡取决于能否打倒坚不可摧的机械人。在《证人》中，独来独往的主角与一个阿米什家庭陷入阻止警察谋杀案阴谋的任务中，产生紧张感。主角受枪伤而变得虚弱，他为瑞秋与家人深深担忧，这些都使得故事紧张感的层次得到提升。

说到紧张感策略，我想起在20世纪60年代到70年代之间，我被许多剧本编辑问过的问题："威胁在哪？""风险是什么造成的？""谁在对付主角？"无论怎样，今天的故事一样要按这种方式写，因为大多数故事都需要引发观众对主角能否脱离危险的担忧。我们可以从《不可饶恕》中看到紧张感与威胁性矛盾的结合，当威廉·曼尼与他的两个伙伴骑马来到由吉恩·哈克曼饰演的警长所管辖的罪恶小镇时，哈克曼毋庸置疑就是最大的威胁。我们看到他残忍地虐打理查德·哈里斯。不久，警长差点把曼尼打死。在哈克曼杀害曼尼的朋友，确立威胁地位后，他成为曼尼难以打倒的敌人，但曼尼必须要杀掉他为朋友报仇。于是曼尼豪饮波本酒，冲入小镇，展示出他令西部地区闻风丧胆的神威。在整篇故事中，这场不可避免的对决——曼尼对警长与其枪手——的戏剧性紧张感使故事变得戏剧化，因为主角看起来是不可能会获得胜利的，但是他做到了。

《异形》中很有紧张感的一处情节是当西戈尼·韦弗饰演的里普利成了太空飞船上唯一的幸存者后，为了毁灭杀害船员的恐怖生物，她启动飞船自爆程序，带上她的猫进入逃生舱。就在里普利准备休息时，她发现在这段返回地球之旅上，异形一直在她身边——而且随时准备把她当成点心吃掉！在整部电影中，异形都作为威胁，制造悬疑与紧张感。类似的情况还出现在《亡命天涯》中，因为杰拉德与他的团伙不知疲倦的追捕时时刻刻威胁着主角的安全。

《大审判》《月色撩人》和《西雅图未眠夜》是比较柔和的故事，但它们也使用了一定程度的威胁来制造紧张感。在《大审判》中，紧张感来自主角面对的矛盾，即打败强大的律师及其同党。在《月色撩人》与《西雅图未眠夜》中，紧张感源于有情人成眷属之路上的重重困难。在以上故事以及许多其他故事中，紧张感都是由与故事矛盾相关联的冲突造成的。一旦故事未能紧扣矛盾，那么紧张感、重点、戏剧冲击力都会消失。

7.8 用转折“铰接”情节

最后一项戏剧化策略——也是最有效的之一——要求编剧创造情节转折，让猜测剧情的观众感到意外。在大多数情况下，剧情变得复杂是指让主角陷入更绝望的情境。复杂化（或转折）同样会“使情节变厚重”，例如在《大审判》（第 25 镜）中，当主角拜访他那脑死亡的客户并拍照时，他的良心被刺痛。情节的又一次变厚重发生在高尔文良心再次刺痛时，这使得他拒绝了布罗菲主教的和解提议。高尔文的决定是重大的转折点，使剧情走入崭新的意外的方向——走向与城中最可怕的律师的冲突。

在《肖申克的救赎》中，主角（安迪）偶然间听到警卫队长不愿付遗产税的话。为了使场景更加戏剧化，安迪以一种与人物身份不符的笨拙姿态向警卫队长提出自己可以帮他理税，这让后者险些把他从房顶扔下去。千钧一发之际，安迪向警卫队长提供了解决方案并提出了自己的条件。这一转折令安迪的金融知识派上用场，不久之后，他也得到了更加符合他银行家身份的工作。就这样，房顶事件令其他守卫知道了安迪的理财本事，铰接故事（将故事引入新方向）。这一事件也令守卫对安迪施恩，他们将“姐妹帮”揍得半死，让后者再也不敢骚扰安迪。这一事件最后的影响是让安迪得到典狱长的注意，得到维护图书馆的工作。

《肖申克的救赎》中铰接故事的转折点数量之多令这部电影显得很特

别。其中包括：安迪与瑞德成为朋友；“姐妹帮”霸凌安迪；典狱长利用监狱劳工策略吃回扣让安迪帮忙洗钱；年轻的犯人说出他从前在其他监狱听到有人承认自己是将安迪送进监狱的案件的真凶。转折还在继续，警卫队长将那名年轻的犯人杀害，这样安迪不可能得到自由，典狱长贪污的秘密也不会有泄露的危险。当安迪逃跑时，情节再次被铰接起来：他揭发监狱系统的腐败；带走了典狱长的钱；瑞德被释放；瑞德找到安迪留下的消息；两个人在墨西哥重聚。这些转折体现出斯蒂芬·金（Stephen King）在短篇小说方面以及弗兰克·达拉波特在改编与导演方面精湛的叙事技巧。他们的技巧值得认真学习。[剧本改编自《丽塔·海华丝与肖申克的救赎》（*Rita Hayworth and the Shawshank Redemption*），是收录于史蒂芬金作品《不同的季节》（*Different Seasons*）中的一篇短篇小说。]

许多故事都在每一幕设置一至两次转折，它们的特征由故事的风格与强度决定。鉴于创造转折是一个有着太多可变因素的话题，在此我只能提供普遍性建议。关注生死冲突的高能量电影（《生死时速》《大白鲨》《异形》）通常在每一个段落都会设置一个情节转折点，无论多微小。这些转折点的效果是铰接情节，让观众吃惊，把走进影院的人吓得跌出座位。

在《证人》中，瑞秋与儿子的生活随着孩子目击谋杀案而逐渐向危险靠近。当我们看到谢弗的手下追杀布克时，我们才明白原来谢弗是这些坏警察的头目，故事铰接至新方向。血流不止的布克在谢弗杀害瑞秋与塞缪尔前将二人救走，故事再次铰接是在布克倒下并被瑞秋与阿米什人收留时。由于阿米什人古朴的生活方式，谢弗与其手下难以定位布克和拉普一家人，这是故事的又一次铰接，给了布克养伤的时间，痊愈后的他和几个小混混发生冲突，使谢弗获悉他的位置，情节因此铰接至最终对决。

比利·怀尔德在美国编剧工会1994年10月对他的采访中提出过几项关于组织情节的建议。当我问他能否给年轻编剧一些情节写作的意见时，怀尔德回复道情节事件“一定要合逻辑。你必须让观众相信人物的逻辑与事情发生的逻辑”。怀尔德接着讲述了他和他的写作搭档戴蒙德（I.A.L.Diamond）是如何花费几个月的时间创作情节的。二人工作的一部分是隐藏情节中的设计感，让观众觉得故事可信。例如，《热情似火》的原型是一部冷僻的欧洲电影，是一个男萨克斯风乐手为逃脱敌人追捕而打扮成女性的故事。在怀尔德与戴蒙德的版本中，则是两个男人为逃脱敌人追捕，打扮成女性混入女子乐团，并随乐团乘火车从纽约前往迈阿密。在旅途中，两个男人［杰克·莱蒙（Jack Lemmon）和托尼·柯蒂斯（Tony Curtis）］与乐团中的女孩们建立情感，逐渐混淆了自己的身份，终于匪徒发现了他们的踪迹。在结尾，故事变得很欢乐，这都是由于编剧对这一错综复杂的故事情节进行了仔细的开发。

要完成情节开发，建立故事逻辑是必不可少的工作。这项工作可以说比较简单，因为原因总可以从结果反推出来。例如，莱蒙与柯蒂斯这两个人物需要一个理由来穿上女装进入女子乐团避难，而这个理由就是该乐团曾经打来电话招人。编剧为故事矛盾所做的安排是让两个主角不慎见证了一场绑匪火拼，一个帮派屠杀了另一个帮派。当莱蒙和柯蒂斯被认出是为黑帮表演的乐手时，他们逃跑的理由也就有了。这一事件也为莱蒙和柯蒂斯混入女子乐团逃难的古怪行为提供了逻辑。在这出滑稽的闹剧中，情节的铰接与转折都是正当的。这一由大师级叙事者、灵动的演员与有才华的剧组所打造的奇妙之旅让每个人都乐在其中。

《西雅图未眠夜》是另一个利用有趣的情节转折制造戏剧性的故事。在影片的开始，比尔·普尔曼饰演的沃尔特就表现得像是一个缺乏魅力的人，然而安妮似乎离不开他。接着，情节开始铰接，一档来电广播节目将萨姆和乔纳同她连在一起。不久之后，她就开始在上班时间查询节目（和萨姆）的消息了。通篇故事里，事件引发了正当的行动、动机、相遇，以及长距离的联系。事件的安排令人信服，丝毫不会让观众察觉到它们的植入，以及故事片段设定的精妙。有技巧的编剧会掩饰剧本中的设计感并说服观众银幕上发生的一切都是真实可信的。为了达到这种效果，编剧必须时常检视情节、事件，以及人物的逻辑。节拍表中列出事件必须写成片段、场景、段落，构建起能够娱乐观众的故事。

例如，《西雅图未眠夜》中的一段节拍可能在大纲里会是这样的描述：

“安妮了解了更多有关萨姆的情况”。写作时需要设计一个有逻辑，可信的做法来达到这个节拍点。既然安妮在一家配有电脑的报社工作，而萨姆在电台节目中说过自己是一位丧偶的建筑师，这就出现了一种有逻辑且可信的定位萨姆的策略。萨姆的信息证实了自己的身份，也为安妮这种身份的女性居然会做这种希望渺茫的搜索行为提供了正当性。为了创作这样的情节，我们需要回答什么是可信的，什么是符合故事情境与人物逻辑的，可以发生怎样戏剧化的、可信的、有用的事。这部分工作没有捷径可走，只有认真地思考，让思考进入潜意识畅游，直到戏剧化的桥段浮出水面。这件工作很耗费时间，所以要有耐心。

通过铰接情节达到戏剧化，有时需要引入新人物来带领故事走入新方向。怀尔德与戴蒙德在《热情似火》的做法是引入玛丽莲·梦露（Marilyn Monroe）饰演的乐队歌手与乔·E. 布朗（Joe E. Brown）饰演的富家花花公子。在《证人》中，亚历山大·戈杜诺夫（Alexander Godunov）饰演的阿米什求婚者铰接了故事，因为他在与布克争夺瑞秋的关注。他的出现为占据第二幕大部分篇幅的爱情故事增添了热度。《大审判》中的鲁尼护士与《亡命天涯》中主角遇到的医院工人同样作为故事中新出现的角色，为情节制造出可信的、有逻辑的事件，带领故事进入新的方向。

在结束这一话题之前，你应该知道当编剧将自身能量与生命注入作品时，故事会变得戏剧化。这是指对故事进行深度思考，直到你的大脑会对事件做出反应；这意味着高强度的思考会影响你大脑更深层的活动；也就是说绝对不要接受自己的作品已经“够好”，因为“够好”永远都是不够好的。戏剧化需要激情、专注、故事感，还有不把剧本磨到无懈可击绝不休止的决心。然后，把剧本发给你的朋友看，收集他们的评价，看看其中有没有能帮助剧本提升的建议。电影故事与剧本就是这样写的，除非编剧在写作时将自己的精力、经验、智慧、灵魂全部投入，否则故事不可能够好。这件事没法作假，编剧必须将上述所有技巧都用上。

小 结

戏剧化令戏剧情境更绝望、更强烈、更美妙、更浪漫、更富有娱乐性。戏剧化意味着将每一场戏都写到令人拍案叫绝。先将这一态度放在一边，提醒自己，没有什么会因为太好或太糟而显得不够真实。只要你想到可能的，并且符合故事的戏剧化点子，就用上它——但一定要让它有逻辑，够可信。当戏剧化策略看起来太极端，也可以适度把它柔和化，不过剧本失败的理由，比起因为太夸张，更多是因为太文雅、太规矩、太合理，以及太迟钝。

如果本章介绍的戏剧化策略看起来像骗局与计谋，那是因为它们就是如此——戏剧性的骗局与计谋！尽管如此，在你将它们，尤其是戏剧引擎放入电影中时，你必须正确认识到，有一些在纸上看起来很夸张的内容，放到大银幕上就会变得很有戏剧效果。在这里有一条简单的忠告：把剧本改得平淡要比把沉闷剧本改得有活力简单得多。

无论何时，当你想要煽情时，要记得保持可信与实际，煽情的内容会稀释戏剧性内容。让人物表现出正直善良的一面，释放他们应有的情感。这里的目标是通过让人物在逆境中展示的勇气与人性光辉，令观众产生移情效果。

本章介绍的策略不会奇迹般地自动将故事变得戏剧化或者制造出情节转折，但是每一条策略都有其实用性。例如，“拧紧”时刻可以制造出某些情绪或能量，使观众得到满足并转移注意力，不会意识到场景啰唆、充斥说明性信息，或缺乏戏剧感。至少，本章提到的策略可以帮助你理解电影如何戏剧化；电影如何使用转折来铰接故事，使情节走入新的具有戏剧性的方向；以及这些策略在纸上与银幕上都是如何体现的。

练 习

（1）选择一部故事片，从本章出现的戏剧化策略的角度对其进行分析。记下每一种手法的出现，简略描述其特征与目的。

（2）为电影中的对话与场景计时，并分析以下问题：对话是突然结束还是逐渐结束。电影是否使用一些视觉过渡手段来展示人物从某地前往另一处，或者上一场景的动作是否直接切到下一场景？

（3）仔细查看电影如何利用冲突将故事戏剧化。冲突的原因是什么，增强冲突紧张感的又是什么？冲突如何与矛盾联系起来？矛盾与冲突是如何解决的？

第 8 章
为拍摄而写：视觉叙事

眼睛被称为感官中的小偷，因为视觉凌驾于我们的其他感觉之上，是需要我们放在第一位来运用的感官——并且是持续地运用。对于电影编剧而言，这意味着需要创作含有视觉内容的故事。据此，本章将讨论如何为观众提供他们所期待的电影视觉内容。

本章的视觉化策略为故事感添加了一种新层次。有关故事感的讨论始于如何找到电影创意与如何将其扩充为具体情节。接着，通过其他章节的讨论，故事感从各个方面被完善：概述故事、创作基本戏剧单元、写作复杂的人物、写作对白，以及剧本的戏剧化。而本章将从三个角度研究如何为拍摄写作：

- 给编剧的摄影知识
- 电影的视觉设计，以及编剧如何运用他们对摄影知识的理解，利用影像而非对白讲故事。
- 为故事添加视觉内容的策略。

这三方面视觉叙事的知识能够帮助你跳出用对白与场景提示讲故事的

思维惯性，学会用影像来讲故事。许多关于剧本写作的讨论，其内容都是给观众看什么。从一定程度上说，给观众看的“东西”是为影像增添亮点的视觉细节，包括人物行动、行动发生地点、人物服装，以及服装与场景、地点的色彩与质感。

更宏大的视觉内容设计取决于编剧对故事整体构思的设计。例如，一些剧本坚持用对白讲故事（《大审判》《西雅图未眠夜》），在这种情况下，剧作会偏向对白而回避动作性视觉内容。当编剧构思的是像《勇敢的心》和《终结者》这样的肢体动作性强的故事时，剧作便向动作性视觉内容靠拢。《全金属外壳》便印证了这一要点：在最后一个段落中一组海军陆战队员被隐匿的射手通通击毙。好在队员们及时进入迷宫般的大楼废墟，捕获并处决了残忍的年轻女性狙击手。这一卓越的场地（伦敦一座即将拆除的瓦斯厂）在缀以棕榈树、残垣断壁，以及各种火焰后，为四十分钟的动作场景提供了独特的战场。而这些视觉内容在编剧［斯坦利·库布里克（Stanley Kubrick）、迈克尔·赫尔（Michael Herr）、古斯塔夫·哈斯福德（Gustav Hasford）］将电影的高潮设想为在城市废墟中追捕狙击者时，就已经确定好了。编剧们的构思决定了突如其来的死亡事件，以及陆战队员在噩梦般的猫鼠游戏中丧生的惨烈局面。此外，这一段落在关注一队人马的恐怖遭遇时也不忘展现他们的人性时刻。

《全金属外壳》不仅作为优秀案例展示了动作电影如何用影像叙事，还验证了不应忽视的一点：在为动作或场景增添视觉内容时，三思而后行。这条建议对动作片之外的电影同样适用，因为它们同样需要视觉内容的支撑。以《证人》为例，尽管它是一个人物型故事，却同样用肢体动作场景丰富了影片的视觉性（火车站的杀手、谋杀的企图、修建谷仓，以及最终的枪战）。每一个情节事件都具有强烈的视觉效果。要记住，动作性节拍不必包含暴力，八分钟的修建谷仓段落便是证明。

为了帮你降低影像写作的难度，避免你写出静止的、啰唆的场景，我们将要讨论摄影师如何处理他们的工作。这不会变成关于摄影技术的论述，超出我们所讨论的“摄影心理学”范围之外的知识，你可以自己思考。而我们则要从编剧角度出发，对摄影机与视觉内容进行研究，让你对有视觉潜力的内容更敏感，并将它们运用到故事中。摄影知识中的精华——会有许多——对于那些继续研读本章相关资料[1]与本书参考书目的人而言会更清楚明了。下文仅仅对摄影工作与编剧如何运用它们创作视觉内容进行简短介绍。

8.1 给编剧的摄影知识

本章的第一部分内容旨在帮助你熟悉用影像讲故事的视觉语法知识，诸如镜头选择与镜头运动，以及如何为你的剧本增添视觉趣味与质感。在学习这一话题时，你会了解到编剧的视觉意识不是一种在写作时才会开启的功能，而是一直处于开启状态的能力，就像其他的电影工作者一样。这种意识会使你对创意、地点、人物时刻、事件等有视觉趣味的元素敏感。编剧是观察者。我们不断学习。我们用双眼仔细打量世事与世人。我们记录特别的影像：一个孩子跑过草坪洒水器射出的水帘；一只猫在一小块日光里打盹；树木在风中摇曳；家长们与孩子嬉戏。我们就用这种方式锻炼我们的视觉意识，这是一项创作电影必需的能力。

得益于电影工作者们的出色表现，电影已在最近的一百年间成为一种占据支配地位的媒体。公众已被电影训练到就算是儿童也能懂得电影语言，无论它是以音乐录像片、电视广告、电视剧还是电影的形式出现。随着公众对电影叙事方式的理解能力的提升，观众亟须银幕上出现更多景观、更多动作、更多替身演员与更多刺激的特效。

此类视觉内容观众大多数是在电影院体验的，电影院提供了一种梦幻般的氛围，陌生的观众们齐聚在一间昏暗的大厅中。候场时分，观众们对塞

① 参见 Dennis Schaefer and Larry Salvato, *Master of Light:Conversations with Contemporary Cinematographers* (Berkeley:University of California Press,1984)。还可参见 Nestor Almendros, *A Man with a Camera* (New York:Farrar,Straus,Giroux,1984)。同样推荐期刊 *American Cinematographer* 与 *Film and Video: The Production Magazine*，上面有许多关于用镜头讲故事的讨论。

在放映机里的那卷即将主宰他们视觉感官的胶片期待不已。在影片开始前，舞台照例升起帷幕，在这一标志性的时刻，影院与现实世界被隔离开来。观众们做好准备，进入一场从头至尾没有广告打断也（但愿）没有剧情讨论声的电影冒险。

心理学家雨果·莫尔霍夫（Hugo Mauerhofer）将这种情况归为“电影院情境”（cinema situation）的一种[①]。在这种情境中，观众静静地进入放松的状态。一些人将这一情境称为“醒着的梦”，其中现实被扭曲，一种隐形的掌控力（电影镜头与剪辑）用绝妙的影像吸引观众的注意，将他们拽入银幕上的故事之中。

观众善于接受视觉内容，因为电影放映机投射出的影像以其完美的光影效果作为最佳叙事手段，令观众迫不及待观看故事接下来的发展。科技的进步让今天影院观众的体验比之过去更为引人入胜。今天的电影银幕更明亮；影像更清晰，感光度更高，色彩也更鲜艳；电影放映系统也更加流畅，效果更好。今天的视觉震撼也有了听觉的辅助，今天电影院中的音响声很大，当人物讲话、炸弹爆炸、音乐响起时，剧院的超真实环绕立体声系统可以让我们感受到来自声音的物理冲击。不止如此，电影工作者们的技艺也越来越精湛，有了计算机动画、合成图像、数字特效、建模等其他技术手段的辅助，他们可以在银幕上创造出任何事物。由此造成的结果是世界电影娱乐工业的标准变得很高，观众购买电影票时期待更精彩的视觉内容，假如电影没能带来他们期待的视觉“效果”，观众可能会感到无聊。

这对人物驱动型与情节驱动型故事同样适用。投射在银幕上的影像必须满足眼睛对视觉刺激的渴望。举例说明这一要点：如果银幕上的两个人坐在四面白墙环绕的一张桌子前，观众会迅速被画面中的任何视觉细节所吸引，并急切寻找新看点。假如电影不提供新看点，观众会变得烦躁。因此，写作电影剧本需要了解人眼接收视觉信息的速度。对于编剧而言，写故事需要为影像提供视觉流动感。简而言之，接下来你将会读到关于使用视觉内

① Hugo Mauerhofer,"Psychology of Film Experience,"in Richard Dyer MacCann (ed.), *Film: A Montage of Theories* (New York: E. P. Dutton, 1966), p. 229.

容写作场景，甚至是看起来较为静态的对话场景的建议。

第二个要点是观众的目光会被运动牵着走。假如在一个场景中，两个人正在起居室看书，一只猫从他们身边走过，那么观众通常会把注意力从人身上转移到猫身上，尤其是当镜头单独拍摄猫时。假如这只猫在地板上追老鼠，那么观众会更加关注它，因为追逐行为中包含了冲突与戏剧感。

以上两点——观众对视觉的需求与观众对运动的注意——是视觉叙事很简单的两种角度。这两点是我在都柏林的一个晴朗午后想到的，当时我正在调查当地的酒吧，并意识到了酒馆与电影的相似之处。在这两种娱乐活动中，消费者都处于目不暇接的状态。在剧院中，他们目光的焦点落在银幕上；在酒吧里他们则四处张望。为了使消费者不至于感到视觉上的无聊，酒吧会提供许多供顾客观看的东西。首先，酒吧深处总会摆放一面大镜子供顾客浏览室内情况。此外他们还会提供小摆件、纪念品、海报、动物标本、奖杯、裱框照片、船模和旧乐器等供顾客观赏，并将杯盘、调味品和小吃整齐地码放在一起。这些道具都是用来给顾客看的，哪怕它们得到的仅仅是匆匆一瞥。

电影也采取同样的策略。无论银幕上发生什么样的故事，影像都应该为顾客提供观赏内容。无论是在酒馆、沙龙，还是电影院中，人眼都在迅速并永不知足地吸收着视觉信息，灯光、内部装潢、布料、家具、艺术品、有花纹的门与边框，任何普通装置都可以带来视觉趣味。除此之外，摄影机角度的变化也让观众能够从变换的视角观赏场景。

如上文所言，MTV 与电视广告的普及提升了电影观众的视觉语言知识水平，电影工作者必须努力走得比观众更快。例如，电视剧《纽约重案组》长达 63 秒的开头字幕画面就包含了 54 张快照。这条信息意味着如果一档电视节目无法持续稳定地保证其视觉细节的流动，观众便会换台。当电视观众进入电影院时，他们是带着对视觉的期待的。由于电影工作者身负满足观众视觉需求的重担，接下来我们将通过研究他们如何运用四种摄影元素来理解剧本的视觉潜力。

8.2 视觉内容的四元素

导演熟悉与他们合作的摄影师的工作。同一批工作人员往往会合作不止一部片子，因为他们已经结成了有技巧的团队，了解如何有效地协同工作，彼此之间不会沟通不畅或发生争执。导演会与制片人、摄影师、美术总监[①]一同为电影做视觉设计。为了确保能够完成想要的画面以及没有漏拍任何一个戏剧时刻，电影工作者们在每天拍摄前都要用起码一小时的时间浏览前一天拍摄的“毛片”（即“样片”），也就是未剪辑的素材，观看毛片放映确保捕捉到影片理想的风格、能量、形态。摄影师与美术总监为导演分担了影像方面的工作，使后者能把注意力集中在指导演员方面，让他们的表演传递出故事所需要的内容。

摄影师将白纸黑字的剧本转化为一帧帧画面的神奇本领围绕以下四项内容展开：照明、运动、色彩、空间。它们勾画出电影视觉内容的轮廓。

8.2.1 照明

摄影师们形容自己的工作是“用光作画”。电影中优秀的照明表现是显而易见的，就算是搞不清光影原理的编剧也可以欣赏它们。然而只需学习一点电影知识，你就能熟悉这些主要的照明效果与摄影风格[②]。如果你没有时间或机会进行系统学习，那么就选择一些你喜欢的电影中的光效，用你自己的方式去研究它们的原理。接着，当你在写作一个例如有着恐怖设定的场景，按照你的想象（阴森的地下室黏滑泥泞，墙壁湿漉漉的，危险的阴影）去描述它。拍摄团队会理解你的意图，依据场景的需要设计照明。如果一个生日聚会的场景设定是焦点模糊的，仿佛影像上覆着一层薄雾，你应该简短

---

① 美术总监（production designer）负责电影场景设定、布景、服装、色彩、外景地与道具的总体设计。美术总监与美术指导（art director）和场景设计师（set designer）紧密合作，如同导演和摄影师那样。美术总监帕特里齐亚·冯·布兰登施泰因［Patrizia von Brandenstein，代表作《爵士年代》（*Ragtime*，1981）、《来自边缘的明信片》］感到她的工作是“提供大致的、概念上的并且可落实的视觉焦点”（*Metropolitan Home*, January 1982, p. 18）。

② 《光影的魅力》这部由美国电影摄影师协会投资拍摄的纪录片，记录了许多杰出摄影师的工作，并表现他们解决视觉难题的过程。第 6 章曾经提到这部影片。

地描述这种视觉效果（金妮进入房间，房间里的一切看起来金光闪闪如梦似幻）。重申一遍，拍摄团队会理解你想象中的视觉效果。他们也许会无视你的某些意见而选择他们认为更好的做法，不过他们一定会考虑剧本对视觉效果给出的建议。当代电影的照明效果是滴水不漏的（且昂贵的），绝非业余作品中的那种从头至尾一成不变而毫无特色的泛光效果可比。专业的电影摄影工作是十分严谨的，因为观众对视觉的细致与强烈的需求已经使他们无法再接受缺乏视觉特征与光影效果的电影了。

编剧可以不指明使用哪种特定照明效果，而是简短描绘布景的面貌与情绪。例如《双面女郎》（*Single White Female*，1992）的编剧唐·鲁斯（Don Roos）是这样描写地下储藏室的："光线照在这散发着不祥气息的房间，里面结满了蛛网，地上堆着公寓编好号的用链条困起的笼子。"尽管剧本并未直接提及照明效果与镜头安排，它却为场景提供了一张文字版的布景视觉快照，将故事地点的样貌与情绪变得视觉化；这足以使剧组工作人员明白他们需要怎么做。拍摄团队在整个工作过程中都会参考编剧写在剧本中的内容。导演与摄影师会讨论每一个场景与每一个镜头；他们可能会按剧本执行，或者设计他们认为效果更好的新场地新光效。然而在大多数情况下，拍摄团队都是以剧本作为依据的。

光与影为场景创造出视觉细节、微妙的差异、情绪、焦点。灯光还可以在烟雾机的作用下发生漫射，制造更为有趣的效果。在一张照片或一团奇怪的阴影上打出一小块亮光，会让观众将注意力放到光之外的黑暗角落。窗帘或百叶窗可以在墙上留下有趣的阴影。一束细细的聚光灯会使观众关注某些特别的物件或特征。最后，摄影术操纵着光与影，用视觉细节令观众大饱眼福："看这个！"

8.2.2 运动

当摄影机记录人物在房间中行走时，它会表现他们如何走、为何走，也会记录下场景的其他部位与相邻的空间。运动可以提供丰富的视觉信息。人物静止而镜头运动，或人物与镜头同时运动，也可以产生视觉细节。因此，精明的编剧将动作放在含有视觉细节的地点，这些细节可以通过镜头与或人物、机械、动物等其他富有视觉趣味的运动呈现出来。

当场景设定在广阔空间时，这很容易做到，不过编剧如何在有限的内部空间开发视觉细节，像《大审判》(第 72 镜)那样用 90 秒来表现一场发生在康坎农办公室的戏呢？那间办公室是他的内部密室——一间狭小的壁板间，充斥着财富与阴谋的气息。场景始于康坎农坐在他的古董翻板式书桌前写支票。他对着镜头外的某人说话，我们对这神秘人物的身份产生好奇。在整场戏中，康坎农的声音显得极其亲密，这种二人共谋的气氛也将我们拽入戏剧之中。康坎农调了一杯酒，再次走过房间，将叮当作响的玻璃杯拿给——不是别人！——劳拉。康坎农走到她身后，将装着支票的信封塞进她的包里，坐到她身边。终于，他举起杯子戏剧性地要求碰杯，欢迎劳拉重回法律界。此时我们明白了劳拉是康坎农的卧底，她通过色诱高尔文来向他骗取情报。

尽管这一场景中的运动是有限的，它却精确地展示出一间完美的只限内部人员进入的密室。这间房不需要描述，因为一个像康坎农这样的律师必有一间豪华的寓所，让美术总监用准确的道具、家具与艺术品“装扮”它。康坎农的运动使摄影机得以揭露视觉内容，并一定程度上将他与劳拉的对话变得戏剧化。马梅的场景提示极为简单，只提到灯光柔和昏暗，房间里有张沙发。编剧的贡献在于让劳拉成为卧底，在电影的大部分时间里对观众隐瞒她的身份，接着在一个充满视觉趣味的场地戏剧性地揭穿她的两面派身份。

《终结者》第 204 镜也有着类似的效果，只是比起让镜头在房间中横摇，电影选择让摄影机在萨拉与母亲通话时慢慢移动至母亲的房屋。片刻之后，我们就发现房屋已经一片狼藉……讲电话的不是母亲而是模仿母亲声音的机械人。在这两个例子中，运动与灯光搭配丰富的布景，创造出视觉性极强的戏剧性揭露时刻。

现代镜头运动比早期更流畅，特别是与第一代有声摄影机时期相比，那时的摄影机裹在沉重的隔音设备里，演员需要靠近藏在花盆或其他伪装物中的麦克风表演。今天的摄影与声音设备轻便易携带。然而早年的摄影机操作者需要控制重达 165 磅的摄影机，是现在摄影机重量的五倍。现在，更轻便的摄影机可以加装稳定器，使其在直升机、行驶中的汽车、火箭或马上也可以提供稳定的影像。《妙女郎》（*Funny Girl*，1968）中有一个早期使用陀螺稳定器的例子，是拍摄芭芭拉·史翠珊（Barbra Streisand）在拖船的船头唱歌的镜头。镜头从这位明星唱歌的特写开始；随着她的歌声，镜头开始拉向后方……再向上……再向远方……直到纽约港中的拖船已变作玩具大小。到这时我们才明白这一个持续的镜头是由加装稳定器的摄影机从直升机上拍摄的。《历劫佳人》（*Touch of Evil*，1958）、《超级大玩家》（*The Player*，1992）、《大盗独行》（*Thief*，1981）和《闪灵》（*The Shining*，1980）的开场镜头也都是优秀的镜头运动的例子。大多数情况下，设计具体镜头不是编剧的工作。话虽如此，当你想象出一幅特别的画面时，将它写在剧本中（简短地）并相信制作团队能够考虑它的视觉潜力。制作团队更可能会将剧本中被你忽略的视觉时刻提取出来。

8.2.3 色彩

布景的整体——设计、图画、布料及美术总监使用的其他材料——有统一的色彩风格，甚至演员的服化也会向这一风格靠拢。电影中的色彩（或缺乏色彩）受到滤镜、灯光、摄影机性能，甚至后期处理方法的影响。尽管这些关于色彩的考虑不会直接写在场景提示中，有技巧的编剧却会想象自己故事的整体视觉可能性。这种思考会渗透在剧本中，传递出情绪、质感、时间、天气、能量等级和人物的个性。灯光的冷热与布景的装饰方式可以传递出剧本中暗示的危险、腐朽、性感、情感能量等特性。

例如，《孽扣》（*Dead Ringers*，1988）这部关于一对孪生兄弟堕落至疯狂并死亡的电影，其特征是暗示两兄弟情感上的病态的惨蓝惨绿画面。《辛德勒名单》以黑白影调进行拍摄，因为导演感觉这样符合这个大屠杀故事发生的时间点。《大审判》的色调是金棕色与大地色，准确还原了冬日的波士顿场景。闹剧《家有恶夫》使用了明亮的卡通式的色彩，与漫画般的人物和电影风格相衬。《虎豹小霸王》与《雌雄大盗》的深褐色调暗示出电影背景的年代久远。

有技巧的编剧能够让读者“观看”到与编剧想象中完全一致的电影。《沉默的羔羊》就体现出这种精湛的写作技巧，电影的高潮场景表现女主角（朱迪·福斯特饰演的克拉丽斯·史达林）与杀手［泰德·莱文（Ted Levine）饰演的甘布先生］在黑暗的地下室进行致命追击，其中使用了奇怪的绿色影像。在这一黑暗空间中，杀手因佩戴红外线护目镜而视物如白昼，可女主角却视物艰难。恐怖的音乐与泛绿的影像混合在一起，制造出效果非凡的梦魇般的体验。红外影像的插入展现出在同一场景中视觉内容的转变会产生重大效果。下文反映出泰德·塔利（Ted Tally）是如何想象女主角战栗地面对杀人犯甘布先生的。镜头对准克拉丽斯，她震惊地看到一条“干枯的僵尸手臂伸出浴缸”：

克拉丽斯

她面对眼前的景象表现出恐惧，几秒钟后，画面被甘布先生的红外系统观看到的泛着阴森绿光的画面所替代。克拉丽斯尖叫，眼前突然一片漆黑，她想找到门的位置，找不到，手不顾一切地胡乱伸向她眼前的一片黑暗之中。凯瑟琳的哭声再次响起，从遥远的地方传来。克拉丽斯被绊倒了，她站起身，最后终于抓住了门框。

内景　甘布先生的工作室　日（绿光）

克拉丽斯呈半蜷缩的姿态从浴室出来，双臂向外伸，握枪的双手就放在她茫然的双眼下方。她停下来，聆听。在一片黑暗中，所有的声音都被不自然地放大——冰箱发出的嗡嗡声……水的滴答声……她自己惊魂未定的呼吸声，还有从远方传来的凯瑟琳的呜咽声……飞蛾扑到她的脸上、胳膊上。她向前走去，接着又停下，聆听……她再次向前走去，举着她的枪，蹑手蹑脚地走近，经过——甘布先生。

他贴在一面墙上，双臂张开，一只手中拿着鞭子。他戴着他的护目镜和假发，而在此之下，在他的紧身裤上面，是他那身丑陋的，未完成的人皮衣。他微笑地看着完全没看到自己的克拉丽斯，她正走到他的身后，暴露出后背。他非常缓慢而安静地跟在她后面，双手握枪，指向她……

《沉默的羔羊》，编剧：泰德·塔里，1989

塔里极为内行地引领读者进入他想象中的毛骨悚然的场景。当克拉丽斯对浴缸中的手做出反应时，剧本暗示这是一个近景镜头——否则，手不会被发现，克拉丽斯的惊吓反应就没有了动机。同样地，展示甘布先生的微笑可能也需要使用近景镜头。光效令克拉丽斯完全察觉不到自己与疯狂的杀人犯近在咫尺，后者在准备从背后击杀她时露出邪恶的笑容。尽管这一场景最终并未完全照剧本拍摄，塔里的剧本毕竟将场景中发生的一切都进行了清晰的视觉化，让拍摄团队可以完成他们的工作。

8.2.4 空间

大部分故事片与电视剧采用三种主要镜头：中焦镜头、长焦镜头、广角镜头。电影中最常见的镜头是由固定摄影机装载中焦距（35—50 毫米）镜头进行拍摄的。这一景别能够呈现出与我们的眼睛看到的最接近，空间扭曲感最轻微的景象。《证人》第 93 镜，也就是伊莱警告塞缪尔关于枪支与暴力的危险之处的场景，使用的就是这样的镜头。

长焦镜头的焦段更长（75 毫米及以上）。它的光学原理创造出的画面会压缩纵向距离，使空间变得扁平，在人物朝摄影机正向与反向移动，还有他们在场景中走或跑时，这种效果便会显示出来。《毕业生》中就有这样一个镜头：当主角朝着教堂奔跑时，长焦镜头对他进行正面拍摄，这使他的奔跑看起来像是静止不动，永远无法解救他的爱人。《阿拉伯的劳伦斯》中的一个长焦镜头展示了一个幽灵般的鬼影正面对镜头穿越沙漠。当镜头推近，鬼影逐渐献出原貌，原来是奥马尔·谢里夫（Omar Sharif）骑在骆驼上。长焦镜头还可以暗示出人物或环境处在“被观察”的状态。例如《终结者》第60镜，萨拉进入车库准备骑上摩托车去舞厅；这一镜头使用长焦镜头拍摄（并配有诡异的音乐），暗示着有人在看着她——确实有人。幸好这个人是里斯。这个望远镜头呈现出从里斯的角度观看萨拉的画面。

短焦镜头（25毫米及以下）为场景提供一种广角视野；常被用来拍摄狭窄空间，创造一种“神经质空间”的感觉。一些电视广告会使用这种镜头扭曲人物面部。人脸会压缩成鸡蛋的形状，且鼻子会变得巨大。《不道德的审判》（*Death and the Maiden*，1994）使用了一些短焦镜头来表现那种噩梦般的陷阱式紧张时刻，与电影整体表现出的强烈情感相符合。

编剧若能了解摄影机的三种镜头在拍摄过程中是怎样运作的，将有助于提升他们对摄影空间的想象能力。举例来说，**水平摇摄**镜头，是指摄影机沿着自身水平轴进行移动捕捉动作。我们看到《大审判》第54镜就是这样，当高尔文与汤普森医生在车站会面后，他走去打电话。镜头的摇动逐渐揭露了地点、人物等与故事相关的视觉信息。

环形移动镜头（或称**环绕**镜头）需要摄影机围绕拍摄对象进行环形移动。（《大审判》第68镜，第二幕结尾处陶勒医生让高尔文的案子看不到希望的镜头。）

推拉镜头（也称**跟拍**镜头、**推轨**镜头或**移动**镜头）使用架设在推车上的镜头跟随人物的运动或行走进行拍摄。（《大审判》第19镜与第20镜A机位，高尔文首次见到格鲁伯医生的镜头。）一些推拉镜头会将摄影机放置在轨道上，以便移动得更加快速流畅。移动镜头也可以利用斯坦尼康实现，斯坦尼康是一种可携带的摄影机稳定基座，让操作者在边走（或跑）边拍时能够拍到稳定的画面。《终结者》第33镜，机械人离开他的车，走到他的第一名女受害者家门口的镜头便是用斯坦尼康拍摄的。

移动镜头可以在演员开车、骑自行车、滑雪、滑滑板、跑步或进行其他运动时，架设在跟随他们的车上。《终结者》第108镜，里斯与萨拉从舞厅开车逃走便是这样的镜头。

镜头架设在升降机上便能够在上升时对场景进行俯拍，为观众展示环境的全貌。《大审判》在法庭场景中使用的**升降镜头**不仅上升且水平摆动，略过陪审团成员的头顶，来到事件的中心（参见第 63、65、68、92 镜）。此外，上文曾经提到，摄影机可以装配稳定器架设在直升机上，例如《肖申克的救赎》中俯瞰监狱外貌的镜头。

当摄影机与基座的垂直轴线产生 5—10 度的倾斜，就产生**斜角镜头**，展示出倾斜的地平线。这样的镜头创造出一种迷茫或失控的效果。

斜角镜头不应与垂直摇摄镜头混淆，后者是指摄影机保持横轴水平，但会在纵轴上下倾斜 5—10 度。根据不同焦段的镜头所造成的效果，当摄影机垂直上摇时，拍摄出的空间（或人物）看起来会更大或更强势；当摄影机垂直下摇时，空间（或人物）看起来会更小，没那么强势。《大审判》的第 14 镜，高尔文初次与多尼吉夫妇会面的镜头角度既有垂直上摇也有垂直下摇。垂直摇摄镜头可以与斜角镜头融合，制造更加失控、恐怖或迷茫的效果。

摄影机通过将焦点放在背景、前景——或二者之间——这种焦点的变换来操纵空间。只要是摄影机聚焦的事物都会吸引观众的注意。关于如何达到这一效果的例子，可参见《大审判》第 72 镜，康坎农将支票塞入劳拉的包中时。这个特写镜头聚焦于前景中的劳拉，而站在她身后的中景处的康坎农是虚焦的。镜头用构图与焦点使我们将注意力放在痛苦的劳拉身上，而不太关心给她支票的康坎农。对支票植入的轻描淡写令后来米基从劳拉包中找烟却发现支票的时刻（第 85 镜）更具意外效果。

上述例子中的具体镜头都没有标注在剧本的场景提示中。编剧只是简短地描述出自己想象中的画面，并信任拍摄团队能够理解剧本中的视觉安排。场景提示之所以如此暗示视觉内容，是由于编剧相信电影工作者能从剧本中读出和作者想象一致的电影，电影工作者也相信编剧创作的戏剧富含有趣的视觉效果与多样的地理环境。例如，编剧想象出《证人》（第 93 镜）中拉普家厨房的模样，但他们除了写下场景标题“内景　厨房—拉普农家　夜”之外没有任何多余的描述。比起描述厨房中的煤油灯或者伊莱在厨房滑行所用的滚轮椅，编剧将重点放在伊莱向萨缪说明枪支与外来者的危险之处上。事实上正该如此，因为其他电影创作者有着专业的还原任何想象的能力。除此之外，编剧知道这个厨房可能会搭景，也可能会去阿米什社区的农家厨房实景拍摄。如此一来，他们就不用费神想象厨房的具体样子——只要创作出发生在有趣的环境中的戏剧就行了。记下《证人》的编剧是如何用极简场景提示设置这一重要场景的：

> 布克那套着皮套的手枪与子弹搁在中央的桌子上。伊莱坐在一侧，单纯的萨缪坐在另一侧。背景中瑞秋看着他们。
>
> 伊莱知道接下来他要对外孙讲有史以来最重要的一席话：话题的重点事关阿米什生活方式的支柱之一。
>
> 《证人》，编剧：威廉·凯利、帕梅拉·华莱士、
> 厄尔·W·华莱士，1984

在拍摄时，这一场景删去了瑞秋；而用景别很紧的双人镜头与特写镜头拍摄伊莱与萨缪，并不时将画面切至桌上的枪。场景的力量由人物关心的事所引发，也就是伊莱告诉孩子的话中巨大而重要的意义；这样的内容也为视觉赋予了重量。这也是编剧的目的，所以他要用场景中的最后一句场景提示来点题：“他强烈的感情中混合着正义的愤怒，他（伊莱）令人肃然起敬。”

关于做电影这门奇怪生意的一个奇怪现象是，这一行汇集的全部是自负的家伙，而他们的工作却只有在匿名时才是最成功的；换句话说，演员或其他电影创作者应该让观众意识不到他们的工作。如果镜头效果引人注目，观众便会被漂亮的摄影吸引而出戏。如果演员表演用力，故事遭殃。如果对白过分抖机灵，故事遭殃。如果布景装置喧宾夺主，故事遭殃。在任何情况下，观众关注的都应该是银幕上的人物所遇到的事情。

故事片的摄影应当是隐形的，也就是说，观众应丝毫察觉不到镜头。

本章介绍的一些惯用手法可以帮助你将想象中的场景写进剧本，使它们既好读又充满戏剧性。出于这个目的，不要在你的剧本中乱塞镜头提示和那些技术词汇。重复这句真理：不要做任何降低阅读速度或干扰阅读的事，尤其是不要使用镜头提示。剧本给人的观感应该像放映机放出来的电影一样流畅。

8.3 三种主摄影视角

一个镜头是指一个场景中完成的一“条”拍摄：当导演喊“ACTION”（开始）时摄影机开始运转，当导演喊“CUT”（停止）时停止。在“ACTION”与“CUT”之间曝光的一段素材是一“条”。许多次镜头剪辑到一起形成片段和场景，制造节拍戏剧点。有时，一个场景只用一个镜头完成。《大审判》（第 51 镜）用固定机位拍摄了一个 3 分半钟的场景，表现高尔文在办公室里打电话给格鲁伯医生的临时替代者。

大多数电影在拍摄过程中使用三种主要的景别：特写镜头、中景镜头、远景镜头。编剧应该了解每种镜头各自的叙事功能，因为从特写、中景、远景的角度想象电影会使写作变得更容易。

特写镜头的画面被人物的脸充满。这种近距离镜头能够传递人物的情感与内在感受。运用特写镜头是因为诸多电影演员拥有以目传情的卓绝演技。（参见《大审判》“高尔文 – 斯威尼 – 康坎农”场景中的特写镜头是如何产生效果的。）

由于中景镜头与远景镜头将演员与观众分隔得比较远，这些镜头不太能展示演员的眼睛与其中的情感表达。出于这个原因，中景镜头与远景镜头往往捕捉动作、情绪没有特写镜头那样强烈的时刻。尽管有无穷无尽的反例，一般来说，远景镜头与中景镜头会向特写镜头过渡。这种主要镜头的范式在《大审判》的“高尔文 – 斯威尼 – 康坎农”场景得到印证。该场景的开场是一个传统的远景镜头，让观众熟悉环境与其中的人物。随着场景情感强度的递进，摄影机视角步步紧逼，从远景，到中景，再到特写。这一安排——从远景镜头，到中景镜头，到特写——广泛应用于对话场景的拍摄。随着摄影机与人物越靠越近，观众会越来越强烈地感受到人物经历的情感。你可以自行寻找几个电影场景观看，记下场景中的三种镜头是如何组合并制造戏剧点的。如果可能的话，静止在一帧画面上，观察它是如何布景、打光和拍摄的[①]。拥有这三种镜头的意识，并了解从远景到中景再到特写的情感递进，足以令编剧在写作时将大部分场景视觉化。

通过这一小节内容的学习，你已经知道不要用剧本指示拍摄团队的工作。然而，就连大卫·马梅都无法避免这种错误（也许他出于可能会自编自导的考虑），“高尔文 – 斯威尼 – 康坎农”场景展示了这一点。剧本中的许多视觉创意都被导演和摄影师忽略了。例如，在剧本中，场景一开始，当高尔文进入斯威尼的办公室时有一处主观镜头的提示。这个镜头想要展现康坎农或者斯威尼眼中的高尔文（剧本没有指明到底是谁）。这一视觉创意没有被采纳，因为拍摄团队有更细致的影像计划。他们对电影的设计建立在剧本暗含的宗教性上，高尔文从这个角度而言被看作是需要救赎的堕落天使。这也解释了他为何经常上楼梯或下楼梯，这样的场景象征着他渴望重获被律师界放逐前的生活。在这种语境下，拍摄团队决定让高尔文像个外来者一般笨拙地进入办公室（第 4 章曾提及）。这引发了一个新的有趣的话题，即拍摄团队如何设计电影的整体视觉风格。

8.4 电影的视觉设计

必须有人做出电影在哪里拍的决定，也必须有人决定置景的模样与风格。负责这些事的电影创作者会阅读并研究剧本，与制片经理和制片人商量哪些是预算之内可以完成的，接下来再轮到选择让谁来演这部电影。一般来说，编剧、制片人、导演、摄影师、美术总监会去勘景，为电影选择相似的

① 一个镜头需要十几名甚至更多的剧组人员来进行布光与其他前置工作。拍摄团队会为每一个镜头确定一个摄影机“镜位”（setup 这个词有许多不同的意思）。一个场景可能会拍摄多次，每一次拍摄的内容都会标上“镜号”和“镜次”（条数）。因此一个独立的镜头可能会被标为第 15 镜第 5 次。

取景地，拍摄样片，最终协商决定电影的整体面貌。前期制片活动可能包括调研服装与化装、故事板[①]、置景模型，也包括向历史学家、计算机和特效公司、教师、牧马人、驯兽师等电影需要的各方专家[②]进行咨询。制片组还需要选择陶瓷与银器的纹理、家具、布料、发型、车辆、衣物（尤其是帽子，它们会出现在特写镜头中），以及任何对故事有帮助的道具。在这段时间里，他们可能会找编剧商量；合作的紧密度取决于编剧能否同其他制作人员和谐相处，以及编剧可以贡献多少力量。

一部制作精良的电影在拍摄开始前可能需要一年或更长的时间完成前期筹备工作。例如不久之前，我在为一部电影做调研，它需要一艘一比一尺寸并且可操作的海盗船。由于 200 英尺长的海盗船没有办法订到成品，制作团队只好自行搭建，筹备工作因此延长了好几年。像这样，电影的视觉设计是由许多将剧本中的想象转化为电影的人完成的，他们利用手头的预算制造最大程度的视觉冲击。

剧本是这一系列活动的源头，剧本向拍摄团队发起挑战，为银幕提供视觉内容。制作团队为这些内容提供所需要的东西：用成吨重的人造雪或稻草与灰尘将一条当代人行道掩盖起来，加入或清理树叶来暗示特定的季节，用卡车运来或定做一棵特别的树。《告别昨日》的制作人员用喷砂器清理一处废弃的采石场，让它看上去像一个理想的游泳池塘。没有什么能逃过导

---

① 故事板提供了故事的轮廓，可以帮助电影创作者了解他们该如何拍摄每一场景。故事板在剧本出现复杂的动作或场地使用时间有限时会显得尤为重要。以在大城市街道进行拍摄为例，拍摄时间通常定在周日清晨，此时街上没什么车。因为有拍摄时间的限制，这种场景可能会同时用几台摄影机拍摄，故事板上会标出每台摄影机的位置。经过组织规划，这场戏在城市苏醒之前就可以拍摄完毕。位于洛杉矶的电影艺术与科学学院（Academy of Motion Picture Arts and Sciences）中的玛格丽特・赫里克图书馆（Margaret Herrick Library）藏有关于电影设计的资料。其中包括剧本、剧照、故事板、服装与道具设计图、道具、场景设计图、视觉效果设计图、制片笔记等资料。美国编剧工会的詹姆斯・R. 韦布纪念图书馆（James R. Webb Memorial Library）也对公众开放，其中藏有大量获奖剧本，以及本书提到的 WGA 论坛的影像资料。

② 即便在咨询方面做到了最好，电影依然可能出现瑕疵。比尔・吉文斯（Bill Givens）将一些电影瑕疵结集成书《电影错误》[*Film Flubs*（Secaucus, New Jersey: Carol Publishing, 1990）]。这是我最喜欢的一本书，它指出在《凤宫劫美录》（*Camelot*，1967）中，亚瑟王脖子上系的是现代式样的绷带。

演、摄影师和美术总监敏锐的双眼。举个例子，假如一场关键的会晤要发生在电梯中，这场戏可以有许多方式来写。尽管电梯布景往往不如赌场或战船那样有趣，不过一间封闭的电梯可能会在特定故事的特定场景起作用。詹姆斯·迪尔登（James Dearden）在写《致命诱惑》时设置了一场发生在电梯里的场景，他并没有对此加以描述。拍摄团队有多种电梯可选，他们最终决定让格伦·克洛斯的角色住进一座工业阁楼，阁楼装的是一架短粗厚实的货用电梯。因为他们认为从视觉上看这样更有趣，它也为克洛斯与迈克尔·道格拉斯的关系提供了一个稳定的支点。

编剧是想象电影视觉设计的第一人，并在剧本中暗示出他的想象。尽管编剧不能像美术总监那样完整地，或像摄影师那么精确地观察到置景与装饰，但编剧可以设想大量的细节，在剧本中以速记的风格写下来。由于剧本中有着隐形的支撑整场冒险的结构，拍摄团队在拍摄过程中通常会将剧本进行微调，并小心翼翼地对其进行取舍。

最后，编剧需要认识到自己场景中的视觉潜力与拍摄团队从中理解的内容之间是有差距的；在许多情况下，拍摄团队创作的视觉与编剧想象的相去甚远。《证人》中就有这样一个明显的例子，是从第106镜开始的谷仓搭建段落。在剧本中，这一8分钟的节拍描述布克与霍赫斯特勒（亚历山大·戈杜诺夫饰）之间男子气概的角力不比描述谷仓搭建少。在导演彼得·威尔与摄影师约翰·西尔（John Seale）的镜头下，这段节拍则变为了规模更大而更精细的谷仓搭建事件，通过阿米什人表现一种社群精神。电影通过对剧本进行重点修改，触及了故事的主题，即关心社群与合作胜过竞争。

这一段落几乎没有对白，只有莫里斯·雅尔（Maurice Jarre）昂扬的配乐响彻惊人的影像之上，传递出谷仓修建的重大意义。尽管这段节拍所展现是其他电影创作者对剧本进行增补之后的内容，这些调整依然基于编剧所提供的视觉内容，这清楚地写在段落开头的场景提示中：

106. 外景 祖克农场 兰卡斯特社区 日

巨大的镜头……清晨，一辆辆阿米什马车抵达祖克农场，开始准备修建谷仓。

在背景中，我们可以看到修建地附近摆放着一堆堆木料，两组人开始在打好的地基上搭建主要支架。

另一边，女人们铺开衣服垫在长桌上，为男人们准备一大罐一大罐的热咖啡与冰柠檬水。

《证人》，编剧：威廉·凯利、帕梅拉·华莱士、厄尔·W. 华莱士，1984

8.5 将动作与人物场景视觉化

上文提到电影可以分为动作驱动型与人物驱动型。《生死时速》《终结者》和《异形》是动作驱动型故事，以视觉叙事，对白极少。《大审判》《西雅图未眠夜》与《小妇人》是人物驱动型故事，依靠对白揭示人物与情节。

动作故事需要视觉段落来展示人物的身体上的动作，尤其是在故事围绕逃跑、搜寻、战斗、追求、生理挑战等活动而展开，并且冒险是基于主角与反派人物之间的身体冲突时。动作电影像默片一样，几乎没有对白需求。《火之战》与《裸杀万里追》（*The Naked Prey*，1966）是其中的佼佼者。在后者中，主角科尔内尔·王尔德（Cornel Wilde）得到优先逃跑的机会，接着被一群殖民地时期的非洲战士追捕；整部电影几乎没有对白。《火之战》也采取相似的策略，主角是三名新石器时期的部落原始人，他们在寻找火源。他们没有语言，除了偶尔发出一些喉音。电影没有字幕，全部通过视觉叙事，让部落原始人在完成目标的路上一次次遭遇动作挑战。

动作电影偏爱以全景镜头与辽阔景致展示故事景观，这也是动作电影将舞台放在室外往往比放在室内更加有效的原因。然而，写作这种故事的关键点是写出它们的戏剧情境，以及让它们为主角提供肉体上而非心智上的困难与挑战。写作动作故事的大部分工作是开发基本戏剧矛盾，将它们安放在有趣的舞台与背景之上。一旦这项工作完成，情节事件便可以确立。《异形》《全金属外壳》《纳瓦隆大炮》《生死时速》《虎胆龙威》都是优秀的动作故事范例。

8.5.1 将“大头”谈话场景视觉化

人物驱动型故事更容易出现欠缺视觉内容的情况。这种电影［《大审判》、《西雅图未眠夜》、《玉米田的天空》、《万尼亚在 42 街口》（*Vanya on 42nd Street*，1994）］使用更具亲密感的视角捕捉人物的思想与感受。为此，演员必须经历真挚的情感时刻，能将它们通过对白、手势、面部表情传达出来，他们内心的情感要通过眼部特写反映出来[①]。写作这种故事的任务之一是为对话场景丰富视觉内容。哪怕我们对上文提到的基础摄影运动与摄影手法只有粗浅的认识，也有助于增添对话场景的视觉内容，如果不添加视觉内容，这样的场景看上去会显得停滞不前。这种所谓的“大头”谈话场景——两个人在后门廊分享咖啡或者在汽车前座谈话——是难以避免的，不过有很多方法能使它们避免做作和欠缺视觉感。

将“大头”谈话场景视觉化的最有效的方法之一是这样改写：让人物通过动作而不是谈话来展示自己。例如一个人拥有某些显著的性格特征——胆小、好赌、某种体育技能——编剧应该想办法用视觉与动作展现这些特征。举个例子：《蔓生蔷薇》中劳拉·德恩（Laura Dern）饰演的蔷薇是一个性感却天真的乡下女人。要构建她的性格，可以让她的雇主们讨论她的个性以及如何驾驭她。这样可能会写出在厨房喝咖啡的“大头”谈话场景。而编剧卡尔德·韦林汉姆（Calder Willingham）则给蔷薇放了一天假让她去镇上，用视觉表现蔷薇的特征。这一节拍从编剧为蔷薇的小镇之行做打扮开始：

---

① 1988 年，迈克尔·凯恩组织了一场关于在摄影机前表演的工作坊活动，这次有教育意义的讲习反映出本章列举的许多重点，有视频资料可查。凯恩还写过一本基于此工作坊活动的书［*Acting in Film: An Actor's Take on Moviemaking* (New York：Applause Theater Books，1990)］。

> **硬切至**蔷薇站在厨房门口的镜头。她看起来怪怪的。她双唇艳红，双颊粉红，粘假睫毛，头巾包成很奇怪的式样，不过最惹人瞩目的还要数她的衣服。一件奇怪的、单薄材质的粉色哑光短裙，上面绣了十几朵小小的像蔷薇花蕾的花。看起来至少是非常合身的。衬衣像由两种材料做的：白色的褶边袖子是不透光的材质，除袖子以外的部分是一种极薄的白色材质，又透得不行。她没穿胸罩，乳房若隐若现，衣服上浮现乳头的痕迹。这在 1935 年是很奔放的。她看起来什么内衣裤都没穿；短裙像泳衣似的那么紧贴着她，看不到内裤的痕迹。她提着黑色漆皮手提包，踩着黑色漆皮高跟鞋，没穿袜子。脸上露出天真的微笑。
>
> 《蔓生蔷薇》，编剧：卡尔德·韦林汉姆，1990

当蔷薇以这身艳俗的打扮出现在镇上时，尾随她走过大街小巷的男人们证明了她的性感。这一场景的舞台设定在南方小镇上，具有年代感的车辆与其他装饰贴合了 20 世纪 30 年代的故事背景。当蔷薇在镇上游荡时，路易斯·阿姆斯特朗（Louis Amstrong）的《迪克西》（“Dixie”）的歌声很有风格地强调出这名高大年轻女人身上的诱惑性。这一场景长约 5 分钟，制造出电影中的一个重大视觉时刻。

《不可饶恕》也通过视觉来表现克林特·伊斯特伍德的角色曼尼。对白并没有告诉我们曼尼已经老得干不动赏金猎人，而是通过人物动作表现他的年龄感和迟钝：他骑不上家里的马，他需要一把霰弹枪来击中很近的目标，他看起来根本不适合做这份由焦急的斯科菲尔德小子提供的工作。

为对话设计视觉选项，编剧首先需要大量时间找到能替换“大头”谈话场景的动作。这里的策略是将场景罗列出来，选择两至三个看起来值得的场景进行视觉化。

修改“大头”谈话场景的第二步是认识到当出现这样的场景时，尽量用情感内容而不是说明性信息去填充它。还有，不要让你的人物在位置上定住，除了嘴哪都不动。除此之外，将舞台放在充满视觉趣味的环境会让节拍更动人。记住，场景是你的“盒子”，你有往里面装任何你想要的东西的自由。为了将场景变得更视觉化，我们可以把舞台设定在拥挤的餐厅（《西雅图未眠夜》第 92 镜，萨姆与维多利亚），忙碌的酒馆（《大审判》第 23 镜，高尔文初遇劳拉），或任何能提供视觉细节的场地。

对一些场景重新构思，也能够增添视觉内容。这不是说将一个感性的人物故事变成冒险故事，而是说重新思考你的故事让其产生更多视觉动作。我们可以通过研究动作性很强的话痨电影来进行这方面的学习。《金色年代》就是一个这样的故事，因为编剧丹尼斯·帕伦博（Dennis Palumbo）和诺曼·斯登伯格（Norman Steinberg）为故事的嬉笑怒骂注入了有生命力的动作能量，很好地表现了主角［彼得·奥图尔（Peter O'Toole）饰演的阿兰·斯旺］人物。动作视觉从介绍主角时就开始了，这是一位过气的电影明星，我们看到他正对着他从前出演的电影片段装模作样（喝醉状），直到他倒在桌上。此外还有一些斯旺穿着他的逃跑“醉酒装”挂在行李车上滑进酒店的片段。当观众们认识这位不可一世的人物后，故事展开了四个动作场景，包括斯旺在中央公园偷了警察的马，在夜店将一位漂亮的女士和她粗野的男伴分开，从消防站游荡到一场屋顶聚会，以及在直播电视节目里陷入混战。场景中的这些动作大多是有节制且不暴力的，它们从视觉上“开启”了电影，表现了这位独特的主角，并为对白增添了趣味。

尽管重新构思是为故事增添视觉戏剧性的一种有效方法，但它要求编剧以完全不同的角度去思考故事。在进行这项工作的过程中，咨询朋友与对照教学电影可以起到帮助。

如果“大头”谈话场景无法产生动作，也许它的视觉内容有变得更活泼的潜力。《证人》第 124 镜就是一个瑞秋与布克在谷仓中的“大头”谈话场景，发生在主角遭到镇上的小混混侮辱后。在剧本中，布克和瑞秋讨论着他离开阿米什的打算。在电影中这一“大头”谈话场景（第 124 镜）被删掉，取而代之以视觉化的场景，始于瑞秋来到厨房发现布克做给她的儿子萨缪的木头玩具。她对着它若有所思。接着瑞秋看向外面，见到伊莱和布克在迁移被布克的车撞上的鸟舍。这让她想起布克要走的计划。一段期待中的主题音乐响起，伊莱走进房间，确认了布克要走的消息。瑞秋想了一会儿，备上灯笼，摘下她的阿米什女帽，走出去跟上了布克。音乐在此刻放大，他们拥抱在一起。这种节拍安排比被替换的剧本版多了些视觉趣味。

对视觉内容的强调，不代表深入而私密的人物时刻就不重要，对于一些电影而言，人物表达内心的时刻是全片的高光时刻。例如，在《码头风云》中，白兰度指责他的哥哥（罗德·斯泰格尔饰）对他的欺骗的场景是电影中为数不多的视觉上较为静态的场景，发生在出租车的后座，除了两个人以外没有别的东西可看。尽管如此，这一经典的“大头”谈话场景却成了电影中最伟大的时刻之一，因为特写镜头揭露出兄弟二人失败的人生。

电影中的辛酸时刻同样可以借由图像与动作来进行完美的展现，例如《终结者》的第二次闪回（第 186 镜）。它主要展现机械人攻击一群在废墟中艰难生存的人类。在里斯受伤后，他最后一次看向他最宝贵的东西——萨拉的宝丽来照片——它正在燃烧。在《钢琴课》中，丈夫发现妻子的通奸是以影像叙事的。电影并没有让这位不幸的丈夫端着茶杯和妻子谈论他们的婚姻。而是让他把她拽回家，将她的手勒在树桩上，拿斧子砍掉了她的一根手指。这惊人的动作已超越了戏剧性的视觉场景。相似地，《证人》没有用语言讨论阿米什人的合作社风俗。而是让这些教友们聚集在一起参加葬礼（第 9 镜）。其他的镜头还有展示他们讨论布克（第 86 镜）、建设谷仓（第 106 镜），以及邻里们聚集到一起救布克（第 154 镜）。社群的理念用这种视觉性的方式，以阿米什人的动作，而不是“大头”谈话场景来表现。

8.6 如何将声音与影像相结合进行叙事

电影可以传情是音画共同作用的结果。在你学习电影时，要注意到对白是如何在某些时刻，尤其是在人物变得焦急时占据主要地位的。若能有效地做到这一点，观众不需要太多视觉内容也能进入故事。上文提到的《码头风云》出租车场景就证明了这一点。

在另一些情况下，比起视觉，故事更需要特别的音效，比如在潜水艇电影中，当摄影机聚焦在下潜的艇身时，潜水艇会因遭遇海水压力而发出吱嘎作响的声音。尽管它的视觉细节有限，这一时刻依然有效，因为声音令观众担心潜水艇是否会破裂，船员是否会有淹死的危险。《侏罗纪公园》用音效加强视觉效果的时刻发生在霸王龙巨大的脚步声逐渐接近时。赛车、喷气式飞机以及其他机器的轰鸣声可以为场景注入能量，例如《猎鹿人》开场的钢铁厂段落，《壮志凌云》（*Top Gun*，1986）中飞机降落在航空母舰上的场景，以及《阿甘正传》中的战争场景。奇异的呼吸，某种不寻常的嘶鸣或刮擦声，或者标志着某种戏剧性存在正在接近的音效能够使视觉内容平庸的场景变得更有戏剧性。

观众可以快速记住预示正在接近的怪兽、威胁、喜欢的人或者爱管闲事的邻居的音效。无论什么样的音效，剧本中都要给出提示，引起制作团队的注意。声音设计师能发现效果的潜力，选择使用它们，或者选择使用静音，因为他们知道缺乏声音也能传递信息。例如，蟋蟀的夜鸣戛然而止，这种沉默可以作为一种警告。《现代启示录》就戏剧性地使用了沉默，当两名士兵感觉到危险时，他们停下了闲聊。在高度战争警备时，人们搜索密林——一头老虎突然跳出树丛，吓得他们魂飞魄散。

如同本书第220页曾提到的，音乐是一种有力的戏剧化工具，因为它能制造情感色彩，强化视觉效果。这很容易证明，只需要将电视静音，你就能明白失去音乐会使电影的戏剧能量飞速流逝。音乐可以制造一种不祥的气氛，接着它所预示的视觉内容就会出现，例如在《大白鲨》中，当标志性的提示鲨鱼正在接近的音乐片段响起的时候。恐怖电影往往会有一个“怪兽”主题乐，提醒观众危险的东西正在活动着。

由于电影音乐能够使故事和场景广为流传，所以对于编剧来说，怎样去想象故事可能会需要的音乐就变得极为重要，因此这一话题值得注意。你会发现，音乐提示一般不会写进剧本中，除非有音乐表演或工作［《浑身是劲》（*Footloose*，1984）、《爵士春秋》（*All That Jazz*，1979）］需要编剧提示音乐风格（萨尔萨、雷鬼、摇滚等）甚至具体作品标题，音乐可以在摄影机前表演，也可以作为背景音乐为视觉服务。

电影音乐主要有两种：一种是背景音乐，它是与影像同步播放、建立情绪的音乐，另一种是有源音乐，它是镜头前演出的，或者从场景中的收音机，现场表演等其他音乐来源发出的音乐。

有关背景音乐为场景强化情绪的例子，可参见《证人》（第 124 镜），瑞秋摘掉她的阿米什女帽并拥抱布克；也可以查看《西雅图未眠夜》，其中的流行音乐为故事与其视觉效果积蓄力量。

不论是人物在镜头前歌唱（例如《矿工的女儿》中茜茜·斯派塞克饰演的洛蕾塔·林恩唱歌的场面）还是收音机中传出跳舞音乐，都可以作为有源音乐的形式。《证人》中的一个例子（第 100 镜 A 机位），是布克和瑞秋听着主角的大众汽车的收音机放出的音乐跳舞的场景。人物也会在镜头前表演音乐，例如《卡萨布兰卡》中杜利·威尔逊（Dooley Wilson）为鲍嘉弹钢琴。

一个有源音乐出自录音的例子是《肖申克的救赎》中通过监狱广播系统播放的歌剧咏叹调，它展示出如何让音乐回荡在整个场景之中。这一事件所在的大段落关注的是希望的重要性，这一点通过犯人们聆听广播音乐的画面传递出来。这一事件所产生的价值最终体现在段落结尾安迪与瑞德关于希望的关键对话中，这同样是故事的主题。剧本中这一段落的音乐提示如下：

134. 内景　警卫站 / 外办公室　日（1955）

安迪将留声机搬到警卫的桌上，急忙地将桌上的所有东西都扫到地上。他为留声机接上电。红灯亮起。唱盘开始转动。

他将莫扎特的唱片从封套中取出，放在唱盘上，将音臂放低至他最喜欢的段落。唱针贴着唱片的纹路发出嘶嘶声……音乐开始播放，欢快而华丽。安迪陷入威利的椅子中，深深陶醉于音乐的美好。这是《徜徉在微风中》（“Deutino：Che soave zefferetto”），苏珊娜与伯爵夫人的一段二重唱。

《肖申克的救赎》，编剧：弗兰克·德拉邦德（Frank Darabont），1993

电影频繁地使用音乐来作为人物内心状态或戏剧高光时刻的标志，例如在《来自边缘的明信片》的最终场景中。电影的高潮从女主角（梅里尔·斯特里普）唱歌开始。一首民谣《我要离去》（“I'm Checking Out”）开始得婉转缓慢，直到观众与舞台上的表演者都陶醉在斯特里普的表演中。这首歌的歌词制造出电影的高潮点——女主角摆脱了控制她的母亲与祖母，因此也解决了故事所围绕的主要矛盾。有趣的是，直到片尾字幕开始滚动时，斯特里普仍在演唱，这为电影增添了一个强有力的结尾。

8.7 视觉内容的优化策略

下面列出的是其他利用视觉内容开发剧本的策略：

- 动作中的视觉
- 宏大影像
- 视觉隐喻
- 象征符号
- 连续性视觉内容
- 情绪与视觉铺垫
- 贴墙纸
- 边走边谈场景
- 事务性动作
- 布景
- 影像系统
- 视觉扳机

你要知道，你读到的这些接下来将要讨论的策略并不是万能药。如果故事与剧本是无效的，那么增强视觉效果只是如同打扮一具行尸走肉。

8.7.1 动作中的视觉

动作场景总是电影院中的盛景。无论是道格拉斯·范朋克（Douglas Fairbanks）那杂技般的恶作剧身手，《宾虚》（*Ben-Hur*，1959）中的战车追逐，还是数不胜数的战争场面、火车事故、大闹、聚会、自然灾害，观众都会对这些动作场景做出反应。即使是一部没那么完美的电影，只要有出色的动作场面，也一样能吸引观众。《绝岭雄风》就是这样的例子，这部电影并不令人印象深刻，但它依然在全球范围内取得了 2.55 亿美元的票房收入。像这样的成功电影，往往符合约翰·福特的建议："电影不该说太多，不该往场景中放入太多想法，它们应该拥有足够的视觉内容。"

动作中的视觉体现在剧本上应该是简练的描述，比如在接下来要提到的《上班女郎》的例子中，女主角（梅拉妮·格里菲斯饰演的特丝）正要从和同事（鲍勃）不愉快的两性关系中挣脱；就在特丝要离开豪华轿车时：

> 她拿起一瓶香槟，将拇指放在瓶口，使劲摇晃，将它放在鲍勃的膝盖上，按住瓶塞……她移走手指。香槟喷射而出，冲了他一身。
>
> 《上班女郎》，编剧：凯文·韦德（Kevin Wade），1986

动作场景通常是主角与反派人物在获得胜利或遭受打击后的"采取行动或闭嘴"时刻。动作要求人物从生理和心理上投入这种紧张的进程。动作场景中的肢体与紧张感制造出视觉内容，《终结者》就有所体现。这部电影是由动作与叙事驱动的高速列车，但仔细分析起来，它的情节不过是一场包含三个动作段落的持续追逐——舞厅袭击、警察局袭击以及最终段落。这三个段落展现的机械人不知疲倦所进行的任务，将电影组织起来：萨拉和里斯能够阻止这万夫难挡的生物吗？这三个段落加在一起长约半小时。电影剩余的部分用来处理人物与其关系的设置，展示人物如何恢复并为下一场动作段落做准备。

如果我们为此前开发的"运动寡妇"故事制造这样的动作势能，那么剧本就会变得多动作而少言语，对于这个故事而言，也许不是最佳的做法。

不过如果我们坚持朝这个方向走，那么就要为故事添加尽可能多的动作碎片，围绕逃跑、追逐、旅程、竞赛、打斗、探寻，或自我实现来开发。这意味着“运动寡妇”的故事可以与竞争比赛紧密相关。我们若是如此构思故事，可以让妈妈和家人遭遇更多生理上的而不是精神上的挑战。如果故事的创意是个逃跑故事（比如带小孩版的《与敌共眠》），它所需要的将是截然不同的视觉内容。故事是否要做成动作片，取决于我们对故事人物、情感基调、目标观众，以及其他与构思相关的思考。

8.7.2 宏大影像

宏大影像是电影展示自然的宏伟、都市的风光、一间美好的家园，或者其他带来视觉震撼的远景与全景的时刻。《燃情岁月》中有许多这样的影像。《证人》的开场展示了阿米什农庄的宏大影像。宏大影像可以是恐怖阴森的，例如《乱世佳人》（*Gone with the Wind*，1939）中燃烧的亚特兰大与挤满成百上千死伤军人的街道。《轻骑兵》（*The Lighthorsemen*，1987）拥有史上规模最大的骑兵队画面。写作这样的时刻通常需要大量的资料调研，并在剧本中简短描述：“他们来到阳台上，眼前的巴黎令他们目眩，城市如同摊开的钻石阵在夜空中闪耀。”

8.7.3 视觉隐喻

视觉隐喻可以代表某种故事价值观，或者是作为展现人物的时刻。大多数电影都含有视觉隐喻，它甚至不用与符号学或预兆有关。《证人》（第124镜）中便有这样的例子，本章在之前有所提及，瑞秋摘下她的阿米什帽子，放在厨房桌上，走出屋外跟上布克。瑞秋摘掉帽子是一种视觉隐喻，标志着她决定将她的阿米什传统抛到一边。第52镜B机位的热狗午餐场景是一种视觉隐喻，暗示着布克的速食生活方式。当坏警察“淹没”在阿米什谷仓中（剧本上没有），这一事件便成为一种视觉隐喻，意味着传统善良的本质终将战胜大城市的阴谋腐化。

《致命诱惑》包含许多透露格伦·克洛斯饰演的人物（亚历克丝）之热

情的视觉隐喻。她吞云吐雾；她随着狂野的音乐起舞；她的公寓处在工业区，半夜焚烧垃圾。亚历克丝太性感火辣了，以至于她在和迈克尔·道格拉斯做爱时必须用自来水淋湿自己，让自己冷静。

创造含有隐喻的影像首先需要编剧学习认出电影中的这种常用手法，接着再去创作这些表现人物与情节的元素。编剧还需要为这些场景想象大量细节，设计道具、环境，或者能够用作视觉隐喻的时刻。

8.7.4 象征符号

象征符号代表着反映在故事与人物上的一种需求，一种丧失，一种情感，或一种价值观。《现代启示录》中的小狗，《码头风云》中主角的鸽子，《虎豹小霸王》中的超级团伙，分别代表着尊敬、无辜、平和，还有危险（在这些电影中）。

许多象征符号自身就代表了一定意义，不需要额外为它们制造场景。《钢琴课》就是一例，标题中的乐器就象征着女主角［霍利·亨特（Holly Hunter）饰演的艾达］饱受摧残的精神。在影片的结尾，艾达抛弃了她的配偶，在船上指挥船夫将她的钢琴抛入海中。多年以来，乐器是这位忧郁的女人挚爱的伴侣，也为她发出声音，此刻它就如同一位被拒绝的爱人，将绳索缠上她的脚腕，将她拖入海中。在最后一刻，艾达挣脱绳索，死里逃生。

《蓬门今始为君开》中玛丽·凯特［玛琳·奥哈拉（Maureen O'Hara）］的嫁妆钱是一种象征，因为她的哥哥（维克多·麦克拉格伦饰演的雷德·威尔）拒绝给她，声称他是受了欺骗才同意将妹妹嫁给那个沉默寡言的美国人（约翰·韦恩）。没有代表着独立性的嫁妆钱，玛丽·凯特感到很不完整。最后，哥哥把嫁妆钱给了她，玛丽·凯特却和她的配偶把钱丢进了火炉——这证明它是一种比钱更重要的象征。

象征符号可以揭露人物。婚戒代表着忠贞，所以一个人除下或展示婚戒的手势就有象征意义。婚戒作为象征可以为场景制造冲突或带来苦恼的效果，例如在《西雅图未眠夜》中沃尔特将自己母亲的婚戒给了安妮的场景，象征了安妮对这个男人极不情愿的接受。不久（第 200 镜）安妮便将它还给了他，这象征着安妮决定去追逐自己的梦想。其他的象征符号还有：《大审判》中高尔文的戒指象征着他曾经是年轻且富有理想的律师；弹子球机象征着高尔文空虚的生活；《证人》中的铃声象征着阿米什社区的自治特色。（铃的逻辑还关联到一种现实，即阿米什人无法打电话向邻居求助。）

8.7.5 连续性视觉内容

当人物从一个地点旅行至另一个地点时，就需要创作连续性视觉内容。这种视觉插曲会展示各种地貌、建筑或有趣的场景以吸引观众。《证人》的开场用社区的影像将观众带入这个古朴的阿米什世界。优秀的剧作使用视觉上的连续性制造优美的故事点，例如《证人》（第 12 镜 A 机位）中的这一次过渡，用了五十秒的连续性视觉内容让故事穿越百年：

> 几个拍摄拉普家孤单的四轮马车的短镜头带着我们从 18 世纪走进 20 世纪，马车轮发出的吱嘎作响的声音从幽静的小路，进入嘈杂的交通环境，四轮马车耐心地等待机会穿越拥挤的州际公路。
>
> 《证人》，编剧：威廉·凯利、帕梅拉·华莱士、厄尔·W. 华莱士，1984

连续性视觉内容能够为场景或故事铺垫情感。尽管这种时刻可能只有一分钟的长度，它的视觉内容也可以很可观。《侏罗纪公园》的开场影像展示一个科考队在美国西部进行挖掘工作。接着，科考队飞到恐龙岛上，驶入园区，我们见到巨大的门、瀑布、电子围栏，以及其他不可思议的景观。这组连续性视觉内容的目的是表现科学家们离开了现实世界，被关进了巨大的圈养饥饿恐龙的牢笼。

连续性视觉内容可以简单到让人物进入汽车接着就开到下一个场景。行驶的车辆窗外后退的风景可以成为一个场景。（请注意敞篷车能比一般汽车提供更多视觉内容）在驾驶途中，观众会注意一切出现在银幕上的视觉元素——玩棍球的孩子、附近驶过运木材的火车、邻居们在除落叶时的谈话。在到达新地点时，人物也许会穿过大楼的大厅，穿过一片麦田，经过地标性的体育馆，等等。编剧制造对故事有帮助的视觉机会。这种最简单的视觉策略在四部教学电影中都有所体现。

8.7.6 情绪与视觉铺垫

戏剧场景常常以危险、悬疑、感官享受、恐惧等其他适当的情感作为开端。电影搭建好舞台，上面逐渐地诞生一个个戏剧时刻，而不是人物被推进鬼屋然后立即被怪物袭击。如果想要达到这个目的，那么视觉铺垫应利用场景的戏剧潜力，让观众在人物进入鬼屋前就感受到鬼屋的恐惧。因此，我们要让一个人不顾朋友的劝阻，进入一段旅程。这段旅程没有任何好处，不久后，旅行者踏入一片充满不祥预感的景色之中。很快，人物（和观众）便看到了邪恶的目的地，但离它还有一段距离。随着人物越来越近，他的恐惧感也越来越强。这里可以出现一个惊吓时刻，一个人或一只动物突然出现，把观众吓了一跳。当到达终点（通常在夜幕降临以后），旅行者会紧张地接近并进入古堡或楼房。这通常是一个诡异的地方，随着人物一间房一间房地探索，往往（有音乐提示）威胁也会越来越近。视觉铺垫仍在继续，直到人物进入了错误的房间（通常是阁楼或地下室），恐怖的事情发生了。这里还有一个来自《侏罗纪公园》的例子，展示了情绪和视觉铺垫是如何以相同的方法起作用的：两辆旅行车因为计算机发生故障而失灵，乘客们不知道恐龙没有关在笼子里，大人们全神贯注，所以孩子们最先察觉到危险——

> 蒂米从他的口袋里拿出口香糖。感到轻微的震动，看向四周。他将口香糖放进嘴里，安静地咀嚼。突然，整辆车开始震动。雷吉斯的太阳镜在仪表盘上跳动，掉到地上。孩子们看着他。
>
> **雷吉斯**
>
> 必须打开电力系统。

外景　霸王龙围场　夜

霸王龙巨大的后足落下，大踏步地有力地行走。

巡逻车后　休息区　第一辆巡逻车

砰的一声，接着又是砰的一声，接着又是砰的一声。蒂姆和莱克斯交换担忧的眼神。现在砰砰的撞击声更大了。一声爆裂的巨响，巡逻车开始摇晃。接着安静了。接着又一次晃动。

《侏罗纪公园》，编剧：迈克尔·克赖顿（Michael Crichton）、马拉·S. 马默（Marla S. Marmo），1992

场景通过在两辆车之间切换展现人们对于霸王龙接近所做出的反应，让观众身临其境。情绪与视觉的铺垫如同鼓点一般将观众代入故事的节奏之中。

8.7.7 “贴墙纸”

电视新闻会为采访安排一个增强效果的背景。比如说政客通常都会站在国家纪念馆或其他鼓舞人心的“墙纸”前发言。电影会为场景安排体育赛事、时装秀、沙龙活动、赌博等背景墙。场景的“墙纸”会提供视觉细节，令观众意识不到这个节拍其实主要是信息说明。在《证人》（第 52 镜 B 机位）中，布克、瑞秋和她的儿子在繁忙的窗口边的小桌上吃快餐。本书在前面的章节曾提到过，在剧本中这一午休场景发生在公园，然而拍摄团队决定使用一个能展现布克生活方式的场地，以便让布克的生活同瑞秋的生活作对比。这种变动发生在剧本中的地点看起来单调、无效、因天气或交通等原因无法进入——或者当出现一个更戏剧化的地点时。（在这方面拍摄团队比编剧更有优势，因为他们能亲身接触地点、人物和道具。身临其境可以激发创造力，编剧则必须想象这些细节。）

最有效果的“墙纸”是互动式的，也就是说，让它对人物和故事产生影响。例如，《军官与绅士》的最终场景本可以发生在女主角的厨房、汽车旅馆房间，或是街角。而电影却将它的舞台设定在女主角（德博拉·温格饰）工作的工厂，这可能也是她度过下半生的地方——除非她的白色骑士能拯救她。事情就这样发生了，在其他的工人举杯庆祝时，穿着白色海军制服的男主角（理查·基尔饰）到达工厂，带走了温格，故事迎来了灰姑娘与王子般的美好结局。此处的工厂背景作为一种“互动式墙纸”，为故事增添了视觉内容与戏剧感。

8.7.8 边走边谈场景

边走边谈场景提供了另一种便捷的增强视觉趣味的方式。这一策略的含义就如字面所示：人们一边走一边谈话，他们可以走过编剧想象的任何背景：商店陈列柜、溜冰的孩子、露天市场中的购物者，等等。这一策略与贴墙纸和连续性视觉内容相似。只需要一点点思考，你就能创作出边走边谈的背景，它在视觉上能为故事提供比静止的室内“大头”谈话场景更多的内容。

《大审判》的故事主要发生在室内，其中边走边谈的时刻也提供了视觉内容，例如在第 15 镜，布罗菲主教与约瑟夫·阿利托（保险代理员）商量法律对策时正好走过宏伟的教会总部。另一边走边谈事件发生在第 19 镜，高尔文与格鲁伯医生在医院中边走边谈话。通过这些边走边谈场景，观众在接收视觉信息的同时也吸收了情节说明信息。如果这些场景发生在了无生气的办公室，汽车的前座，或者发生在电话对谈中，电影可能会显得很做作，缺乏视觉感。

一些边走边谈场景使人物能够与背景产生互动，从而影响场景内容。例如：《洛奇》的前半部分，主角在一场拳击比赛后步行回家，遇见了同街区的朋友。他们在火堆旁寒暄，洛奇痛饮红酒。接着，在他走回家时，他和一个青春期少女就她粗俗的语言进行了一番对话。洛奇与邻居的这些交流体现出他在与环境互动，反映出他在当地已经受到尊敬。

8.7.9 事务性动作

“事务性动作作”在电影制作中表示人物在谈话时做出的肢体动作。这也是为什么电影总是表现人物在照料动物、粉刷篱笆、修剪花朵、调试汽车引擎等。几乎任何的肢体动作都能提供视觉信息，为故事提供真实感。一个人可以挂鱼饵［《大河恋》（*A River Runs Through It*，1992）］；组装和测试来复枪（《豺狼之日》）；调整助听器（《蔓生蔷薇》）；或者操作声音设备［《窃听大阴谋》（*The Conversation*，1974）］。优秀的剧本会将所做之事与这场戏要讲的内容联系起来。《不可饶恕》就是这样完成的：主角枪法不准，驾驭不了马匹；这些事告诉我们曼尼已老，并未做好准备去当赏金猎人。

《证人》第 92 镜中的事务性动作是瑞秋正撞上布克给萨缪演示如何握枪。这件事引发的冲突触及电影的主题。接下来（第 99 镜），布克在谷仓刨木板时，瑞秋给了他一杯柠檬水。布克的木工活是一项事务，一种观众能看到的、人物讲话同时进行的活动。在上述例子中，导演彼得·威尔知道夏季的谷仓很热，以此作为动机让瑞秋给布克拿柠檬水，布克一饮而尽。他的豪爽痛快使瑞秋心动，同时也暗示出瑞秋对布克具有吸引力。通过这种方式，小小的一件事在提供视觉内容的同时揭露出人物内心微妙的感受。木工活的其他作用还有，让布克加入阿米什人修建谷仓的队伍，让他为萨缪做一个木头玩具，以及让他修建他第一次开车到拉普农场时撞坏的鸟舍。要创造出这样的时刻，需要你认真观察人物的行为与感受，提出问题，留意地点和天气，留意你的人物的穿着，以及他们的所思所想。

另外，事务性动作自带“怎么做”属性，可以展示一种有趣的过程或者技术。《证人》（第 106 镜）中“怎么做”的例子是展示阿米什人如何在没有机器的条件下搭建巨大的木质结构。《终结者》中一件引人注意的“怎么做”事件是（第 152 镜）机械人修复它的胳膊与眼球的损伤。

《终结者》（第 208 镜）示范了让事务性动作与场景内容发生联系的步骤，首先，里斯向萨拉展示他童年的技艺：用家有材料制作土炸弹；不久之后这些武器就会用来对付机械人。这些举动如果与戏剧性无关，就成了没有价值的空虚事务。

8.7.10 布景

布景缺乏视觉内容的情况是你要极力避免的。一场戏若是发生在现代廉价公寓可能会表现得很平淡，除非房间被书架、家具、艺术品、吊饰布置起来。然而，如果你有技巧地为布景选择配件，安排位置，打光，它们就能提供有趣的视觉内容。如果你的布景看起来很沉闷，那么就试想把节拍挪到一个视觉潜力更丰富的地点。比如，若想要一场发生在昏暗房间的戏变得更好看，可以将它的舞台放到化学实验室、泳池旁、健身房、工作坊，或一些附带有趣观赏物的地方。此外，还要考虑能否“贴墙纸”，或将这场戏处理成边走边谈场景。

你还应该认识到，电影创作者制造趣味感的方法简单得如同用墨迹和指纹污染墙壁，光线调整法尤是如此（参见《大审判》第 34 镜）。光效可以为布景提供视觉质感，比如泳池水面的反光，霓虹灯光，窗外闪过的光线，或者帷幕、百叶窗、树与其他物体制造的阴影。水壶中冒出的蒸汽和玻璃杯边缘的薄霜都可以制造视觉信息。这些视觉来源不需要在剧本中体现；重要的是想象场景所拥有的这些视觉潜力，并在剧本中加以提示：杰克的房间反映出他对体育 / 黑魔法 / 科学的痴迷，或者简的家就像罗夏墨迹测验般展现出她的不正常 / 井井有条 / 富有激情的个性。

室外布景通常比室内布景具有更强的视觉性，也更易于视觉化。室外布景中可以加入鲜花、机器，或能展现肢体动作的竞技游戏。即使是草坪喷水机或者一株在微风中摇曳的绿色植物都可以成为视觉内容与声音的来源。室外布景让人们可以在花园里工作、玩羽毛球、打高尔夫推球入洞、修建篱笆，进行各种含有视觉内容的室外活动。

8.7.11 影像系统

在一些电影中，某种视觉图案反复出现，被称作一种影像系统。影像系统可以点明主题，制造隐喻。例如，《毕业生》中水的影像象征着主角感到自己已经被中产阶级价值观淹没。水的影像系统最早体现在影片开始的聚会场景，本（达斯汀 · 霍夫曼饰）看着外面的泳池。在这个段落中，游泳池水面反射的光打在房屋上。有几个场景出现了本的水族箱。鲁宾逊太太［安妮 · 班克罗夫特（Anne Bancroft）饰］将她的车钥匙扔进了这个鱼缸。水的画面还出现在本炫耀他的呼吸器并接着沉入池底时。与鲁宾逊太太第一次幽会后，本躺在充气床上漂在同一个泳池中，不同的是，他已经不再是从前那个天真无邪的年轻毕业生了。

《证人》中有眼睛的影像系统，许多镜头都暗示出证人的警惕性。第 19 镜有所展示，萨缪小朋友瞪大的双眼画面后紧跟着一个与眼球形状相似的热气球略过车窗。在第 23 镜 A 机位中，萨缪发现火车站的一个天使雕塑正俯视着自己。接着镜头反打，俯视萨缪。第 25 镜的眼部特写发生在男孩认出房间里的凶手时。第 57 镜又是一个男孩眼部特写，发生在他指出照片上的杀手警察时。

在《天使之心》(*Angel Heart*，1987)中，旋转的风扇与下坠的电梯这两个影像反复出现，这个影像系统暗示着主角欠债的对象是恶魔。旋转的风扇图像暗示着还债的截止日期马上就要到了；下坠的电梯暗示着债务人马上要跌入地狱。

观众也许很难注意到剧本中提到的影像系统，许多电影也不采用这一策略。不过这种隐秘而优雅的策略是可以为故事增添视觉趣味的。它应该简短地写在场景提示中：当吉姆钻进他的车时，他再次留意到奇怪的闪烁的光芒，这一次是在挡风玻璃上。

8.7.12 视觉扳机

在电影的调研阶段，制作团队需要梳理剧本，找出有望产生视觉效果的时刻。摄影师们有时会将这些时机称作视觉扳机——暗示出有趣影像的时刻。这样的时机发生在《证人》第 57 镜，萨缪认出凶手时。这一视觉扳机让情节发生在混乱的房间里，将焦点放在萨缪身上，直到他从一张新闻照片认出麦克菲。

《零点爆破》(*Blown Away*，1994)中一个非常恐怖的场景拥有许多视觉扳机，比如当主角的妻子回到家，没有察觉到残忍的炸弹客曾经潜入这里。处于优越地位的观众在她打开煤气炉、打开冰箱门、拿起电话的时候都提心吊胆，生怕她会引发爆炸。一系列动作都以极致的特写镜头呈现，提高了人们对灾难的期待值。这些家常却有着致命可能的时刻，与男主角骑着摩托车疾速驶向家中试图阻止爆炸的画面交替切在一起。制造出一个悬疑的段落，其中的视觉扳机可能引发炸弹爆炸，时刻牵动着观众的心弦。

关于影像叙事的最后一点议论：尽管这些策略可以优化视觉内容，但别指望它们能挽救一个缺乏戏剧感的故事。好故事建立在有趣的人物与他们所面对的有趣矛盾的基础之上。今天的电影创作者在修饰单调场地方面可以说技艺精湛，他们用光、烟雾及其他效果为场地添加视觉内容。当代的拍摄技术能够允许在极暗的环境中拍摄，这为视觉化增添了另一种有趣的维度。不过，你的剧本读者更加关心强大有娱乐性的故事，而不是现代制作技术，为此你需要确保自己作品中的视觉潜力都是借着故事的戏剧发展体现的。分析电影的剧本和影像对提升这种能力大有裨益。

小 结

电影创作者创造含有大量视觉细节与视觉信息的电影。如果影像流动迟缓，观众会失去耐心，感到无聊，因为作品缺少视觉趣味。写出视觉性丰富的故事的关键，是认识到观众吸收和接受视觉信息的速度。一些编剧虽然知道这个道理，却在写一场接一场空屋人物对话戏的过程中将它遗忘。空屋通常是一种视觉感受很无聊的场地。电影是影像的艺术，不是配图广播。在展现人物方面更是如此，表现人物要通过动作，也就是说通过他们的行动而不是他们的言语。从动作角度构思的故事更容易富含视觉内容，不过要让故事走动作路线，必须保证它符合故事概念与编剧的趣味。

建议你写出充满视觉趣味的场景，并不是鼓励你摒弃那些能够传递人物内在感受的私密场景，强大的戏剧时刻在任何布景下都可以表现得非常出色。不过由于编剧的工作是写出含有视觉内容的电影剧本，我们必须理解视觉叙事的概念。因此，本章探讨了四种视觉设计元素：照明、运动、色彩、空间。这些都是摄影基础元素，拍摄团队凭借它们将白纸黑字的剧本转化为含有视觉内容与戏剧的电影。

本章也从摄影师、美术总监和其他电影创作者的角度研究读剧本与视觉叙事的方法。出于这种考虑，音画间的相互影响也是我们需要理解的内容。最后，本章列举了十几种优化视觉内容的策略，它们是：动作中的视觉、宏大影像、视觉隐喻、象征符号、连续性视觉内容、情绪与视觉铺垫、“贴墙纸”、边走边谈场景、事务性动作、布景、影像系统、视觉扳机。如果你已经熟悉了这些在大多数电影中都出现过的策略，你可以运用它们将你的故事变得戏剧化，为你的剧本增添视觉趣味。

练 习

（1）选择一部教学影片中一个30分钟左右的片段，静音观看，记下它是如何运用视觉元素制造众多戏剧点的。在静音播放影片的同时浏览剧本对应段落。记下你在哪里跟丢了故事的线索及其原因。

（2）从练习（1）所用的电影中选择一个动作场景和一个对话场景进行研究，重点关注它们对色彩、空间、灯光及运动的运用。

（3）在你研究以上两个场景时，记下它们是如何运用“贴墙纸”，边走边谈时刻、事务性动作、布景、影像系统，以及其他本章提到的视觉化手段的。对于每一种策略，记录它们的时间、地点、具体操作方法，以及时长。

（4）如果你有拍摄设备，记录下某人（演员或朋友）为约会做准备的画面。从这个人离家，到上车，把车开走。接着拍下这个人回到家中。制作几种版本：一种是这个人很期待这场约会，另一种是这个人很怕去；一种是这个人度过了一段好时光，一种是这个人并不享受这次约会。可以使用暂停按钮将素材在摄录设备中进行剪辑。（这样的练习最终可以完成一组紧凑的剪辑。）利用这个练习试用本章所提到的视觉化策略。

（5）拍下一个演员或朋友念《大审判》中我们得知劳拉是卧底的那场戏里康坎农的对白（第172镜）。或者念下列对白：《西雅图未眠夜》中当安妮退回戒指时沃尔特的感慨（第200镜）；安妮对哥哥发出的感慨（第70镜）；《证人》中谢弗对卡特说的话（第105镜）；《终结者》结尾萨拉的画外音感叹。这项练习的目的是观察人物特写镜头如何反应情绪内容。将你拍摄的版本与电影中的片段进行比较。

第 9 章

写场景提示

在 1990 年 CBS 电视台的一次访问中，制片人理查德·扎纳克（Richard Zanuck）表示，1973 年的电影《骗中骗》的预算是 500 万美元，现在要翻拍这部电影，预算将达到 2500 万美元；但到了 1995 年，这个数字还不够支付大牌明星的片酬。这说明电影正在变成一项昂贵而冒险的赌博，游戏的输赢便取决于制片公司是否具有挑选好剧本的眼光。对于剧本来说，场景提示是其重要组成部分，因此，这一部分的呈现——也就是本章的主题——至关重要。

剧本的内容除了对白，就是场景提示。场景提示告诉我们故事都发生了什么，勾画故事设定与人物，建构场景与戏剧情境，描绘人物生理与心理的运动，供演员参考。场景提示暗示着电影的节奏与激情，并为各个场景构建起故事的连续性。另外，场景提示还会利用标点符号和不太受演员欢迎的语气提示词（通常写在括号里）来帮助剧本买方[①]更好地理解对白的意图和

① 为了方便起见，我们把评论、批评、推荐或购买剧本的人称为剧本买方。此人可以是制作公司的代理人、故事编辑、演员、制片公司的审读人、教师、制片厂或制片公司的开发主管等。大多数人只能推荐或拒绝剧本，而无权批准它们投入拍摄。具有更高职权的人才能批准将剧本投拍——例如制片厂、电视台或制片公司的制作负责人。

故事的发展。总之，场景提示以特定的格式，呈现出编剧前期调查的成果、为故事描绘出的影像，以及向故事中注入的激情，从而令买方想象出故事的来龙去脉与人物之间的关系。

为了让买方从剧本中读到的故事与编剧的构思完全一致，最好的方法就是以行业认可的标准格式来写场景提示。至此为止我们讨论过的所有元素，都能通过场景提示表现，比如故事、人物、冲突、场景建置、戏剧化，还有从影像的角度讲故事。更重要的是，场景提示能够用最少的文字来完成这些表达任务。它的作用很好地体现了贯穿本书第二部分的一个理念：剧本的流畅度决定着电影的流畅度。这意味着场景提示中不能有拗口的、赘余的、妨碍故事流畅性的辞藻。

语言的含糊、叙述的不畅，以及其他粗心大意所引发的问题，会令场景提示变得混乱不清，让买方无法抓住故事的重点。因此，要克服上述毛病，让剧本变得流畅而便于阅读。这样做还有一个好处，就是能让潜在的买方能快速确定是否对剧本产生兴趣。这一判断基于剧本对故事与人物的塑造。

场景提示这一概念出自戏剧（电影中的场景提示与戏剧中的舞台提示，英文均为 stage direction），而电影从无声时期起，就借用了这一概念。剧作家与电影编剧用它来设定场景、介绍人物、指示人物的行动与出场退场。在戏剧剧本中，人物对白是重中之重，舞台提示在其中起到的作用远没有在电影剧本中明显。举个例子，无声电影的剧本主要依靠场景提示来说明故事的发展情况。如果演员需要更多的指示，则导演会在拍摄过程中给出。有时，如果一些信息无法通过无声影像表达出来，那么电影创作者就会在电影中加入字幕卡。1994 年 6 月，在美国编剧工会的采访中，比利·怀尔德告诉我，在他刚入行写剧本的 20 世纪 20 年代，一部无声电影的剧本大概是 20 多页。到了 30 年代，有声电影逐渐成为主流后，电影剧本才有了长度、类型和格式方面的标准；而这一标准一直沿用到今天，几乎没有什么改变。就像在之前的章节提到过的，剧本的一页（标准行业格式下）内容，在银幕上放映的时长应为 1 分钟左右，这样买方通过计算剧本页数便能估算出电影的时长。

除了能体现时长外，剧本格式还避免了繁复的辞藻修饰，以便于买方判断故事本身的价值。剧本格式的局限使得编剧无法精致地描绘我们脑海中的故事，因此，编剧们更需要学习在限制条件下工作的方法。这一过程就像是弹奏缺了一根弦的小提琴：需要复杂的技巧与大量的调试才能成功。这样费尽辛苦写成的剧本，能够满足一年要看数以万计剧本的制片公司快速阅读的需求。为了弥补剧本格式造成的文字风格方面的不足，编剧会在场景提示中使用简洁有力的字眼来吸引买方的注意。

电影剧本简洁的风格让买方能够用一小时左右的快速阅读就想象出故事与人物的画面。因此，精明的编剧会使用符合买方习惯的风格与格式进行剧本创作。无论我们的写作风格是绵软无力、模棱两可的，还是我们脑海中的影像清晰而真诚，所有的这些都会体现在我们的剧本中。剧本就像指印和签名，展现出一个作者对于自己创作的感触有多强烈，对于写作技巧的掌握有多熟练。经常就剧作问题发表高见的威廉·戈德曼（William Goldman）提到过一项他应用在写作中的方法：

> 我试着让我的剧本尽可能好读，这是出于一个良好的，也是贪心的原因——我希望读到我剧本的高层会说“嘿，这剧本读着还不赖，我能从里面赚到钱”，直接给我开绿灯。①

要达到这一点，最终还是要看故事是否具有戏剧性，以及人物是否有趣——而这些内容大多都体现在场景提示中。

场景提示写得出色并不能保证剧本的大卖，但是合理的结构、正确的语法和拼写，以及恰当的用词都会使读者的好感度提升。草草写就的剧本会让买方质疑作者的写作能力。作为一个犯过无数次拼写与语法错误的人，我深知它们真的难以避免。尽管如此，难以避免也不是犯错的理由。你可以找朋友，或花钱雇人来帮你检查剧本，或者用检查错字病句的电脑软件来帮你纠正错误。剧本应该体现出作者的严谨。

---

① *Esquire*, November 1994, p.128.

一个编剧所提交的剧本格式能向买方透露出自己对剧作的熟悉程度。初出茅庐的编剧常常因为剧本中出现的一点小错而让读者看出他的稚嫩。格式错误虽不至于判剧本死刑，但也有损它的品相。买方一般不会在这一点上苛责新人编剧；他们知道看新人的作品时，不需要在意格式上的不完美，而要注意故事的品质。但是，场景提示的格式对于编剧来说依然非常重要，因为大多数电影编剧在行业内都是默默无名的，有时一位编剧可能淡出人们的视野一两年，之后带着潜心创作的优秀剧本归来，寻找买方。而买方除了知道该编剧之前作品的大概水平之外，对这个人一无所知。编剧行业的这种匿名性特质意味着大多数剧本无法凭作者的资历说话，只能凭自身的质量说话。匿名性为新人编剧带来了轻微的优势，然而这很容易被他们对于格式的忽略而抵消。作为新人编剧，你应该反复学习那些你喜爱的电影剧本，直到你能掌握标准的、优秀的剧作技巧。将你最好的创作融入专业的、标准的格式与风格之中。要想写出专业的场景提示并不难，有一些简单的格式上的技巧可以学习。

最后，你应该知道，大多数电影工业流水线剧本的质量都远远不及我们的四部主要教学电影；换句话说，竞争也许并没有你想象的那么残酷。其实，对于新人编剧来说，学习那些稀少的优秀剧本的提交流程，才是最重要的课程之一。在这里我说的是由有信誉的代理商对专业的剧本进行提交的流程。再优秀的剧本也有其不足之处，所以，如果你有故事创意，那就把它写成买方喜欢的形式——他们会愿意为这样的好作品付出大价钱的。

9.1 写场景提示

场景提示要短，不应出现生僻字眼，否则将降低阅读速度。保持简练的写作，相信读者能够理解你的文字。举个例子，如果场景提示要表明场景发生在沙漠里的廉价小餐馆，或者时髦的网球俱乐部，那么你的表述应该在不使用复杂辞藻修饰的前提下，保证令买方能够想象出大致类型的画面。假如你写了这样一句描述：“外景　沙漠　夜　大风、寒冷、寂寥”，你就要相信买方能够从你抽象的字眼中领会到那种漂泊的感觉。简练的字句能够给买方读下去的欲望。相反，阐释过度的剧本只会打消这种欲望。之前说过，许多买方对于场景提示都是匆匆略过，只读对白。

9.1.1 体现时间与连续性的场景提示

为了令买方读剧本所用的时间与故事时长保持一致，并保证故事的连续性，编剧会使用许多不同的策略。其中，对于场景标题这种包含了"日"与"夜"的时间提示字眼的场景提示，有着约定俗成的格式，为：内景　艾玛的厨房　日。由于有些故事的时间流动比较随意，编剧需要使用场景提示来说明时间的流逝，比如：参加派对的人离开了，房间逐渐安静下来。或是当晚，后来。再或是：稍过不久。还可以是几个月 / 周 / 年过去了。

如本书 271 页所说，电影可以采用叠加某些图像的手段来表现时间的流逝。报纸的头版、植物的生长、季节的更迭等影像都可用来喻示时间的变化。对白也可以起到这种效果，比如："杰克，她走了已经有一年了！"表现时间流动，还可以使用画外音，或者将上述策略综合使用，如下：

内景　监狱图书馆 / 安迪的办公室　日（1950）

安迪正在处理税务，莫尔特坐在他的对面，后面还排着一些趁休息时间过来的狱警。

雷　（画外音）

接下来的一个月，安迪帮肖申克的半数警卫报税。

内景　监狱图书馆　一年后（1951）

又到了处理税务的时间。排队的人更多了。

雷　（画外音）

过了一年，所有人都来找他……包括典狱长。

外景 棒球场 日（1952）

穿着“莫尔兹比掠夺者”棒球衫的击球手将球击得又高又远。

雷 （画外音）

又过了一年，监狱的棒球赛季改到与税季重叠。

《肖申克的救赎》，编剧：弗兰克·德拉邦德，1993

9.1.2 描述故事地点的场景提示

编剧之所以会对场景设定做过度说明，是因为他们没能认识到，读者只需要简单的镜头提示就能想象出整个场景。如果你在剧本中设定了一个有趣的地点，那么你应该相信，简练的文字足以令拍摄团队想象出它的样子，并准确地拍摄出来。下文《绿卡》的剧本选段便是这样一个成功的例子，它描绘了一个屋顶花园，安迪·麦克道尔（Andie MacDowell）饰演的布朗特决定将它捐给环保小组：

外景 阿德勒的屋顶花园 夜

艾尔弗雷德带布朗特来到屋顶花园。这里比她印象中的还要更美。树木与背后高耸入云的摩天塔楼形成迷人的对比。墙边还有灌木与其他植物，郁郁葱葱。

《绿卡》，编剧：彼得·威尔（Peter Weir），1990

同样是屋顶花园，一个小说家可能会用几页的篇幅去描写；而编剧兼导演的彼得·威尔仅用了几句话。在创作剧本时，一定要将飞扬的文采遏制住。要知道买方感兴趣的是人物的表现、故事的戏剧化、情节的开展。想要依靠过于充分的场景提示来补偿这三方面的不足，只能是让买方读得更不满意。你的剧本可以冷酷、幽默、质朴……无论如何，只要风格能始终如一，文字不要过分修饰就好。下面这些剧本选段都是优秀的描写故事地点的例子：

内景 里克的夜店 夜

这是一家极尽奢靡的时髦夜店，高雅中掺杂着阴谋的气息。一名妙龄女郎正在歌唱，一支四人乐队在为她伴奏。一名黑人弹奏着橙色的带脚轮的钢琴，他穿着亮蓝色的便裤与运动衫。

《卡萨布兰卡》，编剧：朱利叶斯 · 爱泼斯坦、
菲利普 ·G. 爱泼斯坦（Philip G. Epstein）、
霍华德 · 科克（Howard Koch），1942

外景 塞耶家 日

这是一幢很不错的乡村建筑，有两层楼高，蜿蜒的走廊，守门人是个寡妇。岸上有个小码头，一艘带有跳板的小船停在岸边。庭院的地上落满松针。走廊上搁着一块门板，门板后摆着一只又旧又脏的洗衣盆，里面装满了泥土，仿佛马上就要开出花来。

《金色池塘》（*On the Golden Pond*），
编剧：厄内斯特 · 汤普森（Ernest Thompson），1979

内景 特拉斯克的公司 接待处

这间房几乎有足球场那么大，里面雕梁画栋，地上铺着东方风情的地毯，会议桌有网球场那么大。屋里到处是西装革履的人，或处理文件，或商谈事务，此时他们全都看向特丝。镜头给杰克，他认出了特丝，向她走了过去。

《上班女郎》，编剧：凯文 · 韦德，1986

9.1.3 暗示影像风格的场景提示

虽然格式在一定程度上限制了内容的表达，但编剧依然能够通过剧本传达出激情、风格、情绪，甚至是画面感，比如下面的一些例子：

内景　82区休息室　日

巡警们走了进来——有人倒咖啡，有人站在收音机前听广播，有人擦鞋，还有人在对着镜子整理着装。塞尔皮科却在浏览通缉犯名单与片区当月目标，公告栏上登出丢失的财产与失踪人员清单。他扶正了一张挂歪的文件，原来是一颗图钉掉了。他看着电传打字机上的失窃车辆清单，并抄写下来。汉森进来了，他关掉收音机，拍手召唤大家集合……巡警们排成一列。站在塞尔皮科旁边的是佩鲁斯，一名老练的警官——可靠，友好——胸前挂满了勋章。塞尔皮科的目光被这些勋章吸引了，他的眼神中充满羡慕。

《冲突》(*Serpico*)，编剧：诺曼·韦克斯勒（Norman Wexler），1973

电闪雷鸣！

在遥远的地方，有一座山，山上是那古老的弗兰肯斯坦城堡，一个我们都熟知并且喜爱的地方。风雨之中，城堡被另一道闪电照亮。

音乐：诡异的特兰西瓦尼亚摇篮曲响起（背景音）

我们逐渐向城堡走近。所有的房间都黑着灯——除了一间角落里的书房——还点着蜡烛。现在，我们到了这间书房的窗外。让我们从雨迹斑驳的窗户向里面看：

内景　书房　夜

台子上放着一副打开的棺材，我们看不清里面有什么。

《新科学怪人》，编剧：吉恩·怀尔德（Gene Wilder）、梅尔·布鲁克斯（Mel Brooks），1973

9.1.4 动作戏的场景提示

剧本中的动作描写应该简单易懂。即便有时编剧会为动作进行详细的设计——比如《蓬门今始为君开》的剧本写结尾的混战场景用了 16 页——在大多数情况下，场景提示是简单的。

动作戏的场景提示应该将特殊的元素描写清楚。像《警网铁金刚》中的追车戏、《铁血战士》中最后与特殊生物的战斗，还有《终结者》的油罐车段落，都不是一般的追车和战斗场景。在《异形 2》的剧本中，里普利与异形最后的生死对决用了 4 页的场景提示来描写；《终结者》的最终决战流程则用了二十多页。这些优秀的剧本不仅传递出视觉上的刺激与人物内心的紧张，还为日后的视觉开发做出了指示。让我们通过以下这些出色的剧本选段，来学习动作场面的写法：

蒂姆从天窗望出去，见到了霸王龙巨大的头颅。他看呆了。莱克斯抬头望向窗外，恐惧使她失去了理智，她打开手电筒，一道强光划过漆黑的雨夜——趁着光线，她终于看清了这庞然大物，吓得尖叫起来！

手电筒的光照亮了霸王龙的脸。它为了避开强光而把头甩开，一下将玻璃罩撞得稀烂，玻璃砸到车上，掉在孩子们周围。蒂姆把玻璃踢到一边。霸王龙张开血盆大口，嘴角流涎。

格兰特

他看到霸王龙再次抬起头，看着下方的巡逻车，孩子们就在里面。

蒂姆和莱克斯

片刻的喘息之后，他们猛地关上车门。霸王龙用头向巡逻车撞去。霸王龙低下头来，想要仔细观察车里的猎物。它靠近车窗，向里面看。

《侏罗纪公园》，编剧：迈克尔·克赖顿，1992

《证人》的制作团队则通过以下场景提示，想象出一段长达150秒的发生在警察局的精妙动作场景：

内景 缉毒队探员室 日

透过玻璃隔板，我们看到布克正在探员室的一间小隔间里打电话。探员室人多事杂，萨缪混在人群中，四处闲逛。他来到一个玻璃橱前，玻璃橱里挂着奖章与光荣事迹的剪报。

镜头透过玻璃橱

萨缪走马观花地欣赏着这些荣誉，他其实并不能理解它们的含义。突然，他定住了。

萨缪主观镜头 剪报栏

其中一张剪报被突出、放大，标题是这样写的：分队长麦克非获杰出青年称号。配图是一张麦克非的大头照，这个人显然就是在火车站杀害青年警官的那个凶手。

镜头切回萨缪

他呆呆地看着这张照片。一段较长的停顿后，布克出现在画面中，他在萨缪身边蹲下来。

他看着萨缪，从男孩的表情可以想见，他们已经找到了要找的人。萨缪缓缓地抬起手，指向照片。布克温柔地握住男孩的手，以免引起他人的注意。他朝萨缪淡然一笑。

《证人》，编剧：帕梅拉·华莱士、
厄尔·W. 华莱士、威廉·凯利，1984

这一段描写的是布克揭开警察阴谋的开端。请注意作者是如何解开麦克非是凶手的真相的："探员室人多事杂，萨缪混在人群中，四处闲逛"这句话（特别是"人群"一词）描绘出满是警察与罪犯的拥挤房间。它提示拍摄团队可以用警卫厅与警察们的活动来构建场景——一个女人递给萨缪一块饼干、罪犯朝着男孩摇晃自己的手铐，诸如此类的气氛。这些都没有写在场景提示中，因为拍摄团队可以想象到这样的警察局日常情景。

萨缪在警卫厅闲逛了大约两分钟，然后发现了麦克非的照片。让男孩从剪报上认出凶手并不是唯一的策略，他本可以在第 51 镜从一组嫌疑人中认出他来，或者让麦克非直接走进警卫厅出现在他面前。但是通过新闻剪报认出凶手的策略最有戏剧性，因为凶手的共犯可能就在布克他们周围，所以，布克按下了萨缪的手——也许坏人们已经看到男孩认出了麦克非的照片。

这一段文字几乎没有什么镜头提示，但是编剧们脑海中的画面完全通过文字传达出来："透过玻璃隔板，我们看到布克正在探员室的一间小隔间里打电话"体现出一个长镜头，将主人公置于人们熙来攘往的大房间中。当场景提示到了"突然,（在看到麦克非的大头照时）他（萨缪）定住了"这一句时，它体现出一个特写镜头，表现萨缪见到麦克非照片时的反应。此外，场景提示还体现出照片的特写镜头，因为如果没有这个镜头，观众就不会明白萨缪看到了什么。

接着，场景提示指出萨缪的表情（"他看呆了"），这也告诉布克，男孩看到了什么不得了的东西。因此这句场景提示可以让买方想象出接下来布克的特写："他看着萨缪，从男孩的表情可以想见，他们已经找到了要找的人。"如本书在 293 页所说过的，当人物经历强烈的情感冲击时，电影通常会表现他们的面部特写，让演员传达他们此刻的情绪。场景提示应该体现出故事在何时使用全景镜头而何时使用较近的镜头。当场景提示描写人物的反应时，这标志着镜头的景别是紧的。当场景提示这样写道：约翰抓起炸弹跑到窗边，丢得远远的，那么观者会希望由全景镜头来拍摄这一动作。因为全景镜头是最适合表现外部运动的。正如之前所说，在场景提示中只需要标出主镜头就可以，其他更具体的镜头没有必要详细标明。

最后,《证人》的这一场景除了几句即兴对白以外，没有使用任何对白，仅凭影像就表达出故事的要点。因此，我推荐大家通过它的剧本来学习如何写作紧凑的、充满戏剧性的场景提示。

9.2 写作人物介绍

人物介绍的长度一到两句话足矣，从某种程度上说，这样也能拓宽选角的可能。对于编剧来说，没有必要为角色创造长篇大论的背景故事、家族历史、精神困境。因为剧本的格式决定人物介绍必须简明扼要，如下列人物介绍的例子：

曼尼（克林特·伊斯特伍德饰），年龄在35到40岁之间。头发稀疏，下巴上有些稀稀拉拉的胡茬。如果不看他的眼睛，你会认为他就是一个再普通不过的只晓得喂猪的农民。

《不可饶恕》，编剧：戴维·韦布·皮普尔斯，1984

汉尼拔博士（安东尼·霍普金斯饰）正在他的床铺上休息。他穿着白色的睡衣，正在读意大利版*Vogue*。他转过身，打量着她……那张常年不见天日的脸似乎已经模糊不可辩——除了那双闪闪发亮的眼睛，与湿润鲜红的嘴唇。于是他站起来，走到这位和蔼的女主人面前。他的声音听起来文质彬彬。

《沉默的羔羊》，编剧：泰德·塔里，1990

爱丽·萨特勒博士（劳拉·邓恩饰），年近三十，眼神犀利，是一名强悍的女性。她在这片荒芜的土地上奔跑，生气勃勃，像一头羚羊，身后扬起一股尘埃。

《侏罗纪公园》，编剧：迈克尔·克赖顿，1992

我们初见洛蕾塔的镜头

洛蕾塔（雪儿饰）正在为账目填上最后的几项数据。她是意大利人，今年 37 岁，一头黑发梳成过时的发型。穿着一身实用但土气的暗色衣服。

《月色撩人》，编剧：约翰·帕特里克·尚利（John Patrick Shanley），1986

路易丝在一家咖啡厅当服务生。已过而立之年的她对于这份工作而言似乎年龄稍大了一些。她非常漂亮，从头到脚都打扮得一丝不苟。

《末路狂花》，编剧：考利·扈利，1990

萨姆·鲍德温（汤姆·汉克斯饰）年逾三十，永远衬衫配领带，并且把领子浆得硬硬的。但是，他的眼神空洞缥缈，似乎他对于周遭发生的一切事都漠不关心。

《西雅图未眠夜》，编剧：诺拉·埃夫龙、戴维·瓦尔德、杰夫·阿奇，1993

以上这些例子都介绍了人物的年龄、气质、大致外形。为了避免对选角造成限制，人物介绍中一般不会有具体的外形特征，除非该特征会影响故事的发展。人物介绍通常是大概描述一下人物的外形与年龄，比如：杰克身材高大，年逾五十。戴安是一名四十岁出头，严肃的银行从业者。次要人物的介绍只需要“富于魅力”“到了而立之年”“嘴特别馋的超重人士”“身材骨感”“眼神充满野性”这种程度就行。除非出于剧情需要，否则不要在人物介绍中使用像个子很高、金发、蓝眼睛、身手矫健等特别具体的形容词。不要写太多介绍性文字，应该通过对白与动作来体现人物的特点。

9.2.1 处理人物互动的场景提示

编剧通常用对白表现人物之间的互动。但是，其实场景提示也具有这一功能。在下面给出的一些剧本选段中，我们可以看到：场景提示描述了场景之中人物的行动——跳舞、下棋、做饭，等等。第一段选自《雾水总统》的场景提示，描述的是冒牌总统［凯文·克莱恩（Kevin Kline）饰演的戴夫］与总统夫人（西戈尼·韦弗饰演的艾伦）坐在豪华轿车上前往流浪者收容所的路上发生的事。场景提示描绘出当艾伦发现坐在自己旁边的男人不是她丈夫的时刻，因为戴夫正色眯眯地看着她裸露的大腿，而这是她那清高的丈夫绝不会做的事：

> 她突然扭过身，背对着他坐。短裙伴随着身体的扭动掀了起来，露出一截大腿。戴夫不经意间看到了艾伦裸露的大腿，他不由得一直盯着看。不久，艾伦感觉到了他的目光，便回过头去……短暂的四目相对后，戴夫迅速转移视线，看向窗外。艾伦低头看了看自己的腿，有一些疑惑。
>
> 《雾水总统》，编剧：盖瑞·罗斯（Gary Ross），1992

《致命诱惑》的选段描绘的是当丹（迈克尔·道格拉斯饰）试着结束与伊芙（格伦·克洛斯饰）的关系时发生的事。请注意这段说明性文字是如何直白地表现那一刻的恐惧的：

> 她再次吻了他，这次她用双手捧起他的脸，吻得更加激烈。她放开他，向后退了一步，眼中流露出胜利的光彩。他用手摸了摸自己的脸。
>
> **丹**
>
> 你的手是湿的。
>
> 他看着自己的手，上面染着红色。他抬头看向她。她近乎疯癫般

> 地笑了起来，朝他举起手腕，鲜血从两道丑陋的伤口流了出来。
>
> 《致命诱惑》，编剧：詹姆斯·迪尔登，1985

要理解场景提示如何传达人物的互动关系，你需要学习数十部电影及它们的剧本才行。编剧在写故事、为场景增添戏剧性，以及创作具有情感丰富的人物时，都需要向其中注入自己的激情，下面这一选段便很好地体现出这一点：

> 他们面对面坐在桌前，消磨时光。气氛舒适从容，两个人的关系越走越近。丹（迈克尔·道格拉斯饰）刚刚讲了什么，伊芙（格伦·克洛斯饰）笑了。
>
> 《致命诱惑》，编剧：詹姆斯·迪尔登，1985

在读剧本时，买方往往会喜欢那些没有对白，却表现出强烈戏剧性的人物互动内容，比如下面这段选自《不可饶恕》的场景提示，当浮夸的杀手“英国人鲍勃”（理查德·哈里斯饰）无视由副市长发布的大威士忌镇禁止携带枪支通告的时刻：

> 英国人鲍勃打了一个俏皮的蝴蝶结，在他转过身的一瞬间，便能看到他那两支装在皮套里的手枪。W.W. 比彻姆（索尔·鲁比奈克饰）跟在英国人鲍勃后面，他紧张地回头瞥了一眼，看看年轻的安迪会怎么做。但是安迪只是不解地盯着他们。就在那一瞥，安迪看到了皮带上系着的枪，知道这是要快速出击的意思……这超出了他的能力范围。
>
> 《不可饶恕》，编剧：戴维·韦布·皮普尔斯，1984

9.2.2 与对白产生联系的场景提示

场景提示中常常包含着台词。例如，在《末路狂花》中，有一个场景是哈兰（被路易丝杀掉的男人）试图勾搭特尔玛。场景提示暗示三位角色不同的态度，加强了场景的台词。编剧考利·卮利这样写道：“哈兰大笑。特尔玛也笑了，但她其实并没觉得哪里好笑。路易丝没有笑。”这句场景提示是可以表演出来的，它体现出不同人物的不同想法。当然，情况并非总是如此，有时候，编剧也会写一些很啰唆的场景提示，让演员很难办，比如：

> 虽然汤姆被蒂娜的美貌深深吸引，但是看着这个女人，汤姆不由得回忆起过去一段窘迫岁月，她很像那时候的一位故人。因此，对于蒂娜的调情，汤姆假装无动于衷，但是身体的某一部分已然被唤醒，他猜测着她的下一步动作——要么继续卖弄风情，要么离开。

将上述内容换一种方法叙述后，便能好演许多：

> 尽管汤姆被蒂娜所吸引，但这个女人让他的直觉感到不安。

简化后的版本要求演员同时表演出局促与感兴趣这两种心情。这种程度的演技，大多数演员都可以办到。这个例子告诉我们，场景提示要尽可能简单化，让演员能够把握人物的情绪。

买方能看出什么样的场景是需要演员来表演的，所以当他们看到场景提示中出现大量无法通过对白与表演来传达的人物心理活动与背景故事时，会感到头疼。为了避免这点，编剧要时刻记住，尽管电影观众能够从人物的面部表情“读”出他们的感受，但他们并不会读心术。他们必须听到对白，看到动作，才能知道究竟发生了什么。下面的一个例子，《五支歌》的选段，表现的是鲍比（杰克·尼科尔森饰）与蕾耶特［凯伦·斯蒂尔（Karen Steele）饰］在鲍比与别人偷情后发生的争吵。两个人先在餐厅彼此交换受伤的眼神；

接着鲍比走出餐厅，到车前等待蕾耶特出来，而她出来后依然满眼委屈。请注意场景提示是如何表现人物内心的波澜并增强对白痛心疾首的感觉的：

> **鲍比**
> 我昨晚跟埃尔顿在一块儿……
>
> 蕾耶特没有说话。片刻的停顿。鲍比举起了他的右手：
>
> **鲍比（接上）**
> 我发誓。
>
> 她越过他去开车门，已经抓住车门的手却被他按住了：她试图打开车门，而他转过身，用手摩挲着她的头发与脖子，安慰道：
>
> **鲍比**
> 蕾耶特……
>
> 她终于放弃了抵抗，抓着车门的手无力地松开，目光也低垂下去：
>
> **蕾耶特**
> （轻轻地）
> 你这个混蛋……
>
> 《五支歌》，编剧：卡罗尔·伊斯门（Carol Eastman），1970

语气提示词“（轻轻地）”意味着在编剧的设想中，蕾耶特还是对鲍比投降了。

9.3 打破常规

尽管我们建议你按照主流格式写作剧本，不过一些有趣的不按常理出牌的剧本，也应该让你知道。比如，戴维·吉莱尔（David Giler）与沃尔特·希尔（Walter Hill）创作的剧本《异形 2》，比起故事，它更像是镜头集，每一组镜头都有不同的场景提示。这样的风格使得故事点得以突出，也标志着编剧独特的视角：

内景　走廊

里普利、帕克和布莱特走着。

内景　舱口

舱口外面是气闸。
里普利、帕克和布莱特三人经过。
他们蹲下，盯着甲板。
网子准备好了。
布莱特落在二人身后。
谁都没有发现气闸上方的东西。

异形

它现在已经有七英尺高了。
它一跃而下，抓住布莱特。
布莱特尖叫起来。
异形啃噬着他的脊骨。
布莱特就这样在惨叫中丧生。
里普利和帕克惊恐地转过身。
看到异形跳到升降口。
挟着布莱特还在蠕动的身体，消失在他们的视野之外。

《异形2》，编剧：沃尔特·希尔、戴维·吉莱尔，1979

9.4 介绍次要人物

小角色可以按群体介绍，比如：三个本地庄稼汉、四名穿着庄重的来自家庭教师协会的母亲、五个醉醺醺的球星。对于龙套角色，甚至没有必要给他们起名字，仅以他们的外形和职业命名就可以，比如：第一个暴徒、个高的女服务生、沉默寡言的警察、苗条的教师、老牛仔等。给他们贴上一个标签。如果要刻画次要人物，就尽量使用简单的形容词。在下面给出的范例中，人物介绍暗示出人物的性格与外形。第一段文字（选自《双面女郎》）描述的事情发生在电影前半段，阿莉［布里吉特·芳达（Bridget Fonda）饰］在面试未来的室友。这一节拍是由几段 10 秒左右的蒙太奇片段组成的：

内景　阿莉的公寓　起居室　日［无音轨（MOS[①]）］

申请人：胖女人，填申请表时喋喋不休。阿莉看到她的包里装着一盒香烟。瘦女人，阿莉一直想跟她聊聊，她却在公寓里走来走去，摸摸这，碰碰那。女同性恋，年长，穿着旅游鞋，大谈房子的翻新，并用手指着一堵她想要打掉的墙。挑三拣四的人，看房的全程都在用卷尺量来量去。动物爱好者，不顾阿莉的拒绝，坚持要给她看宠物猫的照片。活泼的人，友好热情。可怕的人，有种安东尼·柏金斯般的诡异气质，眼神直勾勾的。

《双面女郎》，编剧：唐·鲁斯，1990

饰演这些小角色的演员都可以自行创作对白，但是最后我们在大银幕上听到的，只有那个滔滔不绝地聊乱伦话题的可怕家伙的对白。正如这一选段所示，次要人物的介绍用一句话就可以带过。

对于那些戏份更多的次要人物，编剧可以对他做一个简介，介绍人物年龄、体形、着装、气质。下面的第一个例子，《本能》的选段，介绍的是抵达谋杀现场的警察：

---

① MOS 一词源于早期的电影制作，当时的录音设备常由德国技术人员操作。MOS 是“Mit out sound”的缩写，这个短语是在模仿德语中的说法，意思是“没有声音”。这个场景提示表达了编剧的要求，即这个动作要以蒙太奇的形式拍摄，不需要演员发出声音。

尼克·柯伦，42岁，打扮得体，相貌英俊；一张脸棱角分明，面色犹豫。古斯·莫兰，64岁，平头，胡须花白，制服皱皱巴巴，戴着一顶五十年代的帽子。他的脸上写满了疲惫与创伤，就像一位荒野中的哲学家。

这里越来越像是一场集会。重案组组长沃克也在，他五十出头，一头银发。助理总警监马克·塔尔科特队长，五十出头，身材保持得很不错，穿着高档外套。还有两名重案组的组员：吉姆·哈里根，年近五十，喘着粗气，他是个性格和蔼的人；萨姆·安德鲁斯，一名三十多岁的黑人。验尸官正在床边工作。

《本能》，编剧：乔·埃斯泰尔哈齐，1991

像这样零零散散地出现在剧本前三页的说明性文字与场景提示，体现出介绍多人物的一种策略：拒绝啰唆的介绍与说明；逐个介绍人物。请注意下面《火线狙击》的选段，编剧在介绍一组秘密特工时的技巧运用：

萨姆，五十多岁，开朗乐观，诚实可靠。现在他正站在桌后，与比尔·瓦茨、马特·怀尔德和莉莉·雷尼斯一起检查总统的行程表。

怀尔德年届四十，为人随和；莉莉三十五岁，气质很像新闻女主播；瓦茨三十五岁，穿着标准的西服三件套，是一个有态度的人。

《火线狙击》，编剧：杰夫·马圭尔，1992

尽管每一个人物介绍都很短，但读者通过这些外形、个性、气质、职业上的简述，马上就能了解他们。最让买方头疼的莫过于读着读着突然出现五到十个新人物，要想象他们是什么样，和故事有什么关系，他们做了什么。为了尽可能让这个问题简单化，编剧可以在给次要人物起名时尽量使用性别特征显著的名字。例如，像帕特、鲍比、迪伊、弗兰、李、杰瑞这种中性名字尽量不要选。另外，也不要使用两个发音相似的名字，比如鲍勃和罗伯、萨莉和茜茜、海伦和艾伦、玛丽和玛莉、汤姆和蒂姆等。有特点的名字是最好的，例如：卖饮料的本尼、金发福特、胖警官、怪兽图书管理员。

9.5 场景提示中大写与标点符号的使用

关于场景提示的文字何时需要大写，规则很简单。在大多数剧本中，人物首次出现时名字要大写，作为初次登场的标志，也作为一种介绍。之后，当该人物再次出现在剧本中时，他的名字就变为正常字体。

一些编剧会将人物的进场与出场，打开门或走到窗前的描述动作的文字大写。大写还可以用来标注音效点。比如，某人听见了恐龙逐渐接近的脚步声。

标点符号是另一种编剧用来表意的工具。它非常低调——就像用手势指挥骑兵团进攻——不过总是聊胜于无。一些编剧喜欢用感叹号来强调某句对白或某情境；有些人甚至用两到三个感叹号来表达情绪的紧张程度，例如：凯伦倒吸一口气！约翰还活着！！！而一些编剧酷爱使用问号与省略号，例如：你是在……跟我说话？请注意，有时文字间隔也能对故事起到提升作用，史蒂文·索萨（Steven E. de Souza，《虎胆龙威》编剧）曾经谈到这一点：

> 我意识到我要征服的第一位观众是我的剧本的读者。因此，我尽可能去改善我的剧本的阅读体验。事实上，我在这方面简直算得上是强迫症，我甚至会有意将最紧张时刻安排在剧本快翻页的时候："他打开壁橱，掉了进去……"翻页。我一直在努力将我的剧本设计得让读者欲罢不能。①

小 结

要想写好场景提示，除了不断练习之外，学习其他剧本与电影也是很

① Jurgen Wolff and Kerry Cox (eds.),"Interview with Stephen E. de Souza: Die Hard," in *Top Secrets: Screenwriting* (Los Angeles: Lone Eagle Publishing, 1993), p. 74.

重要的。场景提示应该简洁有力，通俗易读。为了方便阅读，地点、人物、行动介绍务必要简短。买方欣赏文字流畅的场景提示，华丽的文学语言只会看得他们头昏脑涨。因此一定要避免冗长的描述性文字。假如一定要写那么长（八行以上），那么就把它分成几段，用空行隔开。

场景提示应始终服务于故事与人物，不要在场景提示中给出关于表演、导演、摄影等其他专业方面的意见，这些由相关专家去处理。用场景提示与对白简单地描绘出你想象中的故事。你的剧本能够反映出你对人物与故事宇宙的了解程度，因此，在写作前要做好准备工作，并相信读者能够欣赏你的作品。

仔细检查剧本中的拼写与语法错误。一两处笔误可以被接受，太多就会使作品的印象分下降。如果你对某个字的写法或意思不确定，或者是有语法方面的疑惑，一定要先查字典和语法书再落笔。优秀的场景提示会为你的剧本增色不少。

练 习

完成下列练习中的其中一项或多项：

（1）选择一部教学电影，挑出其中三个戏剧性片段，为它们创作符合其内容的场景标题与场景提示。如果有条件，可以将你写的版本与原剧本进行对比。

（2）抄下原剧本中描述这些片段的部分，感受编剧的笔法。

（3）想象一个场景与地点。并假定在这一场景中，有一位人物需要重复登场三次。写下场景设定与人物简介的场景提示，然后创作该人物的三次登场：分别以恐怖片、喜剧片、剧情片、惊悚片、爱情片的风格进行写作。

第 10 章

电影与电视剧本的格式

10.1 写剧本的第一步

剧本若出现空格与排版的错误，则意味着作者不专业，或他毫无剧本格式方面的知识。洛杉矶文学经纪人芭芭拉·亚历山大（Barbara Alexander）对此提供了一些有益的信息：

> 编剧在带着自己的作品进城前，应该先在家多做点功课。学习电影行业通行的剧本格式与规范。去图书馆，查阅剧本范例。字体、剧本的长度，甚至封面的式样，都不能忽略。别想着另类。不合乎规范的剧本只会显得你很外行。最有经验的，最专业的编剧，都会以特定的规范格式写作。[①]

我们在之前说过，粗枝大叶的文字会贬低剧本的价值，引起买方的反感。不仅对剧本内容不能大意，对剧本规范格式同样需要仔细。你所提交的东西必须让买方看得顺眼，格式正确的剧本会让买方知道你有着充分的剧作

---

① K Callan, *The Script is Finished, Now What Do I Do?* (Box 1612, Studio City, California: Sweden Press, 1993), p.36.

知识。尽管标准的剧本格式并不能保证你的剧本会更吸引买方，但是可以保证的是，格式错误的剧本一定不会给买方留下好印象。

按照格式写作，意味着你需要知道页边距与空格的规范。一些写作软件（如Scriptor、Movie Master）可以自动生成格式，或者你也可以自己手动调整。

在格式正确的基础上，你才有空间去创作能从情感上打动买方的剧本——让他们欢笑、忧愁或悲伤的剧本。只要你提交的作品能传递你的激情，它就意味着成功。激情、有趣的人物以及戏剧化的故事，组成了买方所寻找的好故事的"铁三角"，因为他们知道一个好故事或好电影的信号，便是在阅读剧本的过程中产生情绪波动。情绪波动是评价剧本的一项重要依据。

剧本格式大概有几个指标。其中一个，便是本书前文提到过的经验法则：在标准格式下，剧本一页的内容，相当于大银幕上一分钟的内容。如果你的剧本超过130页，那么你最好减少剧本页数，因为剧本越长，电影越长，影院每天放映的场次则越少。放映场次减少，则影院营业额减少，表示影院老板赚得少了。我明白，为了让商人能卖出更多爆米花，而要对有史以来最具影响力的艺术加以剪裁，似乎极为荒谬；但电影业从来都属于娱乐业。我们写出娱乐大众的电影，卖票的和卖爆米花的则关心这一事业能不能赚钱。

电视剧剧本也有"净长度"一说，要将成本投入最小化。传统情景喜剧的净长度约为22分钟；一小时的节目，净长度约为48分钟；一部两小时的电视电影，净长度约为98分钟。

10.2 范例剧本：《加油明天》

图10–1是剧本格式的范例。这一范例既适用于电影，也适用于电视剧集。在范例剧本后有一些相关注释。（情景喜剧的格式稍有不同，图10–2展示的是情境喜剧的范例剧本，同样在剧本后附有相关注释。）

以下标题页是电影剧本格式的写法。如果这部作品是电视剧，那么在标题页中，电视剧的名称应当位于分集标题上方，与分集标题空六行、标下划线，并大写。

加油明天

编剧：

哈罗德·麦金泰尔

洛杉矶

高尔夫街 244 号，邮编 CA 90444

213/383-4310

1995 年 3 月 17 日

图 10-1 电影与电视剧剧本范例

1

淡入[1]

外景　高速公路　亚利桑那沙漠　定场　日[2]

一辆十八轮大卡车呼啸着驶过寂静的沙漠，途经一家荒废已久的路边餐馆，上面挂着“本店待售”的招牌。

镜头向餐馆推近[3]

这家餐馆，与周遭环境格格不入，像一只令人窒息的铝皮盒子。在餐馆的一侧，我们看到一位女性正坐在一个箱子上抽着烟。

镜头转向该女性[4]

她叫贝蒂，40岁左右，穿着服务员的制服，外形性感。看上去一脸受困的、不悦的表情。

男性的声音/画外[5]

小甜心！

女人站起来，弹走手中的香烟，走进餐馆。

画面叠化[6]

内景　餐馆　夜[7]

时间过去不久。这家简陋的小餐馆里，气氛依旧阴郁。画面透过窗户，来到厨房：我们见到了库奇，他就是刚刚呼喊贝蒂的男人，年龄在50岁左右。他感觉到了她有情绪。

库奇

情况怎么样？

2

贝蒂耸耸肩。这时库奇**走进**吧台：他是个窝囊的小男人，穿着一件 T 恤衫，围着一条脏兮兮的围裙。

库奇（继续）

他挺喜欢这儿的，对吗？

贝蒂（冷笑）(8)

我倒是这么希望呢。

镜头跟随贝蒂(9)

她来到点唱机前，手伸到点唱机背后按了个按钮，免费点了首歌。布鲁斯风格的音乐**响起**，盖过了库奇关于卖掉餐馆的絮叨声……接着进入一组概括贝蒂与库奇走到一起的过程的**蒙太奇**。

蒙太奇　贝蒂与库奇走到一起的过程(10)

1. 愤怒的卡车司机将贝蒂赶下车。
2. 贝蒂提着箱子沿高速路走着。
3. 贝蒂发现了路边的餐馆，**走了进去**。(11)
4. 库奇被贝蒂身上那种绝望的性感吸引了。
5. 库奇看着贝蒂，给了她一块派。
6. 贝蒂穿着制服，与库奇调笑：她变成了他的餐馆的服务员。

库奇与贝蒂站在点唱机旁边　现实(12)

蒙太奇戛然而止，因为库奇**拔掉**了点唱机的插头。他不喜欢贝蒂的思绪飘到远离他的千里之外。他看向贝蒂，她耸耸肩。**停顿**。库奇走到电话前，拨号。

内景　买主的办公室　夜

这间破破烂烂的房间与**买主**十分相称：这是一个令人厌恶的男人，戴着假发还有大金链子。他正和在沙发上弄指甲的**舞女**调情。

3

买主

我喜欢这个颜色——血红。

舞女

血红！这是大溪地棕，你这傻瓜！

在买主碰到舞女之前，**电话铃响。**[(13)]

买主

库奇！

通话段落使用餐馆/办公室交切镜头[(14)]

库奇

你今晚过来吗？

买主

不是明天吗？

库奇

嘿！这可是正经事！

买主

（悄悄对舞女：）[(15)]

我们今晚是不是得那啥？

（舞女点头同意）

我需要时间再考虑一下。

库奇

可是我们已经说好了呀！

买主把电话挂了。库奇傻眼了。

内景　古董车拍卖会　夜

买主和舞女穿过拍卖会上拥挤的人群，现场竞标者们的喊价声此起彼伏。

4

舞女

卖餐馆的那个家伙怎么办？

买主

我们还在谈呢，傻姑娘——就像你和我一样！

舞女笑着，从人群中溜走了。买主跟在她后面。

内景　房屋旁的车库　夜

库奇向房梁搭上一根绳子。

内景　房屋里的卧室

贝蒂

（呼喊）

你还不睡吗？

库奇 / 画外音

我再溜达一会儿。

内景　车库

库奇脱下他的围裙，整齐地叠好，放在椅子上。接着站上悬挂着的绳索下方的梯子，用绳子在脖子上打了一个结。

躺在床上的贝蒂

贝蒂在灭烟时，听到外面传来<u>砰</u>的一声。她愣了一会儿，耸了耸肩，关掉灯。

暗场[16]

10.3 范例剧本的注解

以下讨论均基于图 10–1 所提供的电影与电视剧（情景喜剧除外）范例剧本。本章介绍的是影视剧本的主流格式规范，但你会发现，有许多剧本并未完全遵守这一格式，因为每一个编剧都会在基础的格式规范中融入自己的写作习惯。范例剧本中的角标序号（写在圆括号中）所对应的注释内容如下。

（1）**淡入** 首幅画面淡入。

（2）**外景 高速公路 亚利桑那沙漠 定场 日**

这样的场景提示叫作场景标题，对故事地点与时间起到设定作用；该场景标题告诉我们，这是一出**白天**的**室外场景**（如果是室内场景，则写“内景”）。室内与室外的指定是场景标题的一部分，在这一指定后通常跟随场景所在的具体地点，比如“吉姆的公寓”“安迪的别克车后座”“赌场大堂”“起居室”“弗兰克的实验室”等。

除了指定场景地点外，场景标题还包括日 / 夜的时间指示，以表示场景发生在白天还是夜晚（还可以用“黎明”“黄昏”或“傍晚”）。读者会接受场景标题的指示，以此跟随剧本中时间地点的跳转。编剧应当谨慎使用场景标题，因为场景标题的出现意味故事切换到了新的时间与新的地点，无法与上一场景完美地衔接。

当两件事发生在相同的时间与不同的地点时，场景标题应指出这种同步性，比如“外景 简的房子 同时 日”，或者“内景 作战室 同步行动 / 持续行动 夜”。关于时间与地点的说明方式没有统一的规则，只要能保证让读者看懂故事内容就可以。

与场景标题相似的一种场景提示是镜头提示，它指出场景开始时的景别。例如，在范例剧本的第二句场景提示后，紧接着一句**“镜头向餐馆推近”**，这句话不属于场景标题，而是属于镜头提示，能够帮助读者构建出故事的画面感。镜头提示要与其他场景提示的内容分开，另起一行写，不用为它们标镜号[①]，也不用像场景标题那样标注内外景和日夜的提示。例如，我们在第 4 章分析过的《大审判》场景（康坎农－斯威尼－高尔文的会面）的场景标题是这样的："38　内景 斯威尼法官的会议室　日"。它告诉我们由第 38 镜开启的场景发生在室内，斯威尼法官的会议室，时间是白天。接下来，随着场景事件的发展，马梅又添加了一些镜头提示，来帮助读者想象戏剧性画面。

镜头提示通常以"镜头对准"或者"×× 镜头"作为开头，比如"镜头对准　法官、康坎农、高尔文"，或者"特写镜头拍摄机械人的眼球"。重申一次，建置镜头提示之后的镜头提示前不要添加场景标题。因为场景标题出现就意味着时间与地点的改变。

随着剧本格式学习的深入，你会发现镜头提示的写法无穷无尽，它们帮助读者获得剧本的画面感，镜头提示有更宽、更紧、更窄、全景、特写 / 中景 / 布克与瑞秋找戒指的长焦镜头等。不要过度使用镜头提示，否则会有一种编剧在执导剧本的感觉，编剧的工作是创作有趣的故事，因此，还是把制作电影的工作交给其他人吧。

（3）**镜头向餐馆推近**　这一镜头提示让读者跟随着沙漠中的全景镜头逐渐移动到餐馆处，故事即将开始。请注意，这里没有关于镜头移动时间的提示，这意味着镜头的运动是持续性的。直到"在餐馆的一侧，我们看到一位**女性**正坐在一个箱子上抽着烟"，我们进一步将注意力放到人物身上。

请注意在这段时间内镜头的运动，从最初拍摄沙漠的全景镜头，逐渐靠近路边餐馆，接着变成对女人的特写。景别的变化能够引导读者逐渐进入荒凉的沙漠与电影故事中。使用全景定场镜头是电影的常用手段。如果场景由餐馆内景开始，那么读者会不清楚故事到底发生在哪里。同样地，假如一部电影由公寓或办公楼的内景开始，那么观众就不知道外部环境是什么样的，是发生在城市还是乡村，当然，有一些电影出于迷惑观众的目

---

①　镜号（shot number）是在剧本进入拍摄准备阶段之后才添加的。编剧在每一条场景标题前标上镜号，以帮助电影创作者快速定位情节事件。编号从 1 开始，具体数量由编剧决定。（《大审判》有 97 个镜号，《证人》有 164 个，《西雅图未眠夜》210 个，《终结者》259 个。）

的而故意这样做。不过我还是建议你先向观众展示外景，再由表及里，进入内景。

定场镜头通常只有几秒钟，可以是一个展示大楼外部环境的全景镜头，可以拍摄人物进入大楼，或是将车停在楼前的画面。几秒钟后，画面切换或叠化至内景中。

（4）**该女性** 这句指示意味着镜头近一步地拍摄贝蒂，剧本这样描述她的外貌与情绪："看上去一脸受困的、不悦的表情"。这句场景提示表示这里有一个特写镜头，因为"受困的、不悦的"心情只能通过贝蒂的眼神传达出来，摄影机必须给她脸部特写。之前曾经提到（293 页），景别越近，观众离人物的内心就越近。读者同样可以从剧本中的一些细节获得对贝蒂更多的了解——她的制服、她灭烟的举动与她忧伤的情绪。场景提示展示出贝蒂的人物特点，为进一步挖掘她的内心世界提供线索。如果编剧希望观众能看到贝蒂眼中的沙漠景象，那么场景提示就要给出主观（P.O.V.）镜头的提示，这一镜头提示可以写成"贝蒂主观镜头 沙漠"。

主观镜头展现的是从人物的视角看到的影像，比如赛车手透过挡风玻璃看到车外的景象，击球手看到投手抛出的棒球，等等。一个主观镜头需要另一个镜头提示来结束，比如"场景""回到场景"等。

另一条常用的场景提示是"插入"，它指代的是插入不同于人物的其他事物的特写镜头。比如，如果一个人在看表，而他所看到的时间对故事而言是重要信息，那么镜头提示就会这样写："插入镜头：腕表，显示时间 10：25。"

插入镜头往往展示孤立的、无生命的物体，它们可以在后期剪辑时加入电影中。例如"插入镜头：柜子里的炸弹"；"插入镜头：管子正在漏油"。同主观镜头一样，当要结束插入镜头时，可以用"场景""返回场景"等场景提示语。在剪辑中，以"切出"手段添加插入镜头是常见做法。

人物的特写镜头（CU）通常指拍摄人的胸部以上至头部的镜头。在大特写镜头（ECU）中，头或身体某部位充满整个画面。中景镜头（MS）指人从头部到腰部充满整个画面的镜头。远景镜头 / 全景镜头（LS）的画面展示的是多人或物体的全景。[编剧兼导演盖瑞 · 马歇尔（Garry Marshall）在

1994 年 6 的美国编剧工会讨论会上为三种镜头的区别做出了总结：远景镜头从脚底开始拍；中景镜头拍腰部及以上；特写镜头拍胸部及以上。电视剧特写镜头的景别更紧，通常拍人物的脖子及以上。]

（5）**男性的声音 / 画外**　“画外”意思是我们能听见男人的声音，但看不到他的人，因为他在镜头之外。“画外”也可以指画外音（还可以写作“V.O.”“声音 / 画外”“O/S”“音”与“画外”）。如果电影中有叙述者，那么就写作“叙述人 /V.O.”。如果声音来自电话、对讲机，或者收音机，那么就写作“叙述人 /V.O./ 消息来源”。

（6）**叠化**　这一场景提示通常意味时间的流逝。在范例剧本里，时间从白天到了晚上。本书 271 页曾提到，叠化指的是用几秒的时间从镜头 A 的画面转到镜头 B 的画面，其中镜头 A 的画面是淡出的。转场是用叠化还是用切出，这一问题通常不是由编剧，而是由导演与剪辑师考虑。因此，在剧本中可以不出现这方面的提示。

（7）**内景　餐馆　夜**　该场景标题说明事件发生地点在餐馆内。由时间提示为“夜”，读者可知时间的流逝。假如没有“夜”这一时间提示，则表示该场景的发生与上一场景并未相隔许久。如果怀疑观众无法弄清楚你剧本中的时间、地点或事件，那么就使用“正中鼻子”的场景提示使它们清晰起来：不久后、同时、第二天、三天后、房间的另一端、厨房的地下室、另一个视角、来自体育场顶部的视角。

“内景　餐馆　夜”表示一个新的主镜头。导演与摄影师将根据这句场景标题为这一全新的场景设计建置镜头。

在极少情况下，编剧会为滑稽效果或复古效果而建议导演使用某些陈旧的视觉效果，比如用钥匙孔或者光晕做叠化效果，等等。在这种情况下，编剧会在剧本上这样写：在这里使用一些过气的转场手法应该挺有趣的。然而，这一般是导演、摄影师与剪辑师所考虑的事情。

在注释 7 之后的场景提示中，使用了“画面”一次，它指代的是餐馆内部的全景建置镜头，并向库奇贴近。

（8）**（冷笑）**　括号里的这句场景提示指出贝蒂台词中的愤怒。这一点需要让演员知道；因此编剧需要在剧本中添加这样的阅读提示，以确保某些含蓄隐晦的意思不会被曲解。与正式拍摄的剧本不同，待售的剧本通常会带有更多的场景提示、注释说明与阅读提示，以便让买方更了解故事内容。

（9）**镜头跟随贝蒂**　这一类的提示意味着需要用推拉镜头或双人镜头重点拍摄人物，它告诉读者在接下来的时间内谁是最重要的人物，帮助读者构建故事的画面感。在范例剧本中，这句场景提示指出镜头应跟随贝蒂走到电唱机前。

请注意音乐提示："布鲁斯风格的音乐"。不少编剧在写作关键场景时会想象（或播放）背景音乐。不过影片最终的配乐需要由配乐作曲家决定。本书在 220 页与 302—304 页曾提到，音乐提示对于剧本而言不是必需的，除非像范例剧本中这种有剧情任务的音乐。

还有一点需要注意的是，音乐"盖过了库奇关于卖掉餐馆的念叨声"，念叨是演员的"即兴对白"（对故事不重要的对白），具体内容由演员在现场即兴发挥即可，不会出现在剧本中。假如在嘈杂的背景音之中有一些对白需要特别突出，那么可以写成如下格式：

吉姆
（在嘈杂之中）[或]
（声音盖过周围嘈杂 / 混乱 / 喧闹）

（10）**蒙太奇**　通过一组叠印影像展示背景故事，或将戏剧段落压缩至一分钟左右。蒙太奇通常配有音乐或者画外音，没有对白。（171 页曾探讨过蒙太奇问题）

（11）人物的出场与退场需要用大写字体表示（本中文版中处理为黑体），以帮助读者追踪故事进展。

（12）**库奇与贝蒂站在点唱机旁边　现实**　这个镜头代表着蒙太奇的结束，影片回到现实场景中。

（13）**电话铃响**　声音提示要大写。如果你想到了什么特殊的音效，就写一个提示，但不要有过多介绍内容。将“声音”二字大写能够提醒读者注意运用音效的位置。音效设计师会根据导演的指示设计。

当人物首次出场时，他们的名字也应大写，作为一种提示。当他们在某一时刻的表现十分重要时，可以使用大写、下划线或改变字符间距的方式来体现重要性，例如：

注意：在玛丽合上手包前，吉姆已经看到了包里放着手枪。

（14）**通话段落使用餐馆 / 办公室交切镜头**的意思是在通话双方的画面之间来回切换。这样写就不用在每一次切换镜头时都进行提示了。

（15）**（悄悄对舞女：）**　这句场景提示的意思是接下来的话只有舞女可以听见；而之后的提示（舞女点头同意）让她迅速表达出态度，这样的写法可以提升阅读速度。

（16）**暗场**　一种传统的场景或故事结束形式。暗场与淡出都是常用的写法。

10.4 情景喜剧格式

情景喜剧的剧本格式根据制作公司的不同而有差异。范例剧本的格式可以适用于大多数情况［更多情景喜剧格式请见 Judith H. Haag，Hillis R. Cole，Jr., *The Complete Guide to Standard Script Formats* (Los Angeles，California：CMC Publishing，1985)］。

情景喜剧的剧本格式与其他电视剧和电影的剧本格式不同。图 10-2 呈现的是情景喜剧的范例剧本，其中的角标序号（写在圆括号中）所对应的注释内容附在剧本后面。

内景 奇诺的实验室 夜(1)

实验室里闪烁着灯光，到处是高科技设备——在这里一切皆有可能！一扇门打开，弗兰克·巴隆登场——这是一个五十岁出头的，自大的男人，顶着啤酒肚。跟在他身后的是戈麦妮，迷人的实验助手。他们走过一台好像核粒子加速器的机器。弗兰克以某种随意的节奏按着上面的按钮。(2)

机器低沉地轰鸣起来，伴随着汩汩的流水声，不一会儿便出来了一纸杯咖啡。

弗兰克(3)

现代科学需要非常精确！学着点！(4)

戈麦妮

是的老板。如果咖啡没能精确地流进
纸杯中会怎样呢?

弗兰克按下更多按钮。(5)

特效：嗡嗡的警报声响起，机器发出“嘶嘶”声，进而是“隆隆”作响，接着爆炸了。(6)

外景 实验室上方升起一朵蘑菇云

暗场

图 10-2 情景喜剧范例剧本

（1）情景喜剧的场景标题与场景提示需要大写加下划线。

（2）情景喜剧的场景提示使用 12 号字加粗字体，单倍行距。左侧页边距约 2 英寸，右侧页边距约 1 英寸。

（3）人物姓名大写，在首次登场时需要加下划线。人名的左侧页边距为 4 英尺。人名与对白之间是双倍行距。

（4）情景喜剧的对白为双倍行距，页面边距为 2.5—3 英寸。需要注意的是，尽量避免一段话横跨两页，尤其当这段话中有笑点时。最好不要在页面的下半部分开启长对白，请尽量让人物的名字与他的对白在同一页。如出现对白跨页，请在页面底部标注“接下页”，这样，你应当在接下来的页面顶端写上人物姓名，并标注“接上页”。这一规则同样适用于其他电视剧与电影剧本。

（5）情景喜剧剧本中有关人物行动、运动、事物的提示都应大写。关键的行动与人物的登场、退场，都需要加下划线。

（6）音效、光效、其他特效的提示需要另起一行来写。

小 结

以上总结的剧本格式规范只是普遍情况，因为剧本格式多种多样。新人编剧在实践时，文字间距与页面边距等数值不必与本书所介绍的分毫不差。除了这些格式以外，还有一些关于剧本的建议如下：

剧本用纸：使用普通白色打印纸。不要使用有颜色的、材质粗糙的、表面光滑的、易擦除的、带纹路的，或其他任何容易产生污迹的纸张。将打印好的剧本装在普通的文件夹中。

字体与字号：使用印刷常用字体与字号，不要使用任何装饰性字体。如果是手写剧本，那么应当提交清晰的影印版。请注意避免使用点阵打印等其他会影响阅读体验的打印方式。

页码：页码应标注在页面的右上方。由于待售阶段的剧本没有镜头号，页码是唯一能帮助定位故事事件的重要标志，因此剧本必须标页码。

场景提示的字符间距：如前文所述，场景提示的页边距为左侧约 1.25—2 英寸，右侧约 1 英寸。

对白字符间距：对白应居中，左右页边距约为 4 英寸。情景喜剧的对白使用双倍行距；电影与其他电视剧集则为单倍行距。

人物姓名：人物姓名加粗，居中。

行距：如范例剧本所示，场景提示为单倍行距。上下页边距为1—1.5英寸。页面不应显得拥挤，要留有余地。不要让读者看密密麻麻的场景提示，长对白最好不要超过六行。不要忽略行距问题。

对于电影剧本与情景喜剧剧本，在不同的场景标题之间、引导对白的人物姓名与场景提示之间，以及不同对白段落之间都应是双倍行距。场景提示的段落行距为单倍行距；情景喜剧的场景提示必须大写；其他电视剧集与电影的场景提示不必。情景喜剧的另一个不同之处是，场景标题需加下划线。

不要让剧本右对齐。剧本应从左向右写。

练 习

选择四部主要教学影片中的一个场景，重复看三至四遍，记下你认为值得记录的细节，并据此写一个剧本片段，要按照剧本的标准格式。将你所写的版本与电影的拍摄剧本进行对比。

第 11 章
修改剧本

曾经有人对我说，一个编剧需要学会接受自己的四种不同身份，分别是：探险家、艺术家、战士和批评家。探险家从世界与自身探寻写作素材，由艺术家将素材编撰到故事与剧本中去；与此同时，战士维护着工作的运行，批评家则用锐利的目光检查作品，做出必要的修改。

“四身份”理论也体现在本书的结构之中：前面的章节讲述编剧作为探险家和艺术家如何探索、组织、编撰情节、故事、场景与角色。上一章介绍了编剧写作时如何像战士一样保护并滋养剧本。这一章则会让你拿着批判的笔对剧本进行修改。

在我们探讨了一个故事创意的定位和发展空间，并将其扩充为故事情节后，修改是我们完善故事感的倒数第二层。在此之前的工作还包括场景建构、人物描写、对白、戏剧化、摄影剧本、场景提示和剧本格式的写作。修改可以说是项很乏味的工作，编剧需要花几周甚至几个月的工夫，把剧本修改到有信心角逐奥斯卡奖为止。可事实上，当剧本材料送到和编剧非亲非故的审稿人手中时，他们犀利的眼光仍能发现不足之处。这些读者或者说买方包括代理商、导师、制片人、剧本编辑以及制片厂工作人员，他们无一例外会就剧本的商业性找问题。本书中涉及的他们常提出的修改问题多种多样，这无疑是个坏消息；而好消息是，修改问题的范围之广，使得本章可以对《故事感》所有内容进行回顾。

剧本出现问题往往是因为写得不够好，或者没办法让读者想象出编剧脑海中的画面，无论何种原因，这些剧本都是有问题的；多数剧本都难逃被拒的命运，有些甚至多次被拒。这些被拒的作品大多都废弃了，但有些却被再次利用，作为原创作品拍摄。《大审判》就是这样一部剧本，它起初被忽略，直到导演和制片公司收到不同编剧所递交的马梅原作的修改版本后才被找回。

这样的事时有发生，制片人对剧本态度消极，认为“仍需改进”。有时这种意见确实可取，而有时强行修改就是画蛇添足，是对剧本的亵渎。电影《绿野仙踪》的制作过程中就发生了一起令人痛心的修改事件，片方一位工作人员坚持要删掉一个镜头，认为“没人想看一个胖女孩站在鸽子旁边唱歌”。他带着拯救这部电影的信念劝制片厂删去朱迪·嘉兰（Judy Garland）唱的“Somewhere over the Rainbow”。万幸的是，其他人的意见占了上风[①]。

尽管剧本破坏者们一直在寻找目标，但仍然有一些有创造力的剧本编辑能帮助编剧改善素材。所以让我们冷静下来，想象参与剧本修改讨论的人都是有创造力的、开明的人。这并不是幻想，有许多勤奋且聪颖的剧本编辑致力于拓展优秀剧本，他们购买剧本的指导方针是投观众所好。这体现出他们在商业性方面的果决，也体现出修改剧本的一个现实意义：这一过程必须迁就投资方执行人员的商业需求。

制片人不停地阅读剧本，寻找其中的商业潜能。他们找同事商谈，请教分析师，甚至节假日也要把剧本带回家反复阅读。制片工作者不停地阅读剧本寻找佳作，如同大海捞针。找到好故事与好角色的奖励就是吸引观众的眼球。虽然这是一个可以实现的目标，但它并没有看起来那么简单。就算进行了大量的阅读工作，一位制片人的成功率和一位棒球明星的安打率差不多，只有三分之一。然而，安打率近 30% 的击球员可以进入棒球名人堂，

---

① 更多关于这部电影的信息参见 Aljean Harmetz, *The Making of the Wizard of Oz* (New York: Proscenium Publishers, 1984)。

可对于制片人来说，这样的成功率意味着他们有三分之二的电影将在票房上惨败——仅够他们维持资金运转。所以制片人对可能将要制作的电影剧本十分严苛，会把编剧叫到办公室，大谈剧本的商业吸引力，这不足为奇。剧本会是修改剧本的真正开端，在这之前的过程都属于创作初稿的范畴。在剧本会上，编剧必须接纳由焦虑的制片方提出的、在电影拍摄时可能有悖投资人需求的问题。买方的不安建立在他们的故事感，以及关于电影的一则箴言上：电影剧本并不是一次创作完成的——它们是修改出来的。

编剧们还应谨记，剧本会仅仅是另一种形式的剧本创作。许多编剧在为剧本会做准备时，会征求朋友对于剧本的意见，但请注意，他们一般会对缺点轻描淡写而对优点大加夸赞。而编剧此举的目的应是获得可供参考的修改意见，据此对剧本进行最终修改并出售。大部分剧本都会从编剧帕迪·查耶夫斯基关于修改剧本的看法中受益：

> 我自己的原则非常简单。首先删掉所有的学术内容；然后删掉所有的形容词。我删掉了很多我最喜欢的内容。在删减的时候我并不心痛。不可惜，不同情。其中一些我认为最珍贵的字眼都被我快速地划掉，因为还有更重要的东西。删减意味着商业、精确和剧本的大幅进步。[1]

这一切——编剧的草稿、朋友的评论以及买方的提示——是第一次后期修改的一部分。第二次后期修改发生在电影的前期筹备过程中，剧本将交到演员和工作人员手中，他们会根据角色、场地和表演的需要，缩减或变更对白，甚至直接弃用。他们对剧本的这些改动和修正，积极地推动着电影的前期筹备[2]。

第三次修改发生在剪辑与后期制作过程中。特定的情节和角色被强调或者淡化，并被加入音乐、音效以及视觉特效。在长达几星期或者几个月

---

① John Brady, *The Craft of the Screenwriter* (New York: Simon & Schuster, 1981), p55.

② 这是一项有意思的进程，编剧应该了解其中产生的文学内容。详见《导演》(*Making Movies*, 本书已由后浪出版公司出版)，以及 Rudy Behlmer, *Behind the Scenes* (New York: Ungar, 1982)。

（有许多例外）的后期制作过程中，制片人和导演会观看母带上的原始素材。如果他们不喜欢眼前的东西，他们会创作新的场景、重拍现有的场景或者直接指出这部电影无可补救。在最后一种情况下，这部电影不会在院线上映，而是直接出碟片，或者废弃。有一小部分优秀电影都因为上述决定而流产。因此，连一部已经制作完成的电影所收到的评价都有可能是片面的，更何况是未投入拍摄的剧本？举个例子，影片《蓝色天空》（*Blue Sky*，1994）虽然有两位奥斯卡影星［杰西卡·兰格（Jessica Lange）和汤米·李·琼斯］加盟，却仍然被制片厂搁置。直到三年后制片厂清理库存时才将其发行，获得一致好评。这部电影最终帮助杰西卡·兰格获得一项奥斯卡大奖。尽管如此，《蓝色天空》的风头依然逊于早年曾被认为不符合美国主流价值观、结果上映后票房成绩势如破竹的《雌雄大盗》。这些例子反映了评价电影内容的高度主观性，以及电影剧本评审系统的不足之处。但这仍是唯一的评审系统，除了较低的“安打率”，好莱坞的剧本流水线运转得已经足够好了。

我已经在本书前文中说过剧本在电影制作过程中所扮演的角色：银幕上呈现的内容 80% 来自剧本。一些编剧第一次听到这条言论时，会感到自豪，尤其是在讨论一些成功电影的时候。然而 80% 的第二层含义是，编剧必须为其中 80% 的内容负责：无聊、恶心、失败等一切让观众无法接受的消极内容。另一方面，制片人期望能预见到一切让观众抵触的因素，并在修改剧本的过程中修正它们。

买方首先圈出的是那些容易修改或解释的问题——多余的对白、没意义的画面、无法推动故事的角色。慢慢地，更深层次的问题也将浮出水面。我们面对更严重的问题时会带有抵触情绪，编剧在评判他人作品时会变得特别严苛，不幸的是，当这种犀利的目光落在自己的作品和故事上时却变得无力了。这是由于一种奇怪的编剧效应：我们创造了场景画面，我们的幻想之光照亮了其中生动的细节；与此同时，我们也被这道强光蒙蔽了双眼，无法看到我们整个作品构架的基层——故事。有时我们似乎可以迈入幻想，适应我们创造的故事世界，将缺点全部忽略。而有时，我们只是在努力说服自己：我们写的那些废话是极好的作品！不论原因如何，独立完成修改剧本的工作一般都会造成故事上的问题，而这些问题会被买方和他们的顾问立即指出。指出故事问题是很简单的一步；修正问题，却要困难得多。

买方的担忧并不是没有道理，编剧在独立写作时问过自己的问题，他们也会提：这个故事是原创、独特、振奋人心又具有娱乐性的吗？剧本是否引人入胜，让人想一口气从头读到尾？观众们会为这个故事买账吗？买方思考着如何将故事内容更好地表现出来，他们询问剧本内容的思想性——意思是问这是“关于”什么的故事，还是仅为视觉娱乐？买方考虑人物是否丰满，如何展现他们的任性、矛盾、情绪化以及体贴。买方还研究对白——对白是否犀利、巧妙、简练、有见地、饱满、含有充分的台词、足以吸引一线演员以及普通观众？他们还会问这个故事是否能呈现激烈的冲突，从而揭示人物背后的秘密。买方寻找着能够完整回答以上全部问题的剧本，这也是为什么只有极少数剧本可以通过剧本修改的难关，而最终拍成电影的剧本就更是少之又少了。

你现在知道了故事和剧本的问题主要出现在哪里，在递交剧本前，你可以根据以上内容寻找问题。本书为了方便向读者介绍，对这些项目进行了排序，但这不意味着编剧在也需要按照这种顺序修改剧本。将道理记在心中，写作时可以随意在前后章节和话题间跳跃，按照自己的需要进行修改。

11.1 修改故事

11.1.1 故事概念有问题吗？

如果故事概念薄弱或者没新意，即使编剧文笔再好，也无法吸引观众。像许多编剧接到负面反馈时一样，你应该先谨慎考虑，再做废弃故事概念的决定，毕竟你曾为其投入心血；一个值得编剧投入几星期甚至几个月时间去开发的故事创意，其构思的价值和实质意义往往超过了作者本人的想象。之所以说要谨慎，是由于我曾听过上百位编剧在剧本会上讲他们的故事哪里出了问题，在他们眼中，这些故事如同无法飞行的折翼之鸟；而问题的实质是，这些编剧不肯停止飞行，或者说不肯停止在不同创意之间飞来飞去。他们永远不会对手中的故事概念满意，因为他们不去解决故事概念本身的问题——这样的问题并不少。

“飞来飞去”是一种不利于故事发展的行为，这体现出编剧的不可靠、缺乏思考与写作技巧等问题，因此，绝对不要在不同创意之间摇摆不定，或者将未完成的故事轻易放弃！正确的解决方法是，认识到故事概念的价值，审慎地围绕它进行剧本创作。编剧们还应意识到，创作故事是件困难的事，故事创意不应为失败承担责任，失败的真正原因是编剧没能用技巧和想象力激发出故事概念的戏剧潜力。

故事缺乏画面感是由于人物形象单薄，人物的背景故事模糊松散。这样的角色通常平淡而脸谱化，缺乏鲜明的个性。因为编剧没能赋予他们足够的生命力，所以这些软绵绵的角色无法制造冲突、推动故事，也无法激发故事概念的潜力。在修改过程中，必须修正这些无力的角色，这并不是说要给他们安排新名字和新技能，而是说要想复活这些僵尸般的角色，编剧要向其中注入自身的生命力。我们要想象他们就住在我们的大脑里。从这个角度来说，编剧的第二大能力——想象并描绘角色——就是给予角色足够的生命力，让他们从潜意识的边缘走上剧本，获得纸上生命。如果你的角色看上去薄弱而又平淡，那就赋予他们能力、矛盾、梦想，培养他们成为活跃的、有灵气的角色。

当你相信自己的能力可以胜任这份工作时，开发故事创意也会简单许多——你必须相信自己，否则猎杀编剧的女妖就会嗅到你的弱点，扼杀你的写作意志。我们对剧本投入的时间与精力、对自身作品的理解，还有专业的编剧技巧，就是我们对抗女妖的武器。这说来讨厌，但如果我们不用技巧与创意去包装故事，那么故事概念和角色就没有前途。

我并不是鼓励编剧将任何无聊的、糟糕的故事概念全都进行修改。有些电影概念有瑕疵，却也顺利进入制作流程，但它们根源上的问题仍会呈现在银幕上，导致票房惨淡［比如《伴我情深》、《原始的欲望》（*The Savage Is Loose*，1974）、《布鲁克林黑街》］。如果你的故事并不好，或者你不喜欢它了，最好的办法是将这个创意暂时搁置，也许在不久的将来，你会找到重新启用它的办法。至少这段写作经历为你上了一课：故事概念是情节和剧本的根源，因此，只有当故事概念成熟后，才能继续进行下一步工作。（更多关于情节开发、故事概念和概述故事的内容，见第 1 章至第 3 章。）

11.1.2 故事结构有问题吗？

尽管故事概念是固定的，它的结构和组织方式也可能需要修改。下文可以帮助你认清并修正这一部分的不足。

首先要明确你的故事内容，明白这个故事的主题究竟是什么。将故事浓缩成一句话简介会帮助你更好地认清这一点。《侏罗纪公园》讲的是玩弄大自然的危害；《终结者》讲的是摧毁一个无敌的科技代言人。有时，这可以帮助你比较同一发展模式下的不同故事。比如《勇敢的心》被称为“穿着苏格兰裙的《斯巴达克斯》（*Spartacus*，1960）”，这是一条十分中肯的评价，因为两个故事具有相同的发展模式：战士领导叛军反抗暴君，决战落败，最终被钉死在十字架上。《潜龙轰天》被视为“战舰上的《虎胆龙威》”，或者说一个发生在纵向上的故事的水平版本（战舰替代了摩天大厦）。

编剧们会想方设法地完成故事大纲，因为一旦故事概念在脑中定型，再去添加情节事件会简单得多。简而言之，在你讲故事之前，你必须知道你想讲什么。这一点决不能让步或者凑合。了解故事中的事件——每件事发生之后将会发生什么——是写作故事的基本视角。事件往往意味着故事矛盾的解决方法，这将在高潮场景得到展现。

为了迎合观众的兴趣，编剧一定要确保第一幕设定有足够的戏剧张力来推动第二幕的大幅发展。强大的戏剧性设定往往有着一个可爱却不完美的主角，他遭遇棘手的问题，陷入与强大而危险的对手的斗争之中。强大的第一幕设定可以使戏剧看上去更有出现激烈高潮的可能。

第二幕可以占整部电影时长的一半，从中可以看到在第一幕埋下的矛盾正吞噬着主角。主角的状态每况愈下，直到他或她即将被打倒。主角在苦难中越陷越深的同时，与背景故事、内心困境、人物关系、故事主题等内容相关的支线情节齐头并进。大部分电影在第一幕或者第二幕的前段会出现三到四条支线情节。

大多数故事的第三幕中都有着解决矛盾的高潮场景。如上所述，问题的解决方法往往就是故事事件本身，如《终结者》，整个故事围绕着如何毁灭这个可怕的生物展开。在这个案例中，故事矛盾看似难以解决，然而在故事结尾，主角还是获得了一定程度上的胜利。不仅如此，第三幕还将主线与支线情节的结局汇聚到一起。

为了解决问题，拯救主角，编剧通常会创造一根救命稻草——一件装置、一种能力或是一位同伴，帮助主角扭转局面。（救命稻草在第 112 页和 261 页有所提及。）

第三幕是最容易写的，因为它主要是围绕主角如何解决矛盾而展开。发明解决方法需要创造力，而这是编剧们最擅长的事。（见第 3 章。）

11.1.3 这个故事无聊吗？

缺乏戏剧性和有趣人物的故事是无聊的。无聊的故事缺乏矛盾，平缓的节奏让观众怀疑主角是否能解决问题。有些故事需要修改，是因为没有任何危在旦夕的事，主角也没有存在的意义，这就没有戏剧性可言。当故事过于拖沓，丢失了神秘感和惊喜，会变得很无聊。故事的角色对白太啰嗦，剧情过于缓慢，也会很无聊。故事地点和表演不够吸引人也是故事无聊的原因。

虽然这些问题经常同时出现，但它们可以被逐一修正。问问自己，剧本中是否有故事“起飞”的感觉，如果没有的话，创造它。这个故事是否有明确的走向，还是摇摆不定？它是否围绕某一主题，还是迷茫不清？是否在危及生命时才有升华？故事中是否设置了构建情节的戏剧性矛盾：主角会杀掉怪兽、取得胜利、收获爱慕与敬仰吗？这个故事是否让主角和反派人物做出艰难的选择，增强了戏剧性？在故事的结尾，戏剧性难题是否得到回答？在你撰写、检查和修改剧本的时候，要反复问自己这些问题。

创造情节引擎，可以为故事增添活力。引擎可以是一个具有威胁性并且活跃的反派人物。新颖的戏剧情境也可以将故事材料组成生动的故事。许多科幻故事都是如此：一个恶魔般的怪兽出逃，主角（们）是唯一可以消灭它的（一群）人（《人间大浩劫》）。往小了说，故事可以因人物的某种需求或目标得以构建。《西雅图未眠夜》和它的翻版《我心属于你》（*Only You*，1994）就是这样。《不可饶恕》的故事源于主角对于赢得赏金、保卫家园的需求。《不朽真情》围绕着一个需要被揭示的秘密展开。

有故事的人物可以让一部无聊的剧本充满活力。《子弹横飞百老汇》《金色年代》《月色撩人》以及那些最受欢迎的情景喜剧中的角色都说明了这一点。这样的剧本中的角色，往往感情充沛、喜怒无常。

一些剧本有太多说明性内容，却缺乏向前发展的动势，导致故事过于臃肿。当你发现剧本中的人物浪费太多时间在审视过去、现在、动机以及其他沉闷话题上时，你应该修正它们。过多的说明性内容不利于突出戏剧矛盾。故事需要将重点放在 A 故事线的戏剧矛盾上，否则作品将缺乏戏剧性。这一观点，与前文所说的用丰富的背景故事与内心困境去充实人物并不冲突。我们一定要掌握这种平衡感，不让背景故事和说明性内容干扰戏剧矛盾的发展。编剧在采纳上述建议时，必须使用自己的故事感，找好两条故事线间的平衡。当人物太突出或太不突出，或叙事节奏和紧张感需要调整时，故事感可以指出剧本的症结所在。（见第 7 章，266—273 页。）

11.1.4 故事“可行”吗？

大部分故事都基于如何展现、扩展并解决矛盾。把戏剧矛盾想象成跨海大桥的拱梁，情节事件就像是排列的砖块，由始至终支撑着情节拱梁。多数情节遵循三段原则：矛盾出现，矛盾加剧，矛盾解决[①]。这种发展令编剧得以在人物陷入困难的过程中操练他们。故事创意利用三幕结构发展为故事概念，最终成为故事。这种从创意，到概念，到情节，再到故事的发展模式可以简单总结为：

---

① 非三幕结构的电影很少见，但《全金属外壳》（*Full Metal Jacket*，1987）和《第一夫人的保镖》（*Guarding Tess*，1994）看上去只有两幕；《末路狂花》以及《阿波罗 13 号》看上去有四幕。

创意+矛盾=概念

概念+事件段落=情节

情节+人物=故事

如果没有可行的情节，剧本就会停滞。老套的情境、角色以及对白都是情节的软肋。这些问题可以通过设计转折、惊喜或强化矛盾得到解决。《低俗小说》的情节有着不可预见性及没完没了的威胁。编剧兼导演昆汀·塔伦蒂诺为故事增添了有趣的人物、有冲击性的对话和滑稽的世界观，造就了这样一部特别的影片。

好的情节会避免故事逻辑、节奏和情绪上的跳跃；如果你的剧本出现了这些问题，修正的方向是让剧本变得更紧凑、更戏剧化。检查一下在你的情节中，哪些是真实的，哪些会让观众感到惊讶？如果情节一看就是凭空捏造的，那么就将之修改到真实可信为止。千万避免让自己的故事变成用空洞的景观与廉价的恐怖与暴力元素当噱头，人物环节薄弱的“啰唆”故事。

有时，修正情节要求你将情节事件拆解开，将其中有用的事件挑出来；抛弃虚假做作的部分，保留有价值的部分，增添新的行动，然后再将一切重组。这样做便需要重新思考一切故事要素——主题、背景故事、矛盾、冲突、人物、框架以及情感基调——那就开始行动吧。这些是主要任务，如果故事概念值得保留，那就保留。只有故事正确，剧本才能起作用。造成剧本失败的主要原因是故事的薄弱。

当故事变得可行后，场景和段落的组合天衣无缝，故事逻辑和行为动机也将清晰地显示出来。场景的安排在紧凑的同时也要保证表意清晰。如果你确信故事概念和事件可行的话，就可以开始重列节拍表、修改场景，修正故事矛盾了。在这一过程中，朋友或者合作者也许可以帮到你的忙。（见第 2 和第 3 章。）

11.1.5 故事有逻辑吗?

观众们可以接受幻想故事［《猪宝贝》、《佩姬苏要出嫁》（*Peggy Sue*

Got Married，1986）、《回到未来》］中跳跃的逻辑，但他们不能容忍现实主义故事缺乏常识。这个问题很好修正，问题根源在于作者太注重故事内容，而忽视了逻辑性。例如：在《警花变色龙》（*Impulse*，1990）中，女主角［特雷莎·拉塞尔（Theresa Russell）饰演的一位侦探］的车在中途抛锚了，她设法将车挪到服务站。在等待维修的过程中，她在附近发现了一家沙龙，进去点了一杯酒，发现坐在身边的男人正是全市通缉的罪犯！这极度巧合的碰面并没有让她感到害怕，他们一同离开，还共度良宵。对我来说，这不合逻辑的偶遇和他们的男女之事毁了后面的故事。《虎胆龙威 3》（*Die Hard with a Vengeance*，1995）也有同样的问题。

逻辑问题可以通过修改一两页的剧情来修正，简单地说就是先问自己，这样的事情在该故事情境中真的可能发生吗？如果回答是不太可能，那就调整环境，让事件变得可信，消除一切造成逻辑问题的因素。尽管这种修改很困难，但故事可信度的重要性值得你为此付出劳动。故事出现逻辑问题，通常是因为人物不够丰满，所以编剧必须为情节事件增添娱乐性。（见第 3 章。）

11.1.6 剧本太激进或太压抑？

一些新人编剧偏爱冷酷、忧伤、压抑、愤怒的故事。但就算编剧充满激情，这种故事一般会对观众产生负面情绪。编剧可以通过轻淡的幽默、讽刺、比喻或者冒险元素来掩盖故事的激愤本质。《低俗小说》《金色年代》和《来自边缘的明信片》都利用幽默元素化解了故事深层的严肃性。（见第 1 章。）

11.1.7 剧本是否有目标观众群？

剧本至少需要有一个目标观众群——少儿、青少年、成年——不应偏离这一目标。（见第 1 章。）

11.1.8 剧本是否具有某种情感基调？

剧本可能需要修改才能达到令观众欢笑、忧伤、恐惧，或产生其他情感共鸣的效果。对情感基调进行一次清楚明确的修正，可以使得故事更加戏剧化。不要忽略这一点，情感基调是戏剧化的关键。（见第 1 章。）

11.1.9 故事的情绪是否一成不变?

当主角的情绪从始至终一成不变时，剧本分数可能因此大打折扣。我认为凯西·贝茨（Kathy Bates）在《妈妈的天空》中的角色就是如此。为了保持和谐，电影故事的情绪应该在一定范围的情绪“色调”中徘徊。观众应该有哭有笑，不时紧张，体会剧情的跌宕起伏。即使是最紧张的惊悚剧也经常会包含一些让观众放松的小插曲，以迎接新的恐惧。

11.1.10 故事开始得够早吗?

许多故事开头过长，用长篇大论介绍人物，构筑故事世界观和铺垫故事。《我心属于你》的第一幕用了很长时间来铺垫故事，直到女主角在威尼斯遇到了她梦中的男人，故事才正式开始——这段剧情用了二十分钟。许多故事因为从第一页便拉开序幕而受益，比如《终结者》；尽你所能，让故事至少缩减到从五页之内正式开始。如果故事的开始“按钮”需要十到十五分钟预热，那你需要缩短预热时间。例外？当然有，如果这个故事的设定复杂且奇异，展示故事设定可以维持观众的兴致，例如《侏罗纪公园》《异形2》以及《铁窗喋血》。

故事可以在剧本的头两页就巧妙地开始，就像《大审判》和《西雅图未眠夜》一样。这些电影直接通过故事矛盾来引出角色。这点很难被拿捏，因为故事铺垫时长的参考标准有很多。然而聪明的人会从中发现，少有电影故事开始得过早，大多数都开始得过晚。

故事可以通过旁白或角色（《第二春》）的画外音，或记载背景故事的画册来（《星球大战》）快速开始。另外一种快速开始的方法是让一个陌生人在一开始就打破故事秩序［《荒野浪子》（*High Plains Drifter*，1973）］；或是让故事矛盾作为一个人物（《终结者》）或一起戏剧性事件（《总统班底》），迅速出现。《亡命天涯》融合了多种方法来铺垫故事。

在故事开头的几分钟，没有必要讲清楚所有事。观众们通常会在电影前五到十分钟产生疑惑，而此时故事设定正被逐渐揭露，就像在《炎热的夜晚》还有《秃鹰七十二小时》中一样。剧本通常因强有力的开头而受益，观众一看便知故事已经正式开始。（见第 1 章至第 3 章。）

11.1.11 剧情太复杂了吗？

观众会因为故事含有大量人物、支线情节和转折而遗忘故事的主线。挥霍大量时间设置情节而非塑造人物的话，就会造成这样的双重破坏。修正的方法参见这条建议：观众关心故事里会发生什么事，实际是在关心人物会遇到什么事。并且观众已经看过各种各样的电影情节，所以就算是再掩饰，或是使用新设定，他们多少都能找到与其他故事的相似之处。结果就是观众像《一千零一夜》里的苏丹，不会轻易地被情节诡计所打动。相比之下，人物有着无限的拓展空间。因此我建议使用古怪的、复杂的角色来让普通的情节充满活力。如果把这项提议倒过来，故事可能会遇到麻烦。（见第 1、2、3、5 章。）

11.1.12 故事有内涵吗？

故事是否和主流价值观有关联——家庭、成功、自我认知、内心的平静、爱、归属感或是喜好？《阿甘正传》《低俗小说》以及《西雅图未眠夜》这类电影成功的原因之一是它们与主流价值取向相关。当一部电影触及主流价值观，观众会更愿意专程去看它。《终结者》有这种效果，因为它触及了大众对于科技以及“星战”武器的不信任。然而，许多电影需要一至三年的制作时间，人们很难去预料当电影发行时大众在想什么。尽管如此，编剧还是应该追随观众的心之所向。

编剧通过思考自己想在故事中表达的观点，以及这种观点和现实世界的关联来挖掘故事主题。如果剧本缺乏主题和深层含义，则需要修改到拥有这些为止。通常你只需要用一两句对白或是一个事件来抒发一次社会性的、哲学的或是道德上的思考。这样做的目的是为剧本添加具有思想性或教育意义的台词。一旦你考虑好故事的台词，便可以将之融入剧本当中。（见第2章。）

11.2 修改人物

11.2.1 人物有动机吗？

人物的生命力来自冲突、相互回应、精神状况、背景故事以及情节事件。有趣的人物有自己的身份。他们有职业、生活、需求和梦想。有动机的人物通过做出戏剧化选择而引发冲突，在第二幕的对抗中他们被象征性地击败。在高潮部分，主角的胜利无比甜蜜，因为这是他们通过斗争换来的。这种发展体现在《大审判》（第 26 镜）中，高尔文拒绝了布罗菲主教的和解提议，于是只能和埃德·康坎农对决。他们的法庭之战令高尔文几近落败，但最终，他找到了意外的证人并取得了胜利。（见第 4 章和第 5 章。）

11.2.2 人物、情节和故事

情节是编剧想要发生的事；故事是人物想要发生的事。这不是一句口号；这是一条写作理念，因为编剧是人物的传声筒，编剧写的是人物的故事。有一些编剧的理念却不是这样，他们武断地规定人物的所作所为。你必须要让你头脑中的人物有足够的自由，活出自己的故事。虽然让人物表达自我需要花费编剧许多时间，但我极力支持。撰写原创故事的最佳方法，便是创造新鲜的、不可预料的人物。如果不这样做，人物最终只能演出苍白无力的公式化情节，因为他们没有“生命”。为了避免写出这样的剧本，编剧需要为人物寻找信仰和价值观。他们是否具有内涵——矛盾、背景故事和激情？这些人物是随意的，还是独特的？他们是否具有引发冲突的特征来推动故事发展？他们是否分得清什么是他们想要的，什么是他们需要完成的？如果你的人物缺乏这些元素，那就写进去。当你赋予你的角色生命时，他们会把生命赋予你的故事。（见第 5 章。）

11.2.3 故事中的主角与反派人物是否具有激烈的冲突？

许多故事在主角与强有力的反派人物间发生矛盾时“起飞”。主角应当成为观众们加油鼓劲的对象。一般来说，反派人物会比主角更加强大。反派人物够复杂，有动机吗？他的动机是与故事主题相反的吗？人物冲突与情感迸发的瞬间是否有外力催动？当人物情绪激动时，他们会表现出十足的戏剧性，尽管有时这样的表现对故事无足轻重［例如《西雅图未眠夜》（第 151 镜）中，女主角的朋友在总结《金玉盟》（*An Affair to Remember*，1957）的剧情时声泪俱下］。一般来说，重大事件会引发人物的情感爆发，例如在《终结者》（第 159 镜）中，男主角在警局警告机械人即将进攻时，却遭到了无视。

大多数剧本得益于主角与反派人物实力悬殊——可怜的小孩对抗贵族学校的势利小人；老前辈对抗街区霸主；农夫对抗枪手；等等。如果你的故事缺乏戏剧性，你可以为主角与反派人物的对抗增添一些充满不正义、不公平和主角受难的场景。

请认识到冲突的特性。例如，《大审判》着重描写了一个落魄律师如何紧握命运，重整旗鼓。无论高尔文是否能够击败康坎农，这个冲突贯穿于整个剧本，影响着每一个场景。强大的故事有着强大的内部与外部冲突。（见第 2 章。）

11.2.4 人物有趣吗？

人物具有独特的人格吗？我们关心他们发生过什么吗？人物应该具有缺陷和弱点，而这也是他们的驱动力。没有缺点的人物太过完美，观众未必买账。这些问题关系着人物所受的先天与后天的影响。

在这里，你必须用到自己的故事感了，要知道，如果人物都是老好人，内容会变得婆婆妈妈。相反的，如果故事里全是自私又恶心的人物，观众也找不到值得关注的人。《好家伙》（*Good Fellas*，1990）、《本能》以及《赌场》中有许多令人厌恶的角色，我不关心他们任何一位会发生什么。如果没有人物值得关注，观众很容易失去对影片的兴趣。这样简单的道理却经常被人忽视，以至于很多故事因此失败。

许多电影中都有令人钦佩的角色，尽管他们可能看上去没那么优秀。亨弗莱・鲍嘉、汤米・李・琼斯、哈维・凯特尔（Harvey Keitel），詹妮弗・杰森·李（Jennifer Jason Leigh）、琳达·菲奥伦蒂诺以及乌比·戈德堡都非常擅长饰演在道德方面有缺陷的角色。尽管有缺憾，他们却都受到观众的赞扬。

人们天然地期望英雄与反英雄式的主角都能战胜反派角色。当落魄的主角即将被对手击败时，观众会很担忧。忧虑所带来的悬念和紧张意味着高潮部分即将到来。无论主角胜利或是失败，观众都将心满意足地离开影院。就像本书其他章节提到的，这条写作理念简单却又严格：给观众一些他们所期待而又难以得到的东西，然后用意想不到的方式满足他们。这一理念要求你确定要向观众承诺的事物是什么，尤其要注重主角与故事矛盾的斗争。你是否承诺了正确的事物？这项承诺有没有传达出来？一般来说，编剧所承诺的事物就是故事事件，它将在高潮部分得到完成。此处发生的事件应是观众所期望的——主角与伙伴的胜利。（见第 3 章和第 5 章。）

11.2.5 主角有积极的变化吗？

为了检验你的故事是否朝着积极方向发展，你可以观察主角是否经历困难后变得更强大，或是更睿智。积极的变化常与 B 故事线相关联，比如对爱情、信念、自信、尊重等事物的追求。与反派人物不同，主角必须在拼搏取胜的同时维持良好品德。有时主角的道德感初看像是缺点，但最终（如《大审判》）却成为勇气和坚韧的源泉，引领主角走向非凡的胜利。

有时，人物无法完全走出内心困境，但到最后，他也完成了相当程度的自我救赎，这足以带来一个积极向上的故事结尾。这就是“人物的正弧”，也就是令主角变得更强。《大审判》让我们相信主角变得强大，因为高尔文不仅赢得了官司，而且（看上去）也不再酗酒了。这些结果与高尔文的内心困境息息相关，因为这意味着他终于从利利布里奇案的屈辱中解脱。如果主角缺乏积极的改变，观众会认为电影缺乏内涵。（见第 5 章。）

11.2.6 其他人物问题

故事有主角吗？故事将重点放在了正确的人物身上吗？主角通常是情

感最丰富、解决故事矛盾、变化最大、被观众寄予厚望的人。基于这一点，有一些常见问题：故事的关注点在不同的人身上来回变动，或者故事中有太多平淡的角色，他们缺少内在生命力与动力。情感丰富的角色对于情节事件的反应强烈而不可预测。只有当人物在编剧的想象中是鲜活的，他们才会在纸上和银幕上表现出生命力。这样的案例有很多：《钢琴课》里的哈维·凯特尔、《致命诱惑》里的与格伦·克洛斯、《码头风云》里的马龙·白兰度、《邦蒂富尔之行》里的杰拉尔丁·佩奇，或是《子弹横飞百老汇》里的人物。（见第 5 章。）

11.3 修改场景

11.3.1 场景缺乏重点吗？

首先观察每个场景有没有重点。许多新人编剧并不清楚他们在每一段节拍中到底想表达什么，这种模糊体现在剧本之中。想要修正这个问题，检查场景是否明确且戏剧性充足。重点的缺失是剧本失败的主要原因之一。

场景的戏剧点是否到必要的时刻才体现出来？找到引发场景高潮的时刻，让它传递戏剧点信息。如果这一时刻是模糊的，甚至根本不存在，那就让它变得犀利。

有时你可以将一个差劲的场景删掉，或是将它合并至其他场景。仔细检查每个场景是否存在薄弱环节，有没有必要存在。场景的冲突与戏剧性能否表现人物，或者说人物是否通过戏剧冲突来表现？回顾我在第 4 章对《大审判》中的“高尔文－斯威尼－康坎农”场景（第 38 镜）所做的分析；注意这个场景是如何清晰而戏剧化地表现这一点的。

11.3.2 场景是否情感饱满？

专业的剧本会建构并扩展人物情感迸发的瞬间。你的剧本中有这种“爆发点”吗？它们能够表现人物内心的恐惧、需求、梦想和目标吗？有些编剧虽然为人物构建了情感事件，但并没有发展它们，而是直接跳过，因为他们没办法掌控随之而生的情感。如果你也对于情感的把握感到头疼，那一定要强迫自己去做，因为情感瞬间是你必须去渲染的。人物应该有浓烈的情绪，所以要把握每一次释放情感的机会。修改干涩的场景，直到它情绪饱满为止。为此，你可以为人物增添冲突、情感和激情，让他们孤单、愤怒、害怕、多疑、刻薄。你需要在每个场景中找到表现情绪的方法，例如里斯告诉萨拉，他是穿越时空来找她的（《终结者》，第211镜），还有在《燃情岁月》（*Legends of the Fall*，1994）中，布拉德·皮特饰演的角色在妻子被杀后发狂。编剧煽动角色的情感并用纸笔捕捉。情感匮乏的场景比情感过剩的场景更糟糕。

11.3.3 场景是否因为重视说明性内容而显得情绪单薄？

当人物浪费太多时间交代信息，他们会没时间进行情感交流。结果就是对于观众而言，电影成了一个派对，里面的人礼貌地讨论着无关紧要的事，喝几口矿泉水就回家了。太无聊了！哪怕是一个保守严肃的故事（《去日留痕》），潜藏的情绪也可以如同爬行的蛇一样，悄悄激发出人物和故事的活力。性、争议以及暴力——压抑的或者喧嚣的——都可以刺激平淡的场景。

人物在场景中酝酿情绪需要时间。平淡的场景经常花费时间解释情节进展，而忽略了人物情绪的预热。解释过多的场景往往缺乏冲突和戏剧性，编剧应该避免这种情况的发生，多关注情绪饱满的人物之间的对抗。把你的说明性内容放到人物对白中时，要找到借此表现人物的方法。例如《证人》（第77镜）中，瑞秋恳求阿米什长老将布克藏在他们的社区中养伤。她的话中既有情节信息，又充满感情。（见4、5、6、7章。）

11.3.4 场景缺乏能量吗？

能量，是编剧在情节事件和人物身上注入的强烈情感。编剧需要在这方面非常用功，才能令情节事件紧紧抓住观众的注意力，让他们喘不过气。例如：《低俗小说》中塞缪尔·L. 杰克逊智斗两名好斗劫匪；《大审判》（第

40 镜）中高尔文对抗凯文·多尼吉——后者在主角拒绝主教的和解提议后十分愤怒，这个片段中的两个男人看上去处在爆发边缘。这样的时刻是由背景故事、人物构思、戏剧情境与故事地点造就的。举个将这些要点结合起来的例子，《证人》第 122 镜 C 机位的内容，布克致电警局总部，得知他的搭档（卡特）已经被谋杀了。卡特的死讯让布克感到危险，所以当三个混混为难他时，他的反应非常暴力。这个场景的能量来自背景故事、情境、发生地和人物自身的特点。

如果要使一个薄弱的场景充满能量，可以让人物变得急躁、乖戾、烦恼、着急或是任何方面的情绪扭曲。这种能量可以隐而不发，就像在《不可饶恕》中，比尔·曼尼表面上是个上了年纪的男子，整日在家，留着土气的发型，但事实上他却是一位传奇杀手。这个故事原本让我们几乎相信曼尼已经遗忘自己的杀戮本能，但到高潮场景时，他的恐怖天赋再次爆发。

更换故事地点可以为场景注入能量。将一场爱情戏或打斗戏布景在公寓或营地是一种风格，在教堂野餐会或是拥挤的球场看台又是另一种风格。天气变化也会为场景增添能量，例如在《致命诱惑》中，一场骤雨迫使格伦·克洛斯和迈克尔·道格拉斯寻找餐厅避雨。

有一种类型的配角，叫惹是生非者，他们也可以有效地为场景提供能量，这种角色在场景中出现，通常会引起麻烦，能够让主角大展拳脚。《风月俏佳人》中让女主角难堪的傲慢售货员就是这样的角色。

绝望的环境可以让场景充满能量，例如在《终结者》（第 182 镜）中，萨拉发现里斯在警局袭击中负伤的场景。（见第 2 章和第 4 章。）

11.3.5 场景太长吗？

请再三检查每一场景是否超过三至四页；你的人物可能话太多了。你还需要确定你的场景不是过长的片段。虽然不论是片段还是场景，都应该在（哪怕是轻微地）推动情节发展时表现人物，但是，场景才是主要表现人物的戏剧单位。关于这点，可以重读第 4 章对“高尔文 – 斯威尼 – 康坎农”场景的分析，或者观看任何附录 A 中与第 4 章相关的媒体资料。

一段冗长的、充满对话的场景可以被更短且具有戏剧性的视觉画面所替代。有些场景太长是因为起始太早。一个派对场景不需要起始于宾客入场时，直接让宾客到齐，出现争议。这种去掉了暖场的方法，就像《大审判》第 15 镜，保险员阿利托对布罗菲主教说着高尔文的不良记录。没有寒暄，直接进行剧情信息说明，这种做法让大家将关注点直接放在高尔文的记录上。

关于一个场景的长度，或是开始与结束的时机，我们不能一概而论。但我们可以确定的是，对白必须为表达场景戏剧点服务，不能跑题。当编剧发现在场景中，在一些重要时刻使用戏剧性沉默会收到更好的效果时，他们会删掉对白。演员都很珍惜沉默的演出，因为这允许他们在特写镜头中用非语言的方式表达情绪。

尽管你应该避免在对白中标出停顿的位置（这是一种根据剧本导演的做法），但有时，明智的提示可以帮助读者欣赏关键情节和人物的重要时刻，这一点是被不少人所忽略的。关于编剧如何使用“停顿”，可以在四部主要教学影片中找到：马梅用“（BEAT）”来示意一种凝固的戏剧时刻；其他编剧用“（PAUSE）”或者三四个点（省略号）来表示人物犹豫和安静的时刻，以加强戏剧性。场景提示也可以表现停顿或是沉默，比如这句：突然所有人看向约翰。人物在说话时做出的某些行为也可以起到这一效果。在《大审判》（第 30 镜）中，当康坎农准备法律材料时，他把开庭日期写在了黑板上，这一动作的停顿就显得十分有力。演员和导演如果认为编剧的指示对故事节奏与能量的表现是准确的，他们就会采纳。在拍摄过程中，不按原剧本进行的情况时有发生，剧本需要进行定点修改。

如果你因为场景太长而头痛，那么就学习附录 A 与第四章相关的场景案例，培养判断场景长短的感觉。如果这不管用，就抄写剧本中的一个场景，并且在播放电影录像的时候阅读你所抄写的内容。回顾这个场景三到四次。用这种方法学习一个场景，需要一小时左右，它可以让你了解戏剧时刻是如何被组织、被推动，会持续多久。这种练习有助于你的创作。另外，你还可以参看附录 C 中《大审判》的分解段落，计算每一个场景和段落的时长。许多编剧会计算剧本中表现情感冲击的段落的时长（有时观看这种段落会让人忘记时间）。对场景和段落进行计时，可以帮助你更好地把握场景开始和结束的时间，与它们的时长。（见第 4 章。）

11.3.6 场景太短了吗？

场景太短，很可能意味着它们没有存在的必要。也许它们的重点不对；也许它们需要再加工；或者其中的节拍可以合并到其他场景；或者可以向其中增添新人物。在一个场景中，任何人物登场都需要理由：有事需要讨论、有问题出现，或是确立某项事业。电影需要紧凑的情节，无法容纳对故事没有作用的场景。（见第 4 章。）

11.3.7 场景缺乏结构、张力和冲突吗？

如果你觉得一个场景有问题，不妨检查一下它的结构。多数场景和整个故事的三幕结构一样，有着开头—中间—结尾的形态。场景是为高潮而建立的吗？场景使用了转折和惊喜来提升戏剧性吗？场景会反转吗？场景有追赶—逃跑或追赶—捕获的动势吗？场景中有冲突吗？最重要的，场景表意清晰吗？编剧必须完全清楚场景要表达的故事重点。

多数场景都包含冲突。对于戏剧而言，没有冲突的场景缺少目的性。你可以通过引入争议来制造冲突——有人说谎、失踪、行为异常、不守诺言，等等。戏剧冲突的目的是对人物造成心理和生理上的压迫，制造紧张气氛。缺乏有动机的冲突也是造成剧本失败的原因之一。

以上所说的场景构建方法，只是普遍建议，因为编剧有时会独创新的方法。你需要在规则与创新之间保持平衡。一方面，别被常规场景结构等规则禁锢住你的创造力；另一方面，也需要对剧本内容结构进行学习，它们之所以流传，因为它们确实有效。这里我想插一句：是的，标准是存在的，但……别成为标准的奴隶。追求自由、精神、创造力，不要为自己设限。如果最后写出一个破碎的故事，修正它。即使是看上去完全不能用的场景也要试一试，保留其中的特点，修改，加入可用的场景中。（见第 4 章。）

11.3.8 场景会从“拧紧”时刻中受益吗?

“拧紧”时刻可以创造出这样一种潜移默化的语境：通过娱乐性强烈的内容，在吸引观众注意力的同时披露剧情信息。第 6 章曾提到《终结者》中的“拧紧”时刻，当目不转睛地欣赏壮观的追车戏时，观众们听到里斯向萨拉坦白了他所背负的任务。

场景可以通过潜台词制造“拧紧效果”，比如，在《大审判》第 53 镜，康坎农对陶勒医生的利诱与防范是同时进行的。“拧紧”的方式可以和背景故事相关，如在《火线狙击》中，反派人物辱骂主角没能阻止肯尼迪总统的遇刺。场景可以通过人物间的化学反应制造“拧紧”效果，就像在《体热》、《迈阿密特别行动》（*Miami Blues*，1990）和《致命诱惑》中那样。（见 216 页和 250—251 页。）

11.4 修改对白

录音机和摄影机是检测对白韵律和质量的工具。录下你的作品然后听回放。录音可以让你听出对白的优缺点，根据需要进行修改。你还可以让朋友扮演你笔下的人物，将他们念的对白录下来，做笔记，问问自己，对白表现出什么人物特点和台词。这种实践可以暴露出下面提到的一些对白问题。

11.4.1 薄弱角色的对白

有效的对白来自生动的人物，他们从编剧的笔下独立出来。拥有自己的生命。如果你想象中的人物很无聊，他们的对白也会很无聊。你需要对对白进行深层挖掘，才能让人物表达出内心情感。与你的人物对话，了解他们想要说的，要做到这种程度的想象，需要下很大功夫，但这种能力对于提升对白质量是必要的。你差不多要花一年时间来学习这种能力，在那之前，对人物产生感应并书写他们的对白可能很困难。（见第 6 章。）

11.4.2 缺乏意义的对白

如果对白缺乏深层含义，故事也会看上去非常粗浅。修正的方法是探索角色的思想与感受，把这些内容加到他们的对白中——但要保证让人物变得有趣。如果玛丽阿姨是个没意思的人物，那就给她增添丰富的心理活动与激情。让一切戏剧化！《终结者》（第 153 镜）中，警方的心理咨询师本可以直接质问里斯，然而他语气中的轻蔑与嘲笑让这一场景变得更加精彩，因为观众知道，里斯关于机械人的警告是真的。

11.4.3 重复的对白

重复的对白说的都是观众已经知道的事情。在修改时，请检查每句话是否表现了与人物、情节、主题和人物关系有关的内容。如果哪个词或者哪句话是不必要的，删掉它。

过度解释的对白会让观众出戏，让他们变得像故事的旁观者，而不是参与者。如果你的剧本对白过多——就像“讲解员莫里斯”闯入了表演——那就对照剧本回顾一部你最喜欢的电影。学习它的对白节奏，并据此来改进你剧本中的对白。

重复的对白体现在一些细节上，比如不断重复人物的名字。一般来说，一部剧本只需提一两次人名，观众就能辨明人物身份。只为需要起名的人物起名，观众可以在有限范围内将人物的脸与名字对应，当一名角色说：“约翰病了”，观众能立刻知道约翰是谁。还有一种方法，是在对白中加入人物外形描述——比如一名有文身的金发角色，“金发”就是她的名字。

11.4.4 说教的对白

别把你最喜欢的元素都放进对白，因为这可能会干扰故事发展，让观众出戏。剧本涉及堕胎、公益、毒品、生态、道德、宗教以及其他热门话题时都应该小心处理，因为电影的目的是娱乐，而不是引发争议，危及影片的商业性。编剧为电影赋予的教育意义不应让观众感到抵触，而应该是随着剧情的发展让观众逐渐吸收。如果电影中出现了严重的说教情节，它一定会变成某些组织或群体的重点批判对象。

这并不意味着你要将一切自己的观点从故事中剥离。电影中可以插入任何话题，但它们应该是戏剧性的娱乐内容，而不是政治宣传的工具。剧本应该将严肃的事件以富有娱乐性的手段安插进去。

委婉的表达比直接的表达更具效果。带有浓厚情感色彩的对白能够引发观众的支持或反对。例如，《大审判》中并没有直接抱怨波士顿法律系统腐败的对白，但这种看法间接体现在台词中。同样的，《战火下》（*Under Fire*，1983）这部关于于70年代末新闻报道与尼加拉瓜革命的电影，用历史事件来批评新闻业。《燃烧的天堂》（*Medicine Man*，1992）讲的是关于保护热带雨林的故事，但对白太过说教刻薄，导致电影并不成功。多数情况下针砭时弊的内容可以被写入故事的台词中，就像在《大审判》（第94镜）中高尔文的总结讲话一样。（见第6章。）

11.4.5 缺乏情感的对白

对白缺乏情感可能是因为作者花了太多时间在剧情和背景故事上，也可能是因为人物内心太过空洞。平淡的对白无法触及人物内心情感。当一段节拍超过了一页，它应当是在表现人物内心情感，而不是在做旅行计划或者哲学思考。当然，这也是作者的个人意见。然而，尽管电影需要知性内容，电影的重点却不应该落在人物的思想性上，而应当是关于他们的感受和言行。一部电影的思想性通常借由故事的主题来表达。（见第5章和第6章。）

11.4.6 对白节奏和语气

如果对白节奏呆板平淡，那就根据需求，将它变快或变慢。《低俗小说》中，塞缪尔·L. 杰克逊的角色通过援引《以西结书》来改变节奏；圣经引文特定的节奏打断了杀手们关于汉堡和其他无聊话题的讨论。

对白可以通过修改，变为粗俗、幽默、痛苦、多彩、紧张等各种语气。盘点你所熟悉的人，并选出讲话有特点的人；或者为你的人物选角，让他们以该演员的语气讲话。你需要修改对白以适应人物的脾气、种族、教育、生活习性等。在场景提示中表明你的意图：文斯说话充满恶意、口齿不清；贝蒂的活泼掩盖不了她有抑郁症的事实。

最重要的是，在你脑海中聆听人物的对白。如果他们讲话的节奏和力度差不多，那就改变他们的语气，为他们增加新鲜、独特的东西。如果教师贝斯是平淡的角色，把她改成乡村女孩、教官、战士或是其他在故事中合理的角色。如果一个角色说话缺乏力度，想象马丁·斯科塞斯（Martin Scorsese）这样的人扮演这个角色，用他特别的语速来帮你修改对白。

就像前文提到的，冲突让对白充满力量，因为愤怒的人物经常变得愤世嫉俗、蔑视一切、情绪波动很大。用这股冲劲来传达对白的核心精神吧。如果你想要使用这一方法，请确保冲突事出有因；如若不然，这样的对白只会显得唠叨吵闹，缺乏娱乐性。（见第 6 章。）

11.4.7 方言写作

一般来说，要让读者明白故事中的人物使用方言对话，一条场景提示足矣。这样编剧不需要使用特殊字、省略音等语言变体，就能表达出各种语言特色。想要说明人物使用外来口音，就直接写明该人物说话带有浓重、适度或轻微的爱尔兰、意大利或其他地域口音。

当人物使用外语讲话，你可以运用场景提示告知读者对白会使用希腊语、中文或其他语言。对白本身则仍用英语书写，而非外语。

在特殊年代发生的故事对白中，不应出现不属于那个时代的词语；一个与时代不符的词或短语会让观众出戏。牛津英语词典提供了许多词的起源和首次使用时间。使用特定的俚语效果也会不错[①]。

学习旧时代对白的写作，通常需要查阅那个年代的报纸和戏剧，以及关于那个年代的电影，因为许多电影都从历史学家和其他专家的建议中受益匪浅。时代剧还要求编剧了解服装、建筑、生活以及其他与对白相关的历史

---

① 关于这一话题，有一些有趣的书籍值得参考，比如 Esther Lewin and Albert E. Lewin, *Thesaurus of Slang* (New York: Facts On File, 1988)，以及 Robert L. Chapman, *New Dictionary of American Slang* (New York: Harper & Row, 1986)。

信息。（见 211 页。）

11.4.8 标点符号与对白

感叹号表示激动！几个感叹号表示很激动！！大写字母的对话表示这些话是喊出来的（SHOUTED）！！！

对话中用几个点隔开表示犹豫……或者停顿。一段话结尾的几个点表示这段对白……是渐弱的……

被单引号或双引号隔开的对话表示这些词适用于特殊语境或具有特殊含义。在《大审判》（第 65 镜）中，康坎农承认汤普森医生是“专家证人”。引号（意味所谓的）表达了康坎农内心对于汤普森——以及对高尔文的不幸事件的蔑视。由于在剧本读写过程中，编剧会逐渐积累关于标点符号的知识，所以有关这一话题我不再继续。明智地使用标点符号可以让对白更加具体、更有味道。（见 211 页和 337 页。）

11.5 增加戏剧性

戏剧化的诀窍之一是认识到故事的情感基调的重要性——它会让观众感到伤心、欢笑，还是害怕？这种想法关系到故事会吸引少儿、青少年还是成年人。戏剧化还意味着决定电影是注重人物的动作表演还是内心情绪，以及故事将以现实、虚构还是超现实的风格开展。一旦你决定了这些内容（可以随着剧本的完善而不断思考），故事会更有效地戏剧化。不要忽略这些简单却重要的建议。

许多新人编剧明白戏剧化是一件深入浅出的事，因为电影创作者让银幕上的故事看起来非常合理。电影中的人物被放置在不平凡的环境中，观众会逐渐相信他们在观赏一个真实的传说。编剧的很大一部分工作是让情节事件和人物动机看上去更加可信。从这一点上说，电影应具有说服力，《大审判》的剧本大量运用具有可信度的术语，也印证了这一点。也许有人会问是否会有像康坎农一样著名的律师会冒险雇用劳拉作为卧底来击败低谷期的高尔文，甚至于他竟然在天主教堂中付钱给劳拉。这还会引出另一项不合理之处，人们无法相信劳拉这样的女性会自甘下流。还有一点可疑的地方是，主角在没和当事人沟通的情况下就拒绝了布罗菲主教的和解提议。然而故事的可信度轻松掩盖了这些不着边际的想象，我们在仔细检查剧本时时都会发现不合理的地方。多数情况下，这些缺陷可以通过附加工作来化解、消除或隐去。

戏剧化令人物陷入性命攸关的危机之中。这与我们的另一条基本理论相关：戏剧是人物对于危机做出的反应。《大审判》中的危机来自主角决定与波士顿最权威的律师对抗。尽管高尔文行动莽撞，我们却相信他能做出点什么（因为利利布里奇案）。高尔文那看上去毫无胜算的战斗对他造成了毁灭性的打击，但最终他却打赢了官司。戏剧化就像这样加强了紧张感、冲突和矛盾，以此抓住观众的注意力。（见第 7 章。）

11.5.1 通过故事地点戏剧化

当编剧描述故事地点的时候，需要有情节发生。例如《大审判》的场景主要都发生在室内，地点的运用可以加强戏剧性，并丰富视觉内容。《大智若愚》的故事地点选择冬季纽约北部的小镇，这令每件事的发生显得十分私人化并且可信。此地的寒冷天气对故事产生作用。与许多电影不同的是，这个故事特地表现一个寒冷冬季的小镇上人们的生活，我们可以看到演员说话时的哈气。雪看上去像真的，因为那确实是真的，当杰西卡・坦迪让保罗・纽曼修好她的栏杆，以及当他偷走老板的吹雪机时，寒冷的天气让他们的表演十分逼真。千奇百怪的人物也可以加强故事的可信度——一群不完美的人看上去十分真实，以至于让我们忘记保罗・纽曼是个明星，而只是单纯地被一个名叫萨利的六十岁男人吸引。我们相信萨利身边的每个人都对彼此的事如数家珍——而且没人好奇别人的事，因为他们在这小镇中一起长大，他们接受彼此每一个人，无论是否有缺点。

这个案例是为了告诉你如何运用故事地点。它们有趣吗？你是否仔细选择并调查过？人物是否被地点所影响，还是说地点只是无关紧要的“墙纸”？最重要的是，问问自己，地点对故事和情节有没有起到积极作用。（见第 2 章和第 8 章。）

11.6 为拍摄修改剧本

第 8 章（“为拍摄而写”）列举了十几种增添视觉内容的方法。其中一些方法需要重演片段，所以他们选择外景而非室内。对白多的剧本可以通过对白内容相关的影像来增添视觉内容，而不是一味使用对话场景。这项工作需要相当丰富的剪辑经验，所以不要羞于求助他人。关于影像起作用的例子之一是《西雅图未眠夜》（镜头 137）中通过萨姆和乔纳乘船出游的画面体现父子之爱。你还应查找你的故事中可以通过视觉来呈现的思想或者风俗。《证人》中的谷仓表现了阿米什人邻里合作的传统。《小妇人》巧妙地运用过时布景、天气和年代感来加强故事性。如果湖泊、山岭、洞穴、沼泽或是其他景观是故事场景的一部分，为什么不利用它呢？如果故事场景中没有提到那些地点，朝着这个方向思考看看可以添加些什么。

当人物通过行动而非对白来表现自己时，故事的画面感会更强。克林特·伊斯特伍德和其他动作明星凭借以动作表现人物的剧本而功成名就。动作并不总意味着暴力；《金色年代》、《城市乡巴佬》、《咬紧子弹》（*Bite the Bullet*，1975）以及许多其他电影运用视觉片段（每部有一段就足够了）让人物通过动作展现自我。

当故事头重脚轻，室内场景中人物总是坐着说话时，我们的修改方法便是添加视觉内容。电影是动态影像，不是带插图的广播。当一个故事主要发生在室内且对白居多时，要想办法满足观众的眼睛。《大审判》在这一点上值得学习，因为这部电影主要使用六个室内场景：高尔文的公寓、康坎农的总部、欧罗克酒馆、布罗菲主教的总部、医院以及法院。这个故事的室内场景居多是符合逻辑的，因为这是关于成功人士以及医疗事故诉讼的故事。医生、律师、神父穿着各自的服装在波士顿的寒冬中聚到一起，很自然地会待在温暖的室内。尽管如此，视觉性不足的内景仅有一处，便是高尔文的公寓，破败的景象在有意地刻画人物的落魄。其他内景都宽阔敞亮，提供了客观的视觉信息。（见第 8 章。）

11.7 修改场景提示及修改格式问题

在一次电视采访中，维克托·伯厄（Victor Borge）提到他放弃在音乐厅演奏的原因是他意识到自己没办法让钢琴“说话”。这种能力——表现钢琴的情感、色彩和细节——对于一个伟大的演奏家来说是必要的，而伯厄觉得自己缺乏这种能力。编剧觉得富含情感、风格和活力的场景提示写起来更轻松，但这里有一个前提，我们必须让作品“说话”。这项任务并不会因为剧本在格式方面的简练而变得简单，剧本的文字应该精妙且易读，因为它需要描述电影人物的室内与室外活动。四部教学电影以及前面章节的例子给出了相关建议。

编剧可以树立自己的写作场景提示与说明性文字的风格。有些人喜欢精简凝练的写法（《大审判》），有些则喜欢引人入胜的写法（《蓬门今始为君开》）。《异形 2》运用了一种死板的格式，而《家有恶夫》是杂乱的，《肖申克的救赎》则是直接的。剧本格式还可以采取小说式的（《青山翠谷》）或者其他吸引读者注意的形式。无论什么风格，都需要有场景提示。剧本应做到让读者轻松阅读到底而不被冗长的场景提示所阻碍。之所以提及这个话题，是由于有些买方翻阅剧本时只看对白和场景标题下的一两行字；他们对场景提示一带而过[①]。所以，在限定的格式下，我们要避免场景提示、镜头提示和表演提示过分冗长。尽管有这些限制，编剧也能将这些

① 如果你了解在遇到一部好剧本之前需要阅读多少剧本，那你也许不会对这件事那么沮丧。就像任何阅读故事的聪明人一样，剧本阅读者也希望可以享受阅读。而如果读了二十几页却依然无法沉浸其中，读者便会转为浏览。读者在读到感兴趣的场景或片段时会放慢速度。当读者沉浸在故事中时，他们的阅读速度会减慢；有时如果剧本生动，引人入胜，读者会重复阅读。请注意如果剧本开头不够吸引人，那么读者不会坚持读下去。这件事似乎在《蔓生蔷薇》上发生过：考尔德·威林厄姆绝妙的剧本因为十几页的前言被忽略了二十年。只有把它们撕掉丢弃，才能完全按照剧本内容来拍摄。

内容融入描述戏剧情节的文字中，使读者的阅读尽量不受干扰。就像在第9章和第10章提到的，剧本读起来应该是流畅的，没有干扰、阻碍或是含混之处。

11.7.1 让剧本读起来有意思

不同于书或是杂志文章，剧本的阅读体验很特殊，因为一部电影就算有上百万人会看，有机会读到剧本的人则少之又少。好的剧本读起来有意思，作者传递出故事的基本能量，包括悬念、幽默、戏剧性，等等。据我所知，除了仔细阅读剧本并学习相关电影外，没有更好的办法来学习这种技巧了。（见第9章和第10章。）

11.7.2 括号注释

有两种括号注释：一种与对白相关，另一种描述动作与事务。对白的括号注释一般放在人物名字之下，对白内容之上。对白注释一般用在对白有言外之意的情况，对于具有讽刺、挖苦、幽默等意味的对白，我们会用括号注出。例如在《证人》（第118镜）中，布克告诉一位游客如果她拍了他照片，他会撕掉她的内衣并勒死她。这句对白前加了括号注释"（微笑）"，表示布克是在开玩笑。在《西雅图未眠夜》（第21镜）中，安妮和母亲在阁楼上试穿老旧的婚纱礼服，此时她们在谈论"适应"婚姻生活。当谈话内容从生活琐事转变为男女之事，括号注释"（降低她的声音）"表达了母亲对于隐私话题的温和态度。这段简单却有内涵的表现家庭价值观的片段有效地定位了安妮与母亲的形象，以及她们所处的社会阶层。

对白注释还能用于指明人群中的角色在与谁对话：约翰（对玛丽）。它们还能表示暂停——（沉默）；（没有反应）；（停顿）；（中止）——或是对话中的犹豫。有时括号可能会干扰演员，编剧使用它们却是为了确保买方以及其他读者能够理解剧本。如前文所述，正规剧本在首次出售时可能会大量使用注释。这些充实的注释一般会在剧本售出后的修改过程中进行删减。

动作与事务的括号注释可以放在人名之下，也可以插入对白中。这样做对白可能会变成：约翰（撕开信封）；玛丽（跨过窗口）；比利（手枪上膛）。在四部主要教学影片中都能找到这种细节注释；在浏览剧本时，这些注释使故事更有画面感。

不要用括号注释来告知演员何时应该青筋暴涨，何时应该以泪洗面或者何时应该发出怒吼。演员不需要表演指导，请相信他们能够胜任本职工作。编剧的任务是创造戏剧化的场面让演员得到最好的发挥，表现人物情感和内心世界。恰当使用括号注释的方法可以从剧本和相关影片中学习。

11.8 关于片名

尽管每个人看起来都有起片名的思路，找到合适的那个名字却依然是个难题。这是非常现实的问题，因为制片厂的市场及宣传人员经常需要讨论片名是否能吸引观众买票观影。许多剧本在被搬上银幕前都修改了片名：《威廉·曼尼血案》（*The William Munny Killings*）改为《不可饶恕》（*Unforgiven*），《移情别恋》（*Diversion*）改为《致命诱惑》（*Fatal Attraction*），类似的例子还有很多。所以，为电影命名并没有看上去那么简单。片名需要为剧本内容服务，例如，它需要透露故事的精彩之处。有些电影片名已经介绍了故事矛盾，如《一飞冲天》（*Breaking the Sound Barrier*，1952）、《击沉俾斯麦号》（*Sink the Bismarck*，1960）、《教育丽塔》（*Educating Rita*，1983。又译《凡夫俗女》）以及《火之战》。

有效的片名可以和一位或多位人物相关，例如《席德与南茜》（*Sid and Nancy*，1986）、《不法集团》（*The Wild Bunch*，又译《日落黄沙》）、《新科学怪人》（*Young Frankenstein*）、《刺痛者》（*The Tingler*，1959）、《西部执法者》（*The Outlaw Josey Wales*）、《诺玛·蕾》（*Norma Rae*，1979）、《终结者》（*The Terminator*）以及《巴顿将军》（*Patton*，1970）。地点也可以使用，例如《德州巴黎》（*Paris, Texas*，1984）、《九霄云外》（*Outland*，1981）、《人猿星球》（*Planet of the Apes*，1968）以及《卡萨布兰卡》（*Casablanca*）。片名可以基于真实或虚构的时间段，例如《吉普赛年代》（*Year of the Gypsies*，

1988。又译《流浪者之歌》)、《土拨鼠之日》(*Groundhog Day*)、《金色年代》(*My Favorite Year*)、《豺狼之日》(*Day of the Jackal*)以及《西部往事》(*Once Upon a Time in the West*, 1968)。

片名可以具有画面感——《德州电锯杀人狂》(*The Texas Chain Saw Massacre*, 1974)、《吻掉我手上的血腥》(*Kiss the Blood off My Hands*, 1948。又译《碧血柔情》)、《垂死的青年人》(*Dying Young*, 又译《留住有情人》); 或者可以更有诗意，例如《人鼠之间》(*Of Mice and Men*)、《因父之名》(*In the Name of the Father*)、《风的传人》(*Inherit the Wind*, 1960)以及《愤怒的葡萄》(*The Grapes of Wrath*)。有些片名来自影片中的一句对白:《伸张正义》(*...And Justice for All*, 1980)、《我不为父歌唱》(*I Never Sang for My Father*, 1971)、《上帝也疯狂》(*The Gods Must Be Crazy*)。片名可以暗示故事内容，例如《遥远的桥》、《我们生活的美好时代》(*The Best Years of Our Lives*, 1946, 又译《黄金时代》)、《飘》(*Gone with the Wind*, 又译《乱世佳人》)、《当哈利遇到萨莉》(*When Harry Met Sally*)以及《丧钟为谁而鸣》(*For Whom the Bell Tolls*, 1943。又译《战地钟声》)。

比起继续扩充名单，我更想用几个看起来与内容无关的特殊片名［《肖申克的救赎》(*The Shawshank Redemption*)、《燃情岁月》(*Legends of the Fall*)、《选择我》(*Choose Me*, 1984)］与一些对于过长片名的警告来进行总结。通常这种常规建议也可能不被采纳，因为有些片名恰恰是因为他们很长才被重视——例如《山丘上的情人》(*The Englishman Who Went up a Hill and Came down a Mountain*, 1995)以及《啦啦队长谋杀案》。另一种学习起片名的方法是逛音像店，观察哪些电影片名最引人注目。分析电影是如何在碟片包装上做广告，找出那些优秀的或难忘的片名。

小 结

剧本围绕故事概念组成。这条关于故事创意的说明，带来了是修改故事创意还是重写的难题。如果故事概念薄弱，那么剧本也可能会很薄弱。

如果故事概念有意思，那么故事可能会很棒。修改故事概念要求编剧思考他们为何被这个故事创意吸引，这个故事要说些什么。修改故事概念是修改剧本的主要任务，包括重新思考主角的内心困境，故事的主题思想以及编剧如何解读故事内容。修改剧本还包括加强人物情感、细化对话、锐化冲突、创造有意思的场景设定以及找到为故事增添画面感与戏剧性的方法。修改剧本要求编剧务必回答以下一个根本问题：这个故事到底讲了什么？这个问题是整个写作过程的核心，因为它代表了作者的写作意图以及作品应包含的内容。

修改剧本不止包括改动对白和细化场景提示。修改剧本常需要修改故事、润色人物以及添加视觉化的场景。修改剧本意味着编剧需要对故事和人物的戏剧性时刻十分敏感，这样才能激发戏剧潜力。

剧本如充斥着空洞单薄的人物便会失败，因为这样的人物无法推动剧情发展。他们如同人体摆设——小妞、坏小子、恶霸，等等。在大银幕上，这类角色通过外貌、着装和行为来区分彼此。他们缺乏神秘感、怪异感和个性。与这一类人物相反的是有着复杂情感、内心挣扎、找寻自我的角色。这条建议触及这本书基础课程中提到的一点：写复杂的人物，简单的故事。

修改剧本并不意味着剧本的失败，这项工作也属于剧本写作的一部分。对于这项工作而言，积极的态度非常重要。编剧要忍受检查和修改的痛苦，宁可让朋友指出问题也好过被买方找到缺点导致拒绝购买剧本。对于改进内容的建议保持警惕，要确保这些建议能够满足你理想的故事需求。对于你无法创作的，或者不喜欢的故事创意和“建议”请多加小心。

练　习

修改以下场景。在你修改的过程中，思考片段中的节拍点。问问自己人物会经历怎样的事，银幕上又会呈现怎样的画面。将场景修改成你期望的样子。

这一场景是一部剧情片的开头，讲的是 19 世纪 80 年代，逃离城市的移民者在大平原地区寻觅新生活的故事。在这个场景中首先出现一辆载着新移民开往边境的火车，接着人物开始登场，介绍他们（玛丽和她的家人）的经历。

如文中所示，这一场景的戏剧点是——旧西部对于移民来说是严酷的。有些角色是外国人，场景说明道出他们之中许多人对于周遭荒野的恐惧。尽管这恐惧只是来自风声，你可以思考他们还会遭遇什么。画面感要如何加强？修改要求是展示更多移民者的特点，表现戏剧性时刻，以及为场景增添戏剧性。

当你完成修改，可以参考附录 E 中关于这个场景修改的专业版本。

室内　火车　白天

玛丽，一个两岁小女孩，躺在母亲的臂弯中，睁着眼。

室外　铁轨

轮子碾过铁轨，烟雾从烟囱中冒出。

室内　火车

黑暗又混乱的车厢内挤满了移民，多数都睡着了。角落里一位妇女在给婴儿哺乳。一口烂牙的男人在打鼾。一个小男孩在独自唱歌，歌声几乎被火车的噪音所淹没。

摄影机对准一位二十岁上下，名叫罗曼的爱尔兰人，他正穿过车厢接驳处。光线流动，在他的脸上闪烁。

玛丽抽泣着。她的母亲克里奥娜醒来，发现她的孩子弄湿了尿布。罗曼抱着哭泣的孩子让克里奥娜在包裹中寻找新的尿布。火车慢下来了。克里奥娜和罗曼互相凝视了一会，然后克里奥娜迅速从包中抽出一块抹布。移民们开始用德语、瑞典语等各种语言交谈。

一小部分人在晃荡的车厢内站起来并试图从木板的缝隙看看外

面的景象。他们站不稳。其中一人差点摔倒。列车更慢了，大家也更兴奋了。罗曼把脸贴近窥孔。家人们纷纷将家当拢到身边。

克里奥娜将吵闹的玛丽按在她膝盖边。列车停下了。移民们安静下来。所有人都警觉地一动不动。静默中传来一声低沉的呻吟。那是风声。

第 12 章

新人编剧的就业辅导

编剧的第四个也是最后一个身份是战士。这一身份很重要，因为编剧在成功前必须熬过残酷的经验积累阶段。和那些掌控剧本生杀大权的人共事，更是作为战士必不可少的经验。影视行业充斥着爱管闲事的从业者，他们的剧本经验和故事感都大不相同。我们成为战士，是要在我们的作品被批评、否定、忽视时保护它。我们成为战士是为了打败妨碍我们写作的恐惧与不安。

新人（或者不算太新的）编剧每天都在创作剧本。有些剧本有闪光点，很新鲜；有些则是之前作品的改编版本。无论新旧，这些作品都会挤上好莱坞的生产线，寻求电影成功。对于外行和新人来说，影视行业的商业模式看上去一片混乱，但这是编剧必须忍受的，也是我们在这一章将会分析的销售环节的一部分。这一章的开头向编剧提供了与好莱坞系统相处的建议。接下来，我们会分析编剧在哪里完成工作——在洛杉矶、在家或者其他地方。在此之后是对寻找代理商的建议。最后，这一章会讨论如何在剧本会上介绍你的剧本。尽管有专门的书籍来讨论这一话题，我依然在这里提出我的建议，供考虑入行做编剧的人参考。

12.1 给新人编剧的建议

影视行业和制造业有许多相似之处，后者将资本、能源、原材料投入一条庞大的生产线中，最终产出吸尘器、滚珠轴承或其他产品。电影唯一的特别之处在于，投入好莱坞生产线的原材料是参与电影制作的人的想法和精力。客观来看，电影制作不需要太多机械——一台摄影机，几架灯光设备及录音设备就能达到硬件要求。好莱坞最需要的是各种会议，制作人员在会上探讨演员、开支、剧本、预算、分配和市场。而在这些之前，还要经过剧本选择和审阅过程。人们要在几百部剧本中选择一部——它们全都号称可以票房大卖——全都应该投资开发。在这种情况下要选择一部保证成功的电影，也印证了这个产业残酷的戈德曼法则[①]：在好莱坞，没人心里有谱。

挑选剧本是紧张和争论的来源，如果制片厂能发明一种电脑程序或机器预测哪部剧本可以保证票房得到回报，他们的工作会变得简单太多太多。而实际上，把剧本变成影片的过程就像一场猜谜游戏，制片厂和制片公司在挑选剧本上下了几百万美元的赌注。尽管他们的决定十分谨慎，挑选过程却不能做到精准，令人恼火，就像《天降神兵》(*Howard the Duck*，1986)、《幻影英雄》以及《幕后杀手》(*Radioland Murders*，1994)一样，只是选出一些最终没能热卖的剧本。这种失落也是电影行业的一部分，这也是为什么制片厂每年要审阅上千个电影创意，其中只有二十几个能够被制作出来[②]。余下的还有五十几个故事会被注资，因为它们在将来有被制作的可能性。

编剧应该对会为一个剧本投入多少成本，以及电影行业的经济情况有概念。曾几何时这些信息很难获取，因为资本家不想让竞争对手和雇员得知制片厂的经济状况。然而近几年，影院票房估值和明星薪水变得像体育比分

① 法则出自《编剧》(本书已由后浪出版公司出版)一书。编剧威廉·戈德曼在本书中断言，对于任何人来说，预测哪个剧本或电影会成功几乎是不可能的。

② 主要包括迪士尼、环球、华纳兄弟、哥伦比亚、三星、派拉蒙、米高梅、联艺和20世纪福克斯。此外，还有摩根克里克、城堡石、米拉麦克斯、新线、想象等五十余家较小的制作公司。这些公司附属于工作室，工作室为制作公司的电影做广告和发行，以分享利润。

一样，每周都会登报。从这样的比分可以看出不同制片方在票房比赛中的胜利与失败。

影视行业迟来的公开与影视周边市场的指数增长息息相关（海外票房收入、录像带出租以及国内外的录像带销售收入）。增长的收入意味着美国电影人可以在电影上花费更多，雇用国际影星，投入大成本制作，拥有惊人的技术与专业知识，这些都是其他国家电影人难以企及的。结果就是美国的电影和电视节目成为全世界观众的娱乐首选。

美国电影成功的代价由其他国家电影人承担，他们的票房和制作水平大幅下滑。据《洛杉矶时报》（1994 年 7 月 1 日）报道，1984 到 1993 十年间，欧盟国家电影流失了一半的观众，他们都转向了美国电影。在这十年间，美国电影在欧洲的收入从 3 亿 3 千万美元增长到 36 亿美元；与此同时，欧洲制片人还在设法为电影寻找发行商和影院，他们之中大多数的结局都是亏损。如下页表 12–1 所示，1993 年美国电影和电视在不同市场的总收入达到 160 亿美元，使得美国影视行业的结余达到仅次于航天制造业的第二位。根据预测，接下来的几年美国的电影经济还会保持强势。

如前面章节所说，编剧无法逃离这些数据的吸引力。他们扑向主流市场和剧本写作。数字挑动他们的肌肉，他们像猩猩一样霸占了所有会议和剧本会的座位。我们写作时，这些数字就徘徊在我们身边，推动我们写出梦幻的故事吸引数量庞大的全球观众。如果这听起来有压力，那是因为确实有压力。

有些编剧通过远离纽约和洛杉矶这两大制作中心来缓解压力。无论住在哪里，编剧们都创造了不同的作息方案。有些人教课，有些人写小说，有些人跑业务。有些人与搭档合作，有些人独立工作，有些人靠零工度日。我们会在下一话题讨论，去哪里生活。

表 12-1 美国电影及电视的全球销售

（以百万美元计算）

				每年平均涨幅（%）	
	1988	1993	1998*	1988—1993	1993—1998*
本土家庭录像带	2, 245	4, 053	6, 027	16.1	9.7
海外家庭录像带	1, 531	3, 166	4, 276	21.4	7.0
本土影院租赁	1, 875	2, 597	3, 315	7.7	5.5
海外影院租赁	1, 463	2, 501	3, 848	14.2	10.8
本土付费电视	692	961	1, 383	7.8	8.8
海外电视销售	752	961	1, 424	5.6	9.7
海外付费电视销售	167	604	1, 113	52.3	16.8
本土电视联合	306	368	387	4.1	1.0
本土有线	133	316	460	27.5	9.1
本土广播网	111	186	232	13.7	4.9
有线 /CBS/PPV	18	62	282	48.9	70.8
酒店、汽车旅馆及其他 PPV	23	39	57	13.3	9.4
总收入	9,316	15,814	22,804		
涨幅				14.0	8.8

*1998 年的数据是估算的。来源：Hollywood Reporter。数据由 Motion Picture Investor Newsletter，Paul Kagan Associates 出版。

12.2 去不去洛杉矶？

因为美国多数黄金时段播出的电视剧诞生于洛杉矶，那些想闯入电视编剧圈的人会发现住在洛杉矶[①]的优点。对于那些想写剧情片的人，住不住洛杉矶并不重要。在 K. 卡伦（K Callan）书中关于编剧商业性的部分，她指出多数代理商和制片公司并不会因为编剧的住址而区别对待[②]。他们的兴趣在剧本本身，而不是剧本在哪写的。

即便如此，仍有许多编剧积极响应洛杉矶和纽约的创意热潮。他们被电影传统以及波希米亚风、冲浪风等他们想象的生活方式吸引。有些编剧想要逃离他们的家乡，也有些人想要留在家附近，从熟悉的生活中提炼故事。许多编剧虽然身在别处，但工作搭档却住在洛杉矶或纽约［杰克 · 埃普斯（Jack Epps）和吉姆 · 卡什（Jim Cash）写《壮志凌云》和其他几部电影都采用这种工作模式：一个在洛杉矶工作，另一个在密歇根教书］。

不少演员、导演和编剧在有需要的情况下会从偏远城市赶赴洛杉矶。没钱的他们会在洛杉矶的朋友家里借宿一周左右，不然的话来来回回的通勤费用十分昂贵。一个编剧可能需要差不多五年时间才能有所成就。这段时间内，钱会成为难题。

如果说有什么安慰的话，演员、舞蹈演员或者其他表演者也一样被经济问题困扰。然而，艺术家总能找到办法渡过难关，无论需要什么——可能需要任何事！迈克尔 · 布莱克（Michael Blake）对此深有体会，他写作《与狼共舞》的那段时间住在车里，在亚利桑那州的中餐厅洗盘子。布莱克直到 42 岁还觉得自己的人生很失败。布鲁斯 · 乔尔 · 鲁宾（Bruce Joel Rubin）花了 25 年时间才写出了《人鬼情未了》（*Ghost*，1990）。他们的事

---

① 《美国编剧工会月刊》（*The Journal of the WGA*）每月都会公布一份电视营销清单，列出那些对自由职业者开放的电视剧及其联系人。但列表中的联系方式不一定是有效的。

② K. Callan, *The Script Is Finished, Now What Do I Do*? (Studio City, California: Sweden Press, 1993). p.34. 这本书提供了大量表格信息，展示了洛杉矶和纽约代理商的情况，以及他们的联系方式。另见 Carl Sautter, *How to Sell Your Screenplay: The Real Rules of Film and Television* (New York: New Chapter Press, 1992)。

例体现出这样一个道理：任何将编剧作为事业的人都需要撑过经验积累的青黄不接阶段。我们看着自己被拒的剧本时会觉得地球上所有人都在和我们竞争。我们付出最大的努力也有可能被无视，而有些新人却可以一次命中。这些事全都可能发生，我们为了交房租找了白天的工作，下班后却因太过疲劳无力写作。为了度过艰难期，我们经常会把剧本交给那些看上去有能力拯救我们作品的人来审阅。

苦涩的笑话和艰苦的奋斗，是从事编剧这一工作的弊端。但我们依然坚持，因为这是我们必须面对的，还因为并不是我们选择了这项工作，而是这项工作选择了我们。我们像战士一样学会通过挫折获得强大的内心，通过困苦得到精神境界的提升。然而像所有艺术家一样，在夜里我们会听见恶狼挠门的声音。在这种时候我们必须成为战士，记住我们选了写作人生；我们决不向恐惧屈服。

说到生活管理，最实际的做法是和纽约或洛杉矶的代理商保持联系。可以通过电话会议或是邮件及传真交流。当一部剧本进入销售阶段，制片公司的工作人员会阅读它并决定是否与编剧交流。如果他们决定和编剧谈一谈，可以安排电话会议。如果遇到时间紧急的情况，编剧可以亲自到洛杉矶或纽约参与面谈。这样一来，现代的交流方式给了编剧更多的时间，不像杰克·华纳（Jack Warner）坚持让编剧们每天早晨 9 点签到，下午 5 点下班离开工作室回家。（华纳这样做是因为他支付编剧固定薪水，他们需要保证固定工作时间。）

洛杉矶提供的最大好处之一是加利福尼亚大学洛杉矶分校继续教育项目（UCLAX），它是世界上最大的继续教育项目。仅仅是编剧一项，UCLAX 一年中每个季度提供 40 门廉价（$300 左右）课程。这些课程主要在夜间的 UCLA 校园内开展，优秀的编剧老师中，有些是当地电影学院的讲师。UCLAX 向任何人开放，没有招生要求。尽管 UCLAX 的课程不能作为大学学分，它们仍是极好的教育投资。

洛杉矶社区学院也提供编剧和影视制作的廉价课程。不仅如此，美国编剧工会、美国导演工会、美国电影艺术与科学学会以及博物馆，还有其他地区学院，都全年提供免费或廉价课程。筛选这些机会，新人编剧可以分散参加这些实用而廉价的编剧课程，不需在传统的电影学院缴纳昂贵的学费。

还需要注意的是，在 UCLAX 编剧课上遇到的人不少都在影视行业工作，这意味着与同学和谐相处将有机会共享行业信息。

我还建议新人编剧考虑找个工作搭档，分摊写作任务与生活开支。除了以上安排，新人编剧还需要寻找一位作家代理商。

12.3 作家代理商

洛杉矶和纽约聚集着这个国家绝大多数作家代理商。有些是雇用了十几位代理人的公司，有些则只有一两人在操作。一位常规的代理人一般与十五到二十位编剧合作，他们负责阅读、讨论、管理。由于这些工作都需要时间，代理人会寻找足够专业、能达到买方要求的客户。代理商必须这样运作，如果 ABC 代理商持续推荐不专业的剧本或是有问题的编剧，公司的名誉会受损。因此作家代理人为了保全自己的名声，只推荐他们认为值得阅读的剧本和编剧。作品在代理商的出版许可下送到制片公司，向潜在买方表明代理商已经读过剧本并相信它的商业潜力。不仅如此，代理商会为提交的剧本添加专用封面和商标，保证制片公司不会因为抄袭而惹上法律官司。

代理人并不神奇；他们是编剧与制片公司的中间媒介。当一位代理人发现剧本有商业潜力，他或她会联系买方，用他或她的销售技巧促使联系人阅读剧本，如果一切顺利，就能售出。代理人偶尔会出于提高剧本成交率的目的向编剧提供建议。代理人会在他们的编剧失落时给予安慰，但他们主要是编剧的讨论搭档。有一个不容小视的事实是，编剧 - 代理人的关系意味着剧本的质量：编剧必须呈上专业的作品，代理人才能卖得出去。

代理人和剧本编辑、制片人以及故事开发部门有私人联系。这些关系是精心培养的，它们是代理人最宝贵的财富之一。另一项财富是名声，尽管好莱坞与世界接轨，这个圈子却并不大，从业者——制片人、编剧、代理人——经常互相私下认识或是因为名声了解对方。因为许多剧本成交建立在信任和交情之上，代理人会衡量自己的名气。这种信任和社交技巧在许多电影开发过程中都有效缓解了商业压力。

代理人主要通过电话工作，快速有效地呼叫忙碌的制片厂工作人员，工作人员也经常一天应对和回拨上百个电话，那些电话都声称剧本非常优秀。代理人也了解影视合同以及如何谈判，他们经常通过致电制片公司来介绍编剧，组织会议，安排销售环节，并介绍自己售出的剧本。通过电话和面谈，代理人对当季流行什么、谁会买以及买方在寻找什么心里有数。为了走在潮流前端，代理人还需要阅读一些交易相关的出版物（《综艺》日报、《综艺》周报、《好莱坞报道》、《洛杉矶时报》、《美国编剧工会期刊》以及类似的出版物）。

代理人意识到制片公司在阅读材料时是很困难的，他们在大量投稿中大海捞针。然而为了在剧本竞赛中生存，制片厂以及独立制片公司必须安排更多读剧本的人，从中找出最好的编剧和剧本，如此循环。这是一个有些浪费的系统，但这确实可以让代理人提交的每一部剧本都至少被阅览一次。所以，对于一个编剧来说，参与到这场竞赛中的最佳做法就是和一位作家代理人组队。

12.3.1 确定一位作家代理人

与代理人签约并没有官方指导的操作方法。除了高水准的写作，不断的进步当然会被重视。找到代理的第一步是分清哪些代理人在寻找新客户。这种代理人名单由美国编剧工会西部分会印发。一位新人编剧可以找到这份名单，选择一至两个代理商，送去简短的（一段）询问信及作者介绍，寻求展示作品的机会。如果你也这样做，你还应附上一页故事理念以表达你的思想。如果你上过新闻或者获过奖，也一并送去这些可以增加你竞争力的内容。记得加上你的电话号码和通信地址以便对方回复。你的目标是邀约一次面谈或者至少是电话会议，让你有机会向代理人展示你的作品。代理人一般会对专业而礼貌的自荐做出良好的回应。（需要注意的是询问信上出现错字和潦草的字迹是很不专业的表现。）拒绝那些提出收费阅读剧本的代理人。还需要注意作家代理人不是写作导师。所以新人编剧在提交作品前应将其修改至出售水准。然而剧本达到水准仅仅是一块敲门砖，并不意味着你已经从层层竞争中脱颖而出。

当一位代理人决定与你见面，安排了会面，你便见到代理人，提交剧本小样。如果你们不在同一个城市，你可以邮寄小样并与代理人通电话——这时剧本小样变得至关重要。按照代理人要求寄送文件，一般是两到三份电视剧本（不同节目）或者一到两部剧情片，来展现你的能力。代理人会评估你的故事情节、能量、人物、对白、格式以及整体写作风格。一次面谈可以告诉代理人编剧将在剧本会上表现如何，例如编剧是否说话有理有据，足够睿智，他或她的讲话态度是十分兴奋的、紧张的，还是充满野心的？

多数代理人也是经验丰富的剧本读者，可以辨别出专业作品。代理人很欣赏讲故事充满激情的编剧与能用幽默的语言表达深刻思想的编剧。如果代理人拒绝了你，你要向他们索要反馈，以便于评估自己的作品。你需要明白问题出在哪里才能进行改进。不是所有代理人都会对剧本给出评价，但有一些会，因为他们即使只花十分钟时间浏览剧本，也足够指出编剧的写作技巧处于何种水平。多数剧本被拒是因为故事薄弱——没有太多事件发生，进展太慢而且缺乏戏剧性，以及人物单调。一个薄弱的故事（以及潦草的书写方式）一般从前二十页就能看出来。如果至此都没能发生些什么，阅读一般就会到此为止。

被拒绝，意味着向名单上的下一位代理人努力。坚持下去直到有人认同你的作品，签订合同意味着代理商同意把你当作客户，代理你的事务。如果没有代理人和你签约（或者在签订合同前不同意看你的作品），那就继续写作、学习，直到你的作品达到标准。你必须相信自己的编剧能力。这种信念使得“想成为”编剧的希望得以坚持下去。

编剧与代理商签约后，每成功售出剧本，将支付 10% 的毛利给代理商。合同还规定编剧只能和该代理商合作。在编剧签约代理商后，代理人需要为编剧提供指导、鼓励，以及关于制片公司与剧本销售的行业情报。一旦编剧－代理人的关系确立，下一步是将编剧的作品送到潜在买方处进行评估销售。

12.4 如何评估剧本

正规作家代理商会将剧本送到一个或多个电影制片公司。有时候，剧本（当递交者是著名编剧或有声望的代理人）会跳过初步审核，直接送到开发人员或制片人手中评估其商业潜力。

多数剧本的评估开始于制片公司的故事部门，这里的专业审读人每天评估一到两部剧本。一个星期内，十几位制片厂审读人会提交六到十份剧本——通过率为二十到三十分之一。这意味着他们将有商业潜力的剧本提交至下一阶段复审。复审阶段有十几位故事开发人员和制片人，互相阅读与分享被推荐的剧本，在每周的故事会议上进行讨论。多数作品会因为各种原因被拒，但有一小部分剧本会被送到开发部门进行修改，每个月大约会有一部剧本通过制片厂审核，开始制作。全国的小型制片公司也一样遵循同样的流程，只是剧本和审核人员的数量少一些。从提交剧本到影片制作之间的通过率虽然很难计算，但是我咨询了专业审读人、代理人以及开发人员后得知，差不多几百份剧本中有一份可以售出，这些剧本中又只有五分之一最终被拍成电影。实际通过率也许并没有看上去那么可怕，因为大多数剧本会送往多家制片公司。写出这些数字并不是为了打击你，而是提醒你被拒是常态，你也许很痛心，但是根据上文数据来看，被拒是几乎无法避免的。

在审阅过程中，专业审读人和开发人员可能会问你相同的问题：你的剧本是否拥有好故事以及有意思的人物？大众会喜欢这个故事吗？故事有没有探讨什么哲学问题？剧本是否引人入胜？能否调动读者的情绪？通过这些基本问题（以及附录 F 的评估表中的问题），审阅者希望找到通过考验的好剧本。

总的来说，挑选剧本并不是一项浩大的、官僚主义的流程；这是一项个人操作，一小部分人将那些薄弱的故事挑走，只留下那些有商业潜力的作品。最终，制片负责人以及两三名他最亲近的顾问将决定投资哪些剧本并拍摄成电影。为一部剧本开绿灯要求负责人对全球市场的兴趣需求有非常直观的感受。必须承认，这并不是一道完美的流程，投资失败的有《勇闯快活岛》（*Exit to Eden*，1994）以及《窈窕男女》（*The Road to Wellville*，1994），而最终取得成功的《野战排》（*Platoon*，1986）以及《母女情深》（*Terms of Endearment*，1983）在前期却被搁置了好几年。即便很难避免判断失误，人们还是在尽最大努力来挑选成功者。

关于本话题最后要说的一点是：好剧本是稀少的，尽管一个代理商投递的几千份剧本每一份都是作者的最佳作品。结果就是当一部好剧本出现，即使编剧没有名气，却仍然具有吸引力。所以，每年只有极少数剧本获得成功，并不是因为这种审核流程不公平或有着太多随意性，而是因为，要写出优秀的剧本确实很难。对于新人编剧来说，正确地评价这一良好的剧本销售模式很重要。

12.5 提案会

我在 WGA 的那几年，没有什么话题比提案更吸引人了。这是因为提案是一项可以击溃许多编剧的表演技巧。提案是编剧向潜在买方推销自己故事的机会。作为一种宣讲会，提案会就像一场销售仪式，好比森林里的捕兽者集合在一起，打开他们的包袱，摊开他们猎物的皮毛等待别人检阅与购买。在编剧的集会里，我们打开公文包，拿出一两个获奖的故事摊开，准备出手。我们奉承、欺骗而且口出狂言，但如果我们对剧本不是很有信心，买方也会感觉到我们的不自信，并给出消极回应。这是提案的第一课：相信你的作品是美好的。

每一次提案会的机会都不容浪费，所以你要为此花时间做好充分准备。有些编剧预先录好提案的音频和视频，据此练习；更多编剧选择对着朋友练习提案。还有一种方法是让朋友向你推销你的故事，这样你能从自己的角度进行评估。如果你怀疑自己准备过度，就看看《证人》的编剧威廉·凯利针对这个问题的发言：

> 没必要为了提案会而承受太大压力……计划好你要说什么，就说这

些，要有礼貌；然后就不用管了。他们会欣赏你节约时间，还会欣赏你的潇洒来去。[①]

凯利的提示引出了故事提案会的第二课：认真准备。在准备之前你需要明白，提案会是一个商业会议。请保证按时抵达，着装可以在表示对他人尊敬的同时展现自我风采。提案会是简短的，一般需要 20 分钟左右。不要浪费买方的时间或者表现得太生涩、太艺术气息或太像书呆子。尽可能坐直；表现得机敏、礼貌、有兴致。不要驼背。不要吸烟。如果会场提供咖啡，不要拿。不要因为买方接电话或其他人的窃窃私语而紧张。对买方要包容：他们可能刚刚结束了一整天繁忙的工作事务，可能在担心着孩子的扁桃体炎，或是承受着各种压力。

当编剧与买方简单打过招呼后，会议进入口头介绍故事的阶段。当新人编剧进行电影提案时，他们的目标是能够说动买方阅读完整的剧本。因此我建议，一次只推销一个故事，因为它们太过复杂而且需要细致地解释。进行剧集提案时，一些编剧会准备六到十个故事概念，每个介绍十到二十秒左右。有些人则只为一个故事概念进行情节上的详细介绍。

无论听什么提案，买方都会欣赏精彩流利的谈吐。在你提案的时候，不要表现出畏缩、不自信、懦弱或是绝望的样子。别吐字含糊或是语速太快。讲话要清楚有力。保持眼神交流。如果你在提案会上胡言乱语、磕磕绊绊、膝盖抖动不止、舌头打结，买方也能明白你不是痛苦，而只是紧张。他们知道许多编剧宁可吃虫子也不想做提案演说。真正重要的是故事内容本身，而不是你推销它的语气。尽你所能将故事的戏剧感用语言描述出来吧。听听加里森·基勒（Garrison Keillor）的广播，学习他如何讲故事——这种风格很适合提案会。不要在提案时看笔记或者像记歌词一样背诵，你要成为一名讲故事的人。

好的提案应该有自己的形态和节奏。它是一个片段，牢牢抓住大家的

---

① "Interview with William Kelley: *Witness*", in *Top Secrets: Screenwriting*, p.172.

注意力。它是有创造性的。提案应指出故事侧重情节还是人物（或者二者兼具）。提案应该体现故事的三幕结构以及每一幕的起止位置；还要描述故事矛盾的设置与发展，以及故事如何抓住观众。提案应该提到关键人物的行为动机，还应涉及故事的视觉表达。好的提案的结构与笑话的结构是一致的；当贯穿故事的矛盾得以解决，笑点就是高潮场景。故事应该结束得干净利落，总结支线情节，解答遗留问题。

商业“爆点”应该贯穿整个提案过程，换句话说，故事应该有意思，有与众不同的创新的点子。没人知道它哪一点可能会“爆”，但它看上去紧扣戏剧冲突，就像《阿甘正传》一样。神奇的创意（《巧克力情人》）可能会“爆”。有些故事出现了非凡的人物（《最后的诱惑》）。有些故事则情境很独特（《生死时速》），很有创造性（《猪宝贝》）。在一些例子中，特殊地点（《肖申克的救赎》）可以使人产生兴趣。有些电影上述几点全部包括，例如《莫扎特传》《百老汇上空的子弹》《现代启示录》《奇爱博士》《愤怒的葡萄》以及其他优秀影片。

所有这些要点都需要加入两分钟的口述介绍中。提案要保持简短，因为多数编剧无法在更长的时间里留住听众的兴趣。因此，介绍内容必须囊括故事内容与买方会问的一些关键问题的答案。在能回答这些问题的基础上，再将一些故事细节添加进去。

提案其实就是介绍打磨与扩展过的故事概念，即基本故事创意加上贯穿故事的矛盾（见第 2 章）。多数买方都懂得提炼故事核心，但提案仍需清晰地陈述故事概念。故事概念往往是决定买家态度的关键。制片人劳伦·舒勒 – 唐纳（Lauren Shuler-Donner，代表作《雾水总统》《人鱼童话》）参加过数百次提案会；以下是对 1993 年 11 月她在 WGA 上有关这个话题的发言所做的总结，颇具指导意义：

> 告诉你的提案对象——用两三句话——这部电影是讲什么的。就像是电视指南读物一样，我知道这听起来很可笑，但当别人给你提案时，你的思维其实会活跃起来，试图去观看提案者口中的电影——你会努力

> 想象画面。概括性总结可以替你把这件事完成。比如有人告诉我这是一个关于鲨鱼袭击小镇的故事，那么好，我就知道你要讲什么了，然后你就可以开始讲故事。我要听的是一个三幕结构的故事，冲突是什么，好的、原创的、鲜活的人物，以及意想不到的结尾。一个原创故事，我所喜欢的故事。

每一个你能想到的情节，有经验的买方都听过至少五到十个版本，所以他们很少被故事创意所震撼。就像舒勒－唐纳提到的，买方经常能将情节与熟悉的类型联系起来。他们也想听编剧如何使一个概念焕然一新，将故事引向不可预测的方向，使它和买方从前听到的任何版本都不相同。创意的特点不必高深，但需要让买方为之振奋、为之留意。一个关于大城市警察保护阿米什社区美丽寡妇的故事是有意思的。一个关于年轻女性想要逃离田纳西的肮脏山区，到一家商店开始自力更生的新生活的故事很质朴也很有意思。一个恶棍为聒噪的演员修改话剧剧本很有意思。小说《黑暗之心》（*Heart of Darkness*）的一个改编版故事背景设定在越南也很有意思。（这些构思最后全都成了著名影片，分别是《证人》《鲁比的天堂岁月》《子弹横飞百老汇》以及《现代启示录》。）

在提案会上，要记下买方的意见和建议。编剧们也应该彼此自由交换意见，当我们对别人剧本的建议被采纳，我们应该感到荣幸。一般来说，提案会是一次有创意的、有批判性的帮助剧本提升的机会。布鲁斯·乔尔·鲁宾在 1991 年 WGA 研讨会上说他用了几个月才将《人鬼情未了》推销出去。在这过程中，不少潜在买方为他提过建议，他们都喜欢这个创意，但都认为还有改进的空间。鲁宾听从了建议，做了笔记，记下了提案会上听来的其他创意，并在修改剧本的过程中用上它们。最终他的故事成功售出，并被制作成著名电影，改写了鲁宾的职业生涯。

对买方的意见保持开放态度并不意味着接受他人的全部建议。编剧花几周或几个月时间写剧本，而买方只花几分钟听一次介绍，所以不要被任何人的快速评价所影响。同样的，也不要全盘接受买方的喜好；否则，你会发现你可爱的创想变成了让你没法再写下去的怪胎。如果你不喜欢买方提出的意见，保持恭敬。1992 年，我曾经的学生，后来成为电视剧《男人不易做》的剧本编辑的苏珊·詹森（Susan Jensen）来我的课上分享经验，告诉同学们她最喜欢的几个暧昧评价："这很有意思。""让我想想。""有意思的想法！"聪明的点头也有效，一个合时宜的"嗯！"也可以。

如果一个买方对你的创意不感兴趣，说再见并带着轻松乐观的态度离开，仿佛你接下来还有十几场会议。还要记住，被拒绝的只是故事创意，不是编剧这个人。拒绝是电影行业工作的一部分，试想一下，在这个行业，上过提案会的剧本里只有不到百分之一的作品能卖出去。大量剧本的被拒原因可能与编剧或故事创意都没关系。编剧工作的能量来自创造力和自信。当这股火焰被拒绝所熄灭时，必须在它对编剧造成阻碍之前重新点燃。

积极地想，把提案会当作揭开剧本销售环节神秘面纱的一次积累经验的环节。为提案会做准备可以让你对故事内容、吸引买方的地方以及需要改进的地方变得敏感。最后你应该会在专业性方面有所提升，因为你正在将写好的故事带入市场，并且有在会议上展示并接受批评的进取心；一次提案会就像一场战争。这段经历会让你的下次提案会变得更容易。还能让你意识到你的情节构思可以再打磨、介绍给其他制片厂或制片公司。还有成百上千的潜在买方，他们都在寻找好剧本。

上文许多与剧情片有关的建议，斯坦利·M. 布鲁克斯（Stanley M. Brooks）都曾在电视艺术与科学学会（Academy of Television Arts and Sciences）的演讲中提及。他在 1990 年的讲座"把你的项目介绍给电视公司"中包含了十条推介建议，特摘录如下：

（1） 了解电视公司买方生产的产品（看电视）。

（2） 在正式上会前多排练几次。别尝试自由发挥。

（3） 保持利落，看上去准备充分。把提案会当成工作面试。

（4） 当收到批评时，要表现得坚强而柔顺。如果买方放弃项目，表示理解。你还会有下一次提案的机会。

（5） 对演员阵容（你觉得适合饰演主要人物的演员名字）有想法。
（6） 绝不在项目上作假，尤其是“附带”明星或者“享有权利”方面。
（7） 保证你的介绍简短凝练。叙述概念，描述人物，然后总结故事。
（8） 绝不停留太久。不要过度推销。
（9） 不要在会议之外做提案，比如在餐厅。
（10）保持状态投入！买方购买的不只是点子。他们购买的是你的激情和热忱。

如果买方被你的故事概念所吸引，他或她会记下笔记或列个大纲。尽管这并不代表你已经成功将剧本售出，但这表明买方确实对你的作品感兴趣，也许他们会用记下来的大纲去向同事介绍这个故事。如果公司决定购买你的故事创意，你的代理人会和他们商量价格。尽管媒体偶尔会报道一些关于天价剧本酬劳的新闻，新人编剧在更多情况下只会得到 WGA 的最低酬劳。剧本交易会被收录进交易备忘录，这是制片公司和编剧代理商间的标准协议，上面写明了交易条件。（附录 G 中有交易备忘录的范例。）WGA 对这些提供了建议操作流程，不过新人编剧需要对那些诱骗你为他们免费修改剧本和故事的狡猾甲方保持警惕。如果他们希望你来写，你应该让他们先付钱。交易备忘会把这一切都写清楚。

交易备忘一般会让编剧签署付款时间表，这样制片公司就可以在编剧没能按时交稿或修改剧本的情况下终结项目。每一次交稿后，编剧都会被通知参加剧本会，这将我们引向电影制作流水线的下一站——剧本会，在这里我们会讨论故事或者剧本初稿。

12.6 剧本会

12.6.1 剧本如何开发

让我们假设你已经参加了提案会，签署了交易备忘。现在制片公司（一般是与你合作的具体制片人）通知你参加决定你能拿到多少钱的剧本讨论会。编剧应该全副武装，在会上守护并解释自己的作品。最初的会议内容是讨论故事，也是这项工作中最令人头痛的部分。在剧本中的每个片段都被敲定后——这可以耗费几星期甚至几个月的时间——还有更多的会议，针对单独的场景和对白进行讨论。在这些会议中，制片公司经常指出故事或剧本中意义不明的部分。编剧试图将这些买方不喜欢或不理解的地方解释清楚。

编剧出于保护自己作品的目的会一直紧跟流程；也有可能是出于经济原因；总之他们不会被贴上不合作、难搞、不按时递交合格剧本的标签。尽管初衷再美好，原创编剧也可能无法递交让制片厂满意的剧本。当这种情况发生时，或是当原创编剧筋疲力尽时，公司可能会雇用新的编剧。改写可能要持续好几年，剧本被送到一个又一个不同的办公室，直到有人确定故事的问题已经无法解决。在这种情况下，剧本会被废弃。没有任何一个太平间装得下好莱坞每年废弃的上千份剧本。最近，一些制片厂开始清理这些废稿，期望从中找到一些被忽视的好剧本。有些剧本的创作年份居然是二战之前！它们被保留的原因是说不定会有复活的机会①。

然而事实是，开发剧本成本高昂。举例来说，大型制片厂一般需要几十万美元的投资来开发一部剧本。由于一个大型制片厂一年有 50 到 100 个项目需要发展，需要耗费超过管理成本的四分之一来开发剧本。环球影业董事汤姆·波拉克（Tom Pollack）在 1993 年 12 月的一次 WGA 会议上称他的公司每年管理费用支出达 1 亿美元。环球每年出品差不多二十部电影，这意味着每部电影肩负着 500 万美元的营收任务来填补管理费用。环球每年开发剧本的支出约 100 万美元。从全行业来看，每年有上百位编剧被收购剧本或参与改写剧本。尽管这其中大多数剧本最终都没能做成电影，制片公司还是向编剧们提供了丰厚的报酬②。

---

①　制片厂也对翻拍旧电影越来越感兴趣；然而，迄今为止，还没有什么特别的结果。漫画书、电视节目、前传和续集也被拍成了电影。尽管发生了这种“盗墓”行为，但对新故事的需求仍有增无减。

②　相比故事片剧本，电视剧的剧本被拍摄出来的可能性更高，因为电视剧的编剧可以修改剧本，直到满足播出要求。

12.6.2 对于标注和编辑建议的回应

标注过的剧本或者故事会在剧本会前或会上被送到编剧手中，通过它们可以了解买方的评价。标注的地方许多都不是大问题——简明对白，丰满人物，重新设定场景，等等。这些问题并不难修改。有些标注则触及剧本核心，这要求非常细致的审阅。买方可能会对故事冲突、逻辑，或者场景与人物戏剧化处理的方式不满意。编辑建议可以指出故事线中的盲点、偏移与歪曲之处，或指出无效的场景。准备好保护你的作品，解释那些问题。与此同时，直面买方的批评，因为他们的意见可能是正确或者部分正确的。

当编剧和买方想象出相同的画面时，剧本会一般会变得更容易。遵循前面几章提供的格式建议时，编剧更容易令其他人产生共鸣。熟稔明晰的写作风格与格式可以让不同的读者在故事、风格、主题、冲突、矛盾、人物动机以及人物互动问题上达成共识。还要记得准备好陈述你对演员的想法；有些买方喜欢将面孔代入人物，这样更容易想象电影画面。买方的考虑通常都与如何讨好观众紧密相关，所以你要尽最大努力对他们提出的反对意见与保守建议做出回应。记下他们的评论和建议。你可能需要一段时间来分析你的笔记，并在下周剧本会前与买方进行一次电话会议，也许届时你会有新的创意。有时编剧根据剧本会上得到的意见回家修改，可以一次到位。在这段关键的收尾工作中，即使你认为自己的作品已经无懈可击，买方却可以轻易看到一些你没注意到的缺陷或潜质。

在课堂上，学习编剧的学生有机会根据不同的评价来修改作品。老师对于开发故事或剧本的坚持看似严格，但在电影行业这只是小菜一碟。美国的制片厂和制片公司运行着国际级的业务，坚持出产国际级的作品。因此，编剧在剧本会上要谨记，买方的建议可能实际上是暗示你需要改得更好，不然我们将雇用别的编剧！

编剧拿着专家级收入，递交专业级内容。来评定内容达标与否的却是制片公司，而非编剧。然而，如果编剧对每一个建议都表示抗拒，工作就无法进行下去。相反地，有些编剧选择屈服，听从买方的一切建议。无法做到独立与妥协相平衡的编剧要么退出生产线，要么因太过迁就而丢失了自己的观点，只能做出拼凑流行热点的速食作品。乔·埃斯泰尔哈齐（电影《本能》编剧）对此发表评论：

> 许多年轻编剧陷入流程之中，为了电影能够顺利制作不断迁就。这样做完全稀释了作品原有的力量，更深层次地说，他们的让步伤害了自身。他们不再是编剧，他们开始做听写的工作，而这种情况在他们下次坐在打字机旁边时还会继续下去。[1]

埃斯泰尔哈齐在这里提出了战士般的职业道德，我们要作为艺术家守护我们的内容与我们的视角。独特的视角是我们的天赋，也是我们被优先雇用的原因，所以这种能力不应被无视或轻视。当我们被推到角落，被要求修改内容，我们通常会尽自己所能与买方洽谈。然而，如果修改要求真的令人无法接受，有三种选择：退回定金然后尝试把剧本卖给其他人；留下钱，然后告诉买方换个编剧；或者根据建议修改，并且改变你自己对于“无法接受”的定义！

如果是为了保持善于合作这个好名声，我建议你和买方合作，按照建议修改。有些时候，编剧按照要求修改了剧本，但当新创意嫁接到剧本中时，却不起作用。这种事常有发生，买方会意识到这一点然后决定将剧本改回来。

编剧依靠一部剧本建立职业生涯。我们是专业的，像其他专业人士一样，人们期待我们的表现能够满足他们，在这里“满足”是指写出具有商业价值的、可以做成电影的剧本。制片人在雇佣一位新编剧之前，一般会联系他曾经的合作者询问评价。当评价是好的，接下来就是分配任务；如果不够好，编剧也许需要试着重新树立他或她的名声。

你的编剧生涯也许有起有伏，但无论发生什么，相信你的才华。不要变得狂躁，记住，虽然有别的剧本和别的机遇，但是独特的你只有一个。你

---

① *Journal of the Writers Guild of America*, May 1994, p. 17.

的思想、内心和灵魂是你故事和人物的根源，所以不要颓废。做个坚强、睿智的编剧，戴着四顶帽子，创作精彩的剧本！

12.7 案例研究：《圣诞老人》

为了让你感受提案会、代理商和好的剧本市场是如何运作的，请学习著名电影《圣诞老人》（*The Santa Clause*，1994）的成功案例。1992 年，两位新人编剧［史蒂夫·鲁德尼克（Steve Rudnick）和里奥·本韦努蒂（Leo Benvenuti）］向他们的代理人提交了剧本。代理人很喜欢，并通过电话介绍给一些制片公司，包括法外影业公司（Outlaw Productions）。法外影业公司是一个三人小店，最初的作品是《性、谎言和录像带》（*Sex, Lies, and Videotape*，1989），仅花费 120 万美元便获得了 2500 万美元的利润。这部影片为法外影业公司带去丰厚的利润外，还带来了足够的影响力，使其能与主流制片厂讨论与开发剧本。不幸的是，他们的努力换来的却是一系列的失败［《异性与相处》（*The Opposite Sex and How to Live with Them*，1992）、《渡桥》（*Crossing the Bridge*，1992）、《假日少女情》（*Don't Tell Mom the Babysitter's Dead*，1991）、《秋天的记忆》（*Indian Summer*，1993）、《棒球先生》（*Mr. Baseball*，1992）、《恶夜骇客》（*Wagons East*，1994）］。

急于寻找下一部好片的法外影业公司回应了该代理人的介绍，请他们将《圣诞老人》的剧本送到办公室。几天过后，公司阅读了材料，两位编剧被请来开故事提案会。会议结束，签订了交易备忘，支付编剧一万美金以换取法外影业公司开发剧本的权利。在接下来召开的一系列剧本会上，法外影业公司给了编剧一些改进剧本的建议。经过几份草稿，他们认为剧本已经足够优秀，可以介绍给制片厂以获得投资，将剧本制作为电影。

一个剧本通常要有“卖点”，因此《圣诞老人》找到了在电视剧《男人不易做》中饰演经理的影星蒂姆·艾伦（Tim Allen）。虽然他们认为这部戏非常适合这位电视明星，艾伦却因为工作原因无法在当年出演。在随后的谈判中，艾伦联系了迪士尼的总裁杰弗里·卡曾伯格（Jeffrey Katzenberg），他们相识于迪士尼制作的高收视电视节目。迪士尼正在寻找一部能展现这位明星的风采，成就其戏剧电影事业的剧本。据说卡曾伯格在 1992 年的感恩节阅读了《圣诞老人》的剧本，五个月后他致电法外影业公司，他的反应非常积极，法外影业公司的合伙人之一罗伯特·纽迈耶（Robert Newmyer）说："卡曾伯格爱上了这部为蒂姆量身打造的剧本。"这段话在电影业意味着"我们签约吧——尽快！"。压力在那个周末释放了。迪士尼打来几次电话，在与法外影业三位合伙人进行紧张的谈判后，卡曾伯格坚持让法外影业公司将剧本卖给他，午夜就签合约。法外影业公司同意了，迪士尼因此支付五十万美元给编剧作为《圣诞老人》的剧本费。

艾伦在第二年可以出演，电影于 1994 年 4 月正式开始制作。预算是一千七百万美元，电影因为参与主流广告宣传活动使得迪士尼又额外支付了两千万美元。《圣诞老人》仅在北美就挣了一亿五千万美元。四到五成的利润属于迪士尼，法外影业公司也享受分成。影院所有者保有剩余部分。由于参与了《圣诞老人》，法外影业公司不仅赚了几百万美元，还与主流电影制片厂建立了合作关系，为将来合作创业打下良好基础。

《圣诞老人》是一个典型的商业案例：有人写剧本，被认为有商业或艺术潜力，车轮开始运转——迅速地运转！同时，热门剧本开展竞标大战。这一般由代理人安排，中标剧本的复印件被速递员骑着摩托车亲手传递，这看起来很疯狂。收件人是顶尖制片厂的工作人员，他们有权选择合适的项目。这些工作人员要花一天左右时间阅读剧本，然后开始投标。谈判通过电话进行，一般在一天内给出结果。

本章内容流露出的现实感发人深省，写《圣诞老人》的例子是为了增添几分希望。尽管编剧工作充满挑战，但也令人兴奋。像《末路狂花》还有许多其他剧本一样，《圣诞老人》的编剧是从未出售过电影剧本的新人，但他们的回报是丰厚的。

这个例子还说明制片厂要花一大笔预算在广告上。然而有一些电影的制作过程非常低调，所以在最后让我们考察低成本电影的市场，在这里，带上运气、脑子和作品的新人也许可以增长经验并得到经济回报。至少接下来的内容也可以为你的梦想打下基础。

12.8 主流之外的电影制作

最后一部分内容是为开发低、低、低成本版法外影业故事提供建议。这个计划仍旧在兜售找一位写作搭档或找一个专业“传声筒”的好处。无论是团队在一起写作，还是每个星期会面交流心得与互相抱怨，这样的组织都可以拥有生产力。

你可以寻找对电影制作及电影产业感兴趣的人合作，拓展你的队伍。三到五个这样的人就可以组成一个能编剧、导演、拍摄并剪辑一部低成本剧情片的队伍。制作的起点和制片厂一样：一份所有人都信任的剧本。有了剧本在手，下一项任务是寻找资金并将剧本拍成电影。

团队应该对将来如何分成（如果有的话）达成一致。需要起草一份法律合同，将合作关系列清楚。团队应该学习电影商务相关知识，这样才能弄清制片成本、演员、器材、拍摄地、工会、法律事务、销售以及后续利润分成（如果有的话）等一系列事务。可行的第一步是阅读《好莱坞报道》与《综艺》日报和周刊，以及其他产业资料。一些关于电影如何制作的基础知识也可以从关于制作、广告、分销的书籍中找到。认识电影，是一项浩大而复杂的工程，需要几年的紧张学习，所以别把这项计划当作周末玩乐或随意的事情。独立制作需要知识、决心、勇气和勤奋的工作，想干好各行各业也都是如此。

由电影发烧友组成的汗水合作联盟在美国这个国家的任何地方都会出现，因为电脑与电话等新科技进入了电影制作过程，将大家联系在一起。当你创建好团队，你要为团队设定一个诱人的目标，建立办公室、印文件、连电话、注册黄页——然后向团队下达任务。先用一个月时间编写并拍摄一部短片（十五分钟左右）。用廉价设备先把剧本上的内容拍出来，如果条件允许的话也可以采用更高的规格。如果你渴望更好的器材，可以租赁（不要买）。请注意与其寻找对硬件要求颇多的技术达人，不如寻找那些对软件感兴趣的人（写剧本、演员管理、制片的人才）。

在最近的市中心寻找商业制片厂或磁带房剪辑短片。有些时候，需要向当地学校或公司借用专业摄像机。每个月重复一次这样的短片练习，三到四个月以后，团队可以开始开发长片剧本的工作。由于团队积累的经验，可以开始和当地剧团取得联系。寻找其中有特色的演员；有些演员也许具有专业水准。团队可以借有线电视的公众频道和一些临时的当地电台展示作品。利用曝光机会拉拢更多的编剧、演员和其他愿意投入精力的制作人员。

培养当地的媒体宣传人员。如果首个短片反响良好，团队可以把作品递交到电影节，征求资金，或举行一个供编剧交流原创人物故事的论坛，这些人物与故事都是真实诚恳的，因为他们仅仅与人物有关，和特效、特技、空荡的场面都没有关系。一旦积累了足够多的剧本，优秀的制作班底也将随之而来。你如何知道剧本是好的？当你见到好剧本就能认出来！

有意思的是，主流制片公司不再是好作品和好编剧的唯一出产地。举几个我个人知道的例子：不久前我成为路易斯安那州一个调查项目的评审，他们想借此项目找到有助于发展本州电影业的新人编剧。我读了几十份剧本，找到六份具有专业水准的剧本；其他不少剧本也都不错。我曾在北卡罗来纳电影艺术学院举办的夏季工作坊中看到过同样水准的剧本。这里是想说明好的编剧在哪里都能找到。尽管他们的作品还不尽完美，只要适当进行鼓励与引导，最终他们的剧本能达到改编成电影的水准。思路清晰的当地小制作团队也能推动梦想成真。

虽然这一切听上去过于乐观，不过这是一个确实可行的组建制片公司的计划——而法外影业公司证明，小团体是可以取得成功的。对于新人编剧和电影人来说，充满创造性的机遇是存在的，小而拮据的团队制作一个娱乐性与戏剧性兼具的项目成本是一百万美元 / 小时。这比有线公司和 1995 年独立制片公司的两百万美元 / 小时的报价要低出不少。不仅如此，现在电影可以通过卫星、有线、光纤以及许多管道送入影院或者我们的家中。无论在外外百老汇、私人小剧场，还是地方小电影制片公司，好的写作总能吸引艺术家。这不是一种激进的想法，因为独立电影人已经通过这种方式维持生计许多年了。

也许这只是白日做梦，或者自娱自乐。例如在默片时代，勇敢的电影人在街上使用手摇摄影机，他们都没什么经验——他们制造了电影。在20世纪50年代，电视的黄金年代产生了另一种艺术形式——现场电视剧。保罗·纽曼、西德尼·吕美特、霍顿·富特、帕迪·查耶夫斯基、罗伯特·雷德福等上百位艺术家开始了创造大人物的生涯，这些大人物在小小的制片厂进行直播表演，通过广播与电视传送给有鉴赏力的全国观众（Philco Playhouse，Studio One，Playhouse 90），几十年过去了，至今令人怀念。独立的地方电影可以再次打开机会之窗。这并不简单。需要五到十年的努力，团队才能创造出媲美好莱坞低成本制作的作品。即便如此，对于低成本节目的需求还是能够刺激地方制片公司。观众对节目的渴望已经表现得很明显了，可以看到有线电视台用一连串的体育节目、谈话节目、政府之声、庭审现场、喜剧俱乐部、家庭购物、摔跤、电视购物和其他零散的节目吸引收视。由于电视频道数量的扩展，对于戏剧节目的需求也随之增长。①

地域化的趋势已经形成，就像主流制片公司表现出来的那样，他们已经在加拿大、佛罗里达、得克萨斯、北卡罗来纳、欧洲及任何可以制作商业电影电视的地方建立门户。

再一次让我们回到一切的起点——一部可以让演员、导演、摄影师、剪辑师以及其他艺术家完成自身工作的剧本。这些人阅读剧本并决定哪一部值得他们花费时间和精力。这种合作模式已经在《麦克马伦兄弟》（*The Brothers McMullen*，1995）、《烟》（*Smoke*，1995）、《大智若愚》、《旅客》（*Gas*，*Food Lodging*，1992）、《杀手悲歌》（*El Mariachi*，1992）、《激情之鱼》、《街区男孩》以及《性、谎言和录像带》等作品中都有所体现。

这些制作团队成功的相似之处当然是规模非常小。然而这是艺术性企业的共同点，规模并不是追寻艺术事业路上的阻碍。一个地方独立制片公司可以为新人提供展示的平台。这个计划有双重诉求：它让作者挑战张嘴与闭

---

① 1995年，推出了一个专门播放独立电影的新付费电视频道。同年，圣丹斯研究所宣布计划在有线电视上发布独立作品。这种行业新发展为那些敢于抓住机遇的人指明了新的机会。

嘴，停止抱怨商业对他们的限制，写下他们内心的感受。不仅如此，这个计划还让制作团队的成员把握自己的职业生涯，而不需等待好莱坞某一天发现他们的才华。这个计划倡导简化好莱坞系统，允许直接创作电影。产品经非主流电影及录像带渠道发行，例如公众频道、地方电视台、海外分销、录像带、有线电视、公共广播服务等，当作品足够成熟，再走影院渠道发行。多种曝光形式让电影创作者积累经验，学习用电影画面讲故事，展示作品，得到乐趣，朝着制作更大的项目努力。

这个计划在两位年轻人阿伦·谢夫曼（Aron Schifman）和理查德·麦肯奇身上起到了作用，他们是低成本录像带电影的制片人。谢夫曼和麦肯奇运营着世纪电影伙伴公司（Century Film Partners），《洛杉矶时报》形容他们的计划为新的“动作先锋”之一，将美国制造的动作片出口到国际市场，也就是欧洲、拉丁美洲、亚洲的有线 / 电视 / 卫星 / 家庭录影带市场。目前已经有将近百家这样的低成本独立公司在运作。世纪电影伙伴公司是这次运动的一部分，他们以一百万到三百万美元的价格转卖剧情片。麦肯奇和谢夫曼以字字珠玑的谈话介绍了他们的公司如何运作，这种谈话风格也反映了他们公司务实的做事风格：

> 麦肯奇：比如一位我们认识的编剧说他有创意。好的，我们说，太好了。然后我们说，给我们三页内容，只要节拍大纲。
>
> 谢夫曼：他的创意其实就是一段话，关于一只鸡过马路，它只有一条腿，讲西班牙语。
>
> 麦肯奇：它正被摩托车追赶。编剧就这样写三页，还做了场景分解。我们说将这个场景改成那样，又把那个场景改成这样。
>
> 谢夫曼：让鸡变成金发女郎。
>
> 麦肯奇：对，加一些幽默。等编剧做好这些修改，我们就让他进入剧本创作阶段。
>
> 谢夫曼：他需要钱，我们就给他一笔钱。接下来发生的事就是我们打电话通知我们的人，投资方，然后我们说有个项目叫“过马路的鸡”，

几乎是我见过最好的鸡剧本。

麦肯奇：事实是我们的投资人没有一个人问这个故事是讲什么的。

谢夫曼：对。我们说我们一月想拍“鸡”。他们说行。现在我们知道这个“鸡”项目国外买方可以接受，因为我们和他们接触讨论过了。我们去拍这部电影，通知买方，接下来，每隔一段时间向他们汇报一次。我们做的和去年一样，我们在十月相聚，一月份拍摄了我们的第一部电影，在四月找到了另一部剧本并在六月拍摄，又在八月得到另一部剧本。这样的流程相对较快而不完整，所有事务都必须现金付清。

尽管这两位企业家在好莱坞制片公司眼里只能算作底层，他们却在做电影。他们制作的影片包括《追命悍将》(*Texas Payback*，1995)、《铁拳》(*Fists of Iron*，1995)、《霹雳天使》[*Breakaway*，1996，托尼娅·哈丁(Tonya Harding)出演的影片]，他们的作品成功娱乐了大众，所以买方不断地回头再和他们合作。结果就是麦肯奇和谢夫曼在做电影而不是做梦。他们说做就做的态度让这一切成为可能。他们没有等待机遇；他们走进市场去创造机遇。你也可以做到。好读者，我建议你就像建议我的学生一样：不冒险，就没收获。

小 结

电影是大生意，编剧要强迫自己创作吸引大批国际观众的剧本。这些项目的剧本可以在洛杉矶或纽约完成，如果条件允许的话编剧也可以在其他地方工作。编剧工作的同时，他或她需要和一位作家代理人签约。找到一位代理人的关键是写出有商业性的剧本。

代理人安排会议，将编剧和作品介绍给买方。销售环节一般开始于提案会，编剧向剧本编辑和开发人员口头描述他们的故事创意。提案会应该认真准备，简洁清楚地总结故事。提案应该让买方了解故事的三幕结构和人物；故事应该新鲜、有创造力，讲述时应富有激情。买方根据这一点评判剧本的商业性：故事足够吸引观众吗？

剧本会在买方完整阅读故事或剧本后进行。在这些会议上，编剧和买方讨论内容的意义以及如何改进。买方与编剧合作改进故事的戏剧潜力，修正不足，无论故事是现实的还是幻想的。

编辑的工作基于两个问题：编剧想要表达什么？这是表达的最佳方式吗？编剧必须回答这些问题，解释内容，与编辑合作，考虑他们的建议。善于合作，但不要放弃你的特性。

独立的地方制作模式对于那些希望掌控从写作到销售全部工作的人来说是另一条出路。这并不是一条简单的道路，但这条道路会带给你获得经验和创造性的机会。

练 习

完成下面一个或多个练习。

为你最喜欢的电影准备一段一分钟的提案。不要提到片名，向一位了解这部影片的同事介绍这部电影。如果需要的话可以重复练习。

为相同的影片准备一个两分钟的介绍，继续前面的联系。如果需要的话可以重复练习，然后录下你的介绍，回放录像以加深印象。

录下一场提案会，让一位同事向另一位同事介绍你的故事，后者扮演编辑和批评家。编剧在一旁观察，不要参与到审阅当中。故事讨论会需要持续十分钟左右。然后编剧与同事回放录像带。讨论所有故事和人物问题，迷惑之处和主题缺陷，以及如何改进。如果需要，可以多次回放录像。

附　录

A　各章重要片例说明及媒体素材推荐

第 1 章

1. 放映三至四部即将上映的电影预告片。思考这些电影面向哪个群体的观众。

2. 从这些预告片判断电影的风格是现实的、虚构的，还是超现实的。

3. 从这些预告片判断电影是想要令观众感到恐惧、悲伤，还是好笑。

4.《纽约时报杂志》1994 年 1 月 9 日号刊登了一篇玛丽·麦克休（Mary Mchugh）的文章《告诉杰克》（“Telling Jack”）。这篇文章包含了至少五个可行的故事创意。根据这篇文章的内容写一个一至两页的故事。

5. 翻看一组叙事性质的艺术幻灯片或一本漫画书，找出这些支撑这些作品的戏剧创意。

第 2 章

放映一部三幕结构的短片电影。可以使用下列电影中的任何一部：《花园里的独角兽》（*The Unicorn in the Garden*，1953），一部 5 分钟的动画电影，改编自詹姆斯·瑟伯（James Thurber）的同名小说（见 James Thurber, *Fable of Our Time*, New York: Harper & Row, 1940）；《共进午餐》（*Lunch*

Date，1989），一部 10 分钟的学生作品，获奥斯卡最佳真人短片奖；或一些 20 分钟的短片，如《莫莉的朝圣者》（*Molly's Pilgrim*，1985）、《我知道一个秘密》（*I Know a Secret*，1982）、《摇椅》（*Crac*，1981）、《枭河桥记事》（*An Occurrence at Owl Creek Bridge*，1959）、《红气球》（*The Red Balloon*，1956）、《划向大海》（*Paddle to the Sea*，1966）、《骑警中士斯威尔》（*Sgt. Swell of the Mounties*，1972）、《种树的牧羊人》（*The Man Who Planted Trees*，1987）、《远离战争的时代》（*A Time Out of War*，1954）。另外推荐一些电视剧集：《干杯酒吧》、《笑警巴麦》、《欢乐一家亲》、《陆军野战医院》、《疯狂的士》（*Taxi*）、《纯真年代》。

第 3 章

1. 放映四部主要教学电影（《大审判》《证人》《终结者》《西雅图未眠夜》）中第一幕与第二幕结尾的片段。概述故事非常重要，展现故事结构的视频段落是帮助我们学习故事设计的好工具。

2. 为了学习有效的戏剧性设定，可以观摩《莫莉的朝圣者》《洛奇》，或《光荣之路》的第一幕。为了学习故事逻辑，可以观摩《我知道一个秘密》《人鼠之间》或《人间大浩劫》。为了学习分镜，可以观摩《铁窗喋血》《鲁比的天堂岁月》或《猛虎湾》（*Tiger Bay*，1959）。

第 4 章

1. 我在南加大给研究生上的剧本写作课，需要用将近一个月的时间来做场景分析和场景写作。在此期间学生要利用 12 个不同电影场景的剧本与影像片段来学习本章的各项要点。12 个场景分别是：《绿卡》里热拉尔·德帕迪约弹钢琴；《凡夫俗女》结尾处朱丽·沃特斯（Julie Walters）斥责迈克尔·凯恩；《体热》与《爱上罗克珊》的开场；《毕业生》影片前期鲁宾逊太太引诱本；《美国舞男》（*American Gigolo*，1980）里女主角发现男主角是个男妓；《烈血大风暴》中吉恩·哈克曼来到三 K 党的集会，用一只手打倒了里面最厉害的家伙；《东镇女巫》里杰克·尼科尔森勾引苏珊·萨兰登；

《当哈利遇到萨莉》里哈利与萨莉在书店相遇；《告别昨日》里的父子在大学校园散步；《月色撩人》里的恋人初试云雨；《不设限通缉》里父亲与女儿在饭店的阔别重逢。上述场景戏剧性很强，除此之外，还有许多其他场景可供选择。第 4 章结尾练习部分列出的问题可以用来分析这 12 个场景。

2. 找动作场景的例子，可以看《终结者》中袭击警察局的场景、《警网铁金刚》或《法国贩毒网》中的追车段落。

3. 找刻画人物场景的例子，可以看《大审判》中高尔文拒绝布罗菲主教提出的和解建议的段落（第 24 镜），也可以看《西雅图未眠夜》中萨姆和维多利亚初次约会的场景（第 89 镜）。

4. 找蒙太奇的例子，可以看《走出非洲》中女主角乘复翼飞机飞行在大草原上空的节拍片段，也可以看《天生好手》中主角的球队东山再起的节拍片段和《我们每日的面包》结尾处的蒙太奇。

第 5 章

1. 收集长度在半小时左右的电视新闻影像资料并在课上播放，以展示短期创伤与长期环境对人格的塑造。

2. 收集一些展现人物性格受短期创伤影响的故事片或电视节目片段，并播放。

3. 观看《烈血焚城》、《终结者》（第 46 镜，特效 183），还有《西雅图未眠夜》（第 7 镜 53D）中的闪回段落。记下电影在穿梭时空时惯用的视觉手法。

第 6 章

播放下列《大审判》片段，这些片段阐释了本章列出的关于对白的要点。

1. 对白与说明：《大审判》（下同）第 21 镜（格鲁伯医生的长篇演说）。

2. “正中鼻子”的对白：第 31 镜（米基和高尔文开始在图书馆调查他们的案子）。

3. 对白与台词：第 72 镜（在康坎农的办公室：康坎农对劳拉的感叹，此时观众得知劳拉是卧底）。

4. 对白增补剧情：第 86 镜（高尔文第一次在凯特琳的学校见到凯特琳并说服她去作证）。

5. 对白反映人物：第 61 镜（劳拉斥责高尔文想要放弃的行为，告诉他自己无法再次接受失败）。

6. 对白影响人物关系：第 58 镜（高尔文第一次在护士鲁尼的公寓门口遇到鲁尼）。

7. 对白点明主题：第 33 镜（高尔文与劳拉第一次在欧罗克酒馆吃饭时，他对她讲述自己对法律的信仰）。

8. 对白反映背景故事：第 47 镜（米基与劳拉在欧罗克吃晚饭时，他告诉她在利利布里奇丑闻事件中高尔文究竟遭遇了什么）。

第 7 章

观看一些电影片段，指出其中运用了哪些本章提到的戏剧化策略，它们是如何发挥作用的，以及每个片段是如何给电影增添戏剧性的。

第 8 章

制作一个由视觉叙事造成戏剧化的视频片段合集。

第 9 章

收集本章引用的剧本选段所对应的影像片段，将影像与剧本中描绘的画面进行比较。

第 10 章

记下四部主要教学电影的剧本怎样处理以下各方面的格式：字符间距、括号注释、场景提示、人物描写、动作描写、镜头提示。

第 11 章

将《西雅图未眠夜》剧本中第 87—88 镜、第 93—97 镜的内容（内容为安妮遇到骗子侦探）与其对应的最终影像（骗子侦探这个角色被删掉了）做对比。同样地，查看《大审判》剧本中第 17 镜的内容，内容关于高尔文的秘书克赖尔·帕沃尼。将之与对应的最终影像做比较。值得这样对比的还有《证人》第 49 镜，内容为布克的姐姐伊莱恩与瑞秋发生冲突；第 124 镜，内容为瑞秋与布克就是否留在阿米什社区发生争吵；第 129A—132 镜，内容为谢弗与当地警长准备对付布克。记下这些场景的剧本与最终影像在处理上有什么不同，以及故事经过这些剪辑如何保留其连续性。

第 12 章

一些电影中有故事介绍的片段。例如《对头冤家》（*Nothing in Common*，1986），在影片中段，主角和他的团队在进行航空公司广告方案介绍。再例如《超级大玩家》的开场，一些人正在介绍自己的故事创意；《发财妙计》（*The Producers*，1968）里，泽罗·莫斯特尔（Zero Mostel）介绍戏剧《希特勒的春天》；《家有娇娃》（*I'll Do Anything*，1994）中的一个场景是尼克·诺尔蒂（Nick Nolte）参加角色试镜（他的表演展示的是演员如何争取角色，也反映出这种场合的热烈氛围与应征者的必备素质）。

B 编剧的参考书架

读剧本的人希望剧本中对事实的描述是精确的，他们也看重优秀的文笔。优秀的文笔意味着不能写错字病句。一些编剧会雇编辑，或者请室友帮自己检查剧本，将存疑的地方圈出来。如果你需要这种帮助，那么别人给你挑出错来你可不要生气。我可以说是一辈子都在学英语，即便如此，到了今天，哪怕我将我的剧本检查了数遍，上面依然会有残留的拼写与语法错误。你可能也会像我这样，所以，勇敢地去找那些眼尖的人来帮你检查剧本吧。

想尽量避免自己在描述与语法方面犯错误，你需要多看参考书。有了这些参考书在身边，一些你在写作过程中突然冒出来的问题都能得到解答，省得你再去跑图书馆。为此，你可能会想将这些有用的参考书都摆在你手边的书架上，以便你随时查阅。那么什么书值得摆到这个书架上呢？下面我列出一些书的类目与标题，供你参考（其中一些标题在书后的参考书目部分也能找到）。

《不列颠百科全书》（*Encyclopaedia Britannica*，一套旧的就够了）

《新哥伦比亚百科全书》（*The New Columbia Encyclopedia*）

《美国传统英语字典》（*The American Heritage Dictionary of the English Language*，第三版）

《什么是什么》（*What's What*，R. Bragonier and D. Fisher）

《韦氏新大学字典》（*Webster's New Collegiate Dictionary*）

《美国传统字典》（*The American Heritage Dictionary*）

《人民年鉴》（*The People's Almanac*）

《圣经》

一些语法书

《牛津美语词典》（*The Oxford American Dictionary*）

威尔·杜兰特（Will Durant）的《世界文明史》（*History of Civilization*）

一部未删节版大字典

大学物理、生物、地质、植物学、海洋学、天文学、化学的入门课本

一部技术词典

一些地图册和一个地球仪

两三本世界史年鉴

一名医生需要的常用参考书与《格氏解剖学》（*Gray's Anatomy*）

医学、药理学、生物学、心理学方面具有公信力的参考书

四五本格言警句书

几本哲学参考书

一些诗集或你喜欢的小说集（可以在写作上启发你）

布尔芬奇（Bulfinch）的神话作品

美国电影史

宝琳·凯尔（Pauline Kael）的影评

《电影传记词典》（*A Biographical Dictionary of Film*，David Thomson）

《影迷碟迷指南手册》（*Filmgoer's and Video Viewer's Companion*，Leslie Halliwell）

《电影大百科》（*The Film Encyclopedia*，Ephraim Katz）

世界电影史方面的书（*The Parade's Gone By*，*The Movies*，等等）

一摞关于剧作的书

一摞关于电影演员、摄影师、剪辑师、导演和编剧以及他们表达观点的书

几本最新的影碟指南手册（Scheuer、Maltin、Martin 等）

《美国剧本杰作选》（*Best American Screenplays I*，*II*，Sam Thomas）

《俚语大全》（*Thesaurus of Slang*，Esther Lewin and Albert E. Lewin，New York：Facts On File，1988）

《新编美国俚语词典》（*New Dictionary of American Slang*，Robert L. Chapman，New York：Harper & Row，1986）

《人类家族》[*The Family of Man*，一本永恒的人间百态摄影图册，原为策展人爱德华·斯泰肯（Edward Steichen）在纽约现代艺术博物馆策划的摄影展，New York：Simon & Schuster，1983]

C 《大审判》逐场逐镜拉片分析

演员表

保罗·纽曼（Paul Newman）饰 弗兰克·高尔文

夏洛特·兰普林（Charlotte Rampling）饰 劳拉

詹姆斯·梅森（James Mason）饰 埃德·康坎农

米洛·奥西（Milo O'Shea）饰 斯威尼法官

杰克·沃登（Jack Warden）饰 米基·莫里西

爱德华·宾斯（Edward Binns）饰 布罗菲主教

朱莉·博瓦索（Julie Bovasso）饰 鲁尼护士

林赛·克劳斯（Lindsay Crouse）饰 凯特琳·科斯特洛·普莱斯

乔·塞内卡（Joe Seneca）饰 汤普森医生

韦斯利·阿迪（Wesley Addy）饰 陶勒医生

罗克珊·哈特（Roxanne Hart）饰 萨莉·多尼吉

詹姆斯·汉迪（James Handy）饰 迪克·多尼吉

肯特·布罗德赫斯特（Kent Broadhurst）饰 约瑟夫·阿利托

刘易斯·施塔德伦（Lewis Stadlen）饰 格鲁伯医生

影片分析概述

《大审判》是《故事感》一书主要分析的影片，我建议你入手影片的碟片，一场戏一场戏地仔细观看。当一个场景结束时，暂停，先阅读关于下一场景的评论。一些重要的场景可能需要反复观看来学习它的写作方法与拍摄方法。

你可以从许多角度来看这部电影——视觉风格、配乐与音效、对白与潜台词、场景构建、戏剧化、人物塑造。电影是由多种艺术打造而成的；比起笼统地学习这部电影，你应该更加注意它的每一处技术细节，仔细体会从剧本到电影的变化。一个月后，你可以用这种方法接着学习《终结者》《证人》《西雅图未眠夜》。如果有可能的话，学习完这四部电影后，在接下来的一年里，每个月都对着剧本与影像资料学习一部新电影。学习每一部电影与其剧本的时间约为十小时。阅读《美国电影摄影师》（*American Cinematographer*）、《电影评论》（*Film Comment*）等杂志与评论文章来学习电影的制作流程。通过上述学习，你会对电影剧本写作有更深刻的认识。

故事结构

大卫·马梅的电影剧本《大审判》是根据巴里·里德的同名小说（New York：Simon & Schuster，1980）改编的。马梅为了构建电影的 B 故事线，向剧本中添加了自我救赎的主题。影片的故事结构是基于高尔文通过抗争赢得医疗事故诉讼的胜利（A 故事线）与挽回自尊和法律信仰（B 故事线）的经历。多年酗酒与劣迹斑斑的律师记录令高尔文变成我们在电影第一场戏中见到的邋遢模样。但随着故事的发展，他渐渐从绝望中走出来，并打赢官司，到了故事的结尾，他的未来似乎也充满了希望。这便是故事的事件：所有事发生之后的结局。故事展现出主角积极的转变，并制造了一个既积极（赢得诉讼）又苦忧参半（与劳拉的关系完蛋）的结尾。《大审判》的影片结构是传统的，共包含 10 个戏剧段落，由 60 个场景与片段组成。

《大审判》中的次要情节

劳拉的次要情节

经历过失败婚姻的劳拉为重回律师行业而做出的努力，是这一次要情节的主要线索。为了达到目的，她不惜成为康坎农手下的卧底。不同于传统的爱情对象，劳拉有着强烈的需求。这一点在剧本中只有几处暗示，但效果显著。夏洛特·兰普林演绎出劳拉复杂的心理状态，赋予人物深度，使我们能体会到这一女性角色的强烈需求。

劳拉作为爱情对象的重要性在于，她与高尔文构建了一种私密时刻，让人物可以释放他们的内心情感，丰富故事内容，使人物更加立体。

劳拉的次要情节在她答应与高尔文回家后变得复杂与混乱起来。该情节的再次转折是当观众发现她的卧底身份时。该情节的高潮部分是高尔文在酒吧掌掴劳拉。请注意这一次要情节是如何与 A 故事线的转折和高潮交融的。这增添了故事的戏剧性。你需要进一步学习电影与剧本来探索它的重要性。

米基·莫里西的次要情节

高尔文打官司的故事由于杰克·沃登饰演的米基·莫里西的帮助而变得复杂起来。这一次要情节的第二次转折发生在米基判断高尔文失败了，想放弃这宗案子时。该情节的高潮部分发生在他听到陪审团主席提议增加原告的赔偿金额时。

《大审判》中其他次要情节

故事除了米基与劳拉的次要情节外，还包括（1）由于工作失误而被控告的陶勒医生；（2）住院护士与手术室护士；（3）汤普森医生；（4）多尼吉夫妇的次要情节，只是它们没有米基与劳拉的次要情节完整和重要。尽管如此，这些次要人物在第一幕与第二幕转折中都起着重要作用。多尼吉夫妇次要情节的第一次转折发生在愤怒的丈夫在法院外推搡高尔文，因为后者拒绝庭外和解（第 40 镜）。第二次转折（尽管不太明显）是萨莉·多尼吉对案情发展感到绝望时（第 67 镜）。

凯特琳·科斯特洛护士直到第三幕（第 86 镜）才登场，但是她长达 7 分钟的证词（第 91 镜）是主角的救命稻草。

关于次要情节，我最后要说的是：在故事片中，一般会有 4 到 8 位重要人物，所以，可能会产生许多次要情节。不过，次要情节的意义不只是展现这些重要人物的经历，而是通过这些经历，让人物发出他们的“声音”，为故事提供变化，丰富剧本内容。因此，如果有为作者发声的人物，那么也应该有为主角的密友或者骗子发声的人物。人物可以出于某种原因而发声，或者表达恐惧、怀疑等情绪。（关于这一话题详见第 38 页的“临时”角色。）

其他故事元素

《大审判》的背景故事大多都被主角的伙伴米基·莫里西讲出来了。还有一些是保险员约瑟夫·阿里托说的，从他口中我们得知高尔文在法律学校成绩优异，却因为贿赂陪审团丑闻的影响而堕落为一个酒鬼，之后作为律师再无建树。在利利布里奇案期间，高尔文想要举报他岳父的违法行为，可惜事与愿违，他被对方恶人先告状，捏造出莫须有的丑闻，几乎被取消律师资格证。这件事使高尔文婚姻破裂，走向人生低谷，变成电影刚开始的那副模样。高尔文的丑闻在波士顿法律界无人不知，他在律师界声名扫地。

这件案子的关键点在于，两位医生发誓他们的患者在进手术室前 9 小时内并未进食。随着高尔文的调查，线索与真相逐渐浮出水面。直到最后，当高尔文找到了能证明两位医生说谎的护士时，观众们知道主角获得了胜利。

夏洛特·兰普林的角色只有短短的几句对白来交代她的背景故事，比如“我无法承受再在失败者身上投资了”，暗指她前夫的失败毁掉了他们的婚姻与她的人生。这句对白足以说明劳拉的动机：她为了重回法律界，开始新生活，可以不惜一切代价——哪怕出卖色相。

故事的框架或者说背景，设定在波士顿古老的法院建筑群附近。导演西德尼·吕美特用冰冷的冬日影调为戏剧场景制造肃杀的气氛。从这一角度来说，新英格兰的气候与电影相得益彰，当地的传统气息，以及残存的维多利亚时代的优雅，在高尔文自我救赎的过程中展现得淋漓尽致。音乐［由约翰尼·曼德尔（Johnny Mandel）作曲］的使用较为节制，主要是用来衬托主角内心的纠葛，为整个故事框架染上阴郁、沉重与严肃的色彩。

从主题上说，电影赞颂了人性光辉，表达了维护法律尊严的重要性。在这个故事中，高尔文借着官司的胜利，重振精神，找回对法律的信仰。《大审判》的故事事件就像这样双管齐下（同时解决外部与内部矛盾）。请注意，理论上，一个故事情境可以产生许多事件。《大审判》的故事情境可能产生的其他事件有：高尔文从自己与劳拉的关系中挣脱出来；从斯威尼法官的角度出发，这一事件就是在两位野心勃勃的律师间周旋。或者，事件可以从陪审团的角度出发，让他们去判断原告与被告究竟谁所说的是真相。［就像《十二怒汉》（*12 Angry Men*，1957）里那样］

逐场分解

以下列出的每一片段与场景都标注了镜头号与时长（括号内）；同时也在一些关键时刻给出了时码，好让读者更直观地了解此时影片已经开始了多久，以及各段节拍的时间长度（时码可能因版本不同而有微小差异，此处仅供参考）。

第一幕：设定

（主角遭遇矛盾）

段落 1

本段故事点：主角亮相（7 分钟）

（剧本中没有的镜头）（1：22）：开场字幕：镜头缓慢推向高尔文（保罗·纽曼饰）玩弹子球、喝啤酒。故事点（SP）：交代性场景，高尔文出场，为故事定下冷峻的基调。

第 1—5 镜（3：26）：三个片段表现高尔文找业务：阅读讣告消息；贿赂葬礼司仪，混入葬礼；从死者家属身上找机会。在第三个片段的最后，高尔文第二次混入葬礼，被轰了出来。“灵魂”主题的音乐向我们提示着高尔文内心的痛苦。故事点：表现高尔文找业务的方法。此刻时码为：4：48。

第 6 镜（0：37）：高尔文与酒吧的朋友说笑。故事点：表现高尔文的孤独。此刻时码为：5：25。

第 7 镜（0：46）：高尔文在自己的办公室喝得酩酊大醉，痛哭流涕。音乐衬托出他的不幸。故事点：暗示高尔文内心的伤痛。此刻时码为：6：11。

第 8 镜（1：17）：米基（杰克·沃登饰）到高尔文的办公室，发现他倒在地上，房间一片狼藉。在引出故事基本主题后，第一段落结束，第二段落由此开启。故事点：米基出场。此刻时码为：7：28。

段落 2

本段故事点：矛盾显现（13 分钟）

第 8 镜（1：46）：这段节拍承接之前的情节，依旧发生在高尔文的办公室。在主角醒来后。在影片开始 7 分钟后，“按钮”终于按下，故事正式开始。它的标志是米基询问高尔文关于多尼吉的案子有何进展，马上就要开庭了。米基指出，这是高尔文最后一次伸张正义的机会。故事点：介绍戏剧矛盾，故事正式开始。此刻时码为：9：14。

第 9 镜（0：28）：这一片段表现了高尔文的困窘，他打了一份伪造的留言说明他没有秘书。故事点：展现高尔文的工作技能。此刻时码为：9：42。

第 10 镜（0：40）：高尔文中途经过酒吧，把生鸡蛋打进啤酒一饮而尽，才去见他的当事人。故事点：展现高尔文不健康的生活方式。

第 11—12 镜（1：02）：高尔文去一家老医院，拜访他已经脑死亡的当事人。故事点：开始构建高尔文拒绝和解的动机。

（剧本中没有的镜头）（0：22）：这一片段发生在高尔文办公楼的大堂，电梯坏了，他必须爬楼梯上去。在这一阶段，高尔文诸事不顺。故事点：表现高尔文的人物特征，丰富故事情节。此刻时码为：11：24。

第 13—14 镜（3：10）：萨莉·多尼吉（高尔文当事人的妹妹）来到高尔文的办公室，她希望获得庭外和解，然后去亚利桑那开始新生活。故事点：多尼吉夫妇很乐意和解，这样高尔文几乎什么都不用做就能从中赚一大笔钱——假如他选择这条简单的路。此刻时码为：14：34。

第 15 镜（1：30）：这一片段发生在布罗菲主教与保险员阿利托之间。二人从主教富丽堂皇的居室向外面走，说了许多话，直到主教上了他的豪华轿车。故事点：教会不希望案件公开审理，所以他们会提出庭外和解。该场景还介绍了与主角敌对的强大势力。此刻时码为：16：04。

第 16—17 镜：这一片段在影片制作过程中被删去了，它发生在高尔文与他的秘书克赖尔·帕沃尼之间。秘书的角色也被删掉了，因为电影用不着她来叙述故事情节。

第 18—22 镜（2：20）：高尔文拜访他的专家证人格鲁伯医生。在这一边走边谈的场景中，格鲁伯指出，高尔文的当事人变成植物人完全是由于两位主治医生的失误。故事点：高尔文找到了一位关键证人，他愿意作证是因为“这是正确的事，你干这行不就是为了这个吗？”。这句话在高尔文的潜意识里激起波浪，唤起了他的良知。此刻时码为：18：24。

第 23 镜（1：30）：高尔文在经过与格鲁伯医生的会面后情绪高涨，他来到酒吧，注意到劳拉（夏洛特·兰普林饰）。他试图接近她，但她却溜走了。故事点：高尔文遇到他的爱情对象。此刻时码为：19：54。

段落 3

本段故事点：主角的良知使他决定面对矛盾——他要打官司（8 分钟）

第 24 镜（1：55）：高尔文在他简陋的公寓里与萨莉·多尼吉谈论这个案子。在他啜着酒时，他的心又一次被什么东西搅动。故事点：高尔文的良知正在苏醒。此刻时码为：21：59。

第 25 镜（2：08）：高尔文回到医院，为他的当事人拍照。随着一张张宝丽来照片开始显影，高尔文的良知也苏醒了，于是他告诉护士，他出现在这里没有任何不妥，因为他是病人的律师。故事点：高尔文找回了他的良知。此刻时码为：24：07。

第 26 镜（4：08）：高尔文因良知觉醒而亢奋，他与布罗菲主教进行一次会面。这是一个"否则"式场景，主角必须选择一条更艰难的路，让故事朝着一个全新的并且是危险的方向发展。该场景的第一次转折发生在高尔文与主教关于得失的对话；场景第二次发生情绪递进是当高尔文想起他为当事人拍摄的照片时；场景高潮发生在高尔文因良知而拒绝主教提出的庭外和解要求时。故事点：高尔文拒绝和解，这使得他将要面对更强大的对手，或者说，主角接受了挑战。第一幕便以这次转折作为结束。此刻时码为：28：15。

第一幕时长：28 分钟

第二幕：对抗

（主角似乎被矛盾击败）

段落 4

本段故事点：双方为最后对决所做的准备（17 分钟）

第 27—28 镜（2：18）：高尔文在法庭与米基碰面，并告诉他自己拒绝接受庭外和解。故事点：主角不顾米基的警告，决定挑战埃德·康坎农（詹姆斯·梅森饰）。此刻时码为：30：33。

第 29—30 镜（2：54）：介绍康坎农，表现他召集团队为开庭做准备的场面。故事点：反派人物登场。此刻时码为：33：27。

第 31 镜（1：19）：从康坎农阔气的办公室切到一间破旧的图书馆，高尔文与米基正在那里工作。这一场景与康坎农豪华的办公室形成了戏剧性反差。整部电影中，吕美特导演始终以丰富的视觉元素来让一个充斥大量对话、缺少动作的剧本更有活力。谈话间提起妇产科护士，提醒他们应该联系当时的住院护士——让高尔文找到了救命稻草。故事点：向观众透露更多关于本案的细节。此刻时码为：34：46。

第 32 镜（2：28）：高尔文再次在酒吧遇到劳拉，并邀请她一起吃晚饭。故事点：他们的关系稳定发展。此刻时码为：37：14。

第 33 镜（1：43）：高尔文和劳拉在饭后聊了些法律的事。高尔文高谈阔论关于陪审团内心想要的是"也许能做一些正确的事"，他的话点出故事主题。故事点：高尔文透出打官司的计划，但并不确定。此刻时码为：38：57。

第 34 镜（1：57）：这一场景发生在高尔文简陋的公寓。高尔文准备好酒，亲吻劳拉，但房间中摆着高尔文前妻的照片，这令劳拉感到不舒服，直到高尔文把照片拿开，她才接受他的示爱。劳拉如此轻易地接受高尔文，仿佛她很习惯通过同老男人发生性关系来达成什么交易。故事点：他们终于确定了关系。此刻时码为：40：54。

第 35—37 镜（0：30）：又是发生在酒吧的片段。高尔文这次玩弹子球赢了，但他对游戏过分投入，忘记了时间，以至于会议迟到。故事点：正如我们所知，他对事业一点儿都不上心。

第 38 镜（4：16）：这是气氛紧张的一场戏（第 4 章有详细分析），发生在法官的会议室。这一场景有三个部分，第一部分在高尔文说他的当事人不会走路时结束；第二部分在高尔文宣布他拒绝接受康坎农的钱而要打官司时结束；第三部分是整个场景的高潮部分，在高尔文讽刺斯威尼一定会"拿钱溜之大吉"时结束。故事点：高尔文拒绝了最后一次庭外和解的机会，并与法官为敌。此刻时码为：45：40。

段落 5

本段故事点：主角失去了最重要的证人，
他几乎要赤手空拳与对手作战（16 分钟）

第 39 镜（0：35）：简短的场景提示告诉我们高尔文在手忙脚乱地选择陪审团成员（“高尔文大汗淋漓”）。故事点：高尔文作为律师表现得很糟糕，根本无法与康坎农抗衡。此刻时码为：46：15。

第 40 镜（3：35）：这场戏开始于陪审团休息室外，米基告诉高尔文，康坎农正在操纵舆论。高尔文突然想起他与格鲁伯医生约好要见面，却同时约了劳拉。于是他让米基替他去见劳拉，自己去见医生。在离开法院的路上，他遇到了迪克·多尼吉（萨莉的丈夫），迪克对高尔文拒绝和解一事感到恼怒。故事点：假如高尔文失败，多尼吉夫妇将为律师的骄傲自大而付出代价，高尔文也将被剥夺律师资格。此刻时码为：49：50。

（第 41 镜删去）

第 42—43 镜（0：25）：这是一个三段式场景的第一个片段，发生在医生休息室，高尔文在这里等候格鲁伯。故事点：格鲁伯没有出现。

第 44 镜（1：05）：该场景第二个片段，高尔文离开医生休息室，到了护士站，却被告知格鲁伯医生今天休息，高尔文从电话本上找到格鲁伯的地址。故事点：格鲁伯还是没有出现，高尔文有些担心。

第 45—46 镜（1：55）：第三个片段，高尔文按响格鲁伯家的门铃，但没人应答。高尔文沮丧地绕到后门，被管家告知，格鲁伯去了加勒比某小岛，那里没有电话。以上三个片段时长共计 3：25，高尔文知道自己这下没戏了。故事点：高尔文失去了最重要的证人，这下他有大麻烦了。此刻时码为：53：25。

第 47 镜（1：37）：米基和劳拉在欧罗克酒馆吃饭；米基透露利利布里奇案的真相。故事点：高尔文是被公司陷害的，这让观众对之前对他的错误猜测感到惭愧。这是典型的“不应遭受的苦难”。此刻时码为：55：02。

第 48—49 镜（1：04）：高尔文给法官打电话，后者拒绝推迟开庭时间。故事点：高尔文无法从对他有敌意的法官那里得到帮助。此刻时码为：56：06。

第 50 镜（0：27）：高尔文致电保险公司。故事点：高尔文绝望又害怕。

（剧本中没有的镜头）（0：53）：劳拉和米基还在餐厅讨论高尔文的往事。故事点：米基解释道，高尔文是因为受利利布里奇案的打击才开始自我放纵的。劳拉似乎有所触动。此刻时码为：57：26。

第 51 镜（3：38）：高尔文在办公室试图与保险公司重新谈和解（失败了）。米基到来，见证了友人的焦急与绝望。高尔文给另一个专家证人打电话。故事点：高尔文虽然大受打击，但他找到了新的专家证人。此刻时码为：61：02.

第 52 镜（0：50）：劳拉同情地替高尔文盖好被子。故事点：劳拉感受到高尔文受挫。

《大审判》中“时钟”的应用：从故事开始到案件开庭之间只隔了 10 天。电影创作者们利用这 10 天的时间来制造悬疑与紧张的气氛。请注意影片是如何运用法院周围环境、火车站、华丽的办公大楼等视觉元素的，并观察影片如何用这些视觉元素来衬托高尔文一天比一天更加上进的状态。此刻时码为：61：52。

段落 6

本段故事点：主角陷入更加糟糕的境地，

似乎失去了希望（14 分钟）

第 53 镜（2：27）：康坎农与他的搭档陶勒医生将要在法庭上碾压高尔文。故事点：高尔文即便没有历经过去的困难，也不是康坎农的对手。这种将对手塑造得更强大的戏剧化策略，将主角逼向越来越危险的境地。此刻时码为：64：19。

第 54—56 镜（1：59）：高尔文接到他的专家证人：一位上了年纪的黑人医生。故事点：高尔文的专家证人给人的印象不像康坎农的专家证人优雅的陶勒医生那样好。此刻时码为：66：18。

第 57—58 镜（2：20）：高尔文到鲁尼护士的公寓。鲁尼为高尔文提供了一些信息。高尔文向她打听当时手术室发生的情况，但鲁尼的态度不算友好，认为“你们都是一个德行！毫无廉耻！你们就是一群败类”。鲁尼似乎让高尔文碰壁，但高尔文日后将会明白，她之所以对律师态度恶劣，是由于她的朋友，住院护士凯特琳·科斯特洛在这件事中遭受了不公待遇。故事点：高尔文得到一些线索，但没有实质性作用。此刻时码为：68：38。

第 59 镜（1：04）：这一片段发生在康坎农的办公室，他正在了解汤普森的情况与他担任医疗事故案件专家证人的记录。康坎农是如何获得这些情报的？这暗示着高尔文身边有他安插的卧底。故事点：康坎农在暗中调查汤普森医生，暗中调查高尔文的一切行动。

第 60 镜（1：26）：高尔文与米基发现汤普森医生竟然连“Code Blue”（蓝色警报，即重症抢救）是什么意思都不知道。不过，他们也发现了一个关键问题：高尔文的当事人最后一次进食是在什么时候？是入院前一小时还是入院前九小时？故事点：汤普森医生是个差劲的证人。此刻时码为：71：08。

第 61 镜（3：28）：劳拉的房间里，高尔文念叨着自己要失败了。劳拉对他这种打退堂鼓的状态进行严厉斥责：“你不是说直到陪审团宣布结果之前都不能说是失败吗！”这一场景以高尔文焦虑地躲进浴室作为结束。故事点：劳拉没有安慰高尔文，这让他感到沮丧，他一夜没睡，一直在喝酒，这对即将出庭的他来说非常不利。此刻时码为：74：36。

段落 7

本段故事点：主角出了差错，致使他几乎失败（11 分钟）

第 62—63 镜（4：39）：高尔文在庭上做开场陈述的样子让我们对他的能力感到怀疑。《大审判》中有许多针对案件细节的说明性对白，这种情况在电影中不多见，但是对于这部电影来说，观众必须了解相关法律知识，才能理解剧情。故事点：高尔文在庭上表现得十分生疏。此刻时码为：79：15。

第 64 镜（0：27）：这一片段的内容是康坎农的助手告诉阿利托，高尔文拜访过鲁尼护士。故事点：另一条暗示主角身边有卧底的线索。此刻时码为：79：42。

第65—66镜（4：39）：三段式场景，为高尔文设置了一个可怕的陷阱。在第一段，康坎农贬低汤普森医生的资质，以嘲讽的语气承认他“专家证人”的身份。第二段，法官用刁钻的问题诱导汤普森医生说出被告医生没有出现过失。

短暂的休庭，律师们回到法官的办公室，唇枪舌剑的第三段开始了。高尔文与法官针锋相对，这是我们第一次看见主角发怒，仿佛庭审的不公正触动了他内心的是非观。故事点：高尔文惨败，但他还没有放弃回击。此刻时码为：84：21。

第67镜（0：22）：在经过刚刚的爆发后，高尔文来见萨莉·多尼吉。故事点：主角的案子进展不畅，他无法保证他能成功。此刻时码为：84：43。

第68镜（1：44）：这一复杂的场景是第二幕的尾声，庭审过程中，人物用“正中鼻子”的对白描述案件情况，高尔文想要以陶勒医生作为突破口，而陶勒医生却指出病人患有贫血症，所以脑死亡是可能发生的：“都写在她的病历上”，这样一来，高尔文无话可说。这时，摄影机给出法庭内众人表情的特写镜头，从大家的反应可以看出，所有人都认为高尔文已经输了。故事点：这是故事的至暗时刻。此刻时码为：86：27。

第二幕时长：57分钟

第三幕：解决

（主角解决矛盾）

段落8

本段故事点：尽管希望渺茫，主角依然奋起回击（9分钟）

第69镜（1：04）：这一片段发生在法院外，汤普森医生对高尔文说了一番鼓励的话：人们有能力了解真相。故事点：强调高尔文的失败，但依然对他抱有希望。此刻时码为：87：31。

第 70 镜（0：23）：雪天，高尔文和劳拉在法院外讨论这件案子。故事点：高尔文不确定下一步要做什么。此刻时码为：87：54。

第 71 镜（0：48）：高尔文在他的办公室，米基在给他按摩后背。故事点：米基感觉案子已经没有希望，想要放弃；但高尔文却没有丧失斗志。此刻时码为：88：19。

第 72 镜（1：49）：康坎农的办公室，现在我们终于知道，原来劳拉是康坎农派去的卧底。这是一个重大情节转折点。故事点：劳拉是卧底。此刻时码为：90：08。

（第 73、74 镜删去）

第 75 镜（1：35）：高尔文与米基想要通过鲁尼护士联系到当时的住院护士。高尔文出门私下与鲁尼交涉。故事点：他们找到了下一步行动的方向。此刻时码为：91：43。

第 76 镜（1：25）：高尔文来到医院礼拜堂，试图从鲁尼口中套出住院护士现在是否住在纽约。故事点：高尔文得知住院护士现居纽约。此刻时码为：93：08。

第 77 镜（1：26）：随着高尔文和米基开始寻找住院护士所在的具体地点，故事节奏进一步加快。故事点：他们未能找到证人。此刻时码为：94：25。

第 78 镜（0：22）：劳拉不想把二人的新动向汇报给康坎农。故事点：劳拉心头过意不去，没有向康坎农汇报。此刻时码为：94：47。

段落 9

本段故事点：主角找到了失踪的证人，这是他的救命稻草（11 分钟）

第 79—80 镜（1：40）：高尔文在早上收到电话单时灵机一动。故事点：在几近绝望的情况下，高尔文却发现一条关键线索，可以帮助他找到住院护士。此刻时码为：96：27。

第 81—82 镜（1：25）：高尔文撬开鲁尼护士的邮箱，找到寄给她的电话单，发现上面有三次同纽约市某号码的通话记录。故事点：一旦高尔文拿到了（凯特琳的）电话号码，他就有胜利的希望了。此刻时码为：97：52。

第 83 镜（0：55）：高尔文靠鲁尼电话单上的电话号码找到了凯特琳·科斯特洛。当后者接通电话的一刹那，高尔文心中的石头终于落了地。故事点：高尔文终于找到了他的证人。此刻时码为：98：47。

第 84—85 镜（1：25）：高尔文在办公室给劳拉打电话，劳拉感觉到他有重大进展。她同意与他在纽约市见面；同时，米基在劳拉的包里找香烟时发现了康坎农的公司开出的支票。故事点：米基知道了劳拉是卧底。此刻时码为：100：12。

第 86 镜（1：42）：在纽约市，高尔文见到了由林赛·克劳斯饰演的住院护士。故事点：高尔文请求凯特琳的帮助。此刻时码为：101：54。

第 87—88 镜（0：49）：米基到纽约市找到高尔文。故事点：高尔文知道了劳拉是卧底。此刻时码为：102：53。

第 89 镜（1：12）：高尔文在纽约一家酒吧打了劳拉一巴掌。故事点：表现高尔文对劳拉背叛自己感到愤怒。此刻时码为：104：15。

第 90 镜（0：47）：高尔文与米基坐飞机回波士顿。故事点：高尔文选择继续斗争。此刻时码为：105：02。

第 91 镜（0：47）：这一片段发生在米基的办公室，高尔文拒绝接听劳拉的电话。故事点：高尔文对康坎农一方感到愤怒。此刻时码为：105：49。

段落 10

本段故事点：主角赢得胜利（16 分钟）

第 92 镜（11：49）：这一段节拍很长，是一个场景段落（scene-sequence），如此得名是因为它是一个场景，却有着段落的结构和长度，表现重大的故事点。场景段落比一般场景更长，对故事更加重要，它就像是有着三段式结构的独幕剧；像《大审判》中这样有尾声部分的场景段落是不多见的。《证人》与《终结者》中同样有场景段落。《大审判》中的场景段落呈现了故事高潮，即主角解决矛盾，打赢官司。高潮开始于高尔文让陶勒医生证明患者的最后进食时间是在入院前九小时，这是场景段落的第一部分，是高尔文对康坎农进行反击的第一步。

场景的第二部分，也就是高潮部分的对抗，始于高尔文传唤他的关键证人（凯特琳·科斯特洛）。她指出病人最后一次进食是在麻醉前一小时，而不是陶勒医生所说的九小时。

在场景段落的第三部分，康坎农对凯特琳提问。他粗暴的态度逼得凯特琳说出事实的真相：原来，在医疗事故发生后，医生们强迫她将患者病历单上的最后进食时间从一小时改为九小时。全场哗然。医生在说谎。凯特琳表达了自己想要做护士的愿望，令人动容。故事点：康坎农中了高尔文的计。马梅将高潮一直延续到陪审团宣布审判结果为止。

在该场景段落的第四部分，也就是尾声，康坎农试图挽回局面。虽然法官站在他这一边，但陪审团已经听到了事实的真相，他们将做出决定。故事点：案情存在疑点。此刻时码为：117：38。

第 93 镜（0：27）：布罗菲主教十分焦急。故事点：延续高潮场景，结束这条故事线。

第 94 镜（3：49）：高尔文总结陈词。故事点：高尔文指出这一案件所体现出的道德意义：如果你表现出对法律的信仰，那么你就会获得信任——还有公正的审判。此刻时码为：122：04。

第 95—96 镜（1：15）：高潮时刻。故事点：陪审团宣布高尔文获胜。此刻时码为：123：19。

第 97 镜（0：10）：一个片段，高尔文在离开法院时瞟了劳拉一眼。不久后，劳拉便离开了。

电影在结尾增加了两个剧本中没有的镜头。一个是劳拉喝醉了酒给高尔文打电话；另一个是高尔文在办公室喝咖啡，没有接劳拉的电话。故事点：他们的关系结束了。

第三幕时长：38 分钟

影片总时长：约 125 分钟

总结

《大审判》是三幕结构的电影，聚焦在一个主要的戏剧矛盾上。像大多数故事片一样，它有 A 故事线与 B 故事线。A 故事线处理的是情节（打赢官司）; B 故事线处理主角的内心困境（法律信仰与对自己的信任）。故事片还包含若干由次要人物引导的次要情节，它们呼应主题，为故事增加冲突。

许多电影的故事都发源于一个故事概念，一个戏剧情境。《大审判》的情境 / 故事概念是让一位邋遢的律师跌跌撞撞地踏上与一名强大律师的斗争之路。无论是情景喜剧、一小时剧集，抑或是电视电影与故事片，故事概念都是故事的起点，故事在它的基础之上，再去构建三幕结构，表现戏剧矛盾。

一些编剧会在写正式的电影故事之前，先完成背景故事，设定好地点与主要人物的过去。（如同第 5 章所说，背景故事是发生在故事之前的事）在《大审判》中，主要的背景故事包括主角不光彩的贿赂陪审团丑闻；一位年轻母亲的脑死亡；还有劳拉重回法律界的需求。像这样，背景故事丰富了主要人物的内心世界。

像《大审判》一样，大部分故事片的第一幕都是介绍主角、反派人物与矛盾。第三幕让主角以出乎意料的方式解决了矛盾。无论时长和预算情况如何，大部分电影故事都是三幕式的（包括电视剧与故事片）。

尽管传统的三幕结构仿佛是一个死板的公式（特别是在那些想要创新叙事手法的人看来），但是它经过西方戏剧近千年发展的检验，直到今天，这种组织故事的策略仍然能够为编剧提供充分的创作空间。我建议那些对三幕结构有偏见的人，先学着驾驭这一“公式”。在你能够驾驭它之后，再去创造属于自己的新手法。电影工业从未停止过创新，并且人们吸收新事物的能力是很强的。然而好故事所需要的三件事至今都未曾改变，那就是：想象力、激情、天分。

D 专业版本的“嫁给我—否则”场景

情境：一个女人（莱斯莉）一直等待着她的恋人（弗兰克 · 塞尔皮科）

向她求婚，这种等待开始让她感到厌烦。因此她发出最后通牒：娶我，否则我就要嫁给我在得克萨斯州的朋友了。接下来你将看到来自编剧沃尔多·索尔特（Waldo Salt）与诺曼·韦克斯勒（Norman Wexler）的电影（《冲突》）中的场景。将你设想的场面与其作比较，并仔细观察这个场景，体会极简的对白可以传达多少信息。

内景　塞尔皮科的浴室　夜晚

莱斯莉［柯尼莉亚·夏普（Coneilia Sharpe）饰］和塞尔皮科（阿尔·帕西诺饰）在一个充满泡沫的浴池中。房间被蜡烛照亮。室内烟雾缭绕。从其他房间传来音乐声。莱斯莉在为塞尔皮科擦背。

莱斯莉

这是告诉你这事儿的好地方，帕科。那个得克萨斯的家伙，我之前跟你提过——两周后我就要跟他结婚了。

莱斯莉在浴池里围绕他转圈，脸朝向他，并微笑着。

莱斯莉

除非……你娶我。

塞尔皮科

剧场那边怎么办？你不跳舞了？

莱斯莉

女孩到了某个时候就得结婚。

塞尔皮科

你离那个时候还很远，莱斯莉。

他走出浴缸，并开始擦干身体。

塞尔皮科

我以为你想永远干跳舞这行。

莱斯莉

是啊，但是……

塞尔皮科

（打断她）

你……但是……

莱斯莉

我可以在那边继续工作，学习。

塞尔皮科

在沃斯堡？

莱斯莉

阿马里洛。

塞尔皮科

我能收到婚礼邀请吗？

莱斯莉

我会问罗伊的。

场景结束

E 第 11 章练习移民场景的修改

场景修改

唯一“正确”的提升对白、场景或故事品质的方式是修改，这样才能使它们更加具有戏剧性和娱乐性。不同的编剧对这段练习场景有上百种修改方式。有些很快改完，有些则很慢：修改按照所需时间完成。下面的修改需要两天时间。它比原文（见第 388 页）长了许多，但重点依旧放在玛丽和她的家人身上，因为他们是原场景的核心。

外景　达科塔地区的大平原　定场　白天

一片荒芜的土地。上帝没赐给这片土地树木，也没赐给它怜悯。一道银光形成了横贯大陆的铁轨，蒸汽引擎（19 世纪 70 年代）拖动着轨道列车。

内景　火车车厢　白天

来自不同家庭的二十几人挤在闷热的火车中。一开始他们看上去像几捆抹布，但当镜头拉近，我们看到一名少年在为母亲扇风，一个男人撑起一块破布为正用一碗水洗澡的妻子遮羞，一个小男孩在与老人下棋。

移民们轮流在缝隙和排气口享受宝贵的新鲜空气和光亮。一个男人看了看外面，和他的家人用瑞典语说着什么。

瑞典夫人试图挤到他身后看一看，撞到了她的一个孩子，孩子开始哭泣。夫人摇了摇孩子……于是缝隙处又被一家子德国人占领了。几秒钟后，恐惧开始在移民中蔓延；每个人都紧张地交谈着，想知道外面是什么样子。

莫里斯家庭的视角

玛丽，一个六岁的小孩，和父亲（罗曼）一起，望着外面。罗曼的妻子（克里奥娜）和他们更小的两个孩子在父女身边。

玛丽

他说这里没有树。

罗曼

这里会有树的。这里没有什么坏事……
这里——只是……!

孩子们感到了父亲的恐惧。有人透过木板缝隙看到了什么，玛丽和他四岁的弟弟蒂米冲到缝隙旁也想一看究竟。

玛丽的主观镜头　透过缝隙　达科塔地区　白天

荒凉的大陆吓到了每一个人。

回到场景

玛丽从缝隙回头，失望地看着父亲和母亲。孩子们现在都哭了。镜头视角转到一个消瘦的威尔士女子身上，她开始哼唱。其他女性也陆续加入，接着是孩子，后来男性也加入其中，最后所有人一起唱上帝赞歌来驱赶心中的恐惧。玛丽一声不吭地望着他们。

外景　高原

字幕：达科塔地区 1871

火车头的声音逐渐响起。列车进入画面，我们听见了移民歌唱的声音。
镜头视角落到铁轨上。歌声逐渐消失，只剩下嘶嘶的风声。另一种声音逐入：奇怪的金属敲打声。

镜头落到远处明亮的东西上。随着直升机航拍镜头俯瞰轨道，敲打声变得更响了……知道我们看到一个穿着战袍的苏族战士……用一把金属斧头毫不犹豫地劈打着轨道。他没能造成破坏，但这不重要。他准备赴死。

苏族战士的视角

远处，泛着光的火车头进入视线。

内景　火车车厢

火工向炉里添着炭火，火车司机望着轨道。

司机主观视角　苏族战士敲打着铁道

回到场景

司机找到汽笛线。

内景　车厢

移民们唱着歌，当列车汽笛响起，他们陷入沉默，恐惧再起。

火车、车厢、苏族战士的交切

列车员们意识到战士无视了他们的警笛。两个人互相望着，然后火工回到火炉；司机继续鸣笛。

苏族战士、火车司机、司炉工在列车接近时的交切。

苏族战士倒在车头之下。

火车司机和火工杀死战士的反应。

内景　车厢　玛丽和她的父亲

玛丽的脸贴着地板的缝隙，突然直立起来，她受到了毕生难忘的惊吓：战士闪过她的身下，他的尖叫声混在火车汽笛声里。鲜血溅到她的脸上。玛丽屏住呼吸。其他人对溅到车厢里的鲜血感到恐惧。她的母亲抱住了她。

玛丽

一个男人！我看到一个男人！

克里奥娜迅速抹掉玛丽脸上的鲜血，狠狠地盯着罗曼。

克里奥娜

你只是做了一场梦。

玛丽

那确实是个男人——

克里奥娜

你只是做了一场梦！

克里奥娜按着玛丽，用警告的眼神盯着她。列车突然停了。移民陷入安静。

玛丽明白母亲在警告自己，她克制住自己的恐惧。慢慢地，寂静中出现悲凉的呻吟。那是风的声音。

场景分析

修改的场景在原先基础上增添了一些事件和细节。为了充实视觉内容，解释移民者为什么如此担忧，增加了一些外景镜头。为了制造新与旧的冲击，增加了苏族战士的事件。他向他的神祈求力量和勇气来战胜入侵家园的机器。移民者用向耶稣祈求力量的赞歌来战胜恐惧。玛丽及其家人的作用是组织整个场景与明确移民者的身份特点。

战士的死是一种同时激发观众的情绪并展开故事的方法；这是一部像《新大陆》（*Nybyggarna*，1972）一样的正剧。从火车车厢地板裂缝飞溅的鲜血让场景变得有意义：尽管移民者试着鼓起勇气面对新大陆，他们依旧被笼罩在恐惧的阴影中。

这个场景分为三部分：第一段在移民唱歌壮胆时结束；第二段在玛丽惊恐的尖叫中结束；最后一段则是战士死后的影响。“红点”（场景戏剧点）是玛丽遵循了母亲的警告，尽管鲜血已溅到车厢里，她依然鼓起了勇气。场景的走势由积极转向消极。移民者的恐惧和不安提供了不少台词。

火车司机和火工的添加让苏族战士的死更具戏剧性。这个场景的本质是一个追赶—追到的场景，因为移民者被恐惧“追上”了。修改后的版本会比原版 2 分钟的时长再长 2 分钟。修改剧本时，时长应按剧情需要适当处理，除非修改要求中有特定的时长限制。如果一个场景太长或太昂贵，那需要修改到合适为止。

F 剧本评估表格

以下评估表格是从不同的电影制作公司与制片厂搜集而来。这些表格被称为“报告”，由日均阅读一到两部剧本的专业审读人填写。评估结论将被制片厂高层阅读，他们会以此为参考，按照表格数据排名对剧本进行筛选。通过了这两步遴选的剧本，接着将经受开发部门的进一步评测，这种部门通常由六位或更多高层组成。有些剧本将被淘汰，有些则会进入“开发”阶段（被继续讨论并被原作者或新作者改写），最后，只有其中极少数剧本能够真正投入拍摄。

电影制片公司审读人评估表

1：杰出的　2：优秀的　3：满意的　4：能接受的　5：令人失望的

质量	描述	评价
人物感觉 1 2 3 4 5	故事清晰地呈现出主要人物、主角与配角的人物质感	
构思感觉 1 2 3 4 5	故事概念有趣，观众可快速进入故事	
动作 1 2 3 4 5	心理或动作描写的质感	
情绪 1 2 3 4 5	内容趣味的质量—— 读者对情感内容的反馈如何？	
危机 1 2 3 4 5	危机时刻，主角所面临的危险，生死关头的表现	
冲突 1 2 3 4 5	冲突层次的表现	
幽默 1 2 3 4 5	幽默的质量。是否属于刻意的幽默？是否流畅自如？	
主要情节 / 次要情节 1 2 3 4 5	线性发展程度如何？主线与支线故事之间的关系交代清楚并相互支撑吗？它们的问题在最后都得到解决了吗？	
硬件 1 2 3 4 5	对道具设备的使用率	

结局 1 2 3 4 5	故事圆满解决，没有任何未了结的部分
展示 1 2 3 4 5	专业的表现力
形式 1 2 3 4 5	长度是否适合电影形式

电影剧本审读报告（样本）

这里是一份某大制片厂发放的电影剧本读者报告的样本。相关名称已出于保护隐私的考虑做出修改。

<table>
<tr><td>材料类型：电影剧本，122 页</td><td>名称：有翼人（The Winged One）</td></tr>
<tr><td>提交者：BCC 代理公司</td><td>编剧：维克・泰勒（Vic Taylor）</td></tr>
<tr><td>分析者：C. J. 卡特（C. J. Carter）</td><td>时间背景：未来地点：与地球相似的某外星球</td></tr>
<tr><td colspan="2">日期：1994 年 6 月 12 日</td></tr>
<tr><td colspan="2">影片类型：奇幻冒险</td></tr>
<tr><td colspan="2">主题：在一个名为威哥诺罗（Vignolo）的遥远星球，一个拥有王位合法继承权的反叛王子，试图从一位篡权的邪恶女祭司手中夺回对星球的控制权。</td></tr>
<tr><td colspan="2">在未来的某个时候，一个名为威哥诺罗的遥远星球上。

艾维斯塔（AVISTA），威哥诺罗的高级女祭司，掌握着最高统治权，让邪恶的势力遍布整个星球的七大部落或种族。她从“有翼人”手中夺得权力，让他发配至流放之地，至今，她已掌权了三千威哥诺罗年。现在，对艾维斯塔来说，是时候从七大部落中挑选出几位由她专门提拔、听命于她的傀儡领袖了。在这些领袖中，刚好有一位来自塔利什（Talish）部落的道格勒（DOGLER），他——无论是他自己，还是艾维斯塔都不知道——正是“有翼人”的儿子，被艾维斯塔窃取王位的合法继承人。

在道格勒的入会仪式进行期间，他出现了奇怪的幻觉，幻觉告诉他继承人其实是他。道格勒感到迷茫，但他知道，自己不能再做艾维斯塔专制暴政的一部分了。道格勒悄悄溜到沙漠，而另外六个部落的领袖一路追踪他，并且遵循着艾维斯塔严格的命令：要么带他回去，要么杀了他，因为她已经知道了他的真实身份。</td></tr>
</table>

对于其他部落的领袖来说，找到并阻止道格勒不是那么容易的事情。 与此同时，道格勒被诺曼姿（Nomads）部落收留，在那儿，他遇见了美丽的萨罗纳（SALONNA），并与其坠入爱河。同样也是在诺曼姿，道格勒邂逅了希诺陛下（LORD SEENO），并发现他才是自己真正的父亲。希诺陛下与一位诺曼姿的领袖瓦恩（VRANN），带着道格勒穿越沙漠，去往城市克里木（KRIMM），在那里，道格勒会从知识中获取力量。 其他部落的领袖追踪道格勒到了克里木，一场壮阔的战役继而发生，道格勒因此得以重新获得自己被艾维斯塔窃取的权力。道格勒回到国王庙宇中的王座房间，与萨罗纳相聚，并将正义重新带回到了这个星球。
评价： 很遗憾，《有翼人》是一部沉闷且用力过猛的剧本。它花费大量笔墨，却没法揭示任何故事线索，而这条主线本应相当容易理解。剧本属于奇幻冒险，努力去描绘一个童话般的史诗世界，在那儿，一位反叛的王子努力夺回属于自己的王位。这部作品充斥着魔法符咒、幻觉、从手指上冒出来的闪电球等。最终的正邪较量生死战役，当然是正义的一方获胜。不管在主要情节还是次要情节的元素中，都没有任何新鲜或者原创的东西。人物发展十分单薄，对话过时并且有时语焉不详，背景设定没有清晰的解释和描述。故事的总体结构也相当令人迷惑。非常不幸，这是一份漫不经心编凑出来的剧本，对于童话 / 奇幻冒险这种类型而言，不能提供任何令人兴奋或幻想的东西。

制片厂对候选审读人提供的考察表

这是一份由电影公司提供给候选审读人的考察表格。申请者将用六小时时间阅读一份测试剧本，并写出相关评论。下面列出的问题是申请者提出的在剧本评估阶段具有代表性的问题。

一份提案阐述，通常不超过一到两页的篇幅。在分析的时候，请使用以下问题作为评估剧本长短项的标准。并非所有问题都一定会涉及，因此无须全部回答。

1. 简单梗概（三句话）。

2. 电影属于何种类型？

3. 描述电影内容。

（a）电影的主要冲突是什么？该冲突是否清晰？是否得到圆满解决？

（b）这个故事是否特别适合电影呈现？

（c）对于电影来说，是否有足够的材料作为支撑？

（d）编剧对电影媒介是否做到物尽其用？

4. 人物评价

（a）人物本身是否有足够的可信度，并在剧本内容中得到了充分发展？

（b）主角是否拥有足够清晰的发展倾向或目标？这种倾向或目标是否具有合理性？

（c）人物的行动转变是否是故事发展造成的结果？这些转变是否具有合理性？

（d）反派人物是否有趣？

（e）作者是否令所有配角都起到了最佳作用？

5. 情节结构评价

（a）是否每一个场景都能揭示有关故事中人物或行动的信息？

（b）作者是否有意识地在适当时机添加新的故事元素？

（c）故事的内在张力或紧张感是否得到营造？

（d）作者对悬念的驾驭是否有力，或者说，故事的动作与发展是否可被预见？

（e）是否有足够的支线情节使故事变得更加有趣，并且，这些支线情节与主线是否紧密结合？

6. 对白评价

（a）写作质量是否优秀？

（b）作者是否在更适合用影像表意的时候使用对白，或正好相反？

（c）是否每一个人物都拥有他们独特的对白风格，或他们听起来都差不多？

7. 在美国及美国之外，你觉得什么样的观众会对这部电影更感兴趣？

G 编剧交易备忘录

下面的交易备忘是一份典型的编剧与制片公司之间的合同。当买方对编剧的提案与故事概念感兴趣时，双方会签署交易备忘。请记下在下面例子中出现的制片方保留解释权的条款，当编剧无法按要求交稿时，这些条款将会作废。

1. 姓名：约翰·史密斯

2. 代理公司或代理人：XYZ 组织，加州贝弗利山威尔希尔大道 4214 号

3. 职位：编剧

4. 作品：《斑马人》，小说作者菲利普·琼斯

5. 开始日期：自签订此备忘录之日起

6. 条款：

剧本初稿酬劳为 $60, 000。其中 $30, 000 将在签订此备忘后即刻向乙方支付。此后乙方将分三阶段提交剧本，每阶段交稿后会收到 $10, 000 的酬劳，最后一阶段的尾款支付日期不得晚于 1995 年 12 月 10 日。甲方有权要求乙方对每一阶段的稿件进行修改，并不为修改支付额外酬劳。

剧本修改与润色酬劳为 $30, 000。其中 $10, 000 将在确认开始修改后即刻向乙方支付。尾款 $20, 000 将于提交修改完成稿后支付。剧本修改的交稿期限为甲方向乙方确认修改开始后的 4 周内。甲方须提前至少 14 天向乙方确认开始修改的日期，且该日期不得晚于初稿递交后的 120 天。在这 120 天内，乙方有权利签署其他合同，或进行其他工作。一旦发生这种情况，当甲乙双方议定合适的开始修改日期，根据上述条款，乙方将在修改开始后的 4 周内进行根据本合同所规定的非独家剧本修改工作。

除上述酬劳外，当乙方拥有剧本的独立著作权，且甲方未签约其他作者进行《斑马人》剧本的工作时，甲方应在剧本进入正式拍摄时向乙方支付 $100, 000 的版权费用。当乙方拥有剧本的独立著作权，且甲方有签约其他作者进行《斑马人》剧本的工作时，上述 $100, 000 的费用将在甲方确认

独立著作权所有者后的10天内向乙方支付。当甲方有签约其他作者进行《斑马人》剧本的工作，且这些作者与乙方拥有作品的联合著作权时，甲方将从向乙方支付的$100, 000中扣除最高可达$50, 000的费用，以支付其他拥有联合著作权作者的版权费用。剧本的著作权归属由美国编剧工会西部分会仲裁委员会决定。

以上条款中"签约其他作者进行《斑马人》剧本的工作"，其中的作者指在乙方提交初稿后所签约的作者，而非项目前期就签约的作者。另外，当甲方在项目前期有签约其他作者，并在剧本进入正式拍摄时明确认定乙方至少拥有作品的联合著作权时，甲方须向乙方支付至少$50, 000的版权费用。

除上述金钱酬劳外，当乙方拥有作品的独立著作权或联合著作权时，乙方应分得电影发行所获净利润的2%。乙方分得的净利润的定义应与项目其他参与者认同的定义一致。

署名：单条字幕署名，如：编剧 / 约翰·史密斯。当著作所有权发生更改时，最终署名由美国西部编剧协会仲裁委员会决定。

权利：全部电影、电视，以及其他相关权利。

杂项：当甲方要求乙方前往洛杉矶50英里以外的地方进行工作时，如条件允许，甲方应为乙方购买头等舱机票。另外，如乙方需在外地停留工作，甲方应向乙方支付$300/日的生活费。

望知悉：

本协议在经双方律师友好协商并确定正式合同前具有与正式合同一致的完整效力。

约翰·史密斯　　　　　　　　　　制片人

日期：____________　　　　　　日期：____________

重要词汇

A

Act　幕　舞台戏剧和电影的传统情节分段方式。大多数电影采用三幕的结构。一般来说一幕由二至五个段落构成。在第 3 章有讨论。

Angle　镜头　摄影机的镜头说明。编剧应该理解三种主要的镜头，即远景、中景、特写。特写拍摄演员的眼睛，揭示他们的情感状态。远景有助于向观众交代场景，展示画面里有哪些角色，以及展现物体的运动。在中景里观众可以看到角色面对面的对戏；中景也用来表现动作。你可以通过研究附录 A 中关于第 4 章的场景案例，快速学习这三种镜头如何工作。懂得这三种镜头的工作原理，可以让你更容易地畅想你所构思的电影。参见第 4 章和第 8 章。

Antagonist　对手　通常是故事中的反派人物；英雄（hero）通常是主角，反派人物是与之相对的人物或力量。在《大审判》里，詹姆斯·梅森饰演的埃德·康坎农就是反派人物。大多数情况下，反派人物制造冲突和戏剧张力。在某些电影里（《失去的周末》《古尔德的 32 个短片》），反派人物是主角性格的一个侧面，故事冲突内化于人物之中。参见第 2 章。

Arc　弧　指的是故事的整体跨度和推进，以及人物在剧中的遭遇。举例来讲，《大审判》的故事追溯了主角从荒废人生的灰烬中崛起的经历。康坎农的弧则是从法律行业的顶端跌落到被打败的境地，并且因为雇用劳拉做卧底而面临违纪的指控。从第 1 章到第 3 章都有讨论。

Archetype　原型　文学和艺术中经常出现的故事模型或角色类型。为了帮助新人编剧组织创意或构思，第 1 章列举了六种基本故事原型。这些原型包括英雄型故事，伙伴 / 友情型故事，不可能任务型故事，逃离束缚型故事，美狄亚型故事，以及浮士德型故事。在构思故事情节的初期，编剧探索发展故事的方向时，这些原型特别有帮助。

Aria　咏叹调式对白　一段充满激情的较长对白，通常会披露角色内心最深处的价值和想法。举例：《大审判》(第 26 场)，高尔文以这种方式拒绝了布罗菲主教的庭外和解协议。参见第 6 章。

A-storyline　A 故事线　故事的外部情节线。《大审判》里的审判组成了 A 故事线。参见第 2 章。

B

Backstory　背景故事　指故事开始之前发生在人物身上的事情。在《不可饶恕》里，伊斯特伍德饰演的角色曾是一名劫匪和杀手，这一背景故事在整部影片里都有提及。在高潮场景中，曼尼证明了自己旧时的杀戮本能并未消退，他惩罚了对手。背景故事也可以涉及故事情境的历史。比如说，《与狼共舞》里的印第安人在故事开始之前曾经和军队有过节；因为有背景故事中的这些经历，所以当主角第一次踏入他们的领地时，他们对主角充满敌意。背景故事通常提供了角色的动机。参见第 5 章。

Basic Dramatic Units　基本戏剧单元　指幕、片段、场景以及段落，参见第 4 章。

Beat　节拍；暂停　这个词有好几种意思。它可以指一个片段、场景或是段落所展示的故事点。一张由这种故事点组成的大纲被称为节拍表。它也可以指场景或对白中的暂停，比如当人物表现某种情绪时。这个词可以与“暂停”（Pause）交替使用，在对白中常常以首字母大写的形式放入括号之中，表示角色正在思考或者对某事做出反应。不要过于频繁地使用这种标注；演员和导演知道什么时候该暂停。编剧的任务是给他们这样做的充分理由。参见第 4 章和第 6 章。

Bit 片段 三种基本戏剧单元里最短的一种。通常来说，一个片段长度为 1 分钟左右，对情节有所推动。数个片段可以组成一个段落，比如《大审判》开场的 7 分钟段落就是由 7 个片段组成。每一个片段都给出了一个故事点；7 个片段合起来组成的段落介绍了主角。参见第 4 章。

Blocking 概述；演员的调度 这个词有两种意思。第一种意思指的是这样一种过程：决定剧本里哪些节拍最好用于讲述哪些事情，并且按照最具戏剧效果的方式组织这些节拍。对很多编剧来说，对情节做概述是创作剧本时最困难的阶段。概述——将故事的节拍铺陈开来——是编剧必须掌握的两项最重要的技巧之一。（另一项能力是在想象中撑起场景和角色，直到他们能做出或说出有意思的事情来。）这个词的第二个意思指的是演员的移动和某一场景之内的动作。参见第 3 章和第 4 章。

B-Storyline B 故事线 主角的内部（心理）矛盾。这种挣扎通常与角色的背景经历或者必须得到纠正或弥补的缺陷相关联。解决 A 故事线中的问题所产生的痛苦促使主角去解决 B 故事线中的个人问题。换句话说，逆境让人看清自己。参见第 2 章，全书各处亦有讨论。

Business 事务性动作 某个人物表演的肢体动作。《不可饶恕》里伊斯特伍德的狙击练习就是事务性动作——既能愉悦观众又能推进故事或表现人物的视觉性动作。在第 8 章和第 9 章有讨论。

Button 按钮 故事真正开始的时刻。在《大审判》里，这一时刻发生在第 8 场，米基（杰克·沃顿）拉起醉酒的主角，教育他要为自己的案子做准备。

很明显这段对话启动了整个故事，它发生在故事开始 7 分钟后。参见第 4 章。

Character Arc 人物弧 参见“弧”。

Climax 高潮 故事的主要矛盾得到解决的时候。这一时刻通常就是故事的事件——所有事发生后，究竟发生了什么。第 3 章有讨论。

Colors 色彩 指人物体验到的情感的范围。演员很喜欢使用色彩这个词，它指的是对一段对白或者场景所做的不同的情感解读。关于演员去表现情感色彩的例子，可以参见电影《激情之鱼》里女主角的演员闺蜜来造访的戏。通常来说富含较多情感色彩的人物和剧本比那些只有单一情感色彩的要有意思得多。参见第 4 章和第 5 章。

Continuity 连续性；连戏 这个词有好几个意思。编剧最常用的一层意思，指的是剧本里的各种段落和事件如何从第一个镜头推进到剧终。另一层相近的意思，指的是大银幕上的事件如何从头至尾引领观众，使他们理解故事情节和人物之间的关系。这个词还可以用作场景提示，用以描述故事中人物和行动的动机。另外，电影创作者也用 continuity 一词指代拍摄的顺序和道具的使用（留意演员端茶杯时用的是哪只手）不穿帮。这一点在拍拍停停的电影世界中是一项很重要的问题，因为导演很可能忘记了演员抽烟时用的是左手还是右手。有的场景需要花几个小时来拍摄，这些细节就很容易被忽略。负责这项工作的人（通常是场记）必须保证各次拍摄之间能够“匹配上”，这样才能放到一起剪辑。这意味着衣服或者食物饮料之类的物品不能移动地方、改变组成部分，或者在电影里发生变动后又神奇地再次出现。参见第 3 章。

Craft 技巧 技巧类似于故事感，指的是编剧对故事、人性、对话、概述、摄影机、戏剧化、场景建构以及其他戏剧技巧的掌握。当编剧在事关创意、人物和情节事件的无穷可能性中来回探索时，他就会使用技巧。编剧的各种技巧可以通过学习掌握；使用这些工具所能达成的效果，取决于编剧对它们的掌握程度，当然也取决于编剧的意愿和激情。

Cut **硬切** 指的是两个镜头接合在一起，没有重叠。电影剪辑师在一个场景里剪切和接合各种镜头，以便呈现叙事性最流畅的画面。当“硬切”一词写在一场戏之内时，它指示着连续的动作。当“硬切”出现在不同时间或不同地点的两个场景之间时，它指示连续性动作进行了数小时，或动作进行后数小时、几天的时间已经过去。硬切镜头是运用最广泛的分镜手段，特别是在现代电影中，硬切通常已经取代了叠化和淡入淡出这样的传统手段。在第8章和其他地方都有讨论。

D

Dimensional Characters **有层次的人物** 指那些拥有背景故事和情感需求的人物，这些元素赋予他们一种内在的生命力。如同现实中的人一样，情感饱满的人物有怪异之处，有自己的问题，还有特殊的秉性和缺点，这使他们显得很真实，不完美，也更有意思。参见第5章。

Dissolve **叠化** 指两个或两个以上的画面在银幕上重叠的几秒钟。叠化是一种转场手法，通常标志着不同场景之间时间的流逝。叠化通常是导演或剪辑的工作，他们会告诉剪辑师底片重叠的时间长短。剪辑师会依据指示将a场景的结束画面与b场景的开始画面重叠起来。

当画面叠入人物特写时，这可能标志着故事从现实的客观角度切换到回忆或者幻想的场景里了，例如《终结者》(第183镜 特效画面)。参见第8章。

Dog Heavy **恶棍** 非常典型的坏人，通常体型很大、光头、态度恶劣。从人物的角度讲，恶棍的形象比较单薄，但是他们在电影里可以作为很方便的记号，因为他们一进入画面就会被认出来。在《证人》(第122A镜）里那三个向阿米什人扔冰激凌的混混就是恶棍形象。参见第5章。

Dogleg 无关支线 指故事花费时间在偏离主要故事线的工作或情节事件上。无关支线讲述的情节陷入死胡同，对故事并无助益，打乱了故事推进的节奏。因此在创作中应该避免无关支线。在主流电影中很少能看到无关支线，因为在它们在拍摄或剪辑的时候已经被砍掉了。参见第 3 章。

Drama 戏剧性 人物对危机的反应。戏剧通常以情节事件的情境或推进为开端，这种情境让观众对故事主角遭遇的戏剧性磨难产生认同和移情。参见第 3 章。

Dramatic Conventions 戏剧性惯例 编剧讲故事时用到的各种策略和技巧。有好几十种戏剧化策略，包括引擎、有力工具、反转和惊喜等。第 7 章和本书其他地方有讨论。

Dramatic Engine 戏剧化引擎 组织和推动故事的人物、力量、情境或者任务。《亡命天涯》中的杰拉德中尉就是电影的引擎。《波塞冬历险》中失事的海上轮船是推动这部电影的引擎。《终结者》的推动者是机械人。审判推动了《大审判》的故事。第 7 章有讨论。

E

Entertain 娱乐 在本书里，“娱乐”的含义更接近它的词根意思“To Hold Between”（联结双方）。因此，一部能够娱乐观者的电影将每个观影者联结为一群观众，他们共享由电影激发的思考和情感。美国电影偏爱能引发恐惧、爱情、怒火、快乐、悲伤、幽默、怀旧等情感的故事。这种电影力求对观众产生情感上的影响。《大审判》和《辛德勒名单》的目标比《生死时速》和《猛龙怪客》这样的电影要高尚一些，但每部电影都会用自己的方式来娱乐相应的观众群体。有些电影是“爆米花”电影或者说“爽片”；有些更加精致和深刻一些。但是所有的电影都试图能娱乐最大数量的观众。参见第 1 章和本书其他地方。

Exposition 说明性内容 指的是观众为了看懂电影故事而必须知道的信息。说明性内容讲述情节、背景故事，以及人物的身份。这些信息一般可通过对白和画面融入故事中，无须为它们放缓故事节奏。参见第 5 至 7 章。

F

Fade In/Fade Out 淡入 / 淡出 当画面逐渐变黑（或变白）几秒钟，然后下一场景的第一个画面逐渐出现的时候。这种策略在电影里，相当于一本书中章节间的空白，通常代表电影故事或人物发展的某一主要阶段完成，新阶段将要开始。美国电影使用淡入淡出并不频繁，它已经被叠化、硬切及其他分镜手法替代了。

Filmmaker 电影创作者 这个词通常指电影导演，但是这个无所不包的词语也可以指编剧、制片人、剪辑、摄影师、声音设计师、美术总监、音乐指导、服装师，以及其他各类参与电影制作的专业人士。

Flashback 闪回 对人物过往经历或者与故事相关的前期事件的呈现。《终结者》里使用闪回来展现里斯所处的可怕未来世界。参见第 5 章。

Focus 焦点 电影摄影师会调整镜头的焦点；编剧给人物制造戏剧矛盾，让剧本有一个焦点。戏剧矛盾会不断激化，在高潮场景中人物不得不面对并解决这个矛盾。尽管电影中偶尔会有舒缓紧张情绪的间歇，但这只是给观众一个喘息的机会，稍后更加强烈的戏剧浪潮会再次冲击他们。焦点和激烈程度对剧本和电影的成功至关重要。在第 5 章和其他地方皆有讨论。

Frame 景框 透过摄影机取景器看到的场景。它还可以表示故事的整体设定，即框架。在第一层意思上，我们可以举这样的例子：某个角色“入画”（enter the frame），意思是说他们走进场景之中，走到指定好的位置标记上，这样就能在预先设定好的摄影机和灯光条件下进行拍摄。

Frame 还有一种和电影相关的动词性质（frame on，对准）的意思，比如说“对准吉姆”，或者说“这场戏 / 这个角度 / 摄影机对准吉姆”，意思就是说吉姆是摄影机取景器和这场戏的主要人物。参见第 2 章和第 8 章。

Freighting 融入 指编剧将背景故事、说明性内容及其他故事信息插入到剧本之中的手法，通常做法是为对白添加言外之意或者使用画面意象。Freighting 这个词通常可以和 marbling（本意为加工大理石纹路的方法）这个词混用。例如：在《西雅图未眠夜》（第 29 镜）里，当萨姆和电台心理医生谈话时，他的对白里融入了妻子死亡带来的悲伤。第 5 至 7 章都有讨论。

G

Green-Light 绿灯 同意将剧本拍成电影。由制片厂或制作公司做这种决定。就 1995 年各大制片厂通过的作品来看，每部电影的成本大约是 4000 万美元。参见第 11 和第 12 章。

H

How-To Factor "怎么做"因素 指电影展示某件物品的制作过程，或者演练过程、操作过程。观众通常对展示的对象很好奇——阿米什人一起修建谷仓的过程（《证人》），飞行员如何把飞机降落在航母上（《壮志凌云》），或者杀手怎么携带枪支通过保护总统的金属探测器（《火线狙击》）。某些动作和过程有视觉和娱乐价值。参见第 8 章和第 9 章。

I

Intercut 镜头交切 在人物和场景中来回切换。镜头交切适合表现同时发生的动作，比如镜头来回切换表现两个人通电话的场景（在剧本提示里一般写作"对话镜头交切"）。参见第 8 章和第 9 章。

L

Love Interest 爱情对象 通常指跟主角发生浪漫关系的男性或女性。爱情对象的存在让主角可以表达个人的想法和感受。许多电影都因主角拥有爱情对象而受益，即使最后二人发展成柏拉图式的关系。在第 2 章和其他地方有讨论。

M

Mainstream 主流电影 能在当地影院上映的任何电影。这一定义涵盖的范围很广，从无名之作（《西部红石镇》）到票房大片（《侏罗纪公园》），再到艺术电影（《红》），都可能是主流电影。考虑到成本因素，投资者会寻求能吸引最大观众群体的剧本。在第 1 章和第 12 章有讨论。

Marbling 融入 编剧用对话或者意象将背景故事和说明性信息融入故事的方式。是 freighting 的另一种说法。第 4 至 7 章都有讨论。

Master Shot 主镜头 指示节拍的拍摄地点和时间的总场景提示，比如“外景，祖克的马棚，白天”（在祖克的马棚拍摄的白天外景）。尽管在一段节拍中，也许主镜头的场景提示是唯一与镜头有关的提示，但是编剧知道，导演和摄影应该会将主镜头再拆分为数个镜头［也可以说是角度（angles）或者镜次（takes）］。“内景，安妮父母的餐厅，晚上”（《西雅图未眠夜》的第 18 镜）是安妮宣布与沃尔特订婚这一场景的主镜头。虽然之后的三页剧本完全没有进一步的镜头提示，但是这一场景在拍摄时用到了特写、中景和远景。如果允许的话，大部分编剧都可以为整个电影编写一份他们设想的摄影指示。但是这样做会让剧本很难读，而且编剧标注的拍摄方式很可能不适合拍摄现场。编剧有时候确实也会添加一些额外的镜头角度，帮助读者想象剧中的场景。参见第 4、8、9、10、11 章。

Momentum 推动力 是指这样一种感觉：故事里正在发生什么，戏剧力量正在推动人物和情节朝向合乎情理的、不可避免而又难以预测的结局发展。参见第 7 章。

Narrative **叙事** 指故事的情节线；由故事开端开始，到高潮场景或尾声时结束的事件序列。举例来说，《终结者》的叙事关注的是两名主角摧毁机械人的过程；《西雅图未眠夜》的叙事则关注安妮和萨姆相恋的过程。参见第 2、3、7 章。

Panning **横摇** 摄影机沿着自身水平轴移动捕捉动作。参见第 8 章。

Parentheticals **括号注释** 写给演员的就某个动作或某句对白应该如何表演的指示。当剧本中某一处可能被误解时，这种指示是很有用的。因此当编剧要指示一句对白被应该（挖苦地）读出来时，就可以将情绪写在括号里，放在说对白的人物名下方，暗示这句对白含有隐藏的意思。括号注释应慎重使用。在第 5、6、9、10、11 章都有讨论。

Plot **情节** 指各个人物在其中斗争并解决戏剧矛盾的事件序列。通过斗争，各个人物发现了自己深层的本性和其他真相。故事发展逐渐走向矛盾得到解决的高潮场景，情节里的事件也随之激化。故事这个词意思更加完整，它不仅包括情节，也包括受到情节事件影响的人物所产生的情感。因此在剧本创作的阶段，故事从情节中发展而来。在第 2、3 章及其他各处有讨论。

Point Of View（P.O.V.）**视点镜头** 一种主观镜头，摄影机展示某人物看到的或体验到的内容。第 9 章和第 10 章有讨论。

Prequel **前传** 指以某个已有人物为主角的故事，前传故事里该人物比

他 / 她首次在原故事中登场时要更年轻。《年轻的印第安纳 · 琼斯》系列电视剧讲的就是哈里森 · 福特饰演的那位传奇人物青少年时期的故事。参见第 1 章。

Producer 制片人 故事片和电视剧行业有多种多样层级的制片人，因此在这里只给出一个一般性的定义。在电视行业，行政制片人与电视台和演职人员打交道，并且要监督每季度节目的整体创意。在很多情况下，行政制片人都是电视剧集的创作者和部分所有者。与行政制片人相比，制片人一般负责监督某一部电视剧的各部门的工作。电视行业的协同制片人一般是在职编剧或剧本编辑。

在电影行业，制片人通常开发剧本，与制片厂打交道，雇用演职人员，也是导演和制片厂之间的联系人。这个人通常会雇用一个或几个执行制片人，后者处理电影的日常事务和预算问题。在电影行业，协同制片人为制片人工作。这些职位要求都非常高，伴随着很大的个人压力、政治压力和艺术压力。制片工作的一个关键点就是找到好剧本，然后和编剧一起修改剧本（如果需要的话），并且聚起合适的有才华的演职人员，以便将剧本转化为电影。如果这些主创人员相处得不好，那么电影制作过程对每一个人来说都不好受。参见第 12 章。

Production Team 制作团队 参与电影制作的各方人员。这些电影创作者包括制片厂高管、制片人、导演、摄影师、声音和图像剪辑师、作曲家、特效和特技协调人员、声效专家、音乐总监、场景设计、艺术总监、画师、电工、木工、灯光师，等等。制作团队还包括卡车和特技车辆驾驶员、替身、演员、群众演员、服装师、化装师，当然还包括编剧。

Protagonist 主角 电影的主要角色。通常这个人是正面角色，但有时候反派人物也可以做主角。《莫扎特传》里的萨列里就是主角，因为电影用他来讲述莫扎特的故事。在《东镇女巫》里杰克 · 尼科尔森的角色就是邪恶的主角。在第 2 章和第 3 章有讨论。

S

Scene 场景 一种通常为3到5分钟的戏剧单位。尽管场景也能推进情节，但是通常来讲它们被用于展示人物，建立人物关系，揭示电影主题。多数场景都有类似于剧本三段结构的分块结构。一个场景也可以由发生在不同地点或时间设定的分段所组成。在第4章有讨论。

Sequence 段落 讲述一个主要故事点的戏剧单位。典型的电影由10个左右的段落组成。段落通常由片段或场景组成，时间持续5到15分钟。参见第4章。

Shot 镜头 摄影机以特定的角度完成的一“次”（take，摄影机的一次运转过程）拍摄。一个镜头如果时间比较长或包含了运动，会变得比较复杂。《大审判》第51镜是一个长达220秒，用一个静止的、低角度的镜头完成的场面，表现高尔文在办公室里和一名新换的专家证人通电话的场景。但这并不常见，多数片段和场景都由剪辑在一起的数个镜头组成，以表现戏剧点。从第8章到第11章都有讨论。

Slugline 场景标题 指示新场景的地点和时间的场景提示，比如“外景，城堡，白天”。当剧本售出并准备开始制作时，场景标题——通常也指该段节拍的主镜头——会标上镜头号。在第9章和第10章有讨论。

Spectacle 景观、奇观 电影在视觉上的奇观和看点。这种看点依赖于演员阵容的数量和质量、设定和服装的优雅、冲锋时骑兵数量的多寡，以及电影制作的整体规模和视觉内容。史诗电影（《勇敢的心》《阿拉伯的劳伦斯》《乱世佳人》）和备受期待的大片（《蝙蝠侠》《未来水世界》）通常都有特效、大规模群演场景、动作场面等视觉奇观。这些电影一般造价高昂，成本在3000万到1亿美元之间。与此形成对照的是，亲情电影（《麦克马仑兄弟》《烟》《我的一家人》）一般预算有限（200万到1500万美元之间），依赖人物互动的激烈程度来娱乐观众。

Story　故事　对事件的戏剧性总结。故事是情节里的事件序列，再加上人物的情感、动机、反应和行动。情节是供人物互动和对事件做出反应的平台。在 2 章和文中其他地方有讨论。

Storyboards　故事板　记录场景中特定时刻的一系列草图。故事板的形式很多，既有专业的故事板艺术家创作的细节丰富的画作，也有编剧和其他电影创作者随手涂鸦的简笔画和布局图，他们用这种方式来弄清楚某个场景里的运动、行动和摄影机角度。大多数情况下，故事板和布局草图不包括在剧本之内。参见第 8 章。

Story Point　故事点　推动情节，揭示人物内心或人物关系的戏剧点。故事点一般在场景的末尾露出，有时也被称为该场景的故事点时刻或者“红点”时刻。没有故事点的场景很显然是造成剧本失败的主要原因之一。掌握故事点是很困难的，因此不要低估这一写作任务。在第 4 章有讨论。

Story Template　故事模板　大多数剧本所具有的三幕式结构总结：在第一幕里主角遭遇矛盾；在第二幕中主角似乎被矛盾击败；在第三幕中主角解决矛盾。在第 3 章有讨论。

Story Universe　故事宇宙　剧本表现出的故事的世界。它包括故事发生的地理位置，也包括故事的基调、风格和能量。因此，一些电影，如《蓝丝绒》呈现出一座典型的美国城镇，却检视了其隐藏在光鲜表面之下的丑恶。电影用这种方式表现出一个别具一格又充满矛盾的故事宇宙。本书的四部主要教学电影各自呈现了不同的故事宇宙：《大审判》描述的是波士顿法律界逝去的荣光；《西雅图未眠夜》则设定在巴尔的摩和西雅图的中产阶级社区；《证人》在费城的穷街陋巷和阿米什人的乡村农场之间来回切换；《终结者》对比了未来的死寂世界和（1984 年左右）洛杉矶的嘈杂世界。故事宇宙是一项不应被忽视的重要故事价值。关于故事宇宙，还可参见“框架”。

Structure　结构　结构是故事的主心骨，它的基础在于对戏剧矛盾的呈现，以及追踪戏剧矛盾直到它得到解决。举例来说，《大审判》的结构就是以主角变得更好为基础的，这种转变是解决故事矛盾（赢得诉讼）的结果。结构被与矛盾相关联的逻辑和价值观所塑造。结构也牵涉到人物的身份，牵涉到他们与戏剧矛盾所做的内部和外部斗争的性质，以及故事的主题思想。这些元素需要相当周密的考虑，它们组成了故事的主心骨，故事的事件就依附在此主心骨上。如果故事的基本创意能吸引人，并且有一个坚实的结构，那么修改剧本只需要解决对白、场景建构、连续性等类似问题就够了。在第 2 章和第 3 章有讨论。

Subplot 次要情节 居于组织情节的 A 故事线之下的次要故事线。在解决戏剧问题或者达成故事目标的斗争中，某些人物会与主角或反派人物产生交集，次要情节与这些人物有关。在《西雅图未眠夜》中主要的故事线是安妮和萨姆相恋的过程。安妮和贝姬（罗西・欧唐纳饰）的友谊则构成了次要情节，这个次要情节帮助女主角解决了组织起整个故事的戏剧矛盾。在《大审判》中，主线是高尔文如何赢得诉讼的故事，而主角与劳拉的恋情则构成了次要情节。

大多数电影故事片都有 2 个到 5 个不同的次要情节，每一个都为故事增添趣味。次要情节的存在让剧情得以离开 A 故事线，从主题的、爱情的或哲学的视角来审视戏剧矛盾。次要情节也可以发挥特定的功能，比如让人物表达自己的内在想法和感受。对《大审判》中的高尔文来说，劳拉就对他产生了这样的功效，而她也表达了自己的感受。构建主角和他的心腹之交之间的友谊也是一种很有用的次要情节。《大审判》中的米基就是一个心腹之交的角色，他让主角能够表达自己的感受和动机。参见第 3 章。

Subtext 潜台词 人物内心的想法和感受。这些内容在对话中有所暗示，但并未直接说出。参见第 6 章。

Switchback 折返 故事再次提到已经讲过而且观众已经知道的事情。多数情况下应该避免折返。参见第 3 章。

T

Talking-Heads Scene “大头”谈话场景 指两到三个人物在视觉内容较少的场合谈话的场景。尽管这样的场景有时候让人印象深刻，但是编剧应该尽可能地将交谈置于视觉内容尽可能丰富的场景之中。比如，对同样一个场景来说，将对话地点设定为布满书架的图书馆，就比设定为普通汽车旅馆在视觉上有更多的可看之处。参见第 7 章和第 8 章。

Throughline 贯穿线 观众关注的戏剧问题或目标。在大多数情况下这个问题是 A 故事线里主角遭遇的戏剧矛盾。贯穿线有时候也被称为故事的情节、主心骨或者结构。在《大审判》里，故事的贯穿线是审判以及审判对主角的影响。《终结者》有一条充满动作场景的贯穿线，观众将注意力集中在莎拉和里斯打败机械人的过程。参见第 3 章。

Torquing “拧紧”时刻 指任何能够给一个场景增添趣味的情境、语境或手法。“拧紧”一场戏需要的是发明一个情境或画面，为人物创造一个戏剧性时刻，或者添加可以娱乐观众的元素。《西雅图未眠夜》里就有这样一个“拧紧”时刻的例子，即维多利亚和萨姆及乔纳在船屋上吃饭的场景。在吃饭时，乔纳对维多利亚的厌恶创造了一种负面的语境，给场景添加了一丝幽默感；因此，乔纳的态度使场景被“拧紧”了。参见第 7 章。

Treatment 提案阐述 故事的短篇版本。提案阐述应该易读，指出故事的设定、人物的欲求都是什么，以及他们在故事里会遇到哪些事情。一部电影故事片的提案阐述一般是五到十页；电视剧一般是两到三页。参见第 3 章。

Trucking 跟拍镜头 指摄影机和表演动作同步运动的拍摄，比如拍摄人物边走边谈话时。摄影机可以安置在固定的轨道上，也可以架在装有陀螺稳定器的可移动车辆上。也被称为移动拍摄、追踪拍摄、推轨拍摄。参见第 8 章。

Twist 转折 出乎意料的情况、事故、发现、揭露、巧合或事变，它们将剧情推向一个新的更有戏剧效果的方向。创造转折是一项重要的戏剧技巧，通常需要很认真仔细的构思。参见第 3 章和第 7 章。

Voice-Over　画外音　故事的叙述者或人物在画面外说话，评价画面中的行为。在剧本中被标为 V.O.、OFF CAMERA、OFF 或者 VOICE ONLY。参见第 6 章与第 10 章。

W

Wallpapering　贴墙纸　行话，指将场景置于视觉元素丰富的背景之中以提升该场景的手法。处在视觉观感有趣的“墙纸”里的说明性场景，比起背景无甚可观的场景常常更能愉悦观众。举例来说，《大审判》里主教富丽堂皇的总部就比主角沉闷的公寓在视觉上要有意思得多。人物在谈话的时候穿过主教的住所，进一步地展示了这个地点。参见第 8 章。

Works　行得通　指有效。故事、人物、剧本、场景、动作或某个瞬间都可以说行得通。说剧本行得通是因为对人物的理解，故事的逻辑，以及整体都是有效的，也就是说剧本有娱乐观众的能力。然而，很多时候剧本看起来行得通，但是在拍摄时却因为场地、预算、剧组条件、或者演员和导演的态度或能力问题而行不通。在这种情况下，剧本或许需要现场修改或者紧急调整，以使故事或场景能够行得通。

参考书目

剧作

Armer, Alan A. 1993. *Writing the Screenplay: TV and Film*, 2d ed. Belmont, California: Wadsworth Publishing.

Brady, John. 1981. *The Craft of the Screenwriter: Interviews with Six Celebrated Screenwriters*. New York: Simon & Schuster.

Chayefsky, Paddy. 1955. *Television Plays*. New York: Simon & Schuster.

Corliss, Richard. 1985. *Talking Pictures: Screenwriters in the American Cinema.* Woodstock, New York: The Overlook Press.

Dancyger, Ken, and Jeff Rush. 1991. *Alternative Scriptwriting*. Boston: Focal Press.

Dmytryk, Edward. 1985. *On Screen Writing.* Boston: Focal Press.

Froug, William. 1992. *Screenwriting Tricks of the Trade.* Los Angeles: Silman-James Press.

Geller, Stephen. 1985. *Screenwriting.* New York: Bantam Books.

Goldman, William. 1983. *Adventures in the Screen Trade: A Personal View of Hollywood and Screenwriting.* New York: Warner Books.

Haag, Judith H., and Hillis R. Cole, Jr. 1985. *The Complete Guide to Standard Script Formats.* Los Angeles: CMC Publishing.

Horton, Andrew. 1994. *Writing the Character-Centered Screenplay.* Los Angeles: University of California Press.

Howard, David, and Edward Mabley.1993. *The Tools of Screenwriting: A Writer's Guide to the Craft and the Elements of a Screenplay.* New York: St. Martin's Press.

Hunter, Lew. 1993. *Screenwriting 434.* New York: Perigee Books.

Karton, Joshua. 1983. *Film Scenes for Film Actors.* New York: Bantam Books.

McDougal, Stuart Y. 1985. *Made into Movies: From Literature to Film.* New York: CBS College Publishing.

McGilligan, Pat. 1986. *Backstory: Interviews with Screenwriters of Hollywood's Golden Age.* Los Angeles: University of California Press.

Root, Wells. 1979. *Writing the Script: A Practical Guide for Films and Television.* New York: Holt, Rinehart and Winston.

Saks, Sol. 1985. *The Craft of Comedy Writing.* Cincinnati, Ohio: Writer's Digest Books.

Sanders, Terry, and Freida Lee Mock, eds. 1981. *Word into Image: Writers on Screenwriting: Transcripts of the Award-Winning Film Series.* Santa Monica: America Film Foundation.

Schanzer, Karl, and Thomas Lee Wright. 1993. *American Screenwriters: The Insiders' Look at the Art, the Craft, and the Business of Writing Movies.* New York: Avon Books.

Seger, Linda. 1987. *Making a God Script Great.* New York: Samuel French.

Server, Lee. 1987. *Screenwriter: Words Become Pictures: Interviews with Twelve Screenwriters from the Golden Age of American Movies.* Pittstown, New Jersey: The Main Street Press.

Swain, Dwight V. 1990. *Creating Characters: How to Build Story People.* Cincinnati, Ohio: Writer's Digest Books.

Thomas, Sam. 1986-1995. *Best American Screenplays* (three volumes). New York: Crown Publishers.

Vorhaus, John. 1994. *The Comic Toolbox.* Los Angeles: Silman-James Press.

Walter, Richard. 1988. *Screenwriting: The Art, Craft and Business of Film and Television Writing.* New York: New American Library.

Woff, Jurgen, and Kerry Cox, eds. 1993. *Top Secrets: Screenwriting.* Los Angeles: Lone Fagle Publishing.

Yoakem, Lola, ed. 1958. *TV and Screenwriting.* Berkeley: University of

California Press.

写作

Boyer, Robert H., and Kenneth J. Zahorski. 1984. *Fantasists on Fantasy: A Collection of Critical Reflections by Eighteen Masters of the Art.* New York: Avon Books.

Brande, Dorothea. 1934. *Becoming a Writer.* Los Angeles: J. P. Tarcher.

Bretnor, Reginald, ed. 1976. *The Craft of Science Fiction: A Symposium on Writing Science Fiction.* New York: Barnes & Noble.

Chapman, Robert L. 1986. *New Dictionary of American Slang.* New York: Harper & Row.

Egri, Lajos. 1946. *The Art of Dramatic Writing: Its Basis in the Creative Interpretation of Human Motives.* New York: Simon & Schuster.

Fergusson, Francis. 1961. *Aristotle's Poetics.* New York: Hill and Wang.

Gardner, John. 1977. *On Moral Fiction.* New York: Basic Books.

Gardner, John. 1985. *The Art of Fiction.* New York: Alfred A. Knopf.

Gessner, Robert. 1968. *The Moving Image: A Guide to Cinematic Literacy.* New York: E. P. Dutton.

Greenberg, Harvey R. 1975. *The Movies on Your Mind: Film Classics on the Couch, from Fellini to Frankenstein.* New York: E. P. Dutton.

Katz, Jack. 1988. *Seductions of Crime: Moral and Sensual Attractions in Doing Evil.* New York: Basic Books.

Lewin, Esther, and Albert E. Lewin. 1988. *Thesaurus of Slang.* New York: Facts On File.

Marcus, Fred H. 1977. *Short Story/Short Film.* Englewood Cliffs, New Jersey: Prentice-Hall.

Martin, Jay. 1988. *Who Am l This Time: Uncovering the Fictive Personality.* New York: W. W. Norton.

Poltarnees, Welleran. 1972. *All Mirrors Are Magic Mirrors: Reflections on Pictures Found in Children's Books.* La Jolla, California: The Green Tiger Press.

Polti, Georges. 1940. *The Thirty-Six Dramatic Situations.* Boston: The Writer.

Reed, Barry. 1980. *The Verdict.* New York: Simon & Schuster.

Strunk, William, Jr., and E. B. White. 1972. *The Elements of Style.* New York: Macmillan.

Surmelian, Leon. 1968. *Techniques of Fiction Writing: Measure and Madness.* New York: Doubleday.

Telford, Kenneth A. 1961. *Aristotle's Poetics: Translation and Analysis.* South Bend, Indiana: Gateway Editions.

Welty, Eudora. 1983. *One Writer's Beginnings.* New York: Warner Books.

神话

Bettelheim, Bruno. 1977. *The Uses of Enchantment: The Meaning and Importance of Fairy Tales.* New York: Vintage Books.

Bulfifinch, Thomas. 1979. *Bulfinch's Mythology.* New York: Avenel Books.

Campbell, Joseph. 1968. *The Hero with a Thousand Faces,* 2d ed. Princeton, New Jersey Princeton University Press.

Goodrich, Norma Lorre. 1961. *The Medieval Myths.* New York: Mentor Books.

McConnell, Frank. 1979. *Storytelling and Mythmaking.* New York: Oxford University Press.

电影制作

Almendros, Nestor. 1984. *A Man with a Camera.* New York: Farrar, Straus, Giroux.

Behlmer, Rudy. 1982. *Behind the Scenes.* New York: Ungar.

Gallagher, John Andrew. 1989. *Film Directors on Directing.* New York: Praeger.

Givens, Bill. 1990. *Film Flubs. Secaucus,* New Jersey: Carol Publishing.

Harmetz, Aljean. 1977. *The Making of The Wizard of Oz.* New York: Proscenium Publishers.

Lumet, Sidney. 1995. *Making Movies.* New York: Alfred A.Knopf.

McBride, Joseph, ed. 1983. *Film Makers on Film Making: The American Film Institute Seminars on Motion Pictures and Television*, volumes I, Ⅱ . Los Angeles: I. J. P. Tarcher.

Sayles, John. 1987. *Thinking in Pictures: The Making of the Movie Matewan.* Boston: Houghton Mifflin Harcourt.

Schaefer, Dennis, and Larry Salvato. 1984. *Master of Light: Conversations with Contemporary Cinematographers.* Berkeley: University of California Press.

Seger, Linda, and Edward Jay Whetmore. 1994. *From Script to Screen: The Collaborative Art of Filmmaking.* New York: Henry Holt.

Walker, Joseph, and Juanita Walker. 1984. *The Light on Her Face.* Hollywood, California: The American Society of Cinematographers Press.

表演与演员

Caine, Michael. 1990. *Acting in Film: An Actor's Take on Moviemaking.* New York: Applause Theater Books.

Higham, Charles. 1987. *Brando: The Unauthorized Biography.* New York: New American Library.

Hunter, Allan. 1987. *Gene Hackman.* New York: St. Martin's Press.

电影工业

Cllan K.. 1993. *The Script Is Finished, Now What Do I Do?*. Studio City, California: Sweden Press.

Kanin, Garson. 1984. *Hollywood.* New York: Limelight Editions.

Levinson, Richard, and William Link. 1981. *Stay Tuned: An Inside Look at Who and What Makes Prime-Time Television Prime*. New York: Ace Books.

Maltin, Leonard. 1994. *Movie and Video Guide*. New York: Signet Books.

Pinkerton, Linda. 1990. *The Writer's Law Primer.* New York: Lyons and Burford Press.

Sautter, Carl. 1992. *How to Sell Your Screenplay: The Real Rules of Film and Television.* New York: New Chapter Press.

Toohey, Daniel W., Richard D. Marks, and Arnold P. Lutzker. 1974. *Legal Problems in Broadcasting.* Lincoln: University of Nebraska Press.

电影和电影史

Brownlow, Kevin. 1968. *The Parade's Gone By*..... Los Angeles: University of California Press.

Griffith, Richard. 1971. *The Talkies: Articles and Illustrations from A Great Fan Magazine 1928-1940.* New York: Dover Publications.

Griffith, Richard, Arthur Mayer, and Eileen Bowser. 1981. *The Movies.* New York: Simon & Schuster.

Halliwell, Leslie. 1990. *Hallivwell's Filmgoer's and Video Viewer's Companion,* 9th ed. New York: Harper & Row.

Huss, Roy, and Norman Silverstein. 1968. *The Film Experience: Elements of Motion Picture Art.* New York: Dell Publishing.

Kael, Pauline. 1965. *I Lost It at the Movies.* New York: Bantam Books.

Kael, Pauline. 1968. *Kiss Kiss Bang Bang.* New York: Bantam Books.

Kael, Pauline. 1980. *When the Lights Go Down.* New York: Holt, Rinehart and Winston.

Kael, Pauline. 1984. *Taking It All In.* New York: Holt, Rinehart and Winston.

Kael, Pauline. 1985. *State of the Art.* New York: E. P. Dutton.

Kael, Pauline. 1989. *Hooked.* New York: E. P. Dutton.

Katz, Ephraim. 1979. *The Film Encyclopedia.* New York: Putnam.

MaCann, Richard Dyer, ed. 1966. *Film: A Montage of Theories.* New York: E. P. Dutton.

Schatz, Thomas. 1981. *Hollywood Genres: Formulas, Filmmaking, and the Studio System.* New York: Random House.

Springer, John, and Jack Hamilton. 1974. *They Had Faces Then: Annabella to Zorina: The Super stars, Stars and Starlets of the 1930s.* Secaucus, New Jersey: Citadel Press.

Thomson, David. 1981. *A Biographical Dictionary of Film.* New York: William Morrow.

版权声明

特别感谢以下公司和编剧授权本书使用其材料和剧本片段：

Quote on page 9 by Edgar J. Scherick, used with permission.

Quotes on pages 76 and 200 from Word Into Image: Writers on Screenwriting: Transcripts of Award-Winning Film Series, Los Angeles: American Film Foundation, 1981. Available from American Film Foundation, P.O. Box 2000, Santa Monica, CA 90406.Used with permission.

Quotes on pages 79-80, 184, 186, and 415-416, copyright (1994, 1988 1994, 1995) respectively, Los Angeles Times, Reprinted with permission.

Quote on page 242 from "The Hunter and the Hunted, " by Jeremy Gerard, March8, 1987, copyright©1987 by The New York Times Company. Reprinted with permission.

Table on page 394, Revenue estimates of Paul Kagan Associates, Inc., Carmel, CA, reprinted with permission.

Quote on page 403, used with permission of Laurin Shuler Donner.

Quotes page 408-409 reprinted by permission of the Journal of the Writers Guild of America, West.

Excerpt from the screenplay of BASIC INSTINCT reprinted with permission of Carolco Pictures Inc. and Le Studio Canal + S.A.

Excerpt from the screenplays of RAMBLING ROSE reprinted with permission of Carolco Pictures Inc.

Excerpts from the screenplay of THE SHAWSHANK REDEMPTION©1994

出版后记

什么是"故事感"？在本书中，作者将其描述为"对故事、剧本和电影中的戏剧性的感知"，以及用故事表达自己内心感受、将普通创意点石成金的能力。可以说，故事感是一种对好故事的"嗅觉"、一种精准把握故事的洞察力、对故事结构的掌控力、对新鲜创意的敏感度。它能让编剧写出好故事、让投资人签下好故事、让观众更懂得欣赏好故事。

然而，这种感觉又是难以捉摸的。作者问过许多业内人士"什么是好故事"，得到的答案往往是"看到好故事的时候，我自然知道"。似乎"好故事"是一种无形的存在，需要一双天生的慧眼才可以辨别。为了破解这一迷思，本书指引读者踏上了精彩的故事之旅，力图将故事的魔法传授给所有感兴趣的人。

《故事感》以标准的剧本创作过程为脉络，为编剧提供了一套完备的写作指南，从发现创意、把创意拓展成故事，到把情节事件写成剧本、修改剧本，再到成功卖出作品。作者曾在南加州大学电影艺术学院讲授剧作课多年，经验丰富，作品曾获美国编剧工会最佳剧本奖提名。书中时常穿插着作者本人的剧本创作心得，也融合了美国编剧工会的创作论坛上各个编剧、制片人以及电影公司高管等业内人士的真知灼见。

本书的一大特点是全面、详尽，作者似乎有用不完的点子，针对编剧常遇到的困境提供了大量的实用策略。单是谈故事材料这个话题，就列出了十几种灵感来源。戏剧化策略一节，更是提出了近三十种方案，这些小技巧可以给遇到瓶颈的编剧有力的助推。在修改剧本一章，作者指出了故事、人物、场景等各方面的常见问题，总结出一个自查系统，让编剧在修改过程中有章可循。这样手把手的细致教学，在剧作书中并不多见。

本书的另一大特点是选取了《大审判》《终结者》《证人》和《西雅图未眠夜》四部类型、风格各异的佳片进行解读，它们也都是中国观众耳熟能详的作品。对这四部影片的分析贯穿全书各个环节，读者可以把它们作为学习素材，跟随作者的讲解，更加立体地理解剧本写作思路。

相信读完本书后，你能对“故事感”这一听起来有些抽象的概念有清晰的认识。人们常常认为编剧是需要天赋、需要“感觉”的职业，但作者已经指出：做编剧，最重要的是保持斗志，与其患得患失，不如笔耕不辍。希望本书可以帮助你持续开发故事感，完成属于自己的优秀剧本。

为了开拓一个与读者朋友们进行更多交流的空间，分享相关“衍生内容”“番外故事”，我们推出了“后浪剧场”播客节目，邀请业内嘉宾畅聊与书本有关的话题，以及他们的创作与生活。可通过微信搜索“houlangjuchang”来获取收听途径，敬请关注。

服务热线：133-6631-2326 188-1142-1266

服务信箱：reader@hinabook.com

后浪电影学院

2022年5月

图书在版编目（CIP）数据
故事感 /（加）保罗・卢西著；王建设译 . -- 成都：四川人民出版社，2021.12
ISBN 978-7-220-12487-7
Ⅰ . ①故… Ⅱ . ①保… ②王… Ⅲ . ①电影剧本—创作方法—研究 Ⅳ . ① I053.5
中国版本图书馆 CIP 数据核字 (2021) 第 245221 号

四川省版权局
著作权合同登记号
图 字：21-2022-77

Paul Lucey
STORY SENSE: A SCREENWRITER'S GUIDE FOR FILM AND TELEVISION
ISBN: 0070389969

GUSHIGAN
故事感

著　者　［加］保罗・卢西
译　者　王建设
选题策划　后浪出版公司
出版统筹　吴兴元
编辑统筹　梁　媛
特约编辑　陈天然　吴潇枫
责任编辑　晓　风
装帧制作　墨白空间・李国圣
营销推广　ONEBOOK

出版发行　四川人民出版社（成都三色路 238 号）
网　址　http://www.scpph.com
E - mail　scrmcbs@sina.com
印　刷　北京天宇万达印刷有限公司
成品尺寸　165mm × 230mm
印　张　31.5
字　数　452 千
版　次　2022 年 6 月第 1 版
印　次　2022 年 6 月第 1 次
书　号　978-7-220-12487-7
定　价　75. 00 元

《编剧》

Adventures in the Screen Trade: A Personal View of Hollywood and Screenwriting

后浪电影学院 195

作　　者：[美]威廉·戈德曼

译　　者：不雀、高奕、薛雅

书　　号：978-7-5511-5956-2

出版时间：2021.12

定　　价：88.00 元

★ 启蒙《社交网络》编剧、“20 世纪最受欢迎的讲故事的人”

★ 大卫·芬奇、奉俊昊一致推崇的好莱坞编剧泰斗，马特·达蒙、本·阿弗莱克的剧作导师

★ 奥斯卡最佳原创剧本 & 改编剧本双冠王，总结职业生涯写就的编剧圣经

★ 「干这行，没人心里有谱！」击穿行业真相

★ 吐露千金难买的“职场”真心话，揭秘夹缝求生的“避坑”大冒险

★ 畅销全美，入行必读

内容简介 | 没有人比威廉·戈德曼更了解好莱坞是怎么一回事了，本书是他对编剧生涯的一次回顾与分享、对电影行业的一次观察与总结。全书分为“真实篇”和“冒险篇”：他带领我们走进各大片厂的权力金字塔内部，走进奥利弗、纽曼、霍夫曼等伟大演员的工作现场，将八卦轶事、明星秘闻、权钱内幕、运作模式一一道来，毫不避讳又辛辣幽默；他梳理个人创作之路，“诚实交代”身为职业编剧的挣扎与收获，亲自“拉片”复盘对自己代表作的成败体会，并手把手地教你从零开始改编小说。对每一个想写剧本、做编剧的人而言，这位“20 世纪最受欢迎的讲故事的人”留下的行业圣经，值得一读再读。

作者简介 | 威廉·戈德曼（William Goldman），著名小说家、电影编剧、剧作家，美国流行文学代表人物，好莱坞最成功的编剧和剧本医生之一。毕业于哥伦比亚大学英语文学系，以小说家的身份成名于 20 世纪 50 年代。《黄金圣殿》《马拉松人》《公主新娘》等十余部作品畅销全美，多部被改编为电影，其中亲自担任编剧的《傀儡凶手》曾荣获“推理界的奥斯卡”爱伦·坡奖。

1963 年进入好莱坞写剧本，从在片场为人物润色台词开始，接连创作出一系列脍炙人口的影史杰作，如《虎豹小霸王》（奥斯卡最佳原创剧本）、《总统班底》（奥斯卡最佳改编剧本）、《霹雳钻》（影迷和评论家心中经典惊悚片之一）、《危情十日》（改编自斯蒂芬·金原著）等。其中三部入选了美国编剧工会“101 个最伟大的电影剧本”名单、美国国会图书馆认定的具有“文化、历史、美学”意义的国家影片登记表。1988 年，获邀担任戛纳国际电影节评审。2000 年，荣获美国编剧工会终身成就奖。

《我写不下去了。我要写下去！：编剧的诞生》

Screenwriters' Masterclass: Screenwriters Talk About Their Greatest Movies

后浪电影学院 172

作　　者：［英］凯文·康罗伊·斯科特 编著

译　　者：黄渊

书　　号：978-7-5057-5029-6

出版时间：2021.4

定　　价：99.80 元

★ 奥斯卡、戛纳获奖编剧大师班

★ 1 对 1 解忧私教课、揭秘名编剧成名作创作历程

★ 《沉默的羔羊》《梦之安魂曲》《爱情是狗娘》

★ 哈内克、欧容、韦斯·安德森……

★ 国际影坛一线编剧畅谈职业成长路，分享个人工作方法，爆料热门佳片背后的秘闻趣事

★ 鼓励你走出写作瓶颈、打消自我怀疑、化阻力为动力！

内容简介 | 如何才能写出一部成功的电影剧本？无数专业编剧和写作爱好者为寻得个中门道而苦苦摸索。本书作者通过与 21 位国际影坛顶级编剧的访谈，将“过来人”的直接经验和参考建议呈递于读者面前。每篇访谈都堪称一份具体又深入的案例分析，你可以从中了解这些名编剧的成长环境与个人趣味，听其回顾自己的创作理念和工作习惯，如信不信麦基、写不写大纲、做不做素材搜集、写剧本时听不听音乐……看他们如何写出职业生涯初期打响名气的一批电影剧本，又怎样面对写作中的自我怀疑，及与导演、制片合作的种种困阻。

这些编剧谈论的作品包括众多奥斯卡、戛纳等知名电影节的获奖名片，如《沉默的羔羊》《梦之安魂曲》《惊变 28 天》《爱情是狗娘》等，相信能为读者们奉上难得一见的幕后秘辛和影史趣闻，编剧们笔下故事折射出的社会观察，希望也能为我们的现世生存带来启迪和力量。

编著者简介 | 凯文·康罗伊·斯科特（Kevin Conroy Scott），早年在新线影业开启电影生涯，而后成为该影业伦敦分部的剧本责编。他在伦敦大学伯贝克学院取得电影史硕士学位，编剧并执导过两部短片，同时也是写作影评的自由撰稿人，文章散见于《新政治家》《综艺》《独立报》《书商》《洛杉矶周刊》等刊物。斯科特还是一位以伦敦为据点的文学代理人，2007 年，他和妻子兰达·阿塞韦多·斯科特共同创立了公司 Tibor Jones & Associates。斯科特还是欧洲最具影响力的哥伦比亚文化艺术节 Colombiage 的联合创始人。